EL GUSANO
DE SEDA

Robert Galbraith

EL GUSANO
DE SEDA

salamandra

Traducción del inglés de:
Gemma Rovira Ortega

Título original: *The Silkworm*

Publicaciones y Ediciones Salamandra, S.A.
Almogàvers, 56, 7º 2ª - 08018 Barcelona - Tel. 93 215 11 99
www.salamandra.info

ISBN: 978-84-9838-653-0
Depósito legal: B-3.304-2015

1ª edición, marzo de 2015
Printed in Spain

Impresión: Romanyà-Valls, Pl. Verdaguer, 1
Capellades, Barcelona

Para Jenkins, sin quien...
Él sabe el resto

La escena: sangre y venganza; el argumento: la muerte,
una espada manchada de sangre, la pluma que escribe,
y el poeta, un hombre atormentado,
con corona de fuego en lugar de laurel.

THOMAS DEKKER, *The Noble Spanish Soldier*

1

PREGUNTA: ¿De qué os alimentáis?
RESPUESTA: De sueños rotos.

THOMAS DEKKER, *The Noble Spanish Soldier*

—Más vale que se haya muerto alguien famoso de verdad, Strike —dijo una voz ronca desde el otro extremo de la línea.

Aún no había amanecido. El hombre corpulento y sin afeitar que caminaba con el teléfono apretado contra la oreja sonrió.

—Por ahí va la cosa.

—¡Son las seis de la mañana, joder!

—Las seis y media, pero, si esto le interesa, tendrá que venir a buscarlo —dijo Cormoran Strike—. No estoy muy lejos de su casa. Hay una...

—¿Cómo sabe dónde vivo? —quiso saber su interlocutor.

—Me lo dijo usted mismo —contestó Strike conteniendo un bostezo—. Me comentó que va a vender su piso.

—Ah, sí —repuso el otro, más calmado—. Tiene buena memoria.

—Hay una cafetería que abre las veinticuatro...

—¡Ni hablar! Venga más tarde a mi despacho.

—Escuche, Culpepper, no he pegado ojo en toda la noche y esta mañana tengo una cita con otro cliente que me paga mejor que usted. Si lo quiere, tendrá que venir a buscarlo. Ahora mismo.

Un gruñido. Strike oyó el susurro de unas sábanas.

11

—Más vale que sea la hostia.

—Smithfield Café, en Long Lane —dijo Strike, y colgó.

Su ligero balanceo al andar se hizo más pronunciado cuando empezó a descender por la calle que desembocaba en el mercado de Smithfield, monolítico en la oscuridad invernal: un templo victoriano enorme, rectangular, dedicado a la carne, donde todos los días laborables, como venía haciéndose desde hacía siglos, a partir de las cuatro de la madrugada se descargaban reses muertas, y la carne se cortaba, empaquetaba y vendía a los carniceros y restaurantes de todo Londres. En la penumbra, Strike distinguía voces, gritos que daban instrucciones, y los gruñidos y pitidos de los camiones al dar marcha atrás para descargar las piezas. Cuando entró en Long Lane, se convirtió en uno más de aquellos hombres envueltos en varias prendas de abrigo que iban de un lado para otro, decididos, ocupándose de sus tareas de lunes por la mañana.

Bajo el grifo de piedra que montaba guardia en la esquina del edificio del mercado, un corrillo de mensajeros con chaquetas reflectantes se calentaba las manos enguantadas con tazas de té. En la acera de enfrente, vivo como una chimenea encendida en medio de la oscuridad circundante, estaba el Smithfield Café, una cafetería abierta las veinticuatro horas, un cuchitril del tamaño de un armario que ofrecía calor y comida grasienta.

La cafetería no tenía baño, pero sí un acuerdo con los corredores de apuestas de Ladbrokes, unas puertas más allá. Como todavía faltaban tres horas para que abrieran, Strike se desvió por un callejón y, ante un portal oscuro, vació la vejiga, rebosante de todo el café aguado que se había tomado durante la noche, que había pasado trabajando. Agotado y hambriento, con ese placer que sólo conoce quien ha puesto su resistencia física al límite, entró por fin en el local, en cuya atmósfera casi podía palparse la grasa de innumerables huevos fritos con beicon.

Dos individuos con forro polar y pantalones impermeables acababan de dejar libre una mesa. Strike maniobró por el reducido espacio y se sentó con un gruñido de satisfacción en una de las sillas de madera y acero. Antes incluso de que lo pidiera, el dueño de la cafetería, que era italiano, le puso delante una taza alta y blanca llena de té que venía acompañada de pan blanco con mantequilla cortado en triángulos. Al cabo de cinco minutos, tenía ante sí un desayuno inglés completo servido en un gran plato ovalado.

Strike no desentonaba con aquellos tipos corpulentos que entraban y salían de la cafetería con andares bruscos. Era alto y moreno; su pelo, corto, rizado y tupido, empezaba a ralear un poco en la frente, alta y abultada, que sobresalía por encima de una nariz ancha de boxeador y unas cejas pobladas y hoscas. Iba sin afeitar, y unas ojeras moradas engrandecían sus oscuros ojos. Comía con la mirada perdida en el edificio del mercado, al otro lado de la calle. La entrada en arco más cercana, la número dos, iba adquiriendo relieve a medida que disminuía la oscuridad: una cara de piedra de expresión severa, antigua y barbuda, lo miraba fijamente desde lo alto del portal. ¿Existiría el dios del ganado para despiece?

Acababa de atacar las salchichas cuando llegó Dominic Culpepper. El periodista era casi tan alto como Strike, pero estaba delgado y tenía la complexión de un niño de coro. Una extraña asimetría, como si alguien le hubiera dado a su cara un giro en el sentido opuesto a las agujas del reloj, impedía que su belleza pudiera calificarse de femenina.

—Ya puede valer la pena... —dijo Culpepper mientras se sentaba, se quitaba los guantes y, casi con recelo, echaba un vistazo a la cafetería.

—¿Le apetece comer algo? —le preguntó Strike con la boca llena de salchicha.

—No.

—Prefiere esperar porque aquí no tienen cruasanes, ¿verdad? —añadió Strike con una sonrisa.

—Váyase a la mierda, Strike.

Resultaba casi patético, de tan fácil, tomarle el pelo a aquel ex alumno de colegio privado que pidió té con aire desafiante, llamando «colega» al camarero (quien, para regocijo de Strike, se mostró indiferente).

—¿Y bien? —Culpepper sujetaba la taza caliente con sus largas y pálidas manos.

Strike hurgó en el bolsillo del abrigo, sacó un sobre y lo deslizó por la mesa hacia su interlocutor. Culpepper extrajo el contenido y empezó a leer.

—Joder... —murmuró al cabo de un rato. Barajó ansiosamente las hojas de papel, algunas de las cuales contenían anotaciones que Strike había añadido de su puño y letra—. ¿De dónde demonios ha sacado esto?

Strike, con la boca todavía llena de salchicha, señaló con un dedo una de las hojas, que llevaba impresa la dirección de una oficina.

—Su secretaria personal, que está muy cabreada —respondió cuando, por fin, hubo tragado—. Se la folla, como a esas otras dos que usted ya sabe. Y acaba de darse cuenta de que nunca será la próxima lady Parker.

—Pero ¿cómo demonios lo ha descubierto? —preguntó Culpepper, nervioso, mirando con fijeza a Strike por encima de las hojas, que temblaban en sus manos.

—Es lo que hacemos los detectives —contestó Strike con voz pastosa; volvía a tener la boca llena—. ¿Acaso no lo hacían también ustedes antes de empezar a recurrir a los de mi gremio? Pero ella tiene que pensar en sus futuras perspectivas de trabajo, Culpepper, de modo que no quiere aparecer en esta historia, ¿entendido?

Culpepper soltó una risotada.

—Eso debería haberlo pensado antes de robar...

Con un ágil movimiento, Strike le arrebató las hojas de la mano.

—Ella no ha robado nada. Él le ordenó que imprimiera estos documentos ayer por la tarde. Lo único malo que ha hecho ha sido enseñármelos. Pero si usted piensa airear su vida privada en los periódicos, Culpepper, me los llevo.

—¡Y un cuerno! —exclamó el periodista, e intentó recuperar las pruebas de reiterada evasión de impuestos que Strike asía con su mano velluda—. De acuerdo, la dejaremos al margen. Pero él sabrá de dónde lo hemos sacado. No es tan imbécil.

14

—¿Y qué va a hacer? ¿Llevarla a los tribunales para que tire de la manta y revele todas las otras irregularidades de que ha sido testigo a lo largo de cinco años?

—Está bien —concedió Culpepper tras reflexionar un momento—. Devuélvame eso. Respetaré su anonimato. Pero me dejará hablar con ella, ¿no? Necesito comprobar que dice la verdad.

—Estos documentos ya dicen la verdad. No necesita hablar con ella para nada —zanjó Strike.

La mujer temblorosa, perdidamente enamorada y amargamente traicionada a la que acababa de ver no estaría a salvo si la dejaba en manos de Culpepper. Dominada por el deseo salvaje de castigar a un hombre que le había prometido matrimonio e hijos, se perjudicaría ella misma y perjudicaría sin remedio sus perspectivas de futuro. A Strike no le había costado mucho ganarse su confianza. Iba a cumplir cuarenta y dos años; creyó que tendría hijos con lord Parker; de pronto, experimentaba una especie de sed de matar. Strike había pasado varias horas con ella, escuchando el relato de su enamoramiento, observándola mientras se paseaba, llorosa, por el salón o se mecía en el sofá apretándose la frente con los nudillos. Al final se había avenido a cometer una traición que enterraba todas sus esperanzas.

—La dejará al margen —insistió Strike, agarrando los documentos firmemente con un puño que casi doblaba el tamaño de los de Culpepper—. ¿Entendido? Sin ella ya es una historia de puta madre.

Tras un momento de vacilación, Culpepper hizo una mueca y aceptó.

—De acuerdo. Deme eso.

El periodista se metió las declaraciones en un bolsillo interior y se bebió el té; dio la impresión de que el enfado pasajero que le había provocado Strike se disipaba ante la estupenda perspectiva de destruir la reputación de un lord británico.

—Lord Parker de Pennywell —dijo por lo bajo, risueño—, la has cagado pero bien, tío.

—Supongo que su dueño paga esto, ¿no? —preguntó Strike cuando les llevaron la cuenta.

—Sí, claro...

Culpepper dejó un billete de diez libras encima de la mesa y salieron juntos de la cafetería. En cuanto la puerta se cerró detrás de ellos, Strike encendió un cigarrillo.

—¿Cómo ha conseguido hacerla hablar? —preguntó Culpepper mientras echaban a andar por la calle, esquivando las motos y los camiones que seguían entrando y saliendo del mercado.

—Escuchando —respondió Strike.

Culpepper lo miró de reojo.

—Todos mis otros detectives privados se dedican a interceptar mensajes telefónicos.

—Eso es ilegal —dijo Strike, y lanzó una bocanada de humo contra la oscuridad, que empezaba a atenuarse.

—Entonces, ¿cómo...?

—Usted protege sus fuentes y yo, las mías.

Recorrieron cincuenta metros en silencio; la cojera de Strike era cada vez más pronunciada.

—Esto va a ser la bomba. ¡La bomba! —predijo Culpepper con regocijo—. Ese hipócrita se ha pasado años quejándose de la corrupción de los empresarios, y resulta que el muy desgraciado tenía veinte millones guardaditos en las islas Caimán...

—Me alegro de que haya quedado satisfecho —dijo Strike—. Le pasaré mi factura por correo electrónico.

Culpepper volvió a mirarlo de soslayo.

—¿Leyó lo del hijo de Tom Jones en los periódicos la semana pasada? —preguntó.

—¿El hijo de Tom Jones?

—El cantante galés —aclaró Culpepper.

—Ah, ése —dijo Strike sin entusiasmo—. Es que conocí a otro Tom Jones en el Ejército.

—¿Leyó la noticia o no?

—No.

—Concedió una entrevista muy larga. Dice que no conoce a su padre y que nunca ha hablado con él. Me juego algo a que el importe de su factura es inferior a lo que él cobró por charlar un rato.

—Todavía no ha visto mi factura.

—Es un decir... A cambio de una sola entrevista, podría olvidarse de interrogar a secretarias unas cuantas noches.

—O deja de hacerme esta clase de sugerencias, Culpepper, o tendré que dejar de trabajar para usted.

—Claro que... nada me impide publicar la historia de todas formas. El hijo ilegítimo de la estrella del rock es un héroe de guerra, no conoce a su padre, trabaja de detective...

—Tengo entendido que ordenarle a alguien que intercepte teléfonos también es ilegal.

Habían llegado al final de Long Lane. Redujeron el paso, se volvieron y se miraron. Culpepper soltó una risita nerviosa.

—Entonces, esperaré a que me mande la factura.

—Me parece bien.

Se marcharon por caminos diferentes; Strike se dirigió hacia una estación de metro.

—¡Strike! —La voz del periodista resonó en la calle oscura a su espalda—. ¿Se la ha follado?

—¡Estoy deseando leerlo, Culpepper! —gritó Strike cansinamente, sin volver la cabeza.

Entró cojeando en la estación, y Culpepper lo perdió de vista.

2

¿Hasta cuándo seguiremos luchando? Pues no puedo quedarme,
¡ni voy a quedarme! Tengo asuntos que atender.

Francis Beaumont y Philip Massinger, *The Little French Lawyer*

El metro empezaba a ir lleno. Caras de lunes por doquier: decaí-
das, adustas, preparadas para lo peor, resignadas. Strike encontró un asiento frente a una joven rubia de párpados hinchados,
tan adormilada que continuamente se le caía la cabeza hacia un
lado. Una y otra vez, la chica daba un respingo y se enderezaba;
entonces buscaba, angustiada, los letreros borrosos de las esta-
ciones para comprobar que no se había pasado de parada.

El tren avanzaba traqueteando, y transportaba a toda velocidad a Strike de vuelta a las exiguas dos habitaciones y media bajo
un tejado mal aislado que él llamaba su hogar. En las profundidades de su cansancio, rodeado de aquellos rostros inexpresivos
y aborregados, sin darse cuenta se puso a cavilar en la cadena de
accidentes que había desembocado en la existencia de cada uno
de ellos. En realidad, cada nuevo nacimiento era pura casualidad. Con cien millones de espermatozoides nadando a ciegas en
la oscuridad, las probabilidades de que una determinada persona llegara a existir eran escasísimas. ¿Cuántos de los pasajeros
que llenaban aquel tren habían sido planeados?, se preguntó,
aturdido por el cansancio. ¿Y cuántos eran accidentes, como él?

En su clase de primaria había una niña que tenía una mancha roja de nacimiento en la cara, y Strike, en secreto, siempre

había sentido cierta afinidad con ella, porque desde su nacimiento ambos habían llevado una marca indeleble que los diferenciaba, algo de lo que ellos no eran culpables. Ellos no podían verla, pero los demás sí, y eran tan maleducados que no paraban de hacer comentarios al respecto. Strike acabó por comprender que la fascinación ocasional que ejercía sobre completos desconocidos, que cuando tenía cinco años creía relacionada con su singularidad, se debía en realidad a que lo veían sólo como el cigoto de un cantante famoso, la prueba casual de la infidelidad de un personaje célebre. Strike sólo había visto a su padre biológico en dos ocasiones. Fue necesaria una prueba de ADN para que Jonny Rokeby reconociera su paternidad.

Dominic Culpepper encarnaba el paradigma del morbo y los prejuicios a que se enfrentaba Strike en las ya raras ocasiones en que alguien establecía la conexión entre el ex soldado de gesto huraño y el avejentado roquero. Enseguida pensaban en fideicomisos y donaciones generosas; en aviones privados y salas VIP; en la esplendidez inagotable de los multimillonarios. Intrigados por la modesta existencia de Strike y sus mortales horarios de trabajo, se preguntaban: ¿qué debió de hacer Strike para alejar a su padre? ¿Estaría fingiendo penurias para sacarle más dinero a Rokeby? ¿Qué había hecho con los millones que sin duda su madre había conseguido de su acaudalado amante?

Entonces Strike pensaba con nostalgia en el Ejército, en el anonimato que proporcionaba una carrera en la que el pasado y los orígenes familiares apenas tenían valor comparados con la capacidad para realizar el trabajo asignado. Al presentarse en la División de Investigaciones Especiales, la petición más personal a la que se había enfrentado fue repetir el peculiar par de nombres que su madre, extravagante y poco convencional como era, le había endosado.

El tráfico empezaba a espesarse en Charing Cross Road cuando Strike salió del metro. Despuntaba otro día del mes de noviembre, gris y desalentador, poblado de sombras persistentes. Se metió en Denmark Street sintiéndose agotado y dolorido, pensando en la breve cabezada que, con suerte, podría echar antes de que a las nueve y media llegara su próximo cliente. Saludó con la mano a la dependienta de la tienda de guitarras, con la que solía coincidir cuando salía a la calle a fumar un cigarrillo; entró en el portal negro junto al 12 Bar Café y empezó a subir la escalera metálica de caracol que trazaba una espiral alrededor del ascensor, fuera de servicio. Dejó atrás el despacho del diseñador gráfico del primer piso, así como su oficina, con la puerta de vidrio grabado, en el segundo; y llegó al tercer rellano, el más pequeño, donde vivía desde hacía poco tiempo.

El anterior inquilino, el dueño del bar de la planta baja, se había mudado a un lugar más salubre, y Strike, que llevaba varios meses durmiendo en su despacho, no había dejado escapar la oportunidad de alquilar el ático, contento de encontrar una solución tan fácil a su problema de vivienda. El espacio bajo los aleros era reducido se mirara por donde se mirase, sobre todo para un hombre que medía un metro noventa. Apenas tenía sitio para darse la vuelta en la ducha; la cocina y el salón compartían un espacio insuficiente, y la cama de matrimonio ocupaba casi por completo el dormitorio. Algunas de las pertenencias de Strike seguían en cajas en el rellano, pese a las quejas del casero, que incluso había obtenido un requerimiento judicial para resolver semejante anomalía.

Sus pequeñas ventanas daban a los tejados, y abajo alcanzaba a verse Denmark Street. La constante vibración de los graves del bar de la planta baja quedaba amortiguada, hasta el punto de que a menudo la música que ponía Strike la anulaba por completo.

El gusto innato de Strike por el orden se manifestaba por todas partes: la cama estaba hecha, los platos lavados, todo en su sitio. Necesitaba ducharse y afeitarse, pero eso podía esperar; después de colgar el abrigo, puso la alarma a las nueve y veinte y se tumbó en la cama completamente vestido.

Sólo tardó unos segundos en quedarse dormido, y al cabo de unos pocos más, o eso le pareció, volvía a estar despierto. Alguien llamaba a la puerta.

—Lo siento, Cormoran. Lo siento mucho...

Su secretaria, una joven alta de melena rubia rojiza, lo miró contrita cuando él le abrió la puerta, pero al verlo puso cara de consternación.

—¿Te encuentras bien?

—Estaba durmiendo. Me he pasado la noche despierto, y ya van dos.

—Lo siento mucho —insistió Robin—, pero son las diez menos veinte; William Baker está aquí y empieza a...

—Mierda —masculló Strike—. Debo de haber puesto mal la alarma. Dame cinco minutos y...

—Es que no es sólo eso —lo interrumpió Robin—. También hay una mujer. Ha venido sin pedir cita. Le he dicho que hoy tienes todas las horas ocupadas, pero se niega a marcharse.

Strike bostezó y se frotó los ojos.

—Cinco minutos. Ofréceles té, o algo.

Seis minutos más tarde, con una camisa limpia, oliendo a pasta de dientes y desodorante, pero todavía sin afeitar, Strike entró en su oficina, en cuya recepción se hallaba Robin sentada delante de su ordenador.

—Bueno, mejor tarde que nunca —dijo William Baker con una sonrisa rígida en los labios—. Da gracias a que tienes una secretaria muy guapa, porque, si no, ya me habría cansado de esperar y me habría marchado.

Strike vio que Robin se daba la vuelta, sonrojada de ira, y fingía organizar el correo. El tonillo con que Baker había pronunciado la palabra «secretaria» había resultado muy ofensivo. El consejero delegado, impecable con su traje de raya diplomática, había contratado a Strike para que investigara a dos miembros de su junta directiva.

—Buenos días, William —lo saludó él.

—¿No te disculpas? —murmuró Baker, mirando al techo.

—Buenos días, señora... —dijo Strike, ignorándolo y dirigiéndose a la mujer madura, menuda, con un viejo abrigo marrón, que estaba sentada en el sofá.

—Me llamo Leonora Quine —contestó ella con lo que a Strike, que tenía buen oído para eso, le pareció acento del sudoeste de Inglaterra.

—Me espera una mañana muy complicada, Strike —dijo Baker, y, sin que nadie lo invitara a hacerlo, entró en el despacho del detective. Al ver que Strike no lo seguía, perdió un poco la compostura y añadió—: Dudo mucho que en el Ejército fueras tan impuntual, Strike. Venga, por favor.

Él hizo como si no lo hubiera oído.

—¿En qué puedo ayudarla exactamente, señora Quine? —le preguntó a la mujer de aspecto desaliñado que seguía sentada en el sofá.

—Se trata de mi marido...

—Strike, tengo una cita dentro de una hora —lo apremió William Baker, subiendo el tono de voz.

—Su secretaria ya me ha advertido que no le queda ninguna hora libre, pero le he dicho que puedo esperar.

—¡Strike! —bramó William Baker como quien llama a su perro.

—Robin —dijo Strike, agotado y perdiendo la paciencia por fin—. Prepara la factura del señor Baker y entrégale el dosier; está todo al día.

—¿Qué? —dijo William Baker, perplejo, y volvió a salir a la recepción.

—¿No ve que lo está echando? —dijo Leonora Quine, satisfecha.

—No has terminado el trabajo —se quejó Baker, dirigiéndose a Strike—. Dijiste que aún había...

—Cualquiera puede terminarlo. Cualquiera a quien no le importe tener a un gilipollas por cliente.

Durante un momento, pareció que la atmósfera del despacho se petrificaba. Robin, con gesto inexpresivo, sacó el dosier de Baker de un archivador y se lo entregó a Strike.

—¿Cómo te atreves...?

—En este dosier hay mucho material que podrás presentar ante un tribunal —explicó Strike, y se lo tendió al empresario—. Tranquilo, no has tirado el dinero.

—Pero si no has terminado...

—Ha terminado con usted —intervino Leonora Quine.

—¿Quiere hacer el favor de callarse, estúp...? —empezó a decir William Baker, pero se interrumpió y dio un paso atrás al ver que Strike avanzaba hacia él.

Nadie dijo nada. De repente, parecía como si el ex policía militar hubiera crecido en cuestión de segundos.

—Pase a mi despacho y tome asiento, señora Quine —dijo Strike con gentileza, y ella lo obedeció.

—¿Acaso crees que podrá pagar tus tarifas? —preguntó con desdén William Baker antes de retirarse, con una mano ya en el picaporte.

—Si el cliente me gusta, mis honorarios son negociables.

El detective siguió a Leonora Quine a su despacho, y la puerta se cerró con un chasquido.

3

...tener que sobrellevar, solo, tantos males...

Thomas Dekker, *The Noble Spanish Soldier*

—Menudo impresentable, ¿no? —comentó Leonora Quine al sentarse en la silla frente a la mesa de Strike.

—Sí —convino él, mientras dejaba caer todo su peso en la otra silla—. Bastante.

Pese al cutis rosado, sin apenas arrugas, y el blanco limpio de sus ojos azul claro, la mujer aparentaba unos cincuenta años. Tenía el pelo entrecano, lacio y mustio, y lo mantenía apartado del rostro mediante dos pasadores de plástico. Sus ojos parpadeaban detrás de unas gafas con montura asimismo de plástico, anticuadas y exageradamente grandes. El abrigo, aunque limpio, tenía pinta de haber sido comprado en los ochenta, con hombreras y botones grandes también de plástico.

—Así que ha venido a hablarme de su marido, ¿no, señora Quine?

—Sí —confirmó Leonora—. Ha desaparecido.

—¿Cuánto hace de eso? —preguntó Strike, mientras estiraba un brazo para coger un bloc de notas.

—Diez días.

—¿Ha ido a la policía?

—No quiero saber nada de la policía —respondió ella, impaciente, como si estuviera harta de repetirlo—. Los llamé una vez y todos se enfadaron mucho conmigo porque resultó que mi marido estaba con una amiga. Owen desaparece de vez en cuando. Es escritor —añadió, como si eso lo explicara todo.

—¿Ya ha desaparecido otras veces?

—Es muy temperamental —continuó Leonora, compungida—. Le dan arrebatos, pero en esta ocasión ya han pasado diez días, y aunque sé que está muy enfadado, necesito que vuelva a casa. Está Orlando, y yo tengo cosas que hacer, y además...

—¿Orlando? —la interrumpió Strike.

Su mente, cansada, pensó en la ciudad turística de Florida. No tenía tiempo para viajar a Estados Unidos, y Leonora Quine, con su abrigo viejo, no tenía pinta de poder costearle el billete.

—Orlando es nuestra hija —aclaró—. Necesita atención. Le he pedido a una vecina que se quedara con ella mientras yo venía a verlo.

Llamaron a la puerta, y a continuación asomó la cabeza rubia de Robin.

—¿Le apetece un café, señor Strike? ¿Y usted, señora Quine? ¿Desea tomar algo?

Cuando se marchó Robin, tras averiguar qué querían tomar, Leonora prosiguió:

—No le llevará mucho tiempo, porque creo que sé dónde está. Lo que pasa es que no consigo la dirección y nadie contesta a mis llamadas. Ya han pasado diez días —insistió—, y necesitamos que vuelva a casa.

A Strike le pareció un despilfarro recurrir a un detective privado en esas circunstancias, sobre todo teniendo en cuenta que el aspecto de la señora Quine era toda una declaración de pobreza.

—Si se trata sólo de hacer una llamada telefónica —sugirió con delicadeza—, ¿no tiene ninguna amiga que...?

—No puedo pedirle a Edna que llame —replicó ella, y a Strike lo conmovió de manera exagerada (a veces el agotamiento producía ese efecto en él) aquella admisión tácita de que sólo tenía una amiga en el mundo—. Owen les ha pedido que no revelen dónde está. Necesito que lo haga un hombre —concluyó, tajante—. Para que los obligue a decirlo.

—¿Su marido se llama Owen, entonces?

—Sí —confirmó ella—. Owen Quine. Es el autor de *El pecado de Hobart.*

A Strike no le sonaban ni el nombre ni el título.

—¿Y usted cree saber dónde está?

—Sí. Fuimos a una fiesta en la que había un montón de editores y gente así. Él no quería llevarme, pero yo le dije: «He encontrado niñera, así que voy a ir.» Y allí fue donde oí a Christian Fisher hablarle a Owen de ese sitio, un retiro para escritores. Después le pregunté a Owen: «¿Qué es ese sitio del que te hablaba Fisher?», y Owen me contestó: «No pienso decírtelo. Se trata precisamente de eso: de que ni tu mujer ni tus hijos sepan dónde estás.»

Era como si Leonora estuviera invitando a Strike a reírse de ella igual que hacía su marido; como si se sintiera orgullosa de él, del mismo modo que, a veces, las madres fingen estarlo de la insolencia de sus hijos.

—¿Quién es Christian Fisher? —preguntó Strike, haciendo un esfuerzo para concentrarse.

—Un editor. Un tipo joven y moderno.

—¿Ha probado a llamar por teléfono a Fisher y pedirle la dirección de ese retiro?

—Sí, lo he llamado todos los días durante una semana, y siempre me han dicho lo mismo: que tomaban nota y que ya me llamaría él; pero no lo ha hecho. Creo que Owen le ha pedido que no diga dónde está. Pero usted sí podrá sonsacarle la dirección a Fisher. Sé que usted es un buen detective —añadió—. Resolvió el caso Lula Landry, cosa que no pudo hacer la policía.

Apenas ocho meses antes, Strike tenía tan sólo un cliente, su negocio estaba en las últimas y sus perspectivas eran muy malas. Entonces había demostrado, para gran satisfacción de la Fiscalía de la Corona, que una joven famosa no se había suicidado, sino que había muerto después de que la tiraran desde el balcón de un cuarto piso. La publicidad que eso le acarreó había desencadenado un alud de trabajo; durante varias semanas, Strike había sido el detective privado más conocido de la ciudad. Jonny Rokeby ya no era más que una anécdota insignificante en su biografía; Strike se había labrado un nombre por sí mismo, aunque casi todo el mundo lo pronunciara mal.

—Perdone, la he interrumpido —dijo, procurando retomar el hilo de sus pensamientos.

—¿Ah, sí?

—Sí —confirmó Strike, y entornó los ojos para leer las notas que había tomado con caligrafía apretada en su libreta—. Me contaba que está Orlando, y que usted tiene cosas que hacer, y que además...

—Ah, sí —confirmó Leonora—. Desde que mi marido se marchó, están pasando cosas raras.

—¿Qué clase de cosas raras?

—Meten mierda —dijo Leonora Quine con total naturalidad—. Por nuestro buzón.

—¿Meten excrementos por la ranura del buzón que hay en la puerta?

—Sí.

—¿Desde que desapareció su marido?

—Sí. Perro —concretó Leonora, y Strike tardó una milésima de segundo en deducir que se refería a los excrementos y no al marido—. Ya van tres o cuatro veces, por la noche. Se imaginará la gracia que hace encontrarse eso por la mañana. Y un día llamó a la puerta una mujer muy extraña.

Hizo una pausa y se quedó esperando a que Strike la guiara. Daba la impresión de que le gustaba que le hicieran preguntas. Él sabía que a muchas personas que se sienten solas les resulta agradable que alguien les preste toda su atención e intentan prolongar esa novedosa experiencia.

—¿Cuándo fue eso?

—La semana pasada. Llamó a la puerta y preguntó por Owen. «No está en casa», le dije, y ella me respondió: «Pues dígale que Angela ha muerto», y se marchó.

—¿Usted no la conocía?

—No la había visto nunca.

—¿Conoce a esa tal Angela?

—No. Pero a veces alguna de sus fans se pone pesada —dijo Leonora, de pronto más comunicativa—. Había una, por ejemplo, que le escribía cartas y le enviaba fotografías en las que salía disfrazada de uno de sus personajes. Algunas de esas mujeres que le escriben cartas creen que él las entiende o algo así, por los libros que escribe. Qué tontería, ¿verdad? ¡Se lo inventa todo!

—¿Es normal que las fans sepan dónde vive su marido?

—No. Pero a lo mejor era una alumna o algo así. A veces Owen también da clases de escritura.

Se abrió la puerta y entró Robin con una bandeja. Le puso delante una taza de café solo a Strike y otra de té a Leonora Quine, y volvió a retirarse cerrando la puerta tras ella.

—¿No han pasado más cosas raras? —preguntó el detective—. ¿Aparte de los excrementos que metieron por el buzón y esa mujer que se presentó en su casa?

—Me parece que me siguen. Una chica alta y morena con los hombros caídos.

—¿No es la misma que...?

—No, la que vino a casa era regordeta. Tenía el pelo largo y pelirrojo. Ésta es morena y camina como encorvada.

—¿Está segura de que la sigue?

—Sí, me parece que sí. Ya la he sorprendido detrás de mí dos o tres veces. No es de por aquí, porque no la había visto nunca y hace más de treinta años que vivo en Ladbroke Grove.

—De acuerdo —dijo Strike—. ¿Y dice que su marido estaba enfadado? ¿Qué pasó? ¿Por qué se enfadó?

—Tuvo una pelea bestial con su agente.

—¿Por qué? ¿Lo sabe?

—Por su libro, el último. Liz, su agente, le dijo que era el mejor que había escrito, y luego, al día siguiente, lo invita a cenar y le dice que no se puede publicar.

—¿Qué le hizo cambiar de opinión?

—¡Pregúnteselo a ella! —saltó Leonora, de pronto enojada—. No me extraña que Owen se enfadara. Cualquiera lo habría hecho. Llevaba dos años trabajando en esa novela. Llegó a casa muy alterado, entró en su despacho, lo recogió todo...

—¿Qué recogió?

—Su libro, el manuscrito, las notas... todo, soltando palabrotas, lo metió todo en una bolsa y se largó. No he vuelto a verlo desde entonces.

—¿Su marido no tiene móvil? ¿Ha intentado llamarlo?

—Sí, pero no me contesta. Nunca lo hace cuando se pone así. Una vez lanzó el teléfono por la ventanilla del coche —explicó, de nuevo con aquel leve tono de orgullo por el carácter de su marido.

—Seré sincero con usted, señora Quine —dijo Strike, cuyo altruismo tenía un límite, pese a lo que le había dicho a William Baker—. No salgo barato.

—No importa —repuso Leonora, implacable—. Pagará Liz.

—¿Liz?

—Elizabeth Tassel, *Liz*. La agente de Owen. Ella tiene la culpa de que mi marido se haya marchado. Que se lo descuente de su comisión. Owen es su mejor autor. Cuando se dé cuenta de lo que ha hecho, querrá recuperarlo como sea.

Strike no parecía tan convencido de eso como Leonora. Echó tres terrones de azúcar en el café y se lo bebió de un trago, mientras intentaba pensar qué era lo mejor que podía hacer. La mujer le inspiraba cierta lástima, pues parecía inmune a las imprevisibles pataletas de su marido, se resignaba a que nadie se dignara contestar a sus llamadas y estaba segura de que sólo obtendría ayuda si pagaba por ella. Excentricidades aparte, Leonora exhibía una sinceridad implacable. Sin embargo, desde que su negocio recibió aquel inesperado empujón, Strike se había mostrado inflexible y sólo había aceptado casos rentables. Las pocas personas que habían acudido a él para contarle historias lacrimógenas con la esperanza de que las penurias que había tenido que superar (divulgadas y embellecidas por la prensa) lo predispusieran a ayudarlas sin cobrarles nada habían salido de su oficina muy decepcionadas.

En cambio, Leonora Quine, que se había bebido el té casi tan deprisa como Strike el café, se puso en pie como si ya hubieran acordado las condiciones y estuviera todo arreglado.

—Debo marcharme ya —anunció—. No me gusta dejar a Orlando tanto rato. Echa de menos a su padre. Le he dicho que iba a ver a un hombre que lo encontrará.

En los últimos tiempos, Strike había ayudado a varias jóvenes adineradas a liberarse de maridos acaudalados que, desde el inicio de la crisis, habían perdido buena parte de su atractivo.

La idea de devolver un marido a su esposa, para variar, resultaba seductora.

—Muy bien —dijo, y bostezó mientras deslizaba la libreta hacia su clienta—. Necesitaré sus datos de contacto, señora Quine. Y también me vendría bien una fotografía de su marido.

La mujer anotó su dirección y su número de teléfono con una letra redonda e infantil, pero pareció sorprenderle que Strike le pidiera una fotografía.

—¿Para qué quiere una fotografía? Está en ese retiro para escritores. Sólo tiene que conseguir que Christian Fisher le dé la dirección.

Salió por la puerta antes de que Strike, cansado y dolorido, lograra rodear su mesa. La oyó decir en tono alegre a Robin: «Gracias por el té», y entonces la puerta de vidrio que daba al rellano se abrió lanzando un destello, se cerró con una suave sacudida, y su nueva clienta desapareció.

4

Raro es tener un amigo ingenioso.

WILLIAM CONGREVE, *The Double-Dealer*

Strike se derrumbó en el sofá de la recepción. Era casi nuevo (un gasto imprescindible, pues había roto el de segunda mano con el que inicialmente había amueblado la oficina); estaba forrado de una piel artificial que en la tienda le había parecido elegante pero que a veces, cuando alguien se sentaba o se movía, hacía unos ruidos que parecían ventosidades. Su secretaria —alta, escultural, con cutis claro y luminoso y brillantes ojos de un gris azulado— lo observaba con atención sosteniendo una taza de café en la mano.

—Tienes un aspecto horrible.

—Me he pasado la noche con una histérica, intentando sacarle los detalles de las irregularidades sexuales y financieras de un par del reino —explicó el detective, abriendo la boca en un bostezo enorme.

—¿De quién? ¿De lord Parker? —preguntó Robin, asombrada.

—Exacto.

—¿Se ha...?

—Tirado a tres mujeres a la vez, mientras desviaba millones por mar —confirmó Strike—. Si tienes estómago para ello, cómprate el *News of the World* este domingo.

—¿Cómo demonios has descubierto todo eso?

—A través del contacto del contacto de un contacto —recitó Strike.

Volvió a bostezar; fue un bostezo tan enorme que tuvo que dolerle.

—Deberías acostarte —sugirió Robin.

—Sí, ya lo sé —admitió Strike, pero no se movió.

—No tienes a nadie hasta que venga Gunfrey, a las dos.

—Gunfrey —suspiró el detective, masajeándose los párpados—. ¿Por qué todos mis clientes son imbéciles?

—La señora Quine no parece imbécil.

Strike la miró con ojos soñolientos por los resquicios entre sus gruesos dedos.

—¿Qué te hace pensar que he aceptado su caso?

—Sabía que la aceptarías —respondió Robin sin poder reprimir una sonrisita—. Es tu tipo.

—¿Una mujer madura anclada en los años ochenta?

—Tu tipo de cliente. Además, querías fastidiar a Baker.

—Por lo visto ha funcionado, ¿no?

Sonó el teléfono. Robin contestó sin dejar de sonreír.

—Agencia Cormoran Strike —dijo—. Ah. Hola.

Era su prometido, Matthew. Robin miró de soslayo a su jefe. Strike había cerrado los ojos y echado la cabeza hacia atrás, con los brazos cruzados sobre el ancho pecho.

—Mira —dijo Matthew por teléfono; nunca se mostraba muy simpático cuando llamaba desde el trabajo—, tengo que cambiar lo de ir a tomar una copa, del viernes al jueves.

—Vaya, Matt —replicó ella, tratando de disimular su contrariedad y su exasperación.

Iba a ser la quinta vez que cambiaban la cita. Robin era la única de las tres personas implicadas que no había cambiado la hora, la fecha ni el local, y que se había mostrado accesible y bien dispuesta en todas las ocasiones.

—¿Por qué? —masculló.

De pronto se oyó un sonoro ronquido proveniente del sofá. Strike se había quedado dormido allí sentado, con su cabeza enorme inclinada hacia atrás y apoyada en la pared, y los brazos cruzados.

—El diecinueve se juntan los del trabajo para tomar algo —explicó Matthew—. Si no voy, quedaré fatal. Tengo que dejarme ver.

A Robin le dieron ganas de contestarle de mala manera, pero se contuvo. Él trabajaba para una gestoría importante y a veces actuaba como si eso conllevara obligaciones sociales propias de un cargo diplomático.

Sin embargo, Robin estaba segura de saber cuál era la verdadera razón de aquel cambio. Habían aplazado la cita varias veces a petición de Strike; en todas las ocasiones, al detective le había surgido algún asunto de trabajo urgente que iba a tenerlo ocupado por la noche, y a pesar de que sus motivos siempre estaban justificados, habían molestado a Matthew. Aunque él nunca lo hubiera expresado en voz alta, Robin sabía que Matthew pensaba que Strike insinuaba con ello que su tiempo era más valioso que el suyo, y su trabajo, más importante.

A pesar de que Robin llevaba ya ocho meses trabajando para Cormoran Strike, su jefe y su prometido todavía no se habían conocido. Ni siquiera la desgraciada noche en que Matthew había tenido que ir a recogerla al servicio de urgencias al que ella había acompañado al detective tras vendarle el brazo con su gabardina para cortar la hemorragia provocada por la puñalada que le había asestado un asesino cuando, al verse acorralado, intentó matarlo. Temblorosa y manchada de sangre, Robin salió del box donde estaban cosiendo a Strike, para presentar a Matthew y a su herido jefe, pero su prometido rechazó el ofrecimiento. Estaba furioso, a pesar de que Robin le había asegurado que ella no había corrido ningún peligro.

Matthew habría preferido que Robin no aceptara un puesto fijo en la agencia de Strike, de quien desde el primer momento había recelado, porque no le gustaban las condiciones precarias en que vivía, el hecho de que no tuviera vivienda ni que ejerciera una profesión que él consideraba absurda. La poca información que hasta entonces Robin había dejado caer sobre él en casa (la carrera de Strike en la División de Investigaciones Especiales, la unidad de detectives de la Policía Militar; su medalla al valor; la amputación de la parte inferior de la pierna derecha; su experiencia en cien temas de los que Matthew, tan acostumbrado a parecer un experto a los ojos de Robin, sabía muy poco o no sabía nada) no había servido para construir un puente entre los dos hombres (como ella, inocente, confiaba en que sucediera), sino que, paradójicamente, había apuntalado el muro que los separaba.

La repentina fama de Strike y su rápido paso del fracaso al éxito habían acentuado aún más la animosidad de Matthew. Robin comprendió demasiado tarde que señalando las incoherencias de Matthew sólo había conseguido empeorar las cosas: «¡Primero no te gusta que sea pobre y no tenga donde vivir, y ahora no te gusta que sea famoso y le propongan montones de casos!»

En opinión de Matthew, como ella sabía muy bien, el peor delito de Strike era haberle comprado aquel vestido ceñido de marca tras la visita al hospital. Su jefe lo consideraba un regalo con el que expresar su gratitud y sus buenos deseos; pero, al advertir la reacción de Matthew cuando se lo mostró con orgullo y placer, Robin nunca se había atrevido a ponérselo.

Ella abrigaba la esperanza de que todo eso se arreglaría con un encuentro cara a cara; no obstante, las sucesivas cancelaciones por parte de Strike no habían hecho sino agudizar la antipatía de Matthew. La última vez, Strike no se había presentado, sin más. Robin había aceptado la explicación posterior (que se había visto obligado a dar un rodeo para librarse de alguien que lo seguía, seguramente por orden de la escamada esposa de su cliente), porque conocía las complejidades de aquel condenado divorcio en particular, pero Matthew se había reafirmado en su opinión de que Strike era un arrogante que sólo buscaba protagonismo.

A Robin le había costado convencer a Matthew para que quedaran por cuarta vez y salieran juntos a tomar algo. Él había escogido el local y la fecha, pero ahora, después de que Robin se hubiera asegurado una vez más de la disponibilidad de Strike, Matthew quería cambiar el día, y era inevitable pensar que lo hacía sólo para imponerse, para demostrarle al detective que él también tenía otros compromisos; que él (Robin no podía remediarlo: ésa era su impresión) también sabía vacilar a la gente.

—De acuerdo —dijo por teléfono, resignada—, le preguntaré a Cormoran si le va bien el jueves.

—Lo dices como si no te pareciera bien.

—No empieces otra vez, Matt. Se lo preguntaré, ¿vale?

—Vale, pues nos vemos luego.

Robin colgó el teléfono. Strike estaba en pleno apogeo, roncando como una máquina de vapor, con la boca abierta, las piernas separadas, los pies plantados en el suelo y los brazos cruzados.

Robin miró a su jefe dormido y suspiró. Strike nunca había mostrado hostilidad hacia Matthew, ni había hecho comentario alguno sobre él. Era Matthew quien se mortificaba con la existencia de Strike y casi nunca perdía la oportunidad de señalar que Robin podría estar ganando mucho más si hubiera aceptado cualquier otro de los empleos que le habían ofrecido, en lugar de quedarse con un detective privado pendenciero, endeudado hasta las cejas e incapaz de pagarle el sueldo que merecía. La vida cotidiana de Robin resultaría mucho más sencilla si conseguía que Matthew compartiera su opinión sobre Cormoran Strike, que le cayera bien, que lo admirara, incluso. Era optimista: si a ella le caían bien los dos, ¿por qué no podían caerse bien el uno al otro?

De pronto, Strike dio un resoplido y se despertó. Abrió los ojos y, parpadeando, miró a su secretaria.

—Estaba roncando —declaró, pasándose el dorso de la mano por los labios.

—No mucho —mintió ella—. Oye, Cormoran, ¿te importa si pasamos lo de las copas del viernes al jueves?

—¿Qué copas?

—Con Matthew y conmigo. ¿Te acuerdas? En The King's Arms, en Roupell Street. Te lo apunté —añadió ella con una jovialidad un tanto forzada.

—Ah, sí. El viernes.

—No, Matt quiere... El viernes no le va bien. ¿Te importa que lo pasemos al jueves?

—No, no me importa —respondió él, aún adormilado—. Me parece que voy a intentar dormir un poco, Robin.

—Vale. Voy a apuntarte lo del jueves.

—¿Qué pasa el jueves?

—Que hemos quedado con... Es igual, no importa. Vete a dormir.

Tras cerrarse la puerta de vidrio, Robin permaneció frente a la pantalla del ordenador, con la mirada perdida, y dio un respingo cuando volvió a abrirse.

—¿Puedes llamar a un tal Christian Fisher, Robin? —le pidió Strike—. Explícale quién soy, dile que estoy buscando a Owen Quine y que necesito la dirección de ese retiro para escritores del que le habló.

—Christian Fisher... ¿Dónde trabaja?

—Hostia —masculló Strike—. Pues no lo he preguntado. Estoy en la luna. Es editor, un editor de moda.

—No importa, ya lo buscaré. Vete a dormir.

Cuando la puerta de vidrio se hubo cerrado por segunda vez, Robin se puso a buscar en Google. Treinta segundos más tarde había descubierto que Christian Fisher era el fundador de una pequeña editorial llamada Crossfire, ubicada en Exmouth Market.

Mientras marcaba el número de teléfono de la editorial, Robin pensaba en la invitación de boda que ya llevaba una semana en su bolso. No le había comunicado a Strike la fecha de su boda con Matthew, ni le había dicho a éste que quería invitar a su jefe. Si lo de las copas del jueves salía bien...

—Crossfire —dijo una voz aguda al otro lado de la línea, y Robin se concentró en la tarea que le habían encomendado.

5

Nada hay que cause tan infinita desazón
como los propios pensamientos.

JOHN WEBSTER, *The White Devil*

Esa noche, a las nueve y veinte, Strike estaba tumbado sobre su
edredón en camiseta y calzoncillos, con los restos de un curry
para llevar en una silla junto a la cama, leyendo las páginas de-
portivas mientras en el televisor, orientado hacia la cama, daban
las noticias. La barra metálica que reemplazaba su tobillo derecho relucía, plateada, bajo la luz de la lámpara de mesa barata
que el detective había colocado a su lado, encima de una caja.

El miércoles por la noche se disputaba un Inglaterra-Fran-
cia amistoso en Wembley, pero a Strike le interesaba mucho más
el derby que el sábado siguiente el Arsenal iba a jugar en casa
contra el Tottenham. Desde muy joven era seguidor del Arsenal
por contagio de su tío Ted, a quien nunca había preguntado por
qué era de los Gunners habiendo vivido siempre en Cornualles.

Detrás de la ventanita que tenía al lado, las estrellas se esfor-
zaban por centellear a través de la neblina que velaba el cielo
nocturno. Unas pocas horas de sueño durante el día no habían
hecho casi nada para mitigar su agotamiento, pero no le apetecía acostarse todavía, sobre todo después de zamparse un *birya-
ni* de cordero enorme con una pinta de cerveza. A su lado, encima de la cama, estaba la nota escrita a mano que le había
entregado Robin esa noche, cuando él salió de la oficina. Había dos citas anotadas. La primera rezaba:

Christian Fisher, mañana 9 a. m., Crossfire Publishing, Exmouth Market EC1.

—¿Para qué quiere verme? —le había preguntado Strike, sorprendido—. Sólo necesito la dirección de ese retiro que le comentó a Quine.

—Ya lo sé —respondió Robin—, eso mismo le he dicho yo, pero parecía muerto de ganas de conocerte. Ha dicho que le iba bien mañana a las nueve y que no aceptaría un no por respuesta.

¿A qué estaría yo jugando?, se preguntó Strike con fastidio, mirando fijamente aquella nota.

Esa mañana, vencido por el agotamiento, se había dejado llevar por el mal genio y había mandado a paseo a un cliente adinerado que seguramente le habría conseguido más trabajo. A continuación había permitido que Leonora Quine se lo camelara, y la había aceptado como clienta pese a que las probabilidades de que sus servicios fueran debidamente remunerados eran muy escasas. Ahora que no la tenía delante, le costaba recordar la mezcolanza de lástima y curiosidad que lo había llevado a aceptar su caso. En el silencio frío e inhóspito de su habitación del ático, su compromiso de encontrar al malhumorado marido se le antojaba quijotesco e irresponsable. ¿Acaso la gracia de intentar pagar sus deudas no estaba en que así podría recuperar un poco de tiempo libre, un sábado por la tarde en el Emirates Stadium, una mañana de domingo en la cama? Después de trabajar sin apenas descanso durante meses, por fin empezaba a ganar dinero y atraía a clientes no sólo por aquel primer pico inesperado de notoriedad, sino por un boca a boca más discreto. ¿No podía haber aguantado a William Baker tres semanas más?

¿Por qué estaba ese tal Christian Fisher tan emocionado con el hecho de conocerlo en persona?, se preguntó el detective al releer la nota de Robin. ¿Sería el propio Strike quien le interesaba, ya fuera como el hombre que había resuelto el caso Lula Landry o (mucho peor) como el hijo de Jonny Rokeby? Era muy difícil calcular el nivel de celebridad de uno mismo. Strike daba por hecho que su fama imprevista ya estaba atenuándose. Había sido intenso mientras había durado, pero los periodistas ya no lo llamaban por teléfono desde hacía meses, más o menos el mismo tiempo que había pasado desde la última vez que, en un contexto ajeno al caso, alguien mencionaba a Lula Landry cuando él se presentaba con su nombre. Los desconocidos volvían a hacer lo que habían hecho casi desde que él tenía uso de razón: equivocarse y llamarlo «Cameron Strick» o algo parecido.

Por otra parte, cabía la posibilidad de que el editor estuviera impaciente por compartir con Strike algo que sabía del desaparecido Owen Quine, aunque, de ser ése el caso, el detective no entendía por qué se había negado a contárselo a la esposa de Quine.

La segunda cita que le había anotado Robin estaba debajo de la de Fisher:

Jueves 18 de noviembre, 6.30 p. m., The King's Arms, 25 Roupell Street, SE1.

Strike sabía por qué su secretaria había anotado la fecha con tanta claridad: estaba decidida a que en esa ocasión (¿era la tercera o la cuarta que lo intentaban?) su prometido y él se conocieran, por fin.

Aunque al contable, al que todavía no conocía, le habría costado creerlo, Strike agradecía la existencia de Matthew, así como del anillo de zafiros y diamantes que brillaba en el dedo anular de Robin. Matthew tenía toda la pinta de ser un gilipollas —Robin no podía imaginar la precisión con que Strike recordaba cada uno de los comentarios que ella había hecho de pasada sobre su prometido—, pero imponía una útil barrera entre Strike y una chica que, de no ser así, podría haber alterado su equilibrio.

Strike no había podido evitar encariñarse de Robin, quien había permanecido a su lado cuando él estaba de capa caída y lo había ayudado a salir del agujero; además, no estaba ciego y no se le escapaba el detalle de que se trataba de una mujer muy guapa. Para él, el compromiso de Robin era el medio por el que se bloqueaba una corriente de aire débil pero persistente, algo que, en caso de fluir sin restricción alguna, podría empezar a causarle graves inconvenientes. Strike consideraba que todavía estaba recuperándose tras una relación larga y turbulenta que había terminado como había empezado: con mentiras. No tenía ninguna intención de alterar su condición de soltero, que le resultaba cómoda y práctica, y durante meses había evitado con éxito las relaciones sentimentales, pese a los intentos de su hermana Lucy de hacerle salir con mujeres que parecían los saldos de una web de contactos.

Evidentemente, cabía la posibilidad de que, una vez casados, Matthew utilizara su mejorado estatus para convencer a su esposa de que dejara un empleo que a él no le gustaba nada (Strike había interpretado correctamente las vacilaciones y las evasivas de Robin a ese respecto). Sin embargo, Strike estaba convencido de que, si la fecha de la boda ya se hubiera fijado, Robin se lo habría comunicado; por lo tanto, todavía veía ese peligro como algo remoto.

Bostezó de nuevo, dobló el periódico, lo tiró encima de la silla y se concentró en las noticias de la televisión. El único lujo personal que se había permitido desde su mudanza a aquel pequeño ático había sido la televisión por satélite. Su televisor portátil reposaba ahora sobre una caja de Sky, y la imagen, que ya no dependía de una débil antena interior, era nítida en lugar de granulosa. Kenneth Clarke, el ministro de Justicia, estaba anunciando los planes del gobierno para recortar trescientos cincuenta millones de libras del presupuesto para asistencia jurídica gratuita. A través de la neblina de su cansancio, Strike vio cómo aquel hombre barrigudo exponía ante el Parlamento su intención de «disuadir a la gente de recurrir a un abogado cada vez que se enfrenta a un problema, y, en lugar de eso, animarla a plantearse métodos de solución de conflictos más adecuados».

Lo que quería decir, por supuesto, era que los pobres debían renunciar a los servicios que ofrecía la ley. Los ciudadanos de un nivel similar a los del cliente medio de Strike podían seguir recurriendo a abogados caros. Últimamente, casi todos sus encargos provenían de ricos desconfiados, objeto de una traición tras otra. Él proporcionaba la información a sus distinguidos abogados, y eso les permitía obtener mejores acuerdos en sus virulentos divorcios y en sus enconadas disputas empresariales. Un flujo constante de clientes de buena posición iba pasando su nombre a hombres y mujeres de su mismo perfil y con dificultades similares; así se premiaban los méritos en aquella profesión, y aunque se trataba de una recompensa bastante repetitiva y aburrida, por lo menos resultaba lucrativa.

Cuando terminaron las noticias, se levantó con dificultad de la cama, recogió los restos de comida de la silla que tenía al lado y anduvo con pasos rígidos hasta la pequeña cocina americana para fregarlo todo. Nunca dejaba por hacer esas cosas: de niño ya era ordenado, como su tío Ted, cuyo gusto por el orden —patente en todas partes, desde su caja de herramientas hasta el cobertizo de los botes— contrastaba con el caos que siempre rodeaba a la madre de Strike, Leda.

Pasados diez minutos, después de orinar por última vez en un váter que siempre estaba mojado debido a su proximidad a la ducha, y de lavarse los dientes en el fregadero de la cocina, donde había más espacio, Strike volvía a estar en la cama, quitándose la prótesis.

Las noticias se cerraban con la previsión meteorológica para el día siguiente: niebla y temperaturas bajo cero. Strike se aplicó unos polvos en el muñón de la pierna amputada; esa noche le dolía menos que en los últimos meses. Pese al desayuno inglés completo y el curry para llevar de ese día, había adelgazado un poco desde que podía cocinar, y eso había reducido la presión sobre la pierna.

Apuntó con el mando a distancia a la pantalla del televisor; una rubia risueña y su detergente en polvo se desvanecieron por completo, y Strike maniobró con torpeza para meterse bajo las sábanas.

Evidentemente, si Owen Quine estaba escondido en su retiro para escritores, sería fácil dar con él. Debía de ser un egocéntrico, un cretino que había decidido desaparecer con su precioso libro para llamar la atención.

La imagen mental, borrosa, de un hombre furioso marchándose indignado con una bolsa de viaje colgada del hombro se disolvió casi tan deprisa como se había formado. Strike estaba sumiéndose en un letargo grato, profundo y libre de imágenes. El débil punteo de un bajo eléctrico en el bar quedó enseguida sofocado por sus ásperos ronquidos.

6

Ya sabemos, señor Tattle, que con vos todo está
a salvo.

WILLIAM CONGREVE, *Love for Love*

A las nueve menos diez de la mañana siguiente Strike entró en
Exmouth Market; unos retazos de neblina helada todavía se ad-
herían a los edificios. Aquello no parecía propio de una calle londinense: ni las aceras ocupadas por las terrazas de las numerosas
cafeterías, ni las fachadas pintadas de colores pastel, ni la iglesia
de ladrillo con detalles decorativos dorados y azules semejante a
una basílica: la iglesia de Our Most Holy Redeemer, envuelta en
vapores humeantes. Niebla fría, tiendas llenas de objetos curiosos,
sillas y mesas en la acera... Si hubiera podido añadir el penetrante
olor a agua salada y los chillidos matutinos de las gaviotas, tal
vez habría pensado que se encontraba de nuevo en Cornualles,
donde había pasado los años más estables de su infancia.

Un letrerito en una puerta anodina junto a una panadería
identificaba las oficinas de Crossfire Publishing. A las nueve
en punto, Strike pulsó el timbre y accedió a una escalera muy
empinada con las paredes encaladas, por la que subió despacio,
con cierta dificultad y cargando todo su peso en el pasamano.

En el último rellano lo esperaba un hombre delgado de
unos treinta años, con gafas y aspecto refinado. Tenía el pelo
ondulado, largo hasta los hombros, y vestía vaqueros, chaleco
y una camisa con estampado de cachemira y volantitos en los
puños.

—Hola —lo saludó—. Soy Christian Fisher. Es usted Cameron, ¿verdad?

—Cormoran —lo corrigió Strike—, pero...

Iba a añadir que también respondía al nombre de Cameron, su respuesta estándar ante un error común desde hacía años, pero Christian Fisher se apresuró a replicar:

—Cormoran, como el gigante de Cornualles.

—Exacto —confirmó Strike, sorprendido.

—El año pasado publicamos un libro infantil sobre folclore inglés —explicó el editor, mientras abría una puerta blanca de doble hoja y conducía a Strike a una planta abierta abarrotada, con las paredes llenas de pósteres y numerosas estanterías, todas desordenadas. Una joven desaliñada de pelo castaño levantó la vista con curiosidad cuando Strike pasó a su lado—. ¿Café? ¿Té? —ofreció Fisher, y guió a Strike hasta su despacho, una habitación pequeña, apartada de la zona común, con agradables vistas de la calle brumosa y adormecida—. Puedo pedirle a Jade que salga un momento a traernos lo que sea.

Strike declinó el ofrecimiento alegando que acababa de tomar café, cosa que era cierta; sin embargo, se preguntó por qué estaría preparándose Fisher para una reunión más larga de lo que, en opinión de Strike, justificaban las circunstancias.

—Pues sólo un café con leche, Jade —dijo Fisher asomando la cabeza por la puerta—. Siéntese —añadió el editor a continuación, y empezó a buscar por las estanterías que cubrían las paredes—. ¿No vivía en la isla de Saint Michael, el gigante Cormoran?

—Sí —confirmó Strike—. Y se supone que lo mató Jack. El de las habichuelas mágicas.

—Ha de estar por aquí. —Fisher seguía buscando por los estantes—. *Cuentos populares de las Islas británicas*. ¿Tiene usted hijos?

—No.

—Ah, entonces no importa. —Compuso una sonrisa y se sentó frente a Strike—. Bueno, ¿puedo preguntarle quién lo ha contratado? ¿O me permite adivinarlo?

—Como quiera —respondió Strike, quien por principio nunca se oponía a la especulación.

—O Daniel Chard o Michael Fancourt. ¿Me equivoco?

Los cristales de las gafas le empequeñecían los ojos, que parecían muy concentrados. Strike disimuló su sorpresa. Michael Fancourt era un escritor muy famoso que acababa de ganar un importante premio literario. ¿Por qué motivo iba a estar interesado por el desaparecido?

—Me temo que sí —contestó el detective—. Ha sido Leonora, la esposa de Quine.

Fisher mostró una perplejidad casi cómica.

—¿Su esposa? ¿Esa mosquita muerta que se parece a Rose West? ¿Por qué iba a contratar ella a un detective privado?

—Su marido ha desaparecido. Se marchó hace once días.

—¿Que Quine ha desaparecido? Pero... Pero entonces...

Strike se dio cuenta de que Fisher había previsto una conversación muy diferente, una conversación que estaba impaciente por mantener.

—Pero ¿por qué le ha pedido ella que venga usted a verme?

—Leonora cree que usted sabe dónde está Quine.

—¿Cómo demonios iba yo a saberlo? —preguntó Fisher, cuya perplejidad parecía sincera—. No soy amigo de Quine.

—Pues su esposa dice que lo oyó a usted hablar con su marido de un retiro para escritores, en una fiesta...

—¡Ah! —exclamó Fisher—. Sí, Bigley Hall. Pero ¡seguro que Owen no está allí! —agregó, y al instante se transformó en una especie de duendecillo shakespeariano con gafas: un personaje jovial con una buena dosis de astucia—. Allí no dejarían entrar a Owen Quine ni pagando. Es un camorrista nato. Y una de las mujeres que dirige ese sitio no puede verlo ni en pintura. Owen escribió una crítica durísima de su primera novela, y ella nunca se lo ha perdonado.

—De todas formas, ¿podría facilitarme el número de teléfono? —preguntó Strike.

—Lo tengo aquí. —Fisher se sacó un teléfono del bolsillo trasero de los vaqueros—. Voy a llamar...

Así lo hizo, y a continuación puso el teléfono encima de la mesa y activó el altavoz para que Strike pudiera oír la conversación. El tono de llamada se prolongó durante un minuto, hasta que contestó una voz femenina entrecortada.

—Bigley Hall.

—Hola. ¿Eres Shannon? Soy Chris Fisher, de Crossfire.

—Hola, Chris. ¿Qué tal?

Se abrió la puerta del despacho de Fisher y por ella entró la chica morena y desaliñada, quien, sin decir nada, dejó un café con leche ante su jefe y se marchó.

—Mira, Shan —dijo Fisher en el momento en que la puerta se cerraba con un chasquido—, llamo para saber si Owen Quine está con vosotras. No habrá pasado por ahí, ¿verdad?

—¿Quine?

Incluso reducido a un lejano y minúsculo monosílabo, el profundo desprecio de Shannon resonó por la habitación forrada de estanterías.

—Sí. ¿Sabes algo de él?

—Hace más de un año que no lo veo. ¿Por qué? No estará pensando en venir aquí, ¿verdad? No hace falta que te diga que no será bien recibido.

—Tranquila, Shan. Creo que su mujer ha entendido mal algo que le dijeron. Ya hablaremos.

Fisher, impaciente por seguir hablando con Strike, se despidió apresuradamente de su interlocutora.

—¿Lo ve? —dijo—. Ya se lo he dicho. Owen no podría haber ido a Bigley Hall por mucho que quisiera.

—¿Y por qué no se lo dijo a su esposa cuando lo llamó por teléfono?

—¡Ah, por eso no paraba de llamarme! —exclamó Fisher, como si acabara de entenderlo—. Yo creía que era Owen quien le pedía que me llamara.

—¿Por qué iba a pedirle a su esposa que lo llamara?

—Hombre, pues... —El editor esbozó una sonrisa, y, al ver que Strike no se la devolvía, soltó una risita y explicó—: Por *Bombyx Mori*. Pensé que era típico de Quine hacer que su esposa me llamara y me sondeara.

—*Bombyx Mori* —repitió Strike, tratando de no parecer inquisitivo ni desconcertado.

—Sí, creí que Quine me daba la lata para ver si aún había alguna posibilidad de que yo se lo publicara. Hacer llamar a su mujer era típico de él. No sé si alguien se atreverá a acercarse a *Bombyx Mori* ahora, pero le aseguro que no seré yo. Somos una editorial pequeña. No tenemos presupuesto para pleitos.

Al ver que no iba a conseguir nada fingiendo saber más de lo que sabía, Strike cambió de táctica.

—¿*Bombyx Mori* es la última novela de Quine?

—Sí. —Fisher dio un sorbo a su café con leche, servido en taza desechable, y retomó el hilo de sus pensamientos—. Así que ha desaparecido, ¿no? Yo suponía que se quedaría por aquí. Para contemplar el espectáculo. Creía que lo había hecho precisamente para eso. ¿O se ha acojonado? No parece propio de Owen.

—¿Cuánto tiempo llevan publicando a Quine? —preguntó Strike.

Fisher lo miró con gesto de incredulidad.

—Pero ¡si yo no le he publicado nada! —respondió.

—Yo creía que...

—Sus tres últimos libros los ha publicado Roper Chard. ¿O son cuatro? No, lo que pasó fue que hace unos meses yo estaba en una fiesta con Liz Tassel, su agente, y ella, que llevaba unas copas de más, me dijo en confianza que no sabía cuánto tiempo iban a seguir soportando a Quine en Roper, y yo le aseguré que no me importaría echar un vistazo a su siguiente libro. Actualmente, Quine pertenece a la categoría de «escritores buenos de tan malos como son»; podríamos haber hecho una campaña de promoción original. Además, estaba *El pecado de Hobart*. Ése sí era un buen libro. Pensé que Quine quizá aún tuviera algo que decir.

—¿Ella le envió *Bombyx Mori*? —preguntó Strike, tanteando el terreno.

Se maldijo por lo poco concienzudo que había sido el día anterior durante la entrevista con Leonora Quine. Eso le pasaba por aceptar una clienta cuando estaba medio muerto de agotamiento. Acostumbrado a acudir a las entrevistas sabiendo más que el entrevistado, de pronto se sentía extrañamente inseguro.

—Sí, me mandó un ejemplar un viernes, hace dos semanas —contestó Fisher, y su sonrisita se volvió aún más taimada—. El peor error que ha cometido la pobre Liz en toda su vida.

—¿Por qué?

—Porque es evidente que no se había leído el libro como es debido, o que no se lo había leído entero. Un par de horas después de recibirlo, me llegó este mensaje de voz con claras muestras de pánico: «Chris, ha habido un error, me he equivocado de manuscrito. No lo leas, por favor. Devuélvemelo enseguida, estaré esperando en la oficina.» Jamás había oído a Liz Tassel hablar así. Estaba aterrorizada. Es una mujer de armas tomar, capaz de intimidar a cualquiera.

—¿Y le devolvió el libro?

—Claro que no. Me pasé casi todo el sábado leyéndolo.

—¿Y?

—¿No se lo han contado?

—¿Contarme qué?

—De qué va el libro —respondió Fisher—. Lo que ha hecho Quine.

—¿Qué ha hecho?

Fisher dejó de sonreír y bajó su taza de café.

—Algunos de los mejores abogados de Londres me han advertido que no lo revele.

—¿Quién ha contratado a esos abogados? —preguntó Strike. Como Fisher no contestaba, añadió—: ¿Chard o Fancourt?

—Chard —respondió Fisher, cayendo de lleno en la trampa de Strike—. Aunque, si yo fuera Owen, me preocuparía más Fancourt. Puede llegar a ser un cabronazo. Jamás olvida, es muy rencoroso. Supongo que esto no saldrá de aquí, ¿no? —se apresuró a añadir.

—¿Y ese Chard del que habla? —preguntó Strike, avanzando a tientas.

—Daniel Chard, presidente de Roper Chard —respondió Fisher con un deje de impaciencia—. No me explico cómo

Owen ha podido jugársela así a la persona que está al frente de la editorial que publica sus libros, pero ése es Owen. El hijo de puta más descaradamente iluso que he conocido, con una arrogancia monumental. Supongo que creía que podría presentar a Chard como...

Fisher se interrumpió y soltó una risita nerviosa.

—Soy un peligro para mí mismo. Digamos que me sorprende que Owen creyera que se saldría con la suya. A lo mejor se acojonó cuando comprendió que todo el mundo sabía exactamente qué estaba insinuando, y se largó por eso.

—¿Qué pasa? Que el libro es difamatorio, ¿no?

—La ficción abarca terrenos poco definidos —empezó a explicar Fisher—. Si cuentas la verdad de forma grotesca... Aunque no estoy insinuando que lo que él narra sea cierto. No podría ser literalmente cierto —se apresuró a añadir—. Pero todos los personajes son reconocibles; se carga a unas cuantas personas, y de forma muy inteligente. La verdad es que recuerda mucho a las primeras obras de Fancourt. Mucha sangre y mucho simbolismo misterioso. Hay momentos en que no acabas de ver por dónde va, pero quieres saber qué hay en la bolsa, qué hay en el fuego.

—¿Qué hay dónde?

—No importa. Son cosas del libro. ¿Leonora no le comentó nada de todo esto?

—No.

—Qué raro, porque ella debe de saberlo. Me apuesto algo a que Quine es de esos escritores que se pasan todas las comidas soltando conferencias a la familia sobre su libro.

—¿Y usted por qué creía que Chard o Fancourt podían haber contratado a un detective privado si no sabía que Quine había desaparecido?

Fisher se encogió de hombros.

—No lo sé. Pensé que a lo mejor uno de ellos intentaba averiguar qué piensa hacer Quine con el libro, para impedírselo o para advertir al nuevo editor de que le pondría una demanda. O que confiaba en descubrir algo sobre él para pagarle con la misma moneda.

—¿Por eso tenía tanto interés en hablar conmigo? —preguntó Strike—. ¿Ha descubierto algo sobre Quine?

—No —contestó Fisher, riendo—. Es que soy un cotilla. Quería saber qué está pasando.

Miró la hora, le dio la vuelta a una cubierta que tenía delante y retiró un poco la silla. Strike captó la indirecta.

—Gracias por dedicarme un poco de su tiempo —dijo el detective al levantarse—. Si sabe algo de Owen Quine, ¿me avisará, por favor?

Entregó una tarjeta a Fisher, y éste la leyó frunciendo la frente mientras rodeaba la mesa para acompañarlo hasta la puerta.

—Cormoran Strike... Strike... Me suena de algo, ¿verdad?

Entonces se le encendió la luz. De pronto, Fisher volvió a animarse, como si se le hubieran recargado las baterías.

—¡Hostia, si es el de Lula Landry!

Strike sabía que podía volver a sentarse, pedir un café con leche y disfrutar de toda la atención de Fisher durante una hora más. Sin embargo, se despidió con firme cordialidad y, al cabo de unos minutos, volvió a salir, solo, a la calle fría y brumosa.

7

Juro por Dios que jamás se me podrá culpar
de leer nada semejante.

BEN JONSON, *Every Man in His Humour*

Cuando se enteró por teléfono de que su marido no estaba en
el retiro para escritores, Leonora Quine mostró cierta ansiedad.

—Pero entonces... ¿dónde está? —dijo, como si hablara
para sí misma.

—¿Adónde suele ir cuando desaparece? —preguntó Strike.

—A algún hotel. Una vez se quedó en casa de una mujer,
pero ya no se ven. Orlando —dijo bruscamente, apartando el auricular—, deja eso, es mío. Te he dicho que es mío. ¿Qué? —preguntó dirigiéndose de nuevo a Strike.

—No, no he dicho nada. ¿Quiere que siga buscando a su
marido?

—Por supuesto. Si no, ¿cómo demonios voy a encontrarlo?
No puedo dejar sola a Orlando. Pregúntele a Liz Tassel dónde
está. Ella ya lo encontró otra vez. En el Hilton —añadió Leonora
de improviso—. Una vez estaba en el Hilton.

—¿En qué Hilton?

—No lo sé, pregúntele a Liz. Owen se ha marchado por su
culpa, así que bien podría ayudarme a recuperarlo. Pero no se
pone al teléfono cuando la llamo. Orlando, deja eso.

—¿Se le ocurre alguien más...?

—Si se me ocurriera, ya se lo habría preguntado, ¿no le parece? —le espetó Leonora Quine—. ¡Usted es el detective! ¡Encuéntrelo! ¡Orlando!

—Señora Quine, tenemos que...

—Llámeme Leonora.

—Leonora, tenemos que plantearnos la posibilidad de que a su marido le haya pasado algo. Lo encontraríamos antes —prosiguió Strike hablando más alto para hacerse oír por encima del estrépito doméstico del otro lado de la línea— si informáramos a la policía.

—No quiero. Ya llamé a la policía aquella vez que se marchó una semana, y apareció en casa de su amiga, y no les hizo ninguna gracia. Si vuelvo a hacerlo, se enfadará. Además, Owen no... ¡Déjalo, Orlando!

—La policía tiene medios para distribuir su fotografía y...

—No quiero líos, sólo quiero que vuelva a casa. ¿Por qué no vuelve? —añadió, irritada—. Ya ha tenido tiempo de calmarse.

—¿Ha leído el último libro de su marido? —le preguntó Strike.

—No. Nunca los leo hasta que están terminados, con las tapas y todo.

—¿Le ha contado de qué trata?

—No, no le gusta hablar de su trabajo mientras está... ¡Orlando, deja eso!

Strike no supo si Leonora Quine había colgado deliberadamente o no.

La niebla de las primeras horas de la mañana ya se había disipado. La lluvia salpicaba las ventanas del despacho del detective. Estaba a punto de llegar una clienta, otra mujer en pleno proceso de divorcio, empeñada en averiguar dónde escondía sus bienes el que pronto sería su ex marido.

—Robin —dijo Strike, asomándose a la recepción—, ¿puedes buscar una fotografía de Owen Quine en internet e imprimirla? Y llama a su agente, Elizabeth Tassel, a ver si se presta a que le haga unas preguntitas.

Iba a volver a su despacho, pero se le ocurrió otra cosa.

—¿Y podrías buscar «*bombyx mori*» y enterarte de qué significa?

—¿Cómo se escribe?

—Ni idea —admitió Strike.

La divorciada en ciernes llegó puntual, a las once y media. Se trataba de una cuarentona de aspecto sospechosamente juvenil que emanaba un encanto tembloroso y un aroma almizclado que, según Robin, hacía que la oficina pareciese abarrotada. Strike entró en su despacho con ella, y durante dos horas Robin sólo oyó el suave ondular de sus voces por encima del golpeteo constante de la lluvia y la pulsación de sus dedos en el teclado; todos ellos sonidos tranquilos y apacibles. Robin ya se había acostumbrado a oír estallidos repentinos de llanto, gemidos e incluso gritos provenientes del despacho de Strike. A veces, lo más inquietante eran los silencios repentinos, como cuando un cliente se desmayó (y, como supieron más tarde, habían sufrido un pequeño infarto) al ver las fotografías de su mujer con su amante, tomadas por Strike con un teleobjetivo.

Cuando salieron por fin Strike y su clienta, que se despidió de él con excesiva efusividad, Robin le entregó a su jefe una fotografía grande de Owen Quine sacada de la web del Festival Literario de Bath.

—¡Madre mía! —exclamó Strike.

Owen Quine era un hombre corpulento y elegante de unos sesenta años; tenía la tez clara y el pelo rubio, desgreñado y canoso, y llevaba una barba puntiaguda al estilo Van Dyke. Sus ojos parecían de colores diferentes, lo que confería una intensidad particular a su mirada. Para fotografiarse se había envuelto en una especie de capa tirolesa y se había tocado con un sombrero de fieltro con una pluma de adorno.

—Dudo que un tipo así pase desapercibido mucho tiempo —observó Strike—. ¿Podrías hacer unas cuantas copias, Robin? Tal vez tengamos que llevarlas a algunos hoteles. Su mujer cree que en cierta ocasión Quine se alojó en un Hilton, pero no recuerda en cuál. ¿Te importa empezar a llamar para ver si se ha registrado en alguno? Supongo que en tal caso no habrá utilizado su verdadero nombre, pero podrías intentar describirlo. ¿Ha habido suerte con Elizabeth Tassel?

—Sí —contestó Robin—. Parece mentira, pero estaba a punto de llamarla cuando ha llamado ella.

—¿Ha llamado aquí? ¿Qué quería?

—Christian Fisher le ha contado que has ido a verlo.

—¿Y?

—Esta tarde tiene reuniones, pero quiere verte mañana a las once en su despacho.

—¿Ah, sí? —dijo Strike, risueño—. Esto se pone cada vez más interesante. ¿Le has preguntado si sabe dónde está Quine?

—Sí, y dice que no tiene ni idea, pero insiste en que quiere verte. Es muy mandona. Me ha recordado a una directora de colegio. Ah, y «*bombyx mori*» —concluyó— significa «gusano de seda» en latín.

—¿«Gusano de seda»?

—Sí, ¿y sabes qué? Yo creía que los gusanos hacían como las arañas, que tejen sus telarañas, pero ¿sabes cómo se obtiene la seda de los gusanos?

—Pues no, la verdad.

—Los hierven. Los hierven vivos para que no dañen los capullos al salir de ellos. Lo que está hecho de seda son los capullos. No es muy bonito, ¿verdad? Pero ¿a qué viene tu interés por los gusanos de seda?

—Quería saber por qué Owen Quine ha titulado su novela *Bombyx Mori* —contestó Strike—. Pero sigo sin entenderlo.

Strike pasó toda la tarde ocupándose del aburrido papeleo relacionado con un seguimiento y confiando en que mejorara el tiempo, ya que, como no le quedaba casi nada para comer en la oficina, iba a tener que bajar a la calle. Después de que Robin se marchara, Strike siguió trabajando mientras arreciaba la lluvia que golpeaba el cristal de su ventana. Al final se puso el abrigo, bajó con la intención de comprar algo de comer en el supermercado más cercano y echó a andar por la encharcada y oscura Charing Cross Road, bajo lo que ya se había convertido en un aguacero. Últimamente recurría demasiado a la comida para llevar.

De regreso, con una abultada bolsa de la compra en cada mano, y llevado por un impulso, entró en una librería de viejo que estaba a punto de cerrar. El hombre detrás del mostrador no estaba seguro de si tenía un ejemplar de *El pecado de Hobart*, el primer libro de Owen Quine y, presuntamente, el mejor; pero tras mucho mascullar sin llegar a ninguna conclusión y examinar de modo poco convincente la pantalla de su ordenador, le ofreció a Strike un ejemplar de *Los hermanos Balzac*, del mismo autor. Cansado, mojado y hambriento, Strike pagó dos libras por el maltrecho libro encuadernado en tapa dura y se lo llevó a su ático.

Después de guardar las provisiones y prepararse un plato de pasta, Strike se tumbó en la cama —con una noche densa, oscura y fría detrás de la ventana— y abrió el libro del escritor desaparecido.

El estilo era elaborado y florido, y la historia, truculenta y surreal. Dos hermanos, llamados Varicocele y Vas, estaban encerrados en una habitación abovedada mientras el cadáver de su hermano mayor se pudría lentamente en un rincón. Entre discusiones de borrachos sobre literatura, lealtad y el escritor francés Balzac, intentaban escribir a cuatro manos una biografía del hermano que estaba descomponiéndose. Varicocele se palpaba constantemente los doloridos testículos, lo que Strike interpretó como una metáfora torpe del bloqueo del escritor; al parecer, era Vas quien hacía casi todo el trabajo.

Cuando llevaba leídas cincuenta páginas, y tras murmurar «¡Qué gilipollez!», Strike dejó el libro e inició el laborioso proceso de acostarse.

El profundo y delicioso letargo de la noche anterior brillaba por su ausencia. La lluvia tamborileaba en la ventana de su habitación del ático, y tuvo un sueño inquieto y poblado de catástrofes. Por la mañana, Strike se despertó con una sensación desagradable, parecida a una resaca. La lluvia seguía golpeando en la ventana, y cuando encendió el televisor, vio que Cornualles había sufrido graves inundaciones; había gente atrapada en sus coches u obligada a evacuar sus casas y apretujarse en refugios de emergencia.

Strike cogió el móvil y marcó el número de teléfono, tan familiar para él como su propio reflejo en el espejo, que a lo largo de toda su vida siempre había significado seguridad y estabilidad.

—¿Diga? —contestó su tía.

—Hola, soy Cormoran. ¿Estáis bien, Joan? Acabo de ver las noticias.

—Sí, de momento estamos bien, cielo. La peor parte se la ha llevado el norte de la costa. Bueno, llueve mucho y hay tormenta, pero nada comparado con lo de Saint Austell. Nosotros también estamos viendo las noticias. ¿Cómo va todo, Corm? Hacía mucho que no hablábamos. Precisamente anoche Ted y yo comentábamos que no sabíamos nada de ti y queríamos proponerte que, ahora que vuelves a estar solo, vengas a pasar la Navidad con nosotros. ¿Qué te parece?

Strike no podía vestirse ni colocarse la prótesis mientras hablaba por teléfono. Durante media hora, su tía soltó un chorro incontenible de información local, con fugaces y repentinas incursiones en el territorio personal, donde él prefería no dejarla entrar. Tras un último interrogatorio acerca de su vida amorosa, sus deudas y su pierna amputada, la tía lo dejó por fin en paz.

Strike llegó al despacho tarde, cansado y de mal humor. Llevaba traje oscuro y corbata; Robin se preguntó si habría quedado para comer con la morena en trámites de divorcio después de su cita con Elizabeth Tassel.

—¿Has oído las noticias?

—¿Las inundaciones de Cornualles? —preguntó Strike, al tiempo que encendía la tetera, porque el primer té del día se le había enfriado mientras su tía parloteaba sin parar.

—Guillermo y Kate se han comprometido.

—¿Quiénes?

—El príncipe Guillermo —respondió Robin, risueña— y Kate Middleton.

—Ah —dijo Strike con frialdad—. Me alegro por ellos.

Él también había formado en las filas de los prometidos hasta unos pocos meses antes. No sabía cómo progresaba el nuevo compromiso de su ex novia, ni le gustaba preguntarse cuándo iba a terminar. (En cualquier caso, no como había terminado el suyo, por supuesto, con ella arañándole la cara y revelando su traición, sino con la clase de boda que Strike jamás podría haberle ofrecido, un enlace más parecido al que pronto celebrarían Guillermo y Kate.)

Robin no consideró prudente romper aquel silencio taciturno hasta que Strike se hubo bebido media taza de té.

—Justo antes de que bajaras, ha llamado Lucy para recordarte la fiesta de cumpleaños del sábado por la noche y preguntarte si irás acompañado.

El estado de ánimo de Strike descendió varios peldaños. Se había olvidado por completo de la cena en casa de su hermana.

—Vale —dijo, apesadumbrado.

—¿El sábado es tu cumpleaños? —preguntó Robin.

—No.

—¿Cuándo es?

Strike suspiró. No quería que nadie le comprara pasteles, tarjetas de felicitación ni regalos, pero Robin lo miraba con gesto expectante.

—El martes —confesó.

—¿El veintitrés?

—Sí.

Tras una breve pausa, a Strike se le ocurrió pensar que tal vez debiera preguntárselo él también.

—¿Y el tuyo? —Robin no contestó de inmediato, y Strike se temió lo peor—. Hostia, no será hoy, ¿verdad?

—No, ya ha pasado —replicó ella, riendo—. Es el nueve de octubre. Tranquilo, cayó en sábado —dijo sonriendo ante la expresión atribulada de su jefe—. No me pasé todo el día aquí sentada esperando que me regalaras flores.

Strike le devolvió la sonrisa. Dado que había pasado su cumpleaños y ni siquiera se le había ocurrido averiguar cuándo era, sintió que debía hacer algún esfuerzo adicional, así que añadió:

—Suerte que Matthew y tú todavía no habéis fijado una fecha. Al menos vuestra boda no coincidirá con el enlace real.

—Bueno... —Robin se sonrojó—. Sí que la hemos fijado.

—¿Ah, sí?

—Sí. El... ocho de enero. Tengo tu invitación aquí —dijo, y se abalanzó sobre su bolso (aún no le había preguntado a Matthew si le parecía bien que invitara a Strike, pero ya era demasiado tarde para eso)—. Toma.

—¿El ocho de enero? —Strike cogió el sobre plateado—. Pero si sólo faltan... ¿Cuánto? ¿Siete semanas?

—Sí.

Se produjo una pausa breve y extraña. Strike no conseguía recordar en aquel instante qué era lo que pretendía encargarle a Robin; pero se acordó por fin y, mientras se daba golpecitos en la palma de la mano con el sobre plateado, preguntó con gesto serio:

—¿Cómo va lo de los Hilton?

—He llamado a unos cuantos. Quine no se ha registrado en ninguno con su nombre verdadero y nadie lo ha reconocido por la descripción. Pero todavía me quedan muchos en la lista. ¿Y tú qué vas a hacer después de ver a Elizabeth Tassel? —preguntó como de pasada.

—Fingir que quiero comprarme un piso en Mayfair. Por lo visto, hay un marido que intenta reunir un poco de capital y llevárselo a un paraíso fiscal antes de que los abogados de su mujer puedan impedírselo.

»Bueno —dijo, guardándose en el bolsillo del abrigo la invitación sin abrir—, tengo que irme. He de encontrar a un escritorzuelo.

8

Tomé el libro, y esfumóse el anciano.

John Lyly, *Endymion: or, the Man in the Moon*

Durante el breve trayecto en metro hasta la oficina de Elizabeth Tassel, una sola parada (Strike no se sentó, pues nunca se relajaba del todo en esos viajes tan cortos, concentrado en apuntalar bien la pierna ortopédica para evitar posibles caídas), tuvo tiempo de reparar en que Robin no le había reprochado que hubiera aceptado el caso Quine. Evidentemente, ella no era nadie para censurar a su jefe, pero había rechazado un sueldo mucho mejor para trabajar con él, y sería razonable que esperara que, una vez pagadas las deudas, Strike pudiera como mínimo ofrecerle un aumento. Sin embargo, curiosamente, Robin no era dada a las críticas ni a los silencios condenatorios; era la única mujer de la vida de Strike que, al parecer, no tenía intención de mejorarlo ni de corregirlo. Él sabía por experiencia propia que a menudo las mujeres esperaban que interpretaras sus enormes esfuerzos por cambiarte como una prueba de lo mucho que te amaban.

Y se casaba al cabo de siete semanas. Faltaban siete semanas para que se convirtiera en la señora de... ¿Se le había olvidado el apellido de su prometido, o es que nunca lo había sabido?

Mientras esperaba el ascensor en Goodge Street, sintió un impulso repentino e incontenible de llamar a aquella clienta suya, la morena en trámites de divorcio —quien había dejado bastante claro que le encantaría tal cosa—, y quedar con ella esa

58

misma noche para tirársela en lo que imaginaba que sería una cama blanda y mullida, intensamente perfumada, en su casa del barrio de Knightsbridge. Sin embargo, no podía más que descartar la idea. Sería una locura dejarse llevar; aún peor que aceptar un caso de desaparición por el que era muy probable que no cobrara ni un céntimo.

¿Y por qué pierdes el tiempo con Owen Quine?, se preguntó, con la cabeza gacha bajo la lluvia copiosa. *Por curiosidad*, se contestó tras unos momentos de reflexión, y quizá también por algo más difícil de explicar. Mientras avanzaba hacia Store Street con los ojos entornados para ver bajo el aguacero, y concentrado en no caerse por aquellas aceras resbaladizas, se dijo que su paladar corría el peligro de saturarse con las innumerables variaciones de codicia y venganza que sus clientes adinerados no cesaban de presentarle. Llevaba mucho tiempo sin investigar un caso de desaparición. Si conseguía devolver a Quine a su familia, se quedaría satisfecho.

La agencia literaria de Elizabeth Tassel se hallaba en una calle sin salida sorprendentemente tranquila que daba a Gower Street, flanqueada por antiguas caballerizas de ladrillo oscuro, casi todas convertidas en viviendas. Strike pulsó un timbre junto a una discreta placa de latón. A continuación se oyó un ruido sordo de pasos, y un joven de tez clara, con el cuello de la camisa desabrochado, abrió la puerta al pie de una escalera con alfombra roja.

—¿Es usted el detective privado? —preguntó con una mezcla de emoción e inquietud.

Strike lo siguió, goteando, por la alfombra raída y subió la escalera; en el rellano, una puerta de caoba daba a una gran oficina que en su día debió de ser un vestíbulo y un salón independientes.

Allí, la vetusta elegancia iba desintegrándose lentamente hasta convertirse en simple desaliño. Las ventanas estaban empañadas debido a la condensación del aire, cargado de olor a tabaco. Una profusión de estanterías de madera abarrotadas cubría las paredes, y el deslucido papel pintado quedaba casi oculto bajo los marcos con caricaturas y viñetas literarias. Había dos mesas macizas, una frente a otra, sobre una alfombra gastada, pero ambas estaban vacías.

—¿Me da su abrigo? —preguntó el joven, y una chica delgada y de aspecto asustadizo dio un respingo y asomó por detrás de una de las mesas. Tenía una esponja sucia en una mano.

—¡No consigo quitarla, Ralph! —susurró, agobiada, al joven que había guiado a Strike.

—Maldito animal —masculló Ralph con enojo—. Ese perro decrépito de Elizabeth ha vomitado debajo de la mesa de Sally —explicó *sotto voce*, mientras cogía el empapado Crombie de Strike y lo colgaba en una percha de pie victoriana junto a la puerta—. Voy a decirle que ya ha llegado. Sigue frotando —le aconsejó a su colega, mientras iba hasta otra puerta de caoba y la abría un poco.

—El señor Strike está aquí, Liz.

Se oyó un fuerte ladrido, y a continuación, una tos humana, agarrada y vibrante, digna de los pulmones de un viejo minero del carbón.

—Sujétalo —dijo una voz ronca, y Ralph entró en el despacho de la agente.

Al abrirse de nuevo la puerta, Strike vio a Ralph sujetando con fuerza por el collar a un dóberman viejo, pero sin duda todavía batallador, y a una mujer alta y robusta de unos sesenta años, con facciones grandes que componían un rostro poco agraciado. Tenía una melena corta y geométricamente perfecta de pelo canoso que, añadida al traje chaqueta negro de corte sobrio y un toque de pintalabios rojo, le conferían cierto estilo. Emanaba esa aura de esplendor que en las mujeres maduras de éxito suele sustituir al atractivo sexual.

—Será mejor que lo saques a pasear, Ralph —dijo la agente, mirando con sus ojos verde oscuro a Strike. La lluvia seguía aporreando los cristales de las ventanas—. Y no te olvides las bolsas, que hoy va un poco suelto de vientre.

»Adelante, señor Strike.

Con evidente asco, su ayudante sacó del despacho el perro, cuya cabeza parecía la de un Anubis viviente; al cruzarse con Strike, el dóberman gruñó con saña.

—Café, Sally —dijo en tono brusco la agente a la chica con cara de susto.

Al ver que Sally se incorporaba de un brinco tras esconder la esponja y desaparecía por una puerta que había más allá de la mesa, Strike confió en que se lavara las manos a conciencia antes de preparar los cafés.

En el sofocante despacho de Elizabeth Tassel se reconcentraba el ambiente del resto de la oficina: apestaba a tabaco y a perro viejo. Bajo la mesa de la agente había una cama de tweed para el animal; las paredes estaban atestadas de fotografías y fotocopias viejas. Strike reconoció uno de los retratos más destacados: un autor de libros infantiles ilustrados, anciano y bastante famoso, llamado Pinkelman; no estaba seguro de que todavía viviera. Tras invitarlo por señas a sentarse frente a ella (en una silla de la que el detective tuvo que retirar un montón de papeles y ejemplares viejos de *The Bookseller*), la agente sacó un cigarrillo de una caja que había encima de la mesa, lo encendió con un mechero de ónix, inhaló profundamente y estalló en un acceso prolongado de tos ronca y acompañada de pitidos.

—Bueno —dijo carraspeando cuando al fin paró de toser y pudo sentarse de nuevo en la silla de piel detrás de la mesa—, ya me ha contado Christian Fisher que Owen ha protagonizado otra de sus famosas desapariciones.

—Exacto —confirmó Strike—. Desapareció la noche en que ustedes dos discutieron sobre su libro.

La mujer empezó a hablar, pero sus palabras se desintegraron de inmediato en un nuevo acceso de tos. De las profundidades de su torso salían unos ruidos horribles y desgarradores. Strike esperó en silencio a que se le pasara el ataque.

—Vaya tos —comentó por fin cuando el silencio la sucedió, y, a continuación, por increíble que pudiera parecer, la mujer dio otra ávida calada al cigarrillo—. Gripe —dijo con voz áspera—. No consigo quitármela de encima. ¿Cuándo fue a verlo Leonora?

—Anteayer.

61

—¿Seguro que puede pagar sus servicios? —añadió carraspeando—. Porque me imagino que el detective que resolvió el caso Landry no debe de salir barato.

—La señora Quine insinuó que acaso usted se haría cargo de mis honorarios —explicó Strike.

A Elizabeth se le colorearon las bastas mejillas, y sus ojos, llorosos de tanto toser, se entornaron.

—Pues ya puede ir corriendo a ver a Leonora. —Su pecho empezó a dar sacudidas bajo la elegante chaqueta negra, y contuvo el impulso de volver a toser—. Dígale que no pienso gastarme ni un cecéntimo para encontrar a ese desgraciado. Ya no es... Ya no es cliente mío. Dígale... Dígale...

Sucumbió a otra explosión gigantesca de tos.

Se abrió la puerta y entró la chica delgada. Llevaba una pesada bandeja de madera con tazas y una cafetera, que manejaba con dificultad. Strike se levantó para ayudarla; en la mesa apenas había espacio para ponerla, y la ayudante intentó despejarla un poco. Con los nervios, derribó una pila de papeles.

La agente, colérica y sin parar de toser, le hizo un gesto admonitorio, y la chica, acobardada, se escabulló a toda prisa de la habitación.

—Maldi... ta... inú... —se quejó Elizabeth Tassel entre pitidos.

Strike dejó la bandeja en la mesa sin prestar atención a los papeles esparcidos por toda la alfombra y se sentó de nuevo. Había un patrón particular para aquella clase de abusonas: mujeres mayores que, de modo consciente o inconsciente, sacaban partido de su capacidad para despertar, en las personas adecuadas, recuerdos de infancia de madres dominantes y exigentes. Strike era inmune a esa clase de intimidación. Para empezar, su madre, pese a tener otros defectos, había sido una mujer joven y capaz de expresar sin ambages su afecto; además, él había detectado vulnerabilidades en aquel presunto dragón. La adicción al tabaco, las fotografías deslucidas y la cama de perro vieja parecían indicar que se trataba de una mujer más sentimental y menos segura de sí misma de lo que, por lo visto, creían sus jóvenes empleados.

Cuando Elizabeth terminó por fin de toser, Strike le acercó la taza de café que le había servido.

—Gracias —masculló ella con aspereza.

—Así que ha despedido a Quine. ¿Se lo dijo la noche que cenaron juntos?

—No me acuerdo. Los ánimos se caldearon muy deprisa. Owen se levantó en medio del restaurante para gritarme mejor; luego se marchó muy airado y tuve que pagar la cuenta yo. Si le interesa comprobarlo, encontrará muchos testimonios de lo que dijimos. Owen se encargó de montar un bonito espectáculo público.

Sacó otro cigarrillo y en el último momento se le ocurrió ofrecerle uno a Strike. Encendió los dos antes de preguntar:

—¿Qué le ha contado Christian Fisher?

—No mucho —contestó él.

—Espero que sea verdad, por el bien de ustedes dos —le espetó Elizabeth.

El detective no dijo nada: se limitó a fumar y tomarse el café, mientras ella permanecía a la espera, evidentemente, de más información. Como Strike callaba, acabó preguntando:

—¿Mencionó *Bombyx Mori*?

Él asintió con la cabeza.

—¿Qué le contó?

—Que Quine ha incluido a muchas personas reales en el libro, apenas camufladas.

Se produjo una pausa tensa.

—Espero que Chard lo demande. Menudo concepto de la discreción, ¿no le parece?

—¿Ha intentado hablar con Quine desde que la dejó plantada en...? ¿Dónde estaban cenando?

—En el River Café. No, no he intentado hablar con él, porque no tengo nada más que decirle.

—¿Y él? ¿Tampoco la ha llamado?

—No.

—Según Leonora, usted le dijo a Quine que su libro era lo mejor que había escrito, y luego cambió de opinión y se negó a representarlo.

—¿Eso dice? Eso no... Yo no... Eso es...

Tuvo el peor ataque de tos hasta el momento. Strike apenas pudo contener el impulso de arrebatarle por la fuerza el cigarrillo mientras ella tosía y resoplaba. Cuando por fin dejó de toser, se bebió de un trago media taza de café caliente, y eso pareció proporcionarle cierto alivio. Con voz más firme, repitió:

—Yo no dije eso. ¿«Lo mejor que había escrito»? ¿Eso le dijo a Leonora?

—Sí. Entonces, ¿qué le dijo?

—Estaba enferma —contestó ella con voz ronca, ignorando la pregunta—. Tenía gripe. Estuve una semana sin venir al despacho. Owen llamó aquí para decirme que había terminado la novela; Ralph le explicó que yo estaba en casa, en cama, y entonces Owen me envió el manuscrito por mensajero. Tuve que levantarme para firmar el albarán. Muy típico de él. Estaba con cuarenta de fiebre y apenas me tenía en pie, pero, como él había terminado su libro, yo debía leerlo enseguida.

Bebió otro trago de café y continuó:

—Dejé el manuscrito en la mesita del recibidor y me acosté otra vez. Owen empezó a llamarme por teléfono a todas horas para saber qué opinaba. Se pasó todo el miércoles y el jueves atosigándome...

»Nunca lo había hecho, y eso que llevo treinta años en esta profesión —continuó—. Pero aquel fin de semana tenía planes. Estaba deseando que llegara el viernes. No quería cancelar el viaje, ni que Owen me llamara cada tres minutos mientras estaba fuera. Así que... para librarme de él... Todavía me encontraba muy mal... Leí el libro por encima.

Dio una honda calada al cigarrillo, tosió rutinariamente, se recompuso y añadió:

—No me pareció peor que los dos anteriores. Es más, era un poco mejor. La premisa era bastante interesante. Las imágenes eran fascinantes. Un cuento de hadas gótico, una versión truculenta de *El progreso del peregrino*.

—¿Reconoció a alguien en los fragmentos que leyó?

—Los personajes parecían simbólicos —contestó ella, un poco a la defensiva—, incluido el autorretrato hagiográfico. Mucha pe-perversión sexual. —Hizo una pausa para volver a toser—. La mezcla habitual, pensé... Pero... no lo leí con atención, eso no tengo ningún inconveniente en admitirlo.

Strike se dio cuenta de que Elizabeth no estaba acostumbrada a reconocer errores.

—Me... me salté la última cuarta parte, los fragmentos en los que escribe sobre Michael y Daniel. Le eché un vistazo al final, que me pareció grotesco y un poco estúpido...

»Si no hubiera estado tan enferma, si lo hubiera leído como es debido, le habría dicho de inmediato que aquello no se podía publicar, por supuesto. Daniel es un poco raro, muy susceptible... —Volvía a quebrársele la voz; decidida a terminar la frase, consiguió añadir entre resoplidos—: Y Michael es el peor... el peor... —Pero la tos volvió a vencerla.

—¿Por qué querría el señor Quine publicar una novela que con toda seguridad iba a suponerle una demanda? —preguntó Strike cuando Elizabeth dejó de toser.

—Porque Owen no se considera sujeto a las mismas leyes que el resto de los mortales —respondió ella con brusquedad—. Se tiene por un genio, un *enfant terrible*. Se enorgullece de ofender a los demás. Le parece valiente, heroico.

—¿Qué hizo con el libro después de hojearlo?

—Llamé a Owen. —Cerró un momento los ojos, furiosa, al parecer, consigo misma—. Y le dije: «Sí, sí, es buenísimo», y le pedí a Ralph que viniera a recoger el maldito manuscrito a mi casa, le hiciera dos copias y enviara una a Jerry Waldegrave, el editor de Owen en Roper Chard, y, por desgracia, otra a Christian Fisher.

—¿Cómo es que no envió el manuscrito por correo electrónico a la oficina? —preguntó Strike, intrigado—. ¿No lo tenía en un lápiz de memoria o algo así?

Elizabeth apagó el cigarrillo en un cenicero de vidrio lleno de colillas.

—Owen se empeña en seguir trabajando con la vieja máquina de escribir eléctrica que utilizó para *El pecado de Hobart*. No sé si lo hace por afectación o por estupidez. Es un inútil para la tecnología. Quizá haya intentado aprender a usar un ordenador portátil y no lo haya conseguido. Es otro de los detalles que lo hacen insoportable.

—¿Y por qué envió copias a las dos editoriales? —preguntó Strike, pese a conocer la respuesta.

—Porque Jerry Waldegrave tal vez sea un santo varón y el tipo más bueno de todo el mundo editorial —contestó ella entre sorbo y sorbo de café—, pero incluso él ha acabado por hartarse de Owen y sus berrinches. El último libro de Quine publicado en Roper Chard apenas se vendió. Me pareció que lo más sensato era disponer de una segunda posibilidad.

—¿Cuándo descubrió usted de qué trataba el libro en realidad?

—Esa misma noche. Me llamó Ralph. Ya había enviado las dos copias, y entonces echó un vistazo al original. Me llamó y me dijo: «Liz, ¿tú has leído esto?»

Strike podía imaginarse muy bien la preocupación con que el joven y pálido ayudante había hecho esa llamada, el coraje que había requerido, la angustiada deliberación que habría mantenido con su colega, la otra ayudante, antes de tomar semejante decisión.

—Tuve que admitir que no, o que no a fondo —masculló Elizabeth—. Ralph me leyó una selección de pasajes que yo me había saltado y... —Cogió el mechero de ónix y lo encendió distraídamente; luego miró a Strike—. Bueno, me entró pánico. Telefoneé a Christian Fisher, pero saltó el buzón de voz, por eso le dejé un mensaje, para explicarle que el manuscrito que le habíamos enviado era un primer borrador, que no debía leerlo, que me había equivocado y que por favor me lo devolviera cu-cuanto antes. Después llamé a Jerry, pero tampoco lo encontré. Ya me había dicho que ese fin de semana se iba de viaje con su esposa, a celebrar su aniversario. Confié en que no tuviera tiempo para leer nada, y le dejé un mensaje parecido al que le había dejado a Fisher. Y entonces volví a llamar a Owen.

Encendió otro cigarrillo. Al inhalar se le abrieron las grandes aletas de la nariz y se le marcaron aún más las arrugas alrededor de la boca.

—No pude decir casi nada, y si hubiera podido, habría sido en vano. Owen no paraba de hablar, como suele hacer, absolutamente encantado consigo mismo. Me propuso quedar para cenar y celebrar que había terminado el libro.

»Así que me vestí como pude, fui al River Café y esperé. Al poco rato, entró Owen.

»Ni siquiera llegó tarde, como suele hacer. Parecía que levitara, se lo veía eufórico. Está convencido de haber hecho algo meritorio y maravilloso. Antes de que yo hubiera conseguido decir ni una sola palabra, él ya había empezado a hablar de adaptaciones al cine.

Le brillaban los ojos, muy oscuros, y al expulsar el humo entre los labios pintados de rojo se agudizó su parecido con un dragón.

—Cuando le dije que había escrito un libro repugnante, cruel e impublicable, se levantó de un brinco, la silla salió volando, y se puso a gritar. Después de insultarme, tanto en lo personal como en lo profesional, me dijo que si yo no tenía el valor suficiente para seguir representándolo, él mismo publicaría su novela en formato electrónico. Entonces salió indignado del restaurante y me dejó plantada con la cuenta. Aunque e-eso —gruñó— no era ninguna no-nove...

La exaltación le provocó un ataque de tos aún peor que el anterior. Strike llegó a creer que iba a asfixiarse. Hizo ademán de levantarse de la silla, pero ella lo detuvo con un gesto. Por fin, muy colorada y con los ojos llorosos, dijo con una voz que parecía cargada de gravilla:

—Hice todo lo que pude para arreglarlo. Mi fin de semana en la playa se echó a perder; me lo pasé hablando por teléfono, tratando de localizar a Fisher y a Waldegrave. Les dejé un mensaje tras otro, atrapada en los malditos acantilados de Gwithian intentando conseguir cobertura...

—¿Es usted de allí? —preguntó Strike con cierta sorpresa, porque no había apreciado en el acento de Elizabeth ningún eco de su infancia en Cornualles.

—No, una de mis autoras vive allí. Se enteró de que llevaba cuatro años sin salir de Londres y me invitó a pasar el fin de semana. Quería enseñarme todos los sitios preciosos donde ambienta sus novelas. Aquellos paisajes eran de los ma-más hermosos que yo había visto, pero no podía parar de pensar en el di-dichoso *Bombyx Mori* y en cómo impedir que alguien más lo leyera. No podía dormir. Me sentía fatal...

»Al fin Jerry devolvió mis llamadas el domingo a la hora de comer. Resultó que había cancelado su viaje; me aseguró que no había recibido ninguno de mis mensajes, y que por tanto había decidido leer el maldito libro.

»Estaba indignado. Frenético. Le prometí que haría cuanto estuviera en mi mano para impedir que la novela se publicara, pero tuve que admitir que también se la había enviado a Christian, y al oír eso Jerry me colgó el teléfono.

—¿Le contó que Quine había amenazado con publicar el libro en internet?

—No, no se lo dije. Confiaba en que aquello no fuera más que una bravuconada, porque Owen es un inútil total con los ordenadores. Aun así, estaba preocupada...

Dejó la frase en el aire, de modo que Strike preguntó:

—¿Preocupada por qué?

Elizabeth no contestó.

—Eso de la autoedición encaja —comentó Strike, como de pasada—. Leonora dice que la noche en que desapareció, Quine llevaba consigo una copia del manuscrito y todas sus notas. Yo dudaba si sería para quemarlo todo o tirarlo al río, pero cabe suponer que lo cogió con el propósito de hacer un libro electrónico.

Esa información no contribuyó a mejorar el humor de Elizabeth Tassel. Apretando las mandíbulas, dijo:

—Hay una mujer. Se conocieron en un curso de escritura que impartía Owen. Ella publica sus propios libros. Lo sé porque Owen trató de venderme sus espantosas novelas de fantasía erótica.

—¿Ha intentado localizarla?

—Sí, la he llamado varias veces. Quería asustarla un poco, decirle que si Owen intentaba convencerla para que lo ayudara a remaquetar el texto o a venderlo por internet, seguramente se vería implicada en alguna demanda.

—¿Y qué contestó?

—No conseguí hablar con ella. Lo intenté varias veces. A lo mejor ha cambiado de número, no lo sé.

—¿Puede darme su nombre y su teléfono? —preguntó Strike.

—Ralph tiene su tarjeta. Le pedí que siguiera llamándola. ¡Ralph! —gritó.

—¡Todavía no ha vuelto de pasear a *Beau*! —gritó la chica, cohibida, al otro lado de la puerta.

Elizabeth Tassel miró al techo y se puso en pie con evidente esfuerzo.

—Si le pido a ella que la busque, no servirá de nada.

Cuando la puerta se hubo cerrado detrás de la agente, Strike se levantó de inmediato, pasó al otro lado de la mesa y se inclinó para examinar una fotografía colgada en la pared que le había llamado la atención, para lo que, primero, tuvo que apartar un retrato de dos dóbermans que estaba en la estantería.

La fotografía que le interesaba era de tamaño A4 y en color, pero estaba muy descolorida. A juzgar por la ropa que llevaban las cuatro personas retratadas, la habían tomado como mínimo veinticinco años atrás, delante de aquel mismo edificio.

Era fácil reconocer a Elizabeth, la única mujer del grupo, alta y feota, con el cabello castaño oscuro, largo y agitado por el viento, y ataviada con un vestido de talle bajo de color rosa oscuro y turquesa, muy poco favorecedor. A un lado tenía a un joven rubio y delgado de belleza asombrosa; al otro, a un hombre de escasa estatura, piel cetrina y cara de amargado, con la cabeza desproporcionadamente grande. Su rostro le resultaba familiar. Strike supuso que debía de haberlo visto en los periódicos o en la televisión.

Al lado de ese individuo no identificado pero quizá famoso estaba el joven Owen Quine, el más alto de los cuatro. Llevaba un traje blanco arrugado e iba peinado con un *mullet* con cresta, muy de los ochenta. A Strike le recordó muchísimo a David Bowie, pero en gordo.

La puerta se abrió sin hacer apenas ruido gracias a unas bisagras bien engrasadas. Sin intentar siquiera disimular lo que estaba haciendo, Strike se dio la vuelta y observó a la agente, que llevaba una hoja de papel en la mano.

—Ése es *Fletcher* —dijo ella, mirando la fotografía de los perros que Strike tenía en la mano—. Murió el año pasado.

Strike volvió a poner el retrato de los perros en la estantería.

—Ah —dijo ella entonces—. Estaba mirando la otra.

Se acercó a aquella fotografía descolorida; quedó hombro con hombro con Strike, y el detective se fijó en que medía más de un metro ochenta. Olía a cigarrillos John Player Special y a perfume Arpège.

—Es del día en que puse en marcha mi agencia. Son mis tres primeros clientes.

—¿Quién es éste? —preguntó Strike, señalando al rubio atractivo.

—Joseph North. El de más talento de los tres, con diferencia. Por desgracia, murió joven.

—¿Y quién es...?

—¿Ése? Michael Fancourt, ¿quién si no? —exclamó, sorprendida.

—Me sonaba su cara. ¿Todavía lo representa?

—¡No! Creía que...

Strike adivinó el resto de la frase, a pesar de que Elizabeth no la terminó: «Creía que no era ningún secreto.» Cada profesión era un mundo: seguramente, en el ámbito literario de Londres nadie ignoraba por qué el famoso Fancourt ya no era cliente suyo, pero él sí.

—¿Cómo es que ya no lo representa? —preguntó, y volvió a sentarse.

Ella le pasó la hoja que tenía en la mano deslizándola por la mesa; era una fotocopia de lo que parecía una tarjeta de visita vieja y sobada.

—Hace muchos años tuve que elegir entre Michael y Owen —contestó—. Y fui ta-tan idiota... —había empezado a toser de nuevo; su voz fue apagándose hasta reducirse a un graznido gutural— que escogí a Owen.

»Esto es lo único que tengo de Kathryn Kent —añadió con firmeza, atajando la conversación sobre Fancourt.

—Gracias. —Strike dobló la hoja y se la guardó en la cartera—. ¿Sabe cuánto hace que Quine sale con ella?

—Bastante. La lleva a las fiestas, mientras Leonora se queda en casa con Orlando. Es vergonzoso.

—¿No tiene ni idea de dónde podría estar escondido? Leonora dice que usted lo encontró la otra vez que...

—Yo no «encuentro» a Owen —le espetó—. Él me llama por teléfono cuando lleva una semana en un hotel y me pide un adelanto, porque si le regalas tu dinero él lo denomina así, para pagar la factura del minibar.

—Y usted paga, ¿no?

Elizabeth no parecía una incauta, ni mucho menos. Sonrió como si admitiera una debilidad de la que se avergonzaba, pero respondió de forma inesperada:

—¿Conoce a Orlando?

—No.

Elizabeth despegó los labios, dispuesta a añadir algo, pero por lo visto se lo pensó mejor y se limitó a decir:

—Owen y yo nos conocemos desde hace mucho tiempo. Éramos buenos amigos. Éramos —agregó con profunda amargura—.

—¿En qué hoteles se ha alojado otras veces?

—No los recuerdo todos. Una vez en el Hilton de Kensington. Otra, en el Danubius de Saint John's Wood. Hoteles grandes e impersonales, con todas las comodidades de que no puede disfrutar en su casa. Owen no es ningún bohemio, salvo por su concepto de la higiene.

—Usted lo conoce bien. ¿Cree que hay alguna posibilidad de que haya...?

La mujer terminó la frase por él con una sonrisita en los labios:

—¿...hecho alguna tontería? Claro que no. A él jamás se le ocurriría privar al mundo de un genio de la talla de Owen Quine. No, está en algún sitio, tramando su venganza contra todos nosotros, tremendamente ofendido porque no se ha organizado una búsqueda a nivel nacional.

—¿Cree que él espera que emprendan una búsqueda, a pesar de que sus desapariciones ya son algo habitual?

—Por supuesto. Cada vez que escenifica una de sus desapariciones espera salir en la portada de los periódicos. Lo malo es que la primera vez que lo hizo, hace ya muchos años, tras una discusión con su primer editor, le funcionó. Hubo cierto revuelo de preocupación, y algunos periódicos se hicieron eco de lo ocurrido. Desde entonces, vive con la esperanza de que aquello se repita.

—Su esposa está convencida de que Quine se enfadaría si ella llamara a la policía.

—No sé de dónde habrá sacado semejante idea —repuso Elizabeth, y cogió otro cigarrillo—. Owen considera que emplear helicópteros y perros rastreadores es lo mínimo que podría hacer el país por un hombre de su importancia.

—Bueno, gracias por su tiempo —dijo Strike, y se dispuso a levantarse—. Le agradezco que me haya concedido esta entrevista.

Elizabeth Tassel le tendió una mano y dijo:

—Al contrario. Y si no le importa, me gustaría pedirle una cosa.

Strike se mostró dispuesto a escuchar. Era evidente que la agente no estaba acostumbrada a pedir favores. Siguió fumando un momento en silencio, lo que le provocó otro ataque de tos, que intentó controlar.

—Esto... esto de *Bombyx Mori* me ha perjudicado mucho —consiguió decir por fin—. Me han retirado la invitación a la fiesta de aniversario de Roper Chard de este viernes. Me han devuelto dos manuscritos que les había propuesto y casi no me han dado ni las gracias. Y empiezo a preocuparme por lo último del pobre Pinkelman. —Señaló la fotografía del anciano escritor de cuentos infantiles colgada en la pared—. Circula el repugnante rumor de que yo estaba confabulada con Owen; de que lo animé a rescatar un viejo escándalo relacionado con Michael Fancourt, con objeto de crear un poco de controversia y provocar una guerra de ofertas por el libro.

»Si tiene previsto sondear a todos los conocidos de Owen —continuó—, le agradecería que les dijera, sobre todo a Jerry Waldegrave, si lo ve, que yo no tenía ni idea de lo que se narraba en esa novela. Si no hubiera estado tan enferma, no se la habría enviado a nadie, y menos aún a Christian Fisher. Fui... —vaciló— negligente, pero nada más.

De modo que ésa era la razón por la que había mostrado tanto interés en entrevistarse con él. A Strike no le pareció una petición desproporcionada a cambio de las direcciones de dos hoteles y una amante.

—Desde luego, lo mencionaré si surge la ocasión —dijo el detective mientras se levantaba.

—Gracias —replicó ella con aspereza—. Lo acompaño fuera.

Cuando salieron del despacho, los recibió una salva de ladridos. Ralph y el viejo dóberman habían regresado de su paseo. Ralph tenía el pelo mojado, peinado hacia atrás, e intentaba sujetar al perro de morro gris, que no paraba de gruñirle a Strike.

—Nunca le han gustado los desconocidos —explicó Elizabeth Tassel con indiferencia.

—Una vez mordió a Owen —intervino Ralph, como si gracias a esa información Strike hubiera de sentirse mejor respecto al evidente deseo del perro de atacarlo.

—Sí —confirmó la mujer—, es una pena que...

Le dio otro ataque de tos y estuvo resollando un buen rato. Los otros tres esperaron en silencio a que se recuperara.

—Es una pena que la herida no fuera fatal —logró decir por fin—. Nos habría ahorrado a todos muchos problemas.

Sus ayudantes se quedaron atónitos. Strike le estrechó la mano y se despidió. La puerta se cerró, y el dóberman se quedó gruñendo y mostrando los dientes.

9

Strike se detuvo al final de la calle de edificios bajos de ladrillo oscuro y llamó por teléfono a Robin; comunicaba. Apoyado en una pared mojada, con el cuello del abrigo levantado y pulsando el botón de «rellamada» cada pocos segundos, su mirada fue a posarse en la placa azul de la casa de enfrente, que conmemoraba que lady Ottoline Morrel tuviera allí, en otros tiempos, su salón literario. Sin duda, entre aquellas paredes también se había conversado de *romans à clef* escabrosos.

—Hola, Robin —saludó Strike cuando por fin su secretaria contestó—. Voy con un poco de prisa. ¿Puedes llamar a Gunfrey y decirle que mañana tengo una cita en firme con el objetivo? Y dile a Caroline Ingles que no ha habido más actividad, pero que mañana la llamaré para ponerla al día.

Cuando terminó de ajustar su agenda, le dio a Robin el nombre del hotel de St. John's Wood y le pidió que averiguara si Owen Quine estaba alojado allí.

—¿Cómo te va con los Hilton?

—Mal —contestó ella—. Sólo me quedan dos, y nada. Si está en alguno de ellos, utiliza otro nombre o va disfrazado, o tal vez sea que el personal se fija muy poco en los clientes. Me extrañaría mucho que no lo hubieran visto, sobre todo si lleva esa capa.

—¿Has probado en el de Kensington?

—Sí. Y nada.

—Ah, tengo otra pista: una amiga suya escritora que edita ella misma sus libros, Kathryn Kent. A lo mejor voy a verla luego. Esta tarde no podré coger llamadas, porque debo hacer el seguimiento de la señorita Brocklehurst. Si necesitas algo, envíame un mensaje.

—De acuerdo. Que la sigas bien.

Fue una tarde aburrida e infructuosa. Strike estaba vigilando a una secretaria personal muy bien pagada, cuyo paranoico jefe, que además era su amante, sospechaba que compartía no sólo favores sexuales sino también secretos profesionales con un empresario de la competencia. Sin embargo, el argumento de la señorita Brocklehurst de querer tomarse la tarde libre para depilarse, hacerse la manicura y broncearse para mayor deleite de su amante resultó ser cierto. Durante casi cuatro horas, Strike esperó y vigiló la fachada del centro de estética a través de la ventana salpicada de lluvia del Caffè Nero, en la acera de enfrente, provocando el enfado de un grupito de mujeres con cochecitos de niño que buscaban un sitio donde sentarse a cotillear. Cuando la señorita Brocklehurst salió por fin del centro de estética (con un precioso bronceado y, seguramente, sin un solo pelo del cuello para abajo), Strike la siguió un rato hasta que ella se metió en un taxi. Milagrosamente, dado que seguía lloviendo, consiguió detener otro taxi antes de perderla de vista. Sin embargo, la tranquila persecución por las calles congestionadas a causa de la lluvia terminó, tal como él había adivinado por la dirección del recorrido, en el piso del jefe desconfiado. Strike, que había ido tomando fotografías con disimulo a lo largo de todo el trayecto, pagó al taxista y dio la jornada por acabada.

Eran casi las cuatro de la tarde, el sol ya estaba poniéndose y la lluvia, incesante, cada vez era más fría. Al pasar por delante de una *trattoria* con luces navideñas en el escaparate y reparar en que era la tercera vez en poco tiempo que se acordaba de Cornualles, tuvo la impresión de que su tierra natal le susurraba como queriendo decirle algo.

¿Cuánto tiempo llevaba sin pisar aquel hermoso pueblecito costero donde había pasado las épocas más tranquilas de su infancia? ¿Cuatro años? ¿Cinco? Veía a sus tíos siempre que «subían a Londres», como decían ellos con timidez, y se quedaban en casa de su hermana Lucy para disfrutar de la gran ciudad. La última vez, Strike había llevado a su tío al estadio del Arsenal a ver un partido contra el Manchester City.

Notó que le vibraba el móvil en el bolsillo: Robin, siguiendo sus instrucciones al pie de la letra, como siempre, le había enviado un mensaje en lugar de llamarlo.

Señor Gunfrey pregunta si puedes ir a verlo a su despacho mañana a las 10, tiene más que contarte. Rx

Gracias, contestó Strike.

Él nunca terminaba sus mensajes de texto con signos de besos, excepto los que enviaba a su hermana y a su tía.

En el metro se dedicó a planear sus siguientes movimientos. No se quitaba de la cabeza el misterio del paradero de Owen Quine; en parte le fastidiaba y en parte le intrigaba que el escritor demostrara ser tan escurridizo. Sacó de su cartera el papel que le había dado Elizabeth Tassel. Bajo el nombre de Kathryn Kent figuraba la dirección de un bloque de pisos de Fulham y un número de móvil. Impresas a lo largo del borde inferior leyó dos palabras: «autora independiente».

Había ciertos barrios de Londres de los que Strike tenía un conocimiento tan detallado como cualquier taxista. Si bien de niño nunca había entrado en las zonas de verdadera categoría, había vivido en muchos domicilios por toda la capital con su difunta madre, una nómada empedernida; solía tratarse de viviendas ocupadas ilegalmente o de protección oficial; pero otras veces, si el novio que tenía en ese momento podía permitírselo, eran ambientes más decentes. Reconoció la dirección de Kathryn Kent: Clement Attlee Court era un complejo de edificios subvencionados, muchos de los cuales se habían vendido últimamente y habían pasado a manos privadas. Esas vulgares torres de ladrillo cuadradas, con balcones en todos los pisos, se erigían apenas a unos centenares de metros de las casas de Fulham valoradas en millones de libras.

Como nadie lo esperaba en casa y ya se había atiborrado de dulces y café durante la larga tarde en el Caffè Nero, en lugar de tomar la línea Northern, tomó la District hasta West Kensington y siguió a pie, en la oscuridad, por North End Road; pasó por delante de varios restaurantes indios y pequeños comercios, con los escaparates cegados con tablones, que no habían aguantado la embestida de la recesión. Para cuando llegó al edificio de pisos que buscaba, era ya de noche.

Stafford Cripps House, el bloque más cercano a la calle, estaba detrás de un centro médico moderno y de escasa altura. El optimista arquitecto del bloque de viviendas de protección oficial, influido tal vez por el idealismo socialista, había dotado a cada una de su propio balcón. ¿Se había imaginado a sus felices moradores colgando macetas con flores en ellos e inclinándose sobre la barandilla para saludar alegremente a sus vecinos? Porque, en realidad, quienes allí residían habían utilizado todas esas zonas exteriores como espacios de almacenamiento: había colchones, cochecitos de niño, electrodomésticos y montañas de ropa sucia expuestos a los elementos, como si hubieran hecho un corte transversal en un armario lleno de trastos para exponer su contenido.

Una pandilla de jóvenes con capucha que fumaban junto a unos grandes contenedores de plástico de reciclaje lo evaluaron con la mirada cuando pasó a su lado. Strike era más alto y estaba más cuadrado que todos ellos.

—Cabronazo —alcanzó a oírle decir a uno, justo antes de perderlos de vista.

Ni se acercó al ascensor, pues daba por hecho que estaría averiado, y se dirigió hacia la escalera de hormigón.

El piso de Kathryn Kent estaba en la tercera planta y se llegaba a él por una galería de ladrillo azotada por el viento que discurría a lo largo de toda la fachada del edificio. Antes de llamar a la puerta, Strike se fijó en que, a diferencia de sus vecinos, Kathryn había puesto cortinas en las ventanas.

No contestó nadie. Si Owen Quine se escondía allí dentro, estaba decidido a no delatarse: ni luces encendidas, ni señal alguna de movimiento. Una mujer con cara de pocos amigos y con un cigarrillo colgando de los labios asomó la cabeza por la puerta contigua con una rapidez casi cómica, lanzó a Strike una breve mirada inquisitiva y volvió a retirarse.

Un viento frío silbaba por la galería. Strike llevaba el abrigo salpicado de gotas; en cambio, sabía que su cabeza, descubierta, debía de tener el mismo aspecto de siempre, pues su pelo corto y muy rizado era inmune a los efectos de la lluvia. Metió las manos en el fondo de los bolsillos y encontró un sobre rígido del que ya no se acordaba. Como el aplique de la puerta de Kathryn Kent tenía la bombilla fundida, Strike fue dos puertas más allá, hasta situarse bajo otro que sí estaba encendido, y abrió el sobre plateado.

El Sr. y la Sra. Ellacott
se complacen en invitarlo
a la ceremonia de boda de su hija

Robin Venetia
con
Matthew John Cunliffe

que se celebrará en la iglesia de St. Mary the Virgin, Masham,
el sábado 8 de enero de 2011
a las 14.00 h
y al banquete que tendrá lugar a continuación
en Swinton Park.

La invitación destilaba la autoridad de las órdenes militares: «Esta boda se celebrará tal como se describe a continuación.» Charlotte y él no habían llegado al punto de enviar invitaciones escritas en tarjetones rígidos de color crema, con relucientes y cursivas letras negras.

Strike se guardó la tarjeta en el bolsillo y siguió esperando junto a la puerta del piso de Kathryn, a oscuras, pensando en sus cosas y contemplando Lillie Road, por la que veía deslizarse los faros de los coches multiplicados por sus correspondientes reflejos, ámbar y rubí, a medida que avanzaban. Abajo, en la acera, los jóvenes encapuchados se apiñaban y se separaban; luego se les unían otros, y se reagrupaban.

A las seis y media, la pandilla al completo echó a andar a buen paso. Strike los observó hasta que casi se perdieron de vista, momento en que pasaron al lado de una mujer que venía en la dirección opuesta. Cuando ésta pasó bajo la luz de una farola, Strike vio una densa melena pelirroja agitada bajo un paraguas negro.

Caminaba torcida, porque en la mano con la que no sujetaba el paraguas llevaba dos bolsas de la compra aparentemente muy pesadas, y sin embargo, la imagen que daba desde lejos, apartándose una y otra vez de la cara los gruesos rizos, no carecía de atractivo; la melena al viento llamaba la atención, y tenía unas piernas bien torneadas bajo el abrigo, holgado. Siguió acercándose, ajena al escrutinio del detective tres plantas más arriba, al otro lado del patio de cemento, donde ella no podía verlo.

Al cabo de cinco minutos, la mujer había llegado a la galería donde la esperaba Strike. Cuando se acercó a él, los tensos botones del abrigo delataron un torso grueso, con poca cintura. Ella no vio a Strike hasta que se encontró a unos diez metros de él, porque iba cabizbaja; pero, cuando levantó la cabeza, el detective distinguió un rostro hinchado y con arrugas, mucho más envejecido de lo que esperaba. La mujer se detuvo en seco y ahogó un grito.

—¡Eres tú!

Strike se dio cuenta de que, debido a la escasez de luz, ella sólo podía distinguir su silueta.

—¡Hijo de la gran puta!

Las bolsas golpearon el suelo de hormigón, y se oyó ruido de cristales rotos. La mujer se abalanzó sobre él agitando los brazos y con los puños apretados.

—¡Hijo de puta! ¡No te perdonaré en la vida, largo de aquí!

Strike se vio obligado a esquivar varios puñetazos. Retrocedió mientras la mujer, chillando, lanzaba golpes sin ton ni son e intentaba burlar sus movimientos defensivos de ex boxeador.

—Pippa te va a matar a hostias... Espera y verás...

La puerta de la vecina volvió a abrirse, y por ella asomó la misma mujer de antes, la del cigarrillo en la boca.

—¡Eh! —exclamó.

La luz del recibidor iluminó a Strike. La pelirroja se apartó de él tambaleándose, y gritó de alivio y asombro.

—¿Qué coño pasa? —preguntó la vecina.

—Creo que me ha confundido con otra persona —dijo Strike en tono amable.

La vecina dio un portazo y volvió a dejar al detective y a su agresora a oscuras.

—¿Quién es usted? —preguntó la mujer en voz baja—. ¿Qué quiere?

—¿Es usted Kathryn Kent?

—¿Qué quiere?

De pronto, con una voz que denotaba pánico, añadió:

—¡Si se trata de lo que me imagino, yo no me dedico a eso!

—¿Cómo dice?

—Entonces, ¿quién es usted? —insistió ella, cada vez más asustada.

—Me llamo Cormoran Strike y soy detective privado.

Cuando se lo encontraban esperándolos en la puerta de su casa, no todos reaccionaban del mismo modo. La reacción de Kathryn, un silencio de perplejidad, era bastante típica. Retrocedió un poco más para alejarse de él y estuvo a punto de tropezar con las bolsas de la compra que había dejado en el suelo.

—¿Quién ha contratado a un detective privado para investigarme? Ha sido ella, ¿verdad? —dijo con rabia.

—Me han contratado para que encuentre al escritor Owen Quine —explicó Strike—. Lleva casi dos semanas desaparecido. Sé que son amigos...

—No somos amigos —lo contradijo la mujer, y se agachó para recoger las bolsas, que tintinearon con fuerza—. Dígaselo a ella de mi parte. Que haga lo que quiera con él.

—Entonces, ¿ya no son amigos? ¿Y no sabe dónde está?

—Me importa una mierda dónde esté.

Un gato se paseó con andares arrogantes por el antepecho de la galería.

—¿Le importaría decirme cuándo fue la última vez que...?

—Sí, me importa —repuso ella, gesticulando con enojo.

Una de las bolsas que sostenía se balanceó, y Strike dio un respingo creyendo que el gato, que había llegado a la altura de la mujer, iba a caerse de la cornisa y precipitarse al vacío. El animal bufó y bajó de un salto al suelo. Ella intentó darle una patada rápida, cargada de resentimiento.

—¡Maldito bicho! —exclamó mientras el gato se alejaba a toda velocidad—. Apártese, por favor. Quiero entrar en mi casa.

Strike retrocedió unos pasos para que la mujer pudiera acercarse a la puerta. Ella se palpó los bolsillos durante unos segundos sin soltar las bolsas, pero al final no tuvo más remedio que dejarlas en el suelo para buscar las llaves.

—El señor Quine desapareció después de mantener una discusión con su agente sobre su último libro —aprovechó para decir Strike, mientras Kathryn rebuscaba en su abrigo—. Me gustaría saber si...

—Me importa una mierda su libro. No lo he leído —añadió. Le temblaban las manos.

—Señora Kent...

—Señorita —lo corrigió ella.

—Señorita Kent, la señora Quine dice que una mujer fue a su casa a preguntar por él. Por la descripción, diría que...

Kathryn Kent había encontrado la llave, pero se le cayó al suelo. Strike se agachó y se la recogió, pero ella se la arrancó de la mano.

—No sé de qué me habla.

—¿No fue usted a buscarlo a su casa la semana pasada?

—Ya se lo he dicho, no sé dónde está, no sé nada —le espetó; metió la llave en la cerradura a empujones y la hizo girar.

A continuación, recogió las dos bolsas, y una de ellas volvió a tintinear con fuerza. Strike se fijó en que era de una ferretería del barrio.

—Pesa mucho, ¿no?

—Se me ha estropeado la cisterna —repuso ella con agresividad.

Y le cerró la puerta en las narices.

10

VERDONE: Hemos venido a pelear.
CLEREMONT: Pelearéis, caballeros,
os aseguro que pelearéis, mas un breve paseo...

FRANCIS BEAUMONT y PHILIP MASSINGER, *The Little French Lawyer*

A la mañana siguiente, Robin salió del metro con un paraguas innecesario en la mano; estaba sudando y se sentía incómoda. Tras días seguidos de aguaceros, vagones de metro que olían a ropa mojada, aceras resbaladizas y ventanas salpicadas de lluvia, la llegada repentina de un tiempo seco y soleado la había pillado por sorpresa. Mucha gente debía de alegrarse de que el diluvio se hubiera interrumpido y hubieran desaparecido las nubes grises y amenazadoras, pero Robin no. Matthew y ella se habían peleado.

Casi sintió alivio cuando, al abrir la puerta de vidrio en la que figuraban el nombre y la ocupación de Strike, vio que su jefe ya estaba al teléfono en su despacho, con la puerta cerrada. Tenía la vaga sensación de que antes de hablar con él necesitaba recomponerse, porque Strike había sido el motivo de la discusión de la noche anterior.

—¿Lo has invitado a la boda? —había preguntado Matthew con rudeza.

Robin temía que Strike mencionara la invitación esa noche cuando salieran a tomar una copa, y que, si ella no había avisado antes a Matthew, éste se sintiera contrariado.

—¿Desde cuándo invitamos a gente sin decirle nada al otro? —preguntó su novio.

—Quería decírtelo. Pensaba que ya lo había hecho.

Entonces Robin se había enfadado consigo misma, porque nunca le mentía a Matthew.

—¡Es mi jefe, seguramente espera que lo invite!

No era verdad: Robin dudaba mucho que a Strike le importara lo más mínimo.

—Además, quiero que venga —había añadido.

Por fin hablaba con sinceridad. Quería acercar su vida profesional, con la que nunca había disfrutado mucho, a su vida personal, que últimamente se resistía a mezclarse con la otra; quería fundirlas para crear un todo satisfactorio y ver a Strike entre los invitados, dando su aprobación (¡dando su aprobación!, ¿por qué tenía que aprobarla?) a su boda con Matthew.

Robin sabía que a su novio no iba a hacerle mucha gracia, pero había confiado en que, llegado el momento, él y su jefe se conocerían y se caerían bien. No era culpa suya que eso todavía no hubiera sucedido.

—Con el jaleo que armaste cuando te dije que quería invitar a Sarah Shadlock... —dijo Matthew, y Robin encajó esas palabras como un golpe bajo.

—¡Pues invítala! —replicó, furiosa—. Pero no es lo mismo. Cormoran nunca ha intentado acostarse conmigo. ¿Qué se supone que significa esa risita?

La discusión estaba en su apogeo cuando el padre de Matthew llamó para decirle a su hijo que el ligero mareo que su madre había sufrido la semana anterior había sido diagnosticado como un pequeño derrame cerebral.

Después de eso, ambos sintieron que seguir peleando por Strike era de mal gusto, así que se acostaron en un insatisfactorio estado de reconciliación provisional, pese a que Robin sabía que los dos aún hervían de rabia.

Ya era casi mediodía cuando Strike salió por fin de su despacho. Ese día no vestía traje, sino un jersey sucio y agujereado, con vaqueros y zapatillas de deporte. Le oscurecía la cara el denso rastrojo de barba que le crecía en cuanto dejaba pasar veinticuatro horas sin afeitarse. Robin se olvidó de sus problemas y se quedó mirándolo con la boca abierta: jamás, ni siquiera en la época en que Strike dormía en el despacho, lo había visto con semejante pinta de vagabundo.

—Estaba haciendo unas llamadas para el caso Ingles y preparándole unos números a Longman —le dijo a Robin, mientras le entregaba las anticuadas carpetas de cartón marrón, cada una con un número de serie escrito a mano en el lomo, que el detective ya utilizaba en la División de Investigaciones Especiales y que seguía siendo su forma favorita de archivar la información.

—¿Ese *look* es... intencionado? —preguntó ella con la vista clavada en lo que parecían manchas de grasa en las rodilleras de los vaqueros de Strike.

—Sí. Es para lo de Gunfrey. Una larga historia.

Mientras Strike preparaba té para los dos, comentaron los detalles de tres casos que tenían en marcha. Él la puso al día de las informaciones que había conseguido y los nuevos puntos que había que investigar.

—¿Y qué hay de Owen Quine? —preguntó ella, aceptando la taza que le tendía su jefe—. ¿Qué dijo su agente?

Strike se sentó en el sofá, que emitió su habitual ventoseo, y le contó a su secretaria cómo había ido la entrevista con Elizabeth Tassel y su visita a Kathryn Kent.

—Juraría que cuando me vio me confundió con Quine.

Robin rió y dijo:

—No puede ser. Tú no estás tan gordo.

—Gracias, Robin —repuso él con frialdad—. Cuando se dio cuenta de que yo no era Quine, y antes de saber quién era en realidad, dijo: «Yo no me dedico a eso.» ¿Se te ocurre a qué podía referirse?

—No... Pero... —añadió tímidamente— ayer encontré información sobre Kathryn Kent.

—¿Cómo? —preguntó Strike, sorprendido.

—Bueno, me comentaste que es escritora y que edita sus propios libros —le recordó Robin—, así que se me ocurrió buscar un poco en internet y ver qué encontraba... —Hizo doble clic con el ratón para abrir la página—. Y resulta que tiene un blog.

—¡Muy hábil! —Strike, contento de tener una excusa para levantarse del sofá, rodeó la mesa y fue a mirar la pantalla por encima del hombro de Robin.

La web, muy poco profesional, se llamaba «Mi vida literaria». Estaba decorada con dibujos de plumas, y con una fotografía en la que Kathryn parecía más atractiva de lo que era y que, según el cálculo de Strike, debía de tener más de diez años. El blog contenía una lista de publicaciones ordenadas cronológicamente, a modo de diario.

—Habla mucho de que los editores tradicionales no reconocen un buen libro aunque les den con él en la cabeza —explicó Robin, mientras hacía avanzar el texto en la pantalla para que Strike pudiera ir leyendo—. Ha escrito tres novelas de lo que ella llama una serie de fantasía erótica, «La saga de Melina». Se pueden descargar en el Kindle.

—Paso de leer más libros malos; ya tuve suficiente con *Los hermanos Balzac* —dijo Strike—. ¿Habla de Quine?

—Mucho —contestó Robin—, suponiendo que sea el hombre al que llama «el escritor famoso». Abreviado como «el EF».

—Dudo que se acueste con dos autores —especuló Strike—. Debe de ser él. Llamarlo «famoso» es exagerar un poco, pero bueno. ¿Tú habías oído hablar de Quine antes de que Leonora entrara en esta oficina?

—No —admitió ella—. Mira, aquí está. El dos de noviembre.

Esta noche, gran charla con el EF sobre historia y trama, que por supuesto no son la misma cosa. Por si no lo tenéis claro: la historia es lo que sucede y la trama lo que muestras a tus lectores y el modo en que se lo muestras.

Un ejemplo de mi segunda novela, *El sacrificio de Melina*.

«Por el camino hacia el bosque de Harderell, Lendor alzó su atractivo perfil para calcular la distancia a la que se encontraban. Su cuidado cuerpo, puesto a punto a base de equitación y tiro con arco...»

—Baja un poco —dijo Strike—. A ver qué más dice de Quine.

Robin obedeció y se detuvo en una entrada del 21 de octubre.

Llama el EF y dice que no podemos quedar (otra vez). Problemas familiares. Digo que lo entiendo. ¿Qué voy a decir? Cuando nos enamoramos yo ya sabía que sería complicado. No puedo ser demasiado explícita sobre esto, me limitaré a decir que el está atado a una mujer a la que no ama por culpa de una Tercera Persona. Él no tiene la culpa. La Tercera Persona tampoco. La Mujer no lo suelta aunque eso sería lo mejor, para todos, de modo que estamos atrapados en lo que a veces parece el Purgatorio.

La Esposa sabe que existo pero hace como si no lo supiera. No sé cómo soporta vivir con un hombre que preferiría estar con otra persona porque yo no lo soportaría. El EF dice que su Mujer siempre ha puesto a la Tercera Persona por delante de todo lo demás, incluido el. Es curioso, muchas veces detrás de una persona muy entregada se esconde un profundo egoísmo.

Algunos dirán que la culpa de todo la tengo yo por enamorarme de un hombre casado. Mis amigas, mi hermana y mi madre siempre me lo dicen. He intentado dejarlo pero ¿qué puedo decir? El corazón tiene sus razones aunque no se cuales. Y esta noche estoy otra vez llorando por el por una razón nueva. Me dice que casi ha terminado su obra maestra, un libro que según él es el mejor que ha escrito hasta ahora. «Espero que te guste. Tú sales en el.»

¿Qué haces cuando un escritor famoso te pone en lo que según él es su mejor libro? Yo entiendo lo que él me regala como no podría entenderlo nadie que no escriba. Hace que te sientas orgulloso y humilde. Sí, hay personas a la que los escritores dejamos entrar en nuestro corazón pero ¿en nuestros libros? Eso es algo muy especial. Es muy diferente.

No puedo evitar amar al EF. El corazón tiene sus razones.

Debajo había un intercambio de comentarios:

¿Y si te digo que a mí me ha leído unos fragmentos? Pippa2011

¡Espero que lo digas en broma, Pip, a mí no me ha leído nada! Kath

Pues espera. Pippa2011 xxxx

—Interesante —dijo Strike—. Muy interesante. Anoche, cuando me agredió, Kent me aseguró que una persona llamada Pippa quería matarme.

—¡Pues mira esto! —Robin, emocionada, avanzó hasta el 9 de noviembre.

El día que lo conocí el EF me dijo «no escribes bien si alguien no sangra, probablemente tú». Como ya sabéis los seguidores de este blog, me he cortado metafóricamente las venas tanto aquí como en mis novelas. Pero hoy siento que una persona en la que había aprendido a confiar me ha herido de muerte.

«¡Macheath, la paz me habéis robado! Veros torturado causaríame placer.»

—¿De dónde es esa cita? —preguntó Strike.

Los hábiles dedos de Robin danzaron por el teclado.

—De *La ópera del mendigo*, de John Gay.

—Muy culto para tratarse de una mujer que escribe con faltas de ortografía y no sabe puntuar un texto, ¿no crees?

—No todos podemos ser genios literarios —dijo Robin en tono de reproche.

—Afortunadamente, por lo que me están contando de ellos.

—Pero mira el comentario de debajo de la cita —añadió Robin, volviendo al blog de Kathryn.

Clicó en el enlace y apareció una sola frase:

Espero que me dejes apretar los garrotes del p*** potro, Kath.

Ese comentario también era de Pippa2011.

—Pippa debe de ser de armas tomar, ¿no te parece? —comentó Strike—. ¿Alguna pista sobre cómo se gana la vida Kent? Porque supongo que no paga las facturas con sus fantasías eróticas.

—Sí, eso también es un poco raro. Mira esto.

El 28 de octubre, Kathryn había escrito:

Como la mayoría de los escritores también tengo un empleo de día. No puedo hablar mucho de él por motivos de seguridad. Esta semana han vuelto a endurecerse las medidas de seguridad en nuestras instalaciones y como consecuencia, mi entrometida colega (cristiana renacida, una mojigata respecto a mi vida privada) ha tenido una excusa para proponer a la dirección que revisara los blogs etc por si alguien revela información confidencial. Por suerte se ve que ha prevalecido el sentido comun y no se ha tomado ninguna medida.

—Muy misterioso —observó Strike—. Endurecimiento de las medidas de seguridad... ¿Una cárcel de mujeres? ¿Un hospital psiquiátrico? ¿O se tratará de secretos industriales?

—Y mira esto, el trece de noviembre.

Robin hizo avanzar el texto hasta llegar a la publicación más reciente del blog. Era la única entrada posterior a aquella en la que Kathryn afirmaba que la habían herido de muerte.

Hace tres días mi querida hermana perdió su larga batalla contra el cáncer de mama. Gracias a todos por vuestro apoyo y vuestras cariñosas palabras.

Debajo había dos comentarios, y Robin los abrió.

Pippa2011 había escrito:

Lo siento mucho, Kath. Te envío todo el amor del mundo xxx.

Kathryn había contestado:

Gracias Pippa eres una amiga de verdad xxxx

Seguidos de aquel breve intercambio, los agradecimientos anticipados de Kathryn por los numerosos mensajes de apoyo resultaban desproporcionados.

—¿Por qué? —preguntó Strike, vehemente.

—¿Por qué qué? —replicó Robin.

—¿Por qué hace esto la gente?

—¿Te refieres a los blogs? No lo sé... ¿No dijo alguien que la vida que no se examina no merece la pena vivirla?

—Sí, Platón —dijo él—. Pero esto no es examinar una vida, es exhibirla.

—¡Ay! —exclamó Robin; dio un respingo y se tiró el té por encima—. ¡Se me había olvidado! Anoche, cuando salía por la puerta, llamó Christian Fisher. Quiere saber si te interesa escribir un libro.

—¿Cómo dices?

—Un libro. —Robin reprimió la risa al ver la cara de repugnancia de Strike—. Sobre tu vida. Tus experiencias en el Ejército, cómo resolviste el caso Lula Landry...

—Llámalo y dile que no, que no me interesa escribir ningún libro.

Apuró su taza y se dirigió hacia la percha, donde había una chaqueta de piel vieja colgada junto a su abrigo negro.

—Te acuerdas de lo de esta noche, ¿verdad? —dijo Robin, y volvió a hacérsele aquel nudo en el estómago que se había deshecho por un rato.

—¿Esta noche?

—Has quedado para tomar algo —dijo ella con un deje de desesperación—. Conmigo. Con Matthew. En The King's Arms.

—Sí, sí, me acuerdo —dijo él, y se preguntó por qué estaría su secretaria tan tensa y atribulada—. Creo que pasaré toda la tarde fuera, así que nos vemos allí. Era a las ocho, ¿no?

—A las seis y media —contestó Robin, más tensa todavía.

—A las seis y media. Vale. Allí estaré... Venetia.

Robin tardó un momento en reaccionar.

—¿Cómo sabes...?

—Por la invitación —contestó él—. Un nombre poco corriente. ¿De dónde salió?

—Se ve que me... Bueno, que me concibieron allí. —Robin se sonrojó—. En Venecia. ¿Cuál es tu segundo nombre? —preguntó, sin saber si debía enfadarse mientras él reía—. «C. B. Strike.» ¿Qué significa la B?

—Se me hace tarde —dijo Strike—. Nos vemos a las ocho.

—¡Seis y media! —le gritó ella, pero Strike ya había cerrado la puerta.

El destino de Strike aquella tarde era una tienda de Crouch End donde vendían accesorios electrónicos. En la trastienda abrían los teléfonos móviles y los ordenadores portátiles, y extraían la información personal. A continuación, vendían los aparatos purgados y la información, por separado, a quien estuviera interesado.

El dueño de ese próspero negocio estaba causándole bastantes inconvenientes al señor Gunfrey, el cliente de Strike. El señor Gunfrey, que era igual de deshonesto que el hombre al que Strike había seguido hasta el cuartel general de su negocio, pero a mayor escala y más a lo grande, se había metido con la persona equivocada. El detective opinaba que lo mejor que podía hacer Gunfrey era retirarse mientras todavía podía hacerlo. Sabía de qué era capaz su adversario; tenían un conocido común.

Su objetivo lo recibió en un despacho del piso superior que olía igual de mal que el de Elizabeth Tassel, mientras un par de jóvenes con chándal holgazaneaban por allí hurgándose las uñas. Strike, que se hacía pasar por un matón a sueldo recomendado por su conocido común, escuchaba mientras su futuro jefe le revelaba que tenía pensado ir por el hijo adolescente del señor Gunfrey, sobre cuyos movimientos estaba asombrosamente bien informado. Llegó hasta el punto de ofrecerle el trabajo a Strike: quinientas libras por darle un navajazo al chico. («No quiero cargarme a nadie, sólo enviarle un mensaje al padre, ¿me entiendes?»)

Strike no consiguió salir del local hasta pasadas las seis. La primera llamada que hizo, tras asegurarse de que no lo habían seguido, fue al propio señor Gunfrey, cuyo silencio de consternación le indicó al detective que por fin había comprendido a qué se enfrentaba.

Después telefoneó a Robin.

—Lo siento, llegaré tarde —anunció.

—¿Dónde estás? —preguntó ella con voz crispada.

Strike podía oír los ruidos de fondo del pub: conversaciones y risas.

—En Crouch End.

—Vaya —la oyó decir por lo bajo—. Vas a tardar una eternidad...

—Tomaré un taxi —la tranquilizó él—. Iré tan deprisa como pueda.

¿Por qué Matthew había escogido un pub de Waterloo?, se preguntó Strike mientras el taxi recorría Upper Street. ¿Para asegurarse de que el detective tuviera que hacer un trayecto largo? ¿Para vengarse porque las otras veces que habían intentado quedar Strike había elegido sitios que le convenían a él? Confiaba en que en The King's Arms sirvieran comida. De repente le había entrado hambre.

Tardó cuarenta minutos en llegar a su destino, en parte porque la calle de casitas del siglo xix donde se encontraba el pub estaba cerrada al tráfico. Strike decidió apearse y poner fin al intento de un taxista cascarrabias de descifrar la numeración de la calle, que al parecer no seguía ninguna secuencia lógica. Se preguntó si la dificultad para encontrar el sitio habría influido en la elección de Matthew.

The King's Arms resultó ser un pintoresco pub victoriano ante cuya puerta se arremolinaba una mezcla de jóvenes profesionales trajeados y otros que parecían estudiantes; todos fumaban y bebían. El grupito se disgregó enseguida al acercarse Strike, ofreciéndole mucho más espacio del estrictamente necesario incluso para un hombre de su envergadura. Cuando el detective cruzó el umbral y entró en el pequeño bar, se preguntó, con cierta dosis de esperanza, si le pedirían que abandonara el local debido a lo sucia que llevaba la ropa.

Mientras tanto, en la ruidosa sala del fondo, un patio con techo de vidrio y con gran profusión de objetos decorativos, Matthew miraba la hora en su reloj.

—Ya son casi y cuarto —le dijo a Robin.

Iba con traje y corbata, impecable, y, como de costumbre, era el hombre más atractivo del local. Robin estaba acostumbrada a que las mujeres lo siguieran con la mirada al verlo pasar; sin embargo, nunca había logrado saber hasta qué punto Matthew era consciente de aquellas miradas fugaces y tórridas. Sentado en el banco que la pareja había tenido que compartir con un grupo de estudiantes ruidosos, Matthew, con su metro ochenta y cinco de estatura, su mentón firme y partido y sus brillantes ojos azules, parecía un purasangre mezclado con una cuadra de ponis Highland.

—Ahí está —dijo Robin con alivio y aprehensión.

Strike parecía haberse vuelto más corpulento y más basto desde que había salido de la oficina. Avanzó sin dificultad hacia ellos por el abarrotado local, con la vista clavada en la cabeza rubia de Robin y una pinta de Hophead en la enorme mano. Matthew se levantó. Dio la impresión de que se preparaba para recibir un golpe.

—Hola, Cormoran. Lo has encontrado.

—Hola, Matthew —replicó Strike, y le tendió la mano—. Siento llegar tan tarde. He intentado venir antes, pero estaba con un tipo de esos a los que no conviene dar la espalda sin permiso.

Matthew le devolvió una sonrisa inexpresiva. Ya se había imaginado que Strike haría muchos comentarios de ese tipo para darse importancia y envolver en misterio lo que hacía. Por las pintas que traía, se diría que había estado cambiando una rueda.

—Siéntate —le propuso Robin, nerviosa, y se deslizó sobre el banco hasta que llegó al extremo y estuvo a punto de caerse—. ¿Tienes hambre? Estábamos hablando de pedir algo.

—Aquí se come bastante bien —añadió Matthew—. Es comida tailandesa. No es el Mango Tree, pero no está mal.

Strike esbozó una sonrisa formal. Ya suponía que Matthew haría algo semejante: dejar caer nombres de restaurantes del barrio de Belgravia para demostrar que era un avezado urbanita pese a llevar sólo un año en Londres.

—¿Cómo te ha ido esta tarde? —preguntó Robin.

Estaba convencida de que, en cuanto oyera las cosas que hacía Strike, Matthew se quedaría tan fascinado como ella por los entresijos de la profesión y todos sus prejuicios se esfumarían.

Sin embargo, el breve relato que ofreció Strike de lo que había hecho aquella tarde, en el que omitió cualquier detalle que permitiera identificar a las personas implicadas, sólo obtuvo como respuesta una indiferencia apenas disimulada por parte de Matthew. Entonces Strike se fijó en que los dos tenían el vaso vacío y los invitó a una copa.

Cuando se levantó para acercarse a la barra, Robin le dijo en voz baja a Matthew:

—Podrías mostrar un poco de interés.

—Robin, viene de reunirse con un tipo en una tienda —replicó Matthew—. Dudo mucho que alguien corra a comprarle los derechos para el cine.

Satisfecho con su propia ocurrencia, dirigió su atención hacia el menú escrito en la pizarra de la pared de enfrente.

Cuando Strike volvió con las bebidas, Robin se empeñó en abrirse paso hasta la barra para pedir la comida. La horrorizaba dejar solos a sus dos acompañantes, pero por otra parte creía que tal vez sin ella se comunicaran mejor.

El leve repunte de autosatisfacción de Matthew se redujo cuando Robin se ausentó.

—Eres militar retirado, ¿no? —se sorprendió preguntando, pese a que se había propuesto no permitir que las experiencias vitales de Strike dominaran la conversación.

—Sí —confirmó el detective—. Estuve en la DIE.

A Matthew le sonaba que se refería a la Divisón de Investigaciones Especiales.

—Mi padre estuvo en la RAF —dijo—. Prestó servicio en la misma época que Jeff Young.

—¿Quién?

—El jugador de rugby galés. Jugó con la selección en veintitrés ocasiones.

—Ah, sí.

—Sí, y mi padre tuvo un escuadrón bajo su mando. Dejó el Ejército en el ochenta y seis, y desde entonces dirige su propio negocio de administración de fincas. No le han ido mal las cosas. No se puede comparar con tu viejo —añadió Matthew, un poco a la defensiva—, pero bueno.

Mamón, pensó Strike.

—¿De qué habláis? —preguntó Robin, nerviosa, al ocupar de nuevo su asiento.

—De papá —contestó Matthew.

—Pobre hombre —se lamentó Robin.

—¿Por qué lo dices? —le espetó Matthew.

—Bueno, porque está preocupado por tu madre, ¿no? Por lo del derrame.

—Ah, sí —dijo Matthew.

Strike había conocido a tipos como Matthew en el Ejército: siempre figuran entre los que mandan, pero bajo su firme apariencia conservan un pequeño lastre de inseguridad que los lleva a grandes excesos compensatorios y a ponerse metas demasiado altas.

—¿Y cómo van las cosas por Lowther-French? —le preguntó Robin a su novio, deseosa de mostrarle a Strike lo agradable que era, de mostrarle al verdadero Matthew, ese del que ella estaba enamorada—. Matthew está auditando una editorial muy pequeña y bastante especial. Son graciosos, ¿verdad? —dijo, dirigiéndose a su prometido.

—Bueno, el caos en el que están sumidos no es muy gracioso que digamos... —contestó Matthew.

Siguió hablando mientras esperaban la comida, salpicando su charla con referencias a números de seis cifras. Todas sus frases estaban sesgadas, como un espejo, para ofrecer lo mejor de él, y hacían hincapié en su inteligencia, su ingenio, su superioridad respecto a colegas mayores que él pero más lentos y más estúpidos, o en lo que tenía que aguantar de los zopencos que trabajaban en la empresa que estaba auditando.

—...intentando justificar una fiesta de Navidad, cuando llevan dos años sin recuperar gastos; será una especie de velatorio.

La llegada de la comida y el silencio consiguiente pusieron fin a la diatriba de Matthew contra aquella empresa. A Robin, que había abrigado esperanzas de que su novio compartiera con Strike alguna de las anécdotas más amables y graciosas que le había contado a ella sobre las excentricidades de aquella pequeña editorial, no se le ocurría nada que decir. Sin embargo, como Matthew acababa de mencionar una fiesta de editores, a Strike se le ocurrió una idea. Se puso a masticar más despacio. Pensó que quizá tuviera una oportunidad excelente de buscar información sobre el paradero de Owen Quine, y su potente memoria le ofreció una información que ni siquiera recordaba haber almacenado.

—¿Tienes novia, Cormoran? —preguntó Matthew a bocajarro; era un detalle que estaba deseando aclarar. Robin había sido bastante ambigua al respecto.

—No —contestó él, distraído—. Perdonadme... No tardaré mucho, tengo que hacer una llamada.

—Tranquilo —dijo Matthew con enojo cuando Strike ya se había levantado de la mesa y no podía oírlo—. Llegas tres cuartos de hora tarde y luego desapareces a media cena. Nos quedaremos esperando aquí hasta que te dignes volver.

—¡Matt!

Nada más salir a la oscura calle, Strike sacó su paquete de tabaco y su teléfono. Encendió un cigarrillo, se apartó de los otros fumadores y fue hasta el final de la calle, más tranquilo. Se quedó de pie en la oscuridad, bajo los arcos de ladrillo que sostenían la vía del tren.

Culpepper contestó al tercer tono.

—Hola, Strike —saludó—. ¿Qué tal?

—Bien. Le llamo para pedirle un favor.

—Adelante —dijo el otro sin comprometerse a nada.

—Usted tiene una prima que se llama Nina que trabaja en Roper Chard...

—¿Cómo coño lo sabe?

—Me lo dijo usted —respondió Strike sin perder la calma.

—¿Cuándo?

—Hace unos meses, cuando me pidió que investigara a aquel dentista sospechoso.

—Qué memoria tan acojonante tiene —se asombró Culpepper, más exasperado que impresionado—. No es normal. ¿Qué pasa con mi prima?

—¿Podría ponerme en contacto con ella? —preguntó Strike—. Roper Chard da una fiesta de aniversario mañana por la noche, y me gustaría acudir.

—¿Por qué?

—Por un caso que llevo —contestó él, evasivo. Nunca compartía con Culpepper los detalles de los divorcios de la alta sociedad ni de las rupturas empresariales que investigaba, pese a que éste le pedía a menudo que lo hiciera—. Y porque acabo de darle la mejor información de su carrera.

—Vale —concedió el periodista, de mala gana, tras vacilar un poco—. Supongo que sí.

—¿Está soltera? —preguntó Strike.

—¿Qué pasa? ¿También quiere tirársela? —preguntó Culpepper, y Strike advirtió que su interlocutor no parecía molesto ante la perspectiva de que intentara ligar con su prima, sino más bien interesado.

—No, quiero saber si resultaría sospechoso que me llevara a la fiesta.

—Ah, vale. Creo que acaba de dejarlo con alguien. No lo sé. Le pasaré el número. Ya verá la que se organiza el domingo —añadió Culpepper, sin poder disimular su júbilo—. Un tsunami de mierda está a punto de golpear a lord Porker.

—Primero llame a Nina, por favor. Y explíquele quién soy para que entienda de qué va la cosa.

Culpepper se comprometió a hacerlo y colgó. Como no tenía ninguna prisa para retomar la conversación con Matthew, Strike se fumó el cigarrillo hasta el final antes de regresar al bar.

Mientras lo recorría, agachando la cabeza para esquivar las cazuelas y los letreros que colgaban del techo, pensó que aquel local era como Matthew: se esforzaba demasiado. La decoración incluía una estufa y una caja registradora antiguas, numerosos cestos de la compra, placas y grabados viejos: una colección artificial de objetos comprados en mercadillos y tiendas de segunda mano.

A Matthew le habría gustado terminarse los fideos antes de que volviera Strike, para subrayar la duración de su ausencia, pero no lo había conseguido. Robin estaba mustia, y el detective se preguntó qué habría pasado entre ellos durante el rato que él había estado fuera, y sintió lástima por ella.

—Dice Robin que juegas al rugby —le comentó a Matthew, decidido a poner un poco de su parte—. Que podrías estar jugando en el equipo local, ¿no?

Siguieron conversando a trancas y barrancas una hora más; las ruedas giraban mejor cuando Matthew podía hablar de sí mismo. Strike se fijó en la costumbre de Robin de ofrecer pistas y echarle cables a Matthew para iniciar temas de conversación en los que él pudiera destacar.

—¿Cuánto tiempo lleváis juntos? —preguntó Strike.

—Nueve años —contestó Matthew, y volvió a adoptar aquella actitud ligeramente combativa.

—¿Tanto? —se sorprendió Strike—. ¿Ibais juntos a la universidad?

—Al colegio —dijo Robin, sonriente—. Hicimos el bachillerato juntos.

—Era un colegio pequeño —terció Matthew—. Ella era la única chica un poco lista y que estaba buena. No había alternativa.

Qué capullo, pensó Strike.

Su camino de regreso a casa coincidía hasta la estación de Waterloo; siguieron charlando mientras caminaban por las calles oscuras y se separaron ante la entrada del metro.

—¿Qué? —preguntó Robin, impaciente, cuando Matthew y ella iban hacia la escalera mecánica—. Es simpático, ¿no?

—Un impuntual —dijo él; no se le ocurrió ninguna otra acusación que hacerle a Strike que no lo hiciera parecer un chiflado—. Seguramente llegará tres cuartos de hora tarde y joderá la ceremonia.

Ese comentario era un consentimiento tácito a la asistencia de Strike a la boda, y, ante la ausencia de un entusiasmo sincero, Robin se contentó pensando que podría haber sido peor.

Entretanto, Matthew cavilaba en silencio sobre cosas que no le habría confesado a nadie. Robin había descrito a su jefe con

precisión —el pelo, que parecía vello púbico; el perfil de boxeador—, pero no se había esperado un Strike tan corpulento. Le
sacaba un par de dedos, y eso que él se jactaba de ser el más alto
de su oficina. Y luego estaba lo peor: aunque le habría parecido de mal gusto que Strike hubiera hecho alarde de sus experiencias en Afganistán e Iraq y les hubiera contado cómo había perdido la pierna, o cómo había ganado esa medalla que por lo
visto tanto impresionaba a Robin, su silencio respecto a esos
temas había resultado casi irritante. Su heroísmo, su vida llena
de acción, sus experiencias viajando y corriendo peligros habían
sobrevolado, espectrales, la conversación.

Robin, sentada a su lado en el vagón, también guardaba
silencio. No lo había pasado nada bien. Había descubierto una
faceta de Matthew que no conocía, o, al menos, que él nunca le
había mostrado abiertamente. Reflexionó sobre eso mientras el
vagón los zarandeaba y llegó a la conclusión de que era por Strike. De alguna forma, éste había hecho que ella viera a Matthew
con sus ojos. No sabía muy bien cómo lo había conseguido. Todas esas preguntas sobre rugby... Otra persona quizá lo hubiera
interpretado como buena educación, pero Robin conocía bien a
su jefe. ¿O sería que estaba molesta porque Strike había llegado
tarde y lo culpaba de cosas que él no había hecho adrede?

Y así regresaron a casa los prometidos, compartiendo un
enfado tácito con el hombre que ahora roncaba profundamente
mientras su tren se alejaba de ellos traqueteando por la línea
Northern.

11

Decidme por qué motivo
me descuidáis así.

John Webster, *The Duchess of Malfi*

—¿Es usted Cormoran Strike? —preguntó una vocecilla de niña de clase media alta a las nueve menos veinte de la mañana siguiente.

—Sí.

—Hola, soy Nina. Nina Lascelles. Dominic me ha dado su número.

—Ah, sí —dijo Strike, de pie con el torso desnudo ante el espejo de afeitar que solía poner junto al fregadero de la cocina, pues el baño era pequeño y oscuro. Mientras se quitaba la espuma de afeitar de alrededor de la boca con el antebrazo, preguntó—: ¿Te ha contado de qué se trata, Nina?

—Sí, dice que quieres infiltrarte en la fiesta de aniversario de Roper Chard.

—Bueno, eso de «infiltrarse» es un poco fuerte.

—Pero suena mucho más emocionante.

—Cierto —concedió él—. Entonces, ¿puedo contar contigo?

—Ya lo creo. Será divertido. ¿Me dejas adivinar para qué quieres ir a espiar por allí?

—Hombre, «espiar» tampoco es la palabra...

—No seas aguafiestas. ¿Me dejas adivinar o no?

—Adelante —dijo Strike, y bebió un sorbo de su taza de té mientras miraba por la ventana.

El breve período de sol había concluido y la niebla se había instalado de nuevo.

—*Bombyx Mori* —dijo Nina—. ¿Es o no es? Dime que sí es.

—Sí, has acertado —admitió Strike, y la chica dio un chillido de satisfacción.

—Se supone que no debo ni mencionarlo. Hay una especie de bloqueo al respecto, no paran de circular correos electrónicos por la empresa, y a todas horas entran y salen abogados del despacho de Daniel. ¿Dónde quieres que nos encontremos? Tendríamos que quedar antes en algún sitio y presentarnos en la fiesta juntos, ¿no te parece?

—Sí, claro —convino Strike—. ¿Dónde te va bien quedar?

Mientras cogía un bolígrafo del abrigo colgado detrás de la puerta, pensó con añoranza en lo mucho que le apetecía pasar una noche en casa, en las ganas que tenía de dormir un montón de horas seguidas, en lo bien que le sentaría un interludio de paz y descanso para reponerse y empezar temprano el sábado por la mañana, cuando tenía previsto seguir al marido infiel de la señora Burnett.

—¿Conoces el Ye Olde Cheshire Cheese, de Fleet Street? Nunca hay nadie del trabajo, y desde allí se puede ir perfectamente a pie hasta la oficina. Ya sé que es cutre, pero me encanta.

Quedaron a las siete y media. Strike siguió afeitándose y se preguntó qué probabilidades habría de que en la fiesta de la editorial conociera a alguien que supiera del paradero de Quine. «Lo que pasa —reprendió en silencio Strike a su reflejo en el espejo redondo, mientras los dos eliminaban la barba de sus respectivas barbillas— es que te comportas como si todavía estuvieras en la División de Investigaciones Especiales. El país ya no te paga para que seas tan escrupuloso, amigo.»

Aun así, él no sabía hacer las cosas de otra manera; eso formaba parte de un código ético personal, breve pero inflexible, que lo había acompañado a lo largo de toda su vida adulta y que podía resumirse en una frase: «Haz el trabajo y hazlo bien.»

Strike tenía previsto pasar la mayor parte del día en la oficina, una perspectiva que en circunstancias normales le habría resultado agradable. Robin y él se repartían el papeleo; ella era inteligente, y muchas veces resultaba útil como caja de resonancia; además, seguía tan fascinada con la mecánica de las investigaciones como al principio de empezar a trabajar para él. Ese día, sin embargo, Strike bajó con una sensación muy parecida a la reticencia y que se confirmó cuando sus expertas antenas detectaron en el saludo de Robin un deje de timidez que no tardaría en dar paso a un «¿Qué te pareció Matthew?».

Aquello era un claro ejemplo, reflexionó al meterse en su despacho y cerrar la puerta con el pretexto de hacer unas llamadas, de por qué no era aconsejable quedar con tu único compañero de trabajo fuera del horario laboral.

El hambre lo obligó a salir al cabo de unas horas. Robin había comprado unos bocadillos, como siempre, pero no había llamado a la puerta para avisarle de que ya los tenía allí. Ese detalle también parecía indicar cierta turbación respecto a la noche pasada. Para retrasar el momento en que hablarían del tema, y con la esperanza de que, si conseguía eludirlo el tiempo suficiente, tal vez ella no llegara a sacarlo (aunque esa táctica nunca le había funcionado con ninguna mujer), Strike le explicó a Robin que acababa de hablar por teléfono con el señor Gunfrey, lo cual era cierto.

—¿Piensa acudir a la policía? —preguntó ella.

—Pues... no. Gunfrey no es la clase de persona que va a la policía cuando alguien está molestándola. Es casi tan corrupto como el tipo que quiere pinchar a su hijo, pero esta vez ha comprendido que está metido en un buen lío.

—¿No se te ocurrió grabar a ese mafioso mientras te ofrecía dinero y te decía lo que quería que hicieras, e ir tú mismo a la policía? —preguntó ella sin pensar.

—No, Robin, porque sería evidente de dónde provenía el chivatazo, y si tengo que ir esquivando asesinos a sueldo mientras hago los seguimientos, voy a complicarme mucho la vida.

—Pero ¡es que Gunfrey no va a poder encerrar a su hijo en casa eternamente!

—No tendrá que encerrarlo. Se va a llevar a toda la familia a Estados Unidos en un viaje sorpresa; piensa llamar a nuestro amigo manostijeras desde Los Ángeles y decirle que se lo ha pensado bien y que ha decidido no interferir en sus negocios. No debería levantar demasiadas sospechas. El tipo ya le ha hecho suficientes putadas para que esté justificado un período de reflexión. Ladrillos contra la luna del coche, llamadas amenazadoras a su esposa...

»Supongo que la semana que viene tendré que volver a Crouch End, decirle que no he encontrado al chico y devolverle las cinco lechugas. —Strike soltó un suspiro—. No resulta muy convincente, pero no quiero que vengan a buscarme.

—¿Cinco qué...?

—Quinientas libras, Robin —aclaró Strike—. ¿Cómo lo llamáis en Yorkshire?

—Me parece muy poco dinero por apuñalar a un adolescente —dijo ella con vehemencia, y entonces, pillando a Strike desprevenido, añadió—: ¿Qué te pareció Matthew?

—Muy buen tío —mintió él automáticamente.

Evitó dar más explicaciones. Robin no era tonta; ya le había impresionado otras veces su instinto para detectar la falsedad y la mentira. Sin embargo, no pudo evitar apresurarse a cambiar de tema.

—He pensado que a lo mejor el año que viene, si tenemos beneficios y puedo subirte el sueldo, deberíamos contratar a alguien más. Me mato a trabajar, no voy a poder aguantar este ritmo mucho tiempo. ¿A cuántos clientes has rechazado últimamente?

—A un par —contestó Robin con frialdad.

Strike conjeturó que no había expresado suficiente entusiasmo respecto a Matthew, pero estaba decidido a no ser más hipócrita de lo que ya lo había sido, así que poco después se metió en su despacho y volvió a cerrar la puerta.

Sin embargo, esa vez Strike sólo acertó a medias.

A Robin la había desanimado su reacción, ciertamente. Sabía que si a Strike le hubiera caído bien Matthew, no habría dicho nada tan tajante como «Muy buen tío», sino «Bueno, no está mal», o «Supongo que los hay peores».

En realidad, lo que la había molestado, incluso dolido, había sido su propuesta de contratar a otro empleado. Robin se volvió hacia la pantalla del ordenador y empezó a preparar la factura de esa semana de la clienta morena en trámites de divorcio, tecleando con furia, a toda velocidad, pulsando las teclas con una fuerza excesiva. Había dado por hecho —equivocándose, ahora lo veía claro— que su función allí no era la de una simple secretaria. Había ayudado a Strike a conseguir las pruebas que habían permitido detener al asesino de Lula Landry; algunas, incluso, las había conseguido ella sola, por iniciativa propia. A menudo, en los meses posteriores, había sobrepasado con mucho las funciones de una secretaria personal, y lo había acompañado a hacer seguimientos siempre que había parecido más natural que él fuera con una pareja, convenciendo con sus encantos a conserjes y testigos recalcitrantes que recelaban instintivamente ante la corpulencia y la expresión huraña de Strike, por no mencionar las veces en que por teléfono se había hecho pasar por diversas mujeres, cosa que su jefe, con su voz grave, jamás podría haber hecho.

Robin había dado por supuesto que él pensaba algo parecido: de vez en cuando le decía cosas como «Es bueno para tu formación de detective» o «Te convendría hacer un curso de contravigilancia». Había dado por supuesto que cuando el negocio se consolidara (y podía afirmar que ella había contribuido a esa consolidación) recibiría la formación que tanto necesitaba, y bien lo sabía. Sin embargo, ahora parecía que esas indirectas no habían sido más que comentarios sin valor, simples palmaditas en la espalda de la mecanógrafa. Entonces, ¿qué estaba haciendo allí? ¿Por qué había rechazado otro empleo mucho mejor? (Como estaba irascible, prefería no acordarse de lo poco que le había interesado aquel trabajo en un departamento de recursos humanos, pese a estar muy bien pagado.)

Quizá la nueva empleada fuera una mujer capaz de realizar esos trabajos tan útiles, y ella, Robin, se limitaría a hacer de recepcionista y secretaria de ambos, y nunca abandonaría ya su mesa. No se había quedado con Strike para eso, ni había rechazado un sueldo mucho mejor ni introducido un motivo recurrente de tensión en su relación con Matthew para acabar de aquella manera.

A las cinco en punto, Robin dejó de teclear a media frase, se puso la gabardina, salió de la agencia y cerró la puerta de vidrio con más fuerza de la necesaria.

El portazo despertó a Strike, que llevaba rato profundamente dormido en su mesa, con la cabeza apoyada en los brazos. Miró la hora, vio que eran las cinco y se preguntó quién habría entrado en la oficina. Cuando abrió la puerta y se dio cuenta de que no estaban la gabardina ni el bolso de Robin, y que la pantalla de su ordenador estaba apagada, comprendió que se había marchado sin despedirse.

—Me cago en todo —protestó.

Robin no solía enfadarse; ésa era una de las muchas cosas que le gustaban de ella. ¿Y qué si Matthew le caía mal? Strike no tenía que casarse con él. Mascullando, cerró la oficina y subió la escalera hasta el ático, dispuesto a comer algo y cambiarse para acudir a su cita con Nina Lascelles.

12

Es una mujer muy segura de sí misma, de ingenio extraordinario y lengua mordaz.

BEN JONSON, *Epicoene, or The Silent Woman*

Esa noche, Strike enfiló la oscura y fría Strand hacia Fleet Street con las manos hundidas en los bolsillos, caminando con tanto brío como le permitían el cansancio y una pierna derecha cada vez más dolorida. Lamentaba haber tenido que renunciar a la paz y comodidad de su estudio de alquiler; no estaba seguro de que esa expedición nocturna fuera a dar ningún fruto, y sin embargo, casi contra su voluntad, lo impresionó una vez más, rodeado de la gélida neblina de la noche invernal, la belleza de la ciudad milenaria a la que, junto con Cornualles, profesaba lealtad desde la infancia.

El frío del mes de noviembre había eliminado todo rastro de turismo: la fachada del Old Bell Tavern, del siglo XVII, con las cristaleras de colores en pleno fulgor, emanaba nobleza y solera; el dragón que montaba guardia en lo alto del pedestal de Temple Bar se recortaba, fiero y amenazador, contra un cielo negro tachonado de estrellas; y, a lo lejos, la brumosa cúpula de la catedral de St. Paul brillaba como una luna en ascenso. Ya muy cerca de su destino, en lo alto de un muro de ladrillo, estaban los nombres que evocaban el pasado de Fleet Street como sede de la prensa británica (el *People's Friend*, el *Dundee Courier*), pero hacía ya mucho que Culpepper y sus compañeros de profesión, expulsados de su hogar tradicional, se habían instalado en Wapping y Canary Wharf. En la actualidad, esa zona estaba dominada por la abogacía, y los Reales Tribunales de Justicia, que contemplaban desde las alturas al detective, representaban el templo definitivo de la profesión de Strike.

Con un estado de ánimo indulgente y extrañamente sentimental, se acercó al farol amarillo y redondo de la acera de enfrente, que señalaba la entrada del Ye Olde Cheshire Cheese, y recorrió el estrecho pasaje que conducía hasta la puerta, donde se agachó para no golpearse la cabeza con el dintel.

La entrada, angosta y con revestimiento de madera, decorada con óleos antiguos, daba paso a una sala diminuta. Strike volvió a agachar la cabeza y esquivó el letrero de madera desteñido que rezaba «Bar exclusivo para caballeros». Al instante, lo recibió con una oleada de entusiasmo una chica menuda de tez clara cuyo rasgo dominante eran unos grandes ojos castaños. Arrebujada en un abrigo negro junto a la chimenea encendida, sujetaba una copa vacía con unas manos blancas y pequeñas.

—¿Eres Nina?

—Te he reconocido enseguida. Dominic te describió a la perfección.

—¿Puedo invitarte a algo?

Ella pidió una copa de vino blanco. Strike, una pinta de Sam Smith, y a continuación se abrió paso hasta el incómodo banco de madera donde estaba sentada la chica. Alrededor, por toda la estancia, se oían los diversos acentos de Londres.

—Es un pub muy auténtico —dijo entonces ella, como si le hubiera leído el pensamiento—. Los que creen que está siempre lleno de turistas es que nunca vienen por aquí. Lo frecuentaba Dickens, y Johnson, y Yeats... A mí me encanta.

Nina le sonrió, radiante, y él le devolvió la sonrisa; tras unos cuantos sorbos de cerveza, logró sentir verdadera ternura.

—¿Está muy lejos la editorial?

—No, a sólo diez minutos andando. Estamos en una calle que va a dar al Strand. Es un edificio nuevo y tiene una terraza con jardín. Hará un frío del demonio —añadió; se estremeció anticipadamente y se ciñó más el abrigo—. Pero los jefes encontraron una excusa para no alquilar un local. Son malos tiempos para los editores.

—Dijiste que han tenido algún problema con *Bombyx Mori*, ¿verdad? —preguntó Strike, centrándose en lo que le interesaba, mientras estiraba cuanto podía la pierna ortopédica debajo de la mesa.

—¿«Algún problema»? Eso es el eufemismo del año. Daniel Chard está furioso. ¿A quién se le ocurre poner a Daniel Chard como el malo de una novela obscena? Es una idea descabellada. Es un tío muy raro. Dicen que no tuvo más remedio que entrar en la empresa familiar, pero que en realidad quería ser artista. Como Hitler —añadió con una risita.

Las luces colgadas sobre la barra se reflejaban en los grandes ojos de la chica. A Strike le recordó a un ratón vigilante y nervioso.

—¿«Como Hitler»? —repitió él, intrigado.

—Cuando se enfada, echa unos sermones tremendos. Eso lo hemos descubierto esta semana. Hasta ahora, nadie lo había oído levantar la voz. Pero no paraba de gritarle a Jerry, lo oíamos a través de las paredes.

—¿Tú has leído el libro?

Ella vaciló, y en sus labios danzó una sonrisa traviesa.

—Oficialmente, no —respondió al fin.

—Pero...

—Tal vez le haya echado un vistazo.

—¿Cómo? ¿No está bajo llave?

—Bueno, sí, está en la caja fuerte de Jerry.

Con una pícara mirada de reojo, invitó a Strike a burlarse con ella, aunque de forma benévola, del inocente editor.

—Lo que pasa es que Jerry nos ha dicho a todos la combinación, porque siempre se le olvida, y así puede pedirnos que se la recordemos. Es el tío más mono y más legal del mundo, y no creo que se le pasara por la cabeza que le echaríamos una ojeada al libro sabiendo que no debíamos hacerlo.

—¿Cuándo lo leíste?

—El primer lunes después de que él lo recibiera. Ya circulaban muchos rumores, porque aquel fin de semana Christian

Fisher había llamado a unas cincuenta personas y les había leído fragmentos del libro por teléfono. Dicen que también escaneó algunas partes y comenzó a enviarlas por correo electrónico.

—¿Eso fue antes de que empezaran a actuar los abogados?

—Sí. Nos reunieron a todos y nos dieron una charla absurda sobre lo que pasaría si hablábamos del libro. Era una estupidez intentar convencernos de que la reputación de la empresa se vería perjudicada si se ridiculizaba a su presidente, porque estamos a punto de salir a bolsa, o eso se rumorea, y que nuestros puestos de trabajo peligrarían. No entiendo cómo al abogado no se le escapaba la risa mientras lo decía. Mi padre es un abogado famosillo —añadió en tono frívolo— y dice que Chard lo tendría muy difícil para culparnos a nosotros si ya lo sabe tanta gente de fuera de la empresa.

—¿Es un buen presidente? —preguntó Strike.

—Supongo que sí —contestó ella, inquieta—, pero es muy misterioso y circunspecto, y... bueno, lo que Quine ha escrito sobre él tiene gracia.

—¿Qué ha escrito?

—Pues mira, en el libro, Chard se llama Phallus Impudicus, y...

Strike se atragantó con la cerveza y Nina soltó una risita.

—¿Lo llama «polla impúdica»? —preguntó él, riendo, y se limpió la barbilla con el dorso de la mano.

Nina soltó una carcajada asombrosamente lujuriosa para alguien con aquella pinta de colegiala modélica.

—¿Estudiaste latín? Yo lo dejé. Lo odiaba. Pero no hay que ser ninguna lumbrera para saber qué es un «phallus», ¿no? Pues yo busqué «Phallus impudicus» y resulta que es el nombre científico de un hongo, el «falo hediondo». Por lo visto apesta, y... —soltó otra risita— parece una polla podrida. Típico de Owen: nombres guarros, y todos en pelotas.

—¿Y qué hace Phallus Impudicus?

—Camina como Daniel, habla como Daniel, se parece a Daniel y practica la necrofilia con un guapo escritor al que ha asesinado. Es muy morboso y desagradable. Jerry siempre dice que Owen considera el día perdido si no ha hecho vomitar a sus lectores como mínimo dos veces. Pobre Jerry —añadió en voz baja.

—¿Por qué «pobre»?

—Él también sale en el libro.

—¿Y qué tipo de falo es?

Nina volvió a reír.

—No sabría decírtelo, porque la parte de Jerry no la leí. Sólo hojeé un poco el libro hasta que encontré a Daniel, porque todo el mundo decía que era muy gracioso y muy bestia. Jerry sólo estuvo media hora fuera, así que no tuve mucho tiempo. Pero todos sabemos que él también aparece, porque Daniel lo encerró en su despacho, le hizo hablar con los abogados y añadir su firma a todos esos estúpidos correos electrónicos en los que se nos amenazaba con las siete plagas si hablamos de *Bombyx Mori*. Supongo que a Daniel lo consuela que Owen también haya atacado a Jerry. Sabe que todo el mundo quiere mucho a Jerry, y supongo que cree que todos guardaremos silencio para protegerlo.

»Lo que no entiendo es por qué Quine se mete con Jerry —continuó Nina, y la sonrisa se borró de sus labios—. Porque Jerry no tiene ni un solo enemigo en el mundo. La verdad es que Owen es un cabronazo —concluyó, y se quedó contemplando su copa de vino vacía.

—¿Te apetece otra copa? —preguntó Strike.

El detective volvió a la barra. En la pared de enfrente, en una caja de cristal, había un loro gris disecado. Era la única rareza genuina que veía allí; y no le importó, en aquel estado de tolerancia hacia un rincón tan auténtico del viejo Londres, tener el detalle de aceptar que, en su momento, aquel loro había chillado y parloteado entre aquellas paredes y que no era un simple accesorio viejo y desagradable.

—¿Sabes que Quine ha desaparecido? —preguntó Strike cuando regresó junto a Nina.

—Sí, algo he oído. No me extraña, con el alboroto que ha provocado.

—¿Lo conoces?

—No mucho. A veces viene a la oficina e intenta coquetear, ya sabes, envuelto en esa capa ridícula, alardeando, siempre intentando impresionar. Yo lo encuentro un poco patético y siempre he detestado sus libros. Jerry me convenció para que leyera *El pecado de Hobart*, y me pareció horrible.

—¿Sabes si alguien se ha comunicado con Quine últimamente?

—Que yo sepa, no.

—¿Y nadie sabe por qué escribió un libro que, con toda seguridad, iba a suponerle una demanda?

—Todo el mundo da por hecho que se ha peleado con Daniel. Tarde o temprano se pelea con todo el mundo; ha trabajado con no sé cuántos editores a lo largo de los años.

»Dicen que Daniel sólo publica a Owen porque cree que así parece que Owen lo haya perdonado por lo mal que se portó con Joe North. En realidad, Owen y Daniel no se caen nada bien, eso lo sabe todo dios.

Strike se acordó de la fotografía del joven rubio y atractivo colgada en la pared del despacho de Elizabeth Tassel.

—¿Chard se portó mal con North? ¿Qué le hizo?

—No conozco todos los detalles —contestó Nina—, pero sé que se portó mal. Sé que Owen juró que nunca trabajaría para Daniel, pero luego probó con casi todos los otros editores, hasta que tuvo que fingir que se había equivocado respecto a Chard, y éste lo aceptó porque creyó que así parecía buena persona. Al menos eso es lo que cuenta la gente.

—¿Y sabes si Quine se ha peleado con Jerry Waldegrave?

—No, y eso es lo que no entiendo. ¿Por qué se mete con Jerry? ¡Es un encanto! Aunque, según dicen, no puedes...

Por primera vez, o eso le pareció a Strike, reflexionó sobre lo que se disponía a decir y, en tono más sobrio, siguió:

—Bueno, no sé a qué viene que Owen se meta con Jerry, y ya te digo que yo no he leído esa parte. Pero Owen se mete con un montón de gente —continuó Nina—. Dicen que también sale su esposa, y por lo visto ha sido muy cruel con Liz Tassel, que, aunque sea una bruja, todo el mundo sabe que siempre ha estado al lado de Owen, a las duras y a las maduras. Liz ya no podrá venderle nada a Roper Chard; están todos furiosos con ella. Me consta que por orden de Daniel le han retirado la invitación para esta noche, y eso es muy humillante. Dentro de un par de semanas hay una fiesta en honor de Larry Pinkelman, otro autor de Liz, y a ésa no pueden prohibirle acudir, porque Larry es un viejecito encantador al que todos adoran. Pero, si Liz se presenta, no quiero ni pensar cómo van a recibirla.

»En fin... —Nina se apartó el flequillo castaño claro de una sacudida y cambió bruscamente de tema—: ¿De qué se supone que nos conocemos tú y yo, cuando lleguemos a la fiesta? ¿Eres mi novio, o qué?

—¿Se puede llevar pareja a estas cosas?

—Sí, pero no le he dicho a nadie que salgo contigo, así que no puede hacer mucho tiempo que estamos juntos. Diremos que nos conocimos en una fiesta el fin de semana pasado, ¿vale?

Strike advirtió, con dosis casi idénticas de desasosiego y vanidad satisfecha, el entusiasmo con que Nina le proponía fingir que estaban liados.

—Antes de marcharnos tengo que ir al baño —dijo, y se levantó con dificultad del banco mientras ella vaciaba la tercera copa.

La escalera que bajaba a los servicios del Ye Olde Cheshire Cheese era vertiginosa, y el techo era tan bajo que Strike se golpeó la cabeza pese a caminar encorvado. Mientras se frotaba la sien, maldiciendo por lo bajo, sintió como si acabara de recibir un tortazo divino para recordarle qué le convenía y qué no.

13

Dicen que poseéis un libro
donde citáis
los nombres de todos los grandes canallas
que merodean por la ciudad.

JOHN WEBSTER, *The White Devil*

Strike sabía por experiencia que resultaba inusualmente atractivo a cierta clase de mujeres. Las características que esas mujeres tenían en común eran la inteligencia y la intensidad parpadeante de unas lámparas con los cables en mal estado. Solían ser guapas y, por lo general, como le gustaba expresarlo a su viejo amigo Dave Polworth, «unas piradas del copón». Strike nunca se había parado a pensar cuál era, en particular, el rasgo suyo que tanto las atraía, aunque Polworth, muy dado a las teorías concisas, opinaba que esas mujeres («histéricas, fruto de un exceso de cría selectiva») padecían una pulsión subconsciente que las llevaba a buscar lo que él llamaba «sangre de percherón».

Charlotte, la ex novia de Strike, podía considerarse la reina de esa especie. Guapa, lista, imprevisible y chiflada, había vuelto una y otra vez con él pese a la oposición de su familia y la reprobación apenas velada de sus amistades. En el mes de marzo, Strike había acabado poniendo fin a una relación de dieciséis años con intermitencias, y casi de inmediato ella se había comprometido con su ex novio, a quien Strike se la había robado muchos años atrás, en Oxford. Con excepción de una sola noche, desde entonces la vida amorosa de Strike había sido voluntariamente inexistente. El trabajo le había ocupado casi todas las horas de vigilia y el detective había resistido con éxito las insinuaciones, no siempre sutiles, de mujeres parecidas a aquella clienta suya, la morena sofisticada: mujeres en trámite de divorcio con tiempo de sobra y tristeza que aliviar.

Aun así, siempre existía el impulso de rendirse, el riesgo de tener que afrontar complicaciones por culpa de un par de noches de consuelo; y en aquel momento, Nina Lascelles caminaba con brío a su lado por la oscura Strand, dando dos pasos por cada uno de los suyos e informándole de cuál era su dirección exacta, en St. John's Wood, «para que parezca que ya has estado en mi casa». No le llegaba ni a la altura del hombro y a Strike nunca lo habían atraído mucho las mujeres bajitas. Nina no paraba de hablar de Roper Chard y aderezaba su monólogo con más risas de las estrictamente necesarias; en un par de ocasiones, le tocó el brazo al detective para enfatizar sus palabras.

—Ya estamos —dijo por fin, cuando se acercaron a un edificio alto y moderno, con una puerta giratoria de cristal y las palabras «Roper Chard» en un gran letrero naranja de plexiglás colgado en la fachada de piedra labrada.

En el amplio vestíbulo, por el que estaban desperdigadas varias personas muy engalanadas, había una hilera de puertas correderas metálicas. Nina sacó una invitación de su bolso y se la mostró al que parecía un empleado temporal de refuerzo, con un esmoquin muy poco favorecedor, y a continuación entró con Strike y unas veinte personas más en un gran ascensor forrado de espejo.

—Esta planta está reservada para reuniones —le dijo Nina, subiendo la voz, cuando salieron a una zona diáfana, abarrotada, donde una banda tocaba al borde de una pista de baile muy poco concurrida—. Suele haber mamparas divisorias. A ver, ¿a quién quieres que te presente?

—A cualquiera que conociera bien a Quine y que pueda tener alguna idea de dónde está.

—Pues me temo que Jerry es el único que cumple esos requisitos...

La nueva remesa de invitados que salía del ascensor los empujó, y avanzaron hacia la muchedumbre. A Strike le pareció notar que Nina se agarraba a la parte trasera de su abrigo, como una cría, pero no correspondió al gesto cogiéndola de la mano, ni reforzó la impresión de que eran una pareja. Oyó un par de veces que Nina saludaba a gente al pasar. Al final consiguieron llegar hasta la pared del fondo, donde unas mesas de las que se ocupaban unos camareros ataviados con chaqueta blanca rebosaban comida y donde se podía conversar sin necesidad de gritar. Strike cogió un par de pasteles de cangrejo diminutos y se los comió, lamentando su reducido tamaño, mientras Nina miraba alrededor.

—No veo a Jerry por ninguna parte, pero debe de estar en la azotea, fumando. ¿Quieres que vayamos a ver? ¡Ah, mira, Daniel Chard mezclándose con la tropa!

—¿Cuál es?

—El calvo.

Alrededor del presidente de la empresa, que en ese momento conversaba con una joven escultural embutida en un vestido negro ceñido, se había formado un corro de respeto parecido al círculo de maíz aplastado que rodea a un helicóptero en el momento del despegue.

«Phallus Impudicus.» Strike no pudo evitar sonreír, a pesar de que a Chard le favorecía la calva. Era más joven y estaba más en forma de lo que el detective había imaginado, y era atractivo a su manera, con cejas tupidas y oscuras sobre unos ojos hundidos, nariz aguileña y labios finos. Vestía un traje muy sobrio de color carbón, pero la corbata, de color malva claro, era mucho más ancha de lo normal y tenía un estampado de narices humanas. A Strike, que siempre había sido convencional en el vestir (un hábito adquirido en el comedor de oficiales), le intrigó esa declaración de inconformismo, discreta y sin embargo contundente, por parte de un alto ejecutivo, sobre todo porque atraía alguna que otra mirada divertida o de sorpresa.

—¿Dónde están las copas? —preguntó Nina, poniéndose inútilmente de puntillas.

—Allí —contestó él, que veía una barra delante de las ventanas con vistas al oscuro Támesis—. Quédate aquí, ya voy yo a buscarlas. ¿Vino blanco?

—No. Champán; suponiendo que Daniel haya decidido tirar la casa por la ventana.

Strike siguió una ruta a través del gentío que le permitía acercarse a Chard sin llamar la atención; éste dejaba hablar a su acompañante sin interrumpirla. La mujer tenía ese aire de ligera desesperación propio de quien se da cuenta de que su conversación está fracasando. El detective se fijó en que Chard tenía un marcado eccema en el dorso de la mano con la que sujetaba un vaso de agua. Se detuvo justo detrás del presidente con el pretexto de dejar paso a un grupo de chicas que venían en dirección opuesta.

—...y fue tremendamente divertido, la verdad —decía con nerviosismo la chica del vestido negro.

—Sí —replicó Chard con una voz que denotaba un profundo aburrimiento—, ya me lo imagino.

—¿Y qué tal por Nueva York? ¿Maravilloso? Bueno, maravilloso no. Quiero decir... ¿útil? ¿Divertido? —le preguntó ella.

—Mucho trabajo —contestó Chard, y a Strike, pese a no verle la cara desde donde estaba, le pareció que incluso bostezaba—. Mucho rollo digital.

Un individuo corpulento, ataviado con traje y chaleco, que parecía ya borracho pese a ser sólo las ocho y media, se detuvo delante de Strike y, con exagerada cortesía, lo invitó a avanzar. Él no tuvo más remedio que aceptar la invitación, acompañada de elaborados ademanes, y quedó fuera del alcance de la voz de Chard.

—Gracias —dijo Nina unos minutos más tarde, al coger la copa de champán que le ofrecía el detective—. ¿Quieres subir al jardín?

—Sí, vamos —respondió Strike. Él también había cogido una copa de champán, no porque le gustara, sino porque no había encontrado nada más que le apeteciera—. ¿Quién es esa mujer con la que está hablando Chard?

Nina estiró el cuello para mirar mientras guiaba a Strike hacia una escalera helicoidal metálica.

—Joanna Waldegrave, la hija de Jerry. Acaba de escribir su primera novela. ¿Por qué? ¿Es tu tipo? —preguntó con una risita entrecortada.

—No.

Subieron por la escalera de malla metálica, y Strike, una vez más, se ayudó con el pasamano. Cuando salieron a la azotea del edificio, el gélido aire nocturno le hirió los pulmones. Franjas de césped aterciopelado, jardineras con flores y árboles jóvenes, bancos desperdigados por todas partes; incluso había un estanque iluminado con focos, bajo cuyos nenúfares negros pasaban nadando pececillos rojos como llamaradas. Habían distribuido estufas de exterior que parecían gigantescas setas de acero entre los pulcros rectángulos de césped, y los fumadores se cobijaban alrededor de ellas, de espaldas a aquella escena pastoril artificial, mirando hacia el centro del corro.

Las vistas eran espectaculares. La ciudad relucía como una joya bajo el negro aterciopelado del cielo; el London Eye, de color azul eléctrico; la torre Oxo, con sus ventanas de color rubí; el Southbank Centre, el Big Ben y el palacio de Westminster, a la derecha, despedían un resplandor dorado.

—Ven —dijo Nina, y, sin ningún reparo, tomó a Strike de la mano y lo llevó hacia un grupito integrado por tres jóvenes que lanzaban nubes blancas de vaho por la boca pese a no estar fumando.

—Hola, chicas —las saludó Nina—. ¿Habéis visto a Jerry?

—Está borracho —contestó con toda franqueza una pelirroja.

—¡Oh, no! —exclamó Nina—. ¡Si lo llevaba muy bien!

Una rubia desgarbada la miró por encima del hombro y murmuró:

—La semana pasada pilló una buena curda en Arbutus.

—Es por culpa de *Bombyx Mori* —apostilló una chica con cabello corto castaño y cara de mal genio—. Y el fin de semana en París para celebrar el aniversario no salió bien. Creo que a Fenella le dio otro berrinche. ¿Cuándo piensa dejarla?

—¿Ha venido con ella? —preguntó con avidez la rubia.

—Sí, anda por aquí —respondió la morena—. ¿No vas a presentarnos a tu amigo, Nina?

Se hicieron las presentaciones con un parloteo que impidió a Strike enterarse de cuál de las chicas era Miranda, Sarah o Emma. A continuación, las cuatro mujeres volvieron a meterse de lleno en la disección de la infelicidad y el alcoholismo de Jerry Waldegrave.

—Tendría que haber abandonado a Fenella hace años —opinó la morena—. Es una bruja.

—¡Chist! —la interrumpió Nina, y las cuatro guardaron silencio.

Un hombre casi tan alto como Strike se les acercaba sin prisa. Su cara, redonda y blancuzca, quedaba parcialmente tapada por unas grandes gafas de montura de carey y una maraña de pelo castaño. Llevaba en la mano una copa llena de vino tinto que amenazaba con derramarse.

—Qué silencio tan sospechoso —advirtió, componiendo una sonrisa afable. Hablaba con una parsimonia exagerada que, para Strike, delataba a un borracho con mucha experiencia—. A ver si adivino de qué estabais hablando. Tres posibilidades: *Bombyx, Mori,* Quine. Hola —añadió, mirando a Strike y tendiéndole la mano. Sus ojos quedaban a la misma altura—. No nos conocemos, ¿verdad?

—Jerry, Cormoran. Cormoran, Jerry —se apresuró a decir Nina—. Hemos venido juntos —agregó, una información que iba dirigida más a sus tres compañeras que al alto editor.

—¿Cameron? —preguntó Waldegrave, ahuecando una mano detrás de la oreja.

—Casi —dijo Strike.

—Perdona —replicó Waldegrave—. Soy sordo de un oído. Chicas, ¿habéis estado chismorreando delante de este desconocido alto y moreno —prosiguió con un humor bastante soso—, pese a haber recibido instrucciones precisas del señor Chard de que nadie de fuera de la empresa debe enterarse de nuestro pecaminoso secreto?

—No irás a chivarte, ¿verdad, Jerry? —le preguntó la morena.

—Si de verdad Daniel no quisiera que se divulgara nada de ese libro —intervino la pelirroja, impaciente, aunque echando un vistazo por encima del hombro para comprobar que el jefe no andaba cerca—, no debería estar enviando a esos abogados por toda la ciudad para intentar hacer callar a la gente. A mí no paran de llamarme para preguntarme qué está pasando.

—Jerry —se atrevió a decir la morena—, ¿por qué tuviste que hablar con los abogados?

—Porque salgo en el libro, Sarah —contestó Waldegrave; agitó la copa y derramó parte de su contenido en el cuidado césped—. Estoy metido en esto hasta mis defectuosas orejas.

Las mujeres emitieron diversos sonidos de sorpresa y protesta.

—¿Qué puede decir Quine sobre ti, con lo bien que te has portado siempre con él? —expuso la morena.

—Según la cantinela de Owen, soy gratuitamente cruel con sus obras de arte —explicó el editor, y con la mano que no sujetaba la copa imitó el gesto de cortar con unas tijeras.

—Ah, ¿sólo eso? —dijo la rubia, con un deje mínimo de decepción—. Pues vaya. Tiene suerte de que lo publiquéis, visto cómo se comporta.

—Y al parecer ha vuelto a esconderse —comentó Waldegrave—. No se pone al teléfono.

—Es un capullo y un cobarde —opinó la pelirroja.

—Pues mira, yo estoy preocupado por él.

—¿Preocupado? —se extrañó la pelirroja—. No lo dirás en serio, Jerry.

—Tú también estarías preocupada si hubieras leído el libro —replicó Waldegrave, y dio un pequeño hipido—. Me parece que Owen está derrumbándose. Ese libro suena a nota suicida.

La rubia soltó una risita, pero se reprimió enseguida cuando el editor la miró y añadió:

—No es broma. Creo que está sufriendo una crisis nerviosa. El subtexto que esconde todo el elemento grotesco habitual es «todos están contra mí, todos van a por mí, todos me odian».

—Y es cierto, todos lo odian —intervino la rubia.

—Nadie en su sano juicio habría imaginado que esa novela pudiera publicarse. Y ahora él ha desaparecido.

—Pero si siempre hace lo mismo —dijo la pelirroja—. Es su numerito preferido: desaparecer. Daisy Carter, que trabaja en Davis-Green, me contó que cuando estaban haciendo *Los hermanos Balzac*, los dejó plantados en dos ocasiones porque se había cabreado.

—Pues yo estoy preocupado por él —insistió Waldegrave. Tomó un gran sorbo de vino y agregó—: ¿Y si se ha cortado las venas?

—¡Owen sería incapaz de suicidarse! —se burló la rubia.

Waldegrave la miró con lo que a Strike le pareció una mezcla de lástima y antipatía.

—Pues hay gente, Miranda, que, cuando cree que le han quitado toda razón para seguir viviendo, se suicida. Que otras personas consideren su sufrimiento una chorrada no basta para disuadirlos.

La rubia lo observó con una mueca de incredulidad; luego miró de uno en uno a los demás, pero nadie salió en su defensa.

—Los escritores son diferentes —continuó Waldegrave—. No he conocido a ninguno mínimamente bueno que no esté chiflado. Y eso es algo que ese mal bicho, Liz Tassel, haría bien en recordar.

—Ella asegura que no sabía de qué iba el libro —adujo Nina—. Le ha contado a todo el mundo que estaba enferma y que ni siquiera lo leyó entero.

—Conozco a Liz Tassel —dijo Waldegrave, ceñudo, y Strike se interesó al detectar un destello de rabia auténtica en aquel editor borracho y afable—. Sabía perfectamente lo que hacía cuando divulgó el contenido del libro. Creyó que era su última oportunidad de ganar dinero a costa de Owen. Iba a obtener mucha publicidad gracias al escándalo por lo de Fancourt, a quien odia desde hace años; pero, ahora que ha empezado a circular la mierda, reniega de su cliente. Qué comportamiento tan vergonzoso.

—Daniel le retiró la invitación para la fiesta de esta noche —dijo la morena—. Me tocó a mí llamarla por teléfono y decírselo. Lo pasé fatal.

—¿Sabes adónde puede haber ido Owen, Jerry? —preguntó Nina.

Waldegrave se encogió de hombros.

—Podría estar en cualquier sitio, ¿no? Sólo espero que, esté donde esté, no le haya pasado nada malo. A pesar de todo, no puedo evitar sentir cierto cariño por ese cabronazo.

—¿De qué va el escándalo ese sobre el que escribe? —preguntó la pelirroja—. Me han contado que tiene algo que ver con una reseña de un libro de Fancourt...

Todos los miembros del grupo, excepto Strike, empezaron a hablar al mismo tiempo, pero la voz de Waldegrave se impuso a todas las demás, y ellas guardaron silencio con esa cortesía instintiva que a menudo muestran las mujeres ante los varones desvalidos.

—Creía que esa historia la conocía todo el mundo —dijo Waldegrave, y volvió a hipar débilmente—. Resumiendo: la primera esposa de Michael, Elspeth, escribió una novela malísima. Apareció una parodia anónima en una revista literaria. Elspeth la recortó, se la prendió con alfileres en el vestido y metió la cabeza en el horno, a lo Sylvia Plath.

La pelirroja dio un grito ahogado.

—¿Se suicidó?

—Sí —confirmó Waldegrave, y bebió otro sorbo de vino—. Los escritores son así. Unos chiflados.

—¿Quién escribió esa parodia?

—Todo el mundo dio por hecho que había sido Owen. Él lo negó, claro está, pero ¿qué iba a hacer, teniendo en cuenta lo que había provocado? —dijo Waldegrave—. Después de morir Elspeth, Owen y Michael no volvieron a hablarse. Pero, en *Bombyx Mori*, Owen encuentra una manera ingeniosa de insinuar que el verdadero autor de esa parodia fue el propio Michael.

—¡Dios! —exclamó la pelirroja, impresionada.

—Hablando de Fancourt —añadió Waldegrave, y miró su reloj—. Venía a deciros que a las nueve van a hacer un anuncio importante abajo. No os lo perdáis, chicas.

Y se marchó sin prisa. Dos de las jóvenes apagaron el cigarrillo y lo siguieron. La rubia se unió a otro grupito de gente.

—Jerry es un encanto, ¿verdad? —le dijo Nina a Strike. Temblaba envuelta en su abrigo de lana.

—Sí, muy magnánimo —opinó él—. Por lo visto, es el único que piensa que Quine no sabía muy bien lo que se hacía. ¿Tienes frío? ¿Quieres que entremos?

El agotamiento enturbiaba la conciencia de Strike. Se moría de ganas de volver a su casa, iniciar el tedioso proceso de llevar a su pierna a la cama (eso se decía él), cerrar los ojos y dormir profundamente ocho horas seguidas, para luego levantarse y volver a buscar otro escondite desde donde vigilar a otro marido infiel.

La sala del piso de abajo estaba cada vez más abarrotada. Nina se detuvo varias veces para gritarles en la oreja a varios conocidos. Presentaron a Strike a una autora de novela romántica bajita y rechoncha que parecía deslumbrada por el champán barato y el potente grupo musical (que debían de parecerle muy sofisticados), y a la mujer de Jerry Waldegrave, quien, ebria, saludó efusivamente a Nina a través de una mata de pelo negro y alborotado.

—Es una pelota de mierda —sentenció Nina con frialdad tras separarse de la mujer, y llevó a Strike más cerca del escenario improvisado—. Viene de una familia de mucha pasta y le gusta dejar claro que se casó con un hombre de menos categoría que ella. Es una esnob.

—Le impresiona que tu padre sea un abogado de prestigio, ¿no? —preguntó Strike.

—Uf, tienes una memoria de miedo —dijo ella, observándolo con admiración—. No, creo que es... Bueno, en realidad es porque tengo un título nobiliario. A mí, eso me tiene sin cuidado, pero las personas como Fenella le dan mucha importancia.

Un empleado estaba orientando un micrófono en el atril del escenario, cerca del bar. El logo de Roper Chard, un nudo de cuerda que unía los dos nombres, y la palabra «centenario» estaban estampados en un cartel.

A continuación hubo una aburrida espera de diez minutos, durante la cual Strike respondió educada y apropiadamente a la charla de Nina, lo cual le supuso un gran esfuerzo, porque ella era mucho más baja que él, y en la sala cada vez había más ruido.

—¿Ha venido Larry Pinkelman? —preguntó el detective al recordar la fotografía del anciano autor de libros infantiles del despacho de Elizabeth Tassel.

—No, qué va. Odia las fiestas —contestó Nina alegremente.

—¿No ibais a celebrar una en su honor?

—¿Cómo lo sabes? —preguntó ella, sorprendida.

—Me lo has dicho tú. En el pub.

—Vaya, prestas atención, ¿eh? Sí, vamos a organizar una cena para celebrar la reimpresión de sus cuentos de Navidad, pero será algo más bien íntimo. Larry es muy tímido, odia las multitudes.

Daniel Chard había llegado por fin al escenario. Las conversaciones se redujeron a un murmullo, y luego cesaron por completo. Strike detectó tensión en el ambiente cuando Chard barajó sus papeles y carraspeó.

A Strike le sorprendió lo mal que el presidente hablaba en público, pese a que debía de tener mucha práctica. Chard clavaba la mirada en el mismo punto por encima de las cabezas de la gente a intervalos regulares; no miraba a los ojos a nadie; a veces apenas se le oía. Tras ofrecer a sus oyentes un breve recorrido por la gloriosa historia de Roper Publishing, dio un modesto rodeo por los antecedentes de Chard Books, la empresa fundada por su abuelo; describió la fusión de ambas editoriales y el placer y el humilde orgullo (expresados con la misma voz monótona) que le causaba encontrarse, diez años más tarde, convertido en presidente de esa empresa única. Sus bromas, discretas, eran recibidas con risas eufóricas, alimentadas, o eso pensó Strike, en la misma medida por el desasosiego y el alcohol. Sin darse cuenta, el detective fijó la vista en las manos de Chard, irritadas, casi quemadas. En una ocasión conoció a un joven soldado raso cuyo eccema había empeorado tanto por el estrés que habían tenido que hospitalizarlo.

—No cabe duda —dijo Chard, y Strike, una de las personas más altas presentes en la sala, y que se hallaba muy cerca del escenario, vio que había llegado a la última página de su discurso— de que actualmente la edición pasa por un período de cambios muy rápidos y retos nuevos, pero hay una cosa que sigue siendo tan válida hoy como hace un siglo: el contenido es el rey. Mientras cuente con los mejores escritores del mundo, Roper Chard seguirá emocionando, desafiando y entreteniendo. Y es en este contexto —la proximidad de un clímax no quedó patente debido al entusiasmo de Chard, sino por su relajación, inducida por el hecho de que su suplicio estaba a punto de terminar— en el que tengo el placer y el honor de comunicarles que desde esta semana contamos con el talento de uno de los mejores autores del mundo. Damas y caballeros, les ruego que reciban con un aplauso ¡a Michael Fancourt!

Una audible inspiración colectiva recorrió la sala como una ráfaga de viento. Una mujer gritó, emocionada. Alguien empezó a aplaudir hacia el fondo de la estancia, y los aplausos se extendieron como un chisporroteo de fuego hasta las primeras filas. Strike vio abrirse una puerta a lo lejos, atisbó una cabeza exageradamente grande, una expresión adusta, antes de que lo engulleran los entusiasmados invitados. El escritor tardó varios minutos en llegar al escenario y estrecharle la mano a Chard.

—¡Hostia! —repetía una y otra vez Nina, que no paraba de aplaudir—. ¡Hostia!

Jerry Waldegrave, quien, al igual que Strike, les sacaba una buena cabeza al resto de los invitados, la mayoría mujeres, estaba casi enfrente de ellos, al otro lado de la tarima. Volvía a tener una copa llena en la mano, de modo que no podía aplaudir, y se la llevó a los labios, sin sonreír, mientras observaba a Fancourt, que en ese momento hacía ademanes ante el micrófono para pedir silencio.

—Gracias, Dan. Bueno, les aseguro que nunca había imaginado este momento —empezó, y esas palabras fueron recibidas con un estentóreo estallido de risas—, pero me siento como si volviera al hogar. Primero me publicó Chard, y luego, Roper, y fueron buenos tiempos. Yo era uno de aquellos jóvenes airados —risitas contenidas—, y ahora soy un viejo airado —risas sin disimulo, y hasta una sonrisita de Daniel Chard—, y espero seguir airado con ustedes. —Risas efusivas del público, incluido Chard; Strike y Waldegrave parecían ser los únicos que no se desternillaban—. Estoy encantado de haber vuelto y haré todo lo posible para... ¿cómo era, Dan? Emocionar, desafiar y entretener.

Estalló una tormenta de aplausos. Autor y presidente se estrecharon la mano bajo los flashes de las cámaras.

—Medio kilo, creo —dijo un hombre con voz de borracho detrás de Strike—, y diez mil libras por aparecer esta noche.

Fancourt bajó del escenario justo por donde estaba Strike. Su adusto semblante habitual, que apenas había cambiado mientras les tomaban las fotografías, reflejó una mayor felicidad al ver las manos tendidas para saludarlo. Michael Fancourt no desdeñaba la adulación.

—¡Guau! —exclamó Nina, dirigiéndose a Strike—. ¿No te parece increíble?

La desproporcionada cabeza de Fancourt había desaparecido entre la multitud. Llegó la escultural Joanna Waldegrave e intentó abrirse paso hasta el famoso escritor. De pronto, su padre estaba detrás de ella; tambaleándose, borracho, estiró una mano y agarró a la chica por el antebrazo, y no precisamente con delicadeza.

—Déjalo en paz, Jo, hay mucha gente que quiere hablar con él.

—Mamá ha ido derecha a saludarlo. ¿Por qué a ella no le dices nada?

Strike vio cómo Joanna se apartaba, furiosa, de su padre. Daniel Chard también se había esfumado; Strike se preguntó si se habría escabullido por alguna puerta, aprovechando que la gente estaba distraída con Fancourt.

—A tu presidente no le gusta ser el centro de atención —le comentó Strike a Nina.

—Dicen que ha mejorado mucho. —La chica seguía mirando hacia donde estaba Fancourt—. Hace diez años, apenas conseguía levantar la vista de sus notas. Pero es un buen empresario. Un lince para los negocios.

Strike se debatía entre la curiosidad y el agotamiento.

—Nina —dijo, y apartó a su acompañante de la masa de gente que se arremolinaba alrededor de Fancourt; ella se dejó llevar sin ofrecer resistencia—, ¿dónde dices que está el manuscrito de *Bombyx Mori*?

—En la caja fuerte de Jerry. Un piso por debajo de éste. —Tomó un sorbo de champán y miró al detective. Le brillaban los ojos—. ¿Me estás pidiendo lo que creo que me estás pidiendo?

—¿Te meterías en un lío muy grande?

—Enorme —contestó ella con indiferencia—. Pero llevo encima mi tarjeta de acceso, y están todos muy entretenidos, ¿no?

Strike, despiadado, se recordó que el padre de Nina era un abogado de prestigio. Si la despedían, lo harían con mucho cuidado.

—¿Crees que podríamos sacar una copia?

—Sí, vamos —dijo ella, y apuró su copa.

El ascensor estaba vacío, y la planta de abajo, oscura y desierta. Nina abrió la puerta del departamento con su tarjeta y guió con seguridad al detective entre monitores de ordenador apagados y mesas vacías hasta un gran despacho. Aparte de la lucecita naranja de algún ordenador en *stand by*, no había más luz que la de la ciudad, siempre iluminada, al otro lado de los ventanales.

El despacho de Waldegrave no estaba cerrado con llave, pero la caja fuerte, detrás de una estantería con bisagras, se abría con un teclado numérico. Nina introdujo un código de cuatro cifras. La puerta se abrió, y Strike vio un montón de hojas apiladas de cualquier manera.

—Ya está —dijo Nina alegremente.

—Habla en voz baja —le aconsejó él.

Strike se quedó vigilando mientras Nina sacaba una copia del libro para él en la fotocopiadora que había justo al salir, junto a la puerta. El continuo rumor de la máquina resultaba extrañamente tranquilizador. No apareció nadie; nadie vio nada. Al cabo de un cuarto de hora, Nina volvía a colocar el manuscrito en la caja fuerte y la cerraba.

—Listos.

Entregó a Strike la copia, sujeta con unas gruesas gomas elásticas. Él fue a recogerla y en ese momento ella se inclinó hacia delante unos segundos; un balanceo provocado quizá por el vino, un roce prolongado contra él. Strike era consciente de que le debía algo a cambio, pero estaba agotado; no lo atraía la idea de ir a aquel piso de St. John's Wood ni la de llevar a Nina a su ático de Denmark Street. ¿Sería suficiente recompensa invitarla a una copa al día siguiente? Y entonces recordó la cena en casa de su hermana para celebrar su cumpleaños. Lucy le había dicho que podía llevar a alguien.

—¿Quieres venir conmigo a una cena aburrida mañana por la noche? —se decidió a preguntarle.

Nina rió; era evidente que estaba encantada.

—Aburrida ¿por qué?

—Por todo. La animarías un poco. ¿Te apetece?

—Bueno, ¿por qué no? —respondió alegremente.

La invitación cumplió su objetivo, y Strike tuvo la impresión de que la exigencia de algún gesto físico se había desvanecido. Salieron del oscuro departamento con aires de camaradería; él llevaba la copia del manuscrito de *Bombyx Mori* escondida bajo el abrigo. Tras anotar la dirección y el número de teléfono de Nina, la acompañó hasta un taxi y se despidió de ella con sensación de alivio y liberación.

14

Allí se sienta, a veces la tarde entera, leyendo (¡mal rayo los parta, no los soporto!) esos versos espantosos e inmundos.

BEN JONSON, *Every Man in His Humour*

Al día siguiente, miles de personas se manifestaban contra la guerra en la que Strike había perdido una pierna. Serpenteaban por el centro de la fría ciudad de Londres provistos de pancartas, con las familias de los militares a la cabeza. Por unos amigos comunes del Ejército, Strike sabía que los padres de Gary Topley, muerto en la explosión que lo había mutilado a él, se encontrarían entre los manifestantes, pero ni se planteó siquiera unirse a ellos. Sus sentimientos respecto a la guerra no podían condensarse con letras negras en el rectángulo blanco de una pancarta. «Haz el trabajo y hazlo bien»: ése había sido su credo entonces y seguía siéndolo, y participar en aquella manifestación habría implicado un arrepentimiento que no sentía. De modo que se ató la prótesis, se puso su mejor traje italiano y se dirigió a Bond Street.

El marido traicionero al que seguía estaba empeñado en que su mujer, de la que estaba separándose (la clienta morena), había perdido varias joyas de gran valor debido a la dejadez producida por el abuso del alcohol, mientras la pareja se alojaba en un hotel. Strike se había enterado de que el marido iba a acudir a una cita en Bond Street esa mañana y tenía el presentimiento de que algunas de las joyas supuestamente extraviadas podían reaparecer por sorpresa.

Su objetivo entró en la joyería mientras él examinaba el escaparate de la tienda contigua. Cuando al cabo de media hora salió, Strike fue a tomarse un café, dejó pasar un par de horas, entonces entró en la joyería y proclamó la pasión de su mujer por las esmeraldas. Esa farsa dio como resultado, tras media hora de orquestada deliberación sobre diversas piezas, la aparición del collar que la señora Burnett sospechaba que su infiel marido se había guardado. Strike lo compró de inmediato, una transacción que pudo realizar gracias a que su clienta le había adelantado diez mil libras para ese propósito. Diez mil libras para demostrar el engaño de su marido no significaban nada para una mujer que esperaba obtener varios millones en el acuerdo de divorcio.

De camino a casa, el detective se compró un *kebab*. Tras guardar el collar en una pequeña caja fuerte que había instalado en su despacho (y que solía utilizar para proteger fotografías comprometedoras), subió al ático, se preparó una taza de té fuerte, se quitó el traje y encendió el televisor para seguir el Arsenal-Tottenham. Entonces se tumbó cómodamente en la cama y empezó a leer el manuscrito que había robado la noche anterior.

Tal como le había adelantado Elizabeth Tassel, *Bombyx Mori* era una versión perversa de *El progreso del peregrino*, ambientada en una tierra de nadie legendaria, donde el héroe epónimo (un joven escritor de gran talento) abandonaba una isla habitada por unos retrasados mentales demasiado ciegos para reconocer su valía, y emprendía lo que parecía un viaje en buena medida simbólico hacia una ciudad lejana. A Strike le resultaron familiares la rareza del lenguaje y la imaginería, porque ya había leído por encima *Los hermanos Balzac*; pero en este caso su interés por el tema lo animaba a continuar.

El primer personaje que reconoció en aquellas frases densas y a menudo obscenas fue Leonora Quine. Mientras el brillante y joven Bombyx viajaba por un paisaje poblado de peligros y monstruos de todo tipo, se encontraba a Súcubo, una mujer sucintamente caracterizada como «una puta cascada», que lo capturaba, lo ataba y conseguía violarlo. Leonora estaba descrita con todo detalle: delgada y sin estilo, con sus enormes gafas y su semblante soso e inexpresivo. Cuando llevaba ya varios días sufriendo los abusos sistemáticos de Súcubo, Bombyx la convencía para que lo liberara. Ella se quedaba tan desconsolada por su partida que el protagonista accedía a llevársela con él: ése era el primer ejemplo de los numerosos giros inesperados, ilógicos y oníricos que encadenaba la historia, por medio de los cuales lo que en un momento parecía malo y estremecedor, al siguiente se revelaba como bueno y sensato sin que mediara justificación ni explicación alguna.

Unas cuantas páginas más adelante, Bombyx y Súcubo eran agredidos por un ser llamado la Garrapata, en quien Strike reconoció sin dificultad alguna a Elizabeth Tassel: mandíbula cuadrada, voz grave y aspecto amenazador. De nuevo, el protagonista se compadecía de aquella cosa nada más terminar ella de violarlo y permitía que lo acompañara. La Garrapata tenía la desagradable costumbre de mamar de Bombyx mientras él dormía, y éste empezaba a adelgazar y debilitarse.

Por lo visto, el género de Bombyx era extrañamente mutable. Con independencia de su evidente capacidad para amamantar, al poco tiempo empezaba a presentar síntomas de embarazo, pese a continuar procurando placer a varias mujeres, a todas luces ninfómanas, que iban cruzándose en su camino.

Mientras vadeaba aquel relato de obscenidad florida, Strike se preguntó cuántos retratos de personas reales se le estarían escapando. La violencia de los encuentros de Bombyx con otros humanos resultaba turbadora; la crueldad y la perversidad de éstos no dejaban ningún orificio sin violar; era un frenesí sadomasoquista. Sin embargo, la inocencia y la pureza esenciales del protagonista constituían un tema constante, y, por lo visto, la simple declaración de su genialidad era todo lo que el lector necesitaba para absolverlo de los delitos en los que participaba de tan buena gana como los presuntos monstruos que lo rodeaban. Mientras pasaba las páginas, Strike recordó la opinión de Jerry Waldegrave de que Quine era un enfermo mental; empezaba a coincidir con él.

El partido estaba a punto de comenzar. Strike dejó el manuscrito y tuvo la impresión de que llevaba mucho tiempo atrapado en un sótano oscuro y mugriento, sin aire fresco ni luz natural.

Pero ya sólo sentía una agradable premoción: estaba seguro de que el Arsenal iba a ganar, pues los Spurs llevaban diecisiete años sin derrotarlos en casa.

Strike disfrutó de tres cuartos de hora de placer, aderezados con frecuentes gritos de ánimo, mientras su equipo iba ganando dos a cero.

Al llegar al descanso, y de mala gana, silenció el televisor y volvió a sumergirse en el descabellado mundo de la imaginación de Owen Quine.

No reconoció a nadie más hasta que Bombyx se acercó a la ciudad que era su destino. Allí, en un puente sobre el foso que rodeaba las murallas, se erigía una gran figura desgarbada y miope: el Censor.

Éste llevaba una gorra bien calada en lugar de las gafas con montura de carey y cargaba con un saco manchado de sangre que no paraba de agitarse. Bombyx aceptaba el ofrecimiento del Censor para guiarlos a él, a Súcubo y a la Garrapata hasta una puerta secreta por la que se entraba en la ciudad. A Strike, habituado ya a la violencia sexual, no le sorprendió que el Censor resultara estar decidido a castrar a Bombyx. En la pelea que libraban a continuación, se le caía el saco del hombro y de él salía despedida una especie de enana. El Censor dejaba escapar a Bombyx, Súcubo y la Garrapata mientras perseguía a la enana; el protagonista y sus acompañantes encontraban una abertura en las murallas de la ciudad y, al volverse, veían al Censor ahogando a aquel pequeño ser en el foso.

Strike estaba tan enfrascado en la lectura que no se había dado cuenta de que el partido se había reanudado. Levantó la cabeza y vio el televisor, que seguía con el volumen apagado.

—¡Mierda!

Dos a dos: parecía imposible, pero el Tottenham había empatado. Strike dejó el manuscrito, perplejo. La defensa del Arsenal se estaba derrumbando. Habían dado por hecho que ganarían aquel encuentro. Estaban decididos a ponerse en cabeza de la clasificación de la Liga.

—¡Joder! —bramó Strike diez minutos más tarde, cuando un cabezazo pasó volando por encima de Fabiański.

El Tottenham había ganado.

Apagó el televisor, soltó varias palabrotas más y consultó el reloj. Sólo tenía media hora para ducharse y cambiarse antes de recoger a Nina Lascelles en St. John's Wood; el viaje de ida y vuelta a Bromley iba a costarle una fortuna. La perspectiva de leerse el último cuarto del manuscrito de Quine no lo atraía en absoluto, de modo que se solidarizó con Elizabeth Tassel, quien se había saltado esas últimas páginas.

Ni siquiera sabía muy bien por qué estaba leyéndolo, como no fuera por curiosidad.

Abatido e irritado, fue a ducharse lamentando no poder quedarse en casa esa noche y con la irracional idea de que, si no hubiera dejado que el mundo obsceno y pesadillesco de *Bombyx Mori* lo distrajera, el Arsenal quizá habría ganado.

15

Os advierto que no es elegante estar al
corriente de lo que sucede en la ciudad.

WILLIAM CONGREVE, *The Way of the World*

—¿Qué? ¿Qué te ha parecido *Bombyx Mori*? —le preguntó Nina
cuando salieron de su casa y se metieron en un taxi que él, en
realidad, no podía permitirse.

De no haberla invitado, Strike habría hecho el trayecto de
ida y vuelta a Bromley en transporte público, por muy largo e
incómodo que resultara.

—El producto de una mente enferma —contestó el detective.
Nina se rió.

—Pues no has leído los otros libros de Owen, que son casi
igual de malos. Aunque debo admitir que éste es particularmen-
te vomitivo. ¿Qué me dices de la polla supurante de Daniel?

—Todavía no he llegado a eso. Ya te contaré.

Bajo el mismo abrigo de lana de la noche anterior, Nina
lucía un vestido negro de tirantes, muy ceñido, que Strike había
tenido ocasión de ver cuando ella lo había invitado a entrar en
su piso de St. John's Wood mientras recogía el bolso y las llaves.
También llevaba una botella de vino que había cogido de la cocina al verlo aparecer con las manos vacías. Era una chica lista
y guapa, de buenos modales; sin embargo, el hecho de que se
hubiera mostrado dispuesta a quedar con él la noche después de
haberlo conocido (una noche de sábado, para colmo) insinuaba
un ánimo temerario, o tal vez una necesidad.

Strike volvió a preguntarse a qué estaba jugando, mientras se alejaban del centro de Londres hacia un reino de gente que habitaba viviendas de su propiedad, hacia casas espaciosas abarrotadas de cafeteras y televisores de alta definición, hacia todo aquello que él nunca había poseído y que su hermana, ansiosa, daba por hecho que debía ser su máxima ambición.

Organizarle una cena de cumpleaños en su casa era muy típico de Lucy. Era una mujer sin el menor atisbo de imaginación, y, aunque muchas veces parecía más agobiada allí que en ningún otro sitio, otorgaba mucho valor a los atractivos de su hogar. Era muy propio de su carácter insistir en organizarle a Strike una cena que él no deseaba y encima ser incapaz de entender que no la deseara. En el mundo de Lucy, los cumpleaños siempre se celebraban, no se olvidaban nunca; tenía que haber pastel, velas, tarjetas de felicitación y regalos. Era una manera de marcar el tiempo, preservar el orden, mantener las tradiciones.

Cuando el taxi atravesaba el Blackwall Tunnel, llevándolos a toda velocidad por debajo del Támesis hacia el sur de Londres, Strike reconoció que la decisión de ir con Nina a la fiesta familiar era una declaración de inconformismo. Pese a la botella de vino que ella apoyaba en el regazo, tan convencional, Nina era un manojo de nervios, una chica dispuesta a correr riesgos. Vivía sola y no hablaba de bebés sino de libros; resumiendo: no era la clase de mujer que le gustaba a Lucy.

Casi una hora después de salir de Denmark Street, y con cincuenta libras menos en la cartera, Strike ayudó a Nina a apearse en la calle oscura y fría donde vivía Lucy y la guió por el sendero bajo el gran magnolio que dominaba el jardín de entrada a la casa. Antes de llamar a la puerta, Strike dijo con cierta reticencia:

—Supongo que será mejor que te lo diga ahora: esto es una fiesta de cumpleaños. Mi cumpleaños.

—¿Por qué no me lo has dicho antes? ¡Felici...!

—No, no es hoy. No tiene importancia.

Y pulsó el timbre.

Abrió Greg, el cuñado de Strike, quien lo saludó con muchas palmadas en la espalda y expresó una alegría desproporcionada al ver a Nina. Las muestras de júbilo brillaron por su ausencia en el caso de Lucy, quien llegó corriendo por el pasillo, enarbolando una espátula y con un delantal encima del vestido de fiesta.

—¡No me dijiste que vendrías acompañado! —riñó en voz baja a su hermano cuando éste se agachó para besarla en la mejilla.

Lucy era bajita y rubia, con la cara redonda; quienes no los conocían nunca sospechaban que fueran hermanastros. Ella era fruto de otra relación de la madre de ambos con un músico famoso: Rick, un tipo que tocaba la guitarra rítmica y, a diferencia del padre de Strike, mantenía buena relación con sus hijos.

—¿No me pediste que trajera a alguna amiga? —replicó Strike, mientras Greg se llevaba a Nina al salón.

—Te pregunté si ibas a traer a alguien —lo corrigió Lucy, enojada—. Ay, madre mía. Ahora tendré que poner un cubierto más... ¡Y pobre Marguerite!

—¿Quién es Marguerite? —preguntó él, pero Lucy ya corría hacia el comedor, con la espátula en alto, dejando a su invitado de honor solo en el pasillo.

Él suspiró y siguió a Greg y Nina al salón.

—¡Sorpresa! —Un hombre rubio con entradas se levantó del sofá, desde donde su mujer, con gafas, miraba sonriente a Strike.

—¡Por el amor de Dios! —exclamó él, y fue a estrecharle la mano con sincero placer. Nick e Ilsa eran dos de sus mejores amigos y representaban el único punto donde se cruzaban las dos mitades de su vida anterior: Londres y Cornualles, felizmente unidos—. ¡Nadie me avisó de que vendríais!

—Hombre, ésa era la sorpresa, Oggy —dijo Nick mientras Strike besaba a Ilsa—. ¿Conoces a Marguerite?

—No —dijo Strike—. No nos conocemos.

De modo que por eso Lucy le había preguntado si pensaba ir con alguien a la cena; creía que él podía enamorarse de una mujer como ésa y pasar con ella el resto de su vida en una casa con un magnolio en el jardín. Marguerite era morena, tenía la piel grasa y parecía taciturna; llevaba un vestido brillante de color morado, tal vez comprado en una época en que estaba un poco más delgada. Strike habría apostado a que estaba divorciada. Empezaba a desarrollar una especie de clarividencia para detectar esos detalles.

—Hola —lo saludó ella, mientras Nina, con su vestido negro escotado, charlaba con Greg; el brevísimo saludo contenía una carga inmensa de amargura.

Así que los siete se sentaron a la mesa. Desde que lo dieron de baja del Ejército por invalidez, Strike veía muy de vez en cuando a sus amigos civiles. Su carga de trabajo, voluntariamente exagerada, había desdibujado los límites entre los días laborables y los fines de semana; pero entonces se dio cuenta, una vez más, de lo bien que le caían Nick e Ilsa, y de lo muchísimo mejor que se lo estarían pasando los tres solos comiéndose un curry en algún otro sitio.

—¿De qué conocéis vosotros a Cormoran? —les preguntó Nina con interés.

—Yo iba al colegio con él en Cornualles —explicó Ilsa, y sonrió a Strike, sentado frente a ella—. Bueno, él iba... a ratos, ¿verdad, Corm?

Y mientras se comían el salmón ahumado, salió de nuevo a colación la historia de la infancia fragmentada de Strike y Lucy, de los viajes con su itinerante madre y los regresos habituales a St. Mawes, a casa de sus tíos, que habían hecho de padres suplentes a lo largo de toda la infancia y la adolescencia de los hermanos.

—Y entonces su madre volvió a llevarse a Corm a Londres, cuando él tenía... ¿cuántos años? ¿Diecisiete? —preguntó Ilsa.

Strike se percató de que su hermana no estaba nada contenta con aquella conversación; detestaba hablar de su inusual crianza y de su extravagante madre.

—Y fue a parar a un colegio público como Dios manda, donde me conoció a mí —añadió Nick—. Qué buenos tiempos.

—Nick me fue muy útil —intervino el detective—. Se conoce Londres como la palma de la mano, porque su padre es taxista.

—¿Tú también eres taxista? —le preguntó Nina a Nick, encantada con el exotismo de los amigos de Strike.

—No —contestó él, risueño—. Soy gastroenterólogo. Cuando cumplimos dieciocho años, Oggy y yo organizamos una fiesta conjunta para celebrarlo...

—...y Corm nos invitó a mí y a su amigo Dave, también de Saint Mawes. Era la primera vez que yo venía a Londres, y estaba muy emocionada —explicó Ilsa.

—...Y así fue como nos conocimos —concluyó Nick, sonriendo a su mujer.

—¿Y no tenéis hijos, después de tantos años juntos? —preguntó Greg, orgulloso padre de tres chicos.

Se produjo una breve pausa. Strike sabía que sus amigos llevaban varios años intentando concebir un hijo, pero sin éxito.

—Todavía no —respondió Nick—. ¿Tú en qué trabajas, Nina?

Cuando ésta mencionó Roper Chard, Marguerite se animó un poco; hasta ese momento había estado observando malhumorada a Strike desde el otro extremo de la mesa, como si él fuera un bocado sabroso que algún desaprensivo hubiera colocado fuera de su alcance.

—Michael Fancourt acaba de fichar por Roper Chard —intervino—. Lo he visto en su web esta mañana.

—Caramba, pues esa noticia la hicieron pública ayer mismo —comentó Nina.

A Strike, ese «caramba» le recordó la costumbre de Dominic Culpepper de llamar «colega» a los camareros; pensó que Nina lo había dicho por deferencia a Nick, y quizá para demostrarle a Strike que ella tampoco tenía inconveniente en congeniar con el proletariado. (Charlotte, su ex novia, nunca alteraba su vocabulario ni su acento, sin importar dónde se encontrara. Y ningún amigo suyo le caía bien.)

—Ah, yo soy fan de Michael Fancourt —prosiguió Marguerite—. *La casa hueca* es una de mis novelas favoritas. Adoro a los rusos, y Fancourt tiene algo que me recuerda a Dostoievsky...

Strike supuso que Lucy le había contado que él había estudiado en Oxford, que era inteligente. Le habría gustado que Marguerite hubiera estado a mil kilómetros de allí y que Lucy hubiera demostrado conocerlo mejor.

—Fancourt no sabe crear personajes femeninos —comentó Nina con desdén—. Lo intenta, pero no le sale. Sus mujeres se reducen a mal genio, tetas y tampones.

Nick se rió cuando estaba dando un sorbo de su copa al oír la palabra «tetas»; Strike se rió porque Nick se había reído. Ilsa, también riendo, exclamó:

—¡Por el amor de Dios, que ya tenéis treinta y seis años!

—Pues a mí me encanta —repitió Marguerite, sin sonreír siquiera. Acababan de privarla de una posible pareja, aunque a él le faltara una pierna y tuviera sobrepeso; no estaba dispuesta a ceder además respecto a Michael Fancourt—. Y lo encuentro increíblemente atractivo. Complejo e inteligente: siempre he tenido debilidad por los hombres así. —Suspiró mirando a Lucy; era evidente que se refería a alguna calamidad del pasado.

—Tiene una cabeza desproporcionada —comentó Nina, en alegre contradicción con el entusiasmo que había expresado la noche anterior al ver a Fancourt—, y una arrogancia extraordinaria.

—A mí siempre me ha parecido conmovedor lo que hizo por aquel escritor norteamericano —continuó Marguerite, mientras Lucy retiraba los platos de los entrantes y hacía señas a Greg para que fuera a ayudarla a la cocina—. Acabarle la novela... a aquel joven novelista que murió de sida, ¿cómo se...?

—Joe North —dijo Nina.

—Me sorprende que hayas tenido ánimo para salir esta noche —le susurró Nick a Strike—, después de lo ocurrido esta tarde.

Nick, lamentablemente, era seguidor del Tottenham.

Greg, que acababa de volver al comedor con una pierna de cordero y había oído el comentario de Nick, se apuntó enseguida:

—Te habrá dolido, ¿no, Corm? Cuando todo el mundo creía que ya tenían el partido ganado...

—Pero ¿qué es esto? —preguntó Lucy como una directora de colegio llamando al orden a la clase, mientras dejaba en la mesa los platos de la verdura y las patatas—. Fútbol no, Greg. Por favor.

De modo que la pelota de la conversación volvía a estar en el campo de Marguerite.

—Sí, *La casa hueca* está inspirada en la que ese amigo suyo le dejó en herencia a Fancourt al morir, un sitio donde habían sido felices en su juventud. Es enternecedor. En realidad, es una historia de sufrimiento, pérdida, ambición frustrada...

—Lo cierto es que Joe North dejó esa casa a Michael Fancourt y a Owen Quine —la corrigió Nina con firmeza—. Y ambos escribieron una novela inspirada en ella; la de Michael ganó el Booker. Y la de Owen todo el mundo la puso por los suelos —le aclaró a Strike en un aparte.

—¿Qué fue de esa casa? —preguntó él, mientras Lucy le acercaba la bandeja del cordero.

—Ah, eso ocurrió hace muchos años. Supongo que la habrán vendido. No querían ser copropietarios de nada; llevaban años odiándose. Desde que Elspeth Fancourt se suicidó por culpa de aquella parodia.

—¿No sabes dónde está la casa?

—Allí no estará —dijo Nina, casi en un susurro.

—¿Quién no estará dónde? —preguntó Lucy, sin esforzarse en disimular su irritación.

Nina ya nunca le caería bien, porque le había estropeado los planes que tenía para Strike.

—Uno de nuestros escritores ha desaparecido —le explicó la joven—. Su mujer ha pedido a Cormoran que lo busque.

—¿Es famoso? —quiso saber Greg.

No cabía duda de que Greg estaba harto de que su mujer se preocupara de forma tan locuaz por su brillante pero pobre hermano, con aquel negocio que no acababa de arrancar pese a la cantidad de horas que le dedicaba; pero la palabra «famoso», con todo lo que implicaba cuando la pronunciaba Greg, irritó a Strike como una urticaria.

—No —respondió—, no creo que pueda decirse que Quine sea un escritor famoso.

—¿Quién te ha contratado, Corm? ¿El editor? —preguntó Lucy, angustiada.

—No, su mujer.

—Supongo que podrá pagar la factura, ¿verdad? —añadió Greg—. Nada de casos perdidos, Corm: ésa tiene que ser tu regla de oro en los negocios.

—No sé cómo no anotas esas perlas de sabiduría —le dijo Nick a Strike por lo bajo, mientras Lucy le ofrecía a Marguerite más de todo lo que había en la mesa (para compensarla por no poder llevarse a Strike y casarse con él y vivir a dos calles de su amiga, en una casa con una reluciente cafetera nueva en la cocina, regalo de Lucy y Greg).

Después de cenar se sentaron en los sofás de color beige del salón, donde Strike recibió sus regalos y sus tarjetas de felicitación. Su hermana y su cuñado le habían comprado un reloj, «porque sabía que el último se te había estropeado», explicó Lucy. Strike, emocionado de que ésta se hubiera acordado, sintió una oleada de cariño que atenuó temporalmente su enfado por haberle hecho ir a su casa esa noche, por haber criticado las decisiones que había tomado en la vida, por haberse casado con Greg... Se quitó el sustituto barato pero funcional que él mismo se había comprado y se puso el reloj de Lucy: era grande y brillante, con correa metálica, y parecía un duplicado del de Greg.

Nick e Ilsa le habían comprado «ese whisky que te gusta tanto»: Arran Single Malt. Le recordó a Charlotte, con quien lo había probado por primera vez, pero cualquier posibilidad de nostalgia se esfumó en cuanto aparecieron en la puerta tres figuras en pijama, la más alta de las cuales preguntó:

—¿Queda pastel?

Strike no había querido tener hijos (una actitud que Lucy deploraba) y apenas conocía a sus sobrinos, a los que veía muy de vez en cuando. El mayor y el menor salieron del salón detrás de su madre para ir a buscar el pastel de cumpleaños; el mediano, en cambio, fue derecho hasta Strike y le tendió una tarjeta de felicitación hecha por él.

—Éste eres tú recibiendo tu medalla —explicó Jack, señalando el dibujo.

—¿Tienes una medalla? —preguntó Nina, sonriendo y con los ojos como platos.

—Gracias, Jack —dijo Strike.

—Yo quiero ser soldado —declaró el niño.

—Por tu culpa, Corm —intervino Greg con algo que Strike no pudo evitar interpretar como cierta animadversión—. Por comprarle juguetes bélicos. Por hablarle de tu pistola.

—Dos pistolas —corrigió Jack a su padre—. Tenías dos pistolas —le recordó a su tío—. Pero una tuviste que devolverla.

—Buena memoria —lo elogió Strike—. Llegarás lejos.

Entonces apareció Lucy con un pastel hecho por ella, decorado con treinta y seis velas encendidas y gran cantidad de Smarties. Cuando Greg apagó la luz y todos se pusieron a cantar, Strike sintió un deseo casi irrefrenable de marcharse de allí. Pediría un taxi por teléfono en cuanto pudiera escapar del salón; entretanto, se obligó a sonreír y sopló las velas; lo hizo evitando mirar a Marguerite, que lo observaba desde su butaca con ojos ardientes y con una desmesura enervante. Él no tenía la culpa de que sus bienintencionados parientes y amigos le hubieran hecho interpretar el papel de acompañante condecorado de mujeres abandonadas.

Strike pidió un taxi desde el cuarto de baño de la planta baja y, media hora más tarde, anunció, con las muestras de pesar pertinentes, que Nina y él debían marcharse porque al día siguiente tenía que madrugar.

En el abarrotado y bullicioso recibidor, después de evitar hábilmente que Marguerite lo besara en los labios, mientras sus sobrinos daban rienda suelta a su sobreexcitación y quemaban la dosis extra de azúcar y Greg, con exagerada amabilidad, ayudaba a Nina a ponerse el abrigo, Nick le dijo a Strike al oído:

—Creía que no te gustaban las chicas bajitas.

—Y no me gustan —replicó él—. Pero es que ésta ayer robó una cosa para mí.

—¿En serio? Pues yo le demostraría mi gratitud dejándola ponerse encima. Si no, podrías aplastarla como a un escarabajo.

16

...que no esté cruda la cena, pues ya tendréis
de sangre suficiente, la panza llena.

THOMAS DEKKER y THOMAS MIDDLETON, *The Honest Whore*

A la mañana siguiente, Strike supo que no estaba en su cama en cuanto se despertó. Era demasiado cómoda, y las sábanas eran demasiado suaves; la luz que salpicaba la colcha entraba por el lado contrario al habitual, y unas cortinas amortiguaban el ruido de la lluvia que azotaba el cristal de la ventana. Se incorporó, se quedó sentado y escudriñó el dormitorio de Nina, apenas entrevisto la noche anterior a la luz de las farolas, y reconoció su torso desnudo reflejado en el espejo que tenía enfrente; el vello tupido y oscuro que le cubría el pecho formaba una mancha negra contra la pared azul claro a su espalda.

Nina no estaba, pero Strike olió el café. Ella se había mostrado enérgica y entusiasta en la cama, tal como él había imaginado, y había hecho desaparecer aquella ligera melancolía que amenazaba con perseguirlo después de la fiesta de cumpleaños. Esa mañana, sin embargo, Strike se preguntó si le costaría mucho marcharse de allí. Si se quedaba, generaría unas expectativas que no estaba dispuesto a cumplir.

Su pierna ortopédica estaba apoyada contra la pared, junto a la cama. Se disponía a levantarse para cogerla, pero se detuvo cuando se abrió la puerta del dormitorio y por ella entró Nina, vestida y con el pelo mojado, con unos periódicos bajo el brazo, dos tazas de café en una mano y un plato de cruasanes en la otra.

—He salido un momento —dijo, respirando entrecortadamente—. Dios mío, fuera hace un frío espantoso. Tócame la nariz, la tengo helada.

—No hacía falta —dijo él, señalando los cruasanes.

—Es que estoy muerta de hambre, y en esta misma calle hay una panadería fabulosa. Mira esto. El *News of the World*. ¡La gran exclusiva de Dom!

La fotografía del desacreditado lord Parker, cuyas cuentas ocultas había revelado Strike a Culpepper, ocupaba toda la primera plana, flanqueada por tres de sus lados por los retratos de dos de sus amantes y de los documentos de las islas Caimán que Strike había conseguido arrancarle a la secretaria particular del prohombre de Pennywell. «LORD PORKER DE LOS PENIQUES», rezaba el titular. Strike le arrebató de las manos el periódico y leyó el artículo por encima. Culpepper había cumplido su palabra: no se mencionaba en ninguna parte a la desconsolada secretaria.

Nina, sentada junto a Strike en la cama, leyendo al mismo tiempo que él, emitía divertidos comentarios en voz baja: «Madre mía, cómo ha sido capaz, míralo», y «Uf, qué asqueroso».

—A Culpepper no va a hacerle daño —dijo Strike mientras cerraba el periódico, cuando ambos hubieron terminado de leer.

Se fijó en la fecha de la parte superior de la primera plana: «21 de noviembre.» Era el cumpleaños de su ex novia.

Sintió un pequeño pero doloroso tirón bajo el plexo solar, y de pronto lo asaltó un torrente de recuerdos vívidos e inoportunos. Hacía casi exactamente un año, se había despertado junto a Charlotte en Holland Park Avenue. Recordó su largo pelo negro, sus grandes ojos color avellana, un cuerpo como no volvería a ver otro, y que jamás podría volver a tocar. Aquella mañana se sentían felices: la cama era un bote salvavidas que cabeceaba en el mar turbulento de sus problemas, incesantes y recurrentes. Strike le había regalado un brazalete para cuya compra (aunque ella no lo sabía) había tenido que solicitar un préstamo a un interés elevadísimo. Y dos días más tarde, el del cumpleaños de Strike, ella le había regalado un traje italiano y habían salido a cenar, y por fin habían fijado la fecha de la boda, dieciséis años después de conocerse.

Sin embargo, poner la fecha había marcado el inicio de una nueva fase espantosa de su relación; fue como si se agravara la tensión con que estaban acostumbrados a vivir. Charlotte se había vuelto mucho más imprevisible, más caprichosa. Peleas y numeritos, loza rota, acusaciones de infidelidad contra él (cuando Strike ya no tenía ninguna duda de que había sido ella la que había estado viéndose en secreto con el hombre con el que más adelante se comprometería). Habían seguido intentándolo, con mucho esfuerzo, cuatro meses más, hasta que en una explosión de reproches y rabia, repugnante y definitiva, terminaron para siempre.

Se oyó un susurro de tela: Strike miró alrededor y casi se sorprendió al ver que seguía en el dormitorio de Nina. Ella se disponía a quitarse la camiseta con la intención de meterse otra vez en la cama con él.

—No puedo quedarme —dijo Strike, y volvió a estirar el brazo para coger la prótesis.

—¿Por qué? —preguntó ella, con los brazos cruzados frente al pecho, sujetando el dobladillo de la camiseta—. Pero ¡si es domingo!

—Tengo que trabajar —mintió—. Los domingos también hay gente a la que investigar.

—Ah —dijo ella, tratando de aparentar indiferencia, pero sin poder disimular su decepción.

Strike se bebió el café y no dejó que la conversación, aunque animada, entrara en el terreno personal. Ella lo vio atarse la pierna ortopédica y caminar hasta el cuarto de baño; y cuando el detective volvió para vestirse, la encontró acurrucada en una butaca, mordisqueando un cruasán con cierto aire de desamparo.

—¿Seguro que no sabes dónde está esa casa? La que heredaron Quine y Fancourt —preguntó Strike mientras se ponía los pantalones.

—¿Qué? —dijo ella, desconcertada—. Ah... Vaya, pues espero que no pierdas el tiempo buscándola. Ya te lo dije, debieron de venderla hace muchos años.

—Se lo preguntaré a la mujer de Quine —dijo Strike.

Le prometió a Nina que la llamaría, pero lo dijo de pasada, para que ella entendiera que eran palabras vacías, una cuestión de forma; y salió de su piso con cierta sensación de gratitud pero ninguna de culpabilidad.

La lluvia volvió a azotarle la cara y las manos mientras recorría aquella calle que no conocía, en dirección a la estación de metro. En el escaparate de la panadería donde Nina acababa de comprar los cruasanes centelleaban unas guirnaldas con luces navideñas. El reflejo de la voluminosa y encorvada figura de Strike, que agarraba con un puño helado la bolsa de plástico que Lucy había tenido el detalle de darle para que se llevara las tarjetas, el whisky y la caja del reloj nuevo, se deslizó por el cristal salpicado de lluvia.

No pudo evitar que sus pensamientos derivaran de nuevo hacia Charlotte y se la imaginó celebrando su cumpleaños con su nuevo prometido (cumplía treinta y seis, pero aparentaba veinticinco). Pensó que tal vez él le hubiera regalado diamantes; ella siempre le había asegurado que no le interesaban esas cosas, pero a veces, cuando discutían, le echaba en cara, con saña, todo eso que él no podría ofrecerle.

«¿Es famoso?», había preguntado Greg, refiriéndose a Owen Quine, aunque en realidad había querido decir: «¿Tiene un buen coche? ¿Una casa bonita? ¿Un saldo bancario con muchos ceros?»

Strike pasó por delante del Beatles Coffee Shop, por cuya puerta asomaban las graciosas cabezas en blanco y negro de los Fab Four, y se metió en la estación, relativamente cálida. No le apetecía pasar aquel domingo lluvioso a solas en su ático de Denmark Street. Quería mantenerse ocupado el día del cumpleaños de Charlotte Campbell.

Se detuvo, sacó el móvil y llamó a Leonora Quine.

—¿Diga? —contestó ella en tono brusco.

—Hola, Leonora. Soy Cormoran Strike.

—¿Ya ha encontrado a Owen?

—Me temo que no. La llamo porque acabo de enterarme de que un amigo le dejó en herencia una casa a su marido.

—¿Qué casa?

Parecía cansada e irritable. Strike pensó en los diversos maridos acaudalados a los que había tenido que enfrentarse profesionalmente, tipos que ocultaban sus pisitos de soltero a sus esposas, y se preguntó si acabaría de revelar algo que Quine le había ocultado a su familia.

—¿No es correcto? ¿No le dejó un escritor llamado Joe North una casa en herencia, a él y a...?

—Ah, se refiere a eso —lo interrumpió ella—. Talgarth Road, sí. Pero de eso ya hace unos treinta años. ¿Por qué le interesa?

—Se vendió, ¿no?

—No —contestó ella con resentimiento—, porque ese condenado, Fancourt, nunca lo permitió. Por pura maldad, seguro, porque él no la utiliza para nada. No le sirve a nadie, sólo está allí acumulando moho.

Strike se apoyó en la pared, al lado de las máquinas expendedoras de billetes, con la mirada clavada en un techo circular que se sostenía mediante una maraña de riostras. «Esto te pasa por aceptar clientes cuando estás hecho polvo —se dijo una vez más—. Deberías haber preguntado si tenían alguna otra propiedad. Deberías haberlo comprobado.»

—¿Ha ido alguien a ver si su marido está allí, señora Quine?

Ella soltó una risa desdeñosa.

—¡A Owen no se le ocurriría ir a esa casa! —dijo, como si Strike insinuara que su marido podía estar escondido en el palacio de Buckingham—. ¡La odia, jamás se acerca! Además, creo que no está amueblada ni nada.

—¿Tiene usted llave?

—No lo sé. Pero ¡Owen jamás iría allí! Hace años que no la pisa. ¿Cómo iba a quedarse en un sitio tan horrible, viejo y vacío?

—Si encontrara la llave...

—Es que no puedo salir corriendo a Talgarth Road, ¡tengo que ocuparme de Orlando! —soltó, como era de esperar—. Además, ya le digo que mi marido...

—Si quiere, puedo acercarme yo —se ofreció Strike—. Si me deja la llave, si es que aparece, puedo ir a echar un vistazo. Sólo para asegurarnos de que hemos mirado en todas partes.

—Ya, pero... hoy es domingo —dijo ella, desconcertada.

—Lo sé. ¿Cree que podría ver si encuentra esa llave?

—De acuerdo —concedió Leonora tras una breve pausa—. Pero le advierto que allí no estará —insistió por última vez.

Strike tomó el metro, hizo un transbordo y se apeó en Westbourne Park; con el cuello del abrigo levantado para defenderse de aquel diluvio helado, fue caminando hasta la dirección que Leonora le había anotado en su primera cita.

Se trataba de otro de aquellos extraños rincones de Londres donde los millonarios vivían a tiro de piedra de las familias de clase obrera que llevaban más de cuarenta años ocupando sus casas. Bajo la lluvia, el paisaje presentaba una estampa insólita: bloques de pisos nuevos, de líneas elegantes, detrás de tranquilas hileras de anodinas casas adosadas; lo nuevo y lujoso en contraste con lo viejo y cómodo.

La casa de los Quine estaba en Southern Row, una calle tranquila de casitas de ladrillo rojo, muy cerca de un pub con la fachada encalada, el Chilled Eskimo. Empapado y aterido, Strike escudriñó el letrero al pasar por debajo; representaba a un esquimal feliz, relajándose junto a un agujero en el hielo para pescar, de espaldas al sol naciente.

La puerta de la casa, pintada de un verde fangoso, estaba desconchada. Todos los elementos de la fachada ofrecían un aspecto ruinoso, incluida la cancela, que colgaba de un solo gozne. Cuando pulsó el timbre, Strike pensó en la predilección de Quine por las habitaciones de hotel cómodas, y la opinión que tenía del desaparecido empeoró un poco más.

—Qué rápido ha venido —lo saludó Leonora en tono áspero al abrir la puerta—. Pase.

El detective la siguió por un pasillo estrecho y oscuro. A la izquierda, una puerta entreabierta daba a lo que sin duda era el estudio de Owen Quine, que estaba desordenado y sucio. Había cajones abiertos y una vieja máquina de escribir eléctrica puesta de cualquier manera en la mesa. Strike se imaginó al escritor arrancando hojas del carro de esa máquina, furioso con Elizabeth Tassel.

—¿Ha habido suerte con la llave? —le preguntó a Leonora cuando entraron en la cocina, situada al final del pasillo.

Estaba en penumbra y olía a rancio. Todos los electrodomésticos tenían, como mínimo, treinta años. Strike recordó que, en los años ochenta, el microondas marrón oscuro de su tía Joan era idéntico al que había allí.

—Bueno, he encontrado varias —respondió Leonora, y señaló media docena de llaves encima de la mesa de la cocina—. No sé si alguna de éstas será la que usted busca.

Estaban todas sueltas, sin llavero, y una parecía demasiado grande para abrir cualquier cosa que no fuera la puerta de una iglesia.

—¿Qué número es de Talgarth Road? —le preguntó Strike.

—Ciento setenta y nueve.

—¿Cuándo estuvo usted allí por última vez?

—¿Yo? Yo no he ido nunca —contestó ella, con lo que al detective le pareció sincera indiferencia—. Nunca me ha interesado. Menuda estupidez.

—¿Qué es lo que le parece una estupidez?

—Dejársela a ellos. —Como Strike se quedó mirándola con gesto interrogante, Leonora, impaciente, añadió—: Que Joe North les dejara la casa a Owen y a Michael Fancourt. Dijo que lo hacía para que fueran allí a escribir. Pero ninguno de los dos la ha utilizado nunca. Qué idea tan absurda.

—¿Y usted nunca ha estado allí?

—No. La heredaron en la época en que nació Orlando. Nunca me ha interesado —repitió.

—¿Orlando nació por entonces? —preguntó Strike, sorprendido. Siempre se había imaginado a Orlando como una niña hiperactiva de diez años.

—Sí, en el ochenta y seis. Pero es discapacitada.

—Ah, ya.

—Ahora está arriba, muy enfadada porque he tenido que regañarla —explicó Leonora en uno de sus arrebatos de elocuencia—. Se dedica a afanar cosas. Sabe que eso está mal, pero aun así lo hace. Ayer la pillé sacando el monedero del bolso de Edna, la vecina de al lado, cuando vino a vernos. No lo hizo por el dinero —se apresuró a añadir, como si él hubiera formulado alguna acusación—, sino porque le gustaba el color. Edna lo entendió, porque la conoce, pero no siempre es así. Yo le digo que eso no se hace. Ya lo sabe.

—Entonces, ¿no le importa que me quede todas estas llaves y las pruebe? —preguntó Strike, y las recogió en una mano.

—Como quiera —respondió Leonora, pero añadió en tono desafiante—: Allí no lo encontrará.

Strike se guardó el botín en el bolsillo, rechazó la taza de té o café que le ofrecía Leonora (un poco tarde) y regresó a la calle, donde seguía lloviendo.

Echó a andar hacia la estación de metro de Westbourne Park, desde donde podría hacer un trayecto corto con pocos transbordos, y se dio cuenta de que volvía a cojear. Con las prisas por salir del piso de Nina, no se había sujetado la pierna ortopédica con todo el cuidado con que solía hacerlo, ni había podido aplicarse ninguno de aquellos productos calmantes que ayudaban a proteger la piel bajo la prótesis.

Ocho meses atrás (el mismo día en que, más tarde, lo apuñalarían en el brazo) se había caído por una escalera y se había hecho daño. El especialista que lo visitó poco después le comunicó que se había lesionado los ligamentos medios de la articulación de la rodilla de la pierna amputada. Seguramente sería reparable, y le aconsejó hielo, reposo y exámenes posteriores. Pero Strike no podía permitirse descansar, ni le apetecía someterse a más pruebas, así que se había atado la prótesis a la rodilla y había intentado acordarse de poner la pierna en alto mientras estuviera sentado. El dolor había remitido casi por completo, pero a veces, cuando andaba mucho, la rodilla empezaba a molestarle otra vez y se le hinchaba.

La calle por la que Strike caminaba con dificultad describía una curva hacia la derecha. Una figura alta, delgada y encorvada caminaba detrás de él; llevaba la cabeza agachada, de modo que sólo se le veía la parte superior de una capucha negra.

Evidentemente, lo más sensato que podía hacer era regresar a casa y dar descanso a su rodilla. Era domingo. No había ninguna necesidad de recorrer todo Londres bajo la lluvia.

«Allí no lo encontrará», resonó en su cabeza la voz de Leonora.

Sin embargo, la alternativa era volver a su ático de Denmark Street, tumbarse en la cama y oír el repiqueteo de la lluvia en la ventana, que para colmo no cerraba bien, con los álbumes de fotos de Charlotte demasiado cerca, en las cajas del rellano...

Era mejor moverse, trabajar, pensar en los problemas de otros.

Alzó la mirada hacia las casas por las que pasaba, parpadeando bajo la lluvia, y en su campo de visión periférica distinguió la figura que lo seguía a una distancia de unos veinte metros. El abrigo oscuro no le permitía adivinar sus formas, pero por sus pasos cortos y rápidos Strike interpretó que se trataba de una mujer.

Entonces le llamó la atención algo en su modo de andar, un poco forzado. No mostraba la concentración propia de un paseante solitario en un día frío y lluvioso. No llevaba la cabeza agachada para protegerse de los elementos, ni mantenía un ritmo constante con la sencilla intención de llegar a un destino. Ajustaba continuamente la velocidad en incrementos pequeñísimos, pero perceptibles para Strike, y, cada pocos pasos, la cara oculta bajo la capucha se mostraba a la gélida arremetida de la lluvia torrencial y luego volvía a ocultarse. Era evidente que no quería perderlo de vista.

¿Qué había dicho Leonora en su primer encuentro?

«Me parece que me siguen. Una chica alta y morena, con los hombros caídos.»

Strike hizo una prueba: aceleró y luego redujo mínimamente el paso. La distancia entre ellos se mantuvo constante; la cara de la mujer, un borrón rosado, se revelaba y volvía a ocultarse con mayor frecuencia para comprobar la posición del detective.

No tenía experiencia en seguimientos. Strike, que sí era un experto, habría optado por caminar por la acera opuesta y fingir que hablaba por el móvil; habría disimulado que toda su atención estaba puesta en su objetivo.

Para divertirse un poco, fingió una repentina vacilación, como si lo hubiera asaltado una duda sobre qué dirección debía tomar. La mujer, desprevenida, se detuvo en seco y se quedó paralizada. Strike reemprendió la marcha y, al cabo de unos segundos, volvió a oír aquellos pasos por la acera mojada, a su espalda. Era tan ingenua que ni siquiera se daba cuenta de que la habían calado.

Un poco más allá empezó a distinguirse la estación de Westbourne Park: un edificio bajo y alargado de ladrillo de color crema. Strike decidió abordarla allí, preguntarle la hora, verle bien la cara.

Una vez dentro, se situó rápidamente a la derecha de la entrada y esperó en un rincón donde ella no podía verlo.

Pasados unos treinta segundos, la vio correr bajo la lluvia hacia la entrada, aún con las manos en los bolsillos; temía que Strike se le hubiera escapado y que ya hubiera subido a un tren.

Decidido, el detective avanzó hacia la puerta para salirle al paso, pero su pie ortopédico resbaló en las baldosas mojadas y patinó.

—¡Mierda!

Strike realizó un indecoroso *spagat*, perdió el equilibrio y se cayó; durante los largos y lentos segundos que tardó en dar contra el suelo mojado y sucio y en aterrizar dolorosamente encima de la botella de whisky que llevaba en la bolsa, vio la silueta de la mujer recortada contra la entrada, inmóvil, y poco después desaparecer como un cervatillo asustado.

—¡Cojones! —masculló, tumbado sobre las baldosas mojadas, ante las miradas fijas de los que esperaban junto a las máquinas expendedoras de billetes.

Al caer había vuelto a torcerse la pierna; le pareció que podía haberse desgarrado un ligamento; la rodilla, que hasta entonces sólo le molestaba, empezó a dolerle en serio. Maldiciendo por lo bajo los suelos mal fregados y los rígidos tobillos ortopédicos, Strike intentó levantarse. Nadie se atrevía a acercársele. Debían de pensar que estaba borracho, pues la botella de whisky que le habían regalado Nick e Ilsa se había escurrido de la bolsa y rodaba estrepitosamente por el suelo.

Al final, un empleado del metro lo ayudó a ponerse en pie farfullando acerca del letrero que advertía que el suelo estaba mojado; ¿no lo había visto el caballero?, ¿tal vez no estaba suficientemente destacado? Le devolvió la botella de whisky, y, humillado, Strike le dio las gracias y fue renqueando hasta los torniquetes; lo único que quería era escapar de todas aquellas miradas escrutadoras.

Ya a salvo en el tren que circulaba hacia el sur, estiró la pierna dolorida y se palpó la rodilla como buenamente pudo por encima de los pantalones del traje. La notó blanda e hinchada, exactamente igual que después de caerse por aquella escalera la primavera anterior. Furioso con la chica que lo había perseguido, intentó explicarse qué había pasado.

¿Cuándo había empezado a seguirlo? ¿Estaría vigilando la casa de Quine y lo había visto entrar? ¿Lo había confundido (una posibilidad nada halagadora) con Owen Quine? Era innegable que Kathryn Kent había sufrido por un momento una confusión similar al topárselo en la oscuridad...

Strike se levantó unos minutos antes de hacer transbordo en Hammersmith, con la intención de prepararse mejor para lo que podía resultar una maniobra peligrosa. Cuando llegó a su destino, Barons Court, cojeaba ostensiblemente y lamentó no llevar consigo un bastón. Salió de un vestíbulo alicatado con los típicos azulejos victorianos de color verde guisante, colocando los pies con cuidado en el suelo cubierto de huellas mugrientas. Antes de lo que le habría gustado, salió de la protección que ofrecía aquella pequeña joya de estación, con sus letreros modernistas y sus frontones de piedra, y continuó bajo la lluvia incesante hacia la ruidosa calzada doble que discurría junto a ella.

Advirtió con alivio y gratitud que había ido a parar precisamente al tramo de Talgarth Road donde se encontraba la casa que buscaba.

Si bien Londres estaba lleno de esa clase de anomalías arquitectónicas, Strike no había visto en su vida unos edificios que desentonaran tanto con su entorno. Las antiguas casas se erigían en una hilera característica, reliquias de ladrillo rojo oscuro de una época más confiada e imaginativa, mientras los coches, implacables, pasaban con gran estruendo por delante de ellas en ambas direcciones, pues aquélla era la arteria principal de entrada a Londres por el oeste.

Eran antiguos talleres de pintores victorianos tardíos, muy ornamentados, con ventanas emplomadas y celosías en la planta baja, y, en el primer piso, grandes ventanales en arco orientados al norte, que semejaban fragmentos del desaparecido Crystal Palace. Pese a lo mojado, frío y dolorido que estaba, Strike se detuvo unos instantes y contempló el número 179, admirando su peculiar arquitectura y preguntándose cuánto podrían llegar a ganar los Quine si Fancourt cambiaba algún día de opinión y accedía a vender la casa.

Subió con esfuerzo los escalones de la entrada. La puerta principal estaba protegida de la lluvia por un tejadillo de ladrillo profusamente decorado con molduras, volutas y símbolos tallados en piedra. Strike sacó las llaves de una en una con dedos fríos y entumecidos.

La cuarta que probó se introdujo sin protestar en la cerradura y giró como si llevara años haciéndolo. Tras un débil chasquido, la puerta se abrió con suavidad. Strike cruzó el umbral y cerró tras él.

Una fuerte impresión: como una bofetada o un cubo de agua fría. El detective se agarró rápidamente el cuello del abrigo y se lo levantó para taparse con él la boca y la nariz. Lo lógico habría sido que allí dentro sólo oliera a polvo y madera vieja, y sin embargo lo arrolló un olor intenso, químico, que le impregnaba la nariz y la garganta.

Tendió instintivamente un brazo para accionar un interruptor de la pared, y dos bombillas desnudas que colgaban del techo alumbraron un recibidor angosto y vacío, con paneles de madera de color miel, del que partía un pasillo. Hacia la mitad de su recorrido, unas columnas retorcidas, también de madera, sostenían un arco. A primera vista, todo parecía intacto, elegante y proporcionado.

Sin embargo, con los ojos entornados, Strike fue descubriendo poco a poco unas grandes manchas semejantes a quemaduras en la madera. Lo habían rociado todo con algún líquido acre y corrosivo (eso era lo que hacía que el ambiente, viciado y lleno de polvo, resultara irrespirable); ese aparente acto de vandalismo gratuito había eliminado el barniz de los añejos tablones de madera del suelo, había arrancado la pátina a la madera natural de la escalera situada al fondo, e incluso había alcanzado las paredes, en cuya superficie de yeso pintado se apreciaban grandes manchas descoloridas.

Al cabo de unos segundos respirando a través del grueso cuello de sarga, Strike se dio cuenta de que hacía demasiado calor para una casa supuestamente deshabitada. La calefacción estaba encendida, y muy alta, por eso aquel fuerte olor químico que impregnaba el aire resultaba más intenso que si hubiera podido dispersarse a temperatura ambiente en un día invernal.

Oyó crujir un papel que acababa de pisar. Miró hacia abajo y vio varios folletos de comida para llevar y un sobre dirigido a EL INQUILINO/EL PROPIETARIO. Se agachó y lo recogió. Contenía una nota breve, escrita a mano, en la que el vecino de la puerta contigua, furioso, se quejaba del mal olor.

Strike dejó caer la nota, que fue a parar sobre la alfombrilla de la entrada, y se adentró en el pasillo, observando las cicatrices que aquella sustancia química había dejado por todas partes. A su izquierda había una puerta; la abrió: una habitación vacía y oscura; allí no habían tirado aquel producto semejante a la lejía. En la planta baja sólo había otra habitación: una cocina ruinosa, también sin muebles, que no se había salvado del diluvio químico. Incluso la media hogaza de pan rancio que había encima de un aparador había quedado empapada.

Strike subió la escalera. Alguien había subido o bajado por ella vertiendo la sustancia corrosiva y virulenta, que debía de transportar en un recipiente voluminoso; lo había salpicado todo, hasta el alféizar de la ventana del rellano, donde la pintura había formado ampollas y se había desconchado.

Llegó al primer piso. Pese a contar con la protección de la gruesa lana de su abrigo, percibió otro olor, algo que aquel acre producto químico industrial no lograba enmascarar. Dulce, putrefacto, rancio: el inconfundible olor a carne en descomposición.

No intentó abrir ninguna puerta del primer piso, sino que, todavía con la bolsa de plástico que contenía el whisky colgando estúpidamente de su mano, fue siguiendo, despacio, las huellas de la persona que había vertido el ácido hasta un segundo tramo de escaleras, también manchado: el barniz se había desprendido, y el pasamano labrado había perdido su brillo ceroso.

El olor a putrefacción era cada vez más penetrante. Se acordó de cuando, en Bosnia, clavaban largas varas en la tierra, las extraían y olfateaban el extremo: era el único modo infalible de localizar fosas comunes. Al llegar al último piso, se apretó más el cuello del abrigo contra la boca; allí estaba el taller donde, en otros tiempos, había trabajado un pintor victoriano aprovechando la luz difusa del norte.

Strike no vaciló en el umbral: sólo tardó unos segundos en tirar de la manga de su camisa hasta cubrirse la mano, para no dejar huellas en la puerta de madera al empujarla. Silencio, salvo por un débil chirrido de bisagras, y, a continuación, el errático zumbido de moscas.

Estaba preparado para encontrar un cadáver, pero no para aquello.

Una carcasa: atada, apestosa y podrida, vacía y destrozada, tirada en el suelo en lugar de colgada de un gancho metálico, donde sin duda le correspondía estar, si no fuera porque aquello que parecía un cerdo después de la matanza iba vestido con ropa de persona.

Yacía bajo las altas vigas en arco, bañada por la luz que entraba a través de aquel gigantesco ventanal también de estilo románico. Pese a encontrarse en una vivienda privada, y oírse todavía el murmullo del tráfico al otro lado del cristal, Strike experimentó las primeras arcadas y la sensación de hallarse en el interior de un templo, testigo de una matanza sacrificial, de un acto de infame profanación.

Habían dispuesto siete platos y siete cubiertos alrededor del cadáver en descomposición, como si éste fuera una pieza gigantesca de carne. Lo habían abierto en canal y, aun desde el umbral, gracias a su estatura, Strike pudo ver la cavidad negra en que se había convertido el tronco. Los intestinos habían desaparecido, como si se los hubieran comido. La tela y la piel quemadas que cubrían el cuerpo reforzaban la repugnante impresión de que lo habían cocinado y se habían dado un festín con él. Había partes en las que el cadáver, putrefacto y chamuscado, brillaba y adquiría un aspecto casi líquido. Cuatro radiadores encendidos aceleraban el proceso de descomposición.

La cara, podrida, era la parte del cuerpo que quedaba más lejos de la puerta y más cerca de la ventana. Strike la miró con los ojos entornados, sin moverse y procurando no respirar. De la barbilla todavía colgaba un poco de barba rubia, y sólo se distinguía la cuenca de un ojo, calcinada.

De pronto, pese a estar familiarizado con la muerte y la mutilación, Strike tuvo que contener las ganas de vomitar que le provocaba aquel olor casi asfixiante, mezcla de producto químico y cadáver. Se subió las asas de la bolsa de plástico hasta situarlas en el codo, sacó el teléfono del bolsillo y tomó fotografías del escenario desde todos los ángulos que pudo, sin adentrarse más en la habitación. Entonces salió del taller, dejó que la puerta se cerrara sola (lo que no ayudó a mitigar aquel hedor casi palpable) y llamó a emergencias.

Despacio, con mucho cuidado, decidido a no resbalar y no caerse a pesar de las ganas que tenía de volver a respirar el aire fresco y limpio de aquel día lluvioso, Strike bajó la escalera deslustrada y salió a la calle a esperar a la policía.

17

Respirad, si aún tenéis esa suerte,
pues nadie vuelve a beber después de la muerte.

JOHN FLETCHER, *The Bloody Brother*

No era la primera vez que Strike visitaba New Scotland Yard a instancias de la Policía Metropolitana. El encuentro anterior también se había producido a propósito de un cadáver, y horas más tarde, sentado en una sala de interrogatorios, atenuado el dolor de la rodilla tras varias horas de inactividad forzosa, cayó en la cuenta de que en aquella ocasión también había mantenido relaciones sexuales la noche anterior.

Solo, en un cuartito no mucho mayor que el clásico armario del material de oficina, sus pensamientos se pegaban como moscas a la repugnante atrocidad que había descubierto en aquel taller. Aún no se había librado del espanto que le había producido la escena. En el ejercicio de su profesión había visto cadáveres colocados en posturas calculadas para simular un suicidio o un accidente; había examinado otros en los que se advertían las huellas del intento de enmascarar la crueldad a que habían sido sometidos antes de morir; había visto a hombres, mujeres y niños mutilados y desmembrados; pero lo que había presenciado en el número 179 de Talgarth Road era del todo nuevo para él. La maldad perpetrada allí era casi orgiástica, una exhibición cuidadosamente calculada de sádica teatralidad. Lo peor era plantearse en qué orden habían vertido el ácido y habían destripado el cadáver: ¿había sido tortura? ¿Quine estaba vivo o muerto mientras su asesino disponía los cubiertos a su alrededor?

A esas alturas, la enorme habitación con techo abovedado donde yacía el cadáver del escritor debía de estar abarrotada de agentes provistos de sofisticados trajes protectores, encargados de recoger las pruebas forenses. A Strike le habría gustado estar allí con ellos. Permanecer inactivo tras semejante hallazgo le resultaba aborrecible. Ardía de frustración profesional. Apartado desde la llegada de la policía, lo habían relegado al papel propio de un tipo que hubiera tropezado por casualidad con aquella escena (y la palabra «escena», pensó de pronto, era la más adecuada por más de una razón: el cadáver atado y colocado de forma que le diera la luz que entraba por aquel ventanal gigantesco... Un sacrificio a algún poder diabólico... Siete platos, siete cubiertos...).

La ventana de vidrio esmerilado de la sala de interrogatorios impedía ver lo que había al otro lado, salvo el color del cielo, negro en esos momentos. Strike llevaba mucho rato en aquel cuartito, y la policía aún no había terminado de tomarle declaración. No era fácil determinar si su interés por prolongar el interrogatorio revelaba sospechas genuinas o mera animadversión. Era lógico, por supuesto, someter a un interrogatorio concienzudo a la persona que descubría a la víctima de un asesinato, porque muchas veces sabía más de lo que estaba dispuesta a contar y, en ocasiones, lo sabía todo. Sin embargo, podía interpretarse que, al resolver el caso de la muerte de Lula Landry, Strike había humillado a la Policía Metropolitana, pues ésta había asegurado que se trataba de un suicidio. Strike no se consideraba paranoico por pensar que la actitud de la inspectora con el pelo muy corto que acababa de salir de la habitación revelaba su determinación de hacerle sudar. Tampoco le parecía estrictamente necesario que tantísimos colegas de la inspectora hubieran pasado a verlo; algunos se habían limitado a mirarlo fijamente, pero otros incluso habían hecho comentarios insidiosos.

Se equivocaban si creían que estaban molestándolo. No tenía nada mejor que hacer y le habían servido una comida bastante decente. Si le hubieran permitido fumar, se habría sentido tan a gusto como en cualquier otro sitio. La mujer que se había pasado una hora interrogándolo le había dicho que podía salir a la calle, acompañado, a fumarse un cigarrillo bajo la lluvia, pero la inercia y la curiosidad lo habían mantenido pegado al asiento. Tenía a su lado, en la bolsa de plástico, la botella de whisky que le habían regalado, y se planteó abrirla si no lo soltaban pronto. Le habían dejado un vaso de plástico con agua.

La puerta a su espalda susurró al rozar la tupida moqueta gris.

—Bob *el Místico* —dijo una voz.

Richard Anstis, inspector de la Policía Metropolitana y reservista, entró sonriendo en la habitación, con el pelo mojado por la lluvia y con un fajo de papeles bajo el brazo. Tenía unas grandes cicatrices en todo un lado de la cara, con la piel muy tensa bajo el ojo derecho. Lo habían salvado en el hospital de campaña de Kabul mientras Strike yacía inconsciente, en manos de los médicos que intentaban salvarle la rodilla de la pierna amputada.

—¡Anstis! —exclamó Strike, estrechando la mano que le tendía el inspector—. ¿Qué de...?

—He hecho valer mis privilegios, tío. Voy a llevar este caso —dijo Anstis, y se dejó caer en la silla que acababa de dejar vacía la huraña inspectora—. No tienes muchos amigos por aquí, no sé si lo sabes. Pero, por suerte, tienes a tío Dickie a tu lado, respondiendo por ti.

Siempre decía que Strike le había salvado la vida, y quizá fuese cierto. Habían sufrido juntos un ataque en Afganistán, en una carretera sin asfaltar. Strike no sabía muy bien qué le había hecho intuir la inminencia de la explosión. El joven al que había visto alejarse corriendo de la carretera con un niño pequeño de la mano, un poco más adelante, podía estar, simplemente, huyendo de los disparos. Sólo sabía que había gritado al conductor del Viking que frenara, y éste no había obedecido la orden, acaso por no oírla. Y entonces Strike se había inclinado hacia delante para agarrar a Anstis por la parte trasera de la camisa y, con una sola mano, tirar de él hacia el asiento posterior del vehículo. De haber permanecido donde estaba, seguramente Anstis habría corrido la misma suerte que el joven Gary Topley, sentado justo enfrente de Strike y de quien sólo pudieron enterrar lo que encontraron: la cabeza y el torso.

—Tendrás que contármelo todo otra vez, tío —dijo Anstis, y extendió ante él la declaración que debía de haberle entregado la inspectora.

—¿Te importa si echo un trago? —preguntó Strike cansinamente.

Bajo la divertida mirada de Anstis, Strike sacó la botella de Arran Single Malt de la bolsa y añadió dos dedos de licor al agua tibia del vaso de plástico.

—Veamos: te contrató su esposa para que buscaras a la víctima... Porque damos por hecho que el cadáver es el de ese escritor, ese tal...

—Owen Quine, sí —confirmó Strike, mientras Anstis escudriñaba la caligrafía de su colega—. Su mujer me contrató hace seis días.

—Cuando él llevaba desaparecido...

—Diez días.

—¿Y ella aún no había avisado a la policía?

—No. Se ve que él lo hacía a menudo: desaparecía sin decirle a nadie adónde iba y luego regresaba a su casa. Le gustaba irse a algún hotel sin su mujer.

—¿Por qué esta vez recurrió a ti?

—La situación en casa es difícil. Tienen una hija discapacitada y no les sobra el dinero. La ausencia de Quine se estaba prolongando más de lo normal. Ella creía que se había escondido en un retiro para escritores. No sabía cómo se llamaba ese sitio, pero yo lo busqué y comprobé que su marido no estaba allí.

—Sigo sin entender por qué te llamó a ti en lugar de a nosotros.

—Dice que os llamó hace tiempo, otra vez que a su marido le dio por salir a dar un paseíto largo, y que luego él se enfadó mucho. Por lo visto, había estado con una amante.

—Lo comprobaré —dijo Anstis, y tomó nota—. ¿Cómo se te ocurrió ir a esa casa?

—Me enteré anoche de que los Quine eran copropietarios.

Una breve pausa.

—¿Su esposa no lo había mencionado?

—No. Dice que él odiaba esa casa y que nunca se había acercado por allí. Me dio a entender que ni se acordaba de que compartían esa propiedad.

—¿Tú la crees? —murmuró Anstis, rascándose la barbilla—. ¿No estaban sin blanca?

—Es complicado. El otro propietario es Michael Fancourt...

—He oído hablar de él.

—...y, según la señora Quine, él no les permitía vender la casa. Fancourt y Quine no podían ni verse.

Strike tomó un sorbo de whisky, que le calentó la garganta y el estómago. (A Quine le habían extraído el estómago, todo el tracto digestivo. ¿Adónde demonios había ido a parar?)

—Total —añadió—, que a la hora de comer me acerqué, y allí estaba él. O una parte de él.

El whisky le había despertado unas ganas de fumar incontenibles.

—Tengo entendido que el cadáver está hecho un puto desastre —comentó Anstis.

—¿Quieres verlo?

Strike se sacó el teléfono del bolsillo, buscó las fotografías del cuerpo y se lo pasó al inspector.

—¡Hostia puta! —exclamó Anstis. Tras un minuto de observación silenciosa del cadáver en descomposición, preguntó, asqueado—: ¿Qué es eso que hay alrededor? ¿Platos?

—Sí.

—¿Qué crees que significa?

—Ni idea.

—¿Sabes cuándo lo vieron con vida por última vez?

—Su mujer lo vio por última vez la noche del cinco. Quine acababa de cenar con su agente, quien le había comunicado que su último libro era impublicable, porque en él difamaba a no sé cuánta gente, incluidos un par de personajes muy aficionados a los pleitos.

Anstis repasó las notas que le había entregado la inspectora Rawlins.

—Eso no se lo has dicho a Bridget.

—No me lo ha preguntado. No tenemos muy buena comunicación, que digamos.

—¿Cuánto tiempo hace que salió ese libro?

—No llegó a las librerías —respondió Strike, y se sirvió un poco más de whisky en el vaso de plástico—. Todavía no lo han editado. Ya te lo he dicho: Quine se peleó con su agente porque ella le dijo que no podía publicarlo.

—¿Tú lo has leído?

—Entero, no.

—¿Su esposa te entregó una copia?

—No, ella dice que no lo ha leído.

—No se acordaba de que eran propietarios de otra casa y no lee los libros de su marido —recapituló Anstis sin dar entonación a sus palabras.

—Dice que no los lee hasta que les ponen las cubiertas —explicó Strike—. Por si te sirve de algo, yo me lo creo.

—Ajá —murmuró el inspector mientras anotaba algo en la declaración de Strike—. ¿De dónde sacaste una copia del manuscrito?

—Prefiero no decírtelo.

—Eso podría acarrearnos problemas —dijo Anstis, levantando la cabeza.

—A mí no —replicó Strike.

—Quizá tengamos que volver a preguntártelo, Bob.

Strike se encogió de hombros y preguntó:

—¿Se lo han dicho ya a su mujer?

—Sí, creo que sí.

Strike no había llamado por teléfono a Leonora. La noticia de la muerte de su marido tenía que dársela en persona alguien debidamente preparado. Él había hecho ese trabajo muchas veces, pero estaba desentrenado; de todas formas, esa tarde su tarea había consistido en vigilar los profanados restos mortales de Owen Quine hasta que llegara la policía, y entregárselos.

No olvidaba lo que debía de estar pasando Leonora mientras a él lo interrogaban en Scotland Yard. Se la había imaginado abriéndole la puerta al policía (quizá una pareja): el primer estremecimiento de alarma al ver el uniforme; el vuelco del corazón ante la pregunta de si podían pasar, expresada con delicadeza y serenidad; el horror provocado por la revelación, a pesar de que los policías no le habrían contado nada, al menos al principio, de las gruesas cuerdas moradas con que habían encontrado atado a su marido, ni de la cavidad oscura y vacía a que el asesino había reducido el pecho y el abdomen; no le habrían dicho que le habían quemado la cara con ácido ni que alguien había repartido platos a su alrededor como si el cadáver fuera un asado gigantesco. Strike se acordó de la bandeja de cordero que Lucy había llevado a la mesa la noche anterior. No era una persona muy aprensiva, pero notó que el whisky se le atascaba en la garganta y dejó el vaso encima de la mesa.

—¿Cuántas personas calculas tú que saben de qué va el libro en cuestión? —preguntó muy despacio Anstis.

—Ni idea —respondió Strike—. A estas alturas, quizá muchas. La agente de Quine, Elizabeth Tassel... Se escribe con dos eses —añadió, solícito, mientras Anstis lo anotaba—. Tassel se lo mandó a Christian Fisher, de Crossfire Publishing, y Fisher es un cotilla. Tuvieron que intervenir los abogados para poner freno a los rumores.

—Esto se pone cada vez más interesante —masculló Anstis mientras tomaba notas—. ¿Quieres comer algo más, Bob?

—No, quiero fumar.

—No tardaremos mucho —prometió el inspector—. ¿A quién ha calumniado?

—La cuestión es —dijo Strike, flexionando la pierna dolorida— si ha calumniado o si ha expuesto la verdad sobre esas personas. Pero los personajes a los que reconocí eran... Dame papel y bolígrafo —dijo, porque era más rápido escribirlos que deletrear sus nombres. Aun así, fue recitándolos en voz alta mientras los escribía—: Michael Fancourt, el escritor; Daniel Chard, el presidente de la editorial de Quine; Kathryn Kent, la amante de Quine...

—Ah, pero ¿hay una amante?

—Sí. Por lo visto, llevaban juntos más de un año. Fui a verla a Stafford Cripps House, en Clement Attlee Court, y me aseguró que Quine no estaba en su piso y que no lo había visto. También están Liz Tassel, su agente; Jerry Waldegrave, su editor, y... —vaciló un instante— su mujer.

—¿Ella también sale en el libro?

—Sí —confirmó Strike, y le pasó la lista—. Pero hay muchos personajes más que yo no sé identificar. Si buscas a alguien a quien Quine haya mencionado en el libro, el campo va a ser muy amplio.

—¿Todavía tienes el manuscrito?

—No. —Strike, que esperaba esa pregunta, mintió con facilidad.

Era mejor que Anstis consiguiera su propia copia, una que no llevara las huellas dactilares de Nina.

—¿Se te ocurre algo más que pudiera resultar útil? —preguntó el inspector, y se enderezó.

—Sí. No creo que haya sido su mujer.

Anstis le dedicó una mirada socarrona no exenta de cariño. Strike era el padrino del hijo que Anstis había tenido sólo dos días antes de que ambos salieran volando de aquel Viking. Strike había visto a Timothy Cormoran Anstis unas cuantas veces, y el crío no le había causado muy buena impresión.

—Está bien, Bob. Firma esto y, si quieres, te acerco a tu casa.

Strike leyó su declaración concienzudamente, se regodeó corrigiéndole unas cuantas faltas de ortografía a la inspectora Rawlins y firmó.

Mientras recorría con Anstis el largo pasillo hacia los ascensores, con un fuerte dolor en la rodilla, le sonó el móvil.

—Cormoran Strike. Diga.

—Soy yo, Leonora.

Su voz sonaba casi exactamente como siempre, sólo que tal vez un poco menos monótona.

Strike le indicó por señas a Anstis que todavía no podía entrar en el ascensor y, apartándose del policía, se acercó a una ventana desde la que se veía serpentear a los coches bajo la lluvia incesante.

—¿Ha ido a verla la policía? —le preguntó a Leonora.

—Sí. Están aquí, conmigo.

—Lo siento mucho, Leonora.

—¿Usted está bien? —preguntó ella con brusquedad.

—¿Yo? —se sorprendió Strike—. Sí, estoy bien.

—¿No lo han molestado? Me han dicho que estaban interrogándolo. Yo les he dicho: «Si ha encontrado a Owen es porque yo le pedí que lo buscara. ¿Por qué lo han detenido?»

—No me han detenido —aclaró el detective—. Sólo querían que hiciera una declaración.

—Pero lo han retenido mucho rato.

—¿Cómo sabe cuánto rato...?

—Es que estoy aquí. Abajo, en el vestíbulo. Quería hablar con usted y les he pedido que me trajeran.

Perplejo, y con el whisky haciendo de las suyas en su estómago vacío, Strike dijo lo primero que se le ocurrió:

—¿Quién se ocupa de Orlando?

—Edna —contestó Leonora, como si el hecho de que Strike mostrara interés fuera lo más normal del mundo—. ¿Cuándo piensan soltarlo?

—Ya estoy saliendo.

—¿Quién era? —preguntó Anstis, cuando Strike hubo colgado—. ¿Charlotte? ¿Está preocupada?

—Joder, qué va —dijo Strike, y entró con su amigo en el ascensor.

Se le había olvidado por completo que no le había contado a Anstis lo de la ruptura. Por su condición de inspector de la Policía Metropolitana, Anstis, pese a ser amigo suyo, estaba encerrado en un compartimento para él solo, donde no entraban los cotilleos—. Eso se acabó. Hace ya meses.

—¿En serio? Vaya palo. —Anstis parecía sinceramente apenado.

Mientras el ascensor empezaba a descender, Strike pensó que parte de la decepción de Anstis era por él mismo. De sus amigos, era al que mejor le caía Charlotte, con su belleza extraordinaria y su risa lujuriosa. «Ven con Charlotte», solía decirle Anstis cuando quedaban, ambos liberados ya de los hospitales y del Ejército, de vuelta en la ciudad que consideraban su hogar.

Strike sintió el impulso de proteger a Leonora de Anstis, pero fue imposible. Se abrieron las puertas del ascensor, y allí estaba ella, flaca y poquita cosa, con el pelo lacio sujeto con pasadores, con su abrigo viejo y con un aire de ir todavía en pantuflas, pese a calzar unos gastados zapatos negros. La flanqueaban los dos agentes uniformados, uno de ellos mujer, que le habían dado la noticia de la muerte de Quine y la habían llevado hasta allí. Strike dedujo, por las miradas cautelosas que lanzaron a Anstis, que Leonora les había dado motivos para sospechar de ella; que su reacción al conocer la noticia de la muerte de su marido no les había parecido normal.

Leonora, sin rastro de lágrimas y nada alterada, se mostró aliviada al ver a Strike.

—Ah, ya está aquí —dijo—. ¿Por qué lo han retenido tanto rato?

Anstis la miró con curiosidad, pero Strike no los presentó.

—¿Nos sentamos un momento allí? —propuso el detective, señalando un banco junto a la pared.

Mientras la acompañaba, cojeando, notó que, detrás de ellos, los tres policías deliberaban discretamente.

—¿Cómo está? —le preguntó, en parte con la esperanza de que Leonora diera muestras de aflicción, porque así calmaría la curiosidad de quienes los observaban.

—No lo sé. —La mujer se dejó caer en el asiento de plástico—. No puedo creerlo. Nunca pensé que se le ocurriría ir allí. El muy imbécil... Supongo que entró algún ladrón y lo mató. Tendría que haber ido a un hotel, como siempre, ¿no?

De modo que no le habían contado gran cosa. Strike pensó que Leonora estaba más afectada de lo que aparentaba; más de lo que ella misma imaginaba. Pedir que la llevaran junto a él parecía una reacción propia de una persona desorientada, incapaz de pensar en otra solución que no fuera recurrir a quien, supuestamente, estaba ayudándola.

—¿Quiere que la lleve a su casa? —le preguntó.

—Supongo que me llevarán ellos —respondió ella, con la misma tranquilidad con que había afirmado que Elizabeth Tassel pagaría la factura de Strike—. Quería verlo para saber si estaba bien y asegurarme de que no le había ocasionado problemas, y también para pedirle que siga trabajando para mí.

—¿Seguir trabajando para usted? —repitió él.

Por un instante, se planteó la posibilidad de que Leonora no acabara de comprender lo que había sucedido, de que creyera que Quine seguía en algún sitio y que todavía no lo habían encontrado. ¿Acaso aquella actitud un tanto excéntrica escondía algo más grave, algún problema fundamental de comprensión?

—Creen que yo sé algo —dijo Leonora—. Lo noto.

Strike estuvo a punto de decir «Estoy seguro de que no», pero habría mentido. Era consciente de que Leonora, la mujer de un marido infiel e irresponsable, que había decidido no llamar a la policía y dejar pasar diez días antes de ponerse a buscarlo, que tenía una llave de la casa vacía donde habían encontrado su cadáver y que sin lugar a dudas podría haberlo sorprendido allí, sería la principal sospechosa. Con todo, le preguntó:

—¿Por qué lo dice?

—Lo noto —repitió la mujer—. Por cómo me hablan. Y me han dicho que quieren venir a ver nuestra casa, y sobre todo su estudio.

Era un procedimiento rutinario, pero entendía que ella lo considerara intrusivo y señal de un mal presagio.

—¿Sabe Orlando lo que ha pasado? —le preguntó.

—Se lo he dicho, pero creo que no lo entiende —respondió Leonora, y por primera vez Strike vio lágrimas en sus ojos—. Dice: «Como *Míster Poop*.» Era nuestro gato. Lo atropellaron. Pero creo que no lo entiende, o no del todo. Con Orlando nunca sabes. No le he dicho que lo han matado. No sé cómo explicárselo.

Hubo una breve pausa, durante la cual, sin que viniera al caso, Strike confió en que no le oliera el aliento a whisky.

—¿Seguirá trabajando para mí? —le preguntó ella sin ambages—. Es mejor que ellos, por eso lo escogí. ¿Lo hará?

—Sí —contestó Strike.

—Es que me doy cuenta de que creen que yo he tenido algo que ver —insistió, levantándose del banco—. Lo noto por cómo me hablan.

Se ciñó un poco más el abrigo.

—Tengo que volver con Orlando. Me alegro de que esté usted bien.

Y, arrastrando los pies, fue a reunirse con su escolta. A la agente la desconcertó que la tratara como a una taxista, pero, tras mirar a Anstis, accedió a la petición de Leonora de acompañarla a su casa.

—¿Qué demonios quería? —preguntó el inspector cuando las dos mujeres se marcharon.

—Estaba preocupada porque creía que me habíais detenido.

—Es un poco excéntrica, ¿no?

—Sí, un poco.

—No le habrás contado nada, ¿verdad?

—No —dijo Strike, molesto por aquella pregunta. No era tan ingenuo como para pasarle información sobre el escenario de un crimen a un sospechoso.

—Ten cuidado, Bob —dijo Anstis, incómodo, mientras salían por la puerta giratoria—. No te entrometas mucho. Esto es un caso de asesinato, y por aquí no tienes muchos amigos, tío.

—La popularidad está sobrevalorada. Mira, cogeré un taxi. Bueno, no —dijo con firmeza, al ver que Anstis se disponía a protestar—, antes de ir a ningún sitio necesito fumar. Gracias por todo, Rich.

Se estrecharon la mano; Strike se subió el cuello del abrigo para protegerse de la lluvia, alzó una mano para despedirse y echó a andar, cojeando, por la acera oscura. Se alegró de librarse de Anstis, casi tanto como de dar la primera y dulce calada al cigarrillo.

18

Pues tengo para mí que, si se alimentan los celos,
peores son los cuernos de la mente que los que
asoman entre los pelos.

BEN JONSON, *Every Man in His Humour*

A Strike se le había olvidado por completo que el viernes por
la tarde Robin se había marchado de la oficina con lo que él
catalogaba como un «ligero cabreo». Sólo sabía que ella era la
única persona con la que quería hablar de lo ocurrido, y a pesar de que normalmente evitaba llamarla por teléfono durante
el fin de semana, le pareció que las circunstancias eran lo bastante excepcionales para justificar el envío de un mensaje de
texto. Se lo mandó desde el taxi que encontró después de un
cuarto de hora pateándose las calles mojadas y frías en la oscuridad.

Robin estaba en su casa, acurrucada en un sillón, leyendo
Interrogatorios: psicología y práctica, un libro que había comprado por internet. Matthew estaba en el sofá, hablando por
el teléfono fijo con su madre, que vivía en Yorkshire y volvía a
encontrarse mal. Cada vez que Robin se acordaba de levantar la
cabeza y sonreír en solidaridad con la exasperación de su novio,
él ponía los ojos en blanco.

Robin notó que le vibraba el móvil y lo miró con fastidio;
estaba intentando concentrarse en *Interrogatorios*.

He encontrado a Quine asesinado. C.

Dio un grito, mezcla de asombro y pavor, y Matthew se sobresaltó. El libro resbaló de su regazo y cayó al suelo, inadvertido. Robin agarró el teléfono y fue corriendo al dormitorio.

Matthew siguió hablando con su madre veinte minutos más, y luego fue a escuchar detrás de la puerta cerrada de la estancia. Oía a Robin haciendo preguntas y recibiendo lo que parecían respuestas largas y enrevesadas. Por el timbre de voz de ella, tuvo el convencimiento de que estaba hablando con Strike. Apretó sus mandíbulas cuadradas.

Cuando por fin Robin salió del dormitorio, impresionada y atemorizada, le contó a Matthew que Strike había encontrado asesinado al desaparecido que andaba buscando. La curiosidad natural de su novio lo empujaba en una dirección, pero la antipatía que sentía por Strike, y el hecho de que hubiera tenido el descaro de ponerse en contacto con Robin un domingo por la noche, lo empujaban en otra.

—Bueno, me alegro de que esta noche haya pasado algo que te interese —dijo—. Ya veo que la salud de mi madre te aburre de mala manera.

—¡Serás... hipócrita! —dijo ella en un jadeo, indignada por aquella injusticia.

La pelea se intensificó a una velocidad alarmante. La invitación de Strike a la boda; la actitud desdeñosa de Matthew respecto al empleo de Robin; cómo iba a ser su vida juntos; lo que cada uno le debía al otro: a Robin la horrorizaba la rapidez con la que los aspectos más básicos de su relación iban quedando expuestos para su examen y recriminación, pero no se echó atrás. Se sentía dominada por una frustración y una rabia ya conocidas hacia los hombres de su vida: hacia Matthew por ser incapaz de comprender por qué le importaba tanto su trabajo; hacia Strike por no saber valorar su potencial.

(Sin embargo, su jefe la había llamado cuando había encontrado el cadáver. Ella había logrado colarle una pregunta, «¿A quién más se lo has contado?», y él había contestado, sin dar muestras de saber lo que eso significaría para ella: «A nadie, sólo a ti.»)

Matthew, por su parte, no se sentía tratado con justicia. Últimamente se había fijado en algo de lo que sabía que no debía quejarse, y que le crispaba aún más los nervios porque no le quedaba más remedio que aguantarse: antes de trabajar para Strike, Robin siempre era la primera en ceder en las discusiones, la primera en disculparse; pero ese maldito trabajo suyo parecía haber socavado su carácter conciliador.

Sólo tenían un dormitorio. Robin bajó unas mantas de repuesto de lo alto de un armario, cogió ropa limpia y anunció su intención de dormir en el sofá. Matthew, convencido de que desistiría al poco rato (el sofá era duro e incómodo), no intentó disuadirla.

Sin embargo, se equivocaba al confiar en que ella se ablandaría. A la mañana siguiente, cuando se despertó, encontró el sofá vacío y ni rastro de Robin. Su enfado aumentó de manera exponencial. Se había ido a trabajar una hora antes de lo habitual, y Matthew se imaginó (aunque la imaginación no era su fuerte) a aquel desgraciado alto y feo abriendo la puerta de su piso, y no la de la oficina.

19

... Os abriré
el libro de un negro pecado que llevo impreso en mí.
... Mi enfermedad es del alma.

THOMAS DEKKER, *The Noble Spanish Soldier*

Strike había programado el despertador para levantarse temprano, a fin de asegurarse un rato tranquilo sin interrupciones, sin clientes y sin teléfono. Se levantó de inmediato, se duchó y desayunó, se colocó con mucho cuidado la prótesis en una rodilla ya sin ninguna duda hinchada y, tres cuartos de hora después de despertarse, entró cojeando en su despacho con la parte de *Bombyx Mori* que todavía no había leído bajo el brazo. Quería acabar el libro cuanto antes, movido por una sospecha que no le había confiado a Anstis.

Se preparó una taza de té bien fuerte, se sentó a la mesa de Robin, donde había mejor luz, y empezó a leer.

Después de escapar del Censor y de entrar en la ciudad que culminaba su trayecto, Bombyx decidía librarse de las acompañantes de su largo viaje, Súcubo y la Garrapata. Con ese propósito las llevaba a un prostíbulo donde ambas parecían satisfechas de empezar a trabajar. Bombyx se iba solo en busca de Vanaglorioso, un escritor famoso, con la esperanza de que se convirtiera en su mentor.

Bombyx avanzaba por un callejón oscuro cuando se le acercaba una mujer de cabello largo pelirrojo y expresión diabólica que se llevaba un puñado de ratas muertas a casa para cenar. Al enterarse de quién era Bombyx, Arpía lo invitaba a su casa, que resultaba ser una cueva con cráneos de animales desparramados por el suelo. Strike leyó por encima los pasajes de sexo, que ocupaban cuatro páginas y describían cómo colgaban a Bombyx del techo y lo azotaban con un látigo. Entonces Arpía intentaba mamar del protagonista, igual que la Garrapata, pero, pese a estar atado, él conseguía zafarse de ella. De los pezones de Bombyx brotaba una luz deslumbrante y sobrenatural; mientras tanto, Arpía lloraba y mostraba sus pechos, de los que manaba una sustancia marrón, oscura y pegajosa.

Strike frunció el ceño ante esa imagen. El estilo de Quine empezaba a parecer paródico, y le producía una desagradable sensación de hartazgo; además, aquella escena se interpretaba como una explosión de maldad, una erupción de sadismo reprimido. ¿Había dedicado Quine meses, quizá años, de su vida a la intención de causar todo el dolor y la angustia que fueran posibles? ¿Estaba cuerdo? ¿Podía calificarse de «loco» a un hombre con un dominio tan magistral del lenguaje, aunque a Strike no le gustara nada su estilo?

Tomó un tranquilizador sorbo de té, limpio y caliente, y siguió leyendo. Bombyx se disponía a salir de la casa de Arpía, asqueado, cuando irrumpía otro personaje: Epiceno, a quien Arpía, entre sollozos, presentaba como su hija adoptiva. Una chica por cuya bata desabrochada asomaba un pene. Epiceno insistía en que Bombyx y ella eran almas gemelas que entendían tanto lo masculino como lo femenino. Lo invitaba a gozar de su cuerpo de hermafrodita, pero no sin antes oírla cantar. Se ponía a ladrar como una foca, convencida, por lo visto, de que tenía una voz preciosa, hasta que Bombyx se alejaba de ella corriendo y tapándose las orejas.

Entonces el protagonista veía por primera vez, desde lo alto de un monte en medio de la ciudad, un castillo de luz. Subía por calles empinadas hacia él, hasta que desde un portal oscuro lo llamaba un enano que se presentaba como el escritor Vanaglorioso. Tenía las cejas de Fancourt, la expresión huraña de Fancourt y su actitud despectiva, y le ofrecía una cama donde pasar la noche, pues había «oído hablar de su gran talento».

Bombyx descubría, horrorizado, que en la casa había una joven encadenada que escribía sentada ante un buró. En la chimenea había unos hierros de marcar al rojo vivo; los extremos, retorcidos, deletreaban frases como «pazguato pertinaz» y «coito altilocuente». Vanaglorioso, convencido de que Bombyx lo encontraría divertido, le explicaba que había convencido a su joven esposa, Efigie, para que escribiera un libro, con la intención de que no lo molestara mientras él creaba su siguiente obra maestra. Desgraciadamente, decía Vanaglorioso, su esposa no tenía talento, y había que castigarla por ello. Sacaba uno de los hierros del fuego, y entonces Bombyx huía de la casa, perseguido por los gritos de dolor de Efigie.

El protagonista seguía corriendo hacia el castillo de luz donde imaginaba que encontraría su refugio. Sobre la puerta estaba escrito «PHALLUS IMPUDICUS», pero nadie acudía a abrir a Bombyx. Bordeaba el castillo e iba asomándose a las ventanas hasta que veía a un hombre calvo, desnudo, de pie junto al cadáver de un muchacho de pelo rubio, cuyo cuerpo estaba cosido a puñaladas, cada una de las cuales emitía la misma luz deslumbrante que a Bombyx le salía por los pezones. El pene erecto de Phallus presentaba signos de descomposición.

—Hola.

Strike se sobresaltó y levantó la cabeza. Robin estaba allí plantada con su gabardina, la cara sonrosada, la melena suelta, despeinada y dorada bajo la primera luz del sol que entraba por la ventana. Strike pensó que estaba guapísima.

—¿Cómo es que vienes tan pronto? —se oyó preguntarle.

—Quiero enterarme de qué está pasando.

Se quitó la gabardina, y Strike miró para otro lado y se fustigó mentalmente. Claro que la encontraba guapa, pues había aparecido por sorpresa cuando él tenía en la mente la imagen de un calvo desnudo exhibiendo su pene enfermo.

—¿Quieres más té?

—Sí, gracias —contestó él sin levantar la vista del manuscrito—. Dame cinco minutos, quiero terminar esto.

Y, con la sensación de que volvía a sumergirse en aguas contaminadas, regresó al mundo grotesco de *Bombyx Mori*.

Bombyx se quedaba mirando por la ventana del castillo, trastornado por la horrible visión de Phallus Impudicus y el cadáver, y de pronto unos subalternos encapuchados lo apresaban bruscamente, lo llevaban a rastras al interior del castillo y lo desnudaban ante Phallus Impudicus. Para entonces, a Bombyx se le había puesto el vientre enorme y parecía a punto de dar a luz. Phallus Impudicus daba siniestras instrucciones a sus subalternos, y el ingenuo Bombyx creía que iba a convertirse en el invitado de honor de un banquete.

A los seis personajes que Strike había reconocido (Súcubo, la Garrapata, el Censor, Arpía, Vanaglorioso e Impudicus) se les unía ahora Epiceno. Los siete invitados se sentaban alrededor de una mesa sobre la que había una jarra enorme cuyo contenido humeaba y una bandeja vacía del tamaño de una persona.

Al llegar al salón, Bombyx veía que no había ningún asiento libre. Los otros invitados se levantaban, iban hacia él provistos de cuerdas y lo reducían. A continuación, lo ataban, lo colocaban en la bandeja y lo rajaban. La masa que había estado creciendo en su interior resultaba ser una bola de luz sobrenatural; Phallus Impudicus se la extraía y la encerraba en un cofre.

Luego se descubría que la jarra humeante estaba llena de vitriolo; los siete agresores lo vertían alegremente sobre Bombyx, quien, todavía con vida, no paraba de chillar. Cuando por fin se callaba, los invitados empezaban a comérselo.

El libro terminaba con los invitados saliendo del castillo y compartiendo recuerdos de Bombyx con sentimiento de culpa. Atrás dejaban un salón vacío, con los restos del cadáver todavía humeantes encima de la mesa y el cofre que contenía la bola de luz suspendido sobre él como si fuera una lámpara.

—Mierda —dijo Strike en voz baja.

Levantó la cabeza. Sin que él se diera cuenta, Robin le había puesto al lado otra taza de té. Estaba sentada en el sofá, esperando en silencio a que él terminara de leer.

—Está todo aquí —dijo Strike—. Lo que le hicieron a Quine. Está aquí.

—¿Qué quieres decir?

—El protagonista de la historia de Quine muere exactamente igual que Quine. Atado, destripado, rociado con ácido. En el libro se lo comen.

Robin se quedó mirándolo fijamente.

—Los platos. Los cubiertos...

—Exacto —confirmó Strike.

A continuación, se sacó el móvil del bolsillo sin pensar y buscó las fotos que había tomado; entonces reparó en la cara de susto de su secretaria.

—Ay —dijo—, lo siento, no me acordaba de que...

—No importa —dijo ella.

¿Qué era eso de lo que no se acordaba? ¿De que Robin no había recibido preparación ni tenía experiencia, de que no era ni policía ni soldado? Ella quería hacer honor a ese fallo de memoria de Strike. Quería progresar, ser más de lo que era.

—Quiero verlo —mintió.

Strike le pasó el teléfono con evidente recelo.

Robin no se estremeció, pero mientras miraba el pecho y el vientre vaciados del cadáver se le revolvieron las tripas. Se llevó la taza a los labios, pero se dio cuenta de que no podía beber. Lo peor era el primer plano de la cara en escorzo, corroída por aquello que le habían vertido, ennegrecida y con la cuenca del ojo calcinada.

Los platos le parecieron una aberración. Strike había fotografiado uno en primer plano, y se apreciaba que los cubiertos estaban dispuestos con meticulosidad.

—Dios mío —murmuró atónita, y le devolvió el teléfono a Strike.

—Ahora lee esto —dijo él, y le dio las páginas relevantes.

Robin leyó en silencio. Cuando hubo terminado, miró a Strike con unos ojos que parecían haber doblado su tamaño.

—Dios mío —repitió.

Entonces sonó su móvil. Lo sacó del bolso, que tenía a su lado en el sofá, y lo miró. Era Matthew. Pulsó la tecla para rechazar la llamada, porque todavía estaba furiosa con él.

—¿Cuántas personas crees que han leído esta novela? —preguntó.

—A estas alturas podrían ser ya muchas. Fisher envió fragmentos por correo electrónico por toda la ciudad; entre eso y los mensajes de los abogados, se ha convertido en un libro muy buscado.

Y mientras decía eso, un pensamiento extraño y errático pasó por la mente de Strike: que Quine no podría haber diseñado una publicidad mejor aunque lo hubiera intentado; sin embargo, era imposible que se hubiera echado ácido por encima estando atado, o que él mismo se hubiera rajado el vientre.

—Está guardado en una caja fuerte de Roper Chard. Por lo visto, la mitad de los empleados conoce la combinación —continuó—. Así fue como lo conseguí yo.

—Pero ¿no crees que el asesino ha de ser alguien que sale en...?

Volvió a sonar el móvil de Robin. Miró la pantalla: Matthew. Pulsó de nuevo la tecla de rechazar.

—No necesariamente —dijo Strike, contestando a la pregunta que ella no había terminado de formular—. Pero las personas a las que ha incluido en el libro van a ocupar los primeros puestos de la lista cuando la policía empiece con los interrogatorios. De los personajes a los que he reconocido, tanto Leonora como Kathryn Kent afirman no haberlo leído.

—¿Y tú las crees? —preguntó Robin.

—A Leonora sí. De Kathryn Kent no estoy tan seguro. ¿Cómo era aquello? ¿«Veros torturado causaríame placer»?

—No puedo creer que una mujer sea capaz de hacer una cosa así —dijo Robin sin vacilar, y miró el móvil de Strike, que ahora reposaba encima de la mesa, entre ellos dos.

—¿Nunca has oído hablar de aquella australiana que despellejó a su amante, lo decapitó, cocinó la cabeza y las nalgas e intentó servírselas a sus hijos?

—No lo dices en serio.

—Completamente. Búscalo en internet. Las mujeres, cuando se tuercen, se tuercen de verdad.

—Quine era muy corpulento...

—¿Una mujer en la que él confiaba? ¿Una mujer con la que había quedado para mantener relaciones sexuales?

—¿Quién sabemos con certeza que lo ha leído?

—Christian Fisher, Ralph, el ayudante de Elizabeth Tassel, Tassel, Jerry Waldegrave, Daniel Chard... Todos son personajes, excepto Ralph y Fisher. Nina Lascelles...

—¿Quiénes son Waldegrave y Chard? ¿Y Nina Lascelles?

—El editor de Quine, el presidente de la editorial y la chica que me ayudó a robar esto —contestó Strike, y dio una palmada encima del manuscrito.

A Robin le sonó el móvil por tercera vez.

—Perdona —se disculpó, impaciente, y contestó—. ¿Sí?

—Hola, Robin —dijo Matthew con una voz muy tomada. Nunca lloraba y, hasta ese momento, nunca había transmitido que los remordimientos pudieran atormentarlo después de una riña.

—Dime —insistió ella, no tan brusca.

—Mi madre ha tenido otro derrame. Se... Se ha...

A Robin se le encogió el estómago.

—¿Matt?

Matthew estaba llorando.

—¿Matt? —repitió ella, insistente.

—Ha muerto —concluyó él, como un niño pequeño.

—Voy ahora mismo —dijo Robin—. ¿Dónde estás?

Strike escudriñaba el rostro de su secretaria. Adivinó en él la noticia de una muerte, y confió en que no se tratara de ningún ser querido: ni de sus padres, ni de algún hermano...

—Vale —iba diciendo ella, que ya se había levantado del sofá—. No te muevas. Voy para allá.

»Es la madre de Matt —le anunció a Strike después de cortar la comunicación—. Ha muerto.

Parecía sumamente irreal. No podía creerlo.

—Anoche estuvieron hablando por teléfono —añadió. Recordó a Matt con los ojos en blanco, y la voz apagada que acababa de oír, y la invadieron la ternura y la compasión—. Lo siento, pero...

—Ve con él —la tranquilizó Strike—. Dile de mi parte que lo siento, ¿vale?

—Vale —dijo ella, mientras intentaba cerrar el bolso con dedos temblorosos y torpes debido a la agitación.

Conocía a la señora Cunliffe desde que iba a primaria. Se colgó la gabardina del brazo. La puerta de vidrio se abrió y se cerró detrás de ella.

La mirada de Strike permaneció unos segundos clavada en el sitio por donde había desaparecido Robin. Entonces consultó el reloj: eran casi las nueve. La clienta morena en trámites de divorcio y cuyas esmeraldas estaban guardadas en la caja fuerte de Strike llegaría a la oficina al cabo de sólo media hora.

Recogió las tazas y las lavó, sacó el collar que había recuperado, guardó el manuscrito de *Bombyx Mori* en la caja fuerte en su lugar, volvió a llenar el hervidor de agua y revisó el correo electrónico.

«Tendrán que aplazar la boda.»

No quería alegrarse. Sacó su móvil y llamó a Anstis, que contestó casi de inmediato.

—Hola, Bob.

—Hola. Mira, igual ya te ha llegado, pero hay una cosa que deberías saber. En su última novela, Quine describió su asesinato.

—¿Cómo dices?

Strike se lo explicó. El breve silencio que se produjo cuando terminó de hablar le indicó que Anstis todavía no había recibido esa información.

—Necesito una copia del manuscrito, Bob. Si envío a alguien a tu...

—Dame tres cuartos de hora —dijo Strike.

Seguía fotocopiando cuando llegó su clienta.

—¿Dónde está su secretaria? —fue lo primero que dijo, volviéndose hacia él con coquetería y fingiendo sorpresa, como si estuviera segura de que el detective lo había organizado todo para que se quedaran solos.

—En su casa, enferma. Con diarrea y vómitos —dijo Strike, cortante—. ¿Vamos a lo nuestro?

20

¿Es la Conciencia buena camarada para un
viejo soldado?

Francis Beaumont y John Fletcher, *The False One*

Esa noche, tarde, sentado a solas a su mesa mientras fuera el tráfico retumbaba bajo la lluvia, Strike se comía unos fideos de arroz
con una mano y garabateaba una lista con la otra. Había terminado el resto del trabajo de la jornada y ya podía concentrar toda su
atención en el asesinato de Owen Quine; con su letra puntiaguda
y difícil de leer, iba apuntando todo lo que debía hacer a continuación. Al lado de algunas anotaciones había escrito una «A», de
Anstis, y si se le pasó por la cabeza que pudiera considerarse arrogante o ingenuo que un detective privado sin ninguna autoridad
en la investigación se creyera legitimado para delegar tareas en el
inspector a cargo del caso esa idea no lo alteró lo más mínimo.

Strike, que había trabajado con Anstis en Afganistán, no tenía muy buena opinión acerca de las aptitudes del policía. Consideraba que Anstis era competente, pero falto de imaginación; era
eficaz si se trataba de reconocer patrones y sabía seguir la pista de
lo obvio. Strike no despreciaba esas virtudes (lo obvio solía ser
la respuesta, e ir rellenando casillas metódicamente, la forma de
demostrarlo), pero aquel asesinato era complicado, extraño, sádico y grotesco, de inspiración literaria y ejecución despiadada.
¿Era capaz Anstis de comprender la mente que había engendra-
do un plan de asesinato en las fétidas entrañas de la imaginación
del propio Quine?

Su teléfono móvil interrumpió el silencio. Cuando Strike se lo llevó a la oreja y oyó a Leonora Quine, se dio cuenta de que había abrigado la esperanza de que fuera Robin.

—¿Cómo está? —preguntó.

—La policía ha venido a mi casa —repuso ella, saltándose las formalidades—. Han registrado el estudio de Owen. Yo no quería, pero Edna me ha dicho que es mejor permitírselo. ¿No pueden dejarnos en paz, después de lo que ha pasado?

—Tienen motivos para llevar a cabo un registro —explicó Strike—. En el estudio de Owen podría haber algo que aportara pistas sobre el asesino.

—¿Como qué?

—No lo sé —respondió él, paciente—, pero creo que Edna tiene razón. Era mejor dejarlos entrar.

Hubo un silencio.

—¿Sigue ahí? —preguntó el detective.

—Sí. Pero ahora lo han dejado cerrado con llave y no puedo entrar. Y quieren volver. No me gusta que estén aquí. A Orlando no le gusta. Uno de ellos —continuó, indignada— me ha preguntado si quería marcharme un tiempo de la casa. Le he dicho: «¡Concho, claro que no!» Orlando nunca ha estado en ningún otro sitio, no lo soportaría. No pienso irme a ninguna parte.

—La policía no le ha dicho que quiera interrogarla, ¿verdad?

—No. Sólo me han preguntado si podían entrar en el estudio.

—Bien. Si quieren hacerle preguntas...

—Tengo que pedir un abogado, sí. Ya me lo ha dicho Edna.

—¿Le parece bien que vaya a verla mañana por la mañana?

—Sí —contestó Leonora, aparentemente complacida—. Venga sobre las diez, porque a primera hora tengo que ir a comprar. Hoy no he podido salir en todo el día. No quería dejarlos solos en la casa.

Strike colgó el teléfono y volvió a pensar que, seguramente, la actitud de Leonora no iba a serle muy útil con la policía. ¿Consideraría Anstis, como Strike, que la ligera cerrilidad de la mujer, su ineptitud para comportarse del modo que los demás consideraban apropiado, su tenaz negativa a ver lo que no quería ver —acaso las mismas cualidades que le habían permitido soportar el suplicio de vivir con Quine— habrían hecho imposible que matara a su marido? ¿O tal vez sus rarezas, y su rechazo a mostrar reacciones de dolor normales debido a una sinceridad innata, aunque tal vez imprudente, harían que las sospechas ya presentes en la mente prosaica de Anstis crecieran hasta relegar otras posibilidades?

Había algo intenso, casi febril, en su manera de garabatear de nuevo, mientras se metía la comida en la boca con la mano izquierda. Las ideas afluían con soltura y con poder de convicción: anotaba las preguntas para las que quería respuestas, los lugares que quería reconocer, las pistas que quería seguir.

Era un plan de acción para él y, al mismo tiempo, una forma de empujar a Anstis en la dirección correcta, de ayudarlo a abrir los ojos y admitir que, cuando moría un marido, la asesina no siempre era la esposa, aunque el hombre hubiera sido irresponsable, informal e infiel.

Dejó el bolígrafo por fin, se terminó los fideos en dos grandes bocados y recogió la mesa. Guardó las notas en la carpeta de cartón con el nombre de Owen Quine escrito en el lomo, tras tachar la palabra «Desaparecido» y sustituirla por «Asesinato». Apagó las luces y, cuando se disponía a cerrar con llave la puerta de vidrio, se le ocurrió una cosa y volvió al ordenador de Robin.

Allí estaba, en la web de la BBC. No era una noticia de primera plana, por supuesto, porque Quine no era un escritor muy famoso, pese a lo que él pensara de sí mismo. Pero aparecía tres noticias por debajo de los titulares sobre la aprobación del rescate a Irlanda por parte de la Unión Europea.

El cadáver de un hombre que podría ser Owen Quine, de 58 años, fue hallado ayer en una vivienda de Talgarth Road, Londres. Tras el descubrimiento, realizado por un amigo de la familia, la policía ha iniciado una investigación.

No incluía ninguna fotografía de Quine con su capa tirolesa, ni daban detalles de los horrores a que habían sometido el cadáver. Era pronto: aún había tiempo.

Arriba, en el ático, Strike notó que su energía menguaba. Se sentó en la cama y, cansado, se frotó los ojos; luego se dejó caer hacia atrás y se quedó allí tumbado, con la ropa puesta y con la prótesis todavía atada. Empezaban a asaltarlo pensamientos que hasta entonces había conseguido mantener a raya.

¿Por qué no había alertado a la policía de que Quine llevaba casi dos semanas desaparecido? ¿Por qué no había sospechado que éste pudiera estar muerto? Supo contestar a esas preguntas al plantearlas la inspectora Rawlins (con respuestas razonables, sensatas), pero satisfacerse a sí mismo era mucho más difícil.

No necesitaba sacar el teléfono para ver el cadáver de Quine. La imagen de aquel cuerpo atado y descompuesto parecía grabada en sus retinas. ¿Cuánta astucia, cuánto odio, cuánta perversidad habían hecho falta para convertir la excrecencia literaria de Quine en realidad? ¿Qué clase de ser humano era capaz de abrir en canal a un hombre y verter ácido sobre él, destriparlo y distribuir platos alrededor de su cadáver vaciado?

Strike no conseguía librarse de la irrazonable convicción de que él, que había recibido entrenamiento de ave carroñera, debería haberse olido desde el principio lo que iba a encontrar. ¿Cómo podía ser que él, célebre hasta entonces por su instinto para detectar lo extraño, lo peligroso, lo sospechoso, no se hubiera dado cuenta de que Quine, un tipo vehemente, teatrero y que sabía venderse, llevaba demasiado tiempo desaparecido, de que prolongaba demasiado su silencio?

Porque el muy imbécil era como el pastorcito mentiroso del cuento, y porque estoy hecho polvo.

Rodó hasta quedar de lado, se levantó con esfuerzo de la cama y fue al cuarto de baño, pero seguían asaltándolo imágenes del cadáver: el agujero del torso, la cuenca del ojo calcinada... El asesino se había movido alrededor de aquella monstruosidad mientras todavía sangraba, cuando aún no se había apagado el eco de los gritos de Quine en aquella estancia abovedada, y había ido enderezando los tenedores. Y una pregunta más que añadir a su lista: ¿qué habían oído los vecinos durante los últimos momentos de Quine, si es que habían oído algo?

Strike se acostó por fin, se tapó los ojos con un antebrazo enorme y peludo, y se quedó escuchando sus pensamientos, que no paraban de hablarle, como un hermano gemelo adicto al trabajo que se negara a cerrar el pico y desconectar. Los forenses ya habían tenido más de veinticuatro horas. Ya debían de haberse formado una opinión, aunque aún no tuvieran los resultados de todos los análisis. Debía llamar a Anstis y enterarse de qué decían.

Basta —le dijo a su cansado e hiperactivo cerebro—. *Basta ya.*

La misma fuerza de voluntad que en el Ejército le había permitido quedarse dormido al instante sobre suelos de cemento o de piedra, o en incómodas camas plegables cuyos muelles oxidados proferían quejas cada vez que su mole se movía, lo ayudó a deslizarse suavemente en el sueño, como un buque de guerra que avanza por aguas oscuras.

21

Entonces, ¿está muerto?
¿Muerto por fin, muerto del todo y para siempre?

WILLIAM CONGREVE, *The Mourning Bride*

Al día siguiente, a las nueve menos cuarto de la mañana, Strike bajaba por la escalera metálica preguntándose una vez más por qué no hacía nada para que arreglaran el ascensor. Todavía tenía la rodilla hinchada y dolorida después de la caída, de modo que había calculado que necesitaría más de una hora para llegar a Ladbroke Grove, porque no podía permitirse seguir cogiendo taxis.

Abrió la puerta, y un chorro de aire helado le golpeó la cara; entonces todo se volvió blanco: se había disparado un flash a escasos centímetros de sus ojos. Parpadeó y distinguió la silueta de tres hombres; levantó una mano para protegerse de otra ráfaga de flashes.

—¿Por qué no informó a la policía de la desaparición de Owen Quine, señor Strike?

—¿Usted ya sabía que estaba muerto, señor Strike?

Por un instante se planteó retroceder y cerrarles la puerta en las narices, pero eso significaría quedar atrapado y tener que enfrentarse a ellos más tarde.

—Sin comentarios —dijo fríamente, y se les echó encima, negándose a desviarse ni un ápice de su camino, de modo que se vieron obligados a apartarse.

Dos de ellos lo acribillaron a preguntas mientras el tercero corría hacia atrás sin parar de disparar con su cámara. La chica con la que solía coincidir cuando salía a fumar en el portal de la tienda de guitarras contemplaba boquiabierta la escena a través del cristal del escaparate.

—¿Por qué no le dijo a nadie que llevaba más de dos semanas desaparecido, señor Strike?

—¿Por qué no informó a la policía?

Strike avanzó dando zancadas, sin decir nada, con las manos en los bolsillos y gesto adusto. Los periodistas correteaban a su lado tratando de hacerle hablar, como un par de gaviotas de pico afilado bombardeando en picado una barca pesquera.

—¿Intenta poner de nuevo en evidencia a la policía, señor Strike?

—¿Meterles otro gol?

—¿La publicidad es buena para el negocio, señor Strike?

Strike había boxeado en el Ejército. Imaginó que se daba la vuelta y lanzaba un gancho con la izquierda contra la zona de la costilla flotante, y que aquel desgraciado caía derrumbado.

—¡Taxi! —gritó.

Se metió en el vehículo bajo una salva de flashes. Por suerte, el semáforo se puso verde, y el taxi se separó con suavidad del bordillo; tras correr unos metros, los periodistas desistieron.

Capullos, pensó Strike, mirando por encima del hombro mientras el taxi doblaba la esquina. Algún desgraciado de la Policía Metropolitana debía de haberles filtrado que era él quien había descubierto el cadáver. No había sido Anstis (éste ni siquiera había incluido esa información en la declaración oficial), sino algún cabrón resentido que aún no le había perdonado lo de Lula Landry.

—¿Es usted famoso? —preguntó el taxista, mirándolo fijamente por el espejo retrovisor.

—No —contestó Strike, tajante—. Déjeme en Oxford Circus, ¿de acuerdo?

Descontento con aquella carrera tan corta, el hombre farfulló un poco.

Strike sacó su teléfono y le envió un mensaje a Robin.

Dos periodistas en la puerta cuando he salido. Di que trabajas para Crowdy.

Luego llamó a Anstis.

—Hola, Bob.

—Tenía a los periodistas en la puerta de mi casa. Saben que yo encontré el cadáver.

—¿Cómo se han enterado?

—¿Y tú me lo preguntas?

Una pausa.

—Tarde o temprano iban a enterarse, Bob, pero no he sido yo.

—Sí, ya he leído eso de «un amigo de la familia». Quieren dar a entender que no os conté nada a vosotros porque quería sacar un buen rendimiento publicitario.

—Mira, tío, yo nunca...

—Sé bueno y encárgate de desmentir eso por medio de una fuente oficial, Rich. No quiero que mi reputación se vea afectada. Tengo que ganarme la vida.

—Tranquilo, yo me ocupo —prometió Anstis—. Oye, ¿por qué no vienes a cenar esta noche? Los forenses nos han transmitido sus primeras opiniones; podríamos comentarlas.

—Sí, estupendo —dijo Strike; el taxi ya estaba acercándose a Oxford Circus—. ¿A qué hora?

En el metro, permaneció de pie porque sentarse habría significado tener que levantarse otra vez, forzando aún más la dolorida rodilla. Cuando atravesaba la estación de Royal Oak, notó cómo vibraba su teléfono y vio dos mensajes de texto. El primero era de su hermana Lucy:

¡Muchas felicidades, Stick! Xxx

Había olvidado por completo que era su cumpleaños. Abrió el segundo mensaje:

Hola, Cormoran, gracias por avisarme, acabo de encontrarme a los periodistas, siguen delante del edificio. Nos vemos.
Rx

Strike llegó a la casa de los Quine poco antes de las diez; por
suerte, la lluvia había dado una tregua. La casa tenía un aspecto
tan lúgubre y deprimente bajo la débil luz del sol como la última
vez que la había visitado, pero con una diferencia: en la acera
había un policía. Era un joven alto con la mandíbula cuadrada,
y cuando vio que Strike se acercaba a él cojeando ligeramente,
frunció las cejas.

—¿Puedo preguntarle quién es usted, señor?

—Sí, supongo que sí —respondió Strike; pasó a su lado y
pulsó el timbre. Pese a que Anstis lo había invitado a cenar, ese
día la policía no le inspiraba mucha simpatía—. Se supone que
estás capacitado para ello.

Se abrió la puerta y Strike se encontró cara a cara con una
chica alta y desgarbada con el cutis cetrino, una mata de pelo
rizado castaño claro, boca ancha y gesto ingenuo. Tenía unos
grandes ojos verde claro, transparentes y muy separados. Vestía
una prenda que tanto podía ser una sudadera larga como un
vestido corto y que le llegaba justo por encima de las huesu-
das rodillas, y calcetines rosa de un material suave y esponjoso;
abrazaba un gran orangután de peluche contra el pecho, poco
desarrollado. El muñeco tenía velcro en las extremidades, y lo
llevaba colgado del cuello.

—Hola —lo saludó. Se balanceaba ligeramente, pasando el
peso del cuerpo de una pierna a la otra.

—Hola. ¿Eres Orlan...?

—¿Puede decirme su nombre, por favor? —insistió el joven
policía a sus espaldas.

—Sí, claro. Siempre que yo pueda preguntarle a usted qué
hace delante de esta puerta —replicó Strike con una sonrisa.

—Ha habido interés por parte de la prensa... —explicó el
agente.

—Ha venido un hombre —aportó Orlando—, con una cámara, y mamá ha dicho...

—¡Orlando! —gritó Leonora desde el interior de la casa—. ¿Qué haces?

Llegó pisando fuerte al vestíbulo y se detuvo detrás de su hija; llevaba un vestido azul marino viejo con el dobladillo descosido, y estaba pálida y demacrada.

—Ah —dijo—, es usted. Pase.

Al cruzar el umbral, Strike sonrió al agente, que lo miró con cara de pocos amigos.

—¿Cómo te llamas? —le preguntó Orlando a Strike, nada más cerrarse la puerta de la calle.

—Cormoran —contestó él.

—Qué nombre tan raro.

—Sí, es raro —admitió Strike, y sin saber por qué, añadió—: Me pusieron el nombre de un gigante.

—Qué curioso —dijo Orlando, balanceándose.

—Pase —intervino Leonora con brusquedad, señalándole la cocina—. Tengo que ir al baño. Vuelvo enseguida.

Strike recorrió el estrecho pasillo. La puerta del estudio estaba cerrada, y sospechó que con llave.

Al llegar a la cocina descubrió, sorprendido, que no era la única visita. Jerry Waldegrave, el editor de Roper Chard, estaba sentado a la mesa, con un ramo de flores de tristes tonos morados y azules en la mano, y una expresión de ansiedad en la cara pálida. Del fregadero, donde se apilaban unos platos sucios, salía otro ramo de flores todavía envuelto en celofán. A los lados había varias bolsas con comida del supermercado por guardar.

—Hola —lo saludó Waldegrave, levantándose y mirando con seriedad a Strike a través de sus gafas de montura de carey. Era evidente que no lo recordaba de su encuentro en la oscura terraza ajardinada, porque al tenderle la mano le preguntó—: ¿Es usted de la familia?

—Amigo de la familia —contestó Strike, y se estrecharon la mano.

—Qué desgracia —comentó Waldegrave—. He pensado que debía venir para ver si podía ayudar en algo. Leonora no ha salido del baño desde que he llegado.

—Ya.

Waldegrave volvió a sentarse. Orlando retrocedió como un cangrejo hasta meterse en la cocina a oscuras, sin dejar de abrazar a su orangután de peluche. Transcurrió un largo minuto mientras la chica, que sin duda era la que se sentía más cómoda, los miraba fijamente a los dos, sin ningún reparo.

—Tienes un pelo bonito —le dijo por fin a Jerry Waldegrave—. Parece un pajar.

—Sí, tienes razón —asintió él, y le sonrió.

Ella volvió a retirarse.

Se produjo otro breve silencio. Waldegrave jugueteaba con las flores mientras paseaba la mirada por la cocina.

—No puedo creerlo —dijo por fin.

Oyeron el ruido de la cadena de un váter en el piso de arriba, pasos en la escalera, y Leonora reapareció con Orlando pisándole los talones.

—Lo siento —se disculpó—. No me encuentro muy bien.

Era evidente que se refería a sus tripas.

—Mire, Leonora —dijo Jerry Waldegrave, turbado, poniéndose en pie—, no quiero molestarla más, ahora que ha venido su amigo...

—¿Él? No es amigo mío. Es detective —explicó Leonora.

—¿Cómo dice?

Strike recordó que Waldegrave era sordo de un oído.

—Tiene nombre de gigante —intervino Orlando.

—Es detective —repitió Leonora en voz alta, al mismo tiempo que su hija.

—Ah —dijo Waldegrave, sorprendido—. Yo no... ¿Para qué...?

—Lo necesito —añadió Leonora, tajante—. La policía cree que he matado a Owen.

Se quedaron callados. La incomodidad de Waldegrave era evidente.

—Se ha muerto mi papá —les informó Orlando. Los miraba a la cara, expectante, en busca de una reacción.

Strike, creyendo que alguien tenía que decir algo, intervino:

—Lo sé. Es muy triste.

—Edna dice que es muy triste —replicó Orlando, como si hubiera esperado un comentario más original, y volvió a salir de la habitación.

—Siéntense —invitó Leonora a sus dos visitantes—. ¿Son para mí? —añadió, señalando las flores que Waldegrave tenía en la mano.

—Sí —contestó él, y se las entregó, un tanto vacilante; pero siguió de pie y añadió—: Mire, Leonora, no quiero entretenerla más, debe de estar muy ocupada... organizándolo todo, y...

—No me han entregado el cadáver —lo interrumpió ella con una sinceridad abrumadora—, así que todavía no puedo organizar nada.

—Ah, también he traído una tarjeta —agregó Waldegrave a la desesperada, palpándose los bolsillos—. Aquí está... Bueno, si puedo hacer algo por usted, Leonora, lo que sea...

—No sé qué quiere hacer —zanjó el asunto la mujer, expeditiva, y cogió el sobre que le ofrecía Waldegrave.

Se sentó a la mesa de la que Strike ya había retirado una silla, contento de poder descansar la pierna.

—Bueno, creo que me marcho ya —dijo el editor—. Sólo una cosa, Leonora... Siento mucho tener que preguntárselo en un momento así, pero... ¿tiene una copia de *Bombyx Mori* en casa?

—No —respondió ella—. Owen se la llevó.

—Lo siento mucho, pero nos resultaría muy útil si... ¿Le importa que eche un vistazo, por si dejó alguna parte aquí?

Ella lo miró a través de aquellas gafas enormes y pasadas de moda.

—La policía se ha llevado todo lo que Owen dejó aquí —explicó—. Ayer registraron el estudio y lo pusieron patas arriba. Lo cerraron y se llevaron también la llave. Así que ahora no puedo entrar ni yo.

—Ah, bueno. Si la policía necesita... No —dijo Waldegrave—, claro que no. Me marcho... No se levante.

Recorrió el pasillo, y oyeron cerrarse la puerta de entrada.

—No sé para qué ha venido —se quejó Leonora con resentimiento—. Supongo que así podrá pensar que ha hecho una buena obra.

La mujer abrió la tarjeta que le había dado Waldegrave. Era una acuarela de unas violetas; en el dorso había muchas firmas.

—Ahora son encantadores, porque se sienten culpables —dijo, y dejó la tarjeta en la mesa de formica.

—¿Culpables?

—No supieron valorarlo. Los libros hay que anunciarlos —prosiguió, para sorpresa del detective—. Hay que promocionarlos. Los editores son los encargados de darles un empujón. Pero a Owen nunca lo llevaron a la televisión ni a ninguna parte, como deberían haber hecho.

Strike supuso que la señora Quine había oído esas quejas de boca de su marido.

—Leonora —dijo, sacando su libreta—, ¿le importa que le haga un par de preguntas?

—Supongo que no. Pero yo no sé nada.

—¿Ha sabido de alguien que hablara con Owen o lo viera después de que se marchó de aquí el día cinco?

Ella negó con la cabeza.

—¿Ningún amigo, ningún pariente?

—No, nadie. ¿Le apetece una taza de té?

—Sí, gracias —contestó Strike. No le apetecía tomar nada preparado en aquella cocina mugrienta, pero le convenía que Leonora siguiera hablando—. ¿Conoce mucho a la gente que trabaja en la editorial de Owen? —añadió, mientras ella llenaba el hervidor de agua.

La mujer se encogió de hombros.

—No mucho. A ese tal Jerry lo conocí en una firma de libros de Owen.

—¿No tiene amistad con nadie de Roper Chard?

—No. ¿Por qué iba a tenerla? El que trabajaba con ellos era Owen, no yo.

—Y no ha leído *Bombyx Mori*, ¿verdad? —preguntó Strike, aparentando desinterés.

—Ya se lo dije. No me gusta leer los libros hasta que están publicados. ¿Por qué todo el mundo me pregunta lo mismo? —Levantó la vista de la bolsa de plástico en la que estaba hurgando en busca de galletas—. ¿Qué pasa con el cadáver? —preguntó de repente—. ¿Qué le ocurrió a Owen? No me lo cuentan. Se llevaron su cepillo de dientes para sacar ADN para identificarlo. ¿Por qué no me dejan verlo?

Strike ya se había enfrentado otras veces a esa pregunta, formulada por otras esposas o por padres consternados. Recurrió, como había hecho en anteriores ocasiones, a dar una respuesta relativamente cierta:

—Es que llevaba varios días allí.

—¿Cuántos?

—Todavía no lo saben.

—¿Cómo lo hicieron?

—Creo que todavía no lo saben exactamente.

—Pero tienen que...

Se quedó callada porque Orlando había vuelto a entrar en la habitación; iba abrazada, como antes, a su orangután de peluche, pero también a un fajo de dibujos de vivos colores.

—¿Adónde ha ido Jerry?

—A trabajar —contestó Leonora.

—Tiene un pelo bonito. Tu pelo no me gusta —le dijo a Strike—. Es muy crespo.

—A mí tampoco me gusta mucho —confesó él.

—Ahora no quiere ver dibujos, Dodo —dijo Leonora, impaciente.

Sin embargo, Orlando no hizo caso a su madre y puso sus dibujos encima de la mesa para enseñárselos a Strike.

—Los he hecho yo.

Eran flores, peces y pájaros. En el dorso de uno de ellos podía leerse un menú infantil.

—Son muy bonitos —dijo Strike—. Leonora, ¿sabe si la policía encontró algún fragmento de *Bombyx Mori* ayer cuando registró el estudio?

—Sí —contestó ella mientras metía dos bolsitas de té en sendas tazas descascarilladas—. Dos cintas de máquina de escribir viejas que se habían caído por la parte trasera del escritorio. Salieron y me preguntaron dónde estaban las demás. Yo les dije que Owen se las había llevado.

—A mí me gusta el estudio de papá —anunció Orlando— porque él me da papel para dibujar.

—Ese estudio es un vertedero —dijo Leonora, y encendió el hervidor—. Tardaron un montón en revisarlo todo.

—La tía Liz entró —dijo Orlando.

—¿Cuándo? —preguntó Leonora, mirando furiosa a su hija, con las tazas en las manos.

—Cuando vino y tú estabas en el baño —contestó Orlando—. Entró en el estudio de papá. Yo la vi.

—No tenía derecho a entrar allí —protestó su madre—. ¿Estuvo husmeando?

—No —contestó Orlando—. Sólo entró y luego salió, y me vio y estaba llorando.

—Ya —dijo Leonora con aire de satisfacción—. Conmigo también lloriqueó un poco. Otra que también se siente culpable.

—¿Cuándo vino? —le preguntó Strike a Leonora.

—El lunes a primera hora. Quería saber si podía ayudar en algo. ¡Ayudar en algo! Ya ha hecho bastante.

El té de Strike estaba tan flojo y llevaba tanta leche que no parecía té; a él le gustaba fuerte, del color del alquitrán. Dio un sorbito para quedar bien, y se acordó de que Elizabeth Tassel había declarado que lamentaba que Quine no hubiera muerto cuando lo mordió su dóberman.

—Me gusta su pintalabios —declaró Orlando.

—Hoy te gusta todo —dijo Leonora con hastío, y se sentó a tomarse su taza de té aguado—. Le pregunté por qué lo había hecho, por qué le había dicho a Owen que no podría publicar su libro, por qué le había dado ese disgusto.

—¿Y qué contestó? —preguntó Strike.

—Que Owen había metido a un montón de gente en la novela. No entiendo por qué les molesta tanto. Siempre lo hace. —Dio un sorbo de té—. Yo salgo en muchas.

Strike pensó en Súcubo, la «puta cascada», y despreció profundamente a Owen Quine.

—Me gustaría que me hablara de Talgarth Road.

—No sé para qué fue allí —respondió ella de inmediato—. Odiaba esa casa. Quería venderla desde hacía años, pero Fancourt no.

—Ya, yo tampoco me lo explico.

Orlando se había sentado en una silla al lado de Strike, con una pierna doblada bajo el cuerpo, y añadía escamas de vivos colores al dibujo de un gran pez, con una caja de ceras que había hecho aparecer como por arte de magia.

—¿Cómo ha podido Michael Fancourt bloquear la venta tantos años?

—Tiene algo que ver con las condiciones en que se la dejó ese tal Joe. Con cómo iban a utilizarla. No lo sé. Pregúnteselo a Liz, ella es la que lo sabe todo.

—¿Sabe cuándo fue la última vez que Owen estuvo allí?

—Hace años. No lo sé. Años.

—Quiero más papel para dibujar —anunció Orlando.

—No tengo más —contestó Leonora—. Está todo en el estudio de papá. Pinta aquí.

Cogió una carta de la encimera, atestada de cosas, y se la acercó a Orlando deslizándola por la mesa, pero su hija la apartó y salió de la cocina con paso lánguido y el orangután colgado del cuello. Al cabo de un instante, oyeron que intentaba forzar la puerta del estudio.

—¡Orlando! ¡No! —gritó Leonora.

Se levantó de un brinco y se apresuró por el pasillo.

Strike aprovechó su ausencia para inclinarse hacia atrás y tirar casi todo el té de su taza al fregadero, pero salpicó el ramo de flores y dejó unas gotas delatoras en el celofán.

—No, Dodo. No puedes entrar ahí. No. Nos lo han prohibido. ¡Nos lo han prohibido! ¡Suelta eso!

Un gemido agudo seguido de unos fuertes golpes le indicaron que Orlando había subido al piso superior. Leonora regresó a la cocina con las mejillas coloradas.

—Me lo hará pagar el resto del día —predijo—. Está enfadada. No le gustó nada que viniera la policía.

Dio un bostezo, pero se notaba que estaba nerviosa.

—¿Ha podido dormir? —le preguntó Strike.

—No mucho. No paraba de pensar: «¿Quién ha sido? ¿Quién querría matarlo?» Ya sé que Owen hace enfadar a la gente —continuó, distraída—, pero él es así. Temperamental. Se enfada por tonterías. Siempre ha sido así, pero eso no significa nada. ¿Quién querría matarlo por eso?

»Michael Fancourt todavía debe de tener una llave de la casa —continuó, retorciéndose los dedos y cambiando de tema—. Lo pensé anoche, cuando no podía dormir. Sé que a Michael Fancourt no le caía bien, pero de eso hace mucho tiempo. Además, Owen no hizo eso que Michael decía que había hecho. Él no escribió aquello. Pero Michael no habría matado a Owen. —Levantó la cabeza y miró a Strike con unos ojos transparentes y tan inocentes como los de su hija—. Él es rico, ¿no? Y famoso. Él no...

A Strike siempre lo había maravillado esa extraña santidad que la gente atribuía a los famosos, por mucho que los periódicos los injuriaran, los persiguieran y los acosaran. No importaba a cuántos famosos condenaran por violación o asesinato: la creencia persistía, con una intensidad casi pagana: él no. No puede haber sido él. Él es famoso.

—Y ese maldito Chard enviaba a Owen cartas amenazadoras —estalló Leonora—. A Owen nunca le cayó bien. Y luego firma esa tarjeta y dice que si puede hacer algo... ¿Dónde está?

La tarjeta con las violetas había desaparecido de la mesa.

—La tiene ella —dijo Leonora, y se sonrojó de rabia—. La ha cogido. —Miró al techo y gritó tan fuerte que hizo dar un respingo a Strike—: ¡DODO!

Era la rabia irracional de alguien que se halla en la primera etapa del duelo, y, al igual que sus alteradas tripas, revelaba cuánto estaba sufriendo bajo aquella apariencia de rudeza.

—¡Dodo! —volvió a gritar—. ¿Qué te tengo dicho de coger cosas que no son...?

Orlando apareció en la cocina con una rapidez asombrosa; seguía abrazada a su orangután. Debía de haber bajado sigilosamente la escalera.

—¡Te has llevado mi tarjeta! —la riñó Leonora, enfadada—. ¿Qué te tengo dicho de coger cosas que no son tuyas? ¿Dónde está?

—Me gustan las flores —se disculpó Orlando; sacó la tarjeta arrugada, y su madre se la arrancó de las manos.

—Es mía —le dijo—. Mire —continuó, dirigiéndose a Strike y señalando el mensaje más largo escrito a mano, con caligrafía muy pulcra—: «Si necesita algo, no dude en hacérmelo saber. Daniel Chard.» ¡Hipócrita!

—A papá no le caía bien Dannulchar —intervino Orlando—. Me lo dijo.

—Es un hipócrita de mierda, eso es lo que es —insistió Leonora mientras examinaba las otras firmas.

—Me regaló un pincel —añadió Orlando—, después de tocarme.

Hubo un silencio, breve y cargado de tensión. Leonora la miró. Strike se quedó paralizado, con la taza en el aire, camino de sus labios.

—¿Qué dices?

—No me gustó que me tocara.

—¿Qué estás diciendo? ¿Quién te tocó?

—En el trabajo de papá.

—No digas tonterías —dijo su madre.

—Cuando papá me llevó y vi...

—Se la llevó hace un mes o más, porque yo tenía que ir al médico —le explicó Leonora a Strike, aturullada, con los nervios a flor de piel—. No sé qué está diciendo.

—...y vi las fotos para los libros que publican, de colores —continuó Orlando—, y Dannulchar me tocó...

—Pero si ni siquiera sabes quién es Daniel Chard —la interrumpió su madre.

—No tiene pelo —dijo la chica—. Y después papá me llevó a ver a la mujer y yo le regalé mi mejor dibujo. Tenía el pelo bonito.

—¿Qué mujer? ¿De qué estás hablando?

—Cuando Dannulchar me tocó —dijo Orlando, subiendo la voz—. Me tocó, y yo grité, y luego él me regaló un pincel.

—No debes decir esas cosas —la reprendió Leonora, y se le quebró la voz—. Como si no tuviéramos suficientes... No seas estúpida, Orlando.

La chica se puso muy colorada. Miró con rencor a su madre y salió de la cocina. Esa vez dio un fuerte portazo, pero la puerta no se cerró, sino que rebotó y volvió a abrirse. Strike oyó a Orlando subir con estrépito la escalera; de pronto se detuvo y se puso a chillar sin motivo aparente.

—Ahora está enfadada —dijo Leonora sin ánimo, y las lágrimas se desbordaron de sus ojos claros.

Strike estiró un brazo hacia el maltrecho rollo de papel de cocina, cortó un trozo y se lo puso a la mujer en la mano. Ella lloró en silencio, sacudiendo sus hombros delgados, y el detective aguardó educadamente, bebiéndose los restos de aquel té espantoso.

—Conocí a Owen en un pub —farfulló de pronto Leonora; se puso bien las gafas y se enjugó las lágrimas—. Él había ido a un festival. En Hay-on-Wye. Yo no había oído hablar de él, pero me di cuenta de que se trataba de alguien importante por cómo vestía y cómo hablaba.

En sus ojos cansados volvió a parpadear un débil resplandor de adoración del héroe, casi extinguida tras años de negligencia e infelicidad, de soportar sus aires de grandeza y sus berrinches, de intentar pagar las facturas y cuidar a la hija de ambos en aquella casita destartalada. Quizá la llama volvía a prender porque su héroe, como los mejores, había muerto; quizá ya no dejara de arder, como una llama eterna, y ella pudiera olvidar lo peor y conservar la imagen de él que en su día había amado. Suponiendo, claro está, que no leyera su último manuscrito y la repugnante descripción que hacía de ella.

—Quería preguntarle otra cosa, Leonora —dijo Strike con delicadeza—, y luego me marcharé. ¿Volvieron a meterle excrementos de perro por el buzón la semana pasada?

—¿La semana pasada? —repitió ella con voz pastosa, sin dejar de enjugarse las lágrimas—. Sí. El martes, creo. O el miércoles, no estoy segura. Pero sí. Una vez más.

—¿Y ha vuelto a ver a la mujer que creía que la seguía?

Ella negó con la cabeza y se sonó la nariz.

—A lo mejor me la imaginé, no lo sé...

—Dígame, Leonora, ¿tiene... problemas de dinero?

—No —contestó ella, dándose toquecitos en los párpados con el papel de cocina—. Owen tenía un seguro de vida. Se lo hice contratar yo, pensando en Orlando. Así que no hemos de preocuparnos. Edna se ha ofrecido para prestarme lo que necesite hasta que lo tenga todo arreglado.

—Bueno, pues me marcho —dijo él, y se levantó.

Leonora lo siguió por el lóbrego pasillo, sorbiendo por la nariz, y antes de que la puerta se hubiera cerrado, Strike la oyó gritar:

—¡Dodo! ¡Baja, Dodo! ¡Lo siento!

El joven policía que montaba guardia en la calle le cerró parcialmente el paso.

—Sé quién es —dijo, enojado. Todavía tenía el teléfono en la mano—. Es Cormoran Strike.

—No tienes un pelo de tonto, ¿eh? —replicó el detective—. Y ahora, apártate, chico. Algunos tenemos trabajo de verdad.

¿...qué asesino, qué sabueso infernal, qué
demonio será?

BEN JONSON, *Epicoene, or The Silent Woman*

Sin pensar en que, cuando le dolía la rodilla, lo peor era tener
que levantarse, Strike se dejó caer en un asiento de un rincón en
el vagón del metro y llamó por teléfono a Robin.

—Hola —la saludó—. ¿Se han marchado ya esos periodistas?

—No, siguen rondando por la acera. Sales en las noticias,
¿lo sabías?

—He visto la web de la BBC. He llamado a Anstis y le he
pedido que me ayudara a aclarar mi papel en todo esto. ¿Lo ha
hecho?

Oyó los dedos de Robin en el teclado.

—Sí. Aquí lo citan: «El inspector Richard Anstis ha confirmado los rumores de que el cadáver lo encontró el detective
privado Cormoran Strike, que se hizo famoso a principios de
año, cuando...»

—Eso sáltatelo.

—«Al señor Strike lo contrató la familia para que buscara al
señor Quine, que a menudo se marchaba sin informar a nadie
de su paradero. El señor Strike no se encuentra en la lista de
sospechosos, y la policía está satisfecha con su relato del descubrimiento del cadáver.»

—El bueno de Dickie —dijo Strike—. Esta mañana insi-
nuaban que me dedico a ocultar cadáveres para promocionar
mi negocio. Me sorprende que la prensa se interese tanto por

una vieja gloria de cincuenta y ocho años. Y eso que todavía no saben lo macabro que fue el asesinato.

—No les interesa Quine, sino tú —dijo Robin.

A Strike no le hacía ninguna gracia esa idea. No quería que su cara saliera en los periódicos ni en la televisión. Las fotografías de él que habían aparecido tras la resolución del caso Lula Landry eran pequeñas (hacía falta espacio para las de la deslumbrante modelo, a ser posible semidesnuda); sus facciones oscuras y hoscas no se veían bien en el borroso papel de diario, y el detective había conseguido evitar que le tomaran un primer plano al entrar en el juzgado para testificar contra el asesino de Landry. Habían desenterrado viejas fotografías suyas con uniforme, pero eran de varios años atrás, cuando Strike estaba bastante más delgado. No lo había reconocido nadie únicamente por su físico desde aquel breve momento de fama, y no tenía ninguna intención de volver a poner en peligro su anonimato.

—No quiero toparme con un puñado de reporteros de pacotilla —dijo, y, al acordarse del estado en que se encontraba su rodilla, añadió—: Lo tendría muy mal para salir corriendo. ¿Podemos quedar...?

Su local favorito era el Tottenham, pero no quería exponerlo a la posibilidad de futuras incursiones de la prensa.

—¿... en el Cambridge dentro de cuarenta minutos?

—Perfecto —confirmó ella.

Después de colgar, a Strike se le ocurrió pensar, en primer lugar, que tendría que haberle preguntado a Robin cómo estaba Matthew, y, en segundo lugar, que tendría que haberle pedido que le llevara las muletas.

El pub, del siglo XIX, estaba en Cambridge Circus. Strike encontró a Robin en la planta superior, sentada en una banqueta de piel, rodeada de arañas de luces de latón y espejos dorados.

—¿Estás bien? —le preguntó, preocupada, al verlo llegar cojeando.

—No me acordaba de que no te lo había explicado —dijo él, y, gruñendo de dolor, se sentó con cuidado frente a ella, en una butaca—. El domingo volví a hacerme polvo la rodilla tratando de atrapar a una mujer que me seguía.

—¿Qué mujer?

—Una que me siguió desde la casa de Quine hasta la estación de metro, donde me caí como un gilipollas y encima se me escapó. Encaja con la descripción de una mujer que, según Leonora, merodea por su casa desde que desapareció Quine. Necesito una copa.

—Voy a buscártela —se ofreció Robin—. Es tu cumpleaños, ¿no? Ah, y te he traído un regalo.

Dejó encima de la mesa un cestito tapado con papel de celofán y adornado con un lazo que contenía productos típicos de Cornualles: cerveza, sidra, dulces y mostaza. Strike no pudo evitar emocionarse.

—No tenías que regalarme nada.

Pero ella, que ya estaba en la barra, no lo oyó. Cuando regresó a la mesa con una copa de vino y una pinta de London Pride, Strike dijo:

—Muchas gracias.

—De nada. Entonces, ¿crees que esa mujer misteriosa ha estado vigilando la casa de Leonora?

Strike dio un largo y reconfortante trago de cerveza.

—Y seguramente metiendo excrementos de perro por el buzón —dijo—. Lo que no entiendo es qué esperaba conseguir siguiéndome a mí, a menos que creyera que yo la llevaría hasta Quine.

Levantó la pierna mala y, con una mueca de dolor, la apoyó en un taburete bajo la mesa.

—Esta semana tenía que seguir a Brocklehurst y al marido de Burnett. No podía haber elegido peor momento para hacerme daño en la pierna.

—Si quieres, puedo seguirlos yo —propuso ella sin pensar, llevada por la emoción; pero Strike no dio muestras de haber oído su ofrecimiento.

—¿Cómo lo lleva Matthew?

—No muy bien. —Robin no terminaba de tener claro si Strike la había oído—. Ha ido a su casa para estar con su padre y su hermana.

—En Masham, ¿no?

—Sí. —Vaciló un momento y entonces dijo—: Vamos a tener que aplazar la boda.

—Lo siento.

Ella se encogió de hombros.

—No podíamos mantener la fecha. Ha sido un golpe terrible para la familia.

—¿Te llevabas bien con la madre de Matthew? —preguntó Strike.

—Sí, claro. Era...

La verdad era que la señora Cunliffe siempre había sido una persona difícil; una hipocondríaca, o eso le parecía a Robin. Hacía veinticuatro horas que se sentía culpable por pensarlo.

—...encantadora —concluyó—. ¿Y cómo está la pobre señora Quine?

Strike le contó su visita a Leonora, incluida la breve aparición de Jerry Waldegrave y sus impresiones sobre Orlando.

—¿Qué problema tiene exactamente? —preguntó Robin.

—Creo que lo llaman «problemas de aprendizaje», ¿no? —Hizo una pausa y recordó la sonrisa ingenua de Orlando y su orangután de peluche—. Mientras yo estaba allí, ha dicho una cosa extraña que por lo visto su madre no sabía. Nos ha contado que una vez fue a la editorial con su padre y que Daniel Chard la tocó.

Vio reflejado en el rostro de Robin el mismo temor no expresado que esas palabras habían producido en la cocina mugrienta de Leonora.

—¿Que la tocó? ¿En qué sentido?

—No lo ha concretado. Ha dicho «me tocó» y «no me gustó que me tocara». Y después él le regaló un pincel. Podría no ser eso —añadió Strike en respuesta al elocuente silencio de Robin y su expresión tensa—. A lo mejor tropezó con ella sin querer y le regaló algo para calmarla. Mientras yo he estado allí, no ha parado de dar la lata y chillar cuando no conseguía lo que quería o cuando su madre la regañaba.

Tenía hambre, así que retiró el celofán del regalo de Robin, cogió una chocolatina y la desenvolvió mientras ella, pensativa, guardaba silencio.

—El caso es que, en *Bombyx Mori* —añadió Strike, interrumpiendo el silencio—, Quine insinúa que Chard es homosexual. Bueno, al menos eso es lo que yo creo.

—Hum —murmuró Robin, impertérrita—. Pero ¿tú te crees todo lo que Quine escribió en ese libro?

—Bueno, si Chard envió a sus abogados contra él, será que se molestó —dijo Strike. Cortó un trozo de la tableta de chocolate y se lo metió en la boca—. Pero el Chard de *Bombyx Mori* —continuó con la boca llena— es un asesino, un presunto violador y se le cae la polla a trozos, así que tal vez no fue lo de la homosexualidad lo que más lo cabreó.

—La dualidad sexual es un tema constante en la obra de Quine —dijo Robin, y Strike se quedó mirándola con las cejas levantadas mientras masticaba—. De camino al trabajo paré en Foyles y me compré un ejemplar de *El pecado de Hobart* —explicó—. Trata sobre un hermafrodita.

Strike tragó.

—Debía de tener debilidad por ellos, porque en *Bombyx Mori* también sale uno —comentó él mientras examinaba el envoltorio de cartón de la tableta de chocolate—. Este chocolate lo hacen en Mullion, que está en la costa, un poco más abajo del pueblo donde yo me crié... ¿Y qué tal es *El pecado de Hobart*?

—Si no acabaran de asesinar a su autor, yo no me molestaría en leer más allá de la página cinco —admitió Robin.

—Ya, seguramente que te liquiden debe de ayudar mucho a mejorar las ventas.

—Lo que quiero decir —insistió, testaruda— es que no puedes fiarte de Quine en lo referente a la vida sexual de otras personas, porque, por lo visto, todos sus personajes se acuestan con lo primero que encuentran. Lo he buscado en Wikipedia. Una de las constantes en sus novelas son los personajes que cambian de género o de orientación sexual.

—En *Bombyx Mori* es así —gruñó Strike, y cogió más chocolate—. Está bueno. ¿Quieres un poco?

—Se supone que estoy a régimen —respondió, compungida—. Para la boda.

El detective no creía que Robin necesitara adelgazar lo más mínimo, pero no hizo ningún comentario mientras ella cogía un trocito.

—He estado pensando en el asesino —dijo ella tímidamente.

—A ver, siempre me interesa oír la opinión de un psicólogo.

—Yo no soy psicóloga —le recordó, risueña.

Robin había empezado la carrera de Psicología, pero no la había terminado. Strike nunca había insistido para que le explicara por qué, ni ella se lo había contado. Era algo que tenían en común: ambos habían abandonado la universidad. Strike, concretamente, al morir su madre de una misteriosa sobredosis; quizá por eso, siempre había supuesto que Robin también la había dejado por algún motivo trágico.

—No entiendo por qué el asesino ha vinculado de forma tan obvia el asesinato con el libro. Parece un acto deliberado de venganza y maldad, planeado para demostrarle al mundo que Quine tuvo su merecido por haberlo escrito.

—Eso parece —coincidió Strike, que seguía con hambre; tendió un brazo hacia la mesa de al lado para alcanzar una carta—. Voy a pedir un bistec con patatas. ¿Quieres algo?

Robin escogió una ensalada al azar y luego, para que él no tuviera que forzar la rodilla, fue a pedir a la barra.

—Pero, por otra parte —continuó Robin, de vuelta en la mesa—, reproducir la última escena de la novela quizá podría ser un buen modo de ocultar un móvil diferente, ¿no?

Se esforzaba para hablar con naturalidad, como si estuvieran deliberando sobre un problema abstracto, pero Robin no había podido olvidar las fotografías del cadáver de Quine: la oscura caverna de su torso vaciado, las grietas calcinadas donde antes estaban la boca y los ojos. Sabía que si pensaba demasiado en lo que le habían hecho a Quine no podría comerse la ensalada, o le revelaría su espanto a Strike, que la observaba con ojos escrutadores.

—No pasa nada si admites que pensar en lo que le hicieron te da ganas de vomitar —dijo el detective, con la boca llena de chocolate.

—No me da ganas de vomitar —mintió ella automáticamente, y añadió—: Bueno, está claro... Sí, por supuesto, es horroroso...

—Sí.

Si Strike hubiera mantenido esa conversación con sus colegas de la División de Investigaciones Especiales, a esas alturas ya se habrían puesto a bromear sobre lo ocurrido. El detective recordaba muchas tardes cargadas de humor negro: era la única manera de sobrellevar ciertas investigaciones. Sin embargo, Robin todavía no estaba preparada para esa clase de autodefensa, profesionalmente cruel, y su intento de hablar de un modo objetivo acerca de un hombre al que habían destripado lo demostraba.

—El móvil es una putada, Robin. Nueve de cada diez veces no descubres por qué hasta que has descubierto quién. Lo que buscamos son los medios y la oportunidad. Personalmente —añadió, y dio un sorbo de cerveza—, creo que buscamos a alguien con conocimientos de medicina.

—¿De medicina?

—O de anatomía. Lo que le hicieron a Quine no parece obra de un aficionado. Podrían haberlo hecho pedazos tratando de extraerle los intestinos, pero no vi señales de intentos fallidos ni de chapuzas: sólo una incisión, pulcra y recta.

—Sí —concedió Robin, esforzándose para mantener una actitud desapasionada y clínica—. Eso es verdad.

—A menos que se trate de una especie de maníaco literario, que simplemente encontró un buen libro de texto —especuló Strike—. No lo creo, pero nunca se sabe. Si Quine estaba atado y drogado, y si el asesino tenía suficiente valor, quizá lo enfocara como una clase de biología.

Robin no pudo contenerse:

—Ya sé que siempre dices que el móvil es para los abogados —intervino, un poco a la desesperada (Strike había repetido muchas veces esa máxima desde que ella empezó a trabajar para él)—, pero sígueme la corriente un momento. El asesino debió de considerar que asesinar a Quine del mismo modo que en la novela valía la pena por alguna razón que compensaba los inconvenientes obvios.

—¿Y cuáles eran esos inconvenientes?

—Bueno, las dificultades logísticas de llevar a cabo un asesinato tan elaborado, y el hecho de que la lista de sospechosos se reduciría a las personas que habían leído el libro.

—O a las que habían oído hablar de él con detalle —puntualizó Strike—. Y tú dices «se reduciría», pero yo no estoy tan seguro de que nos hallemos ante un número reducido de personas. Christian Fisher se encargó de divulgar el contenido lo mejor que pudo. La copia del manuscrito de Roper Chard estaba en una caja fuerte a la que, por lo visto, podía acceder la mitad de los empleados.

—Pero...

Robin se interrumpió cuando un camarero de aspecto huraño fue a llevarles los cubiertos y las servilletas de papel a la mesa.

—Pero Quine no podía llevar mucho tiempo muerto, ¿verdad? —continuó cuando el camarero se marchó—. Hombre, yo no soy ninguna experta...

—Ni yo —dijo Strike, terminándose la tableta de chocolate y mirando sin tanto entusiasmo el guirlache de cacahuete—, pero sé lo que quieres decir. El cadáver tenía pinta de llevar allí una semana por lo menos.

—Además —prosiguió Robin—, debió de pasar un tiempo desde que el asesino leyó *Bombyx Mori* hasta que mató a Quine. Había muchas cosas que organizar. Tenía que llevar las cuerdas, el ácido y la vajilla a una casa deshabitada...

—Y, a menos que ya supiera que Quine planeaba ir a Talgarth Road, tenía que seguirlo —agregó Strike, y decidió no comerse el guirlache, porque ya se acercaba su bistec con patatas—, o engatusarlo para que fuera allí.

El camarero puso el plato de Strike y el cuenco de ensalada de Robin encima de la mesa y se retiró sin mirarlos siquiera cuando le dieron las gracias.

—Así que, si tienes en cuenta la planificación y los aspectos prácticos, no parece posible que el asesino leyera el libro más de dos o tres días después de la desaparición de Quine —expuso Strike mientras cargaba su tenedor—. Lo malo es que, cuanto más atrás situemos el momento en que el asesino empezó a tramar la muerte de Quine, peor pintan las cosas para mi clienta. Lo único que tenía que hacer Leonora era dar unos pasos por el pasillo; pudo leer el manuscrito en cuanto Quine lo terminó. Ahora que lo pienso, incluso es posible que él le contara cómo iba a acabar meses antes.

Robin se puso a comer la ensalada sin saborearla.

—¿Y crees que Leonora Quine tiene...? —empezó a decir, vacilante.

—¿...el perfil de mujer capaz de destripar a su marido? No, pero a la policía le gusta, y si lo que buscas es un móvil, ella tenía una colección. Quine era un desastre de marido: irresponsable, adúltero... Y le gustaba dejar en ridículo a su mujer en sus libros.

—Tú no crees que lo hiciera ella, ¿verdad?

—No —contestó Strike—, pero vamos a necesitar mucho más que mi opinión para evitar que vaya a la cárcel.

Sin preguntarle nada, Robin llevó los vasos a la barra para que volvieran a llenárselos; Strike sintió un gran cariño por ella cuando le puso otra pinta delante.

—También debemos considerar la posibilidad de que alguien se enterara de que Quine pensaba autoeditarse en internet —continuó Strike, antes de meterse un montón de patatas fritas en la boca—; una amenaza que, por lo visto, el autor lanzó en un restaurante abarrotado. Dadas ciertas circunstancias, eso por sí solo podría constituir un móvil para matarlo.

—¿Te refieres a si el asesino reconoció en el manuscrito algo que no quería que supiera un público más amplio? —preguntó Robin, vacilante.

—Exacto. El libro tiene partes muy crípticas. ¿Y si Quine hubiera descubierto algo grave sobre alguien y hubiera hecho una referencia velada a ello en el libro?

—Bueno, eso tendría sentido —dijo Robin—, porque yo no paro de pensar: «¿Por qué matarlo?» De hecho, casi todas esas personas disponían de medios más eficaces para gestionar el problema de un libro difamatorio, ¿no? Podrían haberle dicho a Quine que no seguirían representándolo o publicándolo, o podrían haberlo amenazado con emprender acciones legales, como hizo Chard. Su muerte va a ponérselo mucho peor a cualquiera que aparezca retratado en el libro, ¿no? Ya ha recibido mucha más publicidad de la que habría obtenido en cualquier caso.

—De acuerdo —convino Strike—. Pero das por hecho que el asesino piensa racionalmente.

—Esto no es un crimen pasional —replicó Robin—. Alguien lo planeó. Alguien lo planificó de cabo a rabo. Debía de estar preparado para las consecuencias.

—Cierto —convino de nuevo Strike sin dejar de comer patatas.

—Esta mañana he estado hojeando *Bombyx Mori.*

—¿Cuando ya te habías hartado de *El pecado de Hobart*?

—Sí. Bueno, como estaba en la caja fuerte...

—Ya. Puestos a leer, cuantos más mejor —dijo Strike—. ¿Hasta dónde has llegado?

—He ido saltando —contestó Robin—. He leído la parte sobre Súcubo y la Garrapata. Es maliciosa, pero no parece que haya nada... no sé... oculto. Básicamente, lo que hace es acusar a su mujer y a su agente de ser unas parásitas, ¿no?

Strike asintió con la cabeza.

—Pero más adelante, cuando llegas a Epi... Epi... ¿Cómo se llama?

—¿Epiceno? ¿El hermafrodita?

—¿Crees que es una persona real? ¿Qué es eso que canta? Da la impresión de que no se refiere a cantar, ¿no?

—¿Y por qué su amante, Arpía, vive en una cueva llena de ratas? ¿Es un simbolismo o alguna otra cosa?

—Y el saco manchado de sangre que lleva el Censor colgado del hombro —dijo Robin—, y la enana a la que intenta ahogar...

—Y los hierros de marcar de la chimenea en casa de Vanaglorioso —añadió Strike, pero ella puso cara de no entender—. ¿No has llegado a esa parte? Eso nos lo explicó Jerry Waldegrave a unos cuantos en la fiesta de Roper Chard. Trata de Michael Fancourt y su primer...

Sonó su teléfono. Lo sacó y vio el nombre de Dominic Culpepper en la pantalla. Dio un suspiro y contestó.

—¿Strike?

—Sí, soy yo.

—¿Qué coño pasa?

Strike no perdió el tiempo fingiendo no saber a qué se refería el periodista.

—No puedo contarle nada, Culpepper. Podría perjudicar la investigación policial.

—A la mierda. Ya hemos hablado con un poli. Dice que a Quine lo mataron exactamente igual que a un personaje de su última novela.

—¿En serio? ¿Y cuánto le ha pagado a ese imbécil para que largue y mande a la mierda la investigación?

—Joder, Strike. ¿Se mete en un asesinato como éste y ni siquiera se le ocurre llamarme?

—Mire, no sé qué clase de relación cree que tenemos, amigo —dijo él—, pero, por lo que a mí respecta, yo hago trabajos para usted y usted me paga. Nada más.

—Yo lo puse en contacto con Nina para que pudiera colarse en la fiesta de esa editorial.

—Era lo mínimo que podía hacer después de que yo le entregara cantidad de material sobre Parker que usted ni siquiera me había pedido —replicó Strike mientras, con la mano que tenía libre, iba pinchando patatas con el tenedor—. Podría habérmelo quedado y habérselo vendido a la prensa amarilla.

—Si quiere dinero...

—No, no quiero dinero, capullo —dijo Strike, enojado, y Robin, diplomática, desvió su atención a la web de la BBC que había abierto en su móvil—. No pienso joder la investigación de un asesinato metiendo por medio al *News of the World.*

—Podría pagarle diez mil por una entrevista.

—Adiós, Cul...

—¡Espere! Dígame sólo qué libro es ese en el que describe el asesinato.

—*Los hermanos Bal... Balzac* —contestó, fingiendo vacilar.

Cortó la llamada, sonriente, y miró la carta para elegir los postres. Confiaba en que Culpepper pasara una larga tarde descifrando una sintaxis tortuosa sembrada de escrotos sobados.

—¿Alguna novedad? —preguntó Strike cuando Robin levantó la vista de su teléfono.

—No, a no ser que te interese saber que, según el *Daily Mail*, los amigos de la familia creían que Pippa Middleton era mejor candidata que Kate.

Strike la miró frunciendo el ceño.

—Sólo estaba curioseando mientras hablabas por teléfono —dijo ella, un poco a la defensiva.

—No, no es eso. Es que acabo de acordarme... de Pippa2011.

—No... —dijo Robin, extrañada; seguía pensando en Pippa Middleton.

—Pippa2011, la del blog de Kathryn Kent. Afirmaba saber algo de *Bombyx Mori*.

Robin ahogó un grito y se puso a buscar con el móvil.

—¡Ya lo tengo! —exclamó al cabo de unos minutos—. «¿Y si te digo que a mí me ha leído unos fragmentos?» Y eso fue... —hizo retroceder el texto— el veintiuno de octubre. ¡El veintiuno de octubre! Es posible que ella supiera cómo acaba el libro antes de la desaparición de Quine.

—Así es —confirmó Strike—. Voy a pedir un *crumble* de manzana. ¿Te apetece algo?

Cuando Robin volvió a la mesa después de pedir el postre en la barra, él dijo:

—Anstis me ha invitado a cenar esta noche. Dice que tiene un informe preliminar de los forenses.

—¿Sabe que es tu cumpleaños?

—No, claro que no —contestó él, y dio la impresión de que lo horrorizaba tanto la idea que Robin se echó a reír.

—¿Qué tendría eso de malo?

—Ya he ido a una cena de cumpleaños —respondió Strike sin entrar en detalles—. El mejor regalo que podría hacerme Anstis sería una estimación de la hora de la muerte. Cuanto más pronto la fijen, más se reducirá la lista de sospechosos: los que tuvieron acceso al manuscrito antes. Por desgracia, eso incluye a Leonora, pero también están esa misteriosa Pippa, Christian Fisher...

—¿Fisher? ¿Por qué?

—Medios y oportunidad, Robin: tuvo acceso pronto, tiene que estar en la lista. Luego están Ralph, el ayudante de Elizabeth Tassel; Elizabeth Tassel y Jerry Waldegrave. Se supone que Daniel Chard vio el texto poco después que Waldegrave. Kathryn Kent niega haberlo leído, pero no sé si creérmelo. Y luego está Michael Fancourt.

Ella levantó la cabeza, sorprendida.

—¿Cómo iba a...?

Volvió a sonar el móvil de Strike; era Nina Lascelles. El detective titubeó, pero se dio cuenta de que su primo podía haberle dicho que acababa de hablar con él y decidió contestar.

—Hola —dijo.

—Hola, Personaje Famoso —lo saludó ella, y Strike detectó cierto enfado, inexpertamente disimulado mediante una jovialidad un tanto exagerada—. No me atrevía a llamarte por si estabas desbordado con las llamadas de la prensa, las *groupies* y esas cosas.

—No creas —dijo él—. ¿Cómo va todo por Roper Chard?

—Una locura. Nadie trabaja; no hablamos de otra cosa. ¿Es verdad que ha sido un asesinato?

—Eso parece.

—Dios mío, no puedo creerlo... Supongo que no podrás revelarme nada, ¿verdad? —preguntó, insinuando lo contrario.

—La policía no quiere que se filtren detalles en esta fase de la investigación.

—Tiene que ver con la novela, ¿verdad? Con *Bombyx Mori*.

—No lo sé.

—Y Daniel Chard se ha roto una pierna.

—¿Cómo dices? —preguntó él, descolocado por la incongruencia de ese comentario.

—Últimamente pasan muchas cosas raras —prosiguió ella; sonaba nerviosa, exaltada—. Jerry está histérico. Daniel acaba de llamarlo por teléfono desde Devon y ha vuelto a soltarle una bronca; se ha enterado media oficina, porque, sin querer, Jerry ha conectado el altavoz y luego no encontraba el botón para apagarlo. No puede irse de la casa donde está pasando el fin de semana, por culpa de la pierna rota. Daniel, me refiero.

—¿Y por qué le gritaba a Waldegrave?

—Por *Bombyx* y la seguridad. La policía ha sacado una copia completa del manuscrito de no se sabe dónde, y Daniel está cabreadísimo.

»En fin —concluyó—, se me ha ocurrido llamarte y felicitarte. Porque supongo que cuando un detective encuentra un cadáver, hay que felicitarlo, ¿no? Llámame cuando no estés muy liado.

Colgó antes de que él pudiera decir nada más.

—Nina Lascelles —dijo Strike, y en ese momento llegó el camarero con su *crumble* de manzana y un café para Robin—. La chica...

—Que robó el manuscrito para ti.

—Esa memoria tuya... habría estado desaprovechada en un departamento de recursos humanos —dijo Strike, y cogió la cuchara.

—¿Lo de Michael Fancourt lo dices en serio? —preguntó ella en voz baja.

—Pues claro. Daniel Chard debió de contarle lo que había hecho Quine. Probablemente no quería que Fancourt se enterara por otros, ¿no? Fancourt es una adquisición importante para ellos. Creo que debemos dar por hecho que Fancourt sabía desde el principio de qué iba...

Entonces sonó el móvil de Robin.

—Hola —dijo Matthew.

—Hola, ¿cómo estás? —preguntó ella, angustiada.

—No muy bien.

Justo entonces, alguien subió el volumen de la música: «*First day that I saw you, thought you were beautiful...*»[*]

—¿Dónde estás? —preguntó Matthew con brusquedad.

—Ah, en un pub —contestó Robin.

De pronto era como si sólo se oyeran ruidos de pub: tintineo de vasos, carcajadas...

—Es el cumpleaños de Cormoran —explicó ella, tensa. (Al fin y al cabo, Matthew y sus colegas siempre iban al pub cuando cualquiera de ellos cumplía años.)

---

[*] «La primera vez que te vi me pareciste hermosa.» (*N. de la t.*)

—Qué bien —dijo Matthew, furioso—. Ya te llamaré más tarde.

—No, Matt. Espera...

Con la boca llena de *crumble* de manzana, Strike vio con el rabillo del ojo cómo Robin se levantaba e iba hacia la barra sin dar explicaciones mientras intentaba llamar a Matthew. Al contable no le había hecho ninguna gracia que su novia hubiera salido a comer y que no se hubiera quedado guardando shivá por su madre.

Robin marcaba una y otra vez, y al final consiguió comunicar. Strike se terminó el *crumble* y la tercera pinta, y se dio cuenta de que necesitaba ir al baño.

La rodilla, que no lo había molestado mucho mientras comía, bebía y hablaba con Robin, protestó airadamente cuando se levantó. Para cuando volvió a su asiento, estaba sudando de dolor. A juzgar por la expresión de su cara, Robin todavía intentaba apaciguar a Matthew. Cuando colgó por fin, volvió con Strike y le preguntó si se encontraba bien, y él contestó con un monosílabo.

—Mira, yo podría seguir a la señorita Brocklehurst en tu lugar —se ofreció de nuevo Robin—. Si la pierna te...

—No —le espetó Strike.

Estaba dolorido, furioso consigo mismo, molesto con Matthew y, de pronto, un poco mareado. No debería haber comido chocolate antes de zamparse un bistec con patatas, un *crumble* y tres pintas.

—Necesito que vuelvas a la oficina y prepares la última factura de Gunfrey. Y si esos malditos periodistas todavía siguen allí, mándame un mensaje, porque en ese caso iré directamente a ver a Anstis.

»Tenemos que plantearnos en serio lo de contratar a otra persona —añadió por lo bajo.

El semblante de Robin se endureció.

—Vale, pues voy a preparar la factura —dijo. Agarró su gabardina y su bolso y se marchó.

A Strike no le pasó inadvertida su expresión de rabia, pero un enojo irracional le impidió llamarla y retenerla.

23

Por mi parte, no creo que ella tenga un alma tan oscura
capaz de cometer un acto tan sangriento.

JOHN WEBSTER, *The White Devil*

Una tarde en el pub con la pierna en alto no había reducido
mucho la hinchazón de la rodilla de Strike. El detective compró
analgésicos y una botella de tinto barato camino del metro, y se
dirigió al barrio de Greenwich, donde Anstis vivía con Helen, su
esposa, a la que todos llamaban Helly. El trayecto hasta su casa,
en Ashburnham Grove, se prolongó más de una hora por culpa
de un retraso en la línea Central; Strike permaneció de pie todo
el rato, cargando el peso en la pierna izquierda y lamentando
una vez más haberse gastado cien libras en taxis para ir y volver
de casa de Lucy.

Cuando se apeó del vagón del Docklands Light Railway, volvía a llover débilmente y unas gotas le salpicaron la cara. Se subió
el cuello del abrigo y, cojeando en la oscuridad, emprendió un
paseo que en circunstancias normales habría durado cinco minutos, pero en el que empleó casi quince.

Mientras doblaba la esquina para enfilar la pulcra calle de
casas adosadas con sus cuidados jardines delanteros, Strike
cayó en la cuenta de que tal vez debería haberle comprado un
regalo a su ahijado. El aspecto social de aquella velada no le
inspiraba ningún entusiasmo, a diferencia de la perspectiva
de que Anstis compartiera con él la información de los forenses.

A Strike no le caía bien la esposa de su amigo. Apenas conseguía disimular sus ganas de entrometerse bajo una ternura a veces empalagosa; en otras ocasiones, en cambio, surgían como una navaja que de pronto destella bajo un abrigo de pieles. Se deshacía en agradecimientos e interés cada vez que Strike se acercaba a su órbita, pero él sabía que Helly se moría por conocer los detalles de su accidentado pasado y por obtener información sobre su padre, la estrella del rock, y su difunta madre, drogadicta. Tampoco tenía ninguna duda de que también estaría ansiosa por conocer los detalles de su ruptura con Charlotte, a la que siempre había tratado con una efusividad que no lograba enmascarar su antipatía ni su desconfianza.

En la fiesta posterior al bautizo de Timothy Cormoran Anstis (que habían aplazado hasta que el niño tuvo dieciocho meses, porque su padre y su padrino, tras ser evacuados en avión de Afganistán, pasaron un tiempo hospitalizados), Helly, un poco achispada, se había empeñado en pronunciar un discurso emotivo sobre cómo Strike le había salvado la vida al padre de su hijo, y sobre lo mucho que significaba para ella que hubiera accedido también a ser el ángel de la guarda de Timmy. Strike, a quien no se le había ocurrido ninguna excusa válida para negarse a ser el padrino del niño, observaba fijamente el mantel mientras Helly soltaba su sermón, procurando que su mirada no se cruzara con la de Charlotte para que ella no lo hiciera reír. Lo recordaba perfectamente: su novia se había puesto un vestido azul eléctrico de escote cruzado, el favorito de Strike, que se adhería a cada centímetro de su perfecta figura. Llevar a una mujer tan hermosa del brazo, pese a necesitar todavía las muletas, había actuado como contrapeso de la media pierna que aún no había cicatrizado lo suficiente como para llevar la prótesis. Gracias a Charlotte, él había pasado de ser el lisiado con un solo pie al hombre capaz de hacerse (milagrosamente, como Strike sabía que debía de pensar cualquiera que se cruzara con ella) con una novia tan espectacular que, cuando entraba en una habitación, el resto de los hombres paraban de hablar a media frase.

—Cormy, cariño —dijo Helly con voz melosa al abrir la puerta—, desde que eres famoso ya no te acuerdas de nosotros.

Era la única que lo llamaba Cormy. Strike nunca se había molestado en decirle que no le gustaba nada ese apodo.

Sin que le diera pie a hacerlo, Helly lo envolvió en un abrazo tierno que, como él sabía muy bien, pretendía expresar lo mucho que lamentaba su nueva condición de soltero. La casa estaba caldeada y bien iluminada, lo que suponía un agradable contraste con el frío y la oscuridad de la calle, y al separarse de Helly, Strike se alegró de ver aparecer a Anstis con una pinta de Doom Bar en la mano, su regalo de bienvenida.

—¡Ritchie! Déjalo entrar primero, ¿no? Francamente...

El detective ya había aceptado la pinta y había dado varios sorbos antes siquiera de quitarse el abrigo.

El ahijado de Strike, de tres años y medio, irrumpió en el recibidor imitando el ruido de un motor. Se parecía mucho a su madre, cuyas facciones, pese a ser delicadas, estaban extrañamente apretujadas en el centro de la cara. Timothy llevaba un pijama de Superman y golpeaba las paredes con un sable luminoso de plástico.

—¡Timmy, cariño —exclamó Helly—, no hagas eso! ¡Es la pintura nueva! No ha habido manera de acostarlo, se ha empeñado en ver a su tío Cormoran. Le hablamos mucho de ti.

Strike observó al crío sin entusiasmo y detectó muy poco interés por parte de su ahijado. Timothy era el único niño de cuyo cumpleaños podía tener al menos la esperanza de acordarse, y aun así nunca le había llevado ningún regalo. El niño había nacido dos días antes de que explotara el Viking en aquella carretera sin asfaltar de Afganistán, destrozándole la pierna a Strike y parte de la cara a Anstis.

Nunca le había contado a nadie que durante largas horas, en la cama del hospital, no había dejado de preguntarse por qué había agarrado a Anstis y había tirado de él hacia la parte trasera del vehículo. Había repasado mentalmente aquel instante: el extraño presentimiento, casi una certeza, de que estaban a punto de volar por los aires, y cómo había estirado un brazo para agarrar a Anstis, cuando también podría haber agarrado al sargento Gary Topley.

¿Fue porque el día anterior había oído a Anstis hablando con Helen por Skype y lo había visto contemplando a su hijo recién nacido, al que de otra forma nunca habría llegado a conocer? ¿Por eso la mano de Strike, sin vacilar, había salido disparada hacia el policía de la Reserva del Ejército Británico, de más edad, y no hacia el policía militar Topley, prometido pero sin hijos? Strike no lo sabía. No lo enternecían los niños, y la mujer a la que había salvado de la viudedad no le caía bien. Sabía que él sólo era uno más entre millones de soldados, vivos y muertos, cuyas reacciones instantáneas, inducidas por el instinto tanto como por el entrenamiento, habían alterado para siempre el destino de otros hombres.

—¿Quieres leerle a Tim su cuento antes de que se acueste, Cormy? Tenemos un libro nuevo, ¿verdad, Timmy?

A Strike no había nada que le apeteciera menos, sobre todo si eso implicaba que el hiperactivo niño se sentara en su regazo y, quizá, le golpeara la rodilla derecha con el pie.

Anstis lo precedió hasta la cocina y el comedor de planta abierta. Las paredes eran de color crema; el suelo, de parquet, sin alfombras; y al fondo de la estancia había una mesa de madera alargada cerca de unos balcones, rodeada de sillas con tapicería negra. Strike creyó recordar que la última vez que había estado allí, con Charlotte, las sillas eran de otro color. Helly llegó detrás de ellos, presurosa, y puso un libro ilustrado en las manos de Strike. Éste no tuvo más remedio que sentarse en una silla, con su ahijado enfrente, y leerle *Kyla, el canguro al que le encantaba brincar*, publicado (un detalle en el que en otras circunstancias no se habría fijado) por Roper Chard. Timothy, que no parecía ni remotamente interesado en las payasadas de Kyla, se dedicó a jugar todo el rato con su sable de luz.

—A la cama, Timmy. Dale un beso a Cormy —dijo Helly a su hijo.

Éste se limitó a bajar de la silla culebreando y a salir corriendo de la cocina, lo que Strike agradeció en silencio. Helly salió tras él. Las estridentes voces de madre e hijo fueron apagándose a medida que sus pasos subían la escalera.

—Va a despertar a Tilly —predijo Anstis.

Y, en efecto, cuando Helly volvió a aparecer lo hizo con una cría de un año en brazos que no paraba de berrear; se la dio a su marido y fue a ocuparse del horno.

Strike permaneció sentado a la mesa, impasible, cada vez más hambriento y sintiéndose tremendamente afortunado por no tener hijos. Los Anstis tardaron casi tres cuartos de hora en conseguir que Tilly se quedara en la cama. La cazuela llegó por fin a la mesa y, con ella, otra pinta de Doom Bar. En ese momento podría haberse relajado de no ser porque se daba cuenta de que Helly Anstis se disponía al fin a lanzar su ofensiva.

—Me dio mucha pena enterarme de que Charlotte y tú lo habéis dejado —le dijo.

Él tenía la boca llena, así que recurrió a la mímica para agradecer vagamente su compasión.

—¡Ritchie! —exclamó Helly, risueña, cuando su marido fue a servirle una copa de vino—. ¡No puedo! Estamos esperando otra vez —le confesó a Strike con orgullo, con una mano sobre el vientre.

Él tragó y dijo:

—Enhorabuena.

No se explicaba que pudieran estar tan contentos con la perspectiva de tener otro Timothy u otra Tilly.

Precisamente entonces, el niño volvió a aparecer y anunció que estaba hambriento. Strike lamentó que fuera Anstis quien se levantara de la mesa para ocuparse de él y en cambio Helly se quedara observando a su invitado más allá del tenedor lleno de *boeuf bourguignon* suspendido ante la boca.

—Así que se casa el día cuatro. No quiero ni imaginarme cómo debes de sentirte.

—¿Quién se casa? —preguntó Strike.

—Charlotte —dijo Helly, perpleja.

Por la escalera bajaba, amortiguado, el llanto de su ahijado.

—Charlotte se casa el cuatro de diciembre —insistió Helly, y al comprender que Strike aún no sabía nada, su mirada reveló una emoción incipiente; pero entonces debió de ver algo en la expresión de él que la inquietó—. Bueno, eso he oído... —añadió, y bajó la mirada hacia el plato.

Anstis regresó en ese momento.

—¡Menudo granuja! —se quejó—. Ya le he dicho que si vuelve a levantarse de la cama le voy a calentar el trasero.

—Está nervioso porque ha venido Cormy —lo disculpó Helly, todavía turbada por la rabia que había detectado en Strike.

La carne guisada se había convertido en una masa de goma y polietileno en la boca de Strike. ¿Cómo podía saber Helly Anstis la fecha de la boda de Charlotte? Los Anstis no se movían en los mismos círculos que ella ni que su futuro marido, que (como Strike se odiaba por recordar) era hijo del decimocuarto vizconde de Croy. ¿Qué podía saber Helly Anstis del mundo de clubs privados para caballeros, sastrerías de Savile Row y supermodelos cocainómanas, todas ellas cosas a las que el excelentísimo Jago Ross había sido asiduo toda su vida y en las que había invertido el dinero de su fondo fiduciario? No más de lo que sabía el propio Strike. Charlotte, que se desenvolvía en ese medio como pez en el agua, se había desplazado a una tierra de nadie en el terreno social para estar con el detective, a un lugar donde ninguno de los dos estaba cómodo con la posición social del otro, donde dos normas completamente dispares colisionaban y todo se convertía en una lucha por mantener los puntos de coincidencia.

Timothy volvió a la cocina llorando a pleno pulmón. Esa vez se levantaron su padre y su madre y lo acompañaron a su dormitorio, mientras Strike, casi sin darse cuenta de que lo habían dejado solo, se sumergía en una niebla de recuerdos.

Charlotte era tan voluble que, una vez, uno de sus padrastros intentó que la internaran en un centro. Le costaba tan poco mentir como a otras mujeres respirar; estaba desquiciada. Lo máximo que Strike y ella habían durado juntos sin interrupciones eran dos años; sin embargo, con la misma frecuencia con que se astillaba la confianza del uno en el otro, se sentían de nuevo atraídos, cada vez (o eso creía Strike) más frágiles que antes, pero con el anhelo de volver a estar juntos fortalecido. Durante dieciséis años, Charlotte había desafiado el escepticismo y el desdén de su familia y amigos, y había vuelto una y otra vez con su corpulento, ilegítimo y, más recientemente, discapacitado soldado. Strike habría aconsejado a cualquier amigo suyo que se marchara y no volviera la vista atrás, pero había acabado por considerar a Charlotte como un virus que llevaba en la sangre y que dudaba lograr erradicar algún día; a lo máximo que podía aspirar era a controlar los síntomas. La última ruptura se había producido ocho meses atrás, justo antes de que la prensa se fijara en Strike a raíz del caso Landry. Charlotte le había dicho, por fin, una mentira imperdonable, él la había dejado definitivamente, y ella se había refugiado en un mundo donde los hombres todavía cazaban urogallos y las mujeres guardaban diademas en la caja fuerte familiar; un mundo que ella le había dicho que odiaba, aunque, por lo visto, también eso era mentira.

Los Anstis regresaron sin Timothy pero con Tilly, que sollozaba e hipaba.

—Seguro que te alegras de no tener hijos —comentó Helly, risueña, y se sentó a la mesa con Tilly en la falda.

Strike sonrió sin ganas y no la contradijo.

Sí hubo un hijo: mejor dicho, un fantasma, un proyecto de hijo; y luego, se suponía, un aborto. Charlotte le había dicho que estaba embarazada, no había querido ir al médico, no había sido clara respecto a las fechas, y un buen día anunció que ya no había embarazo, sin ofrecer ninguna prueba de que éste hubiera existido alguna vez. Era una mentira que cualquier hombre habría considerado imperdonable; para Strike era, como ella debía de saber muy bien, la que ponía fin a todas las mentiras y significaba la muerte de cualquier residuo de confianza que hubiera alcanzado a perdurar después de tantos años de mitomanía.

Y se casaba el 4 de diciembre, al cabo de once días. ¿Cómo podía saberlo Helly Anstis?

De pronto, Strike agradecía perversamente los llantos y los berrinches de los dos niños, tan eficaces a la hora de impedir cualquier conversación mientras se comían, de postre, una tarta de ruibarbo con natillas. Luego Anstis le propuso tomarse otra cerveza en su estudio mientras repasaban el informe forense, de lo que Strike se alegró enormemente. Dejaron que Helly, un poco enfurruñada, pues consideraba, por supuesto, que no le había sacado suficiente jugo a Strike, se ocupara de Tilly, que ya estaba muerta de sueño, y de un Timothy que, completamente espabilado e insoportable, acababa de presentarse de nuevo en la cocina para anunciar que había derramado su vaso de agua en la cama.

El estudio de Anstis era una habitación pequeña y forrada de libros a la que se accedía desde el recibidor. El policía le ofreció la silla del ordenador, y él se sentó en un futón viejo. Las cortinas no estaban echadas y el detective veía caer las gotas de lluvia entre la bruma, como motas de polvo, en el halo de luz anaranjada de una farola.

—Dicen los forenses que es el trabajo más difícil que han hecho —empezó Anstis, e inmediatamente Strike le dedicó toda su atención—. Esto es extraoficial, por supuesto. Todavía no lo tenemos todo.

—¿Han podido determinar la causa concreta de la muerte?

—Un golpe en la cabeza —contestó el policía—. Tiene una fractura en el parietal. La muerte pudo no ser instantánea, pero el traumatismo craneoencefálico por sí solo lo habría matado. No han podido determinar si estaba muerto cuando lo abrieron, pero casi con toda seguridad estaba inconsciente.

—Menos mal. ¿Saben si lo ataron antes o después de golpearlo?

—Sobre eso todavía no se han puesto de acuerdo. Debajo de las cuerdas de una muñeca hay cardenales, lo que parece indicar que aún estaba vivo cuando lo ataron, pero no hay nada que muestre si seguía consciente. El problema es que todo ese ácido esparcido por todas partes ha borrado cualquier señal del suelo que pudiera decirnos que hubo resistencia, o que arrastraron el cadáver. Era un tipo alto y grueso...

—Era más fácil moverlo si estaba atado —concedió Strike, y pensó en Leonora, una mujer menuda—, pero estaría bien saber desde qué ángulo lo golpearon.

—Desde arriba, pero, como no sabemos si estaba de pie, sentado o arrodillado...

—Creo que podemos dar por hecho que lo mataron en esa habitación —concluyó Strike, siguiendo su propio razonamiento—. No me imagino a nadie lo bastante fuerte como para subir un cuerpo tan pesado por esa escalera.

—La opinión general es que murió más o menos en el sitio donde encontraste el cadáver. Allí es donde hay mayor concentración de ácido.

—¿Sabes qué clase de ácido era?

—Ah, ¿no te lo he dicho? Ácido clorhídrico.

Strike intentó recordar algo de sus clases de química.

—¿Eso no se usa para galvanizar el acero?

—Sí, entre otras cosas. Es la sustancia más cáustica que se puede comprar legalmente y se emplea en numerosos procesos industriales. También se utiliza como agente limpiador de uso industrial. Lo curioso es que los humanos lo producimos de forma natural, en nuestros jugos gástricos.

Strike, pensativo, tomó un sorbo de cerveza.

—En el libro le echan vitriolo por encima.

—El vitriolo es ácido sulfúrico, y de él se deriva el ácido clorhídrico. Es altamente corrosivo para los tejidos humanos, como pudiste comprobar.

—¿De dónde demonios sacó el asesino tal cantidad de ese producto?

—Aunque te cueste creerlo, por lo visto ya estaba en la casa.

—¿Qué demonios...?

—Todavía no hemos encontrado a nadie que sepa decírnoslo. En el suelo de la cocina había varios recipientes de cuatro litros, vacíos, y más recipientes iguales, polvorientos, en un armario debajo de la escalera, llenos y sin abrir. Proceden de una empresa de productos químicos industriales de Birmingham. Los que estaban vacíos tenían unas marcas que parecían huellas de manos enguantadas.

—Muy interesante —dijo Strike, rascándose la barbilla.

—Aún no hemos averiguado cómo ni cuándo los compraron.

—¿Y el objeto contundente con que le rompieron el cráneo?

—En el taller hay un tope para puertas anticuado, de hierro macizo, con forma de plancha y con un asa: casi con toda seguridad, fue con eso. Encaja con la hendidura del cráneo. Está rociado con ácido clorhídrico, como casi todo lo demás.

—¿Y qué se sabe de la hora de la muerte?

—Bueno, sí, eso es lo más complicado. El entomólogo no quiere comprometerse, dice que el estado en que se encuentra el cadáver desbarata todos los cálculos. Los gases que despide el ácido clorhídrico, para empezar, debieron de ahuyentar a los insectos durante cierto tiempo, de modo que no se puede calcular la hora de la muerte a partir de la infestación. Ninguna moscarda que se precie pondría huevos en ácido. Encontramos un par de gusanos en partes del cuerpo que no habían sido rociadas, pero no se produjo la infestación habitual.

»Por otro lado, la calefacción estaba al máximo, así que el cadáver podría haberse descompuesto un poco más deprisa de lo que sería normal con este clima. Pero el ácido clorhídrico debió de alterar el proceso de descomposición. Hay partes del cuerpo que están quemadas hasta el hueso.

»El factor decisivo serían los intestinos, la última comida, etcétera, pero no queda ni rastro del aparato digestivo. Por lo visto, las tripas se las llevó el asesino —continuó Anstis—. Nunca había visto nada igual, ¿y tú? Kilos de intestino extirpados.

—No, para mí también es una novedad.

—En resumidas cuentas: los forenses se niegan a comprometerse estableciendo un marco temporal y se limitan a decir que lleva al menos diez días muerto. He hablado en privado con Underhill, que es el mejor del equipo, y me ha dicho, de forma extraoficial, que en su opinión Quine lleva muerto un par de semanas. Creen, sin embargo, que incluso cuando dispongan de todos los datos, las pruebas serán lo suficientemente equívocas como para dar mucho margen de maniobra a la defensa.

—¿Y el análisis farmacológico? —preguntó Strike, y volvió a pensar en la corpulencia de Quine y en la dificultad de manejar un cuerpo tan grande.

—Bueno, es posible que estuviera drogado —concedió Anstis—. Todavía no tenemos los resultados de los análisis de sangre, y también estamos analizando el contenido de las botellas de la cocina. Pero... —Se terminó la cerveza y con un floreo dejó el vaso en la mesa—. Cabe la posibilidad de que Quine facilitara las cosas al asesino de otra manera. Le gustaba que lo ataran. Ya me entiendes, juegos sexuales.

—¿Cómo lo sabes?

—Por la amante —contestó Anstis—. Kathryn Kent.

—¿Has hablado con ella?

—Sí. Hemos encontrado a un taxista que recogió a Quine a las nueve en punto el día cinco, a un par de calles de su casa, y lo dejó en Lillie Road.

—Justo al lado de Stafford Cripps House —dijo Strike—. Así que fue directamente de Leonora a la amante, ¿no?

—No, no exactamente. Kent estaba fuera, había ido a visitar a una hermana suya que estaba muriéndose; lo hemos comprobado: pasó la noche en la residencia. Dice que llevaba un mes sin verlo, pero lo curioso es que no tuvo ningún reparo en hablar de su vida sexual.

—¿Le pediste detalles?

—Tuve la impresión de que creía que sabíamos más de lo que en realidad sabemos. Me los dio ella sin insistir mucho.

—Eso da que pensar —dijo Strike—. A mí me dijo que no había leído *Bombyx Mori*...

—A nosotros también.

—... pero, en el libro, su personaje ata al héroe y lo agrede. A lo mejor Kathryn Kent pretendía dejar constancia de que ella ata a la gente para tener relaciones sexuales, y no para torturar ni matar. ¿Y la copia del manuscrito que, según Leonora, Quine se llevó con él? ¿Todas las notas y las cintas de esa máquina de escribir vieja? ¿Han aparecido?

—No. Hasta que descubramos si Quine estuvo en algún otro sitio antes de ir a Talgarth Road, supondremos que todo eso se lo llevó el asesino. En la casa no había nada, excepto un poco de comida y bebida en la cocina, y un colchón de camping y un saco de dormir en un dormitorio. Por lo visto, Quine dormía allí. También habían echado ácido clorhídrico en esa habitación, incluso por encima de la cama de Quine.

—¿No hay huellas dactilares? ¿Pisadas? ¿Pelos, barro?

—No, nada. Todavía tenemos a gente trabajando en la casa, pero el ácido lo ha borrado todo. Nuestros hombres han de usar mascarilla para que los vapores no les destrocen la garganta.

—¿Alguien, aparte de ese taxista, ha admitido haber visto a Quine después de su desaparición?

—No, nadie lo vio entrar en Talgarth Road, pero la vecina del número ciento ochenta y tres jura haber visto salir a Quine de la casa a las dos de la madrugada del día seis. La vecina regresaba después de asistir a una fiesta de la noche de las hogueras.

—Estaba oscuro y ella estaba dos puertas más allá... ¿Qué vio, exactamente?

—La silueta de una figura alta, con capa y una bolsa de viaje.

—Una bolsa de viaje —repitió Strike.

—Así es.

—¿Se metió la figura con la capa en un coche?

—No, se alejó caminando hasta perderse de vista, aunque evidentemente cabe la posibilidad de que hubiera un coche aparcado a la vuelta de la esquina.

—¿Alguien más?

—Un vejete de Putney jura haber visto a Quine el día ocho. Llamó a la comisaría de su barrio y lo describió con mucho detalle.

—¿Qué hacía Quine?

—Comprar libros en Bridlington, la librería donde trabaja ese tipo.

—¿Es un testigo de fiar?

—Bueno, es mayor, pero afirma que recuerda qué compró Quine, y la descripción física es correcta. También tenemos a una mujer que vive en los pisos de enfrente del escenario del crimen y afirma haberse cruzado con Michael Fancourt delante de la casa, también el día ocho por la mañana. Es ese escritor cabezudo, ¿lo conoces? Es famoso.

—Sí, ya sé.

—La testigo dice que volvió la cabeza y se quedó mirándolo porque lo había reconocido.

—Y él... ¿sólo pasaba por delante de la casa?

—Eso afirma la mujer.

—¿Alguien ha hablado con Fancourt para comprobarlo?

—Está en Alemania, pero dice que no tiene inconveniente en colaborar con nosotros cuando vuelva. Su agente nos ha dado todo tipo de facilidades.

—¿Alguna otra actividad sospechosa cerca de Talgarth Road? ¿Hay imágenes de cámaras de vídeo?

—La única cámara que hay está enfocada de tal modo que no aparece la casa, sólo se ve el tráfico. Pero me estaba guardando lo mejor para el final: tenemos a otro vecino, de la otra acera, cuatro puertas más abajo, que asegura haber visto a una mujer gorda con burka entrando en la casa la tarde del día cuatro, con una bolsa de plástico de comida *halal* para llevar. Dice que se fijó porque la casa llevaba mucho tiempo vacía. Según él, la mujer estuvo una hora dentro y luego se marchó.

—¿Y está seguro de que era la casa de Quine?

—Eso dice.

—¿Y la mujer tenía llave?

—Por lo visto, sí.

—Un burka —repitió Strike—. Hay que joderse.

—Yo no me fiaría mucho de su vista; lleva unas gafas con los cristales muy gruesos. Me dijo que no sabía que en su calle viviera ningún musulmán y que por eso le llamó la atención.

—Así que, al parecer, Quine fue visto dos veces desde que dejó a su mujer: el día seis de madrugada, y el ocho, en Putney.

—Sí —confirmó Anstis—, pero yo no pondría demasiadas esperanzas en ninguna de las dos informaciones, Bob.

—Crees que murió la misma noche de su desaparición —dijo Strike; no era tanto una pregunta como una afirmación, y el policía hizo una señal afirmativa con la cabeza.

—Underhill también lo cree.

—¿No hay rastro del cuchillo?

—No, nada. El único cuchillo que había en la cocina estaba muy desafilado, uno normal y corriente. Desde luego, no habría servido para esa tarea.

—¿Quién tiene llave de la casa, que nosotros sepamos?

—Tu clienta —respondió Anstis—, evidentemente. Quine también debía de tener una. Fancourt tiene dos, nos lo dijo por teléfono. Los Quine le prestaron una a su agente, que se encargó de supervisar unas reparaciones; ella asegura que la devolvió. Y el vecino de al lado tiene otra para poder entrar si pasa algo.

—¿Y no se le ocurrió entrar cuando empezó a oler tan mal?

—El vecino del otro lado sí pasó una nota por debajo de la puerta para quejarse del olor, pero el que tiene la llave se marchó hace dos semanas para pasar dos meses en Nueva Zelanda. Hemos hablado por teléfono con él. La última vez que entró en la casa fue en mayo: recogió un par de paquetes mientras trabajaban allí unos operarios y los dejó en el recibidor. La señora Quine no ha sabido precisar a quién más podrían haberle prestado una llave a lo largo de los años.

»Un poco rara la señora Quine, ¿no? —aprovechó para añadir Anstis.

—No lo había pensado —mintió Strike.

—¿Sabías que los vecinos la oyeron perseguir a Quine la noche en que desapareció?

—No, no lo sabía.

—Pues sí. Salió de la casa corriendo detrás de él y chillando. Los vecinos dicen que gritaba: «¡Sé adónde vas, Owen!» —Anstis observaba con atención a Strike.

—Bueno, ella creía saberlo —dijo éste, encogiéndose de hombros—. Creía que iba a Bigley Hall, un retiro para escritores del que le había hablado Christian Fisher.

—Se niega a salir de la casa.

—Tiene una hija con discapacidad mental que nunca ha dormido en ningún otro sitio. ¿Puedes imaginarte a Leonora maniatando a Quine?

—No —admitió Anstis—, pero sabemos que le ponía cachondo que lo ataran, y dudo que después de treinta y tantos años de matrimonio ella no lo supiera.

—¿Crees que discutieron, que ella lo siguió y le propuso practicar un poco de *bondage*?

Anstis rió un poco de forma testimonial y dijo:

—Las cosas no pintan nada bien para ella, Bob. Una esposa furiosa con llave de la casa, acceso temprano al manuscrito, móvil de sobra si sabía lo de la amante, y más si se había planteado la posibilidad de que Quine las dejara a ella y a su hija para irse con Kent. Que cuando dijo «Sé adónde vas» se refiriera a ese retiro para escritores y no a la casa de Talgarth Road lo dice ella.

—Visto así, parece convincente —reconoció Strike.

—Pero tú no crees que haya sido ella.

—Es mi clienta. Me paga para que se me ocurran alternativas.

—¿Te ha dicho dónde trabajaba? —le preguntó Anstis con aire de quien se dispone a sacarse un as de la manga—. ¿Cuando vivía en Hay-on-Wye, antes de casarse?

—No —respondió Strike con cierta aprensión.

—En la carnicería de su tío.

El detective oyó a Timothy Cormoran Anstis al otro lado de la puerta del estudio: bajaba ruidosamente la escalera, chillando como un condenado por alguna nueva frustración. Por primera vez desde que lo conocía, sintió verdadera empatía por el crío.

24

Todas las personas distinguidas mienten. Además, vos sois una mujer; no debéis decir jamás
lo que pensáis...

WILLIAM CONGREVE, *Love for Love*

Esa noche, Strike tuvo sueños extraños y desagradables, alimen-
tados por el consumo de Doom Bar y las conversaciones sobre
sangre, ácido y moscardas.

Charlotte estaba a punto de casarse, y Strike corría hacia
una fantasmagórica catedral gótica; corría con dos piernas enteras y completamente operativas, porque sabía que ella acababa de dar a luz a un hijo suyo y tenía que verlo, tenía que salvar-
lo. Y allí estaba, en aquel espacio inmenso, oscuro y vacío, sola
ante el altar, embutida en un vestido de noche de color rojo
sangre; y en otro sitio, fuera del alcance de su mirada, quizá en
una fría sacristía, yacía su bebé, desnudo, desvalido y abandonado.

—¿Dónde está? —preguntaba Strike.

—No lo verás. Tú no lo querías. Además, tiene algún problema —decía ella.

Él temía lo que podía ver si iba a buscar al bebé. El novio
de Charlotte no aparecía por ninguna parte, pero ella estaba
preparada para la boda, con el rostro oculto tras un tupido velo
escarlata.

—Déjalo, es horrible —decía ella con frialdad; lo apartaba
y, sola, se alejaba del altar y recorría el pasillo hacia el lejano

portal—. ¡Seguro que lo tocarías! —le gritaba por encima del hombro—. No quiero que lo toques. Ya lo verás cuando sea el momento. Habrá que anunciarlo —añadía, y su voz iba desvaneciéndose mientras ella se convertía en un destello rojo que danzaba en el arco de luz que entraba por la puerta abierta— en los periódicos...

De pronto, se despertó en la penumbra de la mañana. Tenía la boca seca y le dolía la rodilla pese a haber descansado toda la noche, lo que no presagiaba nada bueno.

Esa noche, el invierno había descendido sobre Londres como un glaciar. La cara exterior de la ventana del ático estaba helada, y en las habitaciones, con las puertas y ventanas mal ajustadas y sin ningún aislamiento bajo el tejado, la temperatura había caído en picado.

Strike se levantó y cogió un jersey que había dejado a los pies de la cama. Cuando se disponía a encajarse la prótesis vio que, como consecuencia de aquel viaje de ida y vuelta a Greenwich, tenía la rodilla hinchadísima. El agua de la ducha tardaba más de la cuenta en calentarse; Strike subió el termostato, pues no quería ni pensar en el frío que pasaría si se congelaban los desagües y reventaba alguna tubería, ni en la factura del fontanero. Después de secarse, buscó sus viejas vendas de deporte en la caja correspondiente del rellano para vendarse la rodilla.

Ya sabía, ahora sí, cómo se había enterado Helly Anstis de los planes de boda de Charlotte. Parecía que se hubiera pasado toda la noche dándole vueltas de lo claro que lo tenía. Era tan estúpido que no se le había ocurrido antes, pero su subconsciente ya lo sabía.

Una vez duchado, vestido y desayunado, bajó a la oficina. Echó un vistazo por la ventana de su despacho y vio que aquel frío cortante había disuadido al grupito de periodistas que el día anterior habían esperado en vano su regreso. La aguanieve tamborileaba en los cristales cuando salió a la recepción y se acercó al ordenador de Robin. Allí, en el motor de búsqueda, tecleó: «charlotte campbell jago ross boda».

Los resultados aparecieron con una rapidez despiadada.

Tatler, diciembre de 2010: Charlotte Campbell, la protagonista de nuestra portada, habla de su boda con el futuro vizconde de Croy...

—*Tatler*—dijo Strike en voz alta.

Si conocía la existencia de esa revista, era sólo porque sus páginas de sociedad estaban llenas de amigos de Charlotte. A veces, ella la compraba y se ponía a leerla ostentosamente delante de Strike, haciendo comentarios sobre hombres con los que se había acostado alguna vez o a cuyas fiestas en mansiones había asistido.

Y ahora Charlotte era la chica de portada del número de Navidad.

Incluso vendada, su rodilla protestó al tener que soportar su peso por la escalera metálica y salir a la calle bajo la aguanieve. Ante el mostrador del quiosco se había formado una cola matutina. Strike echó un vistazo, con calma, al estante de las revistas: estrellas de telenovela en las baratas y estrellas de cine en las caras; los ejemplares de diciembre estaban casi agotados, pese a que aún no había terminado noviembre. Emma Watson vestida de blanco en la portada de *Vogue* («Número dedicado a las superestrellas»); Rihanna, de rosa, en *Marie Claire* («Número dedicado al glamur»); y en la de *Tatler*...

El cutis claro y perfecto, el pelo negro apartado de la cara, los pómulos marcados y los grandes ojos color avellana, moteados como una manzana reineta. Dos diamantes enormes colgando de los lóbulos de las orejas y un tercero en la mano, suavemente apoyada en la mejilla. Un martillazo sordo en el corazón, absorbido sin el más leve signo externo. Strike cogió la revista (la última que quedaba en el estante), pagó y volvió a Denmark Street.

Eran las nueve menos veinte. Se encerró en su despacho, se sentó a la mesa y se puso la revista delante.

¡IN-CROY-BLE! Charlotte Campbell, de adolescente rebelde a futura vizcondesa.

El titular estaba superpuesto en el cuello de cisne de Charlotte.

Era la primera vez que Strike la miraba desde que en aquel mismo despacho ella le había clavado las uñas en la cara y había huido de él para refugiarse en los brazos del excelentísimo Jago Ross. Supuso que debían de retocar todas las fotografías. El cutis de Charlotte no podía ser tan impecable, ni el blanco de sus ojos tan puro; pero no habían exagerado nada más: ni su exquisita estructura ósea ni el tamaño del diamante que llevaba en el dedo (de eso estaba seguro).

Con calma, buscó el sumario y a continuación el artículo de las páginas interiores. Había una fotografía a doble página de Charlotte, muy delgada, con un vestido plateado largo hasta el suelo, plantada en medio de una larga galería con tapices en las paredes, y, a su lado, apoyado en una mesa de juego y con aire de zorro ártico disoluto, aparecía Jago Ross. Más fotografías en las páginas siguientes: Charlotte sentada en una cama antigua con dosel, riendo con la cabeza echada hacia atrás y la blanca columna de su cuello surgiendo de la blusa impecable de color marfil; Charlotte y Jago con vaqueros y botas de goma, paseando cogidos de la mano por el parque frente a su futura casa, con dos jack russell detrás; Charlotte despeinada en el torreón del castillo, mirando por encima del hombro cubierto con el tartán del clan del vizconde.

Sin duda, Helly Anstis había considerado que esas cuatro libras estaban muy bien empleadas.

El 4 de diciembre de este año, en la capilla del siglo XVII del Castillo de Croy (NUNCA «palacete de Croy»: a la familia no le gusta esa denominación), se celebrará la primera boda en más de un siglo. Charlotte Campbell, la imponente hija de Tula Clermont, *it girl* de los años sesenta, y del presentador y teórico de la telecomunicación Anthony Campbell, contraerá matrimonio con el excelentísimo Jago Ross, heredero del castillo y de los títulos de su padre, entre los cuales el principal es el de vizconde de Croy.

La futura vizcondesa ha suscitado cierta polémica tras conocerse su inminente incorporación a la familia Ross de Croy, pero Jago desmiente entre risas que haya nadie de los suyos que no esté encantado de acoger a la ex adolescente rebelde en el seno de su aristocrática familia escocesa.

«La verdad es que mi madre siempre abrigó esperanzas de que nos casáramos —explica—. Fuimos novios en Oxford, pero supongo que éramos demasiado jóvenes... Volvimos a encontrarnos en Londres... Ambos acabábamos de poner fin a sendas relaciones...»

¿Ah, sí? —pensó Strike—. *¿Ambos acababais de poner fin a sendas relaciones? ¿O estabas follándotela al mismo tiempo que yo, y ella no sabía de cuál de los dos era el hijo que temía llevar en el vientre? Cambió las fechas para cubrir cualquier eventualidad, para mantener abiertas todas las posibilidades...*

[...] saltó a los titulares en su juventud al desaparecer de Bedales durante siete días, lo que puso en marcha una búsqueda a nivel nacional [...] ingresada en un programa de desintoxicación a los veinticinco años [...]

«Todo eso es agua pasada. Hay que mirar hacia delante —dice Charlotte alegremente—. He tenido una juventud muy divertida, pero ha llegado el momento de sentar la cabeza y, para ser sincera, ya era hora.»

¿Divertida? ¿En serio? —le preguntó Strike a su deslumbrante retrato—. *¿Fue divertido subirte a aquel tejado y amenazar con tirarte? ¿Fue divertido llamarme desde aquel hospital psiquiátrico y suplicarme que te sacara de allí?*

Ross, recién salido de un divorcio complicado que ha tenido muy ocupados a los columnistas de cotilleos [...] «Ojalá hubiéramos podido llegar a un acuerdo sin que intervinieran los abogados», dice [...] «¡Estoy deseando convertirme en madrastra!», afirma Charlotte, radiante [...]

(«Si tengo que pasar una noche más con los mocosos de los Anstis, Corm, te juro por Dios que le rompo la crisma a uno.»

Y en el jardín trasero de la casa de Lucy, viendo jugar al fútbol a los sobrinos de Strike: «¿Por qué son tan capullos estos niños?» La cara de Lucy cuando lo oyó...)

Y su nombre (lo vio enseguida, como si hubiera saltado de la página):

> [...] incluida una sorprendente aventura con el hijo mayor de Jonny Rokeby, Cormoran Strike, quien el año pasado saltó a los titulares [...]

«...una sorprendente aventura con el hijo mayor de Jonny Rokeby...»

«...el hijo mayor de Jonny Rokeby...»

Cerró la revista con un brusco movimiento reflejo y la tiró a la papelera.

Dieciséis años, con varias interrupciones. Dieciséis años de tortura, locura y momentos de éxtasis esporádicos. Y entonces (después de que ella lo abandonara muchas veces y se arrojara a los brazos de otros hombres como otras mujeres se arrojaban a la vía del tren) él la había abandonado a ella. Al hacerlo, había pasado el Rubicón, y eso era imperdonable, porque se suponía que él debía mantenerse siempre firme como una roca para que ella pudiera dejarlo y regresar a su antojo; no debía pestañear, ni rechistar, ni desistir. Pero la noche en que Strike le exigió a Charlotte que le aclarara aquella maraña de embustes que le había contado sobre el embarazo, la noche en que ella se puso histérica y furiosa, Strike dio el paso definitivo y salió por la puerta, y tras él, un cenicero volando.

Todavía tenía el ojo morado cuando ella anunció su compromiso con Ross. Había tardado apenas tres semanas, porque sólo conocía una forma de reaccionar al dolor: herir tan intensamente como fuera posible al ofensor, sin pensar en las consecuencias que eso pudiera acarrearle a ella. Y en el fondo, por mucho que sus amigos consideraran que se pasaba de arrogante, él sabía que las fotografías de *Tatler* y la descalificación de su relación con él en los términos que más daño podían hacerle a Strike (le parecía oírla deletreándoselo a la revista de sociedad:

«es hijo de Jonny Rokeby»), o lo del puto Castillo de Croy... todo eso, todo, lo hacía sólo para herirlo, porque quería que él lo viera, se arrepintiera y se compadeciera. Ella sabía muy bien dónde estaba metiéndose; le había hablado a Strike del alcoholismo y la violencia mal disimulados de Ross, de los que ella tenía conocimiento a través de la red de cotilleos de la alta sociedad, que la había mantenido informada a lo largo de tantos años. Recordaba a Charlotte riéndose, contenta de haberse salvado de milagro. Riéndose.

Autoinmolación en traje de gala. «Mira cómo ardo, Bluey.» Faltaban diez días para la boda, y si de algo había estado seguro Strike alguna vez en su vida era de que si llamaba en ese preciso momento a Charlotte y le proponía «Escápate conmigo», ella aceptaría, incluso después de aquellas escenas tan desagradables, de las cosas horribles que ella le había llamado, de las mentiras, el caos y las toneladas de basura bajo las que su relación había acabado quebrándose. Huir era su razón de ser, y él siempre había sido su destino favorito, la libertad y la seguridad combinadas; se lo había dicho en repetidas ocasiones después de peleas en las que, si las heridas emocionales mataran, ambos serían ya cadáveres: «Te necesito. Lo eres todo para mí, ya lo sabes. Eres el único con quien me he sentido segura, Bluey.»

Oyó abrirse y cerrarse la puerta de vidrio que daba al rellano y los ruidos familiares de Robin, quitándose la gabardina y llenando el hervidor de agua, que anunciaban su presencia en la oficina.

El trabajo siempre había sido la salvación de Strike. Charlotte odiaba la facilidad con que él pasaba de escenas violentas y descabelladas, de las lágrimas de ella, sus súplicas y sus amenazas, a sumergirse por completo en un caso. Nunca había logrado impedirle que se pusiera el uniforme y volviera al trabajo, nunca había conseguido obligarlo a dejar una investigación. Deploraba su lealtad al Ejército, su concentración, su capacidad para ahuyentarla de su pensamiento; lo interpretaba como una traición, un abandono.

De pronto, esa fría mañana de invierno, sentado en su despacho con la fotografía de Charlotte en la papelera, a su lado,

Strike lamentaba no tener órdenes que cumplir, un caso en el extranjero, la obligación de pasar una temporada en otro continente. Estaba harto de perseguir a maridos y novias infieles, y de meterse en los mezquinos litigios de empresarios deshonestos. Sólo había una cosa comparable con Charlotte por la fascinación que ejercía sobre él: la investigación de una muerte violenta.

—Buenos días —dijo al salir a la recepción, donde Robin ya preparaba dos tazas de té—. Tendremos que tomárnoslo deprisa. Salimos.

—¿Adónde? —preguntó ella, sorprendida; vio resbalar por los cristales de las ventanas la aguanieve que, hacía sólo un momento, le había azotado la cara cuando se apresuraba por las aceras resbaladizas, ansiosa por entrar en el edificio.

—Tengo cosas que hacer relacionadas con el caso Quine.

Era mentira. La policía se había apoderado del caso; ¿qué podía hacer él que no estuvieran haciendo ellos, y mejor? Y sin embargo, en el fondo sabía que Anstis carecía del olfato para lo raro y lo retorcido que en esta ocasión iba a hacer falta para dar con el asesino.

—Tienes a Caroline Ingles a las diez.

—Mierda. Bueno, lo aplazaré. Resulta que los forenses calculan que Quine murió muy poco después de desaparecer.

Bebió un sorbo de té, fuerte y caliente. Hacía tiempo que Robin no lo veía tan decidido.

—Eso nos lleva a centrar nuestra atención en las primeras personas que tuvieron acceso al manuscrito. Quiero averiguar dónde vive cada una, y si viven solas. Luego echaremos un vistazo a sus casas. Veremos si habría sido difícil entrar y salir cargado con una bolsa llena de intestinos. Y si disponen de algún sitio donde enterrar o quemar pruebas.

No era gran cosa, pero era lo único que podía hacer ese día, y estaba ansioso por hacer algo.

—Vienes conmigo —añadió—. A ti se te dan muy bien estas cosas.

—Ah, ¿quieres que haga de Watson? —preguntó ella, fingiendo indiferencia. La rabia con que había salido del Cambridge el día anterior aún no se había consumido del todo—. Podemos ver las casas en internet. Basta con buscarlas en Google Earth.

—Eso, buena idea —replicó Strike—. ¿Para qué inspeccionarlas in situ si podemos mirar fotografías antiguas?

—No, si a mí no me importa... —dijo ella, dolida.

—Muy bien. Voy a cancelar la cita con Ingles. Mientras, busca en internet las direcciones de Christian Fisher, Elizabeth Tassel, Daniel Chard, Jerry Waldegrave y Michael Fancourt. Nos acercaremos a Clem Attlee Court y echaremos otro vistazo pensando también en la ocultación de pruebas; por lo que vi a oscuras, había muchos cubos de basura y matorrales. Ah, y llama a la librería Bridlington de Putney. Me gustaría hablar con ese anciano que asegura haber visto a Quine allí el día ocho.

Volvió a entrar en su despacho, y Robin se sentó frente a su ordenador. La bufanda que acababa de colgar todavía goteaba en el suelo, pero no le importaba. El recuerdo del cadáver mutilado de Quine seguía persiguiéndola, pero la dominaba el impulso (que ocultaba a Matthew como si se tratara de un secreto imperdonable o vergonzoso) de averiguar más cosas, de averiguarlo todo.

Lo que la enfurecía era que Strike, precisamente el más capacitado para entenderlo, no viera en ella lo mismo que ardía en él de forma tan evidente.

25

Así sucede cuando un hombre es ignorante y servi-
cial, presta servicios sin saber la razón...

BEN JONSON, *Epicoene, or The Silent Woman*

Salieron de la oficina y, de pronto, empezaron a caer livianos copos de nieve. Robin había anotado en su teléfono varias direcciones sacadas de un directorio en internet. Strike quería empezar por volver a Talgarth Road, así que ella le mostró los resultados de sus búsquedas en el teléfono mientras viajaban de pie en un vagón de metro que, hacia el final de la hora punta, iba lleno pero no abarrotado. El olor a lana mojada, suciedad y Gore-Tex les impregnaba la nariz mientras hablaban, sujetándose a la misma barra que tres mochileros italianos de aspecto atribulado.

—El anciano de la librería está de vacaciones —dijo Robin—. Vuelve el lunes que viene.

—Vale, pues lo dejamos para más adelante. ¿Qué hay de nuestros sospechosos?

Ella arqueó una ceja al oír esa palabra, pero contestó:

—Christian Fisher vive en Camden con una mujer de treinta y dos años. ¿Crees que será su novia?

—Es probable. Y eso es un inconveniente. Nuestro asesino necesitaba paz y tranquilidad para deshacerse de la ropa manchada de sangre, por no mencionar los intestinos humanos. Busco un sitio en el que se pueda entrar y salir sin ser visto.

—Bueno, he encontrado fotografías del edificio en Google Street View —dijo Robin, un tanto desafiante—. El piso comparte entrada con otros tres.

—Y está lejísimos de Talgarth Road.

—Pero en realidad tú no crees que haya sido Christian Fisher, ¿verdad? —preguntó Robin.

—Me sorprendería mucho —admitió Strike—. Apenas conocía a Quine, y no aparece en el libro. Lo dudo.

Se apearon en Holborn, y Robin, muy diplomática, redujo el paso para adaptarse al de Strike, sin hacer comentarios sobre su cojera ni sobre cómo utilizaba la parte superior del cuerpo para impulsarse hacia delante.

—¿Y Elizabeth Tassel? —preguntó él, mientras andaban.

—Vive sola, en Fulham Palace Road.

—Muy bien. Vayamos a echar un vistazo, a ver si tiene parterres de flores recientemente cavados.

—¿De todo eso no se encarga la policía? —preguntó Robin.

Strike frunció el ceño. Para nada se le escapaba que él era un chacal que merodeaba por la periferia del caso, con la esperanza de que los leones se olvidaran algún trocito de carne en algún hueso pequeño.

—Puede que sí —dijo— y puede que no. Anstis cree que lo hizo Leonora, y no cambia de opinión con facilidad; me consta, trabajé con él en un caso en Afganistán. Por cierto, hablando de Leonora —añadió como de pasada—, Anstis ha descubierto que trabajó en una carnicería.

—Mierda —dijo Robin.

Strike sonrió. En momentos de tensión, a Robin se le notaba más el acento de Yorkshire.

Tomaron un tren de la línea de Piccadilly, que iba mucho más vacío, hasta Barons Court; Strike, aliviado, se dejó caer en un asiento.

—Jerry Waldegrave vive con su mujer, ¿no? —le preguntó a Robin.

—Sí, suponiendo que se llame Fenella. En Hazlitt Road, Kensington. En el sótano vive una tal Joanna Waldegrave...

—Es su hija —se adelantó Strike—. Una novelista en ciernes. Estaba en la fiesta de Roper Chard. ¿Y Daniel Chard?

—En Sussex Street, Pimlico, con una pareja: Nenita y Manny Ramos.

—Con esos nombres han de ser empleados domésticos.

—Y también tiene una casa en Devon: Tithebarn House.

—Que debe de ser donde está ahora atrapado con la pierna rota.

—Fancourt no sale en el directorio —terminó Robin—, pero en internet hay muchísima información biográfica sobre él. Tiene una casa isabelina en las afueras de Chew Magna. Se llama Endsor Court.

—¿Chew Magna?

—Está en Somerset. Vive allí con su tercera esposa.

—Nos queda un poco lejos para ir hoy —dijo Strike, contrariado—. ¿No tiene ningún apartamento de soltero cerca de Talgarth Road donde haya podido guardar tripas en el congelador?

—Que yo sepa, no.

—Entonces, ¿dónde se quedaba a dormir cuando venía a visitar el escenario del crimen? ¿O tenía que ir y volver el mismo día cada vez que se ponía nostálgico?

—Suponiendo que haya sido él.

—Sí, suponiendo que haya sido él. Y también está Kathryn Kent. Bueno, sabemos dónde vive y que vive sola. Según Anstis, a Quine lo dejó un taxi cerca de su casa la noche del día cinco, pero ella no estaba. A lo mejor el autor no se acordó de que Kathryn había ido a visitar a su hermana —caviló Strike—, y a lo mejor, al no encontrarla, se fue a Talgarth Road. Ella pudo volver de la residencia y encontrarse con él allí. Después iremos a echar un vistazo a su casa.

Mientras viajaban hacia el oeste, Strike le contó a Robin que había varios testigos que aseguraban haber visto a una mujer con burka entrando en la casa el 4 de noviembre, y a Quine saliendo a primera hora del día 6.

—Pero uno de los dos, o ambos, podrían equivocarse o mentir —concluyó.

—Una mujer con burka. ¿Crees que ese vecino podría ser un islamófobo chiflado? —preguntó Robin tímidamente.

Trabajando para Strike había descubierto la variedad y la intensidad de las fobias y los rencores que hasta entonces ella ignoraba que podía albergar la gente. La oleada de publicidad posterior a la solución del caso Landry había hecho llegar a la mesa de Robin varias cartas cuyo contenido iba de lo chistoso a lo inquietante.

Estaba el hombre que le suplicaba a Strike que dedicara su talento, evidentemente considerable, a investigar el monopolio ejercido por la comunidad judía internacional sobre el sistema bancario mundial, un servicio por el que lamentaba no poder pagarle, pero por el que no tenía ninguna duda de que el detective recibiría un amplio reconocimiento. Una joven le había escrito una carta de doce páginas desde la planta de alta seguridad de un psiquiátrico para rogarle que la ayudara a demostrar que todos los miembros de su familia habían desaparecido y habían sido sustituidos por impostores idénticos. Otro corresponsal (desconocía si hombre o mujer) le pedía a Strike que lo ayudara a desenmascarar una campaña nacional de vejaciones satánicas que le constaba que estaba llevándose a cabo a través de las oficinas del Servicio de Atención al Ciudadano.

—Podrían ser unos chiflados —concedió él—. A los chiflados les encantan los asesinatos. A lo mejor es sólo porque si dicen tener información de un asesinato, les hacen caso.

Una joven que llevaba hiyab los observaba desde uno de los asientos de enfrente. Tenía unos ojos enormes y dulces, de un castaño brillante.

—Suponiendo que sea cierto que el día cuatro alguien entró en la casa, debo admitir que ponerse un burka es una forma estupenda de entrar y salir sin ser reconocido. ¿Se te ocurre alguna otra forma de ocultar por completo la cara y el cuerpo sin suscitar recelos?

—Llevaba una bolsa de comida, ¿no? Comida *halal*.

—Se supone que sí. ¿Sería *halal* la última comida de Quine? ¿Por eso se llevó las tripas el asesino?

—Y a esa mujer...

—También podría ser un hombre.

—...¿no la vieron salir de la casa al cabo de una hora?

—Eso dijo Anstis.

—Entonces, ¿no se quedó escondida esperando a Quine?

—No, pero a lo mejor se entretuvo allí poniendo la mesa —dijo Strike, y Robin hizo una mueca.

La joven del hiyab se apeó en Gloucester Road.

—Me extrañaría mucho que hubiera cámaras de televisión en una librería —se lamentó Robin.

Desde el caso Landry, le interesaban mucho las cámaras de circuito cerrado de televisión.

—Si las hubiera, Anstis lo habría comentado —concedió Strike.

Salieron del metro en Barons Court. Nevaba otra vez. Strike guió a Robin hacia Talgarth Road; ambos iban con los ojos entornados para protegerse de aquellos copos esponjosos. El detective volvió a echar de menos su bastón. Cuando le dieron el alta del hospital, Charlotte le había regalado uno antiguo de caña, muy elegante, que supuestamente había pertenecido a un abuelo suyo. El bastón, muy bonito, era demasiado corto para Strike y lo obligaba a inclinarse hacia la derecha al caminar. Sin embargo, cuando Charlotte le preparó los objetos personales para que se los llevara de su piso, no incluyó el bastón.

En cuanto se acercaron a la casa, se dieron cuenta de que los forenses todavía estaban trabajando en el número 179. La entrada estaba acordonada con cinta policial, y fuera había una mujer policía montando guardia, con los brazos cruzados para defenderse del frío. Al verlos acercarse volvió la cabeza; miró fijamente a Strike y entornó los ojos.

—Señor Strike —lo saludó con brusquedad.

En el umbral había un agente de paisano pelirrojo hablando con alguien que estaba dentro de la casa; se volvió rápidamente, vio al detective y se apresuró a bajar los resbaladizos escalones.

—Buenos días —lo saludó Strike con desenvoltura.

Robin se debatía entre la admiración por su descaro y el temor, pues sentía un respeto innato por los representantes de la ley.

—¿Qué hace otra vez aquí, señor Strike? —preguntó en tono empalagoso el policía pelirrojo. Miró de arriba abajo a Robin, de una forma que ella encontró vagamente ofensiva—. No puede entrar en esta casa.

—Lástima —replicó Strike—. Entonces tendremos que contentarnos con pasear por el perímetro.

Sin prestar atención a los agentes, que observaban cada uno de sus movimientos, el detective pasó cojeando a su lado, fue hasta el número 183, abrió la cancela y se acercó a los escalones de la puerta. A Robin no se le ocurrió otra cosa que seguirlo; lo hizo con timidez, consciente de las miradas clavadas en su espalda.

—¿Qué estamos haciendo? —murmuró cuando llegaron bajo la protección del voladizo de ladrillo, donde la policía ya no podía verlos.

La casa parecía vacía, pero a Robin le preocupaba que pudiera haber alguien a punto de abrir la puerta.

—Averiguar si la mujer que vive aquí pudo ver a una figura con capa saliendo del número ciento setenta y nueve, cargada con una bolsa de viaje, a las dos de la madrugada —contestó Strike—. ¿Y sabes qué? Creo que sí pudo, a menos que esa farola estuviera estropeada. Vale, probemos en el otro lado.

»Hace fresco, ¿verdad? —comentó el detective a la agente ceñuda y a su compañero, al volver a pasar ante ellos con Robin—. Cuatro puertas más abajo, o eso me dijo Anstis —le susurró a su secretaria—. Debe de ser el ciento setenta y uno.

Strike fue hasta los escalones de la entrada, con Robin detrás.

—Mira, creía que a lo mejor se había equivocado de casa, pero delante del ciento setenta y siete está ese contenedor rojo. La figura del burka habría subido los escalones justo detrás del contenedor, y habría sido fácil distinguir...

Se abrió la puerta de la casa.

—¿Qué desea? —preguntó con educación un hombre con gafas de cristales gruesos.

Strike iba a disculparse alegando que se había equivocado de casa cuando el agente de policía pelirrojo gritó algo incomprensible desde la acera frente al número 179. Como nadie le respondió, pasó por encima de la cinta policial que impedía acceder a la propiedad y echó a correr hacia ellos.

—¡Este hombre no es policía! —gritó, sin que viniera a cuento, señalando a Strike.

—No me ha dicho que lo sea —replicó el hombre con gafas, con cierta sorpresa.

—Bueno, creo que ya hemos terminado aquí —le dijo Strike a Robin.

—¿No te preocupa lo que dirá tu amigo Anstis cuando se entere de que te dedicas a merodear por el escenario del crimen? —preguntó ella mientras volvían a la estación de metro, ansiosa por alejarse del escenario del crimen, aunque se lo estaba pasando bien.

—No creo que le guste —admitió Strike, buscando con la mirada cámaras de circuito cerrado televisión—, pero no me pagan para hacer feliz a Anstis.

—Pero tuvo el detalle de compartir contigo la información de los forenses —le recordó Robin.

—Eso lo hizo con la intención de apartarme del caso. Él cree que todo apunta a Leonora. Y lo malo es que, de momento, todo apunta a ella.

Había mucho tráfico, y lo controlaba una sola cámara, según pudo comprobar Strike, pero había muchas calles secundarias que partían de la principal y por las que una persona con la capa tirolesa de Quine, o con un burka, podría escabullirse sin que nadie la identificara.

El detective compró dos cafés para llevar en el Metro Café de la estación de Barons Court; luego volvieron a pasar por el vestíbulo de color verde guisante y se dirigieron hacia West Brompton.

—Lo que debes recordar —dijo Strike, de pie en la estación de Earl's Court, mientras esperaban para hacer transbordo; Robin se fijó en que el detective cargaba todo su peso en la pierna buena— es que Quine desapareció el día cinco. La noche de las hogueras.

—¡Claro! —exclamó ella.

—Destellos y estallidos —continuó Strike, bebiéndose el café a grandes sorbos para terminárselo antes de salir otra vez a la calle; no estaba seguro de poder mantener el equilibrio por los suelos mojados y helados y, al mismo tiempo, no derramar el café—. Cohetes lanzados en todas direcciones, llamando la atención de la gente. No me extraña que esa noche nadie viera a una figura con capa entrando en la casa.

—¿Te refieres a Quine?

—No necesariamente.

Robin reflexionó un momento y dijo:

—¿Crees que el librero miente cuando afirma que Quine entró en la librería el día ocho?

—No lo sé —contestó Strike—. Es demasiado pronto para decirlo, ¿no te parece?

Sin embargo, se dio cuenta de que sí lo creía. Tanta actividad repentina alrededor de una casa deshabitada los días cuatro y cinco era algo muy sospechoso.

—Es curioso ver en qué cosas se fija la gente —comentó Robin mientras subían la escalera roja y verde de West Brompton. Strike hacía una mueca de dolor cada vez que pisaba con la pierna derecha—. La memoria es muy rara, ¿no te...?

De pronto, Strike sintió un fuerte dolor en la rodilla y se desplomó encima de la barandilla del puente que discurría sobre las vías. Un hombre con traje que iba detrás de él rezongó, impaciente, al hallar en su camino un obstáculo inesperado de tamaño considerable; Robin dio unos pasos más, sin parar de hablar, antes de darse cuenta de que Strike ya no seguía a su lado. Retrocedió a toda prisa y lo encontró pálido, sudoroso y obligando a los pasajeros a esquivarlo, pues seguía desplomado sobre la barandilla.

—He notado que se soltaba algo —dijo, apretando los dientes—. En mi rodilla. Mierda. ¡Mierda!

—Tomaremos un taxi.

—¿Con este tiempo? Imposible.

—Pues cojamos el metro y volvamos a la oficina.

—No, quiero...

Nunca se había sentido tan falto de recursos como en ese momento, apoyado en la barandilla de hierro del puente, bajo la cúpula de cristal del techo, donde ya empezaba a acumularse la nieve. En otros tiempos, siempre había tenido un coche a su disposición. Podía citar a testigos que darían fe de ello. Era miembro de la División de Investigaciones Especiales: tenía autoridad, controlaba la situación.

—Si quieres hacer esto, necesitamos un taxi —dijo Robin con firmeza—. Lillie Road queda demasiado lejos, no podemos ir a pie. ¿No tienes...?

Vaciló. Nunca se referían a la discapacidad de Strike sin dar algún rodeo.

—¿No tienes un bastón o algo así?

—Ojalá —contestó él con los labios entumecidos. ¿Qué sentido tenía fingir? Le daba pavor pensar que tendría que andar, aunque sólo fuera hasta el final del puente.

—Podemos comprar uno —propuso Robin—. En las farmacias suelen tener. Encontraremos uno. —Luego, tras un momento de vacilación, agregó—: Apóyate en mí.

—Peso demasiado.

—Para sujetarte. Te haré de bastón. Vamos —insistió con firmeza.

Strike le puso un brazo sobre los hombros. Avanzaron despacio por el puente y se detuvieron junto a la salida. Había parado de nevar, pero el frío era cada vez más intenso.

—¿Por qué no hay asientos en ningún sitio? —preguntó Robin, mirando con rabia alrededor.

—Bienvenida a mi mundo —replicó Strike, que había retirado el brazo en cuanto se detuvieron.

—¿Qué crees que te ha pasado? —preguntó ella, mirándole la pierna derecha.

—No lo sé. Esta mañana tenía la rodilla muy hinchada. Seguramente no debería haberme puesto la prótesis, pero odio tener que usar muletas.

—Pues con esta nieve no puedes ir dando traspiés por Lillie Road. Paremos un taxi y podrás volver a la oficina...

—No. Quiero hacer una cosa —la interrumpió él, enojado—. Anstis está convencido de que ha sido Leonora. Y no ha sido ella.

Ante un dolor tan intenso, todo se reduce a lo esencial.

—Está bien —concedió Robin—. Nos separaremos, y tú tomarás un taxi. ¿Vale? ¿VALE? —insistió.

—Vale —cedió él, vencido—. Ve tú a Clem Attlee Court.

—¿Qué se supone que busco?

—Cámaras. Escondites donde guardar ropa e intestinos. Suponiendo que se los llevara Kent, no pudo guardarlos en su piso, porque apestarían. Toma fotografías con el móvil: de todo lo que creas que pudo servir.

Mientras lo decía, le parecía muy poca cosa, pero necesitaba hacer algo. Por alguna extraña razón, no paraba de acordarse de Orlando, con su sonrisa amplia y vacía, y su orangután de peluche.

¿Y luego? —preguntó Robin.

—Ve a Sussex Street —respondió él tras reflexionar unos segundos—. Lo mismo. Y luego me llamas y quedaremos. Será mejor que me des los números de las casas de Tassel y de Waldegrave.

Robin le tendió un trozo de papel.

—Voy a buscarte un taxi.

Antes de que Strike pudiera darle las gracias, ella ya había salido al frío de la calle.

26

Debo andar con cuidado:
en aceras tan resbaladizas los hombres necesitan
buenas suelas de clavos, para no partirse la crisma...

JOHN WEBSTER, *The Duchess of Malfi*

Por suerte, Strike todavía llevaba en la cartera las quinientas libras en efectivo que le habían adelantado para que pinchara a un adolescente con una navaja. Le dijo al taxista que lo llevara a Fulham Palace Road, donde vivía Elizabeth Tassel; se fijó en la ruta que tomaban, y habría llegado a su destino en sólo cuatro minutos si no hubiera visto, a mitad de trayecto, una tienda de la cadena Boots. Pidió al conductor que se detuviera y lo esperara, y poco después salió de la farmacia caminando mucho mejor con ayuda de un bastón regulable.

Calculó que una mujer que estuviera en forma podría haber recorrido ese trayecto a pie en menos de media hora. Elizabeth Tassel vivía más lejos del escenario del crimen que Kathryn Kent, pero Strike, que conocía bastante bien esa zona, estaba convencido de que la mujer podría haber atajado por calles residenciales secundarias para esquivar la atención de las cámaras, aunque incluso en coche podía haber evitado que la detectaran.

La casa de la agente literaria parecía gris y deslucida aquel crudo día de invierno. Otra construcción victoriana de ladrillo rojo, pero sin rastro de la majestuosidad ni la originalidad de Talgarth Road, se erigía en una esquina, con un húmedo y frío jardín delantero oscurecido por unas matas de laburno enormes. Volvía a caer aguanieve cuando Strike se asomó por encima de la cancela del jardín, protegiendo su cigarrillo con la mano ahuecada para tratar de mantenerlo encendido. Había jardín delantero y trasero, y ambos estaban bien protegidos de las miradas curiosas por oscuros matorrales que temblaban bajo el peso de aquella lluvia helada. Las ventanas del piso superior de la casa daban al cementerio de Fulham Palace Road, un panorama deprimente cuando apenas faltaba un mes para lo peor del invierno; los árboles, desnudos, extendían sus huesudos brazos, destacados sobre un cielo blanco, y las lápidas desfilaban a lo lejos.

¿Se imaginaba Strike a Elizabeth Tassel, con su elegante traje negro, sus labios rojos y su inquina manifiesta hacia Owen Quine, volviendo allí al amparo de la oscuridad, manchada de sangre y ácido, con una bolsa llena de intestinos?

El frío le mordisqueaba sin piedad el cuello y los dedos. Apagó la colilla y pidió al taxista (que, mientras esperaba con curiosidad no exenta de desconfianza, había visto cómo Strike examinaba atentamente la casa de Elizabeth Tassel) que lo llevara a Hazlitt Road, en Kensington. Repantigado en el asiento trasero, se tragó unos analgésicos con una botella de agua que había comprado en Boots.

En el taxi el ambiente estaba muy cargado; olía a tabaco rancio, suciedad incrustada y cuero viejo. Los limpiaparabrisas, que se movían como metrónomos amortiguados, aclaraban rítmicamente la emborronada imagen de Hammersmith Road, una calle ancha y bulliciosa donde convivían pequeños bloques de oficinas e hileras de casas adosadas. Strike echó un vistazo a la residencia de ancianos Nazareth House: una construcción sobria, también de ladrillo rojo, que podría parecer una iglesia si no fuera por las verjas de seguridad y una caseta de entrada para separar a quienes recibían atención de quienes tenían que arreglárselas sin ella.

Blythe House apareció ante él a través de las ventanillas empañadas: una enorme estructura palaciega con cúpulas blancas, similar a un gran pastel rosado bajo la aguanieve gris. Strike había leído en alguna parte que la utilizaban como almacén de un gran museo. El taxi torció a la derecha y enfiló Hazlitt Road.

—¿Qué número? —preguntó el taxista.

—Me bajaré aquí mismo —respondió Strike, que no quería apearse justo enfrente de la casa.

Además, no olvidaba que aún tendría que devolver el dinero que estaba despilfarrando. Se apoyó en el bastón y, agradeciendo la contera de goma, que se agarraba bien a la acera resbaladiza, pagó al conductor y echó a andar por la calle para ver desde cerca la residencia de los Waldegrave.

Se trataba de verdaderas casas solariegas de tres plantas y sótano, ladrillo claro con los clásicos frontones blancos, molduras de flores bajo las ventanas del segundo piso y balaustradas de hierro forjado. La mayoría las habían reformado para convertirlas en varios pisos independientes. No tenían jardín delantero, sino sólo una escalera por la que se accedía al sótano.

La calle destilaba cierta dejadez, un aire sutilmente excéntrico, muy de clase media, que se reflejaba en la caprichosa selección de flores de los tiestos de un balcón, la bicicleta en otro y, en un tercero, la ropa tendida (mojada y era probable que a punto de congelarse) olvidada bajo la aguanieve.

La casa donde Waldegrave vivía con su mujer era de las pocas que no estaban reformadas. Mientras contemplaba la fachada, Strike se preguntó cuánto debía de ganar un editor importante y recordó que Nina había comentado que la esposa de Jerry venía «de una familia de mucha pasta». En el balcón del primer piso (tuvo que cruzar la calle para verlo bien), dos hamacas empapadas, con viejas cubiertas de bolsillo de Penguin estampadas en la tela, flanqueaban una mesita de hierro, la típica de los restaurantes parisinos.

Encendió otro cigarrillo y volvió a cruzar la calle para asomarse al sótano, donde vivía la hija de Waldegrave; mientras lo hacía, se preguntó si Quine habría hablado del contenido de *Bombyx Mori* con su editor antes de entregar el manuscrito. ¿Le habría contado la escena final? ¿Y habría asentido con entusiasmo aquel tipo tan afable, con sus gafas de montura de carey, contribuyendo así a que aquella escena absurda resultara más sangrienta aún, sabedor de que algún día la representaría?

Junto a la puerta de acceso al sótano había unas bolsas de basura negras. Por lo visto, Joanna Waldegrave había estado limpiando a fondo. Strike se dio la vuelta y observó las cincuenta ventanas, calculando por lo bajo, desde donde podían verse los dos portales de la vivienda de los Waldegrave. Jerry necesitaría mucha suerte para que no lo vieran entrar o salir de su casa, tan expuesta al resto de los vecinos.

El problema, reflexionó Strike con pesimismo, era que aunque hubieran visto a Jerry Waldegrave entrar a escondidas en su casa a las dos de la madrugada con una bolsa sospechosa bajo el brazo, costaría trabajo convencer a un jurado de que en ese momento Owen Quine no estaba sano y salvo. La hora de la muerte era demasiado imprecisa. El asesino ya había tenido diecinueve días para deshacerse de las pruebas, y eso era mucho tiempo.

¿Adónde podían haber ido a parar las tripas de Owen Quine? ¿Qué podía hacerse con varios kilos de estómago e intestinos humanos recién extirpados? ¿Quemarlos? ¿Tirarlos al río? ¿A un contenedor de basura? Quemarlos no debía de ser fácil.

Se abrió la puerta de la casa de los Waldegrave, y una mujer de pelo negro y marcadas arrugas en el ceño bajó los tres escalones de la entrada. Llevaba puesto un abrigo rojo, corto, y parecía enfadada.

—¡Lo he visto por la ventana! —le gritó a Strike, acercándose a él, y el detective reconoció a Fenella, la esposa de Jerry—. ¿Se puede saber qué hace? ¿Por qué le interesa tanto mi casa?

—Estoy esperando a la chica de la agencia —mintió Strike de inmediato, sin dar muestras de turbación—. Éste es el sótano que está en alquiler, ¿no?

—Ah —dijo ella, sorprendida—. No, es tres casas más abajo —le indicó, señalando la dirección correcta.

Strike advirtió que la mujer estaba a punto de disculparse, pero que al final decidía no tomarse esa molestia. En lugar de eso, pasó a su lado repiqueteando con los tacones de aguja de sus zapatos de charol, nada adecuados para un día de nieve, y se dirigió hacia un Volvo aparcado un poco más allá. En su pelo se apreciaban unas raíces grises, y su aliento, como pudo apreciar Strike cuando la mujer pasó junto a él, olía a alcohol. El detective fue renqueando hacia donde le había indicado, asegurándose de que lo veía por el espejo retrovisor; esperó hasta que hubo arrancado (esquivando por los pelos al Citroën que tenía delante) y entonces, con cuidado, caminó hasta el final de la calle y se metió por una lateral, donde pudo asomarse por encima de una tapia y ver una larga hilera de jardincitos traseros privados.

En el de los Waldegrave no había nada de particular interés, salvo un cobertizo viejo. El césped estaba lleno de malas hierbas, y al fondo había un juego de muebles de jardín desangelados, con aspecto de llevar años abandonados allí. Mientras observaba, abatido, aquella parcela descuidada, Strike pensó que tal vez hubiera algún trastero, algún huerto o algún garaje cuya existencia ignoraba.

Desanimado ante la perspectiva del largo y frío paseo bajo la lluvia que tenía por delante, evaluó sus opciones. Kensington Olympia era la estación que le quedaba más cerca, pero sólo abría la línea District, la que él necesitaba, los fines de semana. Por Hammersmith, una estación de superficie, le sería más fácil moverse que por Barons Court, así que se decidió por el trayecto más largo.

Cuando acababa de llegar a Blythe Road, con una mueca de dolor cada vez que daba un paso con la pierna derecha, sonó su teléfono. Era Anstis.

—¿A qué juegas, Bob?

—¿Y eso? —preguntó Strike sin parar de caminar, con un fuerte dolor en la rodilla.

—Te han visto merodeando por el escenario del crimen.

—Fui a echar un vistazo. Estoy en mi derecho. No he infringido ninguna ley.

—Has intentado interrogar a un vecino.

—Se suponía que él no iba a abrir la puerta. No he dicho ni una palabra de Quine.

—Mira, Strike...

El detective no lamentó que el inspector volviera a llamarlo por su apellido. Nunca le había gustado el apodo que le había puesto Anstis.

—Te pedí que te mantuvieras al margen.

—No puedo, Anstis —replicó Strike con total naturalidad—. Tengo una clienta, y...

—Olvídate de tu clienta. A medida que vamos obteniendo información, ella encaja cada vez más con el perfil del asesino. Si quieres un consejo, corta por lo sano, porque estás ganándote muchos enemigos. Ya te lo advertí.

—Sí —dijo Strike—. Me lo dejaste muy claro. Nadie podrá reprocharte nada, Anstis.

—No te aviso porque intente cubrirme las espaldas —le espetó él.

El detective siguió andando en silencio, con el móvil torpemente apretado contra la orcja. Tras una breve pausa, Anstis añadió:

—Ya tenemos el informe farmacológico. Han encontrado una pequeña cantidad de alcohol en sangre, nada más.

—Vale.

—Y esta tarde llevaremos perros a Mucking Marshes. Queremos adelantarnos al mal tiempo. Dicen que va a haber fuertes nevadas.

Mucking Marshes, como bien sabía Strike, era el mayor vertedero de basuras del Reino Unido; allí iban a parar los residuos municipales y comerciales de Londres, que bajaban flotando por el Támesis en unas barcazas horribles.

—Crees que tiraron los intestinos a un cubo de basura, ¿no?

—A un contenedor. En una calle adyacente a Talgarth Road están restaurando una casa; hubo dos contenedores en la acera hasta el día ocho. Con este frío, las tripas no habrían atraído moscas. Hemos comprobado que allí es donde acaba todo lo que sacan los obreros: en Mucking Marshes.

—Pues buena suerte —dijo Strike.

—Intento ahorrarte tiempo y energía, tío.

—Ya. Te lo agradezco mucho.

Y, tras agradecer muy poco sinceramente a Anstis su hospitalidad de la noche anterior, Strike cortó la comunicación. Entonces se detuvo y, apoyado contra una pared, marcó otro número. Una mujer muy menuda, asiática, que empujaba una sillita de paseo y a la que Strike no había oído detrás de él, tuvo que virar bruscamente para esquivarlo, pero, a diferencia del hombre del puente de West Brompton, no lo insultó. El bastón le proporcionaba cierta protección, igual que un burka; la mujer esbozó una sonrisa al pasar a su lado.

Leonora Quine contestó al tercer tono.

—La policía ha vuelto —fue su saludo.

—¿Qué querían?

—Inspeccionar toda la casa y el jardín. ¿Tengo que permitírselo?

Strike titubeó.

—Creo que lo más sensato es dejarles hacer lo que quieran. Escuche, Leonora —añadió; no tenía ningún reparo en adoptar un tono de apremio militar—, ¿tiene abogado?

—No, ¿por qué? No estoy detenida. Todavía no.

—Me parece que lo va a necesitar.

Hubo una pausa.

—¿Conoce a alguno bueno? —preguntó ella.

—Sí. Llame a Ilsa Herbert. Voy a enviarle su número ahora mismo.

—A Orlando no le gusta que la policía meta las...

—Voy a enviarle su número, y quiero que llame a Ilsa enseguida. ¿Entendido? Enseguida.

—Está bien —refunfuñó ella.

Strike colgó, buscó el número de su amiga del colegio en el móvil y se lo mandó a Leonora. Entonces llamó a Ilsa y le explicó, disculpándose, lo que acababa de hacer.

—No sé por qué te disculpas —dijo ella, risueña—. Nos encanta la gente que tiene problemas con la policía. Nos dan de comer.

—A lo mejor tiene derecho a recibir asistencia jurídica gratuita.

—Hoy en día casi nadie cumple los requisitos —repuso Ilsa—. Confiemos en que sea lo bastante pobre.

Strike sentía las manos entumecidas y estaba muy hambriento. Volvió a guardarse el teléfono en el bolsillo del abrigo y fue cojeando hasta Hammersmith Road. Allí, en la acera de enfrente, vio un pub que parecía acogedor, pintado de negro y con un letrero metálico redondo que representaba un galeón con las velas desplegadas. Fue derecho hacia él y se fijó en que los conductores mostraban mucha más paciencia para dejarle pasar cuando usaba bastón.

Dos pubs en dos días... Pero hacía un tiempo horrible, y la rodilla estaba atormentándolo; Strike no logró sentirse culpable. El interior del Albion era tan acogedor como sugería su fachada; había una galería superior con barandilla y mucha madera pulida. Bajo una escalera de caracol negra, de hierro, por la que se subía al primer piso, había dos amplificadores y un pie de micrófono. Una de las paredes, de color crudo, estaba decorada con fotografías en blanco y negro de músicos célebres.

Los asientos cercanos a la chimenea estaban ocupados. Strike pidió una pinta, cogió un menú de la barra y se dirigió hacia una mesa alta rodeada de taburetes junto a la ventana que daba a la calle. Se sentó y, apretujado entre una fotografía de Duke Ellington y otra de Robert Plant, vio a su padre: con melena, sudado después de una actuación, compartiendo, al parecer, un chiste con el bajista, a quien en una ocasión, según la madre de Strike, había intentado estrangular.

(«A Jonny nunca le ha sentado bien el speed», le confió Leda a su perplejo hijo de nueve años.)

Volvió a sonar su teléfono, y contestó sin apartar la mirada del retrato de su padre.

—Hola —lo saludó Robin—. Ya he vuelto a la oficina. ¿Dónde estás tú?

—En el Albion, en Hammersmith Road.

—Has recibido una llamada muy rara. He encontrado el mensaje cuando he llegado.

—A ver.

—Es Daniel Chard. Quiere verte.

Strike arrugó el ceño y desvió la mirada del mono de cuero de su padre para dirigirla hacia el fuego parpadeante de la chimenea, al fondo del pub.

—¿Que Daniel Chard quiere verme? ¿Cómo sabe siquiera Daniel Chard que existo?

—¡Por el amor de Dios, si encontraste el cadáver! Eres noticia en todos los medios.

—Ah, sí. Claro. ¿Ha dicho para qué?

—Dice que quiere proponerte algo.

Una vívida imagen de un hombre calvo, desnudo, con el pene erecto y supurante apareció de pronto en la mente de Strike, como una diapositiva. La ahuyentó al instante.

—Creía que estaba atrapado en Devon con una pierna rota.

—Sí, exacto. Pregunta si te importaría desplazarte para ir a verlo.

—¿En serio?

Strike consideró la propuesta; pensó en todo el trabajo que tenía pendiente, en las reuniones programadas para el resto de la semana, y por fin dijo:

—Podría ir el viernes, si aplazo lo de Burnett. ¿Qué demonios querrá? Tendré que alquilar un coche. Automático —añadió, teniendo en cuenta el fuerte dolor de la pierna—. ¿Puedes encargarte?

—Claro —dijo Robin, y Strike la oyó tomar notas.

—Tengo muchas cosas que contarte —añadió el detective—. ¿Quieres comer conmigo? La carta no está nada mal. Si tomas un taxi no tardarás más de veinte minutos.

—¿Dos días seguidos? No podemos seguir comiendo fuera ni desplazándonos en taxi —objetó Robin, aunque sonaba complacida con la idea.

—No pasa nada. A Burnett le encanta gastarse el dinero de su ex. Lo cargaré en su cuenta.

Strike colgó, se decidió por un bistec y una tarta de manzana, y se acercó a la barra cojeando para hacer la comanda.

Cuando regresó a su asiento, su mirada volvió a derivar hacia la fotografía de su padre embutido en un mono de cuero y con el pelo sudado enmarcando su cara, estrecha y risueña.

«La Esposa sabe que existo, pero hace como si no lo supiera... No lo suelta, aunque eso sería lo mejor para todos...»

«¡Sé adónde vas, Owen!»

Strike paseó la mirada por la hilera de megaestrellas en blanco y negro de la pared de enfrente.

¿Soy un iluso?, le preguntó en silencio a John Lennon, que lo miraba desde arriba, sardónico, a través de las gafitas pellizcadas en la nariz.

¿Por qué se resistía a creer, pese a lo que apuntaban los indicios, que Leonora hubiera asesinado a su marido? ¿Por qué seguía convencido de que la mujer no había acudido a su oficina para disimular, sino porque estaba sinceramente furiosa con Quine por haber vuelto a huir como un niño malcriado? Habría jurado que Leonora jamás se había planteado que su marido pudiera estar muerto. Ensimismado, Strike se terminó la cerveza sin darse ni cuenta.

—Hola —lo saludó Robin.

—¡Qué rápida! —se sorprendió Strike.

—No tanto. Hay bastante tráfico. ¿Voy a pedir?

Varios tipos volvieron la cabeza para mirarla mientras se dirigía a la barra, pero Strike no se dio cuenta. Seguía pensando en Leonora Quine: flaca, fea, canosa, atormentada.

Cuando volvió con otra pinta para Strike y un zumo de tomate para ella, Robin le mostró las fotografías que esa misma mañana había tomado de la casa de Daniel Chard, en un barrio residencial de Londres, con el móvil. Se trataba de una construcción de estuco blanco, con balaustrada y una reluciente puerta principal negra, flanqueada por columnas.

—Tiene una especie de patio pequeño que no se ve desde la calle —explicó Robin, y le mostró una fotografía en la que se veían unos setos plantados en panzudos maceteros griegos—. Supongo que Chard pudo meter los intestinos en uno de ésos —comentó con ligereza—. Arrancar el arbusto y enterrarlos.

—No me imagino a Chard haciendo nada tan sucio ni que requiera tanta energía, pero así es como hemos de pensar —dijo Strike, recordando el traje impecable y la corbata extravagante del presidente de la editorial—. ¿Qué hay de Clem Attlee Court? ¿Está tan lleno de escondrijos como yo recuerdo?

—Sí, los hay —confirmó ella, mostrándole otra serie de fotografías—. Contenedores de basura, matorrales... de todo tipo. Lo que pasa es que no me creo que el asesino pudiera hacer nada allí sin ser visto, ni sin que nadie encontrara los restos al poco tiempo. Siempre hay gente y, vayas a donde vayas, te ven desde cerca de un centenar de ventanas. Quizá pudiera hacerlo de madrugada, pero también hay cámaras.

»Sin embargo, me fijé en otra cosa. Bueno, sólo es una idea.

—Adelante.

—Enfrente del edificio hay un centro médico. De vez en cuando deben de tirar...

—¡Residuos médicos! —exclamó Strike, y dejó la cerveza en la mesa—. Hostia, muy bien pensado.

—¿Quieres que lo investigue? —preguntó Robin, tratando de disimular el placer y el orgullo que sentía ante la mirada de admiración de su jefe—. ¿Que intente averiguar cómo y cuándo...?

—¡Sí, sí, desde luego! Es una pista mucho mejor que la de Anstis. Él cree —explicó en respuesta a la mirada inquisitiva de Robin— que tiraron las tripas a un contenedor cercano a Talgarth Road. Que el asesino simplemente fue hasta allí a pie y las tiró.

—Bueno, podría ser —empezó a decir Robin, pero el detective frunció el ceño exactamente como hacía Matthew cada vez que ella mencionaba una idea o una opinión de Strike.

—Este asesinato lo planearon hasta el último detalle. No nos enfrentamos a la clase de asesino que se limita a tirar una bolsa llena de tripas humanas a la vuelta de la esquina de donde ha dejado el cadáver.

Permanecieron en silencio mientras Robin, paradójicamente, se planteaba que tal vez a Strike no le gustaran las teorías de Anstis por una competitividad innata, y no en función de una evaluación objetiva. Ella entendía bastante de orgullo masculino; aparte de su relación con Matthew, tenía tres hermanos.

—¿Y cómo son las casas de Elizabeth Tassel y Jerry Walde-grave?

Su jefe le contó que la mujer de Waldegrave lo había pesca-do espiando su casa.

—Se ha puesto muy borde.

—Qué raro —dijo Robin—. Si yo viera a alguien observan-do mi casa, no sacaría la conclusión de que están espiando.

—Bebe, igual que su marido —añadió Strike—. Le olía el aliento. Y la casa de Elizabeth Tassel es un escondite ideal para cualquier asesino.

—¿Por qué lo dices? —preguntó Robin, con interés pero también con cierta aprensión.

—Tiene mucha intimidad, no se ve casi nada desde fuera.

—Ya, pero no creo...

—...que lo haya hecho una mujer. Ya me lo dijiste.

Strike bebió cerveza en silencio durante un par de minutos mientras consideraba un plan que sabía que fastidiaría a Anstis más que cualquier otro. Él no tenía derecho a interrogar a sos-pechosos. Y le habían ordenado que no molestara a la policía.

Cogió su móvil y, tras pensárselo un momento, llamó a Roper Chard y preguntó por Jerry Waldegrave.

—¡Anstis te advirtió que no te entrometieras! —saltó Ro-bin, alarmada.

—Sí —admitió Strike con el teléfono pegado a la oreja—, y acaba de repetírmelo, pero todavía no te he contado ni la mitad de lo que está pasando. Lo haré cuando...

—¿Sí? —dijo Jerry Waldegrave al otro lado de la línea.

—¿Señor Waldegrave? —Strike se identificó, a pesar de que ya le había dicho su nombre a su secretaria—. Nos conocimos ayer por la mañana, en casa de la señora Quine.

—Sí, claro —dijo el editor, educado y un tanto extrañado.

—Creo que la señora Quine ya le ha explicado que me ha contratado porque la policía sospecha de ella, y está preocu-pada.

—Eso es imposible —dijo Waldegrave de inmediato.

—¿Que sospechen de ella o que haya matado a su marido?

—Pues... las dos cosas.

—Cuando muere un marido, suelen someter a la esposa a un riguroso escrutinio.

—Sí, claro, pero no puedo... Bueno, no puedo creerlo, la verdad —dijo Waldegrave—. Todo esto es increíble y espantoso.

—Sí —confirmó Strike—. Me preguntaba si podríamos quedar para que le hiciera unas cuantas preguntas. No me importa acercarme a su casa —añadió el detective, y le lanzó una mirada a Robin—, después del trabajo, o cuando a usted le vaya mejor.

Waldegrave tardó un momento en contestar.

—Lo que sea, con tal de ayudar a Leonora, por supuesto, pero dudo que yo pueda aportar gran cosa.

—Me interesa *Bombyx Mori* —repuso Strike—. El señor Quine incluyó una serie de retratos nada halagüeños en el libro.

—Sí, es verdad.

Strike no sabía si la policía ya había interrogado a Waldegrave; si ya le habían pedido que explicara qué contenía un saco manchado de sangre, o el simbolismo de una enana ahogada.

—De acuerdo —concedió el editor—. No me importa entrevistarme con usted. Esta semana tengo la agenda bastante llena. ¿Le va bien...? A ver... ¿El lunes a la hora de comer?

—Perfecto —respondió Strike, tomando nota mental con amargura de que le tocaría pagar otra comida; además, hubiera preferido ver la casa de Waldegrave por dentro—. ¿Dónde?

—Preferiría quedar cerca de la oficina, porque tengo la tarde muy llena. ¿Le parece bien el Simpson's-in-the-Strand?

A Strike le pareció una elección extraña, pero aceptó, sin dejar de mirar a Robin.

—¿A la una? Le diré a mi secretaria que lo apunte. Nos vemos allí.

—¿Habéis quedado? —preguntó Robin en cuanto Strike hubo colgado.

—Sí. Sospechoso, ¿verdad?

Ella negó con la cabeza, risueña.

—Por lo que he podido oír, no parecía muy entusiasmado con la idea. ¿No crees que el hecho de que se haya prestado a hablar contigo indica que tiene la conciencia limpia?

—No —contestó Strike—. Ya te lo he dicho: mucha gente se acerca a mí para enterarse de cómo va la investigación. No pueden mantenerse al margen, se sienten obligados a seguir explicándose.

»Voy al baño. Espera, tengo que contarte más cosas.

Robin se bebió el zumo de tomate mientras Strike se marchaba cojeando, ayudándose con el bastón nuevo.

Al otro lado de la ventana cayó otra breve nevada. Robin miró las fotografías en blanco y negro de la pared que tenía enfrente y se sorprendió al reconocer a Jonny Rokeby, el padre de Strike. Salvo porque los dos medían más de un metro ochenta, no se parecían en nada; para demostrar la paternidad había hecho falta un análisis de ADN. Strike aparecía como uno de los hijos de la estrella del rock en la entrada de Wikipedia dedicada a Rokeby. Padre e hijo se habían visto dos veces; Strike se lo había contado a Robin. Tras examinar un rato los ceñidos y reveladores pantalones de cuero del roquero, se obligó a mirar otra vez por la ventana, temiendo que Strike la sorprendiera mirando embobada la entrepierna de su padre.

Les sirvieron los platos justo cuando Strike regresaba a la mesa.

—La policía está registrando de arriba abajo la casa de Leonora —anunció el detective, cogiendo los cubiertos.

—¿Por qué? —preguntó Robin, con el tenedor suspendido en el aire.

—¿A ti qué te parece? Buscan ropa manchada de sangre. Hoyos cavados recientemente en el jardín, llenos de vísceras de su marido. Le he recomendado una abogada. Todavía no tienen nada para detenerla, pero están decididos a encontrar algo.

—¿De verdad no crees que haya sido ella?

—No, no lo creo.

Antes de volver a hablar, Strike ya había dejado limpio su plato.

—Me encantaría verme con Fancourt. Quiero preguntarle por qué entró en Roper Chard sabiendo que Quine estaba allí, si se suponía que se odiaban. Tarde o temprano tendrían que encontrarse.

—¿Crees que Fancourt mató a Quine para no tener que encontrárselo en las fiestas organizadas por la editorial?

—Muy bueno —dijo Strike con ironía.

Se terminó la cerveza, volvió a coger el móvil, marcó el número de información telefónica y poco después comunicaba con la agencia literaria de Elizabeth Tassel.

Contestó Ralph, su ayudante. Cuando Strike le dijo su nombre, el joven se mostró a la vez asustado y emocionado.

—Pues no lo sé. Voy a preguntar. No cuelgue.

Al parecer, no dominaba mucho aquel teléfono, porque se oyó un fuerte chasquido y la línea siguió abierta. Strike oyó a Ralph a lo lejos, informando a su jefa de que Strike estaba al teléfono, y la respuesta impaciente de ella, en voz alta:

—¿Y ahora qué coño quiere?

—No me lo ha dicho.

Se oyeron pasos y cómo alguien agarraba el teléfono de encima de la mesa.

—¡Diga!

—¿Elizabeth? —dijo el detective con cordialidad—. Soy yo, Cormoran Strike.

—Sí, acaba de decírmelo Ralph. ¿Qué pasa?

—Me gustaría verla un momento. Todavía trabajo para Leonora Quine. Está convencida de que la policía sospecha que ella mató a su marido.

—¿Y para qué quiere hablar conmigo? Yo no puedo decirle si lo mató o no.

Strike se imaginó las caras de perplejidad de Ralph y Sally mientras escuchaban la conversación en aquella oficina rancia y apestosa.

—También tengo algunas preguntas más sobre Quine.

—Vaya por Dios —rezongó Elizabeth—. Bueno, supongo que podríamos quedar mañana para comer, si le va bien. Si no, voy a estar ocupada hasta...

—Sería estupendo —aceptó Strike—. Pero no hace falta que nos veamos para comer. Podría...

—Me va bien a la hora de comer.

—Perfecto —dijo Strike sin vacilar.

—En el Pescatori, Charlotte Street —indicó ella—. A las doce y media, si no le digo lo contrario. —Y colgó.

—¡Hay que ver lo que le gusta comer a esta gente del mundillo editorial! —bromeó Strike—. ¿Crees que voy demasiado lejos al pensar que no quieren recibirme en su casa por si encuentro los intestinos de Quine en el congelador?

La sonrisa se borró de los labios de Robin.

—Mira, como sigas así, perderás a más de un amigo —dijo, poniéndose el abrigo—. Eso de llamar a la gente por teléfono para proponerle un interrogatorio...

Strike gruñó un poco.

—¿No te importa? —preguntó Robin.

Salieron del caldeado local a la gélida calle, y los copos de nieve les dieron en la cara.

—Tengo muchos amigos —replicó Strike; era la verdad, y lo dijo sin pedantería—. Deberíamos tomarnos unas cervezas todos los días a la hora de comer —añadió, cargando todo su peso en el bastón mientras se dirigían hacia la estación de metro, con las cabezas agachadas, bajo la nieve—. Va bien para coger fuerzas.

Robin, que había adaptado su paso al de él, sonrió. Era el día que mejor se lo había pasado desde que empezó a trabajar para Strike, pero Matthew, que seguía en Yorkshire ayudando a preparar el funeral de su madre, no debía enterarse de que habían ido a un pub dos días seguidos.

27

¡Cómo voy a confiar en un hombre si sé que
traicionó a su amigo!

WILLIAM CONGREVE, *The Double-Dealer*

Un inmenso telón de nieve descendía sobre Gran Bretaña. En
las noticias de la mañana mostraron imágenes del noreste de
Inglaterra enterrado ya bajo una capa de polvo blanco; se veían
coches abandonados a la fuerza por sus conductores, con apenas un resto tenue de luz en los faros encendidos, y numerosas
ovejas que habían corrido una suerte parecida, aisladas en la
nieve. Londres aguardaba el paso de la borrasca bajo un cielo
cada vez más amenazador, y Strike, que estaba viendo el parte
meteorológico en el televisor mientras se vestía, se preguntó
si al día siguiente podría ir en coche a Devon, tal como tenía
previsto, o si encontraría la M5 cortada. Pese a estar decidido a
reunirse con el lesionado Daniel Chard, cuya invitación le había
parecido muy intrigante, no le hacía ninguna gracia conducir
tal como tenía la pierna, aunque fuera un coche automático.

Los perros aún debían de estar rastreando entre los escom-
bros en Mucking Marshes. Mientras se colocaba la prótesis (tenía la rodilla más hinchada y dolorida que nunca) se los imaginó hurgando en los vertidos más recientes del basurero con
sus hocicos temblorosos y sensibles, bajo unas nubes amenazadoras y plomizas, y a las gaviotas volando en círculo. Probablemente ya hubieran comenzado la jornada, dado lo limitado
de las horas de luz, y arrastraran a sus cuidadores por la basura

helada en busca de las tripas de Owen Quine. Strike también había trabajado con perros rastreadores. Sus traseros inquietos y sus rabos agitados siempre añadían una extraña nota alegre a las búsquedas.

Al bajar la escalera lo desconcertó la intensidad del dolor. Era evidente que en un mundo ideal se habría pasado todo el día anterior aplicándose una bolsa de hielo en el muñón, con la pierna en alto, en lugar de pasearse por todo Londres porque necesitaba dejar de pensar en Charlotte y en su boda, que iba a celebrarse al cabo de muy poco tiempo en la capilla restaurada del Castillo de Croy («y no "palacete", porque a la familia de los cojones no le gusta esa denominación»). Faltaban nueve días.

Sonó el teléfono de la mesa de Robin justo cuando Strike estaba abriendo la puerta de vidrio. Hizo una mueca de dolor y se apresuró a contestar. El desconfiado amante y jefe de la señorita Brocklehurst quería informarle de que su secretaria personal estaba con él en casa, en cama, muy resfriada, de modo que no debía cobrarle más seguimientos hasta que ella volviera a hacer vida normal. Strike acababa de colgar el teléfono cuando éste volvió a sonar. Otra clienta, Caroline Ingles, le anunció con una voz que delataba emoción que su marido infiel y ella se habían reconciliado. Strike estaba felicitándola sin mucho sentimiento cuando llegó Robin, con las mejillas coloradas por el frío.

—El tiempo está empeorando —comentó ella cuando Strike colgó el teléfono—. ¿Quién era?

—Caroline Ingles. Se ha reconciliado con Rupert.

—¿Qué me dices? —se extrañó Robin—. ¿Después de todas esas bailarinas de *lap dance*?

—Van a salvar su matrimonio por el bien de los niños.

Robin soltó un bufido de escepticismo.

—En Yorkshire nieva con ganas —comentó Strike—. Si mañana quieres tomarte el día libre para salir más temprano...

—No, gracias —dijo ella—. He comprado un billete para el tren nocturno del viernes. Ya que hemos perdido a Ingles, ¿quieres que llame a algún cliente de la lista de espera?

—Todavía no.

Strike se dejó caer en el sofá y no pudo evitar que su mano se deslizara hacia la rodilla hinchada y dolorida.

—¿Aún te duele? —preguntó Robin tímidamente, fingiendo no haber visto la mueca de dolor de su jefe.

—Sí —dijo él con brusquedad—. Pero no es por eso por lo que no quiero aceptar otro cliente.

—Ya lo sé. —Robin, de espaldas a él, encendió el hervidor de agua—. Quieres concentrarte en el caso Quine.

Strike no supo discernir si había un tono de reproche en su voz.

—Leonora me pagará —dijo—. Quine tenía un seguro de vida que su mujer le hizo contratar. Ha pasado a ser un trabajo rentable.

Robin advirtió su actitud defensiva, y no le gustó. Strike estaba dando por hecho que la prioridad de su secretaria era el dinero. ¿Acaso no le había demostrado ella lo contrario al rechazar empleos mucho mejor pagados para trabajar para él? ¿No se había dado cuenta de la buena disposición con que intentaba ayudarlo a demostrar que Leonora Quine no había asesinado a su marido?

Le puso delante una taza de té, un vaso de agua y un comprimido de paracetamol.

—Gracias —dijo él, apretando los dientes, molesto por el detalle del analgésico a pesar de que tenía previsto tomarse una dosis doble.

—¿Te pido un taxi para ir al Pescatori a las doce?

—Está a la vuelta de la esquina.

—Mira, una cosa es el orgullo, y otra muy diferente, la estupidez —sentenció Robin. Era de las pocas veces que daba rienda suelta a su mal genio.

—Vale —dijo él, mirándola con las cejas arqueadas—. Si tienes que ponerte así, iré en taxi.

Lo cierto era que tres horas más tarde se alegró de haberlo hecho, cuando, cojeando y apoyando todo su peso en aquel bastón barato, que ya empezaba a doblarse, fue hasta el taxi que esperaba al final de Denmark Street. Entonces comprendió que había sido un error ponerse la prótesis. Pasados unos minutos, le costó salir del coche en Charlotte Street, y el taxista se impacientó. Strike sintió alivio al entrar en el restaurante ruidoso y caldeado.

Elizabeth aún no había llegado, pero la reserva estaba a su nombre. Acompañaron a Strike a una mesa para dos, junto a una pared encalada y decorada con guijarros. El techo, rústico, tenía vigas de madera entrecruzadas, y sobre la barra colgaba un bote de remos. Las mesas de la pared de enfrente tenían un banco corrido forrado de piel de un naranja chillón. Por inercia, Strike pidió una cerveza y se dedicó a disfrutar del encanto mediterráneo de aquel entorno sencillo y luminoso, y a ver caer la nieve más allá de las ventanas.

La agente no tardó en llegar. Strike intentó levantarse al verla acercarse a la mesa, pero se sentó de nuevo enseguida. Elizabeth no pareció notar nada.

A él le dio la impresión de que había adelgazado desde la última vez que la había visto; el traje negro, de corte elegante, el pintalabios rojo y la melena corta y canosa ya no le conferían sofisticación, sino que parecían los elementos de un disfraz mal escogido. Tenía el cutis amarillento y flácido.

—¿Cómo está? —preguntó el detective.

—¿A usted qué le parece? —respondió ella con grosería—. ¿Qué? —le espetó a un camarero que se había acercado a la mesa—. Ah. Agua. Sin gas.

Cogió la carta con aire de haber revelado demasiado, y Strike comprendió que habría estado fuera de lugar expresar lástima o preocupación.

—Para mí, sólo sopa —dijo la mujer al camarero cuando éste se acercó a tomarles nota.

—Le agradezco que haya aceptado volver a quedar conmigo —dijo Strike cuando el camarero se marchó.

—Bueno, es evidente que Leonora necesita toda la ayuda que podamos ofrecerle —replicó Elizabeth.

—¿Por qué lo dice?

La agente lo miró entornando los ojos.

—No se haga el idiota. Ella misma me dijo que insistió para que la llevaran a Scotland Yard a verlo en cuanto se enteró de lo que le había pasado a Owen.

—Sí, es cierto.

—¿Y cómo quería que se interpretara eso? Seguramente la policía esperaba que se derrumbara, pero ella lo único que-que quiere es ver a su amigo el detective.

Contuvo la tos con dificultad.

—Creo que Leonora no da mucha importancia a lo que los demás piensen de ella —dijo Strike.

—Pu-pues no, en eso tiene usted razón. Nunca ha sido muy inteligente.

Strike se preguntó qué debía de creer Elizabeth Tassel que la gente pensaba de ella, y si se daba cuenta de lo mal que caía. La agente dio rienda suelta a la tos que hasta ese momento había tratado de contener, y el detective esperó a que hubieran pasado los fuertes ladridos de foca para preguntar:

—¿Cree que Leonora debería haber fingido un poco de dolor?

—Yo no digo fingir —replicó Elizabeth—. Estoy segura de que, a su manera, muy limitada, está afectada. Lo que digo es que no estaría mal que interpretara un poco mejor su papel de viuda desconsolada. Es lo que espera la gente.

—Supongo que ya ha hablado con la policía.

—Por supuesto. Les describí con todo detalle la discusión que tuvimos en el River Café y les expliqué los motivos por los que no me había leído ese maldito libro como debería. Ellos querían saber todos mis movimientos después de ver por última vez a Owen. Concretamente, qué hice los tres días siguientes.

Miró con gesto interrogante a Strike, que permaneció imperturbable.

—Deduzco que la policía cree que murió tres días después de nuestra discusión, ¿no?

—No tengo ni idea —mintió Strike—. ¿Y qué les dijo?

—Que después de que Owen me dejara plantada, me fui derecha a mi casa; al día siguiente me levanté a las seis de la mañana, tomé un taxi hasta Paddington y fui a casa de Dorcus a pasar unos días.

—Dorcus es una de sus autoras, creo recordar...

—Sí, Dorcus Pengelly, la...

Elizabeth vio la sonrisita de Strike y, por primera vez desde que el detective la conocía, su semblante se relajó lo suficiente para que sus labios esbozaran también una sonrisa.

—Es gracioso, ¿no? «Dorcus», como el escarabajo. Aunque cueste creerlo, es su verdadero nombre, y no un seudónimo. Escribe pornografía disfrazada de novela romántica histórica. Owen era muy desdeñoso con sus libros, pero habría matado por tener tanto éxito como ella. Sus novelas se venden como rosquillas —concluyó.

—¿Cuándo volvió de casa de Dorcus?

—El lunes a última hora de la tarde. Iba a ser un fin de semana largo de tranquilidad —respondió con voz tensa—, pero fue cualquier cosa menos tranquilo, gracias a *Bombyx Mori*. Yo vivo sola —continuó—. No puedo demostrar que me fui a mi casa nada más llegar a Londres y que no asesiné a Owen. Estaba deseando estrangularlo, eso desde luego...

Bebió un poco de agua y prosiguió:

—A la policía le interesaba sobre todo el libro. Por lo visto, creen que ha dado motivos a mucha gente para matar a Owen.

Era su primer intento manifiesto de sonsacarle información a Strike.

—Sí, al principio parecía mucha gente —repuso el detective—, pero si no se han equivocado con la hora de la muerte y Quine murió durante los tres días posteriores a su discusión en el River Café, el número de sospechosos se reducirá bastante.

—¿Y eso? —saltó Elizabeth, y Strike recordó a uno de los profesores más mordaces que había tenido en Oxford, quien solía utilizar esa pregunta como una aguja gigantesca con la que reventar cualquier teoría mal fundamentada.

—Me temo que no puedo darle esa información —repuso en tono agradable—. No debo perjudicar la investigación policial.

Se fijó en su cutis pálido y rugoso, con los poros dilatados; ella lo miraba desde el otro lado de la mesita con sus ojos verde oliva, muy atenta.

—Me preguntaron a quién le había enseñado el manuscrito mientras lo tuve en mi poder —añadió la agente—, antes de enviárselo a Jerry y a Christian, y les contesté que a nadie. Me preguntaron también con quién suele hablar Owen de sus manuscritos mientras los escribe. No sé por qué —añadió sin apartar sus oscuros ojos de los de Strike—. ¿Será porque creen que alguien lo incitó?

—No lo sé —volvió a mentir él—. ¿Hablaba de los libros en los que estaba trabajando?

—Tal vez le contara algunos pasajes a Jerry Waldegrave. A mí no se dignaba confiarme ni los títulos.

—¿En serio? ¿Nunca le pedía consejo? ¿Verdad que me dijo que usted había estudiado Literatura en Oxford?

—Me licencié con matrícula —contestó ella, enojada—, pero eso no tenía ningún valor para Owen, a quien por cierto echaron de la facultad en Loughborough, o de algún sitio parecido, y nunca obtuvo ninguna licenciatura. Sí, en cierta ocasión Michael tuvo la amabilidad de decirle a Owen que cuando éramos estudiantes yo era una escritora «lamentablemente adocenada», y nunca lo olvidó. —El recuerdo de ese desprecio llegó a colorear un poco sus amarillentas mejillas—. Quine compartía los prejuicios de Michael sobre el papel de la mujer en la literatura. Aunque no les importaba que las mujeres elogiaran su obra, po-por supuesto... —Tosió, tapándose la boca con la servilleta, y cuando paró estaba colorada y furiosa—. A Owen le gustaban más los halagos que a ningún otro autor que yo haya conocido, y eso que la mayoría son insaciables.

Les sirvieron la comida: sopa de tomate con albahaca para Elizabeth y bacalao con patatas para Strike.

—La última vez que nos vimos —dijo éste después de tragar un primer bocado generoso—, usted me dijo que llegó un momento en que se vio obligada a escoger entre Fancourt y Quine. ¿Por qué escogió a Quine?

Ella estaba soplando sobre la cucharada de sopa, y pareció que reflexionaba concienzudamente antes de contestar:

—Porque entonces tenía la impresión de que Quine era el ofendido, más que el ofensor.

—¿Tuvo eso algo que ver con la parodia que alguien escribió sobre la novela de la mujer de Fancourt?

—No la escribió «alguien» —replicó ella sin alterarse—. La escribió Owen.

—¿Lo sabe con certeza?

—Me la enseñó antes de enviarla a la revista. —Elizabeth, fría y desafiante, miraba con fijeza a Strike—. Lo siento, pero me hizo reír. Era tremendamente acertada y muy graciosa. Owen siempre fue un excelente imitador literario.

—Pero entonces la mujer de Fancourt se suicidó.

—Sí, y fue una tragedia, desde luego —comentó Elizabeth sin ninguna emoción—, pero eso no podría haberlo previsto nadie. Para ser sincera, cualquicra que vaya a suicidarse por haber recibido una mala crítica no debería dedicarse a escribir novelas. Pero, como es lógico, Michael estaba furioso con Owen, y creo que, sobre todo, porque a Owen le entró miedo y negó su autoría en cuanto se enteró de que Elspeth se había suicidado. No sé, fue una actitud asombrosamente cobarde tratándose de un hombre que se las daba de intrépido y rebelde.

»Michael pretendía que yo dejara de representar a Owen, pero me negué. Desde entonces, Michael no me dirige la palabra.

—En esa época, ¿ganaba usted más dinero con Quine que con Fancourt? —preguntó Strike.

—No, qué va. Si me quedé con Owen no fue por un interés pecuniario.

—Entonces, ¿por qué?

—Ya se lo he dicho —contestó ella, impaciente—. Creo en la libertad de expresión, aunque suponga molestar a otras personas. En fin, unos días después de que Elspeth se suicidara, Leonora dio a luz a unos gemelos prematuros. El parto fue muy complicado; el niño murió, y Orlando es... Supongo que ya la ha conocido, ¿no?

Strike asintió con la cabeza y de pronto recordó el sueño que había tenido: el bebé que Charlotte había dado a luz, pero que no quería enseñarle.

—Nació con una lesión cerebral —continuó Elizabeth—. Así que por entonces Owen estaba viviendo su p-propia t-tragedia personal y, a diferencia de Michael, no se la había bu-buscado él.

271

Volvió a toser; en ese momento se fijó en la mirada de leve sorpresa de Strike y, por medio de un brusco ademán, le indicó que se lo explicaría cuando se le hubiera pasado el ataque. Por fin, tras beber un sorbo de agua, dijo con voz ronca:

—Michael alentaba a Elspeth, pero sólo para que lo dejara en paz mientras trabajaba. No tenían nada en común. Se había casado con ella porque no soporta ser de clase media baja. Ella era hija de un conde y creyó que casarse con Michael significaría asistir a una fiesta literaria tras otra y participar en interesantes conversaciones intelectuales. No se dio cuenta de que pasaría la mayor parte del tiempo sola mientras Michael trabajaba. Era una mujer con pocos recursos —concluyó Elizabeth con desprecio—. Pero le entusiasmaba la idea de ser escritora. ¿Tiene usted idea —dijo con aspereza— de cuánta gente cree que sabe escribir? No se puede imaginar la cantidad de basura que recibo, un día sí y otro también. En circunstancias normales, la novela de Elspeth habría sido rechazada de plano, por cursi y pretenciosa, pero las circunstancias no eran normales. Michael, que era quien la había animado a escribir aquel engendro, no tuvo lo que hay que tener para decirle que era horrorosa. Se la dio a su editor, y éste la aceptó para complacer a Michael. Llevaba una semana en la calle cuando apareció la parodia.

—En *Bombyx Mori*, Quine insinúa que fue Fancourt quien escribió la parodia —dijo Strike.

—Sí, ya lo sé. A mí no se me ocurriría provocar de semejante modo a Michael Fancourt, pero... —añadió, simulando un aparte que pedía a gritos que lo oyeran.

—¿Qué quiere decir?

Hubo una breve pausa, y Strike esperó a que Elizabeth decidiera lo que iba a decir a continuación.

—Conocí a Michael en un seminario sobre las tragedias de venganza de la época jacobina —dijo lentamente—. Era un medio en el que se sentía como pez en el agua. Adora a esos escritores, su sadismo, su sed de venganza... Violaciones, canibalismo, esqueletos envenenados disfrazados de mujer... Los castigos sanguinarios son la obsesión de Michael.

Miró a Strike a los ojos; el detective la observaba atentamente.

—¿Qué pasa? —preguntó la agente, molesta.

¿Cuánto iban a tardar los periódicos en publicar los detalles del asesinato de Quine? Teniendo en cuenta que Culpepper ya se encontraba trabajando en el caso, la presa debía de estar a punto de reventar.

—¿La «castigó» Fancourt cuando usted eligió a Quine y lo descartó a él?

Elizabeth bajó la mirada hacia el cuenco de líquido rojo y lo apartó con brusquedad.

—Éramos amigos, amigos íntimos, pero no ha vuelto a dirigirme la palabra desde el día en que me negué a despedir a Owen. Hizo cuanto pudo para alejar a otros escritores de mi agencia, les decía que yo no tenía principios ni sentido del honor. Pero sí tengo una norma que considero sagrada, y él lo sabía —dijo con firmeza—. Al escribir esa parodia, Owen no había hecho nada que Michael no les hubiera hecho cientos de veces a otros escritores. Lamenté muchísimo las consecuencias, por supuesto, pero fue una de las ocasiones, de las pocas ocasiones, en que Owen me pareció moralmente libre de toda sospecha.

—Pero también debió de sentirlo —dijo Strike—. Usted había conocido a Fancourt antes que a Quine.

—Ya llevamos más años siendo enemigos que amigos.

A él no le pareció una respuesta adecuada.

—No se equivoque. Owen no siempre era... No era tan malo —dijo Elizabeth con nerviosismo—. Estaba obsesionado con la virilidad, tanto en la vida real como en su obra. A veces era una metáfora del genio creativo, pero otras se puede interpretar como un obstáculo para la realización artística. El argumento de *El pecado de Hobart* gira en torno a la necesidad de Hobart, que es masculino y femenino a la vez, de escoger entre la paternidad y sus aspiraciones de ser escritor: tiene que abortar a su hijo o abandonar la creación artística.

»Pero cuando se trataba de la paternidad en la vida real... Entiéndalo, Orlando no era... Nadie elegiría que un hijo suyo... Que su hijo... Pero él la quería, y ella lo quería a él.

—Excepto cuando Quine dejaba plantada a su familia y se iba con sus amantes o despilfarraba el dinero en habitaciones de hotel —sugirió Strike.

—De acuerdo, nunca habría ganado el premio al mejor padre del año —le reconoció Elizabeth—, pero había un cariño sincero.

Se produjo un silencio, y Strike decidió no interrumpirlo. Estaba seguro de que Elizabeth Tassel tenía sus propias razones para haber accedido a aquel encuentro, del mismo modo que había propuesto el anterior, y él estaba decidido a conocerlas, de modo que siguió comiéndose el pescado y esperó.

—La policía me ha preguntado si Owen me hacía algún tipo de chantaje —dijo por fin la agente, cuando Strike ya había dejado el plato casi limpio.

—¿En serio?

Los envolvía el bullicio del restaurante, y fuera la nevada se había intensificado. Volvía a presentarse el frecuente fenómeno que Strike le había descrito a Robin: el sospechoso quería explicarse de nuevo, preocupado por si no lo había hecho suficientemente bien en el primer intento.

—Han tomado nota de las grandes cantidades de dinero que han pasado de mi cuenta a la de Owen a lo largo de los años —añadió ella.

Strike permaneció callado; ya le había sorprendido enterarse, en su entrevista anterior, de que Elizabeth había pagado sin rechistar las facturas de hotel de Quine. No encajaba con el personaje.

—¿A qué chantaje deben de creer que me sometía? —preguntó la agente, e hizo una mueca de desprecio torciendo los labios, de un rojo intenso—. Siempre he sido escrupulosamente honrada en mi vida profesional. Apenas tengo vida privada. Soy la típica solterona intachable, ¿no le parece?

Strike, que consideraba imposible contestar a una pregunta así, por muy retórica que fuera, sin ofenderla, prefirió no decir nada.

—Todo empezó cuando nació Orlando —prosiguió Elizabeth—. Owen había conseguido gastarse todo el dinero que ha-

274

bía ganado, y Leonora pasó dos semanas en cuidados intensivos tras el parto, mientras Michael Fancourt iba por ahí pregonando que Owen había matado a su mujer.

»Owen era un paria. Ni él ni Leonora tenían familia. Yo le presté dinero, en calidad de amiga, para comprar los artículos necesarios para el bebé, y le adelanté dinero para la hipoteca de una casa más grande. Luego hizo falta más dinero para llevar a Orlando a especialistas, cuando quedó claro que no estaba desarrollándose como debía, y para pagar a los terapeutas. Sin darme cuenta, me convertí en el banco privado de la familia. Cada vez que cobraba sus derechos de autor, Owen montaba un numerito y hacía como que me devolvía el dinero, y a veces yo recuperaba unos pocos miles de libras.

»En el fondo —continuó la agente, cuyas palabras salían atropelladamente por su boca—, Owen era un niño grande, y eso podía resultar insoportable o encantador. Era irresponsable, impulsivo, egocéntrico, con una asombrosa falta de conciencia, pero también sabía ser gracioso, entusiasta y simpático. Tenía un patetismo, una fragilidad extraña, que hacía que la gente adoptara una actitud protectora con él, por muy mal que se comportara. Le pasaba a Jerry Waldegrave. Les pasaba a las mujeres en general. Me pasaba a mí. Y la verdad es que yo seguía confiando, creyendo incluso, en que algún día Owen escribiría otro *Pecado de Hobart*. Siempre había algo, en todas las malditas novelas que escribió, algo que te impedía descartarlas por completo.

Un camarero fue a recogerles los platos y, solícito, le preguntó a Elizabeth si no le había gustado la sopa; ella lo ahuyentó con un ademán y pidió un café. Strike aceptó que le llevaran la carta de postres.

—Pero Orlando es un encanto —concluyó Elizabeth con brusquedad—. Un verdadero encanto.

—Sí... Por cierto —dijo Strike, observando atentamente a su interlocutora—, el otro día estaba convencida de que la había visto entrar en el estudio de Quine mientras su madre estaba en el baño.

Strike tuvo la impresión de que la pregunta pillaba por sorpresa a la agente y de que no le gustaba nada.

—¿Ah, sí? —Tomó un sorbo de agua, titubeó y añadió—: Desafiaría a cualquiera de los que aparecen como personajes en *Bombyx Mori* a que, ante la oportunidad de ver qué otras notas repugnantes podía haber dejado Owen por ahí, no aprovechara para echar un vistazo.

—¿Y encontró algo?

—No, porque la habitación parecía un basurero. Enseguida comprendí que tardaría demasiado en registrarla, y si soy sincera —levantó la barbilla, desafiante—, no quería dejar huellas. Así que salí tan deprisa como había entrado. Lo hice movida por un impulso, seguramente innoble.

Daba la impresión de que ya había dicho todo lo que se proponía decir. Strike pidió un *crumble* de manzana y fresas, y tomó la iniciativa.

—Daniel Chard quiere hablar conmigo —dijo.

Los ojos verde oscuro de la agente se abrieron más en un gesto de sorpresa.

—¿Por qué?

—No lo sé. A menos que la nieve lo impida, mañana iré a su casa de Devon. Antes de reunirme con él, me gustaría saber por qué en *Bombyx Mori* aparece caracterizado como el asesino de un joven rubio.

—No pienso facilitarle las claves para descifrar esa repugnante novela —replicó Elizabeth, volviendo a adoptar su actitud agresiva y desconfiada—. No. Me niego.

—Es una pena, porque la gente habla mucho.

—¿Cree que voy a agravar el terrible error que cometí al divulgar el contenido de ese maldito libro cotilleando sobre él?

—Soy muy discreto —le aseguró Strike—. Nadie tiene por qué saber de dónde saqué mi información.

Ella se limitó a fulminarlo con la mirada, fría e impasible.

—¿Y qué me dice de Kathryn Kent?

—¿Qué pasa con Kathryn Kent?

—¿Por qué en *Bombyx Mori* su guarida está llena de cráneos de rata?

Elizabeth no respondió.

—Sé que Kathryn Kent es Arpía; la he conocido en persona —añadió Strike sin perder la paciencia—. Lo único que haría usted explicándomelo sería ahorrarme un poco de tiempo. Supongo que a usted también le gustaría saber quién mató a Quine, ¿no?

—Le veo las intenciones —replicó ella, mordaz—. ¿Suele funcionarle esa táctica?

—Sí —contestó él con naturalidad.

La mujer arrugó la frente y, de pronto y sin sorprender mucho a Strike, dijo:

—Bueno, al fin y al cabo no le debo lealtad a Kathryn Kent. Ya que se empeña en saberlo, Owen hacía una referencia bastante burda al hecho de que ella trabaja en un laboratorio de experimentación animal donde hacen cosas asquerosas a ratas, perros y monos. Me enteré en una fiesta a la que Owen la llevó. Ella estaba muy exaltada; trataba de impresionarme todo el rato —prosiguió con desprecio—. He leído cosas suyas. A su lado, Dorcus Pengelly parece Iris Murdoch. Es la típica ba-basura...

Strike se comió varios bocados de *crumble* mientras ella tosía tapándose la boca con la servilleta.

—...la típica basura que nos ha traído internet —consiguió terminar, con los ojos llorosos—. Y lo que es casi peor: al parecer, esperaba que yo le diera la razón cuando criticó a unos estudiantes andrajosos que habían atacado sus laboratorios. Soy hija de un veterinario: crecí rodeada de animales y me caen mucho mejor que los humanos. Kathryn Kent me pareció una persona deleznable.

—¿Tiene idea de quién se supone que es Epiceno, la hija de Arpía? —le preguntó Strike.

—No.

—¿Y la enana del saco del Censor?

—¡No pienso explicarle nada más de ese maldito libro!

—¿Sabe si Quine conocía a una tal Pippa?

—Nunca he conocido a ninguna Pippa. Pero Owen daba cursos de escritura creativa a mujeres maduras que buscan una justificación a su existencia. Así fue como conoció a Kathryn Kent.

Elizabeth bebió un sorbo de café y miró la hora.

—¿Qué puede decirme de Joe North? —preguntó Strike.

Ella lo miró con recelo.

—¿Por qué?

—Por curiosidad.

Strike no sabía por qué la agente decidió contestarle; tal vez porque North llevaba mucho tiempo muerto, o por esa vena sentimental que ya había detectado cuando la había visto en su abarrotado despacho.

—Era de California —explicó Elizabeth—. Había venido a Londres a buscar sus raíces inglesas. Era homosexual, unos años más joven que Michael, Owen y yo, y estaba escribiendo una novela muy sincera sobre la vida que había llevado en San Francisco.

»Me lo presentó Michael, quien creía que escribía de fábula, y es verdad, pero era muy lento. Se pasaba la vida yendo a fiestas, y además, aunque nosotros tardamos un par de años en enterarnos, era portador del VIH y no se cuidaba nada. Al final desarrolló la enfermedad. —Elizabeth carraspeó—. Supongo que se acuerda de la histeria que hubo, al principio, con el sida.

Strike estaba acostumbrado a que le pusieran, como mínimo, diez años más de los que tenía. De hecho, se había enterado por su madre (que nunca fue muy dada a vigilar lo que decía para no herir la sensibilidad de los niños) de que existía una enfermedad mortal que amenazaba a los que follaban a lo loco o compartían jeringuillas.

—Joe quedó físicamente hecho polvo, y todos los que habían querido conocerlo cuando era prometedor, inteligente y atractivo se esfumaron. Excepto Michael y Owen, eso hay que reconocerlo —agregó a regañadientes—. Ellos le ofrecieron ayuda, pero Joe murió sin haber terminado su novela.

»Michael todavía estaba enfermo y no pudo asistir al funeral de Joe, pero Owen fue uno de los portadores del féretro. Para agradecerles que se hubieran ocupado de él, Joe les dejó a los dos esa casa tan bonita, donde tantas fiestas habían celebrado y donde tantas noches habían pasado en vela hablando de literatura. Yo estuve allí más de una vez. Fueron... tiempos felices.

—¿Y utilizaron a menudo la casa después de la muerte de North?

—No puedo contestar por Michael, pero dudo que haya estado allí desde que se peleó con Owen, y eso sucedió poco después del funeral de Joe —dijo Elizabeth, encogiéndose de hombros—. Owen no llegó a volver a la casa por miedo a encontrarse a Michael. Los términos del testamento de Joe eran peculiares; creo que lo llaman «cláusula restrictiva». Joe estipuló que la casa debía convertirse en un retiro para artistas. Por eso Michael ha podido bloquear la venta todos estos años; los Quine nunca han encontrado a otro artista, o artistas, a quien vender su parte. Durante un tiempo la alquiló un escultor, pero no funcionó. Como es lógico, Michael siempre ha sido muy quisquilloso con los inquilinos para impedir que Owen se beneficiara económicamente, y tiene dinero para pagar a abogados que imponen sus caprichos.

—¿Qué pasó con el libro inacabado de North? —preguntó Strike.

—Ah, Michael dejó de trabajar en su novela y terminó la de Joe, y Harold Weaver la publicó póstumamente. Se titula *Hacia la meta*: es un clásico de culto, nunca se ha descatalogado.

Volvió a mirar la hora.

—Tengo que irme —anunció—. Tengo una reunión a las dos y media. Mi abrigo, por favor —pidió a un camarero que pasó a su lado.

—No sé quién me contó —dijo Strike, aunque recordaba a la perfección que había sido Anstis— que tiempo atrás usted supervisó unas obras que se hicieron en Talgarth Road.

—Sí —confirmó ella con indiferencia—. Otro de los trabajitos que no me correspondía hacer como agente literaria, pero que siempre acababa haciendo. Se trataba de coordinar unas reparaciones, organizar a los operarios. Le envié una factura a Michael por la mitad del importe, y él me pagó a través de sus abogados.

—¿Tenía usted llave?

—Sí, y se la di al capataz —respondió ella fríamente—. Luego se la devolví a los Quine.

—¿Y no fue a ver las obras?

—Pues claro que sí. Tenía que comprobar que las habían hecho. Creo que fui dos veces.

—¿Sabe si para esas reparaciones se utilizó ácido clorhídrico?

—La policía también me preguntó si sabía algo de unos recipientes de ácido clorhídrico. ¿Por qué?

—No puedo decírselo.

Elizabeth lo miró con odio, y Strike comprendió que no estaba acostumbrada a que la gente se negara a darle información.

—Mire, sólo puedo decirle lo mismo que a la policía: que seguramente los dejó allí Todd Harkness.

—¿Quién?

—El escultor que alquiló el taller. Lo encontró Owen, y los abogados de Fancourt no consiguieron impedírselo. Lo que nadie sabía era que Harkness trabajaba sobre todo con metal oxidado y que utilizaba productos químicos muy corrosivos. Causó muchos desperfectos en el taller antes de que lo echaran. Esa vez Fancourt encargó la limpieza y nos envió la factura a nosotros.

El camarero le había entregado el abrigo, que tenía algunos pelos de perro. Cuando la agente se levantó, Strike oyó el débil pitido de sus pulmones. Tras un imperioso apretón de manos, Elizabeth Tassel se marchó.

Él tomó otro taxi para volver a su oficina, con la vaga intención de mostrarse conciliador con Robin; esa mañana habían estado antipáticos el uno con el otro, aunque no sabía muy bien por qué. Sin embargo, cuando por fin llegó a la recepción, estaba sudando de dolor, y las primeras palabras que ella le dirigió no fueron nada propiciatorias:

—Acaban de llamar de la agencia de alquiler de coches. No tienen ninguno automático, pero pueden darte...

—¡Tiene que ser automático! —le espetó Strike. Se dejó caer en el sofá, y éste produjo una pedorrera que lo irritó aún más—. ¡Así no puedo conducir un coche con cambio manual, joder! ¿Has llamado a...?

—Pues claro que he llamado a otras agencias —replicó Robin fríamente—. A un montón. Ninguna tiene un coche automático para mañana. De todas formas, la previsión meteoroló-gica es tremenda. Creo que será mejor que...

—Voy a ir a ver a Chard como sea —se reafirmó Strike.

El dolor y el miedo estaban poniéndolo de muy mal humor; no quería verse obligado a renunciar a la prótesis y tener que recurrir otra vez a las muletas; no quería sujetarse la pernera del pantalón con alfileres, ni ser objeto de miradas de compa-sión. Odiaba las sillas de plástico de los pasillos desinfectados; odiaba que desenterraran su voluminoso historial médico y se lo leyeran de cabo a rabo, que le hablaran en voz baja sobre la necesidad de cambiarle la prótesis, que unos sanitarios le acon-sejaran con calma que descansara y que se cuidara la pierna como si ésta fuera un crío enfermo al que tenía que llevarse a todas partes. En sus sueños, no le faltaba una pierna; en sus sueños, estaba entero.

La invitación de Chard había sido un regalo caído del cielo, y Strike estaba decidido a aprovecharlo. Quería preguntarle muchas cosas al presidente de la editorial de Quine. La invita-ción, de entrada, ya era sumamente extraña. Quería conocer los motivos de Chard para hacerlo ir hasta Devon.

—¿Me has oído? —preguntó Robin.

—¿Cómo?

—He dicho que puedo llevarte yo.

—No, tú no puedes —dijo Strike sin la menor cortesía.

—¿Por qué no?

—Porque tienes que ir a Yorkshire.

—Tengo que estar en King's Cross mañana a las once de la noche.

—Va a nevar muchísimo.

—Podemos salir temprano. O puedes cancelar la entrevista con Chard. Pero la previsión meteorológica para la semana que viene también es espantosa.

Era difícil pasar de la ingratitud a todo lo contrario bajo el escrutinio de los ojos gris azulado de Robin.

—Está bien —dijo con rigidez—. Gracias.

—Entonces tengo que ir a recoger el coche.

—Vale —gruñó Strike, apretando los dientes.

Owen Quine pensaba que las mujeres no tenían cabida en la literatura; Strike también guardaba en secreto su propio prejuicio. Sin embargo, ¿qué alternativa le quedaba, con aquel espantoso dolor en la rodilla y sin posibilidad de conseguir un coche automático?

28

... Ésa fue (de todas ellas) la hazaña más peligrosa y fatal en la que participé desde que
por primera vez me enfrenté al enemigo...

BEN JONSON, *Every Man in His Humour*

A las cinco de la mañana siguiente, Robin, con guantes y bufanda, entró en el metro y subió a uno de los primeros trenes del
día. Le brillaba el pelo, salpicado de copos de nieve; llevaba una
mochila pequeña colgada del hombro y una bolsa de fin de semana en la que había metido el vestido, la chaqueta y los zapatos
que iba a necesitar para el funeral de la señora Cunliffe. No
contaba con tener tiempo para volver a casa después del viaje de
ida y vuelta a Devon, y pensaba ir directamente a King's Cross
en cuanto hubiera devuelto el coche a la agencia de alquiler.

Sentada en el vagón casi vacío, examinó sus sentimientos
con relación al día que tenía por delante y comprobó que había
de todo. El entusiasmo era su emoción dominante, pues estaba
convencida de que Strike tenía alguna buena razón para entrevistar cuanto antes a Chard. Robin había aprendido a confiar en
el criterio y las corazonadas de su jefe; ésa era una de las cosas
que tanto fastidiaban a Matthew.

Matthew... Los dedos enfundados en el guante negro apreta-
ron el asa de la bolsa que tenía a su lado. Había vuelto a mentirle.
Robin era una persona sincera y, en los nueve años que llevaban
juntos, nunca le había mentido. Hasta hacía poco. Algunas habían sido mentiras por omisión. El miércoles por la noche, por

ejemplo, Matthew le había preguntado por teléfono qué había hecho ese día en el trabajo, y ella le había ofrecido una versión abreviada y muy enmendada de sus actividades, omitiendo que había ido con Strike a la casa donde habían asesinado a Quine, que había comido con él en el Albion y, por supuesto, que había cruzado el puente de la estación de West Brompton con el pesado brazo de su jefe sobre los hombros.

Y luego estaban las mentiras puras y duras. El día anterior, sin ir más lejos, Matthew le había preguntado, igual que Strike, si no prefería tomarse el día libre y coger el tren más pronto.

«Lo he intentado —le había contestado ella. La mentira se le había escapado casi sin proponérselo—, pero ya no hay billetes. Debe de ser por el tiempo. Supongo que mucha gente va en tren en lugar de arriesgarse a conducir. Tendré que apañarme con el nocturno.»

¿Qué podía decirle? —se justificó en silencio mientras la ventana, oscura, le devolvía el reflejo de su tenso semblante—. *Se habría puesto histérico.*

La verdad era que Robin deseaba ir a Devon. Quería ayudar a Strike. Quería salir de detrás de su ordenador, por mucha satisfacción que le produjera lo bien que llevaba la parte administrativa del negocio, y ponerse a investigar. ¿Acaso era eso censurable? Matthew creía que sí. No era lo que él tenía previsto. Él habría preferido que Robin hubiera aceptado el trabajo en el departamento de recursos humanos de la agencia de publicidad, donde el sueldo habría sido casi el doble. Londres era muy caro. Matthew quería buscar un piso más grande. Robin suponía que se había convertido en una carga para su novio.

Y luego estaba Strike. Una frustración con la que ya llevaba tiempo lidiando, un nudo prieto en el estómago: «Tenemos que plantearnos en serio lo de contratar a otra persona.» Comentarios frecuentes sobre ese futuro colaborador que en la mente de Robin empezaba a adquirir características míticas: una mujer con pelo corto y mirada perspicaz, como la agente que montaba guardia en el escenario del crimen de Talgarth Road. Sería competente y habría recibido toda la instrucción de la que ella carecía, y estaría libre (por primera vez se lo dijo a sí misma sin tapujos, en aquel vagón de metro medio vacío y muy iluminado, cuando fuera todavía estaba oscuro y el estruendo llenaba sus oídos) de la carga que suponía un novio como Matthew.

Sin embargo, él era el eje de su vida, el centro fijo. Robin lo quería, siempre lo había querido. Matthew había permanecido a su lado en la peor época de su vida, cuando otros jóvenes la habrían dejado. Robin quería casarse con él, e iba a casarse con él. El único problema era que hasta entonces nunca, jamás, habían tenido discusiones importantes. Pero el trabajo de Robin, su decisión de quedarse con Strike, y el propio Strike, habían introducido un elemento discordante en su relación, algo nuevo y amenazador.

El Toyota Land Cruiser que Robin había alquilado había pasado la noche en el Q-Park de Chinatown, uno de los aparcamientos más cercanos a Denmark Street, donde era imposible estacionar. Patinando y resbalando con los zapatos de vestir más planos que tenía, y con la bolsa de fin de semana oscilando en su mano derecha, Robin se apresuró por la calle oscura hacia el estacionamiento de varias plantas, negándose a seguir cavilando sobre Matthew ni sobre lo que pensaría o diría si la viera a punto de emprender un viaje de seis horas en coche con Strike. Tras meter la bolsa en el maletero, se sentó al volante, encendió el navegador, ajustó la calefacción y dejó el motor en marcha para que el interior del coche se calentara.

Strike llegó un poco tarde, lo que no era habitual en él. Para entretenerse mientras lo esperaba, Robin se familiarizó con los mandos. Le gustaban mucho los coches; siempre le había encantado conducir. A los diez años ya sabía conducir el tractor de la granja de su tío y sólo necesitaba que alguien la ayudara a quitar el freno de mano. A diferencia de Matthew, había aprobado el examen a la primera. Había aprendido a no hacerle bromas sobre eso.

Detectó un movimiento en el espejo retrovisor y levantó la cabeza. Strike, con traje oscuro y muletas, avanzaba trabajosamente hacia el coche. Llevaba la pernera del pantalón sujeta con imperdibles.

A Robin se le encogió el corazón, y no por la pierna amputada, que ya había visto en otra ocasión y en circunstancias mucho más turbadoras, sino porque era la primera vez que lo veía renunciar a la prótesis en público.

Salió del coche y lamentó haberlo hecho en cuanto vio el ceño fruncido de Strike.

—Has alquilado un cuatro por cuatro, buena idea —dijo él, advirtiéndole, sin necesidad de decir nada, que no debía hacer comentarios sobre su pierna.

—Sí, pensé que con este mal tiempo sería lo mejor.

El detective rodeó el coche y fue hasta la puerta del asiento del pasajero. Robin supo que no debía ofrecerle apoyo, pues percibía una zona de exclusión alrededor de él, como si Strike rechazara telepáticamente cualquier ofrecimiento de ayuda o compasión; con todo, ella temía que no fuera capaz de meterse en el coche sin asistencia. Strike tiró las muletas en el asiento trasero y se quedó un momento de pie, en equilibrio precario; entonces, con una demostración de fuerza en la parte superior del cuerpo que ella jamás habría sospechado, se metió en el coche sin ninguna dificultad.

Robin volvió a sentarse a toda prisa al volante, cerró la puerta, se abrochó el cinturón de seguridad y salió de la plaza de aparcamiento dando marcha atrás. La prevención con que Strike se defendía de la inquietud de Robin se alzaba como un muro entre los dos, y ella añadió a la compasión una pizca de resentimiento por el hecho de que su jefe la mantuviera tan a raya. ¿Acaso alguna vez había reaccionado con preocupación excesiva, o lo había tratado de un modo maternal? Como mucho, le había ofrecido un comprimido de paracetamol.

Strike sabía que su comportamiento no era razonable, pero saberlo no hacía sino aumentar su irritación. Nada más despertar se había dado cuenta de que intentar ponerse la prótesis como fuera, con lo caliente, hinchada y sumamente dolorida que tenía la rodilla, era una idiotez. No había tenido más remedio que bajar la escalera metálica sentado, como un niño pequeño. Al cruzar la calzada helada de Charing Cross con muletas había atraído las miradas de perplejidad de los pocos viandantes madrugadores que se atrevían a enfrentarse al frío y la oscuridad. Strike no quería volver a usar las muletas, pero allí estaba, y todo por haber olvidado un momento que ya no era el Strike de sus sueños, que ya no estaba entero.

Al menos, Robin sabía conducir, y eso era un alivio. Su hermana, Lucy, se distraía con facilidad y no le inspiraba ninguna confianza al volante de un coche. Charlotte siempre había conducido su Lexus de una forma que a Strike le causaba dolor físico: aceleraba para saltarse los semáforos en rojo, se metía contra dirección por calles de un solo carril, fumaba y hablaba por el móvil, esquivaba por los pelos a los ciclistas y las puertas abiertas de los coches aparcados. Desde el día en que el Viking había explotado en aquella carretera sin asfaltar, a Strike le costaba mucho subirse a un coche, a menos que lo condujera un profesional.

Tras un largo silencio, Robin dijo:

—En la mochila hay café.

—¿Qué?

—En la mochila. Un termo. He pensado que más vale que no paremos si no es imprescindible. También hay galletas.

Los limpiaparabrisas despejaban los copos de nieve acumulados en la luna delantera del coche.

—Eres genial —dijo Strike, incapaz de seguir manteniendo aquella tibieza.

No había desayunado nada: intentar atarse la pierna ortopédica y no conseguirlo, buscar imperdibles con los que sujetarse la pernera de los pantalones del traje, rescatar sus muletas y bajar la escalera le había llevado el doble del tiempo previsto. Robin sonrió a su pesar.

Strike se sirvió café, se comió unas cuantas galletas de mantequilla y, a medida que disminuía su hambre, vio aumentar su admiración por la destreza de Robin al volante de aquel coche tan extraño.

—¿Qué coche tiene Matthew? —preguntó mientras pasaban por el viaducto de Boston Manor.

—Ninguno —contestó ella—. En Londres no tenemos coche.

—Ya, no hace ninguna falta —dijo Strike, y pensó que si algún día le pagaba a Robin el sueldo que merecía, tal vez pudieran permitírselo.

—Dime, ¿qué piensas preguntarle a Daniel Chard? —quiso saber ella.

—Muchas cosas. —Strike se sacudió unas migas de la chaqueta—. Para empezar, si se había peleado con Quine y, en caso afirmativo, por qué motivo. No me explico por qué Quine, que a todas luces era un gilipollas, decidió atacar al hombre de quien dependía su sustento y que tenía suficiente dinero para demandarlo y condenarlo al olvido.

Strike masticó otra galleta, tragó y añadió:

—A menos que Jerry Waldegrave tenga razón y Quine sufriera una verdadera crisis nerviosa mientras escribía ese libro y arremetiera contra cualquiera a quien pudiese culpar de sus pésimas ventas.

Robin, que había terminado de leer *Bombyx Mori* el día anterior, mientras Strike comía con Elizabeth Tassel, dijo:

—¿No te parece que el texto es demasiado coherente para haberlo escrito alguien en plena crisis nerviosa?

—La sintaxis quizá sea correcta, pero dudo que encuentres a mucha gente que no esté de acuerdo en que el argumento es descabellado.

—Sus otras novelas son muy parecidas.

—Pero ninguna es tan absurda como *Bombyx Mori* —replicó Strike—. *El pecado de Hobart* y *Los hermanos Balzac* tenían una trama.

—Éste también tiene trama.

—¿Sí? ¿No será el paseíto de Bombyx tan sólo una forma fácil de ensartar un montón de ataques contra varias personas?

Cuando dejaron atrás la salida de Heathrow caía una nevada densa y fuerte; iban hablando de las diversas atrocidades de la novela, riéndose un poco de sus ridículos contrasentidos, de sus absurdos. Los árboles a ambos lados de la autopista parecían espolvoreados con toneladas de azúcar glas.

—A lo mejor, Quine nació con cuatrocientos años de retraso —expuso Strike, que seguía comiendo galletas—. Elizabeth Tassel me contó que hay una tragedia de venganza de la época jacobina en la que aparece un esqueleto envenenado disfrazado de mujer. Por lo visto, alguien se lo folla y se muere. Ahí es fácil ver un paralelismo con Phallus Impudicus preparándose para...

—No, por favor —dijo Robin, estremeciéndose de asco.

Strike no se había interrumpido por las protestas de su secretaria, ni porque hubiera sentido repugnancia. Mientras hablaba, se había encendido una lucecita en su subconsciente. Alguien le había contado... Alguien había dicho... Pero ese recuerdo había desaparecido tras un tentador destello plateado, como un pececillo que se oculta entre las algas.

—Un esqueleto envenenado —murmuró Strike, tratando de atrapar aquel recuerdo elusivo, pero sin éxito.

—Y anoche terminé *El pecado de Hobart* —añadió Robin, mientras adelantaba a un Prius que iba muy lento.

—Eres masoquista —dijo Strike, y cogió una sexta galleta—. Nunca habría imaginado que fueras a disfrutar con ese libro.

—No he disfrutado, y el libro no mejora al final. Trata sobre...

—Un hermafrodita que se queda embarazado y aborta porque un hijo interferiría en sus ambiciones literarias.

—¡Te lo has leído!

—No, me lo explicó Elizabeth Tassel.

—Aparece un saco manchado de sangre —señaló Robin.

Strike observó de reojo su perfil de tez clara y se fijó en la concentración con que Robin escrutaba la carretera, desviando de vez en cuando la mirada al espejo retrovisor.

—¿Qué contiene el saco?

—El feto abortado —contestó Robin—. Es horrible.

Strike asimiló esa información mientras dejaban atrás el desvío de Maidenhead.

—Qué raro —dijo por fin.

—Y qué grotesco —añadió Robin.

—No, es raro —insistió Strike—. Quine se repetía. Ésa es la segunda cosa de *El pecado de Hobart* que también introdujo en *Bombyx Mori*. Dos hermafroditas, dos sacos manchados de sangre. ¿Por qué?

—Bueno, no son exactamente lo mismo —opinó Robin—. En *Bombyx Mori*, el saco no pertenece al hermafrodita ni contiene un feto. A lo mejor Quine había agotado su inventiva. A lo mejor *Bombyx Mori* era una especie de hoguera final de todas sus ideas.

—La pira funeraria de su carrera, más bien.

Strike se quedó muy pensativo mientras detrás de la ventana el paisaje iba volviéndose cada vez más rural. En los espacios entre los árboles se veían campos extensos cubiertos de nieve, blanco sobre blanco bajo un cielo de un gris nacarado, y seguían cayendo unos gruesos copos de nieve que se estrellaban contra el parabrisas.

—Mira, creo que hay dos opciones —dijo Strike al cabo de un rato—. O bien es verdad que Quine sufría una crisis nerviosa, no se daba cuenta de lo que hacía y creía que *Bombyx Mori* era una obra maestra, o bien se había propuesto causar tantos problemas como pudiera, y las repeticiones están ahí por algún motivo.

—¿Qué motivo?

—Son una clave —sugirió él—. Remitiendo a los lectores a sus otros libros, los ayudaba a interpretar lo que contaba en *Bombyx Mori*. Intentaba decirlo sin exponerse a que lo demandaran por difamación.

Sin apartar la vista de la autopista nevada, Robin volvió la cara hacia Strike y frunció el entrecejo.

—¿Crees que era todo absolutamente deliberado? ¿Crees que él provocó a propósito todo este jaleo?

—Si lo piensas bien —respondió Strike—, no es un mal plan de negocios para un hombre egoísta e insensible que vende poquísimos libros. Montas un follón por todo lo alto, haces que todo Londres hable de tu libro. Recibes amenazas de acciones legales, cabreas a un montón de gente, haces revelaciones veladas sobre un escritor famoso... Y entonces desapareces y te escondes donde no puedan encontrarte las órdenes judiciales y, antes de que nadie pueda impedirlo, lo publicas en forma de libro electrónico.

—Sin embargo, cuando Elizabeth Tassel le dijo que era impublicable, se puso furioso.

—¿Seguro? —dijo Strike, pensativo—. ¿O estaba fingiendo? ¿Y si el motivo por el que insistía tanto en que lo leyera era que estaba preparándose para representar una buena pelea en público? Da la impresión de que era un gran exhibicionista. A lo mejor todo formaba parte de su estrategia de promoción. Creía que Roper Chard no daba suficiente publicidad a sus libros. Eso me dijo Leonora.

—Entonces, ¿crees que cuando quedó con Elizabeth Tassel ya había planeado montar un número y abandonar furioso el restaurante?

—Es posible.

—¿Y, de allí, ir a Talgarth Road?

—Quizá.

El sol ya había salido y las copas de los árboles, recubiertas de hielo, lanzaban destellos.

—Y consiguió lo que quería, ¿no? —prosiguió Strike, y entornó los ojos cuando un sinfín de motitas de hielo brillaron en el parabrisas del coche—. No podría haber diseñado mejor campaña publicitaria para su libro. Lástima que no haya sobrevivido y no se haya visto en las noticias de la BBC.

»¡Cojones! —añadió en voz baja.

—¿Qué pasa?

—Me he acabado todas las galletas. Lo siento —dijo Strike, compungido.

—No pasa nada —dijo Robin, risueña—. Yo ya he desayunado.

—Yo no he tenido tiempo.

El café caliente, la charla y el hecho de que Robin, siempre tan práctica, se hubiera preocupado por su comodidad, habían debilitado la resistencia de Strike a hablar de su pierna.

—No podía ponerme la maldita prótesis. Tengo la rodilla superhinchada. Voy a tener que ir al médico. He tardado una eternidad en salir de casa.

Ella ya se lo había imaginado, pero agradeció la muestra de confianza.

Dejaron atrás un campo de golf cuyos banderines sobresalían por varias hectáreas de nieve blanda, y unas graveras inundadas de agua, convertidas en láminas de peltre bruñido bajo la luz invernal. Estaban cerca de Swindon cuando sonó el teléfono de Strike; miró el número (temiéndose que volviera a ser Nina Lascelles) y vio que era Ilsa, su amiga del colegio. También vio, con cierta aprensión, que Leonora Quine lo había llamado a las seis y media, seguramente mientras él intentaba no partirse la crisma con las muletas por Charing Cross Road.

—Hola, Ilsa. ¿Qué pasa?

—Pues varias cosas —contestó ella. Su voz le llegaba muy débil, y el detective comprendió que también ella debía de estar en un coche.

—¿Te llamó Leonora Quine el miércoles?

—Sí, nos vimos por la tarde —dijo Ilsa—. Y acabo de hablar con ella otra vez. Me ha dicho que te ha llamado esta mañana, pero que no contestabas.

—Sí, he salido muy temprano y no he visto su llamada.

—Me ha dado permiso para que te diga...

—¿Qué ha pasado?

—Se la han llevado a comisaría para interrogarla. Yo estoy de camino.

—Mierda. ¡Mierda! ¿Qué tienen?

—Dice que han encontrado fotografías en el dormitorio que compartía con Quine. Por lo visto, a él le gustaba que lo ataran y le tomaran fotos —explicó Ilsa con mordaz naturalidad—. Me lo ha contado como si me hablara de las plantas de su jardín.

Strike oía, de fondo, el ruido amortiguado del intenso tráfico del centro de Londres. Allí, en la autopista, lo que se oía era el susurro de los limpiaparabrisas, el murmullo constante del poderoso motor y, de vez en cuando, el zumbido de un coche temerario que los adelantaba bajo la intensa nevada.

—Lo lógico habría sido que se deshiciera de esas fotos —comentó Strike.

—Simularé no haber oído una insinuación sobre la conveniencia de destruir pruebas —dijo Ilsa, fingiendo seriedad.

—Esas fotos no son pruebas, no me jodas —se quejó Strike—. Por el amor de Dios, claro que esos dos tenían un punto pervertidillo. Si no, ¿cómo iba a retener Leonora a un hombre como Quine? El problema es que la mente de Anstis es demasiado pudorosa; cree que cualquier cosa que no sea la postura del misionero es indicio de tendencias criminales.

—¿Qué sabes tú de la vida sexual del agente a cargo de la investigación? —preguntó Ilsa, extrañada.

—Es el tipo al que eché hacia la parte trasera del vehículo en Afganistán —contestó Strike.

—Ah —dijo ella.

—Y se ha empeñado en incriminar a Leonora. Si lo único que tienen es eso, unas cuantas fotos guarras...

—No, no es lo único. ¿Sabías que los Quine tenían un trastero?

Strike no dijo nada y siguió escuchando, tenso y, de repente, preocupado. ¿Y si se había equivocado? ¿Y si se había equivocado por completo?

—¿Lo sabías? —insistió Ilsa.

—¿Qué han encontrado? —preguntó Strike, abandonando el tono displicente—. Supongo que no serán los intestinos.

—¿Qué has dicho? ¡He entendido «no serán los intestinos»!

—¿Qué han encontrado? —repitió él.

—No lo sé, pero ya me enteraré cuando llegue allí.

—¿No la han detenido?

—No, sólo quieren interrogarla, pero están convencidos de que ha sido ella, lo sé, y creo que ella no se da cuenta de lo feas que están poniéndose las cosas. Cuando me ha llamado, sólo me hablaba de su hija, a la que tenía que dejar con una vecina, y de lo disgustada que estaba la niña...

—La hija cuenta ya veinticuatro años y tiene problemas de aprendizaje.

—Ah —dijo Ilsa—. Qué pena. Mira, estoy llegando, tengo que dejarte.

—Mantenme informado.

—No esperes noticias mías demasiado pronto. Me da la impresión de que vamos a tardar un poco.

—Mierda —repitió Strike al colgar.

—¿Qué ha pasado?

Un camión cisterna enorme había salido del carril lento para adelantar a un Honda Civic con un adhesivo de «Bebé a bordo» en la luna trasera. Strike vio que su descomunal carrocería, semejante a una bala de plata, oscilaba al avanzar a gran velocidad por la autopista; se fijó en que Robin reducía la marcha para aumentar la distancia de frenado, pero no expresó su aprobación.

—La policía ha llevado a Leonora a la comisaría para interrogarla.

Robin dio un grito ahogado.

—Han encontrado en su dormitorio fotos de Quine atado, y otra cosa en un trastero, pero Ilsa no sabe qué...

Strike ya había experimentado aquello otras veces. El paso instantáneo de la calma a la calamidad. Una súbita ralentización del tiempo. De pronto, todos los sentidos en tensión y disparando las alarmas.

El camión cisterna hizo la tijera.

—¡Frena! —se oyó gritar a pleno pulmón, porque eso era lo que había dicho la última vez para evitar la muerte.

En cambio, Robin pisó el acelerador a fondo, y el coche salió disparado con un rugido. No había espacio para pasar. El camión volcó y cayó sobre un costado en la calzada helada, girando sobre sí mismo; el Civic chocó contra él, volcó y resbaló sobre el techo hacia la cuneta; un Golf y un Mercedes, que tras el choque se habían quedado enganchados, salieron despedidos hacia el chasis del camión cisterna.

Se dirigían a toda velocidad hacia la cuneta. Robin esquivó el Civic volcado casi de milagro. Strike se agarró a la manija de la puerta mientras el Land Cruiser pisaba el suelo rugoso a gran velocidad. Iban a meterse en la cuneta y seguramente volcarían. El remolque del camión resbalaba peligrosamente en su dirección, pero ellos iban muy deprisa, y Robin pasó por los pelos. Tras una sacudida tan brutal que la cabeza de Strike chocó contra el techo del coche, de pronto dieron un volantazo y volvieron a la calzada helada, indemnes, al otro lado del montón de vehículos siniestrados.

—¡Hostia puta!

Robin había frenado por fin, controlando a la perfección el coche, y lo detuvo en la cuneta. Estaba tan blanca como la nieve que caía en el parabrisas.

—En ese Civic iba un niño.

Y antes de que él pudiera decir nada, se había bajado del coche y había dado un portazo.

Strike estiró un brazo por encima del respaldo de su asiento e intentó pescar las muletas. Nunca había sido tan consciente de su minusvalía. Acababa de alcanzarlas y pasarlas al asiento delantero cuando oyó sirenas. Entornó los ojos y miró a través de la luna trasera, cubierta de nieve, y distinguió el parpadeo lejano de unas luces azules. La policía ya había llegado, y él no iba a ser de gran ayuda con una sola pierna. Mascullando, tiró las muletas al asiento trasero.

Robin volvió al coche al cabo de diez minutos.

—Podría haber sido mucho peor —dijo jadeando—. Al niño no le ha pasado nada, iba en una sillita para coche. El conductor del camión está cubierto de sangre, pero consciente.

—¿Y tú? ¿Estás bien?

Robin temblaba un poco, pero sonrió.

—Sí, estoy bien. Es que me daba miedo encontrarme a un niño muerto.

—Bueno —dijo Strike, y respiró hondo—. Y ahora dime, ¿dónde coño has aprendido a conducir así?

—Ah, hice un par de cursos de conducción avanzada. —Robin se encogió de hombros y se apartó el pelo mojado de la frente.

Strike se quedó mirándola.

—¿Cuándo?

—Poco después de dejar la universidad. Estaba pasando una mala época y no salía mucho. Fue idea de mi padre. Siempre me han gustado mucho los coches.

»Me apunté por hacer algo —continuó mientras se abrochaba el cinturón de seguridad y ponía el motor en marcha—. A veces, cuando estoy en casa de mis padres, voy a la granja a practicar. Mi tío me deja entrar con el coche en un campo que tiene.

Strike seguía mirándola fijamente.

—¿Estás segura de que no quieres esperar un poco antes de...?

—No, ya les he dado mi nombre y mi dirección. Tenemos que seguir.

Metió primera y se incorporó con suavidad a la autopista. Strike no conseguía apartar la mirada de su sereno perfil; ella volvía a tener la vista fija en la calzada y sujetaba el volante con seguridad. Se la veía relajada.

—En el Ejército conocí a conductores especializados que conducían peor que tú —dijo—. Los que llevan a los generales y reciben entrenamiento para escapar de situaciones de peligro. —Volvió la cabeza y vio el amasijo de vehículos volcados que bloqueaba la calzada—. Todavía no entiendo cómo lo has hecho para que no nos estrelláramos.

Robin no se había echado a llorar por haber estado a punto de sufrir un accidente; en cambio, al oír esas palabras de elogio y agradecimiento, de pronto creyó que se derrumbaría y se le saltarían las lágrimas.

Con gran fuerza de voluntad, contuvo su emoción, la transformó en una risita y preguntó:

—¿Te das cuenta de que, si llego a frenar, habríamos patinado y nos habríamos ido derechos contra el camión cisterna?

—Sí —respondió Strike, y rió también—. No sé por qué he dicho eso —mintió.

29

A la izquierda hay un camino
que lleva de la mala conciencia
a un bosque de desconfianza y miedo.

THOMAS KYD, *The Spanish Tragedie*

A pesar de haberse librado por poco de un accidente, Strike y Robin entraron en Tiverton, en el condado de Devon, poco después de las doce. Robin siguió las indicaciones del navegador y dejó atrás unas casas de campo recubiertas de una gruesa capa de nieve reluciente; pasó por un bello puentecito que atravesaba un río de color pizarra y por delante de una iglesia del siglo XVI de un esplendor insólito, hasta llegar al final del pueblo, donde vieron una verja automática de doble hoja, discretamente apartada de la carretera.

Un joven y atractivo filipino que calzaba lo que parecían zapatos náuticos y vestía un abrigo que le iba grande intentaba abrir la verja manualmente. Al ver el Land Cruiser, le indicó a Robin por señas que bajara la ventanilla.

—Congeladas —se limitó a decir—. Esperen un momento, por favor.

Strike y Robin esperaron cinco minutos en el coche bajo la intensa nevada, hasta que el joven consiguió desprender el hielo de la verja y despejó el suelo para permitir que se abrieran las dos hojas.

—¿Quieres que te acerquemos a la casa? —le preguntó Robin.

El joven se acomodó en el asiento trasero, junto a las muletas de Strike.

—¿Son amigos del señor Chard?

—Hemos quedado con él —contestó Strike, evasivo.

Subieron por un largo y sinuoso sendero privado; el Land Cruiser no tenía problemas para avanzar por la nieve crujiente que se había acumulado durante la noche. Las hojas de los rododendros que bordeaban el camino se habían negado a soportar el peso de la nieve, de modo que el paisaje se dibujaba en blanco y negro: montículos de denso follaje invadían el sendero, blanco y de apariencia esponjosa. En el campo de visión de Robin habían empezado a aparecer unos puntos de luz diminutos. Ya hacía horas que había desayunado, y Strike se había comido todas las galletas, claro.

Su mareo y una ligera sensación de irrealidad persistían cuando se bajó del Toyota y alzó la vista hacia Tithebarn House, construida junto a una extensión oscura del bosque que parecía acosar una pared lateral de la casa. La inmensa estructura rectangular que tenían ante sí había sido restaurada por un arquitecto audaz: había sustituido una mitad del tejado por placas de vidrio, y la otra parecía cubierta de paneles solares. Al contemplar la parte en que la transparencia convertía la estructura en algo parecido a un esqueleto recortado contra el cielo de un gris brillante y claro, Robin se mareó aún más. Aquello le recordó la espeluznante fotografía que había visto en el teléfono de su jefe: la estancia abovedada de vidrio y luz donde yacía el cadáver mutilado de Quine.

—¿Te encuentras bien? —le preguntó Strike, preocupado, al reparar en su extremada palidez.

—Sí. —Quería conservar su estatus de heroína.

Respirando hondo para llenarse de aquel aire helado los pulmones, siguió a Strike, asombrosamente hábil con las muletas, por el sendero de grava que llevaba hasta la entrada. El joven pasajero había desaparecido sin decirles nada más.

Daniel Chard abrió la puerta de la casa en persona. Llevaba una camisa de seda con cuello mao, amplia, de color verde amarillento, y pantalones de lino holgados. También llevaba muletas, como Strike, y la pantorrilla y el pie izquierdos enfundados en una gruesa bota ortopédica. Chard bajó la vista hacia la pernera vacía del pantalón de Strike, y durante unos segundos, que se prolongaron incómodamente, pareció que nunca desviaría la mirada.

—Y usted creía que estaba mal, ¿eh? —dijo Strike, tendiéndole la mano.

El chiste no fue bien recibido: Chard no sonrió. Seguía envolviéndolo la misma aura de desubicación, de singularidad, que en la fiesta de la editorial. Estrechó la mano al detective sin mirarlo a los ojos y lo saludó con estas palabras:

—Llevaba toda la mañana esperando que me llamara para cancelar nuestra cita.

—Pues no, lo hemos conseguido —replicó Strike, por obvio que resultara—. Le presento a mi secretaria, Robin. Me ha traído ella. Espero que...

—No, no puede quedarse aquí bajo la nieve —dijo Chard, aunque sin nada que pudiera interpretarse como un gesto de calidez—. Pasen.

Retrocedió con las muletas para dejarles cruzar el umbral y entrar en un recibidor con el suelo de madera muy pulida de color miel.

—¿Les importaría descalzarse?

Una filipina de mediana edad, baja y fornida, con el pelo negro recogido en un moño, apareció por una puerta de vaivén de doble hoja que había en la pared de ladrillo, a su derecha. Iba vestida de negro de la cabeza a los pies y llevaba dos bolsas blancas de hilo donde era evidente que se esperaba que Robin y Strike pusieran sus zapatos. Robin le dio los suyos a la mujer, y se sintió extrañamente vulnerable al notar el parquet bajo las plantas. Strike permaneció quieto sobre su único pie.

—Oh —dijo Chard, y otra vez se quedó mirando la pierna del detective—. No, creo que... Será mejor que el señor Strike no se descalce, Nenita.

La mujer se retiró sin decir nada y volvió a la cocina.

El interior de Tithebarn House empeoró la desagradable sensación de vértigo de Robin. No había paredes que dividieran su vasto interior. El primer piso, al que se accedía por una escalera de caracol de acero y cristal, estaba suspendido del alto techo por medio de unos gruesos cables metálicos. Desde abajo se veía la gran cama de matrimonio de Chard, de cuero negro y con un enorme crucifijo de alambre de espino colgado sobre el cabecero, en una pared de ladrillo. Robin se apresuró a bajar la vista; cada vez estaba más mareada.

El mobiliario de la planta baja se reducía a unos cubos de cuero blanco o negro y unas estanterías de ingeniosa sencillez, de madera y metal, en las que había intercalados unos radiadores verticales de acero. El elemento dominante de la estancia, apenas decorada, era una escultura de mármol blanco, de tamaño real, que representaba un cuerpo de mujer con alas de ángel encaramado en una roca; estaba parcialmente diseccionado y se le veían la mitad del cráneo, una parte de los intestinos y un trozo de hueso de la pierna. Robin se fijó en que el pecho consistía en un montón de gruesos glóbulos sobre un círculo de músculo que recordaba a las laminillas de las setas, y le costó desviar la mirada.

Era absurdo que le diera asco aquel cuerpo diseccionado hecho de piedra, una pieza inanimada, blanca y fría, nada que ver con la imagen del cadáver en descomposición que Strike conservaba en su teléfono. «No pienses en eso.» Debería haberle pedido a su jefe que le dejara al menos una galleta. Empezó a sudarle el labio y la frente...

—¿Te encuentras bien, Robin? —preguntó Strike sin bajar la voz.

Ella se dio cuenta, por cómo la miraban, de que debía de haber palidecido, y a su temor a desmayarse se añadió el bochorno de convertirse en una carga para su jefe.

—Lo siento —balbució, y notó los labios entumecidos—. El viaje ha sido largo. Si pudiera beber un poco de agua...

—Esto... sí —dijo Chard, como si el agua fuera un bien escaso—. ¡Nenita!

La mujer de negro acudió de nuevo.

—La joven necesita un vaso de agua —dijo Chard.

Nenita indicó por señas a Robin que la siguiera. Cuando entró en la cocina, Robin oyó, detrás, el débil ruido que hacían las muletas del presidente de la editorial en el suelo de madera. Vio, fugazmente, superficies de acero y paredes encaladas, y al joven al que habían llevado en el coche removiendo el contenido de una gran cacerola. De pronto se encontró sentada en un taburete bajo.

Robin creyó que Chard había ido a la cocina para asegurarse de que no le pasaba nada, pero, mientras Nenita le ponía un vaso frío en la mano, lo oyó decir, a su espalda:

—Gracias por arreglar la puerta, Manny.

El joven no contestó. Robin oyó alejarse el ruido de las muletas de Chard, y cómo se cerraba la puerta de vaivén de la cocina.

—Es culpa mía —le confesó Strike, sinceramente arrepentido, cuando Chard se reunió con él—. Me he comido todo lo que mi secretaria tenía para el viaje.

—Nenita puede prepararle algo —dijo Chard—. ¿Nos sentamos?

Strike lo siguió hasta más allá del ángel de mármol, cuyo contorno difuso se reflejaba en la madera cálida del suelo, y llegaron, cada uno con su par de muletas, al fondo de la habitación, donde una estufa negra de leña, de hierro, creaba un rincón cálido y acogedor.

—Una casa preciosa —observó Strike.

Se sentó en uno de los cubos de cuero negro más grandes y dejó las muletas en el suelo, a su lado. El cumplido no era sincero: él prefería la decoración práctica y las viviendas cómodas, y aquella casa le parecía pura superficialidad y ostentación.

—Sí, colaboré con los arquitectos —explicó Chard con una chispa de entusiasmo—. Hay un estudio —añadió, señalando otra discreta puerta de doble hoja— y una piscina.

Se sentó también y estiró la pierna con el pie enfundado en la bota ortopédica.

—¿Cómo se lo ha hecho? —le preguntó Strike, apuntando con la barbilla a la pierna rota.

Chard indicó con el extremo de una muleta la escalera de caracol de metal y cristal.

—Qué dolor —observó Strike, imaginándose la caída.

—El ruido que hizo el hueso al partirse resonó por toda la habitación —dijo Chard con extraño deleite—. No sabía que eso podía oírse.

»¿Le apetece un té, o un café?

—Sí, un té, por favor.

Strike vio cómo el hombre colocaba el pie bueno sobre una plaquita de latón junto a su asiento; la presionó con suavidad, y Manny salió de la cocina.

—Té, por favor, Manny —dijo Chard con una cordialidad a todas luces ajena a su actitud habitual.

El joven volvió a desaparecer, más huraño que nunca.

—¿Eso es la isla de Saint Michael? —preguntó Strike, señalando un pequeño cuadro colgado cerca de la estufa.

Era una pintura naif sobre un material que parecía madera.

—Es un Alfred Wallis —precisó Chard con otro débil destello de entusiasmo—. Esas formas tan sencillas, tan primitivas... Mi padre lo conocía. Wallis no se dedicó en serio a la pintura hasta que tuvo setenta años. ¿Conoce Cornualles?

—Me crié allí —contestó el detective.

Sin embargo, a Chard le interesaba más hablar de Alfred Wallis. Volvió a mencionar que el pintor no había descubierto su verdadera vocación hasta los últimos años de su vida, y se embarcó en una disertación sobre su obra. El absoluto desinterés de Strike por el tema le pasó desapercibido. Chard no era muy aficionado a mirar a los ojos; apartó la vista del cuadro y la paseó por diferentes puntos del amplio interior de ladrillo, y dio la impresión de que sólo miraba a Strike por casualidad.

—Acaba de regresar de Nueva York, ¿verdad? —le preguntó éste cuando calló un momento para tomar aire.

—Sí, he asistido a un congreso de tres días —confirmó el hombre, y su entusiasmo se desvaneció. Como si repitiera frases hechas, dijo—: Son tiempos difíciles. La llegada del libro electrónico ha cambiado el panorama. ¿Usted lee? —preguntó a bocajarro.

—A veces —respondió Strike.

En su ático tenía un James Ellroy con las tapas sobadas que llevaba cuatro semanas intentando terminar, pero por la noche casi siempre se sentía demasiado cansado para concentrarse. Su libro favorito estaba en una de aquellas cajas cerradas que contenían sus objetos personales, en el rellano; tenía veinte años y hacía mucho que no lo abría.

—Necesitamos lectores —masculló Daniel Chard—. Más lectores y menos escritores.

Strike contuvo el impulso de replicar: «Bueno, al menos se ha librado de uno.»

Manny volvió con una bandeja de plexiglás transparente, con patas, que dejó ante su patrón. Chard se inclinó hacia delante para servir el té en unas tazas altas de porcelana blanca. Strike se fijó en que sus muebles de piel no emitían los irritantes sonidos que hacía el sofá de su oficina, y pensó que seguramente eran diez veces más caros. Chard tenía el dorso de las manos igual de reseco y lastimado que el día de la fiesta en la editorial, y bajo las intensas luces empotradas en la parte de abajo del primer piso colgante parecía mayor que desde lejos: debía de tener unos sesenta años, y sin embargo, los ojos oscuros y hundidos, la nariz aguileña y los labios delgados resultaban atractivos pese a su severidad.

—Se le ha olvidado la leche —comentó el presidente, revisando la bandeja—. ¿Lo toma con leche?

—Sí.

Chard suspiró, pero, en lugar de presionar la plaquita de latón, apoyó con esfuerzo el pie bueno en el suelo y con la ayuda de las muletas fue hasta la cocina; Strike se quedó mirándolo, pensativo.

Quienes trabajaban con él consideraban a Daniel Chard un hombre peculiar, aunque Nina lo había calificado de «lince para los negocios». Strike había interpretado su cólera incontrolada respecto a *Bombyx Mori* como una reacción propia de alguien demasiado susceptible y con un criterio cuestionable. Recordó la ligera sensación de bochorno del público mientras Chard pronunciaba su discurso, farfullando, en la fiesta de aniversario. Se trataba de un tipo raro, sin duda, difícil de interpretar.

Strike desvió la mirada hacia arriba. La nieve caía con suavidad sobre el alto tejado transparente, por encima del ángel de mármol. Supuso que el cristal debía de estar calentado de alguna forma para impedir que se acumulara la nieve. Y volvió a acordarse de Quine, eviscerado y atado, quemado y pudriéndose bajo un gran ventanal en arco. Como le había sucedido a Robin, de pronto el alto techo de vidrio de Tithebarn House le pareció turbadoramente evocador.

Chard salió de la cocina y recorrió la estancia con sus muletas. En una mano sostenía en equilibrio precario una jarrita de leche.

—Supongo que estará preguntándose por qué le pedí que viniera —dijo Chard por fin, una vez sentado, cada uno con su taza de té.

Strike adoptó una expresión receptiva.

—Necesito hablar con alguien en quien pueda confiar —continuó, sin esperar a que Strike le contestara—. Alguien de fuera de la editorial.

Le echó un vistazo y volvió a centrar su mirada en la seguridad que le ofrecía su Alfred Wallis.

—Creo —prosiguió— que podría ser el único que se ha dado cuenta de que Owen Quine no trabajaba solo. Tenía un colaborador.

—¿Un colaborador? —repitió Strike por fin, pues Chard parecía, ahora sí, esperar una respuesta.

—Sí —contestó con fervor—. Sí, ya lo creo. Verá, el estilo de *Bombyx Mori* es el de Owen, pero hay algo en el libro que no lo es. Alguien lo ayudó.

La tez cetrina de Chard se había coloreado. Agarró el puño de una de sus muletas y empezó a acariciarlo.

—Creo que a la policía le interesará saberlo, si es que puede demostrarse —continuó, y logró mirar a los ojos a Strike—. Si a Owen lo asesinaron por lo que escribió en *Bombyx Mori*, ¿no podría ser su colaborador el culpable?

—¿Culpable? —repitió Strike—. ¿Cree que ese colaborador convenció a Quine para que incluyera material en el libro con la esperanza de que un tercero reaccionara asesinándolo?

—Bueno, no estoy seguro —admitió Chard, frunciendo el entrecejo—. Tal vez no esperara que sucediera exactamente eso, pero es evidente que pretendía causar estragos.

A medida que apretaba más el puño de la muleta, iban poniéndosele los nudillos blancos.

—¿Qué le hace pensar que Quine tuvo ayuda? —preguntó Strike.

—Owen no podía saber ciertas cosas que se insinúan en *Bombyx Mori* a menos que alguien le proporcionara información —respondió Chard con la vista clavada en uno de los lados de su ángel de piedra.

—Me parece que si a la policía le interesara la aparición de un cómplice sería porque pudiese aportar alguna pista sobre la identidad del asesino —dijo Strike, en tono mesurado.

Era la verdad, pero también una forma de recordarle a Chard que un hombre había fallecido en circunstancias violentas. De todas formas, al empresario no parecía importarle mucho la identidad del asesino.

—¿Usted cree?

—Sí. Y les interesaría ese colaborador también porque, seguramente, arrojaría algo de luz sobre los pasajes más crípticos del libro. Una de las teorías que sin ninguna duda analizará la policía es que alguien mató a Quine para impedirle revelar algo que había insinuado en *Bombyx Mori*.

Daniel Chard miraba a Strike como hipnotizado.

—Sí, claro. No se me había...

Para sorpresa del detective, el presidente de la editorial se levantó, cogió sus muletas y dio unos pasos hacia atrás y hacia delante, balanceándose como si parodiara aquellos primeros ejercicios de fisioterapia exploratorios que años atrás le habían hecho practicar a Strike en el hospital Selly Oak. Strike comprobó que Chard estaba en forma y que se le marcaban los bíceps bajo las mangas de la camisa de seda.

—Entonces, el asesino... —empezó a decir, pero de repente se interrumpió y miró más allá de Strike—. ¿Qué pasa?

Robin había salido de la cocina. Tenía mucho mejor color.

—Lo siento —se disculpó la chica, turbada.

—Esto es confidencial —dijo Chard—. Lo siento. ¿Puede volver a la cocina, por favor?

—Pues... Bueno, sí —contestó Robin, extrañada, y Strike se dio cuenta de que también ofendida.

Ella lo miró esperando a que él dijera algo, pero su jefe guardó silencio.

La puerta de vaivén se cerró detrás de Robin, y Chard se quejó, enojado:

—Ahora he perdido el hilo. No sé qué estaba diciendo.

—Algo sobre el asesino.

—Sí. Sí —dijo, nervioso, y empezó a balancearse de nuevo adelante y atrás con las muletas—. Pues si el asesino sabe que existía un colaborador, quizá también quiera eliminarlo a él, ¿no? Y a lo mejor al colaborador ya se le ha ocurrido —añadió, casi como si hablara solo, con la mirada fija en la madera de su lujoso parquet—. Tal vez eso explique... Sí.

Por la ventanita de la pared que Strike tenía más cerca sólo se veía la oscura masa del bosque colindante con la casa; los copos de nieve que caían flotando destacaban entre la negrura.

—No hay nada que me fastidie tanto como la deslealtad —dijo Chard de pronto.

Dejó de pasearse, nervioso; se volvió y miró al detective.

—Si le dijera quién sospecho que ayudó a Owen y si le pidiera que me consiguiera pruebas, ¿se sentiría obligado a transmitirle esa información a la policía?

A Strike le pareció una pregunta delicada. Se acarició distraídamente la barbilla, mal afeitada con las prisas por salir de su casa esa mañana.

—Si lo que está pidiéndome es que compruebe la veracidad de sus sospechas... —empezó a decir despacio.

—Sí —confirmó Chard—. Sí, eso es. Me gustaría estar seguro.

—Pues no, no creo que tuviera que contárselo a la policía. Pero si descubriera que existe un colaborador y sospechara que pudo haber matado a Quine, o que puede saber quién lo hizo, es evidente que me sentiría obligado a informar a la policía.

Chard se sentó en uno de aquellos grandes cubos de piel y dejó caer las muletas al suelo con estrépito.

—Maldita sea —dijo, y su expresión de contrariedad rebotó en las numerosas superficies duras que los rodeaban; se agachó para comprobar que no había estropeado la madera.

—¿Sabe que también me ha contratado la mujer de Quine para que averigüe quién lo mató? —preguntó Strike.

—Algo había oído —replicó Chard, que seguía examinando los tablones de teca—. Pero eso no tiene por qué interferir con esta otra línea de investigación, ¿verdad?

Strike pensó que el egocentrismo de Chard era asombroso. Se acordó del texto que había escrito con letra inglesa en la tarjeta con las violetas: «Si necesita algo, no dude en hacérmelo saber.» Quizá su secretaria le hubiera dictado esas palabras.

—¿Va a decirme quién es el presunto colaborador? —se decidió a preguntar Strike.

—Esto es sumamente doloroso —masculló Chard.

Su mirada pasó del Alfred Wallis al ángel de mármol y subió por la escalera de caracol.

Strike permaneció en silencio.

—Jerry Waldegrave —dijo al fin. Miró brevemente a Strike y volvió a desviar la mirada—. Y voy a decirle por qué sospecho de él, cómo lo sé.

»Desde hace varias semanas, su comportamiento es muy extraño. La primera vez que lo pensé fue cuando me llamó por teléfono para hablarme de *Bombyx Mori*, para contarme lo que había hecho Quine. No sentía ninguna vergüenza, ni veía ninguna necesidad de disculparse.

—¿Usted esperaba que Waldegrave se disculpara por algo que había escrito Quine?

Esa pregunta pareció sorprender a Chard.

—Bueno, Owen era uno de los autores de Jerry. Por tanto, sí, habría sido lógico que lamentara que Owen me hubiera representado de esa manera.

Y la imaginación de Strike, difícil de controlar, volvió a mostrarle a Phallus Impudicus de pie junto al cadáver de un joven que emitía una luz sobrenatural.

—¿Waldegrave y usted no se llevan bien? —preguntó.

—He tenido mucha paciencia con Jerry. He sido muy tolerante —dijo Chard sin contestar directamente a la pregunta—. Hace un año, cuando ingresó en una clínica de rehabilitación, seguí pagándole el sueldo íntegro. Tal vez sienta que he sido injusto con él, pero yo he estado a su lado en ocasiones en que muchos otros, más prudentes, quizá se habrían mantenido neutrales. Las desgracias personales de Jerry no son responsabilidad mía. Está resentido. Sí, creo que puedo afirmar que está resentido, aunque no tiene motivos para estarlo.

—Resentido ¿por qué?

—A Jerry no le cae bien Michael Fancourt —murmuró Chard, con la vista fija en las llamas de la estufa—. Hace mucho tiempo, Michael tuvo una... aventura con Fenella, la mujer de Jerry. De hecho, yo traté de prevenir a Michael sobre las consecuencias, por mi amistad con Jerry. ¡Sí! —dijo Chard, asintiendo con la cabeza, profundamente impresionado al recordar su reacción—. Le dije que lo que estaba haciendo era imprudente y feo, a pesar de su estado de... Porque Michael había perdido a su primera esposa no hacía mucho.

»Pero no le hizo ninguna gracia que le ofreciera consejo sin que él me lo hubiera pedido. Se ofendió y se marchó a otra editorial. La junta se enfadó mucho. Hemos tardado más de veinte años en recuperar a Michael.

»Pero después de todo este tiempo —continuó Chard, cuya calva sólo era una superficie reflectante más entre tanto cristal, madera pulida y acero—, Jerry no debería esperar que sus manías personales gobiernen la política de la empresa. Desde que Michael consintió en volver a Roper Chard, Jerry se ha dedicado a... fastidiarme, muy sutilmente, con pequeños detalles.

»Yo creo que pasó esto —prosiguió, mirando de vez en cuando a Strike, como si quisiera evaluar su reacción—: Jerry reveló a Owen el acuerdo al que habíamos llegado con Michael, y que estábamos intentando mantener en secreto. Owen llevaba un cuarto de siglo enemistado con Michael. Entonces, Owen y Jerry decidieron escribir un... libro horrible en el que Michael y yo seríamos objeto de... calumnias repugnantes que servirían para desviar la atención de la llegada de Michael y para vengarse de nosotros dos, de la empresa y de cualquiera a quien se les antojara denigrar.

»Y lo más revelador —siguió Chard, y su voz resonó por la estancia casi vacía—: cuando le pedí explícitamente a Jerry que se asegurara de que el manuscrito estaba bien guardado, él dejó que lo leyera todo aquel que quisiera, y ahora que ya ha conseguido que se hable de él por todo Londres, va y dimite y me deja como...

—¿Cuándo ha dimitido Waldegrave? —preguntó Strike.

—Anteayer —contestó Chard, y continuó—: Y se mostró muy reacio a tomar, conjuntamente conmigo, acciones legales contra Quine. Eso por sí solo ya demuestra...

—A lo mejor opinaba que, si metían por medio a abogados, el libro sería objeto de mayor atención —sugirió Strike—. Waldegrave también sale en *Bombyx Mori*, ¿no?

—¡Eso es! ¡Exacto! —dijo Chard, y rió. Era la primera muestra de humor que el detective le había visto, y el resultado fue desagradable—. No debe tomárselo todo al pie de la letra, señor Strike. Owen no sabía nada de eso.

—¿De qué?

—El personaje del Censor es obra del propio Jerry. Yo me di cuenta tras la tercera lectura. Sí, un truco muy inteligente: parece un ataque contra él, pero en realidad es una forma de hacer sufrir a Fenella. Ellos dos siguen casados, no sé si lo sabe. Pero es un matrimonio muy desgraciado. Muy desgraciado.

»Sí —continuó—, al releerlo lo entendí todo. —Movió la cabeza afirmativamente, y las luces del techo colgante dibujaron reflejos ondulados en su cuero cabelludo—. Owen no creó al Censor. Casi no conocía a Fenella. Él no sabía nada de esa antigua rencilla.

—¿Y qué significan en realidad el saco manchado de sangre y la enana?

—Pregúnteselo a Jerry —respondió Chard—. Consiga que se lo explique él. Yo no tengo por qué ayudarlo a divulgar sus calumnias.

—Lo que no entiendo —dijo Strike, abandonando, obediente, esa línea de investigación— es por qué Michael Fancourt, si tan mal se llevaba con Quine, accedió a volver a Roper Chard sabiendo que él trabajaba para ustedes.

Hubo una breve pausa.

—Nosotros no teníamos ninguna obligación legal de publicar el siguiente libro de Owen —dijo Chard—. Teníamos una opción preferente, nada más.

—Entonces, ¿usted cree que Jerry Waldegrave le dijo a Quine que estaban a punto de prescindir de él para que Fancourt estuviera contento?

—Sí —contestó Chard, mirándose las uñas—. Sí. Además, yo había ofendido a Owen la última vez que nos habíamos visto, de modo que la noticia de que quizá estuviera a punto de prescindir de él eliminaría, sin ninguna duda, cualquier vestigio de lealtad que en el pasado pudiera haber sentido por mí, porque yo lo contraté cuando todos los otros editores de Gran Bretaña lo habían...

—¿Qué hizo para ofenderlo?

—Bueno, fue la última vez que vino a la oficina. Se trajo a su hija.

—¿A Orlando?

—Sí. Que se llama así, según me contó Quine, por el epónimo protagonista de la novela de Virginia Woolf. —Chard vaciló un momento; miró fugazmente a Strike y luego volvió a examinarse las uñas—. Su hija... no está del todo bien.

—¿Ah, no? ¿En qué sentido?

—Mentalmente —masculló Chard—. Yo me encontraba en el departamento de arte cuando entraron ellos dos. Owen me dijo que estaba enseñándole la editorial, cosa que no le correspondía hacer; pero Owen siempre hacía lo que se le antojaba. Se creía con derecho a todo y se daba muchos aires.

»Su hija agarró la maqueta de una cubierta, con las manos sucias; yo le sujeté la muñeca para impedir que la estropeara... —Reprodujo el movimiento en el aire; al recordar aquella profanación, puso cara de asco—. No sé, fue una reacción instintiva, un impulso de proteger una imagen, pero ella se enfadó mucho. Montó un numerito. Fue bochornoso. —Dio la impresión de que Chard sufría al revivir aquella escena—. Se puso casi histérica. Y Owen estaba furioso. No me cabe duda de que ése fue mi delito. Ése, y conseguir que Michael Fancourt volviera a Roper Chard.

—Según usted —preguntó Strike—, ¿quién tenía más motivos para estar molesto por cómo lo habían caracterizado en *Bombyx Mori*?

—Pues no lo sé, la verdad —contestó Chard. Tras una breve pausa, añadió con frialdad—: Bueno, dudo que a Elizabeth Tassel le encantara verse representada como una parásita, después de tantos años llevándose a Owen borracho de las fiestas para que no hiciera el ridículo, pero no me compadezco mucho de ella, lo siento. Permitió que el libro circulara sin haberlo leído. Fue una negligencia vergonzosa.

—¿Habló usted con Fancourt después de leer el manuscrito?

—Él tenía que saber lo que había hecho Quine. Era mucho mejor que se enterara por mí. Acababa de volver de París, donde había recibido el Prix Prévost. Le aseguro que hacer esa llamada no fue nada agradable.

—¿Cómo reaccionó?

—Michael se recupera con facilidad. Me dijo que no me preocupara; que Owen se había perjudicado más a sí mismo que a nosotros. Michael disfruta con sus enemistades. Estaba muy tranquilo.

—¿Le explicó usted qué decía, o insinuaba, Quine sobre él en el libro?

—Por supuesto. No podía permitir que se enterara por otros.

—¿Y no se enfadó?

—Me dijo: «Yo diré la última palabra, Daniel. Yo diré la última palabra.»

—¿Cómo interpretó usted eso?

—Bueno, Michael tiene fama de letal —dijo Chard, esbozando una sonrisa—. Puede hacer trizas a cualquiera con sólo... Cuando digo que es letal —precisó Chard, súbita y cómicamente angustiado— lo hago en sentido figurado, por supuesto.

—Claro, claro —lo tranquilizó Strike—. ¿Pidió a Fancourt que emprendiera con usted acciones legales contra Quine?

—Michael detesta los tribunales como medio de resarcimiento en esa clase de asuntos.

—Usted conocía al difunto Joseph North, ¿verdad? —preguntó Strike, procurando no mostrar excesivo interés.

A Chard se le tensaron los músculos de la cara: una máscara bajo la tez ruborizada.

—De eso hace ya... mucho tiempo.

—North era amigo de Quine, ¿no?

—Yo rechacé la novela de Joe North —admitió como quien no quiere la cosa—. Eso fue lo único que hice. Hubo media docena de editores que también la rechazaron. Fue un error, en términos comerciales. Tuvo cierto éxito póstumamente. Aunque, claro —añadió con desdén—, me parece que Michael la reescribió casi entera.

—¿A Quine le sentó mal que usted rechazara el libro de su amigo?

—Sí. Protestó mucho.

—Pero de todas formas volvió a Roper Chard, ¿no?

—Que yo rechazara el libro de Joe North no fue nada personal —aclaró Chard, ruborizado—. Al final, Owen acabó por comprenderlo.

Hubo otra pausa incómoda.

—Dígame, cuando lo contratan para buscar a... un criminal de este tipo —dijo Chard, cambiando de tema con notable esfuerzo—, ¿trabaja en colaboración con la policía o...?

—Sí, sí —respondió Strike, acordándose de la animosidad con que lo habían tratado últimamente en el cuerpo, pero encantado de que Chard se lo pusiera tan fácil—. Tengo muy buenos contactos en la Policía Metropolitana. Creo que sus... movimientos —dijo, con un sutil énfasis en la pausa entre esas dos palabras— no les han dado ningún motivo de preocupación.

Su provocación, aquella pausa resbaladiza, logró el efecto que buscaba.

—Ah, pero ¿la policía ha examinado mis movimientos?

Parecía un crío asustado, incapaz de fingir siquiera un poco de sangre fría para protegerse.

—Bueno, verá, es lógico que la policía investigue a todas las personas que aparecen representadas en *Bombyx Mori* —expuso Strike aparentando desinterés, y dio unos sorbos de té—, y todo lo que hicieron ustedes después del día cinco, cuando Quine dejó plantada a su mujer y se marchó de casa con el libro, ha de interesarles.

Para gran satisfacción del detective, Chard empezó enseguida a repasar sus movimientos en voz alta, con la aparente intención de tranquilizarse a sí mismo.

—Pues yo no supe nada del libro hasta el día siete —dijo, y volvió a clavar la vista en su pie lesionado—. Cuando Jerry me llamó, estaba aquí... Volví rápidamente a Londres; me llevó Manny. Pasé la noche en mi casa, Manny y Nenita pueden confirmarlo... El lunes me reuní con mis abogados en la oficina, hablé con Jerry... Esa noche fui a cenar a casa de unos amigos íntimos de Notting Hill, y Manny me llevó a casa... El martes me acosté pronto porque el miércoles por la mañana me iba a Nueva York. Estuve allí hasta el trece... El catorce pasé todo el día en casa... El quince...

Poco a poco, Chard dejó de farfullar y se quedó callado. Tal vez comprendió que no había ninguna necesidad de darle explicaciones a Strike. Lanzó una mirada fugaz al detective, y esa vez lo hizo con cautela. Chard había intentado comprar a un aliado; Strike se dio cuenta de que de pronto el empresario había descubierto que una relación de ese tipo era un arma de doble filo. No estaba preocupado. Con aquella entrevista había ganado más de lo que imaginaba, y si Chard no lo contrataba, sólo perdería dinero.

Manny apareció sin hacer ruido y, un poco cortante, le preguntó a Chard:

—¿Va a comer?

—Dentro de cinco minutos —respondió él, con una sonrisa—. Primero tengo que despedirme del señor Strike.

Manny se fue sin decir palabra, con sus zapatos de suela de goma.

—Está enfurruñado —le dijo Chard a Strike con una risita que denotaba un ligero bochorno—. Esto no les gusta. Prefieren Londres.

Recogió las muletas del suelo y se puso en pie. Strike hizo otro tanto, si bien con mayores esfuerzos.

—¿Y cómo está... la señora Quine? —preguntó el presidente de la editorial al recordar, con retraso, que debía cumplir con las convenciones, mientras, como extraños animales de tres patas, iban balanceándose hasta la puerta principal—. Una pelirroja, ¿verdad?

—No —contestó Strike—. Una mujer delgada de pelo canoso.

—Ah —dijo Chard sin mucho interés—. Yo conocí a otra persona.

El detective se detuvo junto a la puerta de vaivén de la cocina. Chard se paró también, molesto.

—Lo siento, señor Strike, pero tengo un poco de prisa.

—Y yo —replicó él con amabilidad—, pero no creo que a mi secretaria le guste que la deje aquí.

Era evidente que Chard había olvidado por completo a Robin, a quien se había quitado de encima sin ningún reparo.

—Sí, claro. ¡Manny! ¡Nenita!

—Está en el baño —dijo la empleada al salir de la cocina con la bolsa de hilo que contenía los zapatos de Robin en la mano.

La espera transcurrió en un silencio un tanto incómodo. Robin apareció por fin, con gesto inexpresivo, y se calzó.

Cuando se abrió la puerta de la calle, un aire gélido les lastimó la cara mientras Strike estrechaba la mano a Chard. Robin fue directamente al coche y se sentó al volante sin decirle nada a nadie.

Manny volvió a salir, provisto de su grueso abrigo.

—Bajaré con ustedes —le dijo a Strike—. Para comprobar la verja.

—Si está encallada, ya nos avisarán por el interfono, Manny —dijo Chard, pero el joven no le hizo caso y se metió en el asiento trasero del coche.

Recorrieron en silencio el sendero blanco y negro bajo la nevada. Manny pulsó el mando a distancia que se había llevado de la casa y la verja se abrió sin dificultad.

—Gracias —dijo Strike, volviendo la cabeza—. Me temo que ahora va a pasar un poco de frío.

Manny soltó un pequeño bufido, se apeó del coche y cerró la puerta. Cuando Robin acababa de meter la primera, el joven apareció junto a la puerta del lado del pasajero. Robin pisó el freno.

—¿Qué pasa? —preguntó Strike, bajando la ventanilla.

—Yo no lo empujé —dijo Manny con rotundidad.

—¿Cómo dice?

—Por la escalera. No lo empujé. Él miente.

Strike y Robin se quedaron mirándolo.

—¿Ustedes me creen?

—Sí, claro —respondió Strike.

—Vale —dijo el chico, asintiendo con la cabeza—. Vale.

Se dio la vuelta y echó a andar, resbalando un poco con sus zapatos de suela de goma, hacia la casa.

30

...Como prenda de amistad y confianza, os informaré de un plan que tengo. Para ser sinceros, y hablarnos con franqueza...

WILLIAM CONGREVE, *Love for Love*

Strike se empeñó en parar a comer algo en el Burger King del área de servicio de Tiverton.

—Necesitas comer un poco antes de ponerte otra vez en camino.

Robin lo acompañó dentro sin decir palabra y sin hacer ninguna referencia a las asombrosas declaraciones de Manny. A Strike no lo sorprendió mucho la actitud fría y ligeramente victimista de ella, pero estaba deseando que la abandonara. Robin se puso en la cola para pedir las hamburguesas, porque él no podía sujetar la bandeja y las muletas a la vez, y cuando colocó la bandeja llena en la mesita de formica, Strike dijo, tratando de rebajar un poco la tensión:

—Mira, ya sé que hubieras preferido que regañara a Chard por tratarte como si fueras una subalterna.

—Qué va —lo contradijo Robin, sin pensárselo dos veces. (Al decirlo en voz alta, sonaba como si ella hubiese tenido una reacción quisquillosa e infantil.)

—Vale, lo que tú digas —dijo Strike, y se encogió de hombros con cierto hastío, antes de dar un gran bocado a su primera hamburguesa.

Comieron en silencio durante un par de minutos, malhumorados, hasta que se impuso la sinceridad innata de Robin.

—Está bien, es verdad. Un poco —concedió.

Strike, apaciguado gracias a la comida rica en grasas y enternecido por la confesión de su ayudante, replicó:

—Estaba sacándole mucha tela, Robin. No discutes con los entrevistados cuando se ponen a largar.

—Perdóname por mi falta de profesionalidad —dijo ella, dolida otra vez.

—Eh, un momento. ¿Quién ha dicho que...?

—¿Qué pretendías cuando me contrataste? —le soltó ella de repente, y dejó caer su hamburguesa, que aún no había sacado del envoltorio, en la bandeja.

De pronto, el resentimiento latente, acumulado durante semanas, se había desbordado. Robin no quería oír excusas; quería saber la verdad. ¿Era una simple recepcionista y mecanógrafa, o algo más? ¿Se había quedado con Strike, y lo había ayudado a salir de la miseria, sólo para que, a la primera de cambio, se la quitaran de en medio como a una empleada doméstica?

—¿Cómo que qué pretendía? —repitió él, mirándola a los ojos—. ¿A qué te refieres?

—Yo creía que querías... Pensaba que recibiría algún tipo de... algún tipo de instrucción —dijo Robin, con las mejillas coloradas y los ojos muy brillantes—. Lo has mencionado un par de veces, pero últimamente siempre hablas de contratar a otra persona. Y yo acepté un sueldo más bajo —dijo con voz temblorosa—. Rechacé empleos mejor pagados. Creía que querías que yo...

Aunque la rabia, tanto tiempo reprimida, la acercaba al borde de las lágrimas, Robin estaba decidida a no dejarse vencer. La colaboradora ficticia que llevaba tiempo imaginándose junto a Strike (una ex policía seria y competente, que conservaba la sangre fría incluso en plena crisis) jamás habría llorado.

—Creía que querías que yo fuera... Confiaba en que haría algo más que contestar al teléfono.

—Tú haces muchas otras cosas, además de contestar al teléfono —repuso Strike, que se había terminado la primera hamburguesa y observaba a Robin debatirse con su ira—. Esta semana me has acompañado a espiar las casas de unos sospechosos de asesinato. Y hoy, en la autopista, me has salvado la vida.

Ella no se dejaba desviar del tema que le interesaba.

—¿Qué esperabas que hiciera cuando decidiste contratarme?

—No creo que tuviera ningún plan concreto —mintió Strike—. No sabía que te tomaras tan en serio este trabajo, ni que esperaras recibir instrucción.

—¿Cómo no iba a tomármelo en serio? —saltó Robin, subiendo la voz.

Una familia de cuatro miembros sentada en un rincón del diminuto restaurante los miraba fijamente. Ella no les hizo caso; de pronto, estaba furiosa. El largo viaje con ese mal tiempo; Strike comiéndose todas las galletas y su sorpresa al comprobar que Robin sabía conducir; verse relegada a la cocina con los sirvientes de Chard... Y, para colmo, aquello.

—¡Me pagas la mitad! ¡La mitad de lo que hubiera cobrado en ese departamento de recursos humanos! ¿Por qué crees que me quedé contigo? Yo te ayudé. Te ayudé a resolver el caso de Lula Landry...

—Está bien —dijo Strike, y levantó una mano grande, con el dorso velludo—. Está bien, de acuerdo. Pero si no te gusta lo que voy a decirte, luego no me eches la culpa.

Robin lo miró fijamente, colorada, muy erguida en su silla de plástico. No había probado la comida.

—Es cierto, te contraté pensando que podría entrenarte. No tenía dinero para pagarte ningún curso, pero pensé que podrías ir aprendiendo el oficio hasta que tuviera lo suficiente como para pagarte uno.

Robin no estaba dispuesta a dejarse apaciguar mientras no supiera qué venía a continuación, así que no dijo nada.

—Tienes muy buenas aptitudes para este trabajo —continuó Strike—, pero vas a casarte con un hombre que detesta lo que haces.

Robin abrió la boca y volvió a cerrarla. Sintió que le faltaba el aliento y no pudo articular palabra.

—Te marchas puntualmente todos los días...

—¡No es verdad! —saltó Robin, furiosa—. Por si no lo recuerdas, rechacé tomarme el día libre para estar aquí ahora, para llevarte a Devon...

—Sólo porque él está fuera —replicó Strike—. Porque no va a enterarse.

La sensación de que le faltaba el aire se intensificó. ¿Cómo podía saber Strike que le había mentido a Matthew, aunque fuera por omisión?

—Aunque fuera... Tanto si es verdad como si no —dijo atropelladamente—, es asunto mío lo que hago con mi... La carrera que yo elija no es asunto de Matthew.

—Yo estuve dieciséis años con Charlotte, con algunas interrupciones —empezó a explicar Strike mientras cogía su segunda hamburguesa—. Bueno, bastantes interrupciones. Ella odiaba mi trabajo. Por eso siempre acabábamos dejándolo. Bueno, por eso y por algunas otras cosas, siempre acabábamos dejándolo —se corrigió, con una sinceridad escrupulosa—. Ella no entendía lo que significa tener una vocación. Hay gente que no lo entiende; para ellos, el trabajo es como mucho un asunto de estatus y sueldo, no tiene valor en sí mismo.

Comenzó a desenvolver la hamburguesa bajo la mirada fulminante de Robin.

—Necesito un colaborador que pueda compartir conmigo un horario intensivo —dijo Strike—. Alguien a quien no le importe trabajar los fines de semana. No le reprocho a Matthew que se preocupe por ti...

—No se preocupa por mí.

Lo dijo sin pensar. En su empeño por refutar cualquier cosa que dijera Strike, había dejado escapar una desagradable verdad. Lo cierto era que Matthew tenía muy poca imaginación. No había visto a Strike ensangrentado después de que lo apuñalara el asesino de Lula Landry. La densa niebla de los celos a través de la que oía cualquier cosa que tuviera alguna relación con su jefe había desdibujado incluso la descripción que le había hecho Robin de Owen Quine abierto en canal y destripado. La antipatía que sentía por su trabajo no era fruto de una actitud protectora, por mucho que ella no hubiera querido reconocerlo hasta entonces.

—Este oficio puede ser peligroso —añadió Strike, masticando otro gran bocado de hamburguesa, como si no la hubiera oído.

—Te he sido útil —dijo Robin, con una voz más pastosa que la de él, aunque ella no estaba comiendo.

—Ya lo sé. Si no fuera por ti, ahora no estaría aquí —concedió él—. Nadie le ha estado tan agradecido jamás al error de una agencia de trabajo temporal. Has sido increíble, yo nunca habría... No llores, por favor. Esa familia ya lleva rato mirándonos con la boca abierta.

—Me importa un cuerno —contestó Robin, tapándose la nariz y la boca con un puñado de servilletas de papel, y Strike se echó a reír.

—Si eso es lo que quieres —dijo a su coronilla rubia rojiza—, puedes apuntarte a un cursillo de seguimiento cuando tenga dinero para pagarlo. Pero, si te conviertes en mi colaboradora en prácticas, habrá ocasiones en que tendré que pedirte que hagas cosas que a Matthew quizá no le gusten. Sólo te digo eso. Quien debe resolverlo eres tú.

—Lo resolveré —aseguró Robin, dominando las ganas de ponerse a gritar—. Eso es lo que quiero. Por eso me quedé.

—Pues entonces alegra esa cara, joder, y cómete la hamburguesa.

A Robin le costaba comer con aquel nudo enorme en la garganta. Estaba temblorosa, pero eufórica. No se había equivocado: Strike había visto en ella eso que él también poseía. Ellos no eran como esa gente que trabaja sólo por dinero.

—Bueno, háblame de Daniel Chard —dijo.

Y Strike se lo contó, mientras la familia entrometida del rincón recogía sus cosas y se marchaba, sin parar de lanzar miradas disimuladas a la pareja cuyo comportamiento no acababan de entender (¿Qué había sido aquello, una pelea de enamorados? ¿Una discusión familiar? ¿Cómo era posible que se hubiera resuelto tan deprisa?).

—Paranoico, un poco excéntrico, egocéntrico —concluyó Strike cinco minutos más tarde—, pero podría tener razón.

Jerry Waldegrave podría haber colaborado con Quine. Por otra parte, cabe que dimitiera porque estaba harto de Chard, para quien no debe de ser nada fácil trabajar.

»¿Quieres un café?

Robin miró la hora. Seguía nevando; temía encontrar atascos en la autopista que le impidieran tomar el tren a Yorkshire, pero después de aquella conversación estaba decidida a demostrar su compromiso con el trabajo, así que aceptó tomárselo. Además, había un par de cosas que quería contarle a Strike aprovechando que todavía estaban sentados frente a frente. Si se lo decía en el coche, Robin no podría ver la reacción reflejada en su cara, y no resultaría tan satisfactorio.

—Yo también he descubierto algo sobre Daniel Chard —dijo, al volver con dos tazas de café y una tarta de manzana para Strike.

—¿Cotilleos de cocina?

—No. Durante el rato que he estado en la cocina, los empleados casi no me han dirigido la palabra. Los dos estaban enfadados.

—Según Chard, no les gusta Devon. Prefieren Londres. ¿Son hermanos?

—Madre e hijo, creo. Él la ha llamado «mamu».

»El caso es que les he pedido que me indicaran dónde estaba el baño, y resulta que el aseo de servicio está justo al lado de un taller de pintor. Daniel Chard sabe mucho de anatomía —continuó Robin—. Las paredes estaban llenas de reproducciones de los dibujos del cuerpo humano de Leonardo da Vinci, y en un rincón había un modelo anatómico. Repulsivo, de cera. Y en el caballete, un dibujo muy detallado de Manny, el empleado. Tumbado en el suelo, desnudo.

Strike dejó la taza en la mesa.

—Qué interesante —dijo.

—Ya me imaginaba que te gustaría —repuso Robin con una sonrisa recatada.

—Es una buena información en lo que respecta a la afirmación de Manny de que él no empujó a su jefe por la escalera.

—No les ha hecho ninguna gracia que estuvieras allí —comentó Robin—, aunque eso podría ser culpa mía. Les he contado que eres detective privado, pero Nenita no me ha entendido, porque su inglés no es tan bueno como el de Manny, así que le he dicho que eres una especie de policía.

—Y eso les ha hecho pensar que Chard me había invitado a su casa para denunciar la violencia de que había sido víctima por parte de Manny.

—¿Chard lo ha mencionado?

—No, no ha dicho nada —respondió Strike—. Le interesaba mucho más la presunta traición de Waldegrave.

Salieron después de ir al baño y al atravesar el aparcamiento tuvieron que entornar los ojos para protegerse de la nieve que les daba en la cara. En el techo del Toyota ya se había formado una fina capa de hielo.

—Llegarás a tiempo a King's Cross, ¿no? —dijo Strike, mirando la hora.

—Sí, a menos que encontremos mucho follón en la autopista —contestó Robin, y, disimuladamente, tocó el adorno de madera de la cara interna de la puerta.

Acababan de llegar a la M4, donde había avisos de mal tiempo en todas las pantallas y donde el límite de velocidad se había reducido a cien kilómetros por hora, cuando sonó el teléfono de Strike.

—Hola, Ilsa. ¿Qué hay?

—Hola, Corm. Bueno, podría ser peor. No la han detenido, pero la han sometido a un interrogatorio muy severo.

Strike activó el altavoz para que Robin también pudiera oír a su amiga, y la escucharon con gesto de concentración mientras el coche se adentraba en un torbellino de nieve que azotaba sin piedad el parabrisas.

—Creen que fue ella, no me cabe duda —concluyó Ilsa.

—¿Y en qué basan sus sospechas?

—En la oportunidad —contestó la abogada— y en la actitud de Leonora. No está haciéndose ningún favor, la verdad. Durante el interrogatorio se ha mostrado muy enfurruñada y no paraba de hablar de ti, lo que a ellos no les ha hecho ninguna gracia. Les decía que tú descubrirás quién es el asesino.

—¡Joder! —exclamó Strike, exasperado—. ¿Y qué había en ese trastero?

—Ah, sí, se me olvidaba. Un trapo quemado y con manchas de sangre en medio de un montón de basura.

—Pues vaya —dijo Strike—. Podría llevar años allí.

—Eso lo establecerán los forenses, pero opino lo mismo que tú: no es gran cosa, teniendo en cuenta que todavía no han encontrado las tripas.

—¿Sabes lo de las tripas?

—Ya lo sabe todo el mundo, Corm. Ha salido en las noticias.

Strike y Robin cruzaron una mirada.

—¿Cuándo?

—A mediodía. Creo que la policía ya sabía que iban a divulgarlo y que por eso han llevado a Leonora a la comisaría, para ver si podían sonsacarle algo antes de que se enterara todo el mundo.

—Lo han filtrado ellos —dijo Strike, enojado.

—Ésa es una acusación grave.

—Me lo dijo el periodista que sobornó al policía.

—Oye, tienes amigos muy interesantes, ¿no?

—Cosas del oficio. Gracias por la información, Ilsa.

—De nada. A ver si consigues que no vaya a la cárcel, Corm. Me ha caído bien.

—¿Quién era? —preguntó Robin, cuando Ilsa hubo colgado.

—Una vieja amiga del colegio, de Cornualles. Es abogada. Se casó con uno de mis amigos de Londres —explicó Strike—. Le pedí que se ocupara de Leonora porque... ¡Mierda!

Acababan de salir de una curva y se habían encontrado con una caravana enorme. Robin pisó el freno, y se detuvieron detrás de un Peugeot.

—¡Mierda! —repitió Strike, con una mirada de reojo al perfil serio de Robin.

—Otro accidente —dijo ella—. Se ven luces de emergencia.

Se imaginó la cara que pondría Matthew cuando, si llegaba el caso, lo llamara por teléfono y le explicara que no podía ir al funeral de su madre porque había perdido el tren. ¿Cómo se podía faltar a un funeral? Robin debería estar ya allí, en casa del padre de Matt, ayudando con los preparativos, asumiendo su cuota de tensión. Su bolsa de fin de semana ya debería estar en su antiguo dormitorio de la casa de sus padres; la ropa que pensaba ponerse para asistir al funeral, planchada y colgada en su antiguo ropero; todo preparado para hacer el breve recorrido a pie hasta la iglesia a la mañana siguiente. Iban a enterrar a la señora Cunliffe, su futura suegra, pero ella había preferido hacer un viaje en coche con Strike en medio de una gran nevada, y ahora estaban atrapados en un atasco, a trescientos kilómetros de la iglesia donde la madre de Matthew iba a recibir el último adiós.

Nunca me lo perdonará. Si me pierdo el funeral por culpa de esto, nunca me lo perdonará.

¿Por qué tenía que presentársele semejante disyuntiva precisamente ese día? ¿Por qué tenía que hacer tan mal tiempo? Los nervios le retorcían el estómago, y el tráfico no mejoraba.

Strike no dijo nada y encendió la radio. Sonaba una canción de Take That; hablaba de que había progreso donde antes no lo había. A Robin le crispaba los nervios, pero no dijo nada.

La cola de coches avanzó unos pocos metros.

Por favor, Dios mío, déjame llegar a tiempo a King's Cross, rezó Robin en silencio.

Avanzaron bajo la nieve, con lentitud exasperante, durante tres cuartos de hora, mientras a su alrededor la luz vespertina disminuía rápidamente. Lo que antes a Robin le había parecido un vasto océano de tiempo hasta la hora de salida del tren nocturno, empezaba a parecerle una charca que se evaporaba a gran velocidad y en la que no tardaría en encontrarse sola y aislada.

Ya veían el accidente: la policía, las luces, un Volkswagen Polo destrozado.

—Llegarás a tiempo —la animó Strike. Era la primera vez que hablaba desde que había encendido la radio, mientras esperaban a que les llegara el turno y el policía de tráfico les indicara que podían continuar—. Por los pelos, pero llegarás.

Robin no dijo nada. Sabía que toda la culpa la tenía ella, y no él: Strike le había propuesto que se tomara el día libre. Había sido ella quien se había empeñado en llevarlo a Devon, quien le había mentido a Matthew respecto a la posibilidad de conseguir billetes de tren para ese día. Tendría que haber hecho todo el trayecto de Londres a Harrogate de pie; antes eso que faltar al funeral de la señora Cunliffe. Strike había estado dieciséis años con Charlotte, con alguna interrupción, y el trabajo había acabado con ellos. Ella no quería perder a Matthew. ¿Por qué lo había hecho? ¿Por qué se había ofrecido a llevar a Strike a Devon?

El tráfico en la carretera era denso y los obligaba a circular muy despacio. A las cinco se encontraban en las afueras de Reading, en plena hora punta; avanzaban con una lentitud exasperante y al poco rato volvieron a detenerse. Cuando en la radio empezaron las noticias, Strike subió el volumen. Robin intentó interesarse por lo que dirían sobre el asesinato de Quine, pero en realidad su corazón estaba en Yorkshire, como si hubiera ido saltando por encima del atasco y de los kilómetros implacables y nevados que la separaban del pueblo.

«Hoy la policía ha confirmado que Owen Quine, el escritor asesinado cuyo cadáver fue encontrado hace seis días en una vivienda de Barons Court, Londres, murió del mismo modo que el héroe de su última novela, todavía inédita. Aún no se ha realizado ninguna detención con relación al caso.

»El inspector Richard Anstis, encargado de la investigación, ha hablado con los periodistas a primera hora de esta tarde.»

Strike se fijó en que Anstis hablaba en tono forzado y tenso; se notaba que no era así como a él le hubiera gustado dar la información.

«Nos interesa hablar con todas las personas que tuvieron acceso al manuscrito de la última novela del señor Quine...»

«¿Puede darnos más detalles sobre cómo mataron al señor Quine, inspector?», preguntó una anhelante voz masculina.

«Todavía no tenemos un informe forense completo», respondió Anstis.

Otra periodista lo interrumpió: «¿Puede confirmar que el asesino extrajo órganos del cadáver del señor Quine?»

«Parte de los intestinos del señor Quine desaparecieron del escenario del crimen —contestó Anstis—. Estamos examinando varias pistas, pero agradeceríamos cualquier información que puedan proporcionarnos los ciudadanos. Nos hallamos ante un crimen atroz, y creemos que su autor es extremadamente peligroso.»

—No, por favor —dijo Robin con desesperación, y Strike levantó la cabeza y vio un muro de luces rojas más allá—. Otro accidente no.

Strike apagó la radio, bajó la ventanilla y se asomó al torbellino de nieve.

—¡No! —le gritó a Robin—. Un coche se ha quedado atascado en la cuneta... En un ventisquero... Enseguida nos pondremos en marcha —le aseguró.

Pero tardaron otros cuarenta minutos en dejar atrás el obstáculo. Los tres carriles estaban abarrotados, y reanudaron el viaje a paso de tortuga.

—No voy a llegar —se lamentó Robin, con la boca seca, cuando por fin pasaron por las afueras de Londres. Eran las diez y veinte.

—Ya verás como sí —insistió Strike—. Apaga ese cacharro —dijo, y de un trompazo apagó él mismo el navegador—, y no tomes esa salida.

—Pero si tengo que dejarte...

—Olvídate de mí, no hace falta que me dejes. Por la siguiente a la izquierda.

—¡Es una calle de sentido único! ¡No puedo meterme contra dirección!

—¡A la izquierda! —bramó él, asiendo el volante.

—¡No hagas eso, es peligroso!

—¿Quieres perderte el maldito funeral? ¡Acelera! La primera a la derecha...

—¿Dónde estamos?

—Sé lo que me hago —le aseguró Strike, escudriñando a través de la nieve—. Sigue recto... El padre de mi amigo Nick es taxista y me enseñó algunos trucos. Derecha otra vez. No hagas caso a esa maldita señal de prohibido el paso, ¿quién quieres que salga de ahí en una noche así? ¡Recto, y en el semáforo, a la izquierda!

326

—¡No puedo dejarte en King's Cross! —protestó ella mientras obedecía ciegamente las instrucciones que le daba Strike—. Tú no puedes conducir, ¿qué vas a hacer con el coche?

—Pasa del coche, ya se me ocurrirá algo. Sube por aquí, toma la segunda a la derecha...

A las once menos cinco, las torres de St. Pancras aparecieron ante Robin, y fue como si viera el cielo a través de la nieve.

—Para el coche, bájate y corre —dijo Strike—. Si llegas, llámame. Si no, estaré aquí esperándote.

—Gracias.

Robin salió del coche y echó a correr por la nieve con la bolsa de fin de semana colgando de una mano. Strike la vio desaparecer en la oscuridad y se la imaginó derrapando un poco por el suelo resbaladizo de la estación, sin llegar a caerse, buscando desesperadamente el andén. Había dejado el coche, tal como él le había indicado, junto a la acera, en doble fila. Si Robin conseguía tomar el tren, Strike se encontraría tirado en un coche de alquiler que no podía conducir y que sin ninguna duda iba a llevarse la grúa.

Las agujas doradas del reloj de St. Pancras avanzaban inexorablemente hacia las once en punto. Strike se imaginó las puertas del tren cerrándose, a Robin corriendo por el andén, con la melena rubia rojiza flotando tras ella...

Las once y un minuto. Clavó la vista en la entrada de la estación y esperó.

Robin no aparecía. Strike siguió esperando. Las once y cinco. Las once y seis.

Sonó su móvil.

—¿Has llegado?

—Por los pelos. El tren estaba a punto de salir. Gracias, Cormoran, muchísimas gracias.

—De nada —dijo él, paseando la mirada por el suelo helado y oscuro, donde seguía acumulándose nieve—. Que tengas buen viaje. Te dejo, a ver cómo me las arreglo. Buena suerte mañana.

—¡Gracias! —volvió a decir ella, y Strike cortó la comunicación.

Se lo debía, pensó, mientras cogía las muletas; pero no por eso resultaba más atractiva la perspectiva de atravesar Londres bajo la nieve con una sola pierna, ni la de que le pusieran una multa enorme por abandonar un coche de alquiler en medio de la ciudad.

31

Peligro: el acicate de las grandes mentes.

GEORGE CHAPMAN, *The Revenge of Bussy d'Ambois*

A Daniel Chard no le habría gustado el minúsculo ático alquilado de Denmark Street, se dijo Strike, salvo por el encanto primitivo que pudiera encontrar en el diseño de la vieja tostadora o en la lámpara de mesa; sin embargo, para una persona con una sola pierna ofrecía ciertas ventajas. El sábado por la mañana, su rodilla todavía no estaba en condiciones de soportar la prótesis, pero todas las superficies quedaban al alcance de la mano; todas las distancias podían cubrirse con escasos saltitos; había comida en la nevera, agua caliente y cigarrillos. Ese día, Strike sentía verdadero cariño por aquel cuchitril, con el cristal de la ventana empañado por efecto de la condensación y, al otro lado, una capa de nieve en el alféizar.

Después de desayunar, se quedó tumbado en la cama, fumando, con una taza de té muy oscuro a su lado, en la caja que servía de mesilla de noche. Tenía el ceño fruncido, pero no era un gesto de mal humor, sino de concentración.

Seis días, y nada.

Ni rastro de los intestinos que habían desaparecido del cadáver de Quine, ni de ninguna prueba forense que ayudara a identificar al presunto asesino (pues estaba convencido de que un solo pelo o una sola huella dactilar habrían evitado el inútil interrogatorio a que habían sometido el día anterior a Leonora). No habían hecho llamamientos a la ciudadanía para recabar información sobre la figura que entró a escondidas en la casa poco antes de morir Quine (¿lo consideraba la policía una fantasía del vecino de las gafas de cristales gruesos?). No se había encontrado el arma del crimen; no se había descubierto ninguna filmación que incriminase a ningún visitante inesperado de Talgarth Road; ningún paseante observador había descubierto tierra removida recientemente; no había aparecido ningún montón de tripas en descomposición, envuelto en un burka negro; no se había recuperado la bolsa de viaje de Quine que contenía sus notas sobre *Bombyx Mori*. Nada.

Seis días. En otras ocasiones, Strike sólo había tardado seis horas en descubrir al asesino, si bien es cierto que siempre se trataba de crímenes chapuceros, producto de la ira y la desesperación, en los que, además de sangre, el pánico había hecho derramar infinidad de pistas, o en los que un culpable incompetente había salpicado a todo el que tuviera cerca con sus mentiras.

El asesinato de Quine era diferente, más extraño y más siniestro.

Strike se llevó la taza a los labios y volvió a ver el cadáver con tanta claridad como si observara la fotografía que guardaba en su móvil. Aquello era una pieza teatral, un decorado.

A pesar de las restricciones que solía imponerle a Robin, Strike no pudo evitar preguntarse por qué lo habían hecho. ¿Era venganza? ¿Locura? ¿Ocultación (¿de qué?)? El ácido clorhídrico había borrado las pruebas forenses; la hora de la muerte no estaba clara; el asesino había entrado y salido del escenario del crimen sin ser visto. *Planeado meticulosamente. Todos los detalles calculados. Seis días, y ni una sola pista.* Strike no se creía que Anstis tuviera varias. Aunque, evidentemente, después de sus serias advertencias al detective para que dejara en paz a la policía y se mantuviera al margen, su amigo ya no compartía información con él.

Distraído, se sacudió la ceniza del viejo jersey y encendió otro cigarrillo con la colilla del que acababa de fumarse.

«Creemos que su autor es extremadamente peligroso», había declarado Anstis ante la prensa; en opinión de Strike, se trataba de una información a todas luces obvia y, al mismo tiempo, engañosa.

Y de pronto lo asaltó un recuerdo: el de la gran aventura del decimoctavo cumpleaños de Dave Polworth.

Polworth y Strike eran amigos desde que iban a la guardería. A lo largo de la infancia y la adolescencia, Strike se había marchado muchas veces de Cornualles y luego había regresado, y ellos dos siempre habían retomado su amistad allí donde la madre de Strike y sus caprichos la habían interrumpido la última vez.

Dave tenía un tío que se había ido a vivir a Australia siendo adolescente y que se había hecho multimillonario. Había invitado a su sobrino a pasar unos días con él por su decimoctavo cumpleaños, y le había propuesto que lo acompañara algún amigo.

Los dos chicos embarcaron en un avión que los llevó hasta la otra punta del mundo; aquélla iba a ser la mejor aventura de su corta vida. Se instalaron en la gran casa a orillas de la playa del tío Kevin, toda de cristal y madera reluciente, con un bar en el salón. La brillante espuma de mar bajo un sol deslumbrante, unas gambas enormes asadas a la barbacoa; diferentes acentos, cerveza, más cerveza, unas rubias con piernas que parecían recubiertas de caramelo y que no se veían en Cornualles... Y entonces, el día mismo del cumpleaños de Dave, el tiburón.

—Sólo son peligrosos si los provocas —les explicó el tío Kevin, aficionado al submarinismo—. Nada de tocarlos, ¿de acuerdo, chicos? Nada de hacer el idiota.

Sin embargo, para Dave Polworth, un enamorado del mar que en Inglaterra practicaba surf, pescaba y navegaba a vela, hacer el idiota constituía una forma de vida.

Era un asesino nato, con sus ojos inexpresivos y sus hileras de dientes afiladísimos; pero Strike había sido testigo de la perezosa indiferencia del tiburón de puntas negras mientras los dos amigos nadaban por encima de él, sobrecogidos por su elegancia y su belleza. El animal no habría tenido inconveniente en alejarse por la penumbra azulada, Strike lo sabía; pero Dave estaba decidido a tocarlo.

Todavía tenía la cicatriz: el escualo le había arrancado un pedazo de antebrazo, y Dave había perdido sensibilidad en el pulgar de la mano derecha. La herida no afectó a su capacidad para desempeñar su trabajo: Dave era ingeniero de caminos y vivía en Bristol, y en el Victory Inn, el pub donde Strike y él todavía quedaban para beber cerveza Doom Bar cuando iban de visita a su pueblo natal, lo llamaban Chum, un apodo típico entre amigos de juventud, que casualmente se usa también para denominar la carnaza. Polworth —tozudo, imprudente, amante de las emociones fuertes— seguía practicando submarinismo en su tiempo libre, aunque había aprendido a dejar en paz a los tiburones peregrinos del Atlántico.

En el techo, encima de la cama, había una grieta fina que Strike no recordaba haber visto antes. Siguió su trazado con la mirada mientras recordaba la sombra en el lecho marino y una repentina nube de sangre negra, las sacudidas del cuerpo de Dave y sus gritos silenciosos.

Pensó que el asesino de Owen Quine era como aquel tiburón de puntas negras. Entre los sospechosos del caso no había depredadores indiscriminados y frenéticos. Que él supiera, ninguno tenía antecedentes de violencia. Tampoco había, como sucedía a menudo cuando aparecía un cadáver, un rastro de delitos menores que conducía hasta la puerta de un sospechoso; ninguno cargaba con un pasado manchado de sangre como si fuera una bolsa llena de despojos para los perros hambrientos. Aquel asesino era un animal más extraño y singular, de esos que ocultaban su verdadero carácter hasta que los molestaban lo suficiente. Owen Quine, al igual que Dave Polworth, había provocado imprudentemente a un asesino al acecho, y el horror se había desatado sobre él.

Strike había oído muchas veces la afirmación simplista de que todo ser humano es capaz de matar, pero él sabía que era mentira. Sin duda alguna, había individuos a los que matar les resultaba fácil y agradable: Strike había conocido a unos cuantos. Millones de personas habían sido entrenadas con éxito para poner fin a la vida de otras; él mismo, sin ir más lejos. Los humanos mataban por oportunismo, para sacar algún provecho o en defensa propia, y descubrían su capacidad de matar cuando no parecía posible ninguna alternativa; sin embargo, también había quienes, incluso bajo una presión fortísima, se habían detenido en seco, incapaces de hacer valer su ventaja y aprovechar su oportunidad para violar el mayor tabú, el tabú por excelencia.

Strike no subestimaba lo que había hecho falta para atar, golpear y abrir en canal a Owen Quine. El homicida había conseguido su objetivo sin ser descubierto, se había deshecho con éxito de las pruebas y, por lo visto, no estaba mostrando suficiente angustia ni arrepentimiento como para llamar la atención de nadie. Todo eso apuntaba a una personalidad peligrosa, una personalidad sumamente peligrosa si se la incomodaba. Mientras creyera que no lo habían identificado y que nadie sospechaba de él, el autor del crimen no entrañaría ningún peligro para nadie de su entorno. Pero si volvían a molestarlo... Si lo molestaban, por ejemplo, del mismo modo en que había conseguido molestarlo Owen Quine...

—Mierda —murmuró Strike, y soltó rápidamente el cigarrillo en el cenicero que tenía al lado; se había consumido hasta quemarle los dedos sin que él se diera cuenta.

¿Qué debía hacer a continuación? Si el rastro que partía del crimen era prácticamente inexistente, pensó, tendría que perseguir el rastro que llevaba hasta él. Si el período subsiguiente a la muerte de Quine se caracterizaba por una insólita ausencia de pruebas, había llegado el momento de examinar sus últimos días de vida.

Strike cogió el móvil, lo miró y soltó un largo suspiro. ¿Había alguna otra manera de obtener la primera información que buscaba? Repasó mentalmente su extensa lista de contactos y fue descartando opciones con rapidez, a medida que se le ocurrían. Al final, y sin mucho entusiasmo, llegó a la conclusión de que quien más probablemente le conseguiría lo que quería era su primera opción: su hermanastro Alexander.

Compartían a un padre famoso, pero nunca habían vivido bajo el mismo techo. Al, hijo legítimo de Jonny Rokeby, era nueve años más joven que Strike, lo que significaba que sus vidas no tenían casi nada en común. Al había estudiado en un colegio privado, en Suiza, y en ese momento podía hallarse en cualquier sitio: en la residencia de Rokeby de Los Ángeles; en el yate de algún rapero; incluso en alguna playa australiana de arena blanca, pues la tercera esposa de Rokeby era de Sídney.

Aun así, de sus hermanastros por parte de padre, Al era el que siempre se había mostrado más dispuesto a mantener una relación con su hermano mayor. Strike recordó que Al había ido a verlo al hospital cuando perdió la pierna; fue un encuentro un poco tenso, pero le había dejado un recuerdo conmovedor.

Al había ido a Selly Oak con una oferta de Rokeby que podría haberse planteado por correo electrónico: ayuda económica para poner en marcha la agencia de detectives. Al le había expuesto la proposición con orgullo, pues la consideraba una prueba del altruismo de su padre. Strike, en cambio, estaba seguro de que no era tal cosa. Sospechaba que a Rokeby, o a sus asesores, los ponía nerviosos la posibilidad de que el veterano condecorado y amputado vendiera su historia. Se suponía que aquel regalo le taparía la boca.

Strike había rechazado la generosidad de su padre, y a continuación lo habían rechazado a él todos y cada uno de los bancos donde había solicitado un préstamo. Entonces había llamado a Al, a regañadientes; no había aceptado el dinero como regalo y había rehusado la cita que le proponían con su padre, pero había preguntado si podían hacerle un préstamo. Por supuesto, eso había ofendido a Rokeby. Luego, el abogado de éste había exigido a Strike los pagos mensuales con el mismo celo con que lo habría hecho el más rígido de los bancos.

Si Strike no hubiera optado por mantener a Robin en su nómina, ya habría devuelto íntegramente ese préstamo. Estaba decidido a saldar la deuda antes de Navidad y a no deberle nada a Jonny Rokeby; ésa era la razón por la que había aceptado un volumen de encargos que últimamente lo obligaba a trabajar ocho o nueve horas diarias, los siete días de la semana. Esas consideraciones no contribuían a que la perspectiva de llamar a su hermano menor para pedirle ayuda le resultara agradable. Strike entendía la lealtad de Al con su padre, al que sin duda adoraba; sin embargo, cualquier referencia a Rokeby que hicieran uno u otro sería peligrosa en potencia.

El teléfono de Al sonó varias veces, y al final saltó el buzón de voz. Aliviado, y al mismo tiempo decepcionado, Strike dejó un mensaje breve para pedirle que le devolviera la llamada y colgó.

Encendió el tercer cigarrillo del día y reanudó la contemplación de la grieta del techo. El rastro que llevaba hacia el crimen... Muchas cosas dependían de cuándo hubiera visto el asesino el manuscrito, de cuándo hubiera descubierto su potencial como guía para cometer un asesinato.

Y, una vez más, repasó a los sospechosos como si repasara una mano de cartas que le habían repartido, examinando todas sus posibilidades.

Elizabeth Tassel, quien no ocultaba la ira y la consternación que le había causado *Bombyx Mori*. Kathryn Kent, que afirmaba no haberlo leído. La todavía desconocida Pippa2011, a quien en octubre Quine había leído pasajes de la novela. Jerry Waldegrave, que había recibido el manuscrito el día 5, aunque, si había que dar crédito a Chard, podía haber conocido su contenido mucho antes. Daniel Chard, quien aseguraba no haberlo visto hasta el día 7. Y Michael Fancourt, que se había enterado de la existencia del texto a través de Chard. Sí, había varias personas más que habían echado un vistazo, entre risas, a las partes más obscenas que Christian Fisher había repartido por todo Londres por medio del correo electrónico; no obstante, a Strike le parecía muy difícil que pudieran imputar, ni siquiera remotamente, a Fisher, al joven Ralph de la oficina de Tassel, o a Nina Lascelles; ninguno de los tres aparecía en *Bombyx Mori* ni conocía mucho a Quine.

Strike pensó que necesitaba acercarse más, acercarse lo suficiente como para incomodar a las personas cuya vida Owen Quine ya había distorsionado y ridiculizado. Con un poco más de entusiasmo del que había puesto en llamar a Al, aunque no mucho, avanzó por su lista de contactos y llamó a Nina Lascelles.

La conversación fue breve. Nina estaba encantada. Pues claro que podía ir a verla a su casa esa noche. Prepararía un poco de cena.

A Strike no se le ocurría ninguna otra forma de conseguir más detalles de la vida privada de Jerry Waldegrave y de la reputada criminalidad literaria de Michael Fancourt, pero no tenía ningunas ganas de iniciar el doloroso proceso de volver a ponerse la prótesis, por no mencionar el esfuerzo que debería hacer para librarse otra vez, a la mañana siguiente, de las optimistas garras de Nina Lascelles. Con todo, antes de irse aún podía ver el partido del Arsenal contra el Aston Villa; y tenía analgésicos, cigarrillos, beicon y pan.

Ocupado con su propia comodidad, y con una mezcla de fútbol y asesinato en la cabeza, Strike no pensó en echar un vistazo a la calle nevada, donde la gente, sin amilanarse ante el frío, entraba y salía de las tiendas de discos e instrumentos musicales y de las cafeterías. Si lo hubiera hecho, tal vez habría reparado en la figura esbelta y encapuchada, con abrigo negro, que se apoyaba en la pared entre los números seis y ocho, sin apartar la mirada de la ventana de su ático. Sin embargo, pese a tener buena vista, era improbable que hubiera distinguido el cúter de hoja gruesa y corta que hacía rodar rítmicamente entre sus dedos largos y finos.

32

Que despierte mi buen ángel,
cuyos celestiales cánticos ahuyentan al espíritu malvado
que corre a mi lado...

THOMAS DEKKER, *The Noble Spanish Soldier*

A pesar de llevar puestas las cadenas, al viejo Land Rover familiar que conducía la madre de Robin le costó trabajo recorrer el trayecto entre la estación de York y Masham. Los limpiaparabrisas abrían ventanas con forma de abanico que la nieve volvía a cubrir enseguida; las carreteras por las que circulaban, que Robin conocía desde pequeña, aparecían transformadas por el peor invierno que recordaba. Nevaba sin cesar, y el viaje, que debería haber durado una hora, se prolongó casi tres. Hubo momentos en que Robin creyó que no llegaría a tiempo para asistir al funeral, pese a no haber perdido el tren. Al menos había podido hablar por teléfono con Matthew y explicarle que ya estaba muy cerca. Él le había dicho que había gente que aún estaba a muchos kilómetros de distancia y que temía que su tía de Cambridge no consiguiera llegar.

Ya en casa de sus padres, Robin esquivó la bienvenida de su viejo y baboso perro labrador color chocolate y subió volando a su habitación; se puso el vestido y el abrigo negros sin molestarse en plancharlos; se hizo, con las prisas, una carrera en el primer par de medias; y bajó corriendo al recibidor, donde la esperaban sus padres y sus hermanos.

Salieron juntos a la calle, bajo los torbellinos de nieve, protegiéndose con paraguas negros, y subieron a pie por la cuesta no muy empinada que Robin había remontado todos los días cuando iba a primaria. Atravesaron la amplia plaza, el antiguo corazón de su diminuto pueblo natal, dándole la espalda a la gigantesca chimenea de la fábrica de cerveza. Habían cancelado el mercado de los sábados. Los pocos valientes que habían cruzado la plaza esa mañana habían trazado surcos en la nieve, y las huellas convergían cerca de la iglesia, donde Robin ya alcanzaba a ver un corro de dolientes vestidos de negro. Los tejados de las casas de ladrillo claro, de estilo georgiano, que bordeaban la plaza estaban cubiertos por un manto de hielo reluciente, y seguía nevando. Un mar blanco, cada vez más extenso, iba enterrando, implacable, las grandes lápidas cuadradas del cementerio.

Robin se estremeció cuando la familia avanzó despacio hacia la puerta de St. Mary the Virgin, dejó atrás los restos de una cruz de poste redondo del siglo IX, de aspecto curiosamente pagano, y entonces, por fin, vio a Matthew junto a la puerta, con su padre y su hermana, pálido y guapo a más no poder con su traje negro. Mientras Robin lo miraba desde la cola de gente y trataba de atraer su atención, una joven se le acercó y lo abrazó. Robin reconoció a Sarah Shadlock, la amiga de Matthew de la universidad. Su saludo le pareció un poco más efusivo de lo apropiado, dadas las circunstancias, pero el sentimiento de culpa de Robin por haberse quedado a diez segundos de perder el tren nocturno, y por no haber visto a Matthew durante casi una semana, la llevó a considerar que no tenía derecho a ponerse celosa.

—Robin —la saludó él al verla, apremiante, y olvidó estrechar la mano a tres personas, mientras le abría los brazos a su novia. Se abrazaron, y ella notó que las lágrimas se acumulaban bajo sus párpados. Al fin y al cabo, aquello era la vida real: Matthew y su pueblo—. Ven y siéntate delante —le dijo, y ella obedeció: dejó a su familia al fondo de la iglesia y se sentó en el banco de la primera fila con el cuñado de Matthew, que mecía a su hijita en las rodillas y la saludó con una cabezada taciturna.

Era una iglesia antigua, muy bonita, y Robin la conocía bien, pues había asistido allí a las fiestas de la cosecha, además de a los oficios de Navidad y Pascua, desde que tenía uso de razón, ya fuera con sus compañeros de primaria o con su familia. Su mirada fue pasando lentamente de un objeto conocido a otro. En lo alto, sobre el arco del presbiterio, había un cuadro de sir Joshua Reynolds (o, al menos, de la escuela de Joshua Reynolds), y se fijó con atención en él mientras trataba de serenarse. Era una imagen difusa, mística, en la que un ángel contemplaba la visión lejana de una cruz que emitía rayos dorados. ¿Quién la habría pintado en realidad?, se preguntó. ¿Reynolds, o algún acólito de su escuela? Y entonces se sintió culpable por querer satisfacer su inagotable curiosidad en lugar de estar triste por la señora Cunliffe.

Robin tenía previsto casarse allí al cabo de pocas semanas. Su vestido de novia ya estaba colgado en el armario de la habitación de invitados; sin embargo, el ataúd de la señora Cunliffe, negro y reluciente, con asas de plata, se acercaba por el pasillo; y Owen Quine seguía en el depósito de cadáveres... Para su cadáver destripado, podrido y quemado, todavía no había ataúd reluciente...

No pienses en eso, se dijo, severa, cuando Matthew se sentó a su lado; sus piernas se tocaban, y ella notaba el calor de la de él.

Habían ocurrido tantas cosas en las veinticuatro horas previas que Robin no podía creer que estuviera allí, en su pueblo. Su jefe y ella se habían librado por poco de un choque frontal contra un camión volcado; era un milagro que no estuvieran en el hospital. Le vinieron a la mente el conductor cubierto de sangre y la señora Cunliffe, que debía de estar impecable dentro de su caja forrada de seda. *No pienses en eso...*

Era como si sus ojos estuvieran perdiendo la capacidad de mirar de forma cómoda y relajada. Quizá ver cosas como cadáveres atados y destripados te cambiara, en cierto sentido, y alterara tu percepción de la realidad.

Se arrodilló un poco tarde para la oración y notó la aspereza del cojín de punto de cruz en las frías rodillas. *Pobre señora Cunliffe...* Sólo que Robin nunca le había caído muy bien a la madre de Matthew. *No seas mala*, se reprendió, a pesar de que era la verdad. A la señora Cunliffe no le gustaba la idea de que Matthew llevara tanto tiempo saliendo con la misma chica. Había comentado, estando Robin cerca para oírla, lo conveniente que era que los chicos tantearan el terreno y se corrieran sus juergas. Robin sabía que al dejar la universidad había empañado la imagen que la señora Cunliffe tenía de ella.

La estatua de sir Marmaduke Wyvill se erigía a escasos metros de Robin. Cuando se puso en pie para entonar el himno, le pareció que le clavaba la mirada con su traje jacobino, de tamaño natural y tumbado en su repisa de mármol, apoyado en un codo para mirar a los fieles. Su mujer yacía a su lado en idéntica postura. Resultaban asombrosamente reales en aquella actitud irreverente, con sendos cojines bajo el codo para que sus huesos de mármol estuvieran cómodos, y por encima de ellos, en las albanegas, figuras alegóricas que representaban el tránsito y la mortalidad. *Hasta que la muerte nos separe...* Volvió a distraerse: Matthew y ella, atados el uno al otro para siempre, hasta el día de su muerte... *No, atados no... No pienses en ataduras... ¿Qué te pasa?* Estaba agotada. En el tren, que no paraba de sacudirse, había pasado mucho calor por culpa de la calefacción. Robin se había despertado a cada hora, temiendo que quedaran atrapados en la nieve.

Matthew le tomó una mano y se la apretó.

El entierro se llevó a cabo tan deprisa como permitía el decoro, mientras caían gruesos copos de nieve. No se quedaron mucho rato junto a la tumba; Robin no era la única que temblaba perceptiblemente.

Volvieron todos a la gran casa de ladrillo de los Cunliffe, donde los dolientes iban de un lado a otro, contentos de poder calentarse. El señor Cunliffe, siempre un poco más enérgico de lo que requería la ocasión, no paraba de llenar copas y saludar a la gente como si se tratara de una fiesta.

—Te he echado de menos —empezó Matthew—. Todo esto era horrible sin ti.

—Yo también —dijo Robin—. Me habría gustado estar contigo.

Otra mentira.

—La tía Sue va a quedarse a dormir esta noche —explicó Matthew—. He pensado que a lo mejor puedo ir a tu casa, me sentará bien salir un rato de aquí. Esta semana ha sido durísima.

—Sí, claro —dijo ella, y le apretó la mano; se alegraba de no tener que quedarse en casa de los Cunliffe. No se llevaba muy bien con la hermana de Matthew, y encontraba insoportable al señor Cunliffe.

Pero por una noche podrías haberlo soportado, se dijo, severa consigo misma. Era como una escapatoria que no se había ganado.

Así pues, volvieron a la casa de los Ellacott, a escasa distancia de la plaza. A Matthew le caía bien la familia de Robin; se alegró de poder quitarse el traje y ponerse unos vaqueros, y a la hora de cenar ayudó a la madre de Robin a poner la mesa en la cocina. La señora Ellacott (grandota, con el pelo cobrizo como Robin, recogido en un moño suelto) lo trató con ternura; era una mujer entusiasta, con muchos y variados intereses; en ese momento estaba cursando la licenciatura de Literatura inglesa en la Open University.

—¿Cómo te van los estudios, Linda? —le preguntó Matthew mientras sacaba la pesada fuente del horno.

—Estamos estudiando *La duquesa de Amalfi*, de Webster: «Y me ha enloquecido.»

—Difícil, ¿no? —dijo él.

—Es una cita, tesoro. ¡Ay! —Dejó a un lado los cubiertos de servir—. Ahora me acuerdo... Seguro que me lo he perdido...

Cruzó la cocina y cogió un ejemplar de *Radio Times*, que nunca faltaba en su casa.

—No, es a las nueve. Dan una entrevista con Michael Fancourt que me gustaría ver.

—¿Michael Fancourt? —dijo Robin, y se dio la vuelta—. ¿Cómo es que te interesa?

—Está muy influido por todos esos autores de tragedias de venganza —contestó su madre—. Espero que explique qué es eso que tanto lo atrae.

—¿Habéis visto esto? —preguntó el hermano menor de Robin, Jonathan, que acababa de volver de la tienda de la esquina con la leche que le había pedido su madre—. Sale en primera plana, Rob. Ese escritor al que destriparon...

—¡Jon! —lo reprendió la señora Ellacott.

Robin sabía que su madre no estaba regañando a su hijo porque sospechara que a Matthew no le haría gracia que mencionara su trabajo, sino por una aversión más general a hablar de una muerte cuando acababan de asistir a un funeral.

—¿Qué pasa? —preguntó Jonathan, ignorando esas convenciones, y le tendió el *Daily Express* a Robin.

Ahora que la prensa se había enterado de lo que le habían hecho, Quine había saltado a la primera plana:

«AUTOR DE NOVELAS DE HORROR ESCRIBE SU PROPIO ASESINATO.»

¿«*Autor de novelas de horror*»? —pensó Robin—. *Yo no lo llamaría así, pero como titular no está mal.*

—¿Crees que tu jefe resolverá el caso? —le preguntó su hermano, y se puso a hojear el periódico—. ¿Que volverá a dejar en evidencia a la Policía Metropolitana?

Robin empezó a leer la noticia por encima del hombro de Jonathan, pero se dio cuenta de que Matthew la miraba y se apartó.

Mientras se comían la carne estofada con patatas asadas, salió un zumbido del bolso de Robin, que ella había dejado en una silla con el asiento hundido, en un rincón de la cocina de suelo de piedra. Robin no contestó. Hasta que hubieron terminado de cenar y Matthew, diligente, ayudaba a su madre a recoger la mesa, Robin no sacó el teléfono del bolso para leer los mensajes. La sorprendió ver que tenía una llamada perdida de Strike. Miró con disimulo a Matthew, que estaba entretenido metiendo los platos en el lavavajillas, y llamó a su buzón de voz aprovechando que los demás estaban charlando.

«Tiene un nuevo mensaje de voz. Recibido hoy a las diecinueve y veinte.»

El crepitar de la línea, pero sin que nadie dijera nada.

Luego, un golpe. La voz de Strike a lo lejos: «¡No, joder...!»

Un grito de dolor.

Silencio. El crepitar de la línea. Crujidos indefinidos, ruido de algo arrastrándose. Fuertes jadeos, una serie de roces, y se cortaba la línea.

Robin se quedó horrorizada, con el teléfono pegado a la oreja.

—¿Qué pasa? —le preguntó su padre, mirándola por encima de la montura de las gafas, y se detuvo camino del aparador, con unos cubiertos en las manos.

—Creo... Creo que mi jefe... ha tenido un accidente.

Marcó el número de Strike con dedos temblorosos. Saltó directamente el buzón de voz. Plantado en medio de la cocina, Matthew la miraba sin disimular su contrariedad.

33

¡Cruel destino el de la mujer obligada a cortejar
al hombre!

THOMAS DEKKER y THOMAS MIDDLETON, *The Honest Whore*

Strike no oyó la llamada de Robin porque, sin que él se diera
cuenta, su teléfono se había puesto en silencio al caer al suelo,
hacía ya un cuarto de hora. Tampoco se percató de que con el
pulgar había marcado el número de su ayudante cuando el aparato le resbaló de los dedos.

Apenas acababa de salir de su edificio cuando sucedió todo.
La puerta de la portería se había cerrado tras él, y llevaba dos
segundos con el móvil en la mano (esperando el aviso del taxi
que había pedido a regañadientes) cuando la alta figura del
abrigo negro echó a correr hacia él en la oscuridad. Tuvo una
visión fugaz de la tez pálida bajo la capucha y la bufanda, y del
brazo estirado, inexperto pero decidido; alcanzó a ver el cúter
en la mano temblorosa.

Strike había estado a punto de volver a resbalar al prepararse para el encuentro, pero apoyó una mano en la puerta y se
afianzó para no perder el equilibrio, y entonces fue cuando se
le cayó el móvil. Gritó, indignado y furioso con aquella mujer,
quienquiera que fuese, porque ya le había hecho lastimarse la
rodilla en otra ocasión; ella se detuvo una milésima de segundo
y luego siguió abalanzándose sobre él.

Al golpear con el bastón la mano en la que había visto el
cúter, a Strike volvió a torcérsele la rodilla. Rugió de dolor, y su

atacante dio un salto hacia atrás, como si hubiera apuñalado al detective sin darse cuenta; y entonces, por segunda vez, la atenazó el pánico y huyó: echó a correr por la nieve, dejando a Strike furioso y frustrado, incapaz de perseguirla y sin otra opción que escarbar en la nieve para buscar su teléfono.

¡Puta pierna!

Cuando Robin lo llamó, él estaba sudando de dolor en un taxi que avanzaba despacio. Pensar que la hojita triangular que había visto brillar en la mano de su asaltante no se le había clavado no lo consolaba mucho. La rodilla, a la que no había tenido más remedio que atar la prótesis antes de salir hacia casa de Nina, volvía a dolerle muchísimo, y Strike estaba furioso por no haber podido perseguir a su enloquecida acechadora. Él jamás había pegado ni agredido voluntariamente a una mujer, pero la visión del cúter dirigiéndose hacia él en la oscuridad había anulado esos escrúpulos. Para consternación del taxista, que observaba a su corpulento y enfurecido pasajero por el espejo retrovisor, Strike no paraba de volverse en el asiento por si veía a su agresora caminando por las aceras, abarrotadas por ser la noche del sábado, con los hombros caídos, el abrigo negro y el cúter escondido en un bolsillo.

Mientras el taxi circulaba bajo las luces navideñas de Oxford Street (paquetes plateados enormes, endebles, atados con lazos dorados), Strike intentó serenarse. La perspectiva de la inminente cita para cenar con Nina no le producía ningún placer. Robin, entretanto, lo llamaba una y otra vez, pero él no notaba la vibración del móvil, porque lo llevaba en el fondo del bolsillo del abrigo, que reposaba a su lado en el asiento.

—Hola —dijo Nina con una sonrisa forzada, cuando le abrió la puerta de su piso, media hora más tarde de la acordada.

—Lo siento, llego tarde —se disculpó Strike, y entró cojeando—. He tenido un accidente al salir de casa. La pierna.

Entonces cayó en la cuenta de que no había llevado nada y se quedó allí plantado con el abrigo puesto. Debería haber comprado vino o bombones, y le pareció que Nina también lo pensaba mientras lo miraba de arriba abajo con sus grandes ojos; Nina era una chica con buenos modales, y de pronto Strike se sintió un poco descortés.

—Y además me he olvidado el vino que he comprado —mintió—. Soy un desastre. Mándame a paseo.

Nina rió, aunque de mala gana, y entonces Strike notó que su móvil vibraba en el bolsillo, y lo sacó enseguida.

Era Robin. No se le ocurría qué podía querer de él un sábado.

—Disculpa —le dijo a Nina—, tengo que contestar. Es mi secretaria. Debe de ser algo urgente.

La sonrisa se borró de los labios de Nina. Se dio la vuelta y salió del recibidor, dejando allí a Strike con el abrigo puesto.

—¿Robin?

—¿Estás bien? ¿Qué ha pasado?

—¿Cómo sabes...?

—¡He recibido un mensaje de voz que parece grabado mientras te atacan!

—Hostia, ¿te he llamado? Debe de haber sido cuando se me ha caído el teléfono. Sí, seguro...

Cinco minutos más tarde, después de contarle a Robin lo que había sucedido, Strike colgó su abrigo y fue derecho al salón, donde Nina había puesto la mesa para dos. La sala estaba bien iluminada; la joven había limpiado y dispuesto varios jarrones con flores frescas. Olía mucho a ajo quemado.

—Lo siento —insistió Strike cuando Nina volvió con un plato en las manos—. A veces me gustaría tener un trabajo de nueve a cinco.

—Sírvete vino —le dijo ella con frialdad.

Era una situación absolutamente familiar. ¿Cuántas veces se había encontrado sentado ante una mujer molesta por su tardanza, por no recibir toda su atención, por su informalidad? Sin embargo, en esa ocasión la melodía se interpretaba en tono menor. Si hubiera llegado tarde a una cena con Charlotte y, nada más llegar, hubiera contestado a una llamada de otra mujer, a esas alturas ella ya le habría tirado el vino en la cara y ya habrían volado varios platos. Ese pensamiento le hizo mostrarse más amable con Nina.

346

—Quedar con un detective es una mierda —dijo cuando la chica se sentó a la mesa.

—Yo no usaría esa palabra —replicó ella, suavizándose un poco—. Supongo que no debe de ser un trabajo del que se pueda desconectar fácilmente. —Nina lo observaba con sus enormes ojos, redondos y brillantes—. Anoche tuve una pesadilla sobre ti —dijo.

—Empezamos con buen pie, ¿eh? —repuso Strike, y consiguió hacerla reír.

—Bueno, en realidad no era sobre ti. Estábamos tú y yo buscando los intestinos de Owen Quine.

Nina tomó un buen sorbo de vino sin dejar de mirar a los ojos a Strike.

—¿Y los encontrábamos? —preguntó él, tratando de mantener un tono desenfadado.

—Sí.

—¿Dónde? Ahora mismo me interesa cualquier pista.

—En el último cajón del escritorio de Jerry Waldegrave —contestó Nina, y a Strike le pareció ver que disimulaba un estremecimiento—. Era horrible, en serio. Yo abría el cajón, y dentro había sangre y tripas... Y tú pegabas a Jerry. Parecía tan real que me desperté.

Bebió un poco más de vino, sin tocar la comida. Strike, que ya había engullido varios bocados (demasiado ajo, pero tenía hambre), pensó que no estaba mostrándose suficientemente comprensivo. Se apresuró a tragar y dijo:

—Qué horror.

—Supongo que lo soñé por lo que dijeron ayer en las noticias —continuó Nina sin dejar de observarlo—. Nadie tenía ni idea, nadie sabía que... que lo habían matado de esa forma. Como en *Bombyx Mori*. No me lo dijiste —agregó, y, más allá de las emanaciones del ajo, a Strike le olió a reproche.

—No podía —respondió él—. Esa clase de información tiene que darla la policía.

—Hoy sale en la primera plana del *Daily Express*. A Owen le habría gustado que le dedicaran un titular. Pero la verdad es que lamento haberlo leído —dijo, y le dirigió una mirada furtiva.

Strike estaba familiarizado con esos escrúpulos. Había gente que lo rehuía cuando caía en la cuenta de las cosas que había visto, hecho o tocado. Era como si estuviera impregnado de olor a muerte. Siempre había mujeres que se sentían atraídas por el soldado, por el policía: experimentaban una emoción indirecta, una atracción morbosa por la violencia que pudiera haber visto o perpetrado un hombre. A otras mujeres, en cambio, eso las repelía. Strike sospechaba que Nina pertenecía de entrada al primer grupo, pero que, tras un atisbo forzoso de la versión real de la crueldad, el sadismo y la perversión, estaba descubriendo que, bien pensado, tal vez perteneciera al segundo.

—Ayer no lo pasamos nada bien en el trabajo —prosiguió—. Después de oír eso. Estaba todo el mundo... Porque... si lo mataron de esa manera, si el asesino sacó la idea del libro... El número de sospechosos se reduce, ¿no? Ya nadie se ríe de *Bombyx Mori*, eso te lo aseguro. Es como uno de aquellos argumentos que inventaba Michael Fancourt, cuando los críticos decían que era demasiado truculento. Ah, y Jerry ha dimitido.

—Sí, ya me he enterado.

—No lo entiendo —dijo Nina, nerviosa—. Lleva una eternidad trabajando en Roper Chard. Pero no parece él. Está siempre enfadado, cuando normalmente es un encanto. Y vuelve a beber. Mucho.

Ella seguía sin probar la comida.

—¿Era muy amigo de Quine? —preguntó Strike.

—Me parece que más de lo que él creía —respondió Nina, pensando muy bien lo que decía—. Llevaban mucho tiempo trabajando juntos. Owen lo sacaba de sus casillas. Bueno, Owen sacaba de sus casillas a cualquiera. Pero Jerry está muy disgustado, eso sí.

—Supongo que a Quine no le gustaba nada que le corrigieran los textos.

—Creo que a veces se ponía muy pesado —dijo Nina—, pero ahora Jerry no soporta que se hable mal de él. Está obsesionado con su teoría de la crisis nerviosa. Ya lo oíste en la fiesta: cree que Owen padecía un trastorno mental y que *Bombyx Mori*, en realidad, no fue culpa suya. Y sigue despotricando contra Elizabeth

Tassel por haber divulgado el contenido del libro. El otro día Elizabeth vino a la oficina a hablar de otra autora suya...

—¿De Dorcus Pengelly? —preguntó Strike.

Nina sofocó una risa y exclamó:

—¡No me digas que lees esa porquería! ¿Pechos jadeantes y naufragios?

—Se me quedó grabado su nombre —contestó Strike, y compuso una sonrisa—. Pero sigue contándome lo de Waldegrave.

—Vio llegar a Liz y cerró su despacho de un portazo justo cuando ella pasaba por delante. Ya has estado allí: la puerta es de cristal, por poco se rompe. Fue innecesario y obvio, nos sobresaltó a todos. Tiene muy mala cara —añadió Nina—. Liz Tassel. Horrible. Si hubiera estado en forma, habría irrumpido en el despacho de Jerry para decirle que hiciera el favor de no ser tan maleducado.

—¿Ah, sí?

—Pues claro. El mal genio de Liz Tassel es legendario.

Nina miró la hora en su reloj.

—Esta noche entrevistan a Michael Fancourt en la televisión; estoy grabando el programa —dijo mientras volvía a llenar las copas. Seguía sin comer nada.

—No me importaría verlo —comentó Strike.

Nina le lanzó una mirada calculadora, y Strike supuso que estaba tratando de determinar en qué medida su presencia allí se debía a la voluntad de sonsacarle información o al interés por su cuerpo, delgado y un tanto aniñado.

Volvió a sonar el móvil de Strike. Éste evaluó durante unos segundos la ofensa que podía causar si contestaba, y la contrapuso a la posibilidad de que esa llamada revelara algo mucho más útil que las opiniones de Nina sobre Jerry Waldegrave.

—Perdona —dijo, y lo sacó de su bolsillo. Era su hermanastro, Al.

—¡Corm! —gritó la voz sobre un fondo ruidoso—. ¡Me alegro de saber de ti, hermanito!

—Hola —lo saludó Strike, sin mostrar tanto entusiasmo—. ¿Cómo estás?

—¡Muy bien! Estoy en Nueva York, acabo de recibir tu mensaje. ¿Qué necesitas?

Al sabía que Strike no lo habría llamado si no hubiera necesitado algo, pero, a diferencia de Nina, él no parecía reprochárselo.

—Quería saber si podríamos cenar juntos este viernes —dijo Strike—, pero si estás en Nueva York...

—Vuelvo el miércoles. Me parece genial. ¿Quieres que reserve en algún sitio?

—Sí. Tiene que ser en el River Café.

—Yo me ocupo —aceptó Al sin preguntar por qué; quizá creyera, simplemente, que Strike se moría por comer en un buen restaurante italiano—. Te mandaré un mensaje para decirte la hora, ¿vale? ¡Qué alegría!

Strike colgó; sus labios estaban a punto de articular la primera sílaba de una disculpa, pero Nina se había ido a la cocina. Quedaba claro que el ambiente se había echado a perder.

34

¡Oh, no! ¿Qué he dicho? ¡Maldita sea mi lengua!

WILLIAM CONGREVE, *Love for Love*

«El amor es un espejismo —sentenció Michael Fancourt en la pantalla del televisor—. Un espejismo, una quimera, un engaño.»

Robin estaba sentada en el sofá desteñido y hundido, entre Matthew y su madre. El labrador se había tumbado en el suelo frente a la chimenea y, dormido, golpeaba perezosamente la alfombra con la cola. Robin estaba amodorrada, después de dos noches durmiendo muy poco y varios días de tensiones y emociones imprevistas, pero procuraba concentrarse en lo que decía Michael Fancourt. La señora Ellacott tenía una libreta y un bolígrafo en el regazo, pues confiaba en que Fancourt soltara algún comentario ingenioso que la ayudara en su trabajo sobre Webster.

«Desde luego», convino el entrevistador, pero Fancourt lo cortó.

«No amamos a otra persona, sino la idea que tenemos de esa persona. La gente no lo entiende, ni siquiera soporta planteárselo. La gente tiene una fe ciega en su propio poder de creación. El amor siempre es, en definitiva, amor a uno mismo.»

El señor Ellacott dormía con la cabeza hacia atrás en el sillón más cercano a la chimenea y al perro. Roncaba un poco, y las gafas le habían resbalado por el puente de la nariz. Los tres hermanos de Robin se habían escabullido discretamente de la casa. Era sábado por la noche y sus amigos los esperaban en el Bay Horse, en la plaza. Jon había acudido desde la universidad para asistir al funeral, pero no consideraba que tuviera que renunciar, por el novio de su hermana, a unas pintas de Black Sheep con sus hermanos, sentados a las mesas de cobre repujado junto a la chimenea encendida.

Robin sospechaba que a Matthew le habría encantado ir con ellos al pub y que si se había quedado era sólo porque lo contrario habría parecido indecoroso. Ahora tenía que tragarse un programa sobre literatura que en su casa jamás habría tolerado. Habría cambiado de canal sin preguntarle nada a Robin, dando por hecho que a ella no podía interesarle lo que estaba diciendo aquel tipo sentencioso con cara de amargado. Robin pensó que no era fácil que Michael Fancourt cayera bien. La curva de sus labios y sus cejas indicaban una altanería profundamente arraigada. El presentador, muy conocido, parecía un poco nervioso.

«¿Es ése el tema de su nueva...?»

«Sí, uno de los temas. En lugar de fustigarse por su insensatez, cuando el héroe se da cuenta de que sólo se ha imaginado a su esposa, decide castigar a la mujer de carne y hueso que cree que lo ha engañado. Su deseo de venganza es lo que determina la trama.»

—Ajá —dijo la madre de Robin en voz baja, y cogió su bolígrafo.

«Muchos de nosotros, quizá la mayoría —prosiguió el entrevistador—, concebimos el amor como un ideal purificador, una fuente de altruismo, y no...»

«Una mentira con la que pretendemos justificarnos a nosotros mismos —lo interrumpió Fancourt—. Somos mamíferos: necesitamos sexo, necesitamos compañía, buscamos la protección de la familia para garantizar nuestra supervivencia y nuestra reproducción. Elegimos al que llamamos «ser querido» por razones absolutamente primitivas; creo que las preferencias de mi héroe por una mujer ancha de caderas son muy fáciles de entender. Nuestro ser querido se ríe o huele igual que el progenitor que nos ofreció socorro de niños, y a partir de ahí se proyecta todo lo demás, se inventa todo lo demás.»

«La amistad...», intentó intervenir el entrevistador, casi a la desesperada.

«Si yo hubiera podido tener relaciones sexuales con cualquiera de mis amigos varones, habría gozado de una vida más feliz y más productiva —continuó Fancourt—. Por desgracia, estoy programado para desear el cuerpo femenino, aunque sea infructuosamente. Y por eso me digo a mí mismo que cierta mujer es más fascinante, está más en sintonía con mis necesidades y mis deseos, que otra. Soy un ser complejo, muy evolucionado e imaginativo, que se siente obligado a justificar una elección hecha en las condiciones más adversas. Ésta es la verdad que hemos enterrado bajo mil años de sofisticada gilipollez.»

Robin se preguntó qué demonios pensaría la esposa de Fancourt (pues le parecía recordar que el autor estaba casado) de esa entrevista. A su lado, la señora Ellacott había anotado algunas palabras en su libreta.

—No habla de venganza —murmuró Robin.

Su madre le mostró la libreta, en la que había escrito: «Menudo capullo.» Robin rió.

A su lado, Matthew se inclinó hacia el *Daily Express* que Jonathan había dejado encima de una butaca. Pasó las tres primeras páginas, donde el nombre de Strike aparecía varias veces en el texto junto al de Owen Quine, y se puso a leer un artículo sobre una conocida cadena de tiendas que había prohibido los villancicos de Cliff Richard.

«Usted ha recibido críticas —prosiguió el entrevistador, revelando una gran valentía— por su forma de describir a las mujeres, y sobre todo...»

«Ya oigo a los críticos corretear como cucarachas para ir a coger sus bolígrafos —lo cortó Fancourt, y torció los labios componiendo algo parecido a una sonrisa—. Creo que no existe nada que me interese menos que lo que puedan opinar los críticos sobre mí o sobre mi trabajo.»

Matthew pasó una página del periódico. Robin le echó una ojeada a la fotografía de un camión cisterna y un Honda Civic volcados, y un Mercedes abollado.

—¡Éste es el camión contra el que casi chocamos!

—¿Qué dices? —se sorprendió Matthew.

Robin había hablado sin pensar. De pronto se quedó en blanco.

—Este accidente ha pasado en la M4 —explicó él, con un deje de burla hacia Robin por haber pensado que pudiera haberse visto implicada, y por no saber reconocer una autopista.

—Ah. Ah, sí —dijo ella, fingiendo leer atentamente el pie de foto.

Pero Matthew, que de pronto se había puesto muy serio, le preguntó:

—¿Estuviste a punto de tener un accidente? ¿Cuándo, ayer?

Hablaba en voz baja para no molestar a la señora Ellacott, que seguía escuchando la entrevista a Fancourt. Robin tenía que elegir; lo peor era dudar.

—Sí. No te lo dije porque no quería que te preocuparas.

Matthew se quedó mirándola. La madre de Robin, sentada al otro lado, volvía a tomar notas.

—¿Aquí? —preguntó él, señalando la fotografía, y Robin asintió—. ¿Y qué hacías tú en la M4?

—Tuve que acompañar a Cormoran a una cita.

«Me refiero a las mujeres —dijo el entrevistador—, a sus opiniones sobre las mujeres.»

—¿Dónde demonios era esa cita?

—En Devon —contestó Robin.

—¿En Devon?

—Ha vuelto a hacerse daño en la pierna. Él solo no podía ir.

—¿Y tú lo llevaste en coche a Devon?

—Sí, Matt, lo llevé en coche a...

—¿Y por eso no pudiste venir ayer? ¿Porque tenías que...

—Claro que no, Matt.

Matthew tiró el periódico, se levantó y salió muy ofendido de la habitación.

Robin se sintió fatal. Miró la puerta; su novio no había dado un portazo, pero la había cerrado lo bastante impetuosamente como para que el padre de Robin se removiera en sueños y el labrador se despertara.

—Déjalo estar —le aconsejó su madre, sin apartar la vista de la pantalla.

Robin se volvió hacia ella, desesperada.

—Cormoran tenía que ir a Devon, y con una sola pierna no podía conducir...

—A mí no tienes que darme explicaciones —la atajó la señora Ellacott.

—Pero es que ahora Matt cree que le mentí cuando le dije que no podía venir ayer.

—¿Y le mentiste? —preguntó su madre, sin dejar de mirar fijamente a Michael Fancourt—. Agáchate, *Rowntree*, no me dejas ver.

—Bueno, podría haber venido si hubiera comprado un billete de primera clase —admitió Robin, mientras el labrador bostezaba, se desperezaba y volvía a tumbarse en la alfombrilla ante la chimenea—. Pero ya había pagado el billete del tren nocturno.

—Matt siempre se queja de que ganarías mucho más si hubieras aceptado aquel trabajo en el departamento de recursos humanos —dijo su madre, sin dejar de mirar la pantalla—. Lo lógico sería que se alegrara de que te hubieras ahorrado un poco de dinero. Y ahora, cállate. Quiero oír lo que dice sobre la venganza.

El entrevistador intentaba formular una pregunta.

«Pero en lo que se refiere a las mujeres, usted no siempre ha... Las convenciones contemporáneas, o lo que llamamos "corrección política"... Me refiero concretamente a su afirmación de que las escritoras...»

«¿Ya estamos otra vez con eso? —se quejó Fancourt, y se dio una palmada en las rodillas (con lo que el entrevistador se sobresaltó perceptiblemente)—. En una ocasión dije que las escritoras más grandes de la historia, casi sin excepciones, no habían tenido hijos. Eso es un hecho. Y también he dicho que, por lo general, las mujeres, en virtud de su deseo de ser madres, carecen de la concentración y la dedicación necesarias para crear literatura, verdadera literatura. Y no me retracto de nada. Eso es un hecho.»

Robin hacía girar el anillo de compromiso que llevaba en el dedo, debatiéndose entre su deseo de seguir a Matt y persuadirlo de que no había hecho nada malo, y la rabia que le daba que fuera necesario persuadirlo. Las exigencias del trabajo de Matt siempre tenían prioridad; Robin nunca lo había visto disculparse por haber salido tarde de la oficina, ni por llegar a casa a las ocho de la noche porque había tenido que ocuparse de alguna tarea en la otra punta de Londres.

«Iba a decir —continuó el entrevistador con una sonrisa conciliadora— que este libro podría acallar esas críticas. Me ha parecido que el personaje femenino principal está tratado con mucha comprensión, con verdadera empatía. Es evidente que... —consultó sus notas y volvió a levantar la cabeza; Robin vio que estaba un poco azorado— se establecerán paralelismos. Al escribir sobre el suicidio de una joven... Supongo que estará preparado para... Supongo que ya se imagina...»

«¿Que esos estúpidos dirán que he escrito un relato autobiográfico sobre el suicidio de mi primera esposa?»

«Bueno, es inevitable que se interprete como... Es inevitable que plantee cuestiones...»

«Pues entonces permítame decir una cosa», dijo Fancourt, e hizo una pausa.

Estaban sentados ante una ventana alargada que daba a una extensión de césped soleada y azotada por el viento. Robin se preguntó fugazmente cuándo habrían grabado ese programa (era obvio que antes de que llegaran las nevadas), pero era Matthew quien dominaba sus pensamientos. Tenía que ir a buscarlo, pero, sin saber por qué, seguía sentada en el sofá.

«Cuando murió Efi... Ellie... —empezó a decir Fancourt—. Cuando murió...»

Le tomaron un primer plano que resultaba sumamente indiscreto. Fancourt cerró los párpados, y las pequeñas arrugas de las comisuras de sus ojos se acentuaron; levantó una mano y se tapó con ella la cara.

Aparentemente, Michael Fancourt estaba llorando.

—Y eso que el amor era un espejismo y una quimera —suspiró la señora Ellacott, dejando el bolígrafo—. Qué decepción. Yo quería violencia, Michael. ¡Violencia! ¡Sangre!

Robin no aguantaba más sin hacer nada: se levantó y fue hasta la puerta del salón. Las circunstancias eran excepcionales. Acababan de enterrar a la madre de Matthew. Tenía el deber de pedir perdón y reparar el daño que había causado.

35

Todos podemos equivocarnos, señor; si lo admitís,
no será necesaria más disculpa.

WILLIAM CONGREVE, *The Old Bachelor*

Al día siguiente, la edición dominical de los periódicos serios se esforzaba por encontrar un equilibrio digno entre la valoración objetiva de la vida y la obra de Owen Quine y el carácter macabro y grotesco de su muerte.

«Una figura literaria menor, no exenta de cierto interés, que últimamente se inclinaba por la autoparodia; un escritor demodé, eclipsado por sus contemporáneos, pero que seguía brillando con su débil luz propia», según lo describía *The Sunday Times* en una columna de la primera plana que prometía algo mucho más jugoso en las páginas interiores: «El proyecto de un sádico: páginas 10–11», y, junto a una fotografía diminuta de Kenneth Halliwell: «Libros y escritores: asesinos literarios, pág. 3 Cultura.»

«Los rumores sobre el libro inédito que presuntamente inspiró su asesinato han empezado a circular más allá de los círculos literarios de Londres —aseguraba *The Observer* a sus lectores—. Si no fuera por los dictados del buen gusto, podría decirse que, ahora mismo, Roper Chard tiene en las manos un *bestseller* instantáneo.»

«ESCRITOR PERVERTIDO DESTRIPADO EN JUEGO SEXUAL», anunciaba el *Sunday People*.

Strike había comprado los periódicos camino de su casa desde la de Nina Lascelles, pese al trabajo que le costaba sujetarlos todos al tiempo que manejaba el bastón por las aceras nevadas. Mientras se dirigía a Denmark Street se le ocurrió pensar que era una imprudencia ir tan cargado, pues cabía la posibilidad de que volviera a aparecer su agresora de la noche anterior; pero de momento no había ni rastro de ella.

Esa noche, más tarde, leyó todos los artículos mientras comía patatas fritas, tumbado en su cama y aliviado después de quitarse la pierna ortopédica.

Observar los hechos a través de la lente distorsionadora de la prensa estimulaba su imaginación. Por fin, tras terminar el artículo de Culpepper, publicado en el *News of the World* («Fuentes próximas a los hechos han confirmado que a Quine le gustaba practicar *bondage* con su mujer, quien niega haber tenido conocimiento de que el escritor con inclinaciones sadomasoquistas se hubiera alojado en su segunda vivienda»), Strike tiró los periódicos al suelo, cogió la libreta que siempre tenía junto a la cama y anotó las cosas que deseaba hacer al día siguiente. No añadió la inicial de Anstis a ninguna de las tareas o preguntas; en cambio, «librero» y «MF ¿fecha grabación?» iban seguidas de una R mayúscula. A continuación, envió un mensaje de texto a Robin para recordarle que al día siguiente debía estar alerta por si veía a una mujer alta con abrigo negro por los alrededores de Denmark Street y que, en caso de verla, no subiera a la oficina.

A la mañana siguiente, Robin no vio a nadie que respondiera a esa descripción en el breve trayecto desde el metro, y a las nueve en punto, cuando llegó a la oficina, encontró a Strike sentado a su mesa y utilizando su ordenador.

—Buenos días. ¿No había ninguna chiflada fuera?

—No, ninguna —contestó su ayudante, y colgó su abrigo.

—¿Cómo está Matthew?

—Bien —mintió ella.

Robin arrastraba las secuelas de la riña con Matthew a raíz de su decisión de acompañar a Strike a Devon. La discusión se había prolongado, de forma intermitente, durante todo el viaje de regreso en coche al barrio de Clapham; Robin aún tenía los ojos hinchados de llorar y dormir poco.

—Lo habrá pasado mal —masculló Strike con el ceño fruncido, sin apartar los ojos de la pantalla del ordenador—. Era el funeral de su madre.

—Pues sí —murmuró Robin, y fue a llenar el hervidor de agua.

Le molestó que, de repente, Strike empatizara con Matthew, precisamente ese día, cuando ella habría agradecido que alguien le confirmara que su novio era un gilipollas.

—¿Qué miras? —preguntó, y le puso una taza de té junto al codo; él se lo agradeció sin levantar la cabeza.

—Estoy buscando la fecha de la grabación de esa entrevista con Michael Fancourt —contestó Strike—. La que emitieron el sábado por la noche.

—Sí, ya lo sé. La vi —dijo Robin.

—Yo también.

—Me pareció un imbécil y un arrogante.

Robin se sentó en el sofá de piel artificial, que por alguna extraña razón no produjo aquellos ruidos que parecían ventosidades. A lo mejor era que él pesaba demasiado, pensó Strike.

—¿No hubo nada que te llamara la atención cuando hablaba de su difunta esposa? —le preguntó a Robin.

—Se pasó con las lágrimas de cocodrilo —respondió ella—. Precisamente acababa de explicar que el amor sólo es una ilusión.

Strike la observó. Robin tenía un cutis claro y delicado, muy vulnerable a las emociones; los ojos hinchados la delataban. El detective intuyó que parte de la animadversión que sentía hacia Michael Fancourt iba dirigida en realidad a otro objetivo que la merecía más.

—Te dio la impresión de que fingía, ¿verdad? —preguntó Strike—. A mí también. —Miró el reloj y añadió—: Dentro de media hora llegará Caroline Ingles.

—¿No se habían reconciliado?

—Eso fue la semana pasada. Quiere verme por no sé qué mensaje que encontró el pasado fin de semana en el teléfono de su marido. En fin —dijo el detective, y se levantó—, necesito que averigües cuándo grabaron esa entrevista, mientras yo repaso el dosier de Ingles para que, al menos, parezca que me acuerdo de qué me habla. Luego he quedado para comer con el editor de Quine.

—Pues yo me he enterado de qué hacen con los residuos médicos en el consultorio que hay frente a la casa de Kathryn Kent —dijo Robin.

—¿Ah, sí?

—Sí. Los recoge todos los martes una empresa especializada. He hablado con ellos —continuó, y Strike comprendió, por el suspiro con que terminó la frase, que esa línea de investigación estaba a punto de cerrarse—, y dicen que no vieron nada raro ni fuera de lo normal en las bolsas que recogieron el primer martes posterior al asesinato. Supongo —añadió— que no era muy realista pensar que podían no haberse fijado en una bolsa llena de intestinos humanos. Me explicaron que normalmente sólo hay algodones y agujas, y que va todo en bolsas especiales, selladas.

—Bueno, de todas formas había que comprobarlo —dijo él para no desanimarla—. Es lo que debe hacer un buen detective: descartar todas las posibilidades. Hay otra cosa que me gustaría que hicieras, si no te importa pasar un poco de frío.

—Qué va, no me importa salir —dijo Robin, de pronto más animada—. ¿De qué se trata?

—De aquel tipo de la librería de Putney que afirma haber visto a Quine el día ocho. Ya debe de haber regresado de sus vacaciones.

—Vale, ningún problema —dijo ella.

Durante el fin de semana no había tenido ocasión de contarle a Matthew que Strike quería formarla como investigadora. Antes del funeral no le había parecido un buen momento, y después de la discusión del sábado por la noche, habría sido una provocación, casi una temeridad. Estaba impaciente por salir a la calle, indagar, buscar información, y volver a casa para contarle con total naturalidad a Matthew lo que había hecho. ¿No quería sinceridad? Pues sería sincera con él.

• • •

Caroline Ingles, una rubia con cara de cansancio, pasó más de una hora en el despacho de Strike esa mañana. Cuando por fin se marchó, llorosa pero decidida, Robin tenía noticias para su jefe.

—Esa entrevista con Fancourt se grabó el siete de noviembre —lo informó—. He llamado a la BBC. He tardado una eternidad, pero al final lo he conseguido.

—El siete —repitió Strike—. Cayó en domingo. ¿Dónde la grabaron?

—Una unidad móvil se desplazó a su casa de Chew Magna. ¿Qué es eso que viste en la entrevista y que tanto te interesa?

—Mírala de nuevo —le aconsejó Strike—. A ver si la encuentras en YouTube. Me sorprende que no te fijaras la primera vez.

Dolida, Robin recordó que Matthew estaba a su lado mientras ella veía el programa, interrogándola sobre el accidente de la M1.

—Voy a cambiarme para comer en el Simpson's —anunció Strike—. Si te parece bien, cerramos juntos y nos vamos.

Cuarenta minutos más tarde se separaron frente a la estación de metro; Robin iba a la librería Bridlington de Putney, y Strike, al restaurante del Strand, adonde pensaba llegar a pie.

—Últimamente he gastado demasiado dinero en taxis —le dijo a Robin con brusquedad; no quería confesarle cuánto le había costado encargarse del Toyota Land Cruiser con el que se había quedado colgado el viernes por la noche—. Me sobra tiempo.

Ella se quedó unos instantes viendo cómo se alejaba; Strike cojeaba mucho y apoyaba todo su peso en el bastón. Robin, que se había criado con tres hermanos varones y había sido una niña observadora, sabía mejor que la mayoría de las mujeres lo mal que solían reaccionar los hombres cuando ellas se preocupaban por ellos, pero se preguntó hasta cuándo conseguiría Strike obligar a su rodilla a hacerlo caminar, antes de verse incapacitado durante algo más que unos pocos días.

Era casi la hora de comer y las dos mujeres sentadas frente a Robin en el tren, camino de Waterloo, no paraban de hablar, con bolsas llenas de compras navideñas entre las piernas. El suelo del vagón estaba mojado y sucio, y volvía a oler a ropa húmeda y a sudor. Robin pasó buena parte del trayecto tratando sin éxito de ver vídeos de la entrevista a Michael Fancourt en su teléfono.

La librería Bridlington estaba en una de las calles principales de Putney. Detrás de sus anticuadas ventanas con cuarterones se acumulaba una mezcla de libros nuevos y de segunda mano, apilados horizontalmente. Cuando Robin abrió la puerta, sonó una campanilla; dentro se respiraba un ambiente agradable y ligeramente mohoso. Había dos escalerillas apoyadas contra una estantería donde los libros también se apilaban horizontalmente y que cubría por completo la pared. El local estaba iluminado con bombillas que colgaban del techo, tan bajas que Strike habría chocado con ellas.

—¡Buenos días! —la saludó un anciano ataviado con una chaqueta de tweed holgada que salió por la puerta de cristal esmerilado de un despacho.

Cuando se le acercó, Robin percibió su fuerte olor corporal y creyó oír cómo le crujían las articulaciones.

Ella ya tenía planeada una táctica sencilla y enseguida le preguntó si tenía en stock algún libro de Owen Quine.

—¡Aaah! —exclamó el anciano en tono de complicidad—. ¡Creo que ya sé a qué se debe ese repentino interés!

Con el típico engreimiento de quienes viven encerrados en su propio mundo, el hombre inició, sin que nadie lo hubiera invitado a hacerlo, una disertación sobre el estilo y la legibilidad en declive de Quine, mientras guiaba a Robin hacia el interior de la tienda. Parecía convencido, aunque sólo hacía dos minutos que la conocía, de que la única razón por la que Robin le había pedido un libro de Quine era porque habían asesinado al autor. Eso la fastidió, a pesar de que, por supuesto, era cierto.

—¿Tiene *Los hermanos Balzac*? —preguntó.

—Ah, veo que usted no me pide *Bombyx Mori* —dijo él, desplazando una de las escalerillas con manos temblorosas—. Ya han venido tres jóvenes periodistas pidiéndomelo.

—¿Por qué vienen aquí los periodistas? —preguntó ella inocentemente, mientras el anciano empezaba a trepar por la escalerilla, revelando un par de centímetros de calcetín color mostaza por encima de sus viejos zapatos con cordones.

—El señor Quine vino a comprar aquí poco antes de morir —contestó el librero, mientras escudriñaba los lomos de uno de los estantes a una altura de casi dos metros por encima de Robin—. *Los hermanos Balzac... Los hermanos Balzac...* Debería estar por aquí... ¡Mecachis! Estoy seguro de que tengo un ejemplar...

—¿Vino aquí, a su tienda? —preguntó Robin.

—Ya lo creo. Lo reconocí enseguida. Yo era un gran admirador de Joseph North, y una vez aparecieron juntos en el programa del Hay Festival.

Empezó a bajar por la escalerilla; le temblaban los pies con cada paso que daba, y Robin temió que se cayera.

—Voy a consultarlo en el ordenador —anunció, respirando agitadamente—. Estoy seguro de que tengo un ejemplar de *Los hermanos Balzac.*

Robin lo siguió, y pensó que si la última vez que el anciano había visto a Owen Quine era a mediados de los años ochenta, las posibilidades de que identificara otra vez al escritor eran escasas.

—Claro, supongo que habría sido difícil no reconocerlo —comentó—. He visto fotografías suyas, y en todas llevaba esa capa tirolesa.

—Tiene un ojo de cada color —dijo el librero, con la vista fija en la pantalla de un ordenador Macintosh Classic beige, cuadrado, con grandes teclas que parecían terrones de toffee; Robin calculó que debía de tener veinte años—. De cerca se aprecia muy bien. Uno marrón y otro azul. Me parece que el policía quedó impresionado con mi capacidad de observación y mi buena memoria. Durante la guerra estuve en el Servicio de Inteligencia.

Se volvió hacia ella con una sonrisa ufana.

—Tenía razón: sí que hay un ejemplar. De segunda mano. Acompáñeme.

Fue arrastrando los pies hacia un desordenado cajón lleno de libros.

—Ese dato debió de resultar muy importante para la policía —comentó Robin mientras lo seguía.

—Sí, desde luego —confirmó el hombre con suficiencia—. Los ayudó a establecer la fecha de la muerte. Sí, gracias a mí supieron que el día ocho todavía estaba vivo.

—Supongo que no se acordará de qué buscaba cuando vino —dijo Robin con una risita—. Me encantaría saber qué estaba leyendo.

—Claro que me acuerdo —se apresuró a decir el librero—. Compró tres novelas: *Libertad*, de Jonathan Franzen; *The Unnamed*, de Joshua Ferris, y... No recuerdo la tercera... Me dijo que se marchaba de vacaciones y que quería llevarse material de lectura. Hablamos del fenómeno digital. Él era más tolerante que yo con el libro electrónico... Tiene que estar por aquí... —masculló mientras rebuscaba en el cajón.

Robin lo ayudó a buscar sin mucho entusiasmo.

—El día ocho —repitió ella—. ¿Cómo puede estar tan seguro de que era el ocho?

Porque en aquella atmósfera de aislamiento, reflexionó, los días debían de confundirse unos con otros.

—Era un lunes —respondió el hombre—. Pasamos un rato muy agradable hablando de Joseph North, de quien él guardaba muy buenos recuerdos.

Robin seguía sin explicarse por qué creía el librero que aquel lunes en concreto había sido día 8; pero, antes de que pudiera seguir preguntando, él lanzó un grito de triunfo y sacó un viejo libro en rústica de las profundidades del cajón.

—¡Aquí está! ¡Ya lo tengo! Sabía que lo encontraría.

—A mí me cuesta mucho recordar las fechas —mintió Robin, mientras volvían a la caja registradora con su trofeo—. Ya que estoy aquí... ¿No tendrá algo de Joseph North?

—Ya lo creo —respondió el librero—. *Hacia la meta*. Ése seguro que lo tengo, es uno de mis libros favoritos.

Y se dirigió una vez más hacia la escalerilla.

—Yo confundo continuamente las fechas. —Robin siguió en la brecha, mientras el librero volvía a enseñarle sus calcetines color mostaza.

—Le pasa a mucha gente —repuso él con petulancia—, pero yo soy experto en deducción reconstructiva, ¡ja, ja! Recuerdo que fue un lunes porque los lunes siempre compro leche fresca y acababa de volver de comprarla cuando el señor Quine entró por la puerta.

Robin esperó mientras él buscaba entre los estantes.

—Ya le expliqué a la policía que pude determinar qué lunes había sido porque esa noche, como casi todos los lunes, fui a casa de mi amigo Charles y recuerdo claramente que le conté que Owen Quine había venido a mi librería y que ese día habíamos hablado de los cinco obispos anglicanos que se habían pasado a la Iglesia católica. Charles es predicador laico de la Iglesia anglicana. Estaba muy afectado por esa noticia.

—Ya, claro —dijo Robin, y pensó que más tarde comprobaría la fecha de esa deserción.

El librero había encontrado el ejemplar de North y bajaba despacio por la escalerilla.

—Sí —continuó con repentino entusiasmo—, recuerdo que Charles me mostró unas fotografías sorprendentes de un cráter que había aparecido de la noche a la mañana en Esmalcalda, en Alemania. Yo estuve destacado cerca de Esmalcalda durante la guerra. Sí... Recuerdo que esa noche mi amigo me interrumpió cuando estaba contándole que Quine había venido a mi tienda; no le interesan mucho los escritores. «¿Tú no estuviste en Esmalcalda?», me preguntó. —Ya había vuelto a la caja registradora y la manejaba con dedos débiles y temblorosos—. Y me contó que había aparecido un cráter enorme. Y al día siguiente publicaron unas fotografías extraordinarias en el periódico.

»La memoria es prodigiosa —añadió con suficiencia.

Le entregó a Robin sus dos libros metidos en una bolsa de papel marrón, y ella le pagó con un billete de diez libras.

—Ya me acuerdo de ese cráter —dijo Robin. Otra mentira. Sacó el móvil del bolsillo y pulsó unas teclas mientras el anciano contaba el cambio concienzudamente—. Sí, aquí está... Esmalcalda... Qué curioso que apareciera un hoyo tan grande de la noche a la mañana. Pero eso sucedió —dijo, levantando la cabeza y mirando al librero— el uno de noviembre, no el ocho.

El anciano parpadeó.

—No, fue el ocho —insistió, con la profunda convicción de quien no acepta equivocarse.

—Pero mire —insistió también Robin, mostrándole la pantallita del teléfono; el hombre se subió las gafas hasta la frente y le hizo caso—. ¿Seguro que recuerda haber hablado de la visita de Owen Quine y del cráter el mismo día?

—Debe de haber un error —masculló el hombre, sin especificar si se refería a la web de *The Guardian*, a Robin o a él. Y apartó el teléfono de la joven.

—¿No recuerda...?

—¿Desea algo más? —preguntó él, elevando la voz, nervioso—. Pues entonces, que tenga un buen día.

Y Robin, tras reconocer la testarudez de un egocéntrico ofendido, salió por la puerta haciendo sonar la campanilla.

36

Señor Escándalo, será un placer hablar con vos
sobre estas cosas que él dijo.
Sus palabras son muy misteriosas e indescifrables.

William Congreve, *Love for Love*

A Strike le extrañó que Jerry Waldegrave hubiera escogido un
sitio como el Simpson's-in-the-Strand para comer con él, y su
curiosidad aumentó cuando se acercó a la imponente fachada
de piedra, con su puerta giratoria de madera, sus placas de latón
y su farol colgante. La parte superior del marco de la puerta, re-
vestida de azulejos, estaba decorada con motivos ajedrecísticos.
Strike nunca había entrado allí, pese a tratarse de una vetusta
institución londinense. Siempre había supuesto que debían de
frecuentarlo empresarios forrados de dinero y personas que
vivían fuera de la ciudad y querían darse un lujo.

Pese a todo, se sintió como en casa nada más entrar en el
vestíbulo. El Simpson's, un antiguo club de ajedrez para caballeros fundado en el siglo xviii, le hablaba de jerarquía, orden y
decoro en un lenguaje arcaico que a él le resultaba familiar. Allí
imperaban los marrones oscuros típicos de los clubs de Londres
que los hombres escogían sin consultar a sus mujeres: gruesas
columnas de mármol y sólidos sofás de piel capaces de soportar
a un dandi borracho y, más allá de la puerta de doble hoja y de
la empleada del guardarropa, un restaurante con las paredes
forradas de paneles de madera oscura. Creyó hallarse en alguno
de los comedores de oficiales que había frecuentado durante su

carrera militar. Lo único que faltaba para que se sintiera como pez en el agua en aquel lugar eran el estandarte del regimiento y un retrato de la reina.

Sillas macizas de respaldo duro, manteles blancos, bandejas de plata con enormes piezas de ternera asada encima; Strike se sentó a una mesa para dos junto a la pared y se preguntó qué le parecería aquel sitio a Robin, y si su ostentoso tradicionalismo la divertiría o la irritaría.

Llevaba diez minutos sentado cuando apareció Waldegrave, escudriñando el comedor con ojos de miope. Strike levantó una mano, y el editor se dirigió hacia la mesa con andares desgarbados.

—¡Hola! Me alegro de volver a verlo.

Llevaba el pelo, castaño claro, más despeinado que nunca, y en la solapa de su arrugada chaqueta se apreciaba una mancha de pasta de dientes. Strike, sentado frente a él a la pequeña mesa, percibió el débil tufillo a vino de su aliento.

—Gracias por concederme un poco de su tiempo —dijo Strike.

—En absoluto. Estoy encantado de ayudar. Espero que no le haya importado venir aquí. Lo he escogido —explicó Waldegrave— porque así no nos encontraremos a ningún conocido. Hace muchos años, mi padre me trajo aquí una vez. Creo que no han cambiado ni un ápice.

Con aquellos ojillos redondos enmarcados por las gafas de montura de carey, Waldegrave paseó la mirada por las ornamentadas molduras que coronaban los paneles de las paredes. Tenían un color ocre, como si tantos años de humo de cigarrillos las hubieran teñido.

—Ya ve bastante a sus compañeros de trabajo en horario de oficina, ¿verdad? —dijo Strike.

—No tengo ningún problema con ellos —replicó Jerry Waldegrave, subiéndose las gafas por el puente de la nariz y llamando a un camarero con una seña—, pero ahora mismo el ambiente está envenenado. Una copa de vino tinto, por favor —pidió al joven que había acudido a su llamada—. El que sea, no importa.

Aun así, el camarero, que llevaba un pequeño caballo de ajedrez bordado en la camisa, anunció muy formal:

—Ahora mismo vendrá nuestro experto en vinos, señor. —Y se retiró.

—¿Ha visto ese reloj que hay encima de la puerta del comedor? —preguntó Waldegrave, y volvió a subirse las gafas—. Dicen que se detuvo cuando por primera vez entró aquí una mujer, en 1984. Supongo que será una broma. Y en el menú pone «*bill of fare*». No usan «menú» porque es una palabra de origen francés. A mi padre le encantaban estas cosas. A mí acababan de admitirme en Oxford, por eso me trajo aquí. Él odiaba la comida extranjera.

Strike percibía el nerviosismo del editor; estaba acostumbrado a ejercer ese efecto en los demás. No era el momento para preguntarle si había ayudado a Quine a planear su propio asesinato.

—¿Qué estudió en Oxford?

—Literatura inglesa —contestó Waldegrave con un suspiro—. Mi padre intentaba poner al mal tiempo buena cara; él hubiera querido que estudiara Medicina.

Con los dedos de la mano derecha, Waldegrave tocó un arpegio en el mantel.

—Así que el ambiente en la oficina está un poco tenso... —comentó Strike.

—Es una manera de decirlo —concedió Waldegrave, y volvió de nuevo la cabeza, buscando al experto en vinos—. Todavía estamos asimilando la noticia, ahora que sabemos que a Owen lo asesinaron. La gente está borrando correos electrónicos como si fuera imbécil, y finge que nunca ha visto el libro, que no sabe cómo acaba. Ahora ya no tiene tanta gracia.

—¿Antes sí la tenía? —preguntó Strike.

—Pues... sí, la tenía cuando todo el mundo creía que Owen sólo se había marcado una escapadita. A la gente le encanta ver ridiculizados a los poderosos. Ni Fancourt ni Chard les caen demasiado bien.

Llegó el experto en vinos y le entregó la carta a Waldegrave.

—Voy a pedir una botella, ¿le parece bien? —propuso el editor mientras examinaba la lista—. Invita usted, ¿no?

—Sí —confirmó Strike con cierto temor.

Waldegrave pidió un Château Lezongars, y Strike vio con profundo recelo que costaba casi cincuenta libras, aunque en la carta había botellas que costaban casi doscientas.

—Bueno —dijo Waldegrave con repentino entusiasmo cuando se retiró el experto—, ¿ya tiene alguna pista? ¿Sabe quién lo hizo?

—Todavía no.

Se produjo un silencio incómodo. Waldegrave se subió las gafas por la sudada nariz.

—Lo siento —masculló—. He sido muy brusco. Es un mecanismo de defensa. Es que... todavía no me lo creo. No puedo creerme lo que ha pasado.

—Nadie se lo cree, nunca —dijo Strike.

En un arranque de confianza, Waldegrave explicó:

—No consigo quitarme de la cabeza la maldita idea descabellada de que Owen lo hizo todo él mismo. De que era como un guión.

—¿En serio? —preguntó Strike, observando atentamente a Waldegrave.

—Ya sé que es imposible. —Las manos del editor no paraban de tocar escalas por los bordes de la mesa—. Es tan... teatral. Cómo lo asesinaron. Tan grotesco. Y... lo más espantoso... es que es la mejor publicidad que un autor podría dar a su libro. Por Dios, a Owen le encantaba ser noticia. Pobre Owen. Una vez... esto no es ningún chiste, me dijo muy en serio que le gustaba que su amante lo entrevistara. Según él, eso le aclaraba los procesos mentales. «¿Qué usáis de micrófono?», le pregunté, para tomarle el pelo, ¿y sabe qué me contestó el muy idiota? «Bolígrafos, casi siempre. Cualquier cosa que tengamos a mano.»

Waldegrave se echó a reír. Sus carcajadas parecían sollozos.

—Pobre desgraciado —continuó—. Al final se le fue completamente la olla, ¿verdad? Bueno, espero que Elizabeth Tassel esté contenta. Ella era quien le calentaba la cabeza.

El camarero regresó con una libretita.

—¿Qué va a pedir? —le preguntó Waldegrave a Strike, y concentró su mirada de miope en la carta.

—La ternera —contestó el detective, que había tenido tiempo de ver cómo la cortaban en la bandeja de plata que llevaban por las mesas en un carrito.

Llevaba años sin comer pudin de Yorkshire; de hecho, desde la última vez que había ido a St. Mawes a visitar a sus tíos.

Waldegrave pidió lenguado y a continuación estiró otra vez el cuello para ver si volvía el experto en vinos. Cuando lo vio acercarse con la botella, se relajó notablemente y se acomodó un poco en la silla. Le llenó la copa, y dio varios sorbos; luego suspiró como si acabara de recibir un tratamiento médico de urgencia.

—Estaba diciéndome que Elizabeth Tassel le calentaba la cabeza a Quine —le recordó Strike.

—¿Cómo dice? —Waldegrave se puso una mano ahuecada detrás de la oreja.

El detective se acordó de que su interlocutor era sordo de un oído. El restaurante empezaba a llenarse y cada vez había más ruido. Repitió la pregunta un poco más alto.

—Ah, sí —dijo Waldegrave—. Sí, con lo de Fancourt. A ambos les encantaba amargarse pensando en las faenas que les había hecho Fancourt.

—¿Qué faenas? —preguntó Strike, y el editor bebió un poco más de vino.

—Fancourt lleva años echando pestes de ellos. —Waldegrave se rascó distraídamente el pecho a través de la camisa arrugada y bebió más vino—. De Owen, por aquella parodia de la novela de su difunta esposa; de Liz, por seguir con Owen. Bueno, a Fancourt nadie le ha reprochado que dejara a Liz Tassel. Esa mujer es una arpía. Ya sólo le quedan dos clientes. Es una retorcida. Seguro que se pasa las noches calculando cuánto ha perdido: el cincuenta por ciento de los derechos de autor de Fancourt es mucho dinero. Y luego estaban las fiestas del Booker, los estrenos de cine... En lugar de eso, ahora sólo tiene a Quine entrevistándose a sí mismo con un bolígrafo y a Dorcus Pengelly quemando salchichas en el jardín trasero de su casa.

—¿Cómo sabe lo de las salchichas quemadas? —curioseó Strike.

—Me lo contó Dorcus. —Waldegrave ya se había terminado la primera copa de vino y estaba sirviéndose la segunda—. Me preguntó por qué Liz no había ido a la fiesta de aniversario de la editorial. Cuando le conté lo de *Bombyx Mori*, Dorcus me aseguró que Liz era una mujer adorable. ¡«Adorable»! Estaba convencida de que no sabía de qué trataba el libro de Owen. Según ella, Liz jamás le haría daño a nadie, es incapaz de matar una mosca. ¡Ja!

—¿No está de acuerdo?

—Claro que no estoy de acuerdo. He conocido a gente que empezó en la agencia de Liz Tassel. Hablan de ella como víctimas de un secuestro rescatadas. Es tremenda, tiene muy mal genio.

—¿Cree que fue ella quien incitó a Quine a escribir el libro?

—Bueno, no directamente —contestó Waldegrave—. Pero si coges a un escritor iluso que está convencido de que no es un superventas porque la gente tiene celos de él o porque algunos no hacen bien su trabajo, y lo encierras con Liz, que siempre está de mal humor y es una amargada que se pasa el día despotricando contra Fancourt por menospreciarlos a ambos, ¿a quién puede sorprender que el tío se ponga como una moto?

»Ni siquiera se tomó la molestia de leerse bien el libro. Si Owen no estuviera muerto, diría que Liz tuvo su merecido. El muy capullo no sólo puso verde a Fancourt, sino que también cargó contra ella, ¡ja, ja! Cargó contra el desgraciado de Daniel, contra mí, contra todos. ¡Todos!

Como les sucedía a muchos alcohólicos que Strike conocía, Jerry Waldegrave había cruzado la línea y se había emborrachado con sólo dos copas de vino. De repente, sus movimientos eran más torpes, y sus gestos, más ampulosos.

—¿Usted cree que Elizabeth Tassel animó a Quine atacar a Fancourt?

—No tengo la más mínima duda.

—Pero, cuando yo la conocí, Elizabeth Tassel me aseguró que lo que Quine había escrito sobre Fancourt era mentira —dijo Strike.

—¿Cómo? —Waldegrave volvió a ponerse una mano detrás de la oreja.

—Me dijo —repitió Strike, subiendo un poco la voz— que lo que había escrito Quine en *Bombyx Mori* sobre Fancourt es falso. Que Fancourt no escribió la parodia que hizo que su mujer se suicidara, y que en realidad la escribió Quine.

—Sobre eso no pienso decir nada —sentenció Waldegrave, negando con la cabeza como si Strike estuviera poniéndose pesado—. No quiero... Olvídelo. Olvídelo.

Ya se había bebido más de media botella, y el alcohol había propiciado cierto grado de confianza. Strike se contuvo; sabía que si insistía, sólo conseguiría que surgiera la pétrea tozudez de los borrachos. Era mejor dejarlo derivar hacia donde él quisiera, con una mano suavemente posada en la barra del timón.

—Owen me tenía simpatía —dijo Waldegrave—. Sí, ya lo creo. Yo sabía tratarlo. Si alimentabas su vanidad, podías conseguir cualquier cosa de él. Con media hora de elogios, podías pedirle que cambiara cualquier cosa de un manuscrito. Media hora más y le pedías otro cambio. Era la única manera.

»En realidad, él no quería hacerme daño. El pobre desgraciado no pensaba lo que hacía. Quería volver a salir en la televisión. Creía que todo el mundo estaba contra él. No se daba cuenta de que jugaba con fuego. Estaba mal de la cabeza.

Waldegrave se recostó bruscamente en el respaldo de la silla y tocó con la cabeza a la mujer que tenía sentada detrás, una gorda emperifollada.

—¡Lo siento! ¡Perdón!

Mientras la mujer lo miraba, ofendida, por encima del hombro, él acercó la silla a la mesa, haciendo temblar los cubiertos sobre el mantel.

—Entonces —dijo Strike—, ¿a qué venía eso del Censor?

—¿Cómo dice?

Strike estaba seguro de que, esa vez, la mano detrás de la oreja era una pose.

—El Censor...

—El Censor es el editor, evidentemente —concedió Waldegrave.

—¿Y el saco ensangrentado y la enana a la que usted intenta ahogar?

—Son simbólicos —dijo Waldegrave, e hizo un displicente ademán con la mano, con el que estuvo a punto de volcar su copa de vino—. Alguna idea que le chafé, algún fragmento de prosa cariñosamente elaborada que quise eliminar. Herí sus sentimientos.

A Strike, que había oído un sinfín de respuestas ensayadas, aquélla le pareció demasiado fácil, demasiado fluida, demasiado rápida.

—¿Sólo eso?

—Bueno —añadió Waldegrave con una risita—, yo nunca he ahogado a ninguna enana, si es eso lo que insinúa.

Los borrachos siempre resultaban interlocutores difíciles. Cuando Strike estaba en la División de Investigaciones Especiales, casi nunca había tenido que tratar con sospechosos ni testigos embriagados. Sin embargo, recordaba al comandante alcohólico cuya hija de doce años había revelado que en su colegio de Alemania se habían producido abusos sexuales. Cuando Strike llegó a la vivienda de la familia, el comandante intentó agredirlo con una botella rota. Strike lo había tumbado. Pero allí, en la vida civil, con el experto en vinos pendiente de ellos, aquel editor borracho y afable podía marcharse cuando quisiera, y él no podría impedírselo. No le quedaba más remedio que confiar en que se presentara la oportunidad de volver a sacar el tema del Censor, en que Waldegrave siguiera sentado en su silla y en que no parara de hablar.

El carrito se acercó majestuosamente a la silla de Strike. Un camarero trinchó con todo el protocolo al uso la pieza de ternera escocesa, mientras otro le servía el lenguado a Waldegrave.

Se acabaron los taxis hasta dentro de tres meses, se dijo Strike con severidad, salivando mientras le llenaban el plato de pudin de Yorkshire, patatas y chirivías. El carrito volvió a alejarse despacio. Waldegrave, que ya se había bebido tres cuartos de su botella de vino, miraba el pescado como si no estuviera muy seguro de cómo había llegado hasta allí; cogió una patatita con los dedos y se la metió en la boca.

—¿Quine comentaba con usted lo que estaba escribiendo antes de entregar los manuscritos? —preguntó Strike.

—No, nunca. Lo único que me había revelado de *Bombyx Mori* era que el gusano de seda era una metáfora del escritor, que sufre una agonía para escribir algo que valga la pena. Nada más.

—¿Y nunca le pedía consejo, ni sugerencias?

—No, qué va, Owen creía que él sabía más que nadie.

—¿Eso es habitual?

—No hay dos escritores iguales —dijo Waldegrave—. Pero Owen siempre fue de los más reservados. Le gustaban las revelaciones efectistas, ¿me entiende? Satisfacían su pasión por el dramatismo.

—Supongo que la policía lo habrá interrogado acerca de sus movimientos después de recibir el texto —sugirió Strike, disimulando su interés.

—Sí, ya he pasado por todo eso —repuso el editor con indiferencia.

Mientras hablaba, intentaba sin mucho éxito extraer las espinas del lenguado; había cometido la imprudencia de renunciar a que el camarero se lo preparara—. Recibí el manuscrito el viernes, y no le eché un vistazo hasta el domingo...

—Ese fin de semana usted tenía que irse de viaje, ¿no es cierto?

—Sí, a París —confirmó Waldegrave—. Fin de semana de aniversario. Pero no fui.

—¿Pasó algo?

Waldegrave se terminó el vino que tenía en la copa. Cayeron unas gotas del líquido oscuro en el mantel, y la mancha se extendió.

—Discutimos camino de Heathrow. Una bronca horrible. Di media vuelta y volví a casa.

—Qué pena —dijo Strike.

—Hace años que nuestro matrimonio no funciona —explicó Waldegrave, abandonando su lucha desigual con el lenguado y tirando el cuchillo y el tenedor; hicieron tanto ruido que los comensales de las mesas vecinas se dieron la vuelta—. JoJo ya es mayor. Ya no tiene sentido aguantar. Vamos a separarnos.

—Lo siento —dijo el detective.

Waldegrave se encogió de hombros con gesto taciturno y bebió más vino. Los cristales de sus gafas estaban llenos de huellas y tenía el cuello de la camisa sucio y gastado. Strike, experto en la materia, pensó que tenía toda la pinta de haber dormido con la ropa puesta.

—Y después de la discusión, ¿fue directamente a su casa?

—Vivimos en una casa muy grande. Si no queremos, no nos vemos.

Las manchas de vino seguían extendiéndose como flores rojas en el mantel blanco.

—Me recuerda a la mancha negra —dijo Waldegrave—. *La isla del tesoro*. Sabe, ¿no? Cualquiera que haya leído ese maldito libro se convierte en sospechoso. Todos miran de reojo a todos. Cualquiera que haya leído el final podría ser el culpable. La policía de las narices en mi oficina, todos mirándome...

»Lo leí el domingo —continuó, volviendo a la pregunta de Strike—, y le dije a Liz Tassel lo que pensaba de ella. Y la vida continuó. Owen no contestaba al teléfono. Pensé que debía de haber sufrido una crisis nerviosa; yo también tenía mis problemas, joder. Daniel Chard estaba furioso... Lo mandé a la mierda. Dimití, harto de acusaciones. Harto de que me gritara delante de todos los empleados. Dije basta.

—¿Acusaciones? —preguntó Strike.

Su técnica de interrogatorio empezaba a recordar los movimientos de los jugadores de Subbuteo: orientaba al tambaleante entrevistado en determinada dirección y le daba un capirotazo. (En los años setenta, Strike jugaba con el equipo del Arsenal contra Dave Polworth, que tenía los jugadores del Plymouth Argyles pintados a mano; pasaban horas tumbados los dos boca abajo en la alfombrilla de la chimenea de la madre de Dave.)

—Dan cree que le conté intimidades suyas a Owen. Menudo imbécil. Como si no lo supiera todo el mundo. Hace años que se cotillea sobre eso. No hacía falta que yo le contara nada a Owen. Lo saben todos.

—¿Que Chard es gay?

—Qué más da que sea gay. Es un reprimido. A lo mejor Dan ni siquiera sabe que es gay. Pero le gustan los jovencitos, le gusta pintarlos desnudos. Eso es vox pópuli.

—¿Le propuso pintarlo a usted? —preguntó Strike.

—No, por Dios —dijo Waldegrave—. Me lo contó Joe North hace años. ¡Ah! —Había conseguido que el experto en vinos se fijara en él—. Otra copa, por favor.

Strike se alegró de que no pidiera otra botella.

—Lo siento, señor, este vino no lo servimos por...

—Pues de otro. Tinto. El que sea.

»Eso fue hace años —continuó Waldegrave—. Dan quería que Joe posara para él, y Joe lo mandó a paseo. Lo sabe todo Dios desde hace años.

Se recostó y volvió a empujar a la gorda que tenía sentada a su espalda, que desgraciadamente en ese momento estaba tomándose una sopa. Strike vio que sus acompañantes, enojados, llamaban a un camarero que pasaba cerca para quejarse. El camarero se inclinó hacia Waldegrave y, disculpándose pero con firmeza, dijo:

—¿Le importaría apartar un poco su silla, señor? La dama que tiene detrás...

—Lo siento. Perdón.

Waldegrave se acercó más a Strike, puso los codos encima de la mesa, se apartó las greñas de los ojos y dijo en voz alta:

—Vive encerrado en su mundo.

—¿Quién?

—Dan. Le dieron la editorial en bandeja de plata. Siempre ha estado forrado. Que se vaya a vivir al campo y que pinte a su criado si eso es lo que quiere. Yo ya estoy harto. Montaré mi propia... mi propia editorial.

En ese momento sonó el móvil de Waldegrave. Tardó un rato en localizarlo, y antes de contestar miró quién llamaba por encima de la montura de las gafas.

—¿Qué pasa, JoJo?

Pese a que en el restaurante había bastante ruido, Strike oyó la respuesta: unos fuertes chillidos que llegaban un tanto sofocados desde el otro lado de la línea. Waldegrave estaba horrorizado.

—¿JoJo? ¿Estás...?

El rostro afable y blancuzco del editor se tensó como Strike jamás podría haber imaginado. Se le marcaron las venas del cuello, y sus labios formaron una mueca horrorosa.

—¡Vete a la mierda! —gritó, y su voz se oyó en todas las mesas de alrededor; unas cincuenta cabezas se levantaron de golpe y las conversaciones se interrumpieron—. ¡No me llames con el teléfono de JoJo! ¡No, borracha de...! ¡Ya me has oído! ¡Yo bebo porque estoy casado contigo, capulla!

La gorda que estaba sentada detrás de Waldegrave volvió la cabeza, indignada. Los camareros lo miraban horrorizados; uno de ellos estaba tan asombrado que se detuvo con un pudin de Yorkshire suspendido sobre el plato de un empresario japonés. No cabía duda de que en aquel elegante club para caballeros ya habían visto otras peleas de borrachos, pero no por eso dejaban de desentonar con los paneles de madera, las arañas de luces y las cartas, donde todo era imperturbablemente británico, sereno y formal.

—¿Y quieres decirme quién coño tiene la culpa de eso? —gritó Waldegrave.

Se levantó de la silla, tambaleándose, y volvió a empujar a su desafortunada vecina, pero esa vez el acompañante de la mujer no protestó. El restaurante se había quedado en silencio. Waldegrave salió del comedor haciendo eses, con una botella y un tercio en el cuerpo, soltando tacos por el móvil; y a Strike, abandonado en la mesa, le divirtió darse cuenta de que, como sucedía en el comedor de oficiales, reprobaba el poco aguante al alcohol de algunos.

—La cuenta, por favor —pidió al primer perplejo camarero que vio.

Lamentaba no haber llegado a probar el pudin de frutos secos que había visto en la carta, pero tenía que alcanzar a Waldegrave.

Mientras los otros comensales mascullaban y lo observaban con el rabillo del ojo, Strike pagó la cuenta, se levantó de la mesa y, apoyándose en el bastón, siguió los inseguros pasos de Waldegrave. Por la expresión airada del maître y los gritos del editor, que todavía se oían detrás de la puerta, Strike sospechó que lo habían convencido para que abandonara el local.

Lo encontró apoyado en la fachada, a la izquierda de la puerta. Nevaba copiosamente; las aceras estaban cubiertas por una capa de nieve crujiente, y los transeúntes iban abrigados hasta las orejas. Fuera de aquel escenario de sólida grandeza, Waldegrave ya no parecía un académico un poco desaliñado. Borracho, sucio y arrugado, soltando improperios por el teléfono oculto en su gran mano, podrían haberlo confundido con un vagabundo loco.

—¡...no es culpa mía, jodida estúpida! ¿Acaso escribí yo ese puto libro? ¿Lo escribí yo?... Pues entonces será mejor que hables con ella, ¿no?... Si no lo haces tú, lo haré yo... No me amenaces, zorra asquerosa... Si hubieras aprendido a tener las piernas cerradas... ¡Ya me has oído, joder!

Waldegrave vio a Strike. Se quedó unos segundos con la boca abierta y entonces cortó la comunicación. El móvil resbaló de sus dedos torpes y cayó en la acera nevada.

—Mierda —dijo Jerry Waldegrave.

El lobo volvió a convertirse en oveja. Buscó a tientas el teléfono en la nieve alrededor de sus pies y se le cayeron las gafas. Strike se las recogió.

—Gracias. Gracias. Lo siento. Lamento...

Se las puso, y Strike vio lágrimas en sus carnosas mejillas. Waldegrave se guardó el teléfono roto en un bolsillo y miró al detective con gesto de desesperación.

—Ese libro me ha destrozado la vida —aseguró—. Ese puto libro. Y yo que creía que Owen... Una cosa que él consideraba sagrada... Padre e hija. Una sola cosa...

Hizo otro ademán como quitándoles importancia a sus palabras, se dio la vuelta y se alejó zigzagueando, completamente borracho. Strike calculó que, como mínimo, debía de haberse bebido una botella antes de llegar al restaurante. No tenía sentido seguirlo.

Mientras lo veía desaparecer entre torbellinos de nieve, cruzándose con otros transeúntes que, cargados de compras navideñas, avanzaban con dificultad por las aceras nevadas, Strike recordó una mano asiendo con firmeza un antebrazo, una severa voz masculina y otra femenina, más airada: «Mamá ha ido derecha a saludarlo. ¿Por qué a ella no le dices nada?»

Strike se levantó el cuello del abrigo y pensó que ya sabía qué significaban la enana dentro de un saco manchado de sangre, los cuernos del Censor bajo la gorra y lo más cruel: el intento de ahogamiento.

37

...cuando provocan mi ira, no puedo actuar
con paciencia ni razón.

WILLIAM CONGREVE, *The Double-Dealer*

Strike emprendió el camino a su oficina bajo un cielo color
plata sucia. Caminaba con dificultad por la nieve, que seguía cayendo en abundancia y se acumulaba a gran velocidad. A pesar
de que sólo había bebido agua, la comida, sabrosa y nutritiva,
le había producido una falsa ebriedad y una sensación de bienestar parecida, seguramente, a la que Waldegrave había experimentado en algún momento a media mañana, bebiendo en su
despacho. A un adulto en forma y sin lesiones, el paseo entre el
Simpson's-in-the-Strand y su despachito con corrientes de aire
de Denmark Street le habría llevado más o menos un cuarto de
hora. Strike todavía tenía la rodilla dolorida y cansada, pero
acababa de gastarse en una sola sentada más de todo su presupuesto semanal para comidas. Encendió un cigarrillo y echó a
andar, cojeando, pese al frío cortante, con la cabeza agachada
para protegerse de la nieve, y preguntándose qué habría descubierto Robin en la librería Bridlington.

Al pasar por delante de las columnas acanaladas del teatro
Lyceum, Strike reflexionó sobre el hecho de que Daniel Chard
estuviera convencido de que Jerry Waldegrave había ayudado
a Quine a escribir su libro, mientras que Waldegrave creía que
Elizabeth Tassel había explotado la sensación de agravio del escritor hasta que ésta se había materializado en un texto. Se pre-

guntó si se trataría sólo de casos de ira mal gestionada. Puesto que la truculenta muerte de Quine les arrebataba al verdadero culpable, ¿estarían Chard y Waldegrave buscando cabezas de turco vivas sobre las que desahogar su frustración y su rabia? ¿O tenían razón al advertir una influencia externa en *Bombyx Mori*?

La fachada roja del Coach and Horses de Wellington Street constituía, a medida que se acercaba a ella, una poderosa tentación, pues le dolía la rodilla y tenía que ayudarse mucho con el bastón; un local caldeado, cerveza, un asiento cómodo... Pero ir al pub al mediodía por tercera vez en una semana... No, no era un hábito que le conviniera. Jerry Waldegrave era un claro ejemplo de adónde podía conducirlo ese comportamiento.

Al pasar por delante no pudo resistirse a mirar con envidia por la ventana y vio las luces de las lámparas reflejadas en los surtidores de latón de cerveza, y a otros hombres con una conciencia menos estricta que la suya relajándose en un ambiente cordial.

La reconoció con el rabillo del ojo. Alta y encorvada, con su abrigo negro, las manos en los bolsillos, correteando tras él por las aceras nevadas: la mujer que lo había seguido y había intentado agredirlo el sábado anterior.

Strike no vaciló ni se volvió para mirarla. Esa vez no estaba para juegos; no iba a detenerse para poner a prueba su técnica de seguimiento de aficionada, ni iba a permitir que se diera cuenta de que la había visto. Continuó caminando sin mirar atrás. Sólo una persona tan experta como él en contravigilancia habría detectado sus rápidas ojeadas a ventanas y placas de latón reflectantes en puertas situadas en los sitios idóneos; sólo un profesional habría sabido identificar el estado de alerta disfrazado de distracción.

La mayoría de los asesinos eran aficionados y chapuceros; por eso los descubrían. Insistir después de su encuentro del sábado por la noche revelaba una tremenda imprudencia, y Strike contaba con eso mientras continuaba por Wellington Street, aparentemente ajeno a la mujer que lo seguía con un cuchillo en el bolsillo. Cruzó Russell Street, y ella se escondió fingiendo entrar en el Marquess of Anglesey, pero no tardó en reaparecer, ocultándose tras las columnas cuadradas de un edificio de oficinas y esperando en un portal para dejar que Strike se adelantara.

Él casi no sentía la rodilla. Se había convertido en un metro noventa de potencial reconcentrado. Esta vez la mujer carecía de ventaja; no iba a pillarlo desprevenido. Si tenía algún plan, cosa que Strike ponía en duda, debía de consistir en aprovechar cualquier oportunidad que se le presentara. Le correspondía a él presentarle una que ella no pudiera dejar pasar y asegurarse de que fracasara.

Caminaron por delante de la Royal Opera House, con su pórtico clásico, sus columnas y sus estatuas; en Endell Street, ella se metió en una cabina telefónica roja, sin duda para recobrar fuerzas y asegurarse de que Strike no la había descubierto. Éste siguió adelante sin cambiar el ritmo, con la vista fija al frente. La mujer se relajó y volvió a salir a la concurrida acera, y lo siguió entre transeúntes agobiados, cargados de bolsas; al estrecharse la calle, redujo la distancia que los separaba sin dejar de entrar y salir de los portales.

Cuando ya estaba acercándose a su destino, Strike tomó una decisión y, en lugar de continuar por Denmark Street, torció a la izquierda a la altura de Flitcroft Street para acceder a Denmark Place; de allí partía un oscuro callejón con las paredes empapeladas de carteles de grupos musicales, que llevaba de nuevo hasta su oficina.

¿Se atrevería a seguirlo?

Entró en el callejón, y sus pasos resonaron un poco en las húmedas paredes. Redujo imperceptiblemente el ritmo. Entonces la oyó: iba corriendo hacia él.

Giró sobre su pierna sana blandiendo el bastón; la mujer gritó de dolor al recibir el impacto en el brazo; el cúter saltó de su mano, golpeó la pared de piedra, rebotó y pasó rozándole un ojo a Strike, que ya la tenía sujeta con todas sus fuerzas.

Temió que algún héroe acudiera a socorrer a la mujer al oír sus gritos, pero no vio a nadie, y la rapidez se convirtió en el factor clave: ella era más fuerte de lo que él esperaba y forcejeaba con ímpetu, tratando de golpearle los testículos con la rodilla y arañarle la cara. Con otro calculado giro del cuerpo, Strike le agarró la cabeza con una llave inmovilizadora; los pies de la mujer escarbaban y resbalaban en el húmedo suelo del callejón.

Mientras la agresora se retorcía en sus brazos e intentaba morderlo, Strike se agachó para recoger el cúter, y al hacerlo la obligó a agacharse también, de modo que los pies de ella dejaron de tocar el suelo un momento. A continuación, soltó el bastón, porque no podía manejarlo mientras la sujetaba, y la arrastró hasta Denmark Street.

Strike era muy rápido y, tras el forcejeo, ella estaba tan agotada que no le quedaban fuerzas para gritar. En la calle, corta, ya no había nadie comprando, y los transeúntes que pasaban por Charing Cross Road no notaron nada raro cuando el detective obligó a su agresora a recorrer la escasa distancia hasta el portal negro.

—¡Ábreme, Robin! ¡Deprisa! —gritó por el interfono, y en cuanto ella le abrió desde la oficina, empujó la puerta de la calle y entró.

Arrastró a su atacante por la escalera metálica; le dolía mucho la rodilla; la mujer empezó a chillar, y sus gritos resonaron por el hueco de la escalera. Strike vio movimiento detrás de la puerta de vidrio del excéntrico y adusto diseñador gráfico que trabajaba en la oficina del primer piso.

—¡Tranquilo, no pasa nada! —le gritó desde el pasillo, y tiró de su perseguidora hacia arriba.

—¿Cormoran? Pero ¿qué...? ¡Dios mío! —exclamó Robin, mirando hacia abajo desde el rellano—. No puedes... ¿A qué juegas? ¡Suéltala!

—Acaba de... Ha intentado... apuñalarme... otra vez —dijo Strike entrecortadamente, y, con un último esfuerzo titánico, obligó a su atacante a cruzar el umbral—. ¡Cierra con llave! —le gritó a Robin, que ya se había colocado a sus espaldas, y ella obedeció.

De un empujón, Strike tiró a la mujer sobre el sofá de piel artificial; al caérsele la capucha, se reveló una cara alargada de tez clara con grandes ojos pardos, y una tupida melena castaña y ondulada que le llegaba por los hombros. Llevaba las uñas largas y pintadas de rojo. No aparentaba más de veinte años.

—¡Hijo de puta! ¡Hijo de la gran puta!

Intentó levantarse, pero Strike estaba plantado ante ella, mirándola con odio, así que la joven desistió; se recostó en el sofá y empezó a masajearse el blanco cuello, donde habían aparecido unas marcas rosadas que señalaban por dónde la había agarrado el detective.

—¿Quieres explicarme por qué querías apuñalarme? —le preguntó.

—¡Vete a la mierda!

—Muy original —replicó él—. Robin, llama a la policía.

—¡Nooo! —bramó la chica, como un perro que aúlla—. Me ha hecho daño —le dijo a Robin, jadeando. Con gesto de profunda desdicha, se bajó la camiseta y le mostró las marcas que tenía en el cuello, blanco y robusto—. Me ha arrastrado, me ha tirado...

Con una mano sobre el auricular del teléfono, Robin miró a Strike.

—¿Por qué me seguías? —preguntó él en tono amenazador, jadeando también y plantado ante la chica.

Ella se retrajo en los ruidosos cojines del sofá, pero Robin, cuya mano no había soltado el teléfono, advirtió cierto deleite en el miedo de la joven, una sombra de voluptuosidad en su forma de apartarse de Strike.

—Última oportunidad —gruñó él—. ¿Por qué...?

—¿Qué pasa ahí arriba? —preguntó una voz quejumbrosa desde el primer piso.

Robin miró a Strike. Corrió hacia la puerta, la abrió y salió al rellano mientras él montaba guardia ante su prisionera, con las mandíbulas apretadas y un puño apretado con fuerza. La idea de gritar para pedir ayuda cruzó los grandes ojos de la joven, oscuros y con ojeras moradas, pero pasó de largo. Rompió a llorar, pero enseñaba los dientes, y Strike pensó que en sus lágrimas había más rabia que tristeza.

—No pasa nada, señor Crowdy —se disculpó Robin—. Estábamos de broma. Perdón por el ruido.

Robin volvió a la oficina y cerró la puerta con llave. La chica estaba sentada en el sofá, tiesa; las lágrimas resbalaban por sus mejillas, y sus uñas como garras se aferraban al borde del asiento.

—A la mierda —dijo Strike—. Si no quieres hablar, llamo a la policía.

Por lo visto, la joven le creyó. Cuando el detective sólo había dado dos pasos hacia el teléfono, la chica murmuró entre sollozos:

—Quería impedírtelo.

—Impedirme ¿qué?

—¡Como si no lo supieras!

—¡No estoy de humor para adivinanzas! —gritó Strike, y se inclinó hacia ella apretando los puños. Tenía muy presente su lesionada rodilla. Aquella chica era la culpable de la caída en la que había vuelto a lastimarse los ligamentos.

—Cormoran —dijo Robin con firmeza, deslizándose entre los dos y obligando a su jefe a dar un paso atrás, y entonces se dirigió a la chica—: Oye, mírame. Escúchame a mí. Dile por qué haces esto y a lo mejor no llama...

—Estás de broma, ¿no? —saltó Strike—. ¡Me cago en todo! ¡Ya ha intentado apuñalarme dos veces...!

—...¡a la policía! —gritó Robin, decidida a terminar la frase.

La joven se levantó de un brinco e intentó correr hasta la puerta.

—¡Ni lo sueñes! —dijo Strike; cojeando, esquivó a Robin, atrapó a su agresora por la cintura y la tiró de nuevo al sofá, sin contemplaciones—. ¿Quién eres?

—¡Me has hecho daño! —gritó ella—. ¡Mucho daño! ¡En las costillas! ¡Voy a denunciarte, hijo de perra!

—Vale, entonces te llamaré Pippa —replicó Strike.

La chica ahogó un grito y lo miró con odio.

—Capullo de mier...

—Sí, vale, seré todo lo capullo que tú quieras —la interrumpió él—. Tu nombre.

El pecho de la joven subía y bajaba bajo el pesado abrigo.

—Y si te lo digo, ¿cómo sabrás que no te miento? —preguntó entre jadeos, adoptando de nuevo una actitud desafiante.

—Te retendré aquí hasta que lo haya comprobado.

—¡Eso es secuestro! —gritó ella con una voz fuerte y bronca, digna de un estibador.

—Se dice «arresto ciudadano» —la corrigió Strike—. Has intentado apuñalarme, joder. Te lo preguntaré por última vez...

—Pippa Midgley —le espetó ella.

—Ya era hora. ¿Llevas alguna identificación encima?

La joven soltó otra obscenidad, deslizó una mano en su bolsillo, sacó un pase de autobús y se lo tiró a Strike.

—Aquí pone Phillip Midgley.

—No me digas.

Robin vio la cara que ponía Strike al comprender y, de pronto, le dieron ganas de reír a pesar de la tensión del ambiente.

—Epiceno —dijo Pippa Midgley, furiosa—. ¿No habías caído en eso? Demasiado sutil para ti, ¿no, gilipollas?

El detective se fijó en su cuello, con marcas de dedos y arañazos, y comprobó que todavía tenía la nuez muy prominente. La chica había vuelto a meter las manos en los bolsillos.

—El año que viene ya pondrá Pippa en todos mis documentos —añadió.

—Pippa —repitió Strike—. Tú fuiste quien escribió aquello de «Espero que me dejes apretar los garrotes del puto potro», ¿no?

—¡Oh! —exclamó Robin, con un larguísimo suspiro de comprensión.

—¡Oooooh, qué listo eres, machote! —dijo Pippa, imitándola con maldad.

—¿Conoces personalmente a Kathryn Kent, o sólo sois ciberamigas?

—¿Por qué lo preguntas? ¿Ahora es delito conocer a Kath Kent?

—¿Cómo conociste a Owen Quine?

—No quiero hablar de ese hijo de puta —respondió ella con la respiración entrecortada—. Lo que me ha hecho... Lo que ha hecho... Fingir que... Mintió... ¡Mentiroso de mierda!

Rompió a llorar de nuevo, y la histeria se apoderó de ella. Se agarraba el pelo con ambas manos y pataleaba en el suelo, balanceándose adelante y atrás y gimiendo. Strike la observaba con hastío y al cabo de treinta segundos dijo:

—¿Quieres parar, joder?

Pero Robin lo hizo callar con una mirada, agarró un puñado de pañuelos de papel de la caja que había encima de su mesa y se lo puso en la mano a la chica.

—G-g-gr...

—¿Te apetece un té, Pippa? ¿Un café? —le preguntó con amabilidad.

—Ca-café, por fa-favor.

—¡Robin! ¡Acaba de intentar apuñalarme!

—Vale, pero no lo ha conseguido, ¿no? —replicó su ayudante mientras encendía el hervidor de agua.

—¡La ineptitud —dijo Strike, incrédulo— no exime del cumplimiento de la ley!

Volvió a dirigirse a Pippa, que había seguido aquel intercambio con la boca abierta.

—¿Por qué me seguías? ¿Qué pretendes impedir que haga? Y te lo advierto: con tus lágrimas has engañado a Robin, pero eso no significa que...

—¡Trabajas para ella! —gritó Pippa—. ¡Para la zorra de su mujer! Ahora ella tiene su dinero, ¿no? ¡Ya sabemos para qué te ha contratado, no somos imbéciles!

—¿Somos? ¿De quién hablas? —quiso saber Strike, pero Pippa había vuelto a clavar los ojos en la puerta—. Te juro por Dios —la amenazó; le dolía tanto la maltratada rodilla que rechinaba los dientes sin darse cuenta— que si vuelves a correr hacia esa puta puerta, llamaré a la policía, declararé y me alegraré de ver cómo te condenan por tentativa de asesinato. Y te advierto que en la cárcel no lo vas a pasar nada bien, Pippa —añadió—. Allí no hay preoperatorios.

—¡Cormoran! —protestó Robin.

—Sólo estoy exponiendo los hechos —repuso él.

Pippa había vuelto a retraerse en el sofá y miraba al detective con sincero terror.

—Café —dijo Robin con firmeza; salió de detrás de su mesa y le puso la taza en una mano de largas uñas—. Por el amor de Dios, Pippa, explícale de qué va todo esto. Va, cuéntaselo.

Por inestable y agresiva que pudiera parecer Pippa, Robin no podía evitar compadecerse de la chica, que por lo visto ni siquiera se había parado a pensar en las posibles consecuencias de abalanzarse sobre un detective privado con una navaja. Robin supuso que la joven padecía una forma extrema del rasgo que caracterizaba también a su hermano menor, Martin, quien destacaba por la falta de previsión y la pasión por el peligro que le habían dado pie a visitar Urgencias en más ocasiones que el resto de sus hermanos juntos.

—Sabemos que te ha contratado para que nos incrimines —dijo Pippa con voz ronca.

—¿Quién me ha contratado para que incrimine a quién? —gruñó Strike.

—¡Leonora Quine! ¡Sabemos cómo es y de qué es capaz! Nos odia a Kath y a mí, haría cualquier cosa por jodernos. ¡Ella mató a Owen y ahora intenta incriminarnos a nosotras! ¡Puedes poner la cara que quieras! —gritó a Strike, cuyas pobladas cejas habían subido casi hasta la línea de crecimiento del pelo—. Está loca, y muerta de celos. No soportaba que él quedara con nosotras, y ahora te ha contratado a ti para ver si encuentras algo de que acusarnos.

—Ni siquiera sé si te crees esas paranoias...

—¡Sabemos de qué va esto! —le gritó Pippa.

—¡Cállate! Cuando tú empezaste a seguirme, el único que sabía que Quine estaba muerto era el asesino. Me seguiste el día que encontré el cadáver y sé que la semana anterior habías seguido a Leonora. ¿Por qué? —Como la chica no contestaba, repitió—: Última oportunidad: ¿por qué me seguiste desde la casa de Leonora?

—Creía que a lo mejor me llevarías hasta él —contestó Pippa.

—¿Para qué querías saber dónde estaba Quine?

—¡Para matarlo, joder! —gritó ella, y se confirmó la impresión de Robin de que Pippa compartía con Martin una falta de precaución casi total.

—¿Y por qué querías matarlo? —insistió Strike, como si la chica no hubiera dicho nada extraordinario.

—¡Por lo que nos había hecho en esa novela de mierda! Tú ya lo sabes... La has leído... Epiceno... Ese cabrón... Ese cerdo...

—¡Cálmate, coño! ¿Ya entonces habías leído *Bombyx Mori*?

—Sí, claro.

—¿Y fue cuando empezaste a meterle mierda por el buzón a Quine?

—¡Mierda por mierda! —gritó Pippa.

—Muy ingeniosa. ¿Cuándo leíste el libro?

—Kath me leyó por teléfono los fragmentos en que aparecíamos, y entonces fui a...

—¿Cuándo te leyó esos fragmentos por teléfono?

—Cu-cuando llegó a casa y se lo encontró encima de la alfombrilla de la entrada. El manuscrito entero. Casi no pudo abrir. Él se lo había metido por debajo de la puerta y le había dejado una nota. Kath me la enseñó.

—¿Qué decía?

—«Ha llegado la hora de la venganza para ambos. ¡Espero que estés contenta! Owen.»

—¿«La hora de la venganza para ambos»? —repitió Strike, arrugando la frente—. ¿Sabes qué significa eso?

—Kath no quiso explicármelo, pero yo sé que ella lo entendió. Estaba destrozada —dijo Pippa, que seguía respirando entrecortadamente—. Es una pe-persona maravillosa. Tú no la conoces. Ha sido como una madre para mí. Nos conocimos en un cursillo de escritura que daba Owen y nos hicimos... —Hizo una pausa, respiró y, llorosa, continuó—: Era un capullo. Nos mintió acerca de lo que estaba escribiendo, nos mintió acerca de... ¡todo!

Rompió a llorar otra vez, y Robin, preocupada por el señor Crowdy, dijo con suavidad:

—Pippa, cuéntanos sobre qué os mintió. Cormoran sólo quiere saber la verdad, él no intenta incriminar a nadie...

No sabía si la chica la había oído ni si en tal caso la había creído; tal vez ella sólo quisiera aliviar sus exaltados sentimientos, pero respiró hondo, estremeciéndose, y soltó un chorro de palabras:

—Me dijo que yo era como otra hija para él; se lo conté todo, él sabía que mi madre me había echado de casa, lo sabía absolutamente todo. Y yo le enseñé m-mi diario y él fu-fue tan ama-mable y se interesó tanto... Me prometió que me ayudaría a publicarlo y nos dijo a las dos, a Kath y a mí, que salíamos en su nueva novela, y dijo que yo era una «hermosa alma en pena». Eso fue lo que me dijo... —insistió Pippa; le temblaba la barbilla—. Y un día fingió que me leía un fragmento, por teléfono, y era... era precioso, y cuando lo... lo leí y vi... vi lo que había escrito... Kath se quedó hecha polvo... la cueva... Arpía y Epiceno...

—¿Y dices que Kathryn llegó a casa y se lo encontró encima de la alfombrilla de la entrada? —preguntó Strike—. ¿De dónde venía? ¿Del trabajo?

—De hacer compañía a su hermana en la residencia. Estaba muriéndose.

—Pero ¿eso cuándo fue? —insistió Strike por tercera vez.

—¿Qué más da cuándo...?

—¡A mí sí me importa, coño!

—¿Fue el día nueve? —preguntó Robin. Había abierto el blog de Kathryn Kent en su ordenador y había orientado la pantalla de forma que no se viera desde el sofá, donde estaba sentada la joven—. ¿Pudo ser el martes nueve, Pippa? ¿El martes después de la noche de las hogueras?

—Fue... ¡sí, creo que sí! —respondió Pippa, impresionada por el acierto de Robin—. Sí, Kath se marchó esa noche porque Angela estaba muy mal...

—¿Cómo sabes que era la noche de las hogueras? —preguntó Strike.

—Porque Owen le dijo a Kath que no podía quedar con ella porque tenía que ir a tirar petardos con su hija —contestó Pippa—. Y Kath estaba muy disgustada, porque habían quedado en que él se iría de su casa. Se lo había prometido, le había prometido que dejaría a la zorra de su mujer de una puta vez, y luego va y sale con que tiene que tirar petardos con la sub...

Se interrumpió, pero Strike terminó la frase por ella:

—¿Con la subnormal?

—Sólo era una broma —masculló Pippa, abochornada; se arrepentía más de haber usado esa palabra que de haber intentado apuñalar a Strike—. Una broma entre Kath y yo: su hija siempre era la excusa por la que Owen no podía marcharse de casa y estar con Kath.

—¿Qué hizo Kathryn esa noche, en lugar de quedar con Quine? —preguntó el detective.

—Fui a su casa. Entonces la llamaron para decirle que su hermana Angela había empeorado mucho, y se marchó. Angela tenía cáncer. Se le había extendido por todo el cuerpo.

—¿Dónde estaba Angela?

—En la residencia de Clapham.

—¿Cómo fue Kathryn hasta allí?

—¿Qué importancia tiene eso?

—Limítate a contestar a la pregunta, ¿quieres?

—No lo sé. Supongo que en metro. Se quedó tres días con Angela, durmiendo junto a su cama en un colchón en el suelo, porque creían que podía morir en cualquier momento. Pero ella seguía aguantando, así que Kath tuvo que volver a casa a buscar ropa limpia, y entonces fue cuando se encontró el manuscrito encima de la alfombrilla de la entrada.

—¿Cómo estás tan segura de que volvió a casa el martes? —preguntó Robin.

Strike, que estaba a punto de preguntar lo mismo, la miró, sorprendido. Él todavía no sabía nada del anciano de la librería ni del cráter de Alemania.

—Porque los martes por la noche trabajo en una línea de asistencia telefónica —contestó Pippa—, y estaba allí cuando me llamó Kath hecha un mar de lágrimas, porque había ordenado el manuscrito y acababa de leer lo que Owen había escrito sobre nosotras.

—Bueno, todo esto es muy interesante —dijo Strike—, porque Kathryn Kent declaró a la policía que no había leído *Bombyx Mori.*

En otras circunstancias, la cara de espanto de Pippa podría haber resultado divertida.

—¡Me has engañado, cerdo!

—Sí, eres dura de pelar —convino él—. ¡Ni se te ocurra! —añadió, cerrándole el paso al ver que intentaba levantarse.

—¡Era un cabronazo de mierda! —gritó Pippa, hirviendo de cólera e impotencia—. ¡Nos utilizaba! Ese hijo de puta mentiroso... Nos hizo creer que le interesaba nuestro trabajo, pero en realidad nos utilizaba. Creí que entendía todo por lo que yo había pasado; hablábamos durante horas, y él me animaba a escribir la historia de mi vida. Me prometió que me ayudaría a conseguir un editor...

De pronto, Strike notó que lo invadía el hastío. ¿Qué era esa obsesión por publicar?

—...pero en realidad sólo estaba camelándome, y yo le contaba mis pensamientos más privados y le hablaba de mis sentimientos más íntimos, y Kath... lo que le hizo a Kath... Tú no lo entiendes. ¡Me alegro de que la zorra de su mujer lo matara! Si no lo hubiera matado ella...

—¿Por qué insistes en que a Quine lo mató su mujer? —preguntó Strike.

—¡Porque Kath tiene pruebas!

Una breve pausa.

—¿Qué pruebas?

—¡No pienso decírtelo! —aulló Pippa, y soltó una carcajada histérica—. ¡No es asunto tuyo!

—Si tiene pruebas, ¿por qué no las ha entregado a la policía?

—¡Por compasión! —gritó Pippa—. Algo que tú no...

—¿Qué está pasando aquí? —preguntó una voz quejumbrosa desde el otro lado de la puerta de vidrio—. ¿Por qué seguís gritando?

—Maldita sea —dijo Strike al ver el contorno borroso del señor Crowdy, que estaba apoyándose en la puerta.

Robin fue a abrir.

—Lo siento mucho, señor...

Pippa se levantó al momento del sofá. Strike intentó atraparla, pero, cuando se abalanzó sobre ella, la rodilla se le dobló y le hizo un daño terrible. La chica apartó de un empujón al señor Crowdy y bajó la escalera a todo correr.

—¡Déjala! —le dijo Strike a Robin, que parecía dispuesta a perseguirla—. Al menos tengo el cuchillo.

—¿El cuchillo? —gritó el señor Crowdy, y tardaron un cuarto de hora en persuadirlo de que no llamara al casero (porque la publicidad posterior al caso Lula Landry había inquietado al diseñador gráfico, que vivía temiendo que otro asesino fuera a buscar a Strike y entrara por error en su oficina).

—¡Hostia! —exclamó Strike cuando por fin convencieron a Crowdy para que se marchara.

Se dejó caer en el sofá; Robin se sentó en la silla del ordenador. Se miraron unos segundos, y entonces se pusieron a reír.

—El numerito del poli bueno y el poli malo no nos ha salido nada mal —comentó él.

—Yo no fingía —confesó Robin—. Me daba un poco de pena, de verdad.

—Ya lo he visto. ¿Y yo no te doy pena? ¡Esa chica me ha atacado!

—Pero ¿seguro que quería apuñalarte, o sólo era teatro? —preguntó Robin, escéptica.

—A lo mejor tienes razón y le gustaba más la idea que llevarla a la práctica —admitió Strike—. Lo malo es que da lo mismo que te apuñale un gilipollas en un arranque de teatralidad, o un profesional: te mueres igual. ¿Y qué esperaba conseguir apuñalándome?

—Amor materno —dijo Robin.

Strike se quedó mirándola.

—Su madre la ha repudiado —explicó ella—, y está pasando momentos muy duros, supongo, tomando hormonas y qué sé yo qué más antes de la operación. Estaba convencida de que tenía una nueva familia, ¿no? Creía que Quine y Kathryn Kent eran sus nuevos padres. Ha mencionado que Quine le dijo que era como una segunda hija para él y que en el libro era la hija de Kathryn Kent. Pero en *Bombyx Mori* la presentó al mundo como medio hombre y medio mujer. Y además insinuó que, debajo de todo ese amor filial, la verdadera intención de Pippa era acostarse con él.

»Su nuevo padre —continuó— la había decepcionado profundamente. Pero su nueva madre todavía era buena y cariñosa, y a ella también la habían traicionado, así que Pippa decidió vengarse por las dos.

Robin no pudo evitar sonreír ante la cara de admiración y perplejidad de su jefe.

—¿Quieres explicarme por qué demonios abandonaste la carrera de Psicología?

—Es una historia muy larga —contestó ella, y desvió la mirada hacia la pantalla del ordenador—. No es muy mayor. ¿Qué tendrá, veinte años?

—Más o menos —coincidió Strike—. Lástima que no hayamos podido preguntarle qué hizo los días posteriores a la desaparición de Quine.

—No lo mató ella —afirmó Robin con seguridad, mirándolo de nuevo.

—Sí, supongo que tienes razón —convino él con un suspiro—, aunque sólo sea porque meter mierda de perro por el buzón de Quine habría resultado un poco anticlímax después de destriparlo.

—Y no parece que la planificación ni la eficiencia sean sus fuertes, ¿verdad?

—Aún te quedas corta.

—¿Llamarás a la policía para denunciarla?

—No lo sé. Es posible. Pero... ¡mierda! —exclamó, y se dio una palmada en la frente—, tampoco hemos averiguado por qué cantaba en el libro.

—Creo que lo sé —dijo Robin tras teclear un poco y leer los resultados en la pantalla del ordenador—. «Cantar para suavizar la voz... Ejercicios para la feminización de la voz en mujeres transgénero...»

—¿Sólo era eso? —preguntó él, extrañado.

—¿Qué insinúas, que no tenía motivo para ofenderse? Hombre, Quine se mofaba de algo muy personal en público...

—No, no me refería a eso.

Strike se quedó mirando por la ventana con el ceño fruncido. Nevaba copiosamente.

—¿Qué pasó en la librería Bridlington? —preguntó al cabo de un rato.

—¡Vaya, sí, casi se me olvida!

Robin le contó lo que le había dicho el librero, y su confusión entre los días uno y ocho de noviembre.

—Menudo imbécil —dijo Strike.

—No hay para tanto —repuso ella.

—Un poco chulo, ¿no? Todos los lunes son iguales, todos los lunes va a casa de su amigo Charles...

—Pero ¿cómo sabemos si era la noche de los obispos anglicanos o la noche del cráter?

—¿Dices que estaba seguro de que ese tal Charles lo había interrumpido para contarle lo del cráter mientras él estaba explicándole que Quine había entrado en la librería?

—Eso dijo.

—Entonces, lo más probable es que Quine fuera a la tienda el uno, no el ocho. Ese gilipollas recuerda las dos informaciones como si estuvieran conectadas, pero se equivoca. A él le gustaría haber visto a Quine después de su desaparición; le gustaría poder ayudar a establecer la hora de la muerte, y por eso su subconsciente buscaba motivos para pensar que lo vio el lunes que entraba ya en el marco temporal del asesinato, y no un lunes cualquiera, una semana antes de que nadie se interesara por los movimientos de Quine.

—Aun así, hay algo extraño en lo que afirma que le comentó Quine, ¿no crees? —dijo Robin.

—Sí —coincidió Strike—. Que quería comprar material de lectura porque se marchaba unos días... Según eso, ya planeaba desaparecer cuatro días antes de pelearse con Elizabeth Tassel, ¿no? ¿Estaba planeando ir a Talgarth Road, cuando se supone que desde hacía años odiaba y evitaba esa casa?

—¿Vas a contarle esto a Anstis? —preguntó Robin.

Strike soltó una risa irónica.

—No, no voy a contárselo. En realidad, no tenemos ninguna prueba de que Quine entrara en la librería el uno en lugar del ocho. Además, mi relación con Anstis no pasa por su mejor momento.

Hubo otra larga pausa, y entonces Strike sorprendió a Robin diciendo:

—Necesito hablar con Michael Fancourt.

—¿Por qué?

—Por muchas razones. Cosas que me ha dicho Waldegrave en la comida. ¿Puedes llamar a su agente, o al contacto que encuentres?

—Sí —dijo Robin, y lo anotó—. Por cierto, he vuelto a ver aquella entrevista y sigo sin poder...

—Vuelve a verla —insistió Strike—. Presta atención. ¡Piensa!

El detective se quedó otra vez callado, pero mirando al techo. Como no quería interrumpir sus pensamientos, Robin se puso a buscar en el ordenador quién representaba a Michael Fancourt.

Al cabo de un rato, Strike habló por encima del teclear de Robin.

—¿Qué será eso que Kathryn Kent cree tener para incriminar a Leonora?

—A lo mejor, nada —respondió ella, concentrada en los resultados que había obtenido.

—Y que oculta «por compasión».

Robin no dijo nada. Estaba buscando un número de teléfono de contacto en la web de la agencia literaria de Fancourt.

—Esperemos que eso sólo haya sido una tontería de histérica —dijo Strike.

Pero estaba preocupado.

38

Que en tan poco papel
quepa tanta ruina...

JOHN WEBSTER, *The White Devil*

La señorita Brocklehurst, la secretaria personal presuntamente infiel, seguía asegurando que el resfriado le impedía ir a trabajar. A su amante, el cliente de Strike, le parecía una exageración, y el detective se inclinaba a pensar como él. A las siete de la mañana del día siguiente, Strike se hallaba en un portal oscuro, enfrente del edificio de Battersea donde vivía la señorita Brocklehurst, envuelto en su abrigo, con bufanda y guantes, abriendo la boca con grandes bostezos mientras el frío penetraba en sus extremidades, y disfrutando del segundo de los tres McMuffins que de camino se había comprado en un McDonald's.

Las autoridades habían activado una alerta por mal tiempo que afectaba a todo el sudeste del país. Una gruesa capa de nieve dura cubría la calle por entero, y los primeros copos del día, vacilantes, caían flotando de un cielo sin estrellas. Mientras esperaba, Strike movía de vez en cuando los dedos del pie para comprobar que todavía tenía sensibilidad.

Los inquilinos fueron saliendo uno a uno para ir al trabajo; resbalando y dando patinazos, iban hacia la estación o se metían en coches cuyos tubos de escape hacían un ruido especialmente intenso en aquel silencio acolchado. Tres árboles de Navidad centelleaban en las ventanas de sendos salones como si le hicieran señas a Strike, pese a que aún faltaba un día para empezar el mes de diciembre; las luces de colores chillones (naranja, verde esmeralda y azul eléctrico) titilaban mientras él, apoyado en la pared y con la vista fija en las ventanas del piso de la señorita Brocklehurst, hacía apuestas consigo mismo sobre si saldría de su casa con aquel mal tiempo. Aún le dolía muchísimo la rodilla, pero la nieve había ralentizado el ritmo de la ciudad, que ya se adecuaba más al suyo. Strike nunca había visto a la señorita Brocklehurst con tacones de menos de diez centímetros; tal como estaba el suelo, seguramente ella se vería más impedida que él.

A lo largo de la semana anterior, la búsqueda del asesino de Quine había empezado a eclipsar todos sus otros casos, pero era importante que no los desatendiera para no quedarse sin clientes. El amante de la señorita Brocklehurst era un empresario adinerado que, si quedaba satisfecho con su forma de trabajar, podía recomendar a Strike para otros encargos. Tenía predilección por las rubias jóvenes, y en su primera entrevista con él le había confesado con toda franqueza que unas cuantas habían aceptado grandes sumas de dinero y regalos carísimos, para luego abandonarlo o traicionarlo. Dado que el hombre no daba muestras de aprender a juzgar el carácter de las personas, Strike preveía pasar muchas más horas, y muy lucrativas, siguiendo a futuras señoritas Brocklehurst. Tal vez fuera la traición lo que excitaba tanto a su cliente, especuló mientras echaba nubes de vaho por la boca; había conocido a otros hombres así. Era una afición que encontraba su máxima expresión en los que se enamoraban de prostitutas.

A las nueve menos diez, las cortinas se movieron un poco. De inmediato, con una rapidez que no se correspondía con su actitud relajada, Strike levantó la cámara de visión nocturna que tenía escondida junto al costado.

Desde la calle nevada y oscura tuvo un atisbo fugaz de la señorita Brocklehurst en bragas y sostén, pese a que sus pechos, mejorados mediante cirugía estética, no necesitaban sujeción alguna. Por detrás de ella, en el dormitorio en penumbra, pasó un hombre con el torso desnudo, barrigón, que le cubrió un pecho con una mano ahuecada y se llevó una regañina risueña. Después, ambos se apartaron de la ventana.

Strike bajó la cámara y revisó su trabajo. La imagen más incriminatoria que había logrado capturar mostraba con claridad el contorno de la mano y el brazo de un hombre, y la cara de la señorita Brocklehurst, de medio perfil, riendo; la cara de él, en cambio, quedaba en sombras. Strike sospechaba que su acompañante debía de estar a punto de marcharse al trabajo, así que se guardó el aparato en un bolsillo interior, dispuesto a seguir a aquel individuo con sus andares torpes, y atacó su tercer McMuffin.

No se equivocaba: a las nueve menos cinco se abrió el portal de la casa de la señorita Brocklehurst y su amante salió a la calle; no se parecía en nada a su jefe, salvo en la edad y en el aspecto de persona adinerada. Llevaba una bandolera de piel con la correa cruzada sobre el pecho, lo bastante grande para guardar en ella una camisa limpia y un cepillo de dientes. Últimamente, Strike había visto tantas bandoleras como aquélla que había empezado a llamarlas, en secreto, «la bolsa de pernocta del adúltero». La pareja se besó en los labios en el umbral, pero no se entretuvo mucho debido al frío glacial y al hecho de que la señorita Brocklehurst no llevaba encima más de cincuenta gramos de tela. Entonces ella volvió a entrar, y Panzudo echó a andar en dirección a la estación de Clapham Junction; se puso a hablar por el móvil, sin duda para explicar que llegaría tarde por culpa de la nieve. Strike le dio veinte metros de ventaja y salió de su escondite, apoyándose en el bastón que el día anterior por la tarde Robin había tenido la amabilidad de recuperar de Denmark Place.

El seguimiento resultó muy fácil, pues Panzudo iba totalmente ajeno a lo que lo rodeaba, concentrado en su conversación telefónica. Bajaron juntos la suave cuesta de Lavender Hill; volvía a caer una fuerte nevada. Panzudo resbaló varias veces con sus zapatos hechos a mano. Cuando llegaron a la estación, Strike no tuvo ningún problema para meterse en el mismo vagón que él y, fingiendo que leía mensajes, tomarle fotografías con el móvil mientras el hombre seguía hablando por el suyo.

En eso estaba cuando recibió un mensaje de Robin.

El agente de Michael Fancourt acaba de devolverme la llamada. MF dice que estará encantado de quedar contigo. Ahora se encuentra en Alemania, pero llega el 6. Propone el Groucho Club a la hora que tú digas. Rx

Mientras el tren entraba traqueteando en Waterloo, Strike caviló que le parecía extraordinario que quienes habían leído *Bombyx Mori* mostraran tanto interés por hablar con él. ¿Desde cuándo a los sospechosos les entusiasmaba la idea de sentarse cara a cara con un detective? ¿Y qué esperaba conseguir el famoso Michael Fancourt de una entrevista con el investigador privado que había encontrado el cadáver de Owen Quine?

Salió del vagón detrás de Panzudo y lo siguió entre el gentío por el suelo de baldosas, húmedo y resbaladizo, de la estación de Waterloo, bajo un techo de cristal y vigas de color crema que a Strike le recordó a Tithebarn House. Salieron otra vez a la calle, y Panzudo no dejó de hablar por el móvil, ajeno a todo; el detective lo siguió por aceras traidoras cubiertas de nieve medio derretida, bordeadas de mazacotes de nieve sucia, entre bloques de oficinas cuadrados, entrando y saliendo del enjambre de financieros que iban de aquí para allá, como hormigas, con sus abrigos oscuros, hasta que por fin Panzudo se metió en el aparcamiento de uno de los bloques de oficinas más grandes y se dirigió hacia el que obviamente era su coche. Por lo visto, había considerado más prudente dejar el BMV en el despacho que aparcarlo delante de la casa de la señorita Brocklehurst. Escondido detrás de un Range Rover, espiando, Strike notó que su teléfono vibraba en el bolsillo, pero no le prestó atención porque no quería que lo descubrieran. Panzudo tenía asignada una plaza de aparcamiento privada. Tras coger unas cuantas cosas del maletero, se dirigió hacia la entrada del edificio, y Strike tuvo ocasión de acercarse a la pared donde estaban escritos los nombres de los directores y fotografiar el nombre completo y el título de Panzudo para informar mejor a su cliente.

A continuación, volvió a su oficina. En el metro examinó su teléfono y vio que la llamada perdida era de su amigo Dave Polworth, el de la mordedura de tiburón.

Polworth tenía la vieja costumbre de llamarlo Diddy. Mucha gente daba por hecho que era una referencia irónica a su estatura (en primaria, Strike siempre había sido el chico más alto de su curso, y a menudo también del curso superior), pero en realidad derivaba de sus continuas ausencias escolares, consecuencia del estilo de vida extravagante de su madre. Esas constantes idas y venidas habían dado pie, muchos años atrás, a que Dave Polworth, que entonces era canijo y tenía una voz chillona, le dijera a Strike que parecía un *didicoy*, la palabra con que en Cornualles se designaba a los gitanos.

Strike le devolvió la llamada en cuanto salió del metro, y veinte minutos más tarde, cuando entró en su oficina, todavía seguían hablando. Robin levantó la cabeza y empezó a decir algo, pero al ver que Strike estaba al teléfono, se limitó a sonreír y volvió a concentrarse en lo que estaba haciendo en el ordenador.

—¿Vas a venir a casa esta Navidad? —le preguntó Polworth, mientras Strike entraba en su despacho y cerraba la puerta.

—Es posible —contestó él.

—¿Unas birras en el Victoria? —lo espoleó Polworth—. ¿Otro polvete con Gwenifer Arscott?

—Yo nunca he echado ningún polvo con Gwenifer Arscott —replicó Strike (era un chiste viejísimo entre los dos amigos).

—Pues vuelve a intentarlo, Diddy. A lo mejor esta vez tienes suerte. Ya va siendo hora de que alguien la estrene. Y hablando de chicas a las que ninguno de los dos se ha tirado...

La conversación degeneró hacia una serie de estampas obscenas y muy divertidas de Polworth sobre las travesuras de ciertos amigos comunes que seguían viviendo en St. Mawes. Strike se estaba riendo tanto que pasó por alto la señal de llamada en espera y no se molestó en mirar quién era.

—Supongo que no has vuelto con doña Berrinches, ¿verdad? —preguntó Dave; ése era el nombre con que solía referirse a Charlotte.

—No. Se casa dentro de... cuatro días —calculó Strike.

—Bueno, mantente alerta, Diddy, no vaya a ser que aparezca galopando por el horizonte. No me sorprendería nada que saliera huyendo. Y si se queda con ese otro, ya puedes dar un gran suspiro de alivio.

—Sí —dijo él—. Tranquilo.

—Bueno, quedamos así, ¿no? —concluyó Polworth—. Nos vemos en casa por Navidad. Y nos tomamos unas birras en el Victory.

—De acuerdo.

Después de intercambiar unas cuantas frases procaces más, Dave siguió con su trabajo, y Strike, todavía sonriente, revisó su teléfono y vio que tenía una llamada perdida de Leonora Quine.

Salió a la recepción mientras conectaba con su buzón de voz.

—He vuelto a ver el documental sobre Michael Fancourt —dijo Robin, emocionada— y he descubierto eso que...

Strike levantó una mano para hacerla callar, mientras la voz de Leonora, por lo general inexpresiva, llegaba esta vez a su oído con una carga de agitación y desconcierto.

«Cormoran, me han detenido. Y no sé por qué. Nadie me cuenta nada. Estoy en comisaría. Están esperando a un abogado o algo así. Maldita sea, no sé qué hacer. Orlando está con Edna, pero no... Bueno, estoy aquí...»

El mensaje se interrumpía tras unos segundos de silencio.

—¡Mierda! —exclamó Strike, con tanto ímpetu que Robin dio un respingo—. ¡MIERDA!

—¿Qué pasa?

—Han detenido a Leonora. ¿Por qué me llama a mí y no a Ilsa? ¡Mierda!

Marcó el número de Ilsa Herbert y esperó.

—Hola, Corm...

—Han detenido a Leonora Quine.

—¿Qué? ¿Por qué? No habrá sido por el trapo viejo manchado de sangre que encontraron en el trastero, ¿verdad?

—No lo sé, es posible que tengan algo más.

(«Kath tiene pruebas...»)

—¿Dónde está, Corm?

—En comisaría. Supongo que en la de Kilburn, es la que está más cerca.

—Dios. Pero ¿por qué no me ha llamado?

—Ni puta idea. Ha dicho algo de que iban a buscarle un abogado...

—A mí nadie me ha llamado. Virgen santa, ¿qué tiene en la cabeza? ¿Por qué no les ha dado mi nombre? Voy para allá, Corm. Tendré que pasarle lo que estaba haciendo a alguien, pero me deben un favor.

Strike oyó unos ruidos sordos, voces a lo lejos, los pasos apresurados de Ilsa.

—Llámame en cuanto sepas algo —dijo él.

—Sí, pero a lo mejor tardo un poco.

—Da lo mismo. Llámame.

Ilsa colgó. Strike miró a Robin, que estaba consternada.

—Oh, no —dijo ella en voz baja.

—Voy a llamar a Anstis —anunció Strike mientras cogía de nuevo el teléfono.

Pero su viejo amigo no estaba de humor para hacer favores.

—Te lo advertí, Bob, te advertí que pasaría esto. Fue ella, tío.

—¿Qué has descubierto? —preguntó Strike.

—Lo siento, Bob, pero no puedo decírtelo.

—¿Te lo ha dicho Kathryn Kent?

—No puedo decírtelo, en serio.

Strike cortó la comunicación sin dignarse devolverle a Anstis las fórmulas de cortesía convencionales.

—¡Capullo! —exclamó—. ¡Capullo de mierda!

Ya no podía ponerse en contacto con Leonora. Lo preocupaba la interpretación que sus interlocutores pudieran hacer de sus modales bruscos y de la animadversión que sentía por la policía. Se la imaginó quejándose de que Orlando se había quedado sola, exigiendo saber cuándo podría volver con su hija, indignada por que la policía se hubiera inmiscuido en la rutina de su triste existencia. Lo asustaba la falta de instinto de supervivencia de la mujer; confió en que Ilsa llegara pronto a la comisaría, antes de que Leonora, con toda su inocencia, se autoinculpara con cualquier comentario sobre las amantes de su marido, o sobre su tendencia general a la irresponsabilidad; antes de que repitiera su sospechosa, por no decir increíble, afirmación de que ella no sabía nada de los libros de su marido hasta que tenían puestas las tapas; antes de que intentara explicar por qué había olvidado temporalmente que tenían una segunda vivienda donde los restos mortales de su marido habían pasado semanas pudriéndose.

Dieron las cinco de la tarde y seguía sin tener noticias de Ilsa. Strike miró por la ventana, y al ver el cielo cada vez más negro y la nieve, insistió a Robin para que se marchara a casa.

—Pero ¿me llamarás si sabes algo? —suplicó ella mientras se ponía el abrigo y se enrollaba una gruesa bufanda de lana alrededor del cuello.

—Sí, claro.

Ilsa no lo llamó hasta las seis y media.

—Esto no podría ir peor. —Fue lo primero que dijo. Parecía cansada y tensa—. Tienen unos recibos de la tarjeta de crédito conjunta de los Quine correspondientes a la compra de monos protectores, botas de goma, guantes y cuerdas. Los compraron por internet y los pagaron con su Visa. Ah, y un burka.

—¿Me tomas el pelo?

—No. Ya sé que estás convencido de que Leonora es inocente...

—Sí, convencidísimo —replicó él en una clara advertencia de que no perdiera el tiempo intentando hacerle cambiar de idea.

—De acuerdo —dijo Ilsa con voz cansina—, como tú quieras, pero que sepas una cosa: su actitud no ayuda mucho. Está superagresiva e insiste en que esas cosas debió de comprarlas el propio Quine. Un burka, por el amor de Dios. Las cuerdas que compraron con esa tarjeta son idénticas a las que se usaron para atar el cadáver. Le han preguntado para qué podía querer Quine un burka o un mono de plástico resistente a los productos químicos, y lo único que ha dicho ha sido: «No tengo ni idea, ¿vale?» Cada dos por tres preguntaba cuándo podría volver a casa con su hija; creo que no lo entiende. Esos artículos los compraron hace seis meses y los enviaron a Talgarth Road; lo único que podría parecer más premeditado que eso sería que encontrasen un esquema hecho de su puño y letra. Ella niega que supiera cómo iba a terminar Quine su libro, pero ese amigo tuyo, Anstis...

—¿Él estaba presente?

—Sí, dirigía el interrogatorio. Le ha preguntado un montón de veces si de verdad esperaba que se creyeran que Quine nunca le hablaba de lo que estaba escribiendo. En una ocasión, ella ha dicho: «No le hago mucho caso.» «Entonces, sí le habla de sus argumentos, ¿no?» Y así una y otra vez; él intentaba extenuarla. Y al final ella ha dicho: «Bueno, me dijo no sé qué de que iban a hervir el gusano de seda.» Anstis no necesitaba nada más para convencerse de que Leonora ha mentido desde el principio y de que conocía todo el argumento. Ah, y han encontrado tierra removida en su jardín trasero.

—Ya, y me juego algo a que también encuentran un gato muerto que se llamaba *Míster Poop* —gruñó Strike.

—Bueno, pero eso no será obstáculo para Anstis —predijo Ilsa—. Está absolutamente convencido de que fue ella, Corm. Tienen derecho a retenerla hasta mañana a las once de la mañana, y estoy segura de que van a imputarla.

—No tienen suficientes pruebas —replicó Strike, furioso—. ¿Dónde están las pruebas de ADN? ¿Dónde están los testigos?

—Ése es el problema, Corm, que no hay ninguno, y los recibos de esa tarjeta de crédito son condenatorios. Mira, yo estoy de tu parte —añadió Ilsa con paciencia—. ¿Quieres saber mi opinión? ¿Sinceramente? Anstis está jugándoselo todo a esta carta, con la esperanza de que le salga bien. Me parece que la presión de la prensa ha hecho mella en él. Y además, lo pone nervioso que tú estés metido en esto y quiere tomar la iniciativa.

Strike gruñó.

—¿De dónde han sacado un recibo de hace seis meses? ¿Tanto han tardado en revisar el material que se llevaron del estudio de Quine?

—No —contestó Ilsa—. Está al dorso de un dibujo de su hija. Por lo visto, la chica se lo regaló a una amiga de Quine hace meses, y esta mañana temprano esa amiga ha ido a la policía y les ha dicho que había visto el dorso de la hoja y se había dado cuenta de lo que era. ¿Qué has dicho?

—Nada. —Strike suspiró.

—Me ha parecido oír «Tashkent».

—Algo así, sí. Tengo que dejarte, Ilsa. Gracias por todo.

Strike se quedó un momento en silencio, sumido en la frustración.

—Cojones... —murmuró.

Ya sabía qué había pasado. Pippa Midgley, con su paranoia y su histeria, convencida de que Leonora había contratado a Strike para que acusaran a otro del asesinato, había ido corriendo a ver a Kathryn Kent al salir de su oficina. Pippa le había confesado que había echado por tierra el pretexto de Kathryn de no haber leído *Bombyx Mori* y la había instado a utilizar las pruebas que tenía contra Leonora. Kathryn había cogido el dibujo de la hija de su amante (Strike se lo imaginaba colgado en la puerta de la nevera con un imán) y había ido corriendo a la comisaría de policía.

—Cojones —repitió, en voz más alta, y marcó el número de Robin.

39

Tantas veces me castigó la desgracia
que ya ni me atrevo a esperar...

Thomas Dekker y Thomas Middleton, *The Honest Whore*

A las once en punto de la mañana del día siguiente acusaron a Leonora Quine del asesinato de su marido, tal como había vaticinado su abogada. Strike y Robin, que se habían enterado por teléfono, vieron cómo la noticia se extendía por internet, donde, minuto a minuto, la historia proliferaba con el ritmo de las bacterias al multiplicarse. A las once y media, la web de *The Sun* publicaba un artículo sobre Leonora con el titular «UNA DOBLE DE ROSE WEST ENTRENADA EN LA CARNICERÍA».

Los periodistas se habían afanado para reunir testimonios del lamentable historial de Quine como marido. Habían relacionado sus frecuentes desapariciones con aventuras con otras mujeres, y habían diseccionado y adornado la temática sexual de su obra. Habían localizado a Kathryn Kent, la habían esperado frente a su casa, le habían tomado fotografías y la habían clasificado como «la amante pelirroja y curvilínea de Quine, escritora de novela erótica».

Poco después de mediodía, Ilsa volvió a llamar a Strike.

—Mañana se presentará ante el tribunal.

—¿Dónde?

—En Wood Green, a las once en punto. Supongo que desde allí la llevarán directamente a Holloway.

En otra época, Strike había vivido con su madre y con Lucy en una casa a sólo tres minutos de esa cárcel para mujeres del norte de Londres.

—Quiero verla.

—Puedes intentarlo, pero no creo que la policía permita que te acerques a ella, y como abogada suya tengo que decirte, Corm, que podría no parecer...

—Ilsa, ahora mismo soy su única oportunidad.

—Gracias por el voto de confianza —repuso ella, cortante.

—Ya sabes a qué me refiero.

La oyó suspirar.

—Pienso también en ti. ¿De verdad quieres fastidiar a la policía y que...?

—¿Cómo está Leonora? —la interrumpió Strike.

—No muy bien. Lleva fatal lo de estar separada de Orlando.

A lo largo de la tarde, el detective recibió varias llamadas de periodistas y conocidos de Quine; tanto unos como otros estaban desesperados por obtener información de primera mano. La voz de Elizabeth Tassel sonaba tan grave y áspera por teléfono que Robin la confundió con un hombre.

—¿Dónde está Orlando? —preguntó la agente cuando Strike se puso al teléfono, como si hubieran delegado en él el cuidado de todos los miembros de la familia Quine—. ¿Con quién se ha quedado?

—Me parece que con una vecina —contestó, y oyó unos resuellos en el otro extremo de la línea.

—Dios mío, qué desastre —dijo la agente con voz ronca—. Leonora... Que se le agotara la paciencia después de aguantar tantos años... Es increíble...

La reacción de Nina Lascelles fue de alivio mal disimulado, lo que no sorprendió demasiado a Strike. El asesinato se había retirado al lugar que le correspondía, al borde de lo posible. Su sombra ya no la alcanzaba, pues el asesino no era nadie que ella conociera.

—Es verdad que su mujer se parece un poco a Rose West, ¿no? —dijo, y Strike supo que Nina tenía los ojos clavados en la web de *The Sun*—. Pero con el pelo largo.

El detective tuvo la impresión de que Nina se compadecía de él. Strike no había resuelto el caso. La policía le había ganado la partida.

—Oye, el viernes vienen unos amigos a casa. ¿Te apuntas?

—Lo siento, no puedo —respondió él—. He quedado para cenar con mi hermano.

Se dio cuenta de que Nina sospechaba que le estaba mintiendo. Fue una breve vacilación, casi imperceptible, antes de decir «mi hermano», lo que fácilmente ella pudo interpretar como una pausa para pensar. Strike no recordaba haber llamado nunca a Al su «hermano». Casi nunca hablaba de sus hermanastros por parte de padre.

Esa noche, antes de marcharse de la oficina, Robin le puso una taza de té delante mientras él estaba enfrascado en el dosier de Quine. Casi percibía la rabia que su jefe hacía todo lo posible por ocultar, y sospechó que iba dirigida hacia sí mismo tanto como hacia Anstis.

—No está todo perdido —le dijo mientras se enrollaba la bufanda y se preparaba para marcharse—. Demostraremos que no fue ella.

Ya había utilizado el plural en otra ocasión en que a Strike le flaqueaba la confianza en sí mismo. Él agradeció el apoyo moral que le ofrecía, pero la sensación de impotencia entorpecía sus procesos mentales. Strike detestaba chapotear por la periferia del caso, obligado a observar mientras otros se zambullían en busca de pistas, datos e información.

Esa noche se quedó despierto hasta tarde leyendo el dosier de Quine, repasando las notas que había tomado en las entrevistas, volviendo a examinar las fotografías que había hecho con el teléfono y que luego había impreso. El cadáver destrozado de Owen Quine parecía hacerle señas en medio del silencio, como sucedía a menudo con los cadáveres, y lanzar mudas peticiones de justicia y clemencia. A veces, los cadáveres de las víctimas ofrecían información acerca de sus asesinos, como si sostuvieran un mensaje en sus manos rígidas. Strike se quedó un buen rato observando la cavidad torácica agujereada y quemada, las cuerdas apretadas alrededor de los tobillos y las muñecas, el tronco abierto en canal y destripado como un pavo; sin embargo, por mucho empeño que pusiera, no conseguía extraer nada que no supiera ya de aquellas imágenes. Al final, apagó todas las luces y subió a acostarse.

Para Strike, pasarse la mañana del jueves en Lincoln's Inn Fields, en las oficinas de los carísimos abogados matrimonialistas de su clienta, supuso un alivio agridulce. Se alegró de tener algo con que matar el tiempo que no podía dedicar a investigar el asesinato de Quine, aunque, por otra parte, tenía la sensación de que lo habían llevado a la reunión de manera fraudulenta. La coqueta divorciada le había dado a entender que su abogado quería que el propio Strike le explicara cómo había reunido las abundantes pruebas de la infidelidad de su marido. Sentado a su lado a una mesa de caoba reluciente donde cabían doce personas, la oía referirse una y otra vez a «lo que ha descubierto Cormoran» y «como Cormoran vio con sus propios ojos, ¿no es así?» mientras, de vez en cuando, le rozaba la muñeca. Strike no tardó mucho en deducir, por la irritación a duras penas disimulada del afable abogado de la mujer, que la idea de que Strike asistiera a la reunión no se le había ocurrido a él. Con todo, como era de esperar cuando los honorarios superaban las quinientas libras por hora, el letrado no parecía tener intención de darse mucha prisa.

Aprovechando una visita al baño, Strike revisó su teléfono y vio, reproducidas en tamaño muy pequeño, imágenes de Leonora entrando y saliendo de la audiencia provincial de Wood Green. La habían imputado y se la habían llevado en un furgón policial. En la puerta de los juzgados había muchos fotógrafos de prensa, pero ningún ciudadano de a pie exigiendo a gritos que la condenaran; al fin y al cabo, no era la presunta asesina de nadie que le importara mucho al público en general.

Cuando se disponía a entrar en la sala de reuniones, Strike vio un mensaje de texto de Robin:

Te he conseguido cita con Leonora a las 6. ¿Puedes?

Perfecto, contestó él con otro mensaje.

—Me ha parecido —dijo su clienta, coqueta, cuando el detective volvió a sentarse— que la presencia de Cormoran en el estrado podría causar efecto.

Strike ya le había enseñado al abogado las meticulosas notas y las fotografías que había recopilado, donde estaban detalladas todas las transacciones encubiertas, incluidos el intento de vender el apartamento y la desaparición del collar de esmeraldas. La señora Burnett no disimuló su desengaño cuando se decidió que nada justificaba que Strike asistiera al juicio, dada la excelente calidad de los documentos que había presentado. Es más, el abogado tuvo que esforzarse para ocultar el resentimiento que le causaban las muestras de confianza de la mujer hacia el detective. No cabía duda de que opinaba que las discretas caricias y las caídas de ojos de aquella acaudalada divorciada deberían haber ido dirigidas a él, con su traje de raya diplomática hecho a medida y su distinguido pelo entrecano, en lugar de a un hombre que parecía un cazarrecompensas lisiado.

Strike respiró con alivio al salir de aquel ambiente enrarecido. Volvió a su oficina en metro y subió al ático, contento de poder quitarse el traje y de pensar que pronto se libraría de aquel caso y recibiría un jugoso cheque, la única razón por la que lo había aceptado. Por fin podría concentrarse en la mujer de cincuenta años y pelo cano de Holloway, descrita en la página dos del *Evening Standard* que había recogido por el camino como «la esposa del escritor; aparentemente inofensiva, pero experta con los cuchillos de carnicero».

—¿Estaba contento su abogado? —le preguntó Robin cuando volvió a bajar a la oficina.

—Bastante —contestó Strike, contemplando, embobado, el arbolito de Navidad de espumillón en miniatura que su secretaria había puesto encima de su mesa. Estaba decorado con adornos y luces LED.

—¿Y eso? —se limitó a preguntar.

—Es Navidad —contestó Robin, y esbozó una sonrisa, pero sin disculparse—. Iba a ponerlo ayer, pero, como imputaron a Leonora, se me pasaron las ganas. Bueno, te he conseguido hora para verla a las seis. Tienes que llevar una fotografía de carnet...

—Buen trabajo, gracias.

—... te he comprado unos sándwiches. Ah, y he pensado que te gustaría ver esto —añadió—: Michael Fancourt ha concedido una entrevista sobre Quine.

Le dio un paquete con sándwiches de queso con pepinillos y un ejemplar de *The Times* doblado por la página en cuestión. Strike se sentó en el sofá pedorrero y se puso a comer mientras leía el artículo, que iba acompañado de una fotografía en dos partes. En el lado izquierdo aparecía Fancourt delante de una casa de campo isabelina. Lo habían fotografiado desde abajo, de modo que su cabeza parecía menos desproporcionada de lo que era en realidad. En el derecho estaba Quine, excéntrico, con mirada de loco, con su sombrero de fieltro con plumas, dirigiéndose a un público escaso bajo algo parecido a un pequeño entoldado.

El autor del artículo daba mucha importancia al hecho de que Fancourt y Quine se habían conocido bien y que se los había considerado, incluso, personas con el mismo grado de talento:

> Pocos se acuerdan ya de la obra con la que debutó Quine, *El pecado de Hobart*, pese a que Fancourt todavía se refiere a ella como un ejemplo excelente de lo que él llama el «brutalismo mágico» de Quine. Pese a su fama de rencoroso, Fancourt expresa una generosidad sorprendente cuando hablamos de la obra de Quine.
>
> «Interesante siempre, y a menudo no debidamente valorado —afirma—. Sospecho que los críticos del futuro lo tratarán mucho mejor que nuestros contemporáneos.»
>
> Esta inesperada generosidad resulta más asombrosa aún si tenemos en cuenta que, hace veinticinco años, la primera esposa de Fancourt, Elspeth Kerr, se suicidó después de leer una cruel parodia de su primera novela, atribuida por lo general al buen amigo de Fancourt y compañero de rebeldías literarias: el difunto Owen Quine.

«Con los años, vas moderándote casi sin darte cuenta; es una compensación de la edad, porque la ira es una emoción agotadora. En mi última novela me liberé de muchos de mis sentimientos respecto a la muerte de Ellie; eso no significa que deba considerarse autobiográfica, aunque...»

Strike se saltó los dos párrafos siguientes, que parecían dedicados a promocionar el nuevo libro de Fancourt, y siguió leyendo en diagonal hasta tropezar con la palabra «violencia»:

No es fácil conciliar al Fancourt con chaqueta de tweed que tengo enfrente con el personaje que en su día se describió a sí mismo como «punk de la literatura» y que recibió aplausos y críticas por la inventiva y la violencia gratuita de sus primeras obras.

«Si Graham Greene tenía razón —escribió el crítico Harvey Bird, refiriéndose a la primera novela de Fancourt—, y para ser escritor hay que tener un poco de hielo en el corazón, sin duda Michael Fancourt tiene lo que hay que tener en abundancia. Leyendo la escena de la violación de *Bellafront*, uno empieza a sospechar que ese joven debe de ser glacial por dentro. De hecho, hay dos formas de considerar *Bellafront*, que sin duda alguna es una novela lograda y original. Por un lado, está la posibilidad de que el señor Fancourt haya escrito una primera novela inusualmente madura, en la que se ha resistido a la tendencia de los autores noveles a colocarse a sí mismo en el papel de héroe o antihéroe. Podemos estremecernos ante sus atrocidades o su moral, pero nadie podrá negar la fuerza ni la maestría de su prosa. Por otro lado, la segunda y más turbadora es que Fancourt no posea siquiera un órgano donde colocar un poco de hielo, y que este relato excepcionalmente inhumano sea una manifestación de su propio paisaje interior. El tiempo (y sus próximas obras) lo dirá.»

Fancourt, el único hijo de una enfermera soltera, es originario de Slough. Su madre todavía vive en la casa donde se crió el escritor.

«Ella es feliz allí —afirma Fancourt—. Posee una capacidad envidiable de disfrutar con lo conocido.»

Ahora, su casa no tiene nada que ver con los adosados de Slough. Conversamos en un amplio salón lleno de porcelanas de Meissen y alfombras de Aubusson, con ventanas que dan a los extensos jardines de Endsor Court.

«Todo esto lo escogió mi esposa —explica Fancourt con displicencia—. Mis gustos artísticos son muy diferentes y han sido confinados a los jardines.» Están preparando una gran zanja junto al edificio, para alojar la base de hormigón que sostendrá una escultura de metal oxidado que representa a la furia Tisífone, que él describe, riendo, como «una compra compulsiva... La vengadora del asesinato... Una obra muy potente. Mi mujer la odia».

Y, sin darnos cuenta, nos encontramos de nuevo donde comenzó la entrevista: en el destino macabro de Owen Quine.

«Todavía no he asimilado la muerte de Owen —confiesa Fancourt, sereno—. Como nos ocurre a la mayoría de los autores, suelo descubrir lo que siento respecto a determinado tema al escribir sobre él. Así es como nosotros interpretamos el mundo, como tratamos de entenderlo.»

¿Significa eso que podemos esperar un relato novelado del asesinato de Quine?

«Ya empiezo a oír las acusaciones de mal gusto y explotación —dice Fancourt con una sonrisa en los labios—. Me atrevería a decir que los temas de la amistad perdida, de la última oportunidad para hablar, para explicar y hacer las paces podrían aparecer a su debido tiempo, pero el asesinato de Owen ya ha sido novelado por él mismo.»

Fancourt es de los pocos que han leído el famoso manuscrito, que, según cuentan, contiene el plan del asesinato.

«Lo leí el mismo día en que descubrieron el cadáver de Quine. Mi editor estaba impaciente por conocer mi opinión, puesto que yo aparezco en él.» Parece sinceramente indiferente a esa inclusión, pese a lo insultante que pueda ser el retrato. «No creí oportuno hacer intervenir a los abogados. La censura me parece deplorable.»

¿Qué opina de la calidad literaria del libro?

«Es lo que Nabokov llamaba "la obra maestra de un maníaco" —contesta, sonriente—. Puede que se publique en el futuro, quién sabe.»

No lo dirá en serio, ¿verdad?

«¿Por qué no iba a publicarse? —se cuestiona Fancourt—. Se supone que el arte tiene que provocar: en ese sentido, *Bombyx Mori* ya ha cumplido con creces su cometido. Sí, ¿por qué no?», pregunta este punk de la literatura, cómodamente instalado en su mansión isabelina.

¿Con una introducción de Michael Fancourt?, insinúo.

«Cosas más raras se han visto —responde Michael Fancourt con una sonrisa—. Mucho más raras.»

—Dios santo —masculló Strike. Tiró el periódico sobre la mesa de Robin, y al hacerlo estuvo a punto de derribar el árbol de Navidad.

—¿Te has fijado en que dice que leyó *Bombyx Mori* el día que encontraste el cadáver de Quine?

—Sí.

—Miente —dijo Robin.

—Nos parece que miente —la corrigió él.

Firme en su decisión de no gastar más dinero en taxis, pero viendo que la nevada no paraba, Strike decidió tomar el autobús número 29 cuando empezaba a oscurecer. Viajó durante veinte minutos hacia el norte, por calles en las que los servicios municipales ya habían esparcido arenilla. En Hampstead Road subió una mujer ojerosa, acompañada de un crío canijo que lloriqueaba. Strike intuyó que los tres iban al mismo sitio, y no se equivocaba, pues la mujer y él se levantaron para apearse en Camden Road, frente a la prisión de Holloway.

—Vamos a ver a mamá —informó la mujer al niño; Strike pensó que debía de ser su nieto, aunque ella aparentaba unos cuarenta años.

La cárcel, rodeada de árboles desnudos y arcenes de hierba cubiertos por una gruesa capa de nieve, podría haberse confundido con una universidad de poca monta de no ser por los imperativos letreros blancos y azules, tan oficiales, y por las puertas de casi cinco metros de altura de la fachada, por donde entraban los furgones carcelarios. Strike se unió al goteo de visitantes, varios de ellos acompañados de niños que intentaban dejar marcas en la nieve que se acumulaba intacta a ambos lados de los caminos. La cola pasó arrastrando los pies por delante de los muros color terracota, con refuerzos de cemento y cestillos colgantes convertidos en bolas de nieve por el frío de diciembre. La mayoría de los visitantes eran mujeres; Strike destacaba entre los pocos hombres, no sólo por su estatura, sino por el hecho de que no parecía que la vida lo hubiera aporreado hasta dejarlo sumido en un profundo estupor. El joven muy tatuado con vaqueros holgados que iba delante de él se tambaleaba un poco con cada paso que daba. Strike había visto a soldados con lesiones neurológicas en Selly Oak, pero supuso que las de aquel joven no eran producto del fuego de mortero.

La robusta celadora encargada de comprobar las identificaciones examinó su carnet de conducir y se quedó mirándolo.

—Ya sé quién es —dijo, traspasándolo con la mirada.

Strike se preguntó si Anstis habría pedido que lo avisaran si iba a ver a Leonora. Probablemente.

Había llegado antes a propósito, para no perder ni un solo minuto del tiempo que iban a permitirle pasar con su clienta. Esa previsión le permitió tomarse un café en la cantina para visitantes, gestionada por una organización benéfica dedicada a la atención de menores. La sala estaba bien iluminada y resultaba casi alegre, y muchos niños se reencontraban con los camiones y los ositos de peluche como si fueran viejos amigos. La mujer ojerosa que había viajado con Strike en el autobús observaba, demacrada e impertérrita, al crío que la acompañaba, que jugaba con un Action Man alrededor de los enormes pies de Strike como si el detective fuera una escultura inmensa («Tisífone, la vengadora del asesinato...»).

A las seis en punto lo llamaron para que pasara a la sala de visitas. Sus pasos resonaban por el suelo brillante. Las paredes eran de bloques de hormigón, pero unos vistosos murales pintados por las presas intentaban suavizar aquel espacio cavernoso, donde se oía el tintineo metálico de las llaves y los murmullos de conversaciones. Había asientos de plástico fijados a ambos lados de una mesa central, pequeña y baja, también fijada al suelo, para reducir al máximo el contacto entre prisioneros y visitantes, y para impedir que éstos pasaran objetos de contrabando. Se oía llorar a un crío. Las celadoras, de pie junto a las paredes, lo observaban todo con atención. Strike, que sólo había tratado con reclusos varones, sintió por aquel lugar una aversión inusual en él. Los niños mirando fijamente a sus demacradas madres; los sutiles signos de enfermedad mental en los dedos de uñas mordidas que temblaban y no paraban de moverse; mujeres soñolientas, medicadas en exceso, ovilladas en los asientos de plástico... Aquello no se parecía en nada a los centros penitenciarios para hombres con que Strike estaba familiarizado.

Leonora lo esperaba sentada, menuda y frágil, y su alegría al verlo resultó patética. Iba vestida con ropa de calle: un jersey holgado y unos pantalones con los que parecía haber encogido.

—Ha venido Orlando —dijo. Tenía los ojos enrojecidos; Strike se dio cuenta de que había llorado mucho—. No quería marcharse. Han tenido que llevársela a rastras. No me dejaba tranquilizarla.

Strike advirtió un principio de resignación donde solía haber rebeldía y rabia. Habían bastado cuarenta y ocho horas para que Leonora comprendiera que había perdido todo control y todo poder.

—Tenemos que hablar de ese recibo de la tarjeta de crédito, Leonora.

—Yo nunca he utilizado esa tarjeta —afirmó ella; le temblaban los labios, pálidos—. Siempre la llevaba Owen, yo sólo la cogía a veces, cuando tenía que ir al supermercado. Él siempre me daba dinero en efectivo.

Strike se acordó de que Leonora había ido a verlo, el primer día, porque se le estaba acabando el dinero.

—Owen se ocupaba de todas nuestras finanzas, a él le gustaba hacerlo así, pero era descuidado, no comprobaba las facturas ni los extractos bancarios, y se limitaba a llevárselos al despacho. Yo siempre le decía: «Tendrías que revisar los recibos, podrían

418

estar estafándote», pero él no hacía ni caso. Le daba cualquier cosa a Orlando para que dibujara, por eso el recibo ese tenía un dibujo detrás.

—No se preocupe por el dibujo. Alguien debió de tener acceso a esa tarjeta de crédito. Alguien que no era ni usted ni Owen. Vamos a pensar quién pudo ser, ¿de acuerdo?

—De acuerdo —masculló ella, amedrentada.

—Elizabeth Tassel supervisó unas obras en la casa de Talgarth Road, ¿no? ¿Cómo se pagó eso? ¿Tenía ella un duplicado de su tarjeta de crédito?

—No —contestó Leonora.

—¿Está segura?

—Sí, estoy segura, porque se lo ofrecimos y ella dijo que era más fácil descontárselo a Owen de los derechos de autor, porque iba a cobrarlos muy pronto. Sus libros se venden mucho en Finlandia, no sé por qué, pero allí les gusta su...

— ¿No recuerda ninguna ocasión en que Elizabeth Tassel encargara algún trabajo en la casa y pagara con esa Visa?

—No, nunca —respondió ella, negando con la cabeza.

—Muy bien —dijo Strike—. ¿Recuerda alguna ocasión en que Owen pagara algo con su tarjeta de crédito en Roper Chard? Piénselo bien.

Y, para gran asombro de Strike, Leonora respondió:

—No exactamente en Roper Chard, pero sí. —Y tras una pausa añadió—: Estaban todos. Yo también. Fue... No lo sé, me parece que hace dos años. A lo mejor no tanto. Era una gran cena para editores, en el Dorchester. A Owen y a mí nos pusieron en una mesa con los empleados más jóvenes. No estábamos con Daniel Chard ni con Jerry Waldegrave. Bueno, pues hicieron una subasta silenciosa, ¿sabe a qué me refiero? Esas en las que anotas el dinero que...

—Sí, ya sé cómo funcionan —dijo Strike, tratando de contener su impaciencia.

—Recaudaban dinero para una organización benéfica que trabaja para sacar a escritores de la cárcel. Owen pujó por un fin de semana en un hotel rural, y lo ganó, y durante la cena tuvo que dar los datos de su tarjeta de crédito. Había unas chicas jóvenes de las editoriales, muy emperifolladas, que se encargaban de cobrar. Owen le entregó su tarjeta a una de ellas. Me acuerdo muy bien porque estaba borracho —continuó con una sombra de su antiguo mal humor— y pagó ochocientas libras. Para presumir. Para hacer creer a todos que ganaba mucho dinero, como los demás.

—Le dio su tarjeta de crédito a una empleada de la editorial —repitió Strike—. ¿Y la chica anotó los datos allí mismo, en la mesa, o...?

—No le funcionaba la maquinita —respondió Leonora—. Se la llevó y luego la trajo.

—¿Había alguien más a quien usted conociera?

—Estaba Michael Fancourt con su editor, en la otra punta de la sala. Eso fue antes de que Fancourt volviera a Roper Chard.

—¿Recuerda si Fancourt habló con Owen?

—No lo creo.

—Muy bien, y... —continuó Strike, pero vaciló.

Hasta entonces, nunca habían hablado abiertamente de Kathryn Kent.

—Su amiguita podía cogerla cuando quisiera, ¿no? —dijo Leonora, como si le hubiera leído el pensamiento.

—¿Usted sabía que tenía una amante? —preguntó Strike con naturalidad.

—La policía comentó algo —replicó Leonora con gesto sombrío—. Siempre había alguien. Él era así. Las conocía en sus cursos de escritura creativa. Yo lo regañaba. Cuando me enteré de que... de que estaba... atado... —Rompió a llorar otra vez—. Supe que lo había hecho una mujer. A él le gustaba eso. Lo excitaba.

—¿Usted no sabía nada de Kathryn Kent antes de que la policía la mencionara?

—Una vez vi su nombre en un mensaje de texto en su teléfono, pero él dijo que no era nada, que sólo era una de sus alumnas. Siempre decía lo mismo. Me decía que nunca nos abandonaría, ni a Orlando ni a mí.

Se enjugó las lágrimas con el dorso de una mano delgada y temblorosa, sin quitarse sus gafas anticuadas.

—Pero ¿usted nunca había visto a Kathryn Kent hasta que ella fue a su casa a decirle que había muerto su hermana?

—Ah, ¿era ella? —preguntó Leonora, sorbiendo por la nariz y enjugándose las lágrimas con el puño del jersey—. Una mujer gorda, ¿no? Bueno, pues ella pudo anotar los datos de la tarjeta de crédito de Owen en cualquier momento, ¿no? Pudo sacarla de su cartera mientras él dormía.

Strike sabía que no iba a ser fácil encontrar e interrogar a Kathryn Kent. Estaba seguro de que se habría marchado de su piso para evitar el acoso de la prensa.

—El asesino compró esas cosas con la tarjeta de crédito por internet —dijo, cambiando de táctica—. En su casa no hay ordenador, ¿verdad?

—No, a Owen no le gustaban. Prefería su vieja máquina de...

—¿Alguna vez ha comprado algo por internet?

—Sí —contestó ella.

Strike se desanimó un poco. Confiaba en la posibilidad de que Leonora fuera esa criatura casi mítica: una virgen en todo lo referente a la informática.

—¿Con qué ordenador?

—Con el de Edna. Me lo prestó para comprarle unas pinturas a Orlando por su cumpleaños, porque así me ahorraba tener que ir al centro.

La policía no tardaría en confiscar y destrozar el ordenador de la buena de Edna.

Una mujer con la cabeza rapada y el labio tatuado que estaba en la mesa de al lado se puso a gritarle a una celadora que le había advertido que no debía levantarse de la silla. Leonora se apartó un poco de la presa cuando ésta se puso a gritar obscenidades y la celadora se le acercó.

—Una cosa más, Leonora —dijo Strike subiendo la voz, porque los gritos de la mesa de al lado habían llegado al punto culminante—. Antes de marcharse el día cinco, ¿le había comentado Owen que tuviera intención de ir a algún sitio, de tomarse un respiro?

—No. Claro que no.

Habían conseguido tranquilizar a la presa belicosa. Su visitante, una mujer con un tatuaje parecido y de aspecto sólo un poco menos agresivo, le hizo un gesto obsceno a la celadora al salir.

—¿No se le ocurre nada que Owen dijera o hiciera y que pudiera dar a entender que planeaba ausentarse durante un tiempo? —insistió Strike, mientras Leonora observaba a sus vecinas con gesto angustiado y los ojos como platos.

—¿Cómo? —dijo, distraída—. No, él nunca me cuenta... Nunca me contaba... Se marchaba y punto. Si hubiera sabido que iba a marcharse, ¿no cree que se habría despedido?

Rompió a llorar y se tapó la boca con su delgada mano.

—¿Qué va a pasar con Dodo si me retienen aquí? —preguntó entre sollozos—. Edna no puede quedársela para siempre. Ella no sabe manejarla. Se ha dejado a Cheeky Monkey en casa, y resulta que Dodo me había hecho unos dibujos —añadió, y tras unos momentos de desconcierto, Strike decidió que debía de referirse al orangután de peluche que Orlando llevaba en brazos el día en que él había ido a su casa—. Si tengo que quedarme mucho tiempo en la...

—Yo la sacaré de aquí —dijo Strike.

No estaba tan seguro; sin embargo, ¿qué mal podía haber en ofrecerle a Leonora algo a lo que aferrarse, algo que la ayudara a sobrellevar las veinticuatro horas siguientes?

Se agotó el tiempo. El detective abandonó la sala sin mirar atrás, preguntándose qué tendría Leonora (una mujer apagada y gruñona, cincuentona, con una hija con lesiones cerebrales y una vida deprimente) para inspirarle a él esa determinación feroz, ese enfurecimiento.

Pues que no lo mató ella —fue la respuesta, sencillísima—. *Que es inocente.*

A lo largo de los ocho meses anteriores, muchos clientes habían entrado por la puerta de vidrio donde estaba grabado su nombre, y las razones por las que habían ido a verlo eran asombrosamente parecidas. Habían ido porque necesitaban a un espía, un arma, una forma de establecer cierto equilibrio a su favor o deshacerse de contactos inconvenientes. Habían ido buscando una posición de ventaja, porque creían que se les debía una retribución o una compensación. Habían ido por dinero, en definitiva.

Leonora, en cambio, había acudido a él porque quería que su marido volviera a casa. Era un deseo sencillo que surgía del cansancio y del amor que sentía, si no por el bohemio Quine, sí por la hija que echaba de menos a su padre. Por la pureza de ese deseo, Strike sentía que le debía a su clienta lo mejor que pudiera ofrecerle.

Fuera de la prisión, el aire frío olía de un modo diferente. Hacía mucho tiempo que el detective no se encontraba en un entorno donde obedecer órdenes era lo fundamental del día a día. Mientras andaba hacia la parada de autobús apoyándose en el bastón, creyó poder palpar su libertad.

En los asientos de la parte trasera del vehículo, tres mujeres borrachas, con diademas con astas de reno, cantaban:

They say it's unrealistic,
But I believe in you Saint Nick... [*]

Maldita Navidad, pensó Strike al acordarse de los regalos que se esperaba que les comprara a sus sobrinos y a sus ahijados, cuyas edades ni siquiera recordaba.

El autobús avanzaba gruñendo por la calzada cubierta de nieve fangosa. Luces de todos los colores brillaban, borrosas, detrás de la ventanilla empañada. Con el ceño fruncido, pensando en crímenes e injusticias, Strike ahuyentaba, sin decir nada y sin ningún esfuerzo, a cualquiera que tuviera intención de sentarse en el asiento a su lado.

---

[*] «Dicen que no existes, / pero yo creo en ti, san Nicolás.» *(N. de la t.)*

40

Alegraos de no tener nombre; no merece la pena.

FRANCIS BEAUMONT y JOHN FLETCHER, *The False One*

Al día siguiente, la aguanieve, la lluvia y la nieve se turnaron para golpear las ventanas de Denmark Street. A mediodía, el jefe de la señorita Brocklehurst se presentó en la agencia con el propósito de examinar las pruebas de la infidelidad de su amante y empleada. Poco después de que Strike se despidiera de él, llegó Caroline Ingles. Iba con prisa, pues tenía que ir a recoger a sus hijos al colegio, pero no quería dejar de entregarle a Strike la tarjeta de un club para caballeros recién inaugurado, el Golden Lace, que había encontrado en la cartera de su marido. La promesa del señor Ingles de mantenerse apartado de las bailarinas de *lap dance,* las chicas de compañía y las *strippers* había sido uno de los requisitos para la reconciliación. Strike se comprometió a mantener vigilado el Golden Lace para averiguar si el señor Ingles había sucumbido a la tentación. Cuando se marchó su clienta, estaba impaciente por abalanzarse sobre el paquete de sándwiches que lo esperaba encima de la mesa de Robin, pero sólo había dado un mordisco cuando sonó su teléfono.

Consciente de que su relación profesional estaba llegando a su fin, la señora Burnett había decidido abandonar la prudencia e invitar a Strike a cenar. Al detective le pareció ver que Robin sonreía mientas se comía su sándwich, sin apartar, eso sí, la mirada de su monitor. Intentó rechazar la invitación con cortesía, al principio alegando tener mucho trabajo, y al final diciéndole que tenía una relación.

—No me habías dicho nada —repuso ella, con un tono de repente frío.

—No me gusta mezclar la vida privada y la profesional —replicó él.

Mientras se despedía con educación, su clienta colgó, dejándolo con la palabra en la boca.

—A lo mejor tendrías que haber aceptado —dijo Robin cándidamente—. Aunque sólo fuera para asegurarte de que te paga la factura.

—Por supuesto que la pagará —gruñó Strike, y recuperó el tiempo perdido metiéndose medio sándwich de golpe en la boca.

Su móvil vibró. Strike refunfuñó y miró quién le había enviado un mensaje.

Se le contrajo el estómago.

—¿Leonora? —preguntó Robin, al ver que le cambiaba la cara.

Él negó con la cabeza; tenía la boca llena.

El mensaje constaba de sólo dos palabras:

Era tuyo.

Strike no había cambiado de número después de romper con Charlotte. Demasiado lío, dado que lo tenían más de cien contactos profesionales. Era la primera vez desde hacía ocho meses que ella lo utilizaba.

Strike recordó la advertencia de Dave Polworth:

«Mantente alerta, Diddy, no vaya a ser que aparezca galopando por el horizonte. No me sorprendería nada que saliera huyendo.»

Cayó en la cuenta de que estaban a día 3. Se suponía que Charlotte iba a casarse al día siguiente.

Por primera vez desde que tenía teléfono móvil, Strike lamentó que éste no revelara la ubicación de quien llamaba. ¿Le había enviado ese mensaje desde el puto Castillo de Croy, después de inspeccionar los canapés y antes de repasar las flores de la capilla? ¿O estaría en la esquina de Denmark Street, vigilando las ventanas de su oficina, como Pippa Midgley? Huir en el último momento de una boda por todo lo alto a la que se había dado gran publicidad habría sido el logro supremo de Charlotte, la cúspide de su carrera de crisis y caos.

Strike se guardó el móvil en el bolsillo y empezó a comerse el segundo sándwich. Robin dedujo que tardaría en saber qué era eso que había hecho que a Strike se le endureciera el semblante; arrugó su bolsa de patatas fritas vacía, la tiró a la papelera y dijo:

—Esta noche has quedado con tu hermano, ¿no?

—¿Qué?

—¿No has quedado con tu hermano para...?

—Ah, sí —respondió él—. Sí, sí.

—¿En el River Café?

—Sí.

«Era tuyo.»

—¿Y eso? —preguntó Robin.

¿Mío? Y un cuerno. Eso si no te lo inventaste.

—¿Qué?

Strike era vagamente consciente de que Robin le había preguntado algo.

—¿Estás bien?

—Sí. —Se recompuso—. ¿Qué me has preguntado?

—¿Cómo es que vas al River Café?

—Ah. —Strike cogió su paquete de patatas fritas—. Bueno, es una posibilidad muy remota, pero me gustaría hablar con alguien que presenciara la bronca entre Quine y Tassel. Intento determinar si Quine lo preparó todo, si tenía planeada su desaparición desde el principio.

—¿Confías en encontrar a algún empleado que estuviera allí esa noche? —preguntó Robin con evidente incredulidad.

—Sí, y por eso voy con Al. Conoce a todos los camareros de todos los restaurantes elegantes de Londres. Como todos los hijos de mi padre.

Cuando terminó de comer, se llevó un café a su despacho y cerró la puerta. La aguanieve volvía a salpicar su ventana. No pudo evitar echar un vistazo a la calle helada, pensando que a lo mejor la veía allí (¿deseándolo, tal vez?), con el largo pelo negro azotando su cara pálida y perfecta, mirando hacia arriba, suplicándole con aquellos ojos moteados de color avellana. Pero en la calle no había nadie, sólo desconocidos envueltos en prendas de abrigo para protegerse de aquel tiempo horrible.

Estaba completamente loco. Charlotte estaba en Escocia y era mucho, muchísimo mejor que así fuera.

Más tarde, cuando Robin ya se había marchado a casa, Strike se puso el traje italiano que le había regalado Charlotte hacía más de un año, y con el que había ido a cenar con ella a ese mismo restaurante para celebrar que cumplía treinta y cinco. Después de ponerse el abrigo, cerró con llave la puerta del ático y se dirigió al metro, todavía ayudándose con el bastón. La temperatura estaba bajo cero.

La Navidad lo asaltaba desde todas las ventanas y los escaparates ante los que pasaba: lucecitas, montones de objetos nuevos, regalos, artilugios, nieve falsa en los cristales, y letreros que anunciaban las rebajas prenavideñas añadiendo una nota triste a lo más crudo de la recesión. Más juerguistas en el metro (era viernes por la noche): chicas con vestiditos centelleantes tan absurdamente exiguos que se arriesgaban a sufrir hipotermia con tal de que el mozo de los recados las manoseara un poco. Strike se sintió hastiado y deprimido.

El recorrido a pie desde Hammersmith era más largo de lo que recordaba. Al bajar por Fulham Palace Road se dio cuenta de lo cerca que estaba de la casa de Elizabeth Tassel. Parecía probable que ella hubiera propuesto quedar en aquel restaurante, muy lejos de la casa de los Quine, en Ladbroke Grove, precisamente porque le quedaba cerca.

Pasados diez minutos, Strike torció a la derecha y, echando nubes de vaho por la boca, se dirigió hacia Thames Wharf por calles oscuras, vacías y resonantes. El jardín a orillas del río, que en verano estaría lleno de comensales sentados a las mesas con mantel blanco, estaba entonces enterrado bajo una gruesa capa de nieve. El Támesis destellaba más allá de aquella alfombra blanca, frío y oscuro como el hierro, y amenazador. Strike entró en el viejo almacén de ladrillo reformado y al instante se vio rodeado de ruido, luz y calor.

Cerca de la puerta, con un codo apoyado en la reluciente superficie de acero de la barra, estaba Al conversando amistosamente con el barman.

Sólo medía un metro setenta y ocho, lo que era poca estatura para tratarse de un hijo de Rokeby, y le sobraba algún kilo. Llevaba el pelo, castaño claro, peinado hacia atrás; tenía el mentón estrecho de su madre, pero había heredado la leve bizquera que aportaba una singularidad atractiva al bello rostro de Rokeby y que identificaba a Al, sin lugar a dudas, como el hijo de su padre.

Al ver a Strike, Al soltó un rugido de bienvenida, se lanzó hacia él y lo abrazó. El detective apenas reaccionó, pues se lo impidieron el bastón y el abrigo que intentaba quitarse. Al se apartó, avergonzado.

—¿Cómo estás, hermanito?

Aunque usaba anglicismos que resultaban casi cómicos, tenía un acento híbrido que mezclaba la variante británica y la norteamericana, prueba fehaciente de los años que había pasado a caballo entre Europa y Estados Unidos.

—No puedo quejarme —contestó Strike—. ¿Y tú?

—Yo tampoco me quejo —contestó Al—. No me va mal. Podría ser peor.

Se encogió de hombros con un gesto exagerado, afrancesado. Al se había educado en Le Rosey, un internado internacional suizo, y su lenguaje corporal conservaba trazas de las costumbres continentales que había conocido en ese país. Sin embargo, bajo su reacción había algo más, algo que Strike notaba cada vez que se veían: su sentimiento de culpa, su actitud defensiva, su disposición a que lo acusaran de haber tenido una vida fácil y regalada en comparación con la de su hermano mayor.

—¿Qué quieres tomar? —preguntó Al—. ¿Cerveza? ¿Te apetece una Peroni?

Se sentaron juntos a la barra, que estaba a reventar, de cara a los estantes de vidrio llenos de botellas, esperando a que les asignaran mesa. Strike echó un vistazo al restaurante (alargado, muy concurrido, con un techo de malla de acero industrial que formaba pequeños arcos, una moqueta azul cielo y el horno de leña al fondo, que recordaba a una colmena gigantesca) y vio a un escultor célebre, una arquitecta famosa y, como mínimo, un actor muy conocido.

—Me he enterado de lo de Charlotte —comentó Al—. Qué pena.

Strike se preguntó si Al tendría algún conocido común con ella. Se codeaba con un grupito de la *jet set* donde el futuro vizconde de Croy no habría desentonado.

—Sí, ya —dijo Strike, encogiéndose de hombros—. Pero es para bien.

(Allí, en aquel restaurante maravilloso a orillas del río, Charlotte y él habían disfrutado de su última velada feliz. La relación había tardado cuatro meses en derrumbarse e implosionar, cuatro meses de agresividad y sufrimiento agotadores. «Era tuyo.»)

Una chica atractiva, a la que Al saludó por su nombre, los acompañó hasta su mesa; otro joven, también atractivo, les llevó las cartas. Strike esperó a que su hermanastro escogiera el vino y a que los camareros se marcharan, y entonces le explicó el motivo por el que estaban allí.

—Hace cuatro semanas, un escritor llamado Owen Quine tuvo una discusión aquí con su agente. Según dicen, lo vio todo el restaurante. Él se marchó muy airado y, poco después, seguramente al cabo de unos días, o incluso esa misma noche...

—Lo mataron —dijo Al, que había escuchado a Strike con la boca abierta—. Lo leí en el periódico. Tú encontraste el cadáver.

Su tono delataba unas ansias de detalles a las que Strike prefirió no hacer caso.

—A lo mejor es una pérdida de tiempo, pero yo...

—Pero ¿no lo mató su mujer? —preguntó Al, extrañado—. La han detenido.

—No, no fue su mujer —respondió Strike, y se concentró en leer la carta.

Ya había advertido otras veces que Al, que había crecido rodeado de innumerables historias falsas sobre su padre y su familia divulgadas por la prensa, nunca hacía extensiva la saludable desconfianza que le inspiraba el periodismo británico a ningún otro tema.

(El colegio de Al tenía dos campus: durante los meses de verano, las clases se impartían junto al lago Lemán; en invierno subían a Gstaad, donde por la tarde se dedicaban a esquiar y patinar sobre hielo. Había crecido respirando un aire de montaña exorbitantemente caro, protegido por la compañía de otros hijos de celebridades. Los lejanos gruñidos de la prensa amarilla no habían sido más que un murmullo de fondo en su vida; al menos, así era como Strike interpretaba lo poco que Al le había contado acerca de su juventud.)

—Así, ¿no fue su mujer? —preguntó Al, y Strike volvió a levantar la cabeza.

—No.

—¡Guau! ¿Otro caso como el de Lula Landry? —Al compuso una amplia sonrisa que añadía encanto a su bizquera.

—Más o menos —confirmó él.

—¿Quieres que sondee al personal?

—Exacto.

A Strike le hizo gracia y lo conmovió ver cómo disfrutaba Al de la oportunidad de prestarle un servicio a su hermanastro.

—Eso está hecho. Voy a ver si encuentro a alguien que te sirva. ¿Adónde ha ido Loulou? Es una chica muy espabilada.

Después de hacer la comanda, Al se dio un paseo hasta el baño para ver si la encontraba. Strike se quedó solo en la mesa, bebiendo el Tignanello que había pedido Al y observando trabajar a los cocineros vestidos de blanco en la cocina a la vista. Eran jóvenes, muy preparados y eficientes. Salían llamaradas, los cuchillos lanzaban destellos, las pesadas sartenes de hierro iban de acá para allá.

No es tonto —pensó Strike de su hermano, mientras lo veía acercarse sorteando mesas y guiando a una chica morena con delantal blanco—. *Sólo es...*

—Ésta es Loulou —la presentó Al, y se sentó en su silla—. Estaba aquí aquella noche.

—¿Te acuerdas de la discusión? —empezó Strike, centrándose enseguida en la chica, que, como tenía demasiado trabajo para sentarse, se quedó de pie, sonriéndole vagamente.

—Sí, claro —respondió—. Fue una bronca tremenda. El restaurante quedó paralizado por completo.

—¿Recuerdas cómo era el hombre? —preguntó Strike para asegurarse de que la chica había presenciado la discusión que a él le interesaba, y no otra.

—Sí, un tipo gordo con sombrero. Le gritaba a una mujer de pelo cano. Sí, tuvieron una bronca de miedo. Lo siento, debo...

Y fue a tomar nota a otra mesa.

—Ya la pillaremos cuando vuelva —le dijo Al a Strike—. Por cierto, Eddie te manda saludos. Le habría gustado venir.

—¿Cómo le va? —preguntó Strike, fingiendo interés.

Así como Al se había preocupado por forjar una amistad entre ellos, su hermano pequeño, Eddie, parecía indiferente. Tenía veinticuatro años y era el cantante de un grupo musical. Strike no sabía ni qué clase de música tocaban.

—Muy bien —contestó Al.

Se quedaron callados. Les llevaron los primeros y comieron en silencio. Strike sabía que Al había sacado unas notas excelentes en su bachillerato internacional. Una noche, en una tienda de campaña militar en Afganistán, había visto una fotografía en internet: su hermanastro, con dieciocho años, vistiendo un blazer de color crema con un emblema en el bolsillo, pelo largo peinado hacia un lado, y bronceado, bajo el sol intenso de Ginebra. Rokeby lo rodeaba con un brazo por los hombros e irradiaba amor paterno. El interés periodístico de la fotografía residía en que hasta entonces no se habían publicado imágenes de Rokeby con traje y corbata.

—Hola, Al —saludó una voz conocida.

Y, para gran sorpresa de Strike, allí estaba Daniel Chard con sus muletas; en su calva se reflejaban los discretos puntos de luz sujetos a la malla metálica del techo. El presidente de la editorial, que vestía una camisa rojo oscuro con el cuello abierto y un traje gris, parecía muy elegante entre aquella clientela más bohemia.

—Oh —dijo Al, y Strike se dio cuenta de que intentaba identificar al hombre—. Hola...

—Dan Chard —se presentó—. Nos conocimos cuando hablé con tu padre de su autobiografía, ¿te acuerdas?

—¡Ah, sí, claro! —exclamó Al; se levantó y le estrechó la mano—. Éste es mi hermano Cormoran.

La sorpresa que se había llevado Strike al ver que Chard saludaba a Al no era nada comparada con la impresión que se reflejó en la cara de Chard al verlo a él.

—¿Tu... hermano?

—Hermanastro —aclaró Strike, deleitándose en secreto con el perceptible desconcierto del hombre.

¿Cómo podía aquel detective mercenario estar emparentado con el principesco playboy?

El esfuerzo que había tenido que hacer Chard para acercarse al hijo de un personaje lucrativo en potencia parecía haberlo dejado sin nada que aportar al incómodo silencio que se produjo a continuación entre los tres.

—¿Qué tal la pierna? —preguntó Strike—. ¿Mejor?

—Ah, sí —contestó Chard—. Mucho mejor. Bueno, os dejo cenar tranquilos.

Se alejó, balanceándose hábilmente entre las mesas, y volvió a sentarse donde Strike ya no podía verlo. Los hermanastros se sentaron también, y Strike pensó que Londres era muy pequeño en cuanto alcanzabas cierta altitud; bastaba con dejar atrás a quienes no tenían facilidades para conseguir mesa en los mejores restaurantes y clubs.

—No recordaba quién era —confesó Al con una sonrisa, un poco avergonzado.

—¿Quiere escribir su autobiografía? —preguntó Strike.

Nunca llamaba «papá» a Rokeby, pero procuraba no llamarlo por su apellido cuando hablaba con Al.

—Sí —dijo su hermano—. Le ofrecen mucho dinero. No sé si lo hará con ese editor o con otro. Supongo que se la escribirá un negro.

Strike se preguntó fugazmente cómo trataría Rokeby en su libro la concepción accidental de su hijo mayor y su polémico nacimiento. A lo mejor evitaba mencionarlo, pensó. Sin duda alguna, eso era lo que Strike preferiría.

—Le encantaría verte, en serio —dijo Al, como si se reprochara haberlo dicho, pero no hubiera podido evitarlo—. Está muy orgulloso de ti. Leyó todo lo que publicaron sobre el caso Landry.

—¿Ah, sí? —Strike buscó con la mirada a Loulou, la camarera que se acordaba de Quine.

—Sí —confirmó Al.

—¿Y qué ha hecho, hablar con varios editores? —preguntó Strike. Pensó en Kathryn Kent y en el propio Quine; una, incapaz de encontrar editor, y el otro, abandonado; y la estrella del rock avejentada pudiendo escoger a quien quisiera.

—Sí, más o menos —dijo Al—. No sé si al final lo hará. Me parece que a Chard se lo recomendó alguien.

—¿Sabes quién?

—Michael Fancourt —contestó Al, rebañando su plato de *risotto* con un trozo de pan.

—¿Cómo? ¿Que Rokeby conoce a Fancourt? —preguntó Strike, olvidándose de su propósito.

—Sí —respondió Al con el ceño ligeramente fruncido. Y añadió—: La verdad, papá conoce a todo el mundo.

Strike recordó que Elizabeth Tassel le había dicho que creía que todo el mundo sabía que ella ya no representaba a Fancourt, pero no era lo mismo. Para Al, «todo el mundo» significaba «quienes son alguien»: los ricos, los famosos, los influyentes. Los pobres infelices que compraban los discos de su padre no eran nadie, del mismo modo que Strike no había sido nadie antes de saltar a la fama por descubrir a un asesino.

—¿Cuándo recomendó Fancourt a Roper Chard a...? ¿Cuándo le recomendó a Chard? —preguntó Strike.

—No lo sé. Hará unos meses —aventuró Al con vaguedad—. Le dijo a papá que él acababa de irse a su editorial. Y que le habían pagado un adelanto de medio millón.

—Qué bien.

—Y que estuviera atento a las noticias, porque cuando cambiara de editorial habría mucho revuelo.

Loulou, la camarera, apareció de nuevo. Al la llamó, y la chica se acercó con gesto atribulado.

—Dadme diez minutos y podré hablar con vosotros. Pero dadme diez minutos.

Mientras Strike se terminaba la carne de cerdo, Al le preguntó por su trabajo. A Strike lo sorprendió el sincero interés de su hermano.

—¿Echas de menos el Ejército? —preguntó Al a continuación.

—A veces —admitió Strike—. ¿Y tú? ¿A qué te dedicas últimamente?

Se sentía un poco culpable por no habérselo preguntado hasta ese momento. De pronto cayó en la cuenta de que no sabía muy bien cómo se ganaba la vida su hermano, si es que se la ganaba de alguna forma.

—Quizá monte un negocio con un amigo —contestó Al.

Entonces es que no trabaja, se dijo Strike.

—Servicios a medida. Oportunidades de ocio —murmuró a continuación.

—Qué bien.

—Bueno, ya veremos si sale.

Una pausa. Strike buscó con la mirada a Loulou, que era la razón por la que había ido allí, pero no la vio: la chica estaba ocupada, tan ocupada como seguramente Al no lo había estado en su vida.

—Al menos, tú tienes credibilidad —añadió éste.

—¿Cómo dices?

—Te lo has trabajado tú solito, ¿no? —dijo Al.

—¿Qué?

Strike se dio cuenta de que estaba asistiendo a una crisis unilateral. Al lo miraba con una mezcla de desafío y envidia.

—Bueno, sí —concedió Strike, encogiendo sus anchos hombros.

No se le ocurrió ninguna otra respuesta coherente que no lo hiciera parecer arrogante ni ofendido, y tampoco quería animar a Al en lo que parecía un intento de iniciar una conversación más personal de lo que tenían por costumbre.

434

—Tú eres el único que no lo utiliza —observó—. Aunque imagino que en el Ejército no te habría servido de gran cosa, ¿verdad?

A Strike le pareció inútil fingir que no sabía a qué se refería su hermano.

—Supongo que no —confirmó.

(Y era cierto: en las raras ocasiones en que su parentesco había atraído la atención de otros soldados, éstos habían reaccionado con escepticismo, sobre todo porque Strike no guardaba ni el más remoto parecido con Rokeby.)

Pero entonces pensó, con cierta ironía, en su pisito y se lo imaginó en esa gélida noche de invierno: dos habitaciones y media atestadas de cosas, ventanas con cristales por los que se colaba el aire. Al pasaría la noche en Mayfair, en la casa con servicio doméstico de su padre. Quizá resultara beneficioso mostrarle a su hermano la realidad de la independencia antes de que la idealizara demasiado.

—Supongo que pensarás que esto son lloriqueos autocompasivos, ¿verdad? —dijo Al.

Strike había visto la fotografía de la graduación de su hermano en internet apenas una hora después de entrevistar a un inconsolable soldado raso de diecinueve años que le había disparado accidentalmente a su mejor amigo en el pecho y el cuello con una ametralladora.

—Todos tenemos derecho a quejarnos —sentenció Strike.

Por la cara que puso, Al parecía a punto de ofenderse, pero al fin sonrió con cierta reticencia.

De pronto apareció Loulou. Con una mano sostenía un vaso de agua y con la otra se quitaba hábilmente el delantal, mientras se sentaba con ellos a la mesa.

—Bueno, ahora tengo cinco minutos —le dijo a Strike sin más preámbulos—. Dice Al que te interesa ese escritor gilipollas, ¿no?

—Sí —confirmó él, e inmediatamente se concentró—. ¿Por qué lo llamas «gilipollas»?

—Le encantó —respondió ella, y bebió un sorbito de agua.

—Le encantó... ¿qué?

—Montar aquel numerito. Gritaba y soltaba tacos, pero era puro teatro, se notaba a la legua. Quería que lo oyera todo el mundo, estaba encantado de tener público. Y no era buen actor.

—¿Te acuerdas de lo que dijo? —preguntó el detective, y sacó una libretita.

Al observaba, entusiasmado.

—Muchas cosas. Llamó «zorra» a su acompañante, la acusó de haberle mentido, dijo que publicaría él mismo el libro y que la mandaría a la mierda. Pero estaba pasándoselo en grande. Era todo indignación fingida.

—¿Y qué me dices de Eliz... de la mujer?

—Ah, estaba furiosa —dijo Loulou alegremente—. Ella no fingía. Cuanto más agitaba él los brazos y más le gritaba, más colorada iba poniéndose ella. Temblaba de indignación, apenas podía contenerse. Dijo algo de «convencer a esa estúpida de mierda», y me parece que fue entonces cuando él se marchó, dejándola plantada. Todos la miraban boquiabiertos; parecía muerta de vergüenza. Debió de pasarlo fatal.

—¿Intentó seguirlo?

—No. Pagó y se metió en el cuarto de baño. Tardaba un poco en salir, y me pregunté si estaría llorando. Luego se marchó.

—Muy interesante —dijo Strike—. ¿Y no recuerdas nada más de lo que se dijeron?

—Sí —respondió Loulou con serenidad—. Él le gritó: «Y todo por culpa de Fancourt y su polla fofa.»

Strike y Al se quedaron mirándola.

—¿«Todo por culpa de Fancourt y su polla fofa»? —repitió Strike.

—Sí —confirmó Loulou—. Eso fue lo que hizo que enmudeciera todo el restaurante.

—Ya me lo imagino —comentó Al con una risita.

—Ella intentó gritarle, estaba furiosa, pero él no la dejó. Estaba encantado de ser el centro de atención. Se regodeaba. Mira, tengo que irme —anunció la chica—. Lo siento. —Se levantó y volvió a atarse el delantal—. Nos vemos, Al.

No sabía cómo se llamaba Strike, pero le sonrió y luego siguió con sus tareas.

Daniel Chard se iba; su calva volvía a destacar entre el gentío. Lo acompañaba un grupo de personas de su misma edad, igual de distinguidas que él; salieron todos juntos, charlando y gesticulando. Strike los vio marcharse, pero tenía la mente en otro sitio. No se dio cuenta de que le retiraban el plato vacío.

«Todo por culpa de Fancourt y su polla fofa.»

Qué raro.

«No consigo quitarme de la cabeza la maldita idea descabellada de que Owen lo hizo todo él mismo. De que fue una representación...»

—¿Estás bien, hermanito? —preguntó Al.

Una nota con un beso: «Ha llegado la hora de la venganza para ambos...»

—Sí —dijo Strike.

«Mucha sangre y mucho simbolismo misterioso...» «Si alimentabas su vanidad, podías conseguir cualquier cosa de él...» «Dos hermafroditas, dos sacos manchados de sangre...» «Una "hermosa alma en pena", eso fue lo que me dijo...» «El gusano de seda era una metáfora del escritor, que sufre una agonía para escribir algo que valga la pena...»

Como el tapón de rosca que encuentra su surco, una serie de hechos inconexos giraron en la mente de Strike y, de pronto, encajaron, incontrovertiblemente correctos, irrefutablemente ciertos. Le dio vueltas y más vueltas a su teoría: era perfecta, lógica y sólida.

El único problema era que aún no sabía cómo demostrarla.

41

¿Acaso crees que mis ideas son locuras de amor?
No, son marcas grabadas a fuego en la forja de Plutón...

ROBERT GREENE, *Orlando Furioso*

A la mañana siguiente Strike se levantó temprano, después de
una noche de dormir poco y mal, cansado, frustrado y con los
nervios a flor de piel. Comprobó si tenía mensajes en el teléfono
antes de ducharse y después de vestirse, y luego bajó a su oficina,
vacía; le fastidió que Robin no estuviera allí por ser sábado, e
interpretó su ausencia, injustamente, como una señal de escaso
compromiso. Esa mañana ella le habría sido útil como caja de
resonancia; a Strike le habría gustado tener compañía tras la
revelación de la noche anterior. Se planteó llamarla, pero pensó
que resultaría infinitamente más satisfactorio contárselo cara a
cara que por teléfono, sobre todo si Matthew estaba escuchando.

Se preparó un té, pero se le enfrió mientras leía con atención
el dosier de Quine.

Su sensación de impotencia aumentó en medio de aquel
silencio. No paraba de revisar el móvil.

Quería hacer algo, pero la falta de estatus oficial se lo impedía; no tenía autoridad para llevar a cabo registros de propieda-
des privadas ni para obligar a los testigos a cooperar. No podía
hacer nada hasta el lunes, el día de su cita con Michael Fancourt,
a menos que... ¿Debía llamar a Anstis y exponerle su hipótesis?
Strike arrugó la frente, se pasó los gruesos dedos de una mano
por el tupido cabello y se imaginó la actitud de superioridad de

Anstis. No tenía ni la más mínima prueba de nada. Eran todo conjeturas. *Pero yo tengo razón* —pensó con arrogancia—, *y él se equivoca.* Anstis nunca había tenido la imaginación ni el ingenio necesarios para saber apreciar una teoría que explicaba cada extraño detalle del asesinato, pero que a él le parecería increíble comparada con la solución fácil, aun cuando el caso contra Leonora estuviera plagado de inconsistencias y cuestiones sin resolver.

Explícame —le exigió Strike a un Anstis imaginario— *por qué una mujer lo bastante lista como para hacer desaparecer las entrañas de la víctima sin dejar rastro habría sido lo bastante necia como para comprar cuerdas y un burka con su propia tarjeta de crédito. Explícame por qué una madre que no tiene más familia, y cuya única preocupación en la vida es el bienestar de su hija, se arriesgaría a una sentencia de cadena perpetua. Explícame por qué, tras años soportando las infidelidades y los caprichos sexuales de Quine para mantener unida la familia, de pronto decidió matarlo.*

Sin embargo, para la última pregunta Anstis quizá tuviera una respuesta razonable: que Quine estaba a punto de abandonar a su mujer por Kathryn Kent. El autor tenía un buen seguro de vida: tal vez Leonora decidiera que la seguridad económica como viuda era preferible a una existencia insegura y precaria mientras su irresponsable ex derrochaba el dinero en su segunda esposa. El jurado daría credibilidad a esa versión de los hechos, sobre todo si Kathryn Kent subía al estrado y confirmaba que Quine había prometido casarse con ella.

Strike temía haber metido la pata con la amante al aparecer de improviso en su puerta; si echaba la vista atrás, admitía que había sido un movimiento torpe. La había asustado, saliendo de la oscuridad en la galería, y se lo había puesto facilísimo a Pippa Midgley para que lo retratara como el títere siniestro de Leonora. Debería haber actuado con más delicadeza, haberse ganado su confianza, como había hecho con la secretaria personal de lord Parker, y entonces podría haberle sacado una confesión, como quien extrae una muela, por medio de la comprensión y el interés, en lugar de aporrear su puerta como un alguacil.

Volvió a comprobar el móvil. No tenía ningún mensaje. Luego miró la hora. Sólo eran las nueve y media. Contra su voluntad, notó que su atención intentaba apartarse del asunto en que él quería mantenerla y donde la necesitaba, en el homicida de Quine, en todo lo que había que hacer para llegar a una detención, y derivaba hacia la capilla del siglo XVII del Castillo de Croy.

Charlotte debía de estar vistiéndose; sin duda alguna, debía de llevar un vestido de novia de miles de libras. Se la imaginó desnuda ante el espejo, maquillándose. La había visto hacerlo infinidad de veces; manejando las brochas ante espejos de tocador, de hotel, tan intensamente consciente de su atractivo que casi alcanzaba la plena naturalidad.

¿Estaría Charlotte mirando una y otra vez su teléfono a medida que transcurrieran los minutos, ahora que el breve trayecto por el pasillo estaba tan próximo, ahora que parecía el corredor del patíbulo? ¿Estaría todavía esperando, optimista, una respuesta de Strike a su mensaje de dos palabras del día anterior?

Y si él le mandaba una respuesta en ese momento... ¿qué haría falta para que ella le diera la espalda al vestido de novia (él se lo imaginaba colgado como un fantasma en un rincón de la habitación) y se pusiera los vaqueros, para que metiera unas cuantas cosas en una bolsa de viaje y se escabullera por una puerta trasera? Para que se subiera a un coche, pisara el acelerador a fondo y pusiera rumbo al sur, para reunirse con el hombre que siempre había representado la evasión...

—Estoy harto —masculló.

Se levantó, se guardó el móvil en el bolsillo, se bebió el té frío y se puso el abrigo. Mantenerse ocupado era la única respuesta: la acción siempre había sido su droga preferida.

Pese a estar convencido de que Kathryn Kent se habría refugiado en casa de alguna amiga al verse descubierta por la prensa, y pese a arrepentirse de haberse presentado en su piso sin avisar, regresó a Clem Attlee Court, donde se confirmaron sus sospechas. No acudió nadie a abrir la puerta, las luces estaban apagadas y dentro no se oía nada.

En la galería soplaba un viento gélido. Strike se apartó, y justo entonces apareció la mujer gruñona de la puerta contigua; esa vez tenía ganas de hablar.

—Se ha marchado. Usted es periodista, ¿no?

—Sí —mintió Strike, porque se dio cuenta de que a la vecina la emocionaba esa idea y porque no quería que Kent supiera que había vuelto.

—¡Qué cosas han escrito ustedes! —exclamó la mujer con un júbilo mal disimulado—. ¡Qué cosas han dicho de ella! No, se ha largado.

—¿Sabe cuándo volverá?

—No —contestó la vecina con pesar. Se le veía el cuero cabelludo, rosado, entre el pelo cano y escaso, con una permanente muy rizada—. Si quiere lo llamo —propuso—. Si aparece.

—Me haría un gran favor —dijo Strike.

Como en los últimos días su nombre había salido en los periódicos, no le pareció oportuno darle una tarjeta, así que arrancó una hoja de su libreta, anotó su número de teléfono y se lo dio junto con un billete de veinte libras.

—Gracias —dijo ella, muy seria—. Hasta la vista.

Strike pasó por delante de un gato al bajar; estaba seguro de que era el mismo al que Kathryn Kent había dado una patada. El animal se quedó mirándolo, cauteloso pero con aire de superioridad. El grupo de jóvenes al que había visto la vez anterior no estaba; demasiado frío para quien tuviera una sudadera como prenda de máximo abrigo.

Renquear por las aceras resbaladizas cubiertas de nieve gris exigía un gran esfuerzo físico, y eso lo ayudó a distraerse de sus pensamientos, quitándole importancia a la cuestión de si iba de sospechoso en sospechoso por Leonora, o quizá por Charlotte. Ésta podía continuar hacia la prisión que ella misma había elegido: él no pensaba llamarla ni mandarle ningún mensaje.

Cuando llegó al metro, sacó el teléfono y llamó a Jerry Waldegrave. Estaba seguro de que el editor tenía información que Strike necesitaba, y de cuya utilidad no había sido consciente antes de la revelación en el River Café, pero Waldegrave no contestó. A Strike no le sorprendió. Jerry ya tenía suficiente con un matrimonio en crisis, una carrera moribunda y una hija; ¿por qué, además, iba a contestar a las llamadas de un detective? ¿Para qué complicarse la vida cuando ésta no necesitaba complicaciones, si podía elegir?

El frío, el tono de teléfonos que nadie contestaba, pisos silenciosos con la puerta cerrada: ese día ya no podía hacer nada más. Compró un periódico y se fue al Tottenham. Se sentó bajo una de aquellas imágenes de mujeres voluptuosas que retozaban entre las flores con sus finas prendas de lencería, pintadas por un diseñador de decorados victoriano. Ese día Strike tenía la extraña sensación de hallarse en una sala de espera, matando el tiempo. Recuerdos como metralla, incrustados para siempre, infectados por lo que había sucedido después... Palabras de amor y devoción eterna, momentos de felicidad sublime, mentiras y más mentiras... Continuamente se distraía de las historias que estaba leyendo.

En una ocasión, su hermana Lucy le había preguntado, desesperada: «¿Por qué la aguantas? ¿Por qué? ¿Sólo porque es guapa?»

Y él le había contestado: «Eso ayuda.»

Lucy esperaba que le dijera que no, por supuesto. Pese al tiempo que ellas dedicaban a embellecerse, se suponía que los hombres no debían admitir ante las mujeres que la belleza era importante. Charlotte era hermosa, la mujer más hermosa que había visto, y su aspecto nunca había dejado de maravillarlo; nunca había conseguido librarse de la gratitud que le inspiraba, del orgullo que sentía por estar a su lado.

«El amor —había dicho Michael Fancourt— es un engaño.»

Strike pasó la página, ocultando sin verla una fotografía del malhumorado ministro de Economía y Hacienda. ¿Había reconocido en Charlotte cosas que en realidad ella nunca había tenido? ¿Le había atribuido virtudes inexistentes para añadir cierto lustre a su asombroso aspecto físico? Él contaba diecinueve años cuando se conocieron; era jovencísimo, o eso le parecía ahora a Strike, sentado en su pub, con más de diez kilos de sobrepeso y con media pierna menos.

Tal vez sí, quizá creara una Charlotte que físicamente era igual que ella, y que nunca había existido más allá de su mente obsesiva, pero ¿qué más daba? También había amado a la Charlotte real, la mujer que tras desnudarse ante él le había preguntado si seguiría queriéndola si ella hacía esto, si le confesaba lo otro, si lo trataba de tal y tal forma... Hasta que al final ella había encontrado el límite de Strike, y entonces ni la belleza, ni la rabia, ni las lágrimas habían bastado para retenerlo, y Charlotte se había arrojado a los brazos de otro hombre.

Y a lo mejor el amor es eso, pensó Strike, tomando partido por Michael Fancourt contra una Robin invisible y censuradora que, por algún extraño motivo, se creía con derecho a juzgarlo mientras él bebía Doom Bar y fingía leer una noticia sobre el peor invierno de la historia. *Matthew y tú...* Strike lo veía aunque ella no lo viera: la condición que Matthew le imponía para estar con él era que dejara de ser quien era.

¿Dónde estaba la pareja en la que ambos miembros se veían claramente el uno al otro? ¿En el desfile interminable de conformidad aburguesada en que parecía consistir el matrimonio de Lucy y Greg? ¿En las tediosas variaciones sobre la traición y la desilusión que llevaba un torrente incesante de clientes hasta su puerta? ¿En la lealtad obstinadamente ciega de Leonora Quine a un hombre a quien se le perdonaban todas las faltas porque «era escritor», o en la adoración al héroe que Kathryn Kent y Pippa Midgley le habían profesado al mismo chiflado, que había acabado trinchado como un pavo y destripado?

Strike estaba deprimiéndose. Iba por la mitad de la tercera cerveza. Mientras se preguntaba si se tomaría la cuarta, su móvil empezó a vibrar encima de la mesa donde lo había dejado, boca abajo.

Siguió bebiéndose la cerveza, despacio, mientras el pub iba llenándose a su alrededor; de vez en cuando miraba el teléfono y hacía apuestas consigo mismo. *¿Está delante de la capilla, ofreciéndome una última oportunidad para pararla? ¿O ya lo ha hecho y quiere que lo sepa?*

Se acabó la cerveza y le dio la vuelta al móvil.

Felicítame. Señora de Jago Ross.

Strike se quedó mirando aquellas palabras unos segundos; entonces se metió el teléfono en el bolsillo, se levantó, dobló el periódico, se lo puso bajo el brazo y se marchó a su casa.

Mientras caminaba hacia Denmark Street ayudándose con el bastón, recordó unas palabras de su libro favorito, que llevaba mucho tiempo sin leer y que estaba enterrado en el fondo de la caja con sus pertenencias, en el rellano.

... difficile est longum subito deponere amorem,
difficile est, uerum hoc qua lubet efficias...
«... es difícil abandonar de pronto un amor duradero:
es difícil, pero debes hacerlo como sea...»

La inquietud que llevaba todo el día consumiéndolo había desaparecido. Estaba hambriento y necesitaba relajarse. A las tres jugaba el Arsenal contra el Fulham; tenía tiempo de prepararse algo de comer antes de que empezara el partido.

Y después, pensó, quizá fuera a ver a Nina Lascelles. No era una noche que le apeteciera pasar solo.

42

El lunes por la mañana Robin llegó al trabajo fatigada, pero orgullosa de sí misma.

Matthew y ella se habían pasado casi todo el fin de semana hablando del trabajo de Robin. En algunos aspectos, era la conversación más seria y profunda que habían mantenido (lo cual era un poco extraño, puesto que ya llevaban nueve años juntos). ¿Por qué Robin había tardado tanto en admitir que su secreto interés por la investigación databa de mucho antes de conocer a Cormoran Strike? Matthew se quedó perplejo cuando ella le confesó, por fin, que soñaba con trabajar en algo relacionado con la investigación criminal desde que era adolescente.

—Jamás se me hubiera ocurrido pensar que... —había murmurado Matthew, y aunque no había terminado la frase, Robin sabía que, indirectamente, se refería a la razón por la que había dejado la universidad.

—Es que no sabía cómo contártelo —le explicó ella—. Pensaba que te reirías de mí. No es que Cormoran insistiera para que me quedara, ni nada que tenga que ver con él como...
—A punto estuvo de decir «como hombre», pero rectificó a tiempo—. Fui yo. Esto es lo que quiero hacer. Me encanta. Y ahora dice que va a formarme, Matt, y eso es lo que yo siempre he deseado.

La conversación se había prolongado durante todo el domingo; Matthew, desconcertado, iba encajándolo lentamente, adaptando poco a poco su postura como un guijarro empujado por la corriente.

—¿Cuántas horas, los fines de semana? —le había preguntado con recelo.

—No lo sé, las que haga falta. Me encanta este trabajo, Matt, ¿no lo entiendes? No quiero seguir fingiendo. Quiero hacerlo, y me gustaría contar con tu apoyo.

Al final, él la había abrazado y había consentido. Ella intentó no alegrarse de que la madre de su novio acabara de morirse, motivo por el que Matthew (Robin no podía evitar pensarlo) estaba un poco más vulnerable de lo habitual.

Robin estaba impaciente por contarle a Strike el paso hacia la madurez que había dado su relación, pero cuando llegó a la oficina no lo encontró allí. Encima de su mesa, junto al arbolito de Navidad, había una nota breve escrita con la peculiar caligrafía del detective, difícil de descifrar:

No hay leche, salgo a desayunar, luego a Hamleys, quiero ir pronto para no encontrar mucha gente. P. D.: Ya sé quién mató a Quine.

Robin ahogó un grito. Cogió el teléfono y llamó a Strike al móvil, pero comunicaba.

Hamleys no abría hasta las diez, pero Robin no creía que pudiera esperar tanto. Pulsó la tecla de rellamada una y otra vez mientras abría y seleccionaba el correo, pero Strike seguía comunicando. Leyó varios correos electrónicos con el teléfono pegado a la oreja; transcurrió media hora, y luego una hora, y del número de Strike seguía saliendo el tono de ocupado. Robin empezó a enojarse; sospechaba que se trataba de una treta para mantenerla en vilo.

A las diez y media, un débil sonido del ordenador anunció la entrada de un correo electrónico del remitente desconocido Clodia2@live.com, que había enviado un adjunto titulado «PARA TU INFORMACIÓN», sin texto.

Robin abrió el archivo sin pensárselo; seguía con el teléfono pegado a la oreja. Se desplegó una gran fotografía en blanco y negro que ocupó por completo la pantalla del ordenador.

El fondo era sobrio: un cielo nublado y el exterior de un viejo edificio de piedra. Todas las personas que aparecían en la fotografía estaban desenfocadas, excepto la novia, que había vuelto la cabeza y miraba directamente a la cámara. Llevaba un vestido blanco, ajustado, largo y sencillo, con un velo que llegaba hasta el suelo sujeto con una delgada diadema con diamantes. Un fuerte viento agitaba su melena negra, que recordaba a unos pliegues de tul. Tenía una mano entrelazada con la de una figura borrosa que vestía frac y que parecía estar riéndose, pero su expresión no guardaba semejanza con la de ninguna otra novia que Robin hubiera visto. Parecía descompuesta, angustiada, despojada de algo. La miraba directamente a ella, como si sólo ellas fueran amigas, como si Robin fuera la única que pudiera entenderlo.

Se apartó el móvil de la oreja y se quedó observando fijamente la fotografía. No era la primera vez que veía aquella cara de belleza extraordinaria. Habían hablado por teléfono en una ocasión: Robin recordaba una voz grave y ronca, muy atractiva. La de Charlotte, la ex novia de Strike, la mujer a la que ella había visto salir corriendo de ese mismo edificio.

Era guapísima. Robin se sintió eclipsada de un modo extraño por la apariencia de la otra mujer e impresionada por su profunda tristeza. Dieciséis años, con interrupciones, con Strike; Strike, con ese pelo que parecía vello púbico, su perfil de boxeador y la pierna amputada... Pero esas cosas no importaban, se dijo Robin mirando, extasiada, a aquella novia incomparablemente bella y triste.

Se abrió la puerta. De pronto, su jefe estaba a su lado, con dos bolsas llenas de juguetes en las manos, y Robin, que no lo había oído subir la escalera, dio un respingo, como si la hubieran pillado robando de la caja.

—Buenos días —saludó él.

Con rapidez, Robin cogió el ratón del ordenador e intentó cerrar la imagen para que él no pudiera verla, pero sus apuros por taparla hicieron que la mirada de Strike se dirigiera de inmediato hacia la pantalla. Robin se quedó inmóvil, abochornada.

—La ha enviado hace unos minutos, la he abierto sin saber qué era. Lo siento.

El detective contempló la fotografía unos segundos; entonces se apartó y dejó las bolsas de juguetes en el suelo junto a la mesa de Robin.

—Bórrala —dijo.

No parecía ni triste ni enfadado, pero sí firme.

Ella vaciló; cerró el archivo, borró el mensaje y vació la carpeta de «eliminados».

—Gracias —dijo él; se enderezó, y Robin supo, por su actitud, que no iba a haber más comentarios sobre la fotografía de la boda de Charlotte—. Tengo como treinta llamadas perdidas tuyas en el móvil.

—Hombre, ¿qué esperabas? —dijo ella con énfasis—. En tu nota decías...

—Me ha llamado mi tía —explicó Strike— y me ha tenido una hora y diez minutos al teléfono, detallándome las dolencias médicas de todos los vecinos de Saint Mawes, sólo porque le he dicho que en Navidad voy a ir a verlos.

Rió al ver que ella casi no podía disimular su frustración.

—De acuerdo, pero tenemos que darnos prisa. Acabo de darme cuenta de que hay una cosa que podríamos hacer esta mañana antes de mi cita con Fancourt.

Sin quitarse el abrigo, Strike se sentó en el sofá y habló sin pausa durante diez minutos, exponiéndole su teoría con todo detalle.

Cuando hubo terminado, se produjo un largo silencio. La imagen mística y borrosa del ángel de la iglesia de su pueblo apareció flotando en la mente de Robin, mientras miraba fijamente a Strike, atónita.

—¿Qué parte te resulta un problema? —preguntó él, con gentileza.

—Pues...

—Ya estábamos de acuerdo en que tal vez la desaparición de Quine no fuera espontánea, ¿no? Si añades el colchón de

Talgarth Road, muy conveniente, en una casa donde no vive nadie desde hace veinticinco años, y el hecho de que, una semana antes de desaparecer, Quine le dijera a ese librero que iba a marcharse unos días y comprara material de lectura; y si tienes en cuenta que la camarera del River Café afirma que Quine no estaba enfadado de verdad cuando le gritaba a Tassel, sino que estaba pasándoselo en grande, creo que podemos plantear como hipótesis una desaparición planeada.

—Vale —concedió ella. Esa parte de la teoría de Strike era la que a Robin le parecía menos descabellada. Sin embargo, no sabía por dónde empezar a explicar lo inverosímil que le resultaba el resto; de todas formas, la necesidad de encontrarle defectos la llevó a decir—: Pero... ¿no le habría contado a Leonora lo que estaba planeando?

—Claro que no. Leonora es una actriz pésima; él quería que estuviera preocupada de verdad, para que resultara convincente cuando empezara a contar por ahí que su marido había desaparecido. Quizá acudiera a la policía. Quizá le montara un escándalo al editor. Quería que ella iniciara el pánico.

—Pero eso nunca había funcionado —objetó Robin—. Quine solía desaparecer y a nadie le importaba; hasta él debía de saber que no iba a obtener mucha publicidad por el simple hecho de largarse y esconderse en su otra casa.

—Ya, pero esta vez dejaba atrás un libro que creía que iba a ser el tema de conversación del mundillo literario de Londres, ¿no? Había atraído toda la atención posible peleándose con su agente en medio de un restaurante abarrotado y amenazando en público con autopublicarse. Regresa a casa, monta el gran numerito delante de Leonora y se marcha a Talgarth Road. Más tarde, esa misma noche, deja entrar a su cómplice sin pensárselo dos veces, convencido de que están confabulados.

Tras una larga pausa, y revelando una gran valentía, pues no estaba acostumbrada a cuestionar las conclusiones de Strike, que hasta entonces siempre habían resultado acertadas, dijo:

—Vale, pero no tienes ni la más mínima prueba de que hubiera un cómplice, y mucho menos... Es decir, te basas sólo en... una opinión.

Strike empezó a reiterar ciertos puntos que ya le había expuesto, pero ella levantó una mano para frenarlo.

—Todo eso ya lo he oído, pero... estás elucubrando a partir de cosas que han dicho ciertas personas. No existe ninguna... prueba material.

—Claro que sí. *Bombyx Mori*.

—Eso no es...

—Es la única y gran prueba que tenemos.

—Pero tú siempre me dices: «medios y oportunidad». Siempre me dices que el móvil no...

—No he dicho ni una palabra del móvil —le recordó Strike—. De hecho, no estoy seguro de cuál fue el móvil, aunque tengo algunas hipótesis. Y si quieres más pruebas materiales, puedes venir conmigo y ayudarme a conseguirlas ahora mismo.

Robin lo miró con desconfianza. En todo el tiempo que llevaba trabajando para él, Strike nunca le había pedido que recogiera una prueba material.

—Quiero que me acompañes y me ayudes a hablar con Orlando Quine. —Strike se levantó del sofá—. No quiero ir solo. Orlando es... Bueno, es un poco difícil. No le gusta mi pelo. Está en Ladbroke Grove, en casa de la vecina, así que será mejor que nos vayamos ya.

—¿Es la hija con dificultades de aprendizaje? —preguntó Robin, desconcertada.

—Sí. Tiene un mono de peluche, lo lleva colgado del cuello. Acabo de ver un montón de muñecos de ésos en Hamleys. En realidad son fundas de pijama. Los llaman Cheeky Monkeys.

Robin lo miraba fijamente, como si temiera por la salud mental de su jefe.

—Cuando la conocí, lo llevaba colgado del cuello, y no paraba de sacar cosas de no sé dónde: dibujos, lápices y una tarjeta que había birlado de la mesa de la cocina. Acabo de darme cuenta de que lo sacaba todo de esa funda de pijama. Roba cosas a la gente —continuó—, y cuando vivía su padre, ella entraba y salía de su estudio a todas horas. Quine le daba papel para que dibujara.

—¿Confías en que lleve encima una pista que delate a quien asesinó a su padre? ¿Dentro de esa funda de pijama?

—No, pero creo que hay bastantes posibilidades de que cogiera algún fragmento de *Bombyx Mori* cuando merodeaba por el estudio de Quine, o de que él le diera un manuscrito antiguo para que dibujara en el dorso de las hojas. Lo que busco son hojas de papel con anotaciones, un par de párrafos desechados, cualquier cosa. Mira, ya sé que es una posibilidad muy remota —añadió, interpretando correctamente la expresión de su secretaria—, pero no podemos entrar en el estudio de Quine, la policía ya lo ha registrado y no ha encontrado nada, y me juego algo a que ya han destruido las libretas y los borradores que Quine se llevó consigo. Cheeky Monkey es el único sitio donde se me ocurre mirar... —Consultó su reloj—. Y no tenemos mucho tiempo si queremos ir a Ladbroke Grove y volver a tiempo para mi cita con Fancourt. Y eso me recuerda que...

Salió de la oficina. Robin lo oyó subir por la escalera y pensó que se dirigía a su casa, pero entonces lo oyó hurgar y comprendió que estaba buscando algo en las cajas del rellano, donde tenía sus objetos personales. Cuando regresó, Strike llevaba una caja de guantes de látex que debía de haber birlado antes de dejar la División de Investigaciones Especiales y una bolsa de recogida de pruebas de plástico transparente, como las que proporcionaban las compañías aéreas para meter los artículos de tocador.

—También me gustaría recoger otra prueba material de enorme importancia —dijo mientras extraía un par de guantes y se los daba a Robin, que lo miraba sin comprender—. He pensado que podrías intentar recogerla tú esta tarde, mientras yo estoy con Fancourt.

Con pocas palabras, pero muy concisas, le explicó qué era eso que quería que recogiera y por qué.

Tras recibir las instrucciones de su jefe, Robin se quedó mirándolo en silencio, anonadada, lo que no sorprendió mucho a Strike.

—¿Es una broma? —preguntó con un hilo de voz.

—No.

Inconscientemente, Robin se tapó la boca con una mano.

—No será peligroso —le aseguró él.

—Eso no es lo que me preocupa. ¿De veras? Cormoran, esto es... espantoso. ¿Lo dices... en serio?

—Si hubieras visto a Leonora Quine en Holloway la semana pasada, no me lo preguntarías —repuso Strike, de un modo un tanto enigmático—. Tendremos que ser muy listos para sacarla de allí.

¿Listos?, pensó Robin, todavía desconcertada, allí plantada con los guantes colgando de una mano. Las cosas que le había propuesto hacer ese día le parecían descabelladas, estrambóticas y, en el caso de la última, repugnante.

De repente, Strike se puso muy serio y dijo:

—Mira, no sé qué decirte, salvo que lo intuyo. Lo huelo, Robin. Detrás de todo esto hay alguien muy trastornado, muy peligroso pero muy eficiente. Consiguió que el idiota de Quine fuera exactamente a donde quería aprovechándose de su narcisismo, y además no soy el único que piensa así.

Le lanzó el abrigo, y ella se lo puso; mientras tanto, él se guardó unas cuantas bolsas de recogida de pruebas en el bolsillo interior.

—Todos me dicen que había alguien más implicado: Chard dice que era Waldegrave, Waldegrave dice que es Tassel, Pippa Midgley es demasiado estúpida para interpretar lo que tiene delante de las narices, y Christian Fisher... bueno, él tiene más perspectiva, porque no sale en el libro. Él encontró la clave sin darse ni cuenta.

Robin, que se esforzaba para seguir el hilo de los razonamientos de Strike y recelaba de las partes que no entendía, bajó tras él por la escalera metálica, y salieron juntos a la calle.

—Este asesinato —prosiguió Strike, encendiendo un cigarrillo mientras recorrían Denmark Street— lo han planeado durante meses, por no decir años. Si lo piensas bien, es la obra de un genio, pero es demasiado elaborada, y eso será su perdición. No puedes tramar un asesinato como si fuera una novela. En la vida real siempre quedan cabos sueltos.

Strike se dio cuenta de que no estaba convenciendo a Robin, pero eso no lo preocupaba. No era la primera vez que trabajaba con subordinados incrédulos. Bajaron juntos a la estación de metro y cogieron uno de la línea Central.

—¿Qué les has comprado a tus sobrinos? —preguntó Robin tras un largo silencio.

—Trajes de camuflaje y pistolas de juguete —contestó él. Había elegido los regalos motivado por su deseo de fastidiar a su cuñado—. Y a Timothy Anstis le he comprado un tambor enorme. Les encantará escuchar cómo lo toca el día de Navidad hasta las cinco de la madrugada.

Pese a lo preocupada que estaba, Robin soltó una carcajada.

La plácida hilera de casas de la que Owen Quine había huido un mes antes estaba, como el resto de Londres, cubierta de nieve, prístina y blanca sobre los tejados y sucia y gris en el suelo. El esquimal feliz les sonrió desde el letrero del pub cuando pasaron por debajo, como una deidad que presidiera la calle invernal.

Frente a la vivienda de los Quine un policía distinto, y en la acera, una furgoneta blanca con las puertas abiertas.

—Están cavando en el jardín para ver si encuentran los intestinos —le dijo Strike en voz baja a Robin cuando se acercaron un poco más y vieron unas palas en el suelo de la furgoneta—. En Mucking Marshes no tuvieron suerte, y tampoco van a tenerla en los parterres de flores de Leonora.

—Eso lo dices tú —replicó Robin *sotto voce*, un poco intimidada por el apuesto policía, que no les quitaba ojo de encima.

—Pues sí, y esta tarde tú vas a ayudarme a demostrarlo —replicó Strike en voz baja—. Buenos días —saludó al atento policía, que no le devolvió el saludo.

Strike parecía fortalecido por su disparatada teoría, pero Robin pensó que, si resultaba que tenía razón, por remota que pareciera esa posibilidad, el asesinato adquiriría rasgos grotescos que irían más allá, incluso, del cadáver trinchado.

Recorrieron el camino de la casa contigua a la de los Quine y llegaron ante la puerta; se hallaban a escasa distancia del policía. Strike tocó el timbre, y al cabo de un momento se abrió la puerta y salió una mujer de poco más de sesenta años, de escasa estatura y gesto angustiado, ataviada con bata y pantuflas forradas de lana.

—¿Es usted Edna? —preguntó Strike.

—Sí —confirmó ella, mirándolo desde abajo con timidez.

Strike se presentó y presentó a Robin, y la mujer relajó la arrugada frente y adoptó un gesto de alivio conmovedor.

—¡Ah, es usted! He leído todo lo que han escrito sobre usted. Sé que está ayudando a Leonora. La sacará de allí, ¿verdad?

Robin no dejaba de pensar en el atractivo policía, que estaba oyéndolo todo, a poca distancia de ellos.

—Pasen, pasen —les dijo Edna.

Se apartó y, con entusiasmo, los invitó por señas a entrar en la casa.

—Señora... Lo siento, no sé su apellido —se disculpó Strike, mientras se limpiaba los zapatos en el felpudo (la casa de la vecina estaba más caldeada y más limpia, y era mucho más acogedora, que la de los Quine, aunque la distribución era idéntica).

—Llámeme Edna —repuso ella, sonriéndole.

—Gracias, Edna. Por cierto, haría bien en pedir que le mostraran alguna identificación antes de dejar entrar a unos desconocidos en su casa.

—Oh, es que... —repuso ella, aturullada— Leonora me ha hablado mucho de usted.

De todas formas, Strike insistió en mostrarle su carnet de conducir antes de seguirla por el pasillo hasta una cocina blanca y azul, mucho más alegre que la de Leonora.

—Está arriba —dijo Edna cuando Strike le explicó que deseaban ver a Orlando—. No tiene un buen día. ¿Les apetece un café?

Mientras iba y venía cogiendo las tazas, hablaba sin parar con el tono contenido propio de las personas solitarias y atribuladas.

—No me interprete mal, no me importa que esté conmigo, pobre angelito, pero... —Dedicó una mirada desesperada a Strike y luego a Robin, y entonces añadió—: Pero ¿cuánto tiempo? Ellas no tienen familia. Ayer vino una asistenta social a verla; dijo que si yo no podía hacerme cargo de ella, tendrían que llevarla a una residencia o algo así. Yo le dije: «No pueden hacerle eso a Orlando, su madre y ella nunca han estado separadas. No, puede quedarse conmigo, pero...»

Edna miró al techo.

—Ahora mismo está muy afectada, mucho. Sólo quiere que su madre vuelva a casa, ¿y yo qué puedo decirle? No puedo contarle la verdad, ¿no le parece? Y la policía está aquí al lado, cavando por todo el jardín. Han desenterrado a *Míster Poop*...

—El gato muerto —murmuró Strike para aclararle ese detalle a Robin, mientras a Edna le brotaban las lágrimas y resbalaban por sus redondas mejillas.

—Pobre angelito —repitió.

Después de servirles el café, Edna subió a buscar a Orlando. Tardó diez minutos en persuadirla para que bajara, pero Strike se alegró de ver que la chica llevaba a Cheeky Monkey en los brazos cuando por fin apareció; ese día vestía un chándal mugriento y tenía una expresión triste.

—Tiene nombre de gigante —anunció sin dirigirse a nadie en concreto al ver a Strike.

—Sí —confirmó él, y asintió con la cabeza—. Veo que tienes buena memoria.

Orlando, abrazada con fuerza a su orangután de peluche, se sentó en la silla que le apartó Edna.

—Yo soy Robin —se presentó ésta, sonriente.

—Como el pájaro —replicó Orlando de inmediato—. El dodo también es un pájaro.

—Sus padres la llamaban así —aclaró la vecina.

—Las dos somos pájaros —dijo Robin.

Orlando la miró; entonces se levantó y, sin decir nada, salió de la cocina.

Edna suspiró profundamente.

—Se enfada por cualquier cosa. Una nunca sabe cuándo va a...

Pero Orlando había regresado con unos lápices y un bloc de dibujo de espiral; Strike estaba seguro de que se lo había comprado Edna para tenerla contenta. La chica se sentó a la mesa de la cocina y sonrió a Robin, y a ella esa sonrisa dulce y franca le produjo una tristeza inexplicable.

—Voy a dibujarte un petirrojo —anunció.

—¡Qué ilusión! —exclamó Robin.

Orlando se puso a trabajar, mordiéndose la punta de la lengua. Robin no decía nada: se limitaba a mirar cómo iba saliendo el dibujo. Strike, constatando que su ayudante ya había establecido con Orlando una comunicación mucho mejor que la suya, se comió la galleta de chocolate que le ofreció Edna y se puso a hablar de la nevada.

Al cabo de un rato, Orlando terminó su dibujo, arrancó la hoja del bloc y la deslizó hacia Robin.

—Es muy bonito —sonrió ella, radiante—. Me gustaría poder hacerte un dodo, pero yo no sé dibujar. —Strike sabía que eso era mentira, dibujaba muy bien; había visto sus garabatos—. Pero voy a darte otra cosa.

Rebuscó en su bolso, sin dejar de mirar a Orlando, y por fin sacó un espejito redondo de maquillaje con un estilizado pájaro de color rosa en el dorso.

—Toma —dijo—. Mira. Es un flamenco. Otro pájaro. Puedes quedártelo, te lo regalo.

Orlando, con los labios entreabiertos, cogió el espejito y lo examinó.

—Dale las gracias a la señora —saltó Edna.

—Gracias —obedeció la chica, y guardó el espejito en la funda de pijama.

—¿Es una bolsa? —preguntó Robin con interés.

—Es mi mono —contestó Orlando, abrazando más fuerte su orangután—. Me lo regaló mi papá. Mi papá se ha muerto.

—Lo siento muchísimo —dijo Robin en voz baja, y lamentó que la imagen del cadáver de Quine hubiera aparecido al instante en su mente: su torso estaba tan hueco como aquella funda de pijama.

Strike consultó con disimulo su reloj. Cada vez faltaba menos para su cita con Fancourt. Robin bebió un poco de café y preguntó:

—¿Guardas cosas dentro del mono?

—Me gusta tu pelo —dijo Orlando—. Es brillante y amarillo.

—Gracias —dijo ella—. ¿Tienes más dibujos ahí dentro?

Orlando asintió con la cabeza.

—¿Puedo comerme una galleta? —le preguntó a Edna.

—¿Me enseñas tus otros dibujos? —insistió Robin mientras Orlando masticaba.

Y, tras una breve pausa de reflexión, la chica abrió su orangután, del que cayeron un montón de dibujos arrugados, hechos en diferentes hojas de diversos tamaños y colores. Al principio, ni Strike ni Robin les dieron la vuelta, y se limitaron a hacer comentarios elogiosos mientras Orlando los esparcía por la mesa. Robin le preguntó por la bonita estrella de mar y los ángeles danzarines que había dibujado a lápiz y rotulador. Orlando, contenta con los halagos que estaba recibiendo, hurgó un poco más en la funda de pijama, donde guardaba también su material de dibujo. Sacó un carrete de máquina de escribir usado, oblongo y gris, con una fina cinta donde estaban grabadas, al revés, las palabras que había impreso. Strike contuvo el impulso de sustraerlo inmediatamente cuando quedó oculto bajo una caja de lápices de colores y una de pastillas de menta; se dominó, pero no le quitó el ojo de encima mientras Orlando desdoblaba un dibujo de una mariposa; en el dorso de la hoja se apreciaban unos renglones de caligrafía de adulto descuidada.

Alentada por Robin, Orlando siguió sacando cosas: una hoja llena de adhesivos, una postal de Mendip Hills, un imán de nevera redondo que rezaba «¡Cuidado! ¡Podrías acabar en mi novela!». Lo último que les mostró fueron tres imágenes en un papel de mejor calidad: dos ilustraciones y la maqueta de la cubierta de un libro.

—Mi papá me dio esto de su trabajo —explicó Orlando—. Dannulchar me tocó cuando se lo pedí —dijo, señalando un dibujo a todo color que Strike enseguida reconoció: *Kyla, el canguro al que le encantaba brincar.*

Orlando le había dibujado un sombrero y un bolso a Kyla, y había coloreado con marcadores fosforescentes el dibujo de una princesa que hablaba con una rana.

Edna, encantada de ver a Orlando tan parlanchina, preparó más café. Estaba haciéndose tarde, pero Robin y Strike eran conscientes de que no debían contrariar a la chica para evitar que se pusiera a la defensiva y recogiera todos sus tesoros, así que empezaron a charlar mientras examinaban uno a uno los dibujos que había encima de la mesa. Cada vez que encontraba algo que le parecía que podía ser útil, Robin lo deslizaba con disimulo hacia Strike.

En el dorso del dibujo de la mariposa había una lista de nombres escrita a mano:

Sam Breville. ¿Eddie Boyne? ¿Edward Baskinville? ¿Stephen Brook?

La postal de Mendip Hills la habían enviado en julio y llevaba escrito un mensaje breve:

Un tiempo estupendo, un hotel decepcionante, ¡espero que el libro vaya bien! V xx

Aparte de eso, no había nada con anotaciones manuscritas. Strike recordaba algunos de los dibujos de Orlando de su visita anterior a la casa. Uno lo había hecho en el dorso del menú infantil de un restaurante, y otro, en una factura del gas de los Quine.

—Bueno, tenemos que irnos —anunció Strike, y se terminó el café haciendo alarde de la pena que le daba marcharse.

Todavía sujetaba, distraídamente, la maqueta de la cubierta del libro de Dorcus Pengelly, *Rocas infames*. Una mujer yacía boca arriba, desaliñada, sobre la arena gruesa de una cala rodeada de altos acantilados, con la sombra de un hombre sobre el torso. Orlando había dibujado unos peces negros de contorno grueso en las agitadas aguas del mar. El carrete de máquina de escribir usado estaba debajo, donde Strike lo había escondido con disimulo.

—No quiero que te vayas —le dijo Orlando a Robin; de pronto estaba tensa y llorosa.

—Lo hemos pasado muy bien, ¿verdad? —repuso ella—. Volveremos a vernos pronto, ya lo verás. Tú te quedas el espejito del flamenco, y yo tengo mi dibujo del petirrojo.

Pero Orlando había empezado a gemir y patalear. No quería otra despedida. Aprovechando el bullicio, que iba en aumento, Strike envolvió hábilmente el carrete con la ilustración para la cubierta de *Rocas infames* y lo deslizó en su bolsillo, sin tocarlo, para que no quedaran grabadas sus huellas dactilares.

Al cabo de cinco minutos salieron a la calle; Robin estaba un poco impresionada, porque Orlando se había puesto a llorar y había intentado sujetarla cuando enfilaba el pasillo. Edna había tenido que contenerla físicamente para impedir que los siguiera.

—Pobre chica —comentó Robin en voz baja para que no pudiera oírlos el policía que montaba guardia en la casa de al lado, que estaba mirándolos fijamente—. Madre mía, ha sido horrible.

—Pero útil —replicó Strike.

—¿Tienes la cinta de la máquina de escribir?

—Sí. —Strike volvió la cabeza y comprobó que el policía ya no podía verlos, y entonces sacó el carrete envuelto en la porta da del libro de Dorcus y lo traspasó a una bolsa de plástico de recogida de pruebas—. Y algo más.

—¿Ah, sí?

—Podría ser una pista —dijo Strike—, o podría no ser nada.

Tras mirar de nuevo la hora en su reloj, aceleró el paso e hizo una mueca de dolor cuando la rodilla protestó con una punzada.

—Voy a tener que darme prisa si no quiero llegar tarde a la cita con Fancourt.

Al cabo de veinte minutos, cuando ya estaban sentados en el abarrotado metro, camino del centro de Londres, el detective le preguntó a Robin:

—¿Ya tienes claro lo que vas a hacer esta tarde?

—Clarísimo —contestó ella, aunque con una pizca de reserva.

—Ya sé que no es un trabajo divertido...

—Eso no es lo que me preocupa.

—Y ya te he dicho que no tiene por qué ser peligroso —añadió él, preparándose para levantarse, pues ya se acercaban a Tottenham Court Road—. Pero...

Algo lo hizo recapacitar, y frunció ligeramente las pobladas cejas.

—Tu pelo —dijo.

—¿Qué le pasa a mi pelo? —preguntó Robin, y levantó una mano con timidez.

—Es fácil de recordar. No tendrás un gorro, ¿no?

—Puedo... comprarme uno —propuso ella, turbada.

—Págalo con el dinero de los gastos de la oficina —dijo él—. Más vale ser precavido.

43

¡Vaya día! ¡Qué comitiva de vanidosos se acerca!

WILLIAM SHAKESPEARE, *Timon of Athens*

Strike subió a pie por la concurrida Oxford Street (se oían fragmentos de villancicos, clásicos y modernos) y torció a la izquierda por Dean Street, más estrecha y tranquila. Allí no había tiendas, sólo edificios compactos, apretados unos contra otros, con sus fachadas blancas, rojas y pardas, detrás de las cuales había oficinas, bares, pubs y pequeños restaurantes. Strike se detuvo para dejar pasar a un repartidor que trasladaba unas cajas de vino de su furgoneta a una entrada de servicio. Allí, en el Soho, donde convivían el mundo del arte, la publicidad y la edición, la Navidad era un asunto un poco más sutil, y en el Groucho Club un poco más todavía.

Un edificio gris, casi anodino, con ventanas con marco negro y pequeños setos meticulosamente podados detrás de unas sencillas balaustradas convexas. Su distinción no residía en su exterior, sino en el hecho de que a relativamente poca gente se le permitía entrar en aquel club privado, reservado a los miembros del mundillo de las artes creativas. Cojeando, Strike franqueó el umbral y se halló en un pequeño vestíbulo, donde una chica detrás de un mostrador le preguntó con cortesía:

—¿En qué puedo ayudarlo?

—Tengo una cita con Michael Fancourt.

—Ah, sí. ¿Es usted el señor Strick?

—Sí —confirmó Strike.

Lo guiaron por el bar, una sala alargada con asientos de piel, casi todos ocupados a esa hora, hasta una escalera. Mientras subía por ella, Strike pensó, y no por primera vez, que la formación que había recibido en la División de Investigaciones Especiales no lo había preparado para dirigir interrogatorios sin autorización oficial y en el propio territorio de un sospechoso, donde su entrevistado tenía derecho a poner fin al encuentro sin ofrecer justificación ni disculpa alguna. La División de Investigaciones Especiales exigía a sus oficiales que organizaran su cuestionario siguiendo una plantilla: personas, lugares, cosas... Strike nunca perdía de vista esa metodología, práctica y rigurosa, pero en esa ocasión era fundamental disimular que estaba archivando hechos en casillas mentales. Cuando interrogabas a alguien que creía estar haciéndote un favor, era necesario aplicar otras técnicas.

Vio a su presa nada más entrar en un segundo bar con suelos de parquet y sofás de colores primarios distribuidos a lo largo de una pared, bajo cuadros de pintores contemporáneos. Fancourt estaba sentado en un sofá de un rojo intenso, inclinado hacia un lado, con un brazo sobre el respaldo y una pierna un poco levantada, en una postura exageradamente laxa. Justo detrás de la desproporcionada cabeza tenía un cuadro de puntos de Damien Hirst que parecía un halo de neón.

El escritor tenía una mata de pelo canoso, las facciones grandes y unas arrugas marcadas a ambos lados de la boca. Sonrió al ver acercarse a Strike. Su sonrisa no fue, seguramente, la misma que habría dedicado a alguien a quien considerara su igual (era imposible no pensarlo, dada aquella relajación fingida, en contradicción con unos rasgos que denotaban un carácter avinagrado), pero sí mostraba cierta voluntad de ser cortés.

—Buenas tardes, señor Strike.

Tal vez se propuso ponerse en pie para estrecharle la mano, pero a menudo la estatura y la corpulencia de Strike disuadían a hombres no tan altos de levantarse de su asiento. Se dieron la mano inclinándose sobre la mesita de madera. El detective se sentó, de mala gana, en un gran puf redondo; no tenía más alternativa, a menos que quisiera compartir el sofá con Fancourt, lo que habría dado lugar a un escenario demasiado íntimo, sobre todo con el brazo del autor apoyado a lo largo del respaldo.

A su lado había un actor con la cabeza rapada que solía protagonizar telenovelas, aunque recientemente había interpretado a un soldado. Hablaba en voz muy alta, de sí mismo, con otros dos hombres. Fancourt y Strike pidieron bebidas, pero rechazaron la carta. El detective sintió alivio al ver que el autor no tenía hambre. No podía permitirse invitar a nadie más a comer.

—¿Cuánto tiempo hace que es miembro de este club? —preguntó Strike cuando el camarero se marchó.

—Desde que lo abrieron. Fui uno de los primeros inversores. Nunca he necesitado ningún otro club. Cuando conviene, me quedo a dormir aquí. Arriba hay habitaciones.

Fancourt dedicó a Strike una mirada deliberadamente intensa.

—Estaba deseando conocerlo. El protagonista de mi próxima novela es un veterano de la presunta guerra contra el terrorismo y sus corolarios militares. Me gustaría consultarle algunas cosas, cuando hayamos acabado con Owen Quine.

Resultaba que Strike sabía un poco sobre las herramientas de que disponían los famosos cuando se proponían manipular. Rick, el padre guitarrista de Lucy, no era tan famoso como Jonny Rokeby ni como Fancourt, pero sí lo bastante célebre como para que, en una ocasión, Strike viera a una mujer ya madura dar gritos ahogados y ponerse a temblar al encontrárselo en la cola de una heladería, en St. Mawes («Pero... Pero... ¡Dios mío! ¿Qué hace usted aquí?»). Una vez, siendo Strike adolescente, Rick le había confiado que la única forma infalible de llevarse a una mujer a la cama era decirle que estabas escribiendo una canción sobre ella. La declaración de Michael Fancourt de que le interesaba incluir en su libro algo de Strike sonaba a variación del mismo tema. Era evidente que no había reparado en que ver su nombre publicado no era ninguna novedad para el detective, ni nada que él hubiera pretendido. De modo que Strike asintió con la cabeza sin entusiasmo ante la petición del autor y sacó una libreta.

—¿Le importa que utilice esto? Me ayuda a recordar qué quiero preguntar.

—En absoluto. Adelante —dijo Fancourt, como si lo encontrara gracioso.

Apartó el ejemplar de *The Guardian* que había estado leyendo. Strike vio la fotografía de un anciano con muchas arrugas, pero de aspecto distinguido, y su cara le resultó familiar incluso del revés. El pie de foto rezaba: «Pinkelman a los noventa años.»

—El bueno de Pinks —comentó Fancourt al ver que Strike se fijaba en la fotografía—. Le hemos organizado una fiesta en el Chelsea Arts Club la semana que viene.

—¿Ah, sí? —dijo Strike mientras buscaba un bolígrafo.

—Mi tío y él se conocían. Hicieron el servicio militar juntos. Cuando escribí mi primera novela, *Bellafront,* recién licenciado en Oxford, mi pobre tío, con la intención de ayudar, le envió un ejemplar a Pinkelman, que era el único escritor al que había conocido en su vida.

Hablaba con un ritmo acompasado, como si hubiera un tercer invitado invisible taquigrafiando todo lo que decía. Contaba la historia como si la hubiera ensayado, como si la hubiera contado muchas veces; y quizá fuera así, ya que lo entrevistaban a menudo.

—Pinkelman, que por entonces estaba escribiendo su influyente *La gran aventura de Bunty,* no entendió ni una palabra de lo que yo había escrito —continuó—, pero para complacer a mi tío lo mandó a Chard Books, y de modo fortuito fue a parar a la mesa de la única persona de toda la editorial que podía entenderlo.

—Un golpe de suerte.

Volvió el camarero con vino para Fancourt y un vaso de agua para Strike.

—Entonces —dijo el detective—, ¿usted estaba devolviéndole un favor a Pinkelman cuando se lo presentó a su agente?

—Sí. —El escritor asintió con la cabeza con la satisfacción del maestro que comprueba que uno de sus alumnos ha estado prestándole atención—. Por entonces Pinks estaba con un agente que continuamente «se olvidaba» de pagarle sus derechos de autor. Elizabeth Tassel será lo que usted quiera, pero es honrada. Por lo que respecta a los negocios es honrada —especificó Fancourt, y dio un sorbo de vino.

—Ella también asistirá a la fiesta en honor de Pinkelman, ¿no? —preguntó Strike, observando a Fancourt para que no se le escapara su reacción—. Todavía lo representa, ¿verdad?

—A mí no me importa que Liz vaya a estar allí. ¿Usted cree que ella piensa que todavía le guardo rencor? —preguntó Fancourt, esbozando aquella sonrisa amarga—. Porque yo no me acuerdo de Liz Tassel ni una vez al año.

—¿Porque no quiso dejar de representar a Quine cuando usted le pidió que lo hiciera?

Strike no veía ningún motivo para no recurrir al ataque directo con un hombre que, al cabo de pocos segundos de su primer encuentro, ya había anunciado que tenía otro motivo para querer hablar con él.

—No es que yo le pidiera a Liz que dejara de representar a Quine —aclaró Fancourt, todavía con aquel ritmo acompasado dedicado al amanuense invisible—. Le expliqué que no podía permanecer en su agencia mientras él estuviera allí, y me marché.

—Ya entiendo —dijo Strike, acostumbrado a que sus entrevistados hilaran muy fino—. ¿Por qué cree usted que lo dejó marcharse? Usted era mucho más importante, ¿no?

—Bueno, supongo que podemos afirmar que yo era una barracuda, y Quine, un pececillo —dijo Fancourt con una sonrisita de suficiencia— , pero, claro, Liz y Quine se acostaban.

—¿En serio? No lo sabía. —Strike apretó el pulsador del bolígrafo para que asomara la punta.

—Cuando llegó a Oxford, Liz era una chica robusta que había ayudado a su padre a castrar toros en varias granjas del Norte; estaba desesperada por acostarse con alguien, y nadie estaba muy por la labor. Yo le gustaba, y mucho, estábamos en el mismo seminario, uno sobre jugosas intrigas jacobinas, ideal para trabajarse a una chica, pero yo nunca me sentí tan altruista como para librarla de su virginidad. No pasamos de ser amigos —explicó Fancourt—, y cuando ella montó la agencia, le presenté a Quine, y es evidente que a él no le importó arrastrarse por el lodo, sexualmente hablando. Sucedió lo inevitable.

—Muy interesante. ¿Esto es vox pópuli?

—Lo dudo. Quine ya estaba casado con su... Bueno, supongo que ahora tenemos que llamarla «su asesina», ¿no? —dijo Fancourt, pensativo—. Me imagino que «asesina» supera a «esposa» a la hora de definir una relación íntima. Y supongo que Liz debió de amenazarlo con terribles consecuencias si él era tan indiscreto como siempre respecto a sus travesuras sexuales, para preservar la remota posibilidad de que todavía pudiera persuadirme a mí para que me acostara con ella.

Strike se preguntó si aquello sería pura vanidad, un hecho o una mezcla de ambas cosas.

—Liz me miraba con esos grandes ojos de vaca, expectante, esperanzada... —prosiguió Fancourt, y sus labios dibujaron una mueca cruel—. Tras la muerte de Ellie, Liz comprendió que yo no iba a hacerle un favor ni siquiera en aquel momento de desconsuelo. Me imagino que no soportaba la perspectiva de futuras décadas de celibato y que por eso se quedó con él.

—¿Volvió usted a hablar con Quine después de dejar la agencia?

—Los primeros años después de morir Ellie, él se escabullía enseguida de cualquier bar en el que yo entrara —dijo Fancourt—. Al final reunió el valor suficiente para quedarse en el mismo restaurante, lanzándome miradas nerviosas. No, creo que nunca volvimos a dirigirnos la palabra —concluyó, como si ese asunto tuviera muy poco interés—. A usted lo hirieron en Afganistán, ¿no es así?

—Sí —confirmó Strike.

La calculada intensidad de su mirada, caviló el detective, debía de funcionar con las mujeres. Quizá Owen Quine también taladrara con esa mirada ávida y vampírica a Kathryn Kent y Pippa Midgley cuando les dijo que iba a incluirlas en *Bombyx Mori*, y tal vez las emocionara pensar que una parte de ellas, de sus vidas, quedaría atrapada para siempre en el ámbar de la prosa de un escritor.

—¿Qué pasó? —preguntó Fancourt, mirándole las piernas.

—Una bomba caminera. ¿Qué me dice de Talgarth Road? Usted y Quine eran copropietarios de la casa. ¿Eso no requería ningún tipo de comunicación entre ustedes? ¿Nunca se encontraron allí?

—No, nunca.

—¿Y usted nunca ha ido a ver cómo está la casa? La tiene desde hace...

—Veinte o veinticinco años, algo así —contestó indolente el escritor—. No he vuelto a entrar desde que murió Joe.

—Supongo que la policía ya le habrá preguntado acerca de esa mujer que cree haberlo visto delante de la casa el ocho de noviembre.

—Sí —respondió Fancourt—. Pero se equivoca.

A su lado, el actor seguía perorando.

—...creí que estaba perdido, no veía hacia dónde corría, tenía arena en los ojos...

—¿No ha vuelto a entrar en la casa desde el ochenta y seis?

—No —insistió Fancourt, impaciente—. De hecho, ni Owen ni yo queríamos esa casa para nada.

—¿Por qué no?

—Porque nuestro amigo Joe murió allí en circunstancias sumamente sórdidas. Odiaba los hospitales, rechazó la medicación. Cuando cayó al suelo inconsciente, la casa se encontraba en un estado lamentable, y él, que había sido un verdadero Apolo, había quedado reducido a un saco de huesos, con la piel... Fue un final truculento, y lo empeoró Daniel Ch...

El rostro de Fancourt se endureció. Hizo un extraño gesto, como si masticara, como si se comiera literalmente las palabras que pronunciaba. Strike permaneció a la espera.

—Dan Chard es un hombre interesante —continuó Fancourt, haciendo un esfuerzo notable para dar marcha atrás y salir del callejón sin salida en que se había metido—. Me pareció que la manera en que Owen lo representaba en *Bombyx Mori* era su gran oportunidad perdida. Aunque dudo mucho que los futuros estudiosos vayan a buscar en dicha novela ejemplos de caracterización sutil, ¿no le parece? —añadió con una risita.

—¿Cómo habría descrito usted a Daniel Chard?

A Fancourt pareció sorprenderle la pregunta. Tras reflexionar un momento, contestó:

—Dan es el tipo más insatisfecho que he conocido. Es competente en su trabajo, pero no lo hace feliz. Lo atraen los muchachos jóvenes, pero no consigue hacer otra cosa que no sea dibujarlos. Está lleno de inhibiciones y odio hacia sí mismo, lo que explica su imprudente e histérica reacción a la caricatura que Owen hizo de él. A Dan lo dominaba una madre monstruosamente sociable, obsesionada con que su hijo, tímido hasta extremos patológicos, se hiciera cargo del negocio familiar. Creo —añadió— que yo habría sabido sacar algo interesante de todo eso.

—¿Por qué rechazó Chard el libro de North?

Fancourt volvió a hacer aquel gesto extraño con la boca y dijo:

—Mire, Daniel Chard me cae bien.

—A mí me daba la impresión de que en algún momento habían tenido desavenencias.

—¿Ah, sí? ¿Por qué?

—Cuando habló en la fiesta de aniversario de Roper Chard, usted dijo que desde luego nunca había imaginado que volvería allí.

—¿Estaba usted en esa fiesta? —preguntó Fancourt con aspereza, y cuando Strike asintió, añadió—: ¿Cómo es eso?

—Estaba buscando a Quine. Su mujer me había contratado para que lo encontrara.

—Pero si ahora ya sabemos que ella sabía muy bien dónde estaba Quine.

—No. Creo que no lo sabía.

—¿De veras lo cree? —preguntó el escritor, ladeando su gran cabeza.

—Sí —confirmó Strike.

Fancourt arqueó las cejas y lo observó atentamente, como quien contempla un objeto curioso expuesto en una vitrina.

—Entonces, ¿usted no le guardaba rencor a Chard por haber rechazado el libro de North? —preguntó Strike, volviendo al tema principal.

Tras una breve pausa, Fancourt respondió:

—Bueno, sí, le guardaba rencor. Sólo Dan podría explicarle exactamente por qué cambió de opinión respecto a publicarlo, pero creo que fue porque en la prensa se habló de la enfermedad de Joe, y eso ocasionó que la clase media inglesa rechazara el libro impenitente que estaba a punto de publicar. Y a Dan, que no se había dado cuenta de que Joe ya tenía el sida en su estadio más avanzado, le entró pánico. No quería que lo relacionaran con baños públicos y enfermos de sida, y por eso le dijo a Joe que no, que no quería el libro. Fue un gran acto de cobardía, y Owen y yo...

Otra pausa. ¿Cuánto tiempo hacía que Fancourt no figuraba con Owen en una misma frase para decir algo positivo?

—Owen y yo creímos que había sido eso lo que había matado a Joe. Apenas podía sujetar un bolígrafo, estaba casi ciego, pero trataba desesperadamente de terminar el libro antes de morir. Nos daba la impresión de que eso era lo único que lo mantenía vivo. Entonces recibió la carta de Chard en la que cancelaba su contrato; Joe dejó de trabajar, y transcurridas cuarenta y ocho horas estaba muerto.

—Hay ciertas similitudes con lo que le ocurrió a su primera esposa —observó Strike.

—No hay ningún parecido —lo contradijo Fancourt con brusquedad.

—¿Por qué no?

—El libro de Joe era infinitamente mejor.

Otra pausa, esta vez mucho más larga.

—Desde el punto de vista literario —añadió Fancourt—. Aunque está claro que hay otras formas de enfocarlo.

Apuró la copa de vino y levantó una mano para indicarle al camarero que quería otra. El actor que estaba a su lado, y que apenas había parado para respirar, seguía hablando.

—...dije: «A la mierda la verosimilitud. ¿Qué quieres que haga, joder? ¿Que me corte el brazo con una sierra?»

—Debieron de ser momentos muy difíciles para usted —comentó Strike.

—Sí —confirmó Fancourt en tono mordaz—. Sí, me parece que podemos definirlos como «difíciles».

—Perdió a un buen amigo y a su esposa en un intervalo de... meses, ¿no?

—Sí, unos pocos meses.

—Y durante ese tiempo, ¿siguió escribiendo?

—Sí —afirmó el escritor, y rió con una mezcla de enojo y prepotencia—, seguí escribiendo durante todo ese tiempo. Es mi profesión. ¿Acaso alguien le preguntaría a usted si seguía en el Ejército mientras pasaba por un mal momento personal?

—Lo dudo —dijo Strike sin rencor—. ¿Qué escribía?

—No llegó a publicarse. Abandoné el libro en que estaba trabajando para terminar el de Joe.

El camarero le puso otra copa delante a Fancourt y se marchó.

—¿Tuvo que retocar mucho el libro de North?

—No, casi nada. Estaba muy bien escrito. Arreglé unos pocos fragmentos que todavía estaban en borrador y pulí el final. Él había dejado unas notas con indicaciones sobre cómo quería que lo hiciéramos. Entonces se lo llevé a Jerry Waldegrave, que trabajaba con Roper.

Strike se acordó del comentario de Chard sobre el exceso de intimidad entre Fancourt y la mujer de Waldegrave, y adoptó una actitud más cautelosa.

—¿Usted ya había trabajado con Waldegrave?

—No había trabajado con él en ningún libro mío, pero conocía su fama de buen editor y sabía que le gustaba Joe. Colaboró en *Hacia la meta*.

—¿Hizo un buen trabajo con ese libro?

El enojo de Fancourt se había esfumado. De hecho, parecía entretenido con el interrogatorio de Strike.

—Sí —contestó, y dio un sorbo de vino—, muy bueno.

—Sin embargo, usted no ha querido trabajar con él desde que ha vuelto a Roper Chard.

—No especialmente —dijo sin dejar de sonreír—. De un tiempo a esta parte bebe mucho.

—¿Se le ocurre algún motivo por el que Quine pudo querer incluir a Waldegrave en *Bombyx Mori*?

—¿Cómo voy a saberlo?

—Waldegrave, por lo visto, siempre se portó bien con Quine. Cuesta entender por qué sintió la necesidad de atacarlo.

—¿Usted cree? —preguntó Fancourt, escudriñando atentamente el rostro de Strike.

—Todas las personas con las que he hablado tienen una opinión diferente sobre el personaje del Censor de *Bombyx Mori*.

—¿En serio?

—La mayoría consideran indignante que Quine atacara a Waldegrave. No entienden qué pudo hacer el editor para merecerlo. Daniel Chard cree que el Censor demuestra que Quine tenía un colaborador.

—¿Y quién demonios cree Chard que pudo haber colaborado con Quine en *Bombyx Mori*? —preguntó Fancourt con una risita socarrona.

—Tiene algunas hipótesis al respecto. Por otra parte, Waldegrave opina que, en realidad, a quien critica con el personaje del Censor es a usted.

—Pero si yo soy Vanaglorioso —dijo Fancourt, sonriente—. Como todo el mundo sabe.

—¿Por qué cree que Waldegrave piensa que el Censor lo representa a usted?

—Eso tendrá que preguntárselo a Waldegrave —contestó Fancourt sin dejar de sonreír—. Pero me da la impresión de que usted cree saberlo, señor Strike. Y le diré una cosa: Quine se equivocaba, y mucho, y debería haberlo sabido.

Impasse.

—Así, en todos estos años, ¿no han podido vender Talgarth Road?

—Ha sido muy difícil encontrar un comprador que satisfaga las condiciones del testamento de Joe. Fue un gesto quijotesco por su parte. Era un romántico, un idealista.

»Todo eso lo cuento en *La casa hueca*: la herencia, la carga, lo patético de su legado —continuó Fancourt; parecía un conferenciante recomendando lecturas adicionales—. Owen también expresó sus opiniones, si pueden llamarse así —agregó con una sonrisita de suficiencia—, en *Los hermanos Balzac*.

—Así pues, ¿*Los hermanos Balzac* trataba sobre Talgarth Road? —preguntó Strike, que no había deducido eso con las cincuenta páginas que llevaba leídas.

—Está ambientada en la casa. En realidad, trata sobre nuestra relación, la relación entre nosotros tres. Joe muerto en un rincón, y Owen y yo tratando de seguirle los pasos y comprender su muerte. La acción transcurre en el estudio donde, según tengo entendido, por lo que he leído, usted encontró el cadáver de Quine.

Strike no dijo nada, pero siguió tomando notas.

—El crítico Harvey Bird dijo de *Los hermanos Balzac* que era «tan espantosa que te provoca una mueca de dolor, te deja boquiabierto y te retuerce los esfínteres».

—Yo sólo recuerdo mucho manoseo de partes íntimas —dijo el detective, y Fancourt soltó una risita afeminada, nada forzada.

—Lo ha leído, ¿no? Sí, ya lo creo: Owen estaba obsesionado con sus pelotas.

El actor que estaba a su lado había hecho, por fin, una pausa para tomar aliento, y las palabras de Fancourt resonaron en aquel silencio momentáneo. Strike sonrió cuando el actor y sus dos acompañantes se quedaron mirando a Fancourt, que les dedicó una sonrisa agria. Los tres comensales se apresuraron a seguir hablando.

—Tenía una verdadera fijación —continuó luego, mirando de nuevo a Strike—. Picassiana, por decirlo así: sus testículos eran la fuente de su creatividad. Estaba obsesionado, tanto en la vida real como en su obra, con el machismo, la virilidad, la fertilidad. Habrá quien piense que era una fijación extraña tratándose de un hombre al que le gustaba que lo ataran y lo dominaran, pero yo lo interpreto como una consecuencia natural: el *yin* y el *yang* de la personalidad sexual de Quine. Supongo que se habrá fijado en los nombres que nos puso en la novela.

—Vas y Varicocele —recordó Strike, y volvió a reparar en la ligera sorpresa que le producía a Fancourt que un hombre con la pinta de Strike leyera libros e incluso prestara atención a su contenido.

—Quine es Vas, de *vas deferens*, el conducto que transporta el esperma de los testículos al pene, la fuerza creadora, potente y sana. El varicocele es la dilatación de una vena del testículo; resulta dolorosa, y a veces produce infertilidad. Una burda alusión, típica de Quine, al hecho de que poco después de morir Joe contraje paperas; en realidad, estuve tan enfermo que no pude asistir al funeral; pero también al hecho de que en aquella época, como usted ha señalado, yo escribía en unas circunstancias muy difíciles.

—¿Todavía eran amigos, en aquel entonces? —quiso aclarar Strike.

—Cuando empezó a escribir el libro todavía lo éramos, por lo menos en teoría —respondió Fancourt, y sonrió con amargura—. Pero los escritores somos una raza salvaje, señor Strike. Si busca amistades duraderas y camaradería desinteresada, alístese en el Ejército y aprenda a matar. Si prefiere una vida llena de alianzas pasajeras con colegas que se regodearán con cada uno de sus fracasos, escriba novelas.

Strike sonrió, y Fancourt agregó con un placer teñido de indiferencia:

—*Los hermanos Balzac* recibió algunas de las peores críticas que he leído en toda mi vida.

—¿Usted lo reseñó?

—No.

—Por entonces, ¿estaba casado con su primera mujer?

—Así es —confirmó Fancourt.

Su semblante se estremeció levemente, como la ijada de un animal cuando una mosca se posa en él.

—Sólo intento establecer una cronología. Perdió a su esposa poco después de que North falleciera, ¿verdad?

—Qué interesantes son los eufemismos para la muerte, ¿no le parece? —dijo Fancourt con ligereza—. No la «perdí». Más bien todo lo contrario: entré a oscuras en la cocina y tropecé con ella, que estaba muerta con la cabeza metida en el horno.

—Lo siento —dijo Strike con formalidad.

—Sí, bueno...

Fancourt pidió otra copa de vino. Strike comprendió que habían alcanzado un punto delicado en el que el flujo de información podía ser canalizado o secarse para siempre.

—¿En algún momento habló con Quine de la parodia que provocó el suicidio de su mujer?

—Ya se lo he dicho, después de morir Ellie, no volví a hablar con él de nada, nunca —dijo Fancourt, sereno—. De modo que la respuesta es «no».

—Pero usted estaba convencido de que la había escrito él, ¿verdad?

—Sin ninguna duda. Como sucede con muchos escritores que no tienen gran cosa que decir, Quine era un buen imitador literario. Recuerdo que parodió algunas cosas de Joe, y era bastante divertido. No se le habría ocurrido burlarse de Joe en público, por supuesto, porque nuestra amistad le procuraba muchos beneficios.

—¿Admitió alguien haber leído esa parodia antes de que se publicara?

—Que yo sepa, no; pero me habría sorprendido mucho que alguien me lo dijera, ¿no cree? Dadas las consecuencias que tuvo. Liz Tassel me negó que Owen se la hubiera enseñado, pero yo me enteré, por ahí, de que la había leído antes de su publicación. Estoy convencido de que ella lo animó a publicarla. Liz no podía ver a Ellie: estaba muerta de celos.

Hubo una pausa, y a continuación Fancourt añadió, fingiendo ligereza:

—Hoy en día cuesta acordarse de que hubo un tiempo en que tenías que esperar a que aparecieran las críticas en los periódicos para ver tu obra vilipendiada. Desde que existe internet, cualquier cretino analfabeto se cree Michiko Kakutani.

—Quine siempre negó haberla escrito, ¿no?

—Sí. Qué cobarde, el muy cabrón —dijo Fancourt sin reparos—. Como muchos presuntos inconformistas, Quine era un ser envidioso, patológicamente competitivo, que ansiaba que lo adularan. Lo aterraba pensar que, tras la muerte de Ellie, pudieran hacerle el vacío. Y desde luego —agregó con evidente placer—, sucedió de todas formas. Owen había sacado partido al hecho de formar parte de un triunvirato con Joe y conmigo. Cuando murió Joe y yo corté con él, la gente empezó a verlo tal como era: un tipo con una imaginación perversa y un estilo interesante que no tenía ni una sola idea que no fuera pornográfica. Hay autores —prosiguió— que sólo llegan a escribir un libro bueno. Es el caso de Owen. Él lo dio todo en *El pecado de Hobart*. Después de eso sólo escribió refritos sin ningún sentido.

—¿No dijo usted que creía que *Bombyx Mori* era «la obra maestra de un maníaco»?

—¿Leyó usted eso? —dijo Fancourt, sorprendido y vagamente halagado—. Bueno, es lo que es: una auténtica curiosidad literaria. Nunca he negado que Owen supiera escribir, lo que pasa es que nunca encontró ningún tema lo bastante profundo o interesante sobre el que hacerlo. Es un fenómeno más habitual de lo que parece. Pero con *Bombyx Mori* encontró su tema, por fin, ¿no? «Todos me odian, todos están contra mí, soy un genio y nadie se ha dado cuenta.» El resultado es grotesco y cómico, apesta a amargura y autocompasión, pero ejerce una fascinación innegable. Y el dominio del lenguaje —añadió con más entusiasmo del que había demostrado hasta ese momento— es admirable. Algunos pasajes son de los mejores que escribió.

—Toda esta información me será muy útil —dijo Strike.

Daba la sensación de que a Fancourt le había hecho gracia el comentario.

—¿Por qué?

—Tengo la sensación de que *Bombyx Mori* es una pieza fundamental en este caso.

—¿«En este caso»? —repitió Fancourt con una sonrisa en los labios. Hizo una breve pausa, y luego añadió—: ¿Está diciéndome, en serio, que todavía cree que el asesino de Owen Quine anda suelto?

—Sí, así es.

—Siendo así —dijo Fancourt, ensanchando su sonrisa—, ¿no cree que sería más útil analizar los textos del asesino que los de la víctima?

—Es posible —concedió el detective—, pero no sabemos si el asesino escribe.

—Ah. Bueno, hoy en día casi todos escriben. Todo el mundo escribe novelas, lo que pasa es que nadie las lee.

—Pues yo estoy seguro de que la gente leería *Bombyx Mori*, sobre todo si usted escribiera un prólogo.

—Tiene usted razón.

—¿Sabría decirme cuándo leyó el libro, exactamente?

—Pues debió de ser... Déjeme pensar...

Fancourt caviló unos instantes.

—No fue hasta... Sí, hacia la mitad de la semana después de que Quine lo entregara —dijo—. Dan Chard me llamó, me contó que Quine insinuaba que había sido yo quien había escrito la parodia del libro de Ellie e intentó convencerme de que me uniera a él para emprender acciones legales contra Quine. Yo me negué.

—¿Le leyó Chard algún fragmento?

—No. —Fancourt volvió a sonreír—. Temía perder su gran adquisición, entiéndalo. No, se limitó a resumirme la acusación que había hecho Quine y ofrecerme los servicios de sus abogados.

—¿Qué día hizo esa llamada?

—Debió de ser la noche del día... siete. El domingo por la noche.

—El mismo día en que usted grabó una entrevista sobre su última novela —apuntó el detective.

—Veo que está muy bien informado —dijo Fancourt, entornando los ojos.

—Es que vi ese programa.

—No parece usted la típica persona aficionada a los programas sobre literatura —replicó el escritor con una pizca de malicia.

—No he dicho que sea aficionado a ellos —repuso Strike, y no le sorprendió constatar que Fancourt consideraba ingeniosa su respuesta—. Pero me fijé en que se equivocó al decir el nombre de su primera esposa ante las cámaras.

Fancourt permaneció callado y se limitó a observar a Strike por encima del borde de su copa de vino.

—Primero dijo «Efi». Luego se corrigió y dijo «Ellie» —explicó Strike.

—En efecto, me equivoqué. Nos pasa incluso a las personas que sabemos expresarnos.

—En *Bombyx Mori*, su difunta esposa...

—Se llama Efigie.

—Lo cual es una coincidencia.

—Evidentemente.

—Porque el día siete usted aún no podía saber que Quine la había llamado Efigie.

—Es obvio que no.

—La amante de Quine encontró una copia del manuscrito que le habían metido por el hueco del buzón que hay en la puerta, justo después de que él desapareciera —continuó Strike—. ¿Usted no recibió ninguna copia de pruebas, por casualidad?

La pausa que se produjo a continuación duró más de la cuenta. Strike notó que el frágil hilo que había conseguido tejer entre los dos se partía. Pero no le importó. Había guardado esa pregunta para el final.

—No —contestó Fancourt.

El autor sacó su cartera. Por lo visto, había olvidado su intención de hacerle algunas preguntas para crear un personaje e incluirlo en su próxima novela, pero Strike no lo lamentó. El detective sacó unos billetes, pero Fancourt levantó una mano y, con un tono a todas luces ofensivo, dijo:

—No, no. Permítame. A juzgar por lo que dice la prensa, no está usted en su mejor momento. De hecho, me ha venido a la mente Ben Jonson: «Soy un pobre caballero, un soldado; y cuando la fortuna me sonreía desprecié un refugio tan miserable...»

—¿En serio? —dijo Strike con cordialidad, y se guardó los billetes en el bolsillo—. A mí me ha venido a la mente otra cosa: *«Sicine subrepsti mi, atque intestina pururens / ei misero eripuisti omnia nostra bona? / Eripuisti, eheu, nostrae crudele uenenum / uitae, eheu nostrae pestis amicitiae.»*

Miró sin sonreír a Fancourt, que estaba atónito. El escritor se recuperó rápidamente.

—¿Ovidio?

—No. Catulo —respondió Strike, y se levantó del puf agarrándose al borde de la mesa—. Traducido, viene a ser, más o menos: «¿Así te metiste en mí y me quemaste las entrañas? / ¿Así me robaste toda mi felicidad? / Sí, me robaste: mezquino veneno de nuestra vida, / perdición de nuestra amistad.»

»Bien, supongo que volveremos a vernos —añadió con gentileza.

Y se fue cojeando hacia la escalera, con la mirada de Fancourt clavada en la espalda.

44

Todos sus amigos y aliados se lanzan al combate
como ríos embravecidos.

Thomas Dekker, *The Noble Spanish Soldier*

Esa noche, Strike se quedó un buen rato sentado en el sofá de
su salón-cocina; casi no oía el murmullo del tráfico de Charing
Cross, ni los gritos sofocados de algún que otro grupito de gente
con ganas de divertirse que ya empezaba a celebrar la Navidad.
Se había quitado la prótesis; estaba cómodo así, en calzoncillos, con el muñón de la pierna amputada libre de presión y
la pulsación dolorosa de la rodilla atenuada por otra dosis de
analgésicos. La pasta que no se había terminado se espesaba en
el plato que tenía a su lado en el sofá; detrás de la ventanita, el
cielo adquiría la aterciopelada profundidad azul oscuro de la
noche cerrada, y Strike seguía sin moverse pese a estar completamente despierto.

Tenía la sensación de que había pasado mucho tiempo desde que había visto la fotografía de Charlotte con el vestido de
novia. No había vuelto a pensar en ella en todo el día. ¿Significaba eso que empezaba a curarse? Charlotte se había casado
con Jago Ross, y él estaba solo, reflexionando sobre los entresijos de un macabro asesinato a la débil luz de su gélido ático.
Quizá estuvieran los dos, por fin, en el lugar que de verdad les
correspondía.

En la mesa que tenía delante, dentro de una bolsa de recogida de pruebas de plástico transparente, todavía envuelto en la

fotocopia de la cubierta de *Rocas infames*, estaba el carrete gris oscuro de máquina de escribir que le había robado a Orlando. Llevaba no menos de media hora mirándolo fijamente; se sentía como un niño que la mañana de Navidad se encuentra ante un paquete misterioso y atrayente, el más grande de todos los que hay bajo el árbol. Y sin embargo, no debía mirar, ni tocar, para no alterar las pruebas forenses que pudieran extraerse de aquel carrete. Si la policía sospechaba que había interferido...

Miró la hora en su reloj. Se había prometido no hacer la llamada hasta las nueve y media. Había niños que llevar a la cama, una esposa a la que aplacar tras otra larga jornada de trabajo. Strike quería tiempo para explicarse bien, sin prisas.

Sin embargo, su paciencia tenía un límite. Se levantó con cierta dificultad, cogió las llaves de la oficina y bajó laboriosamente, agarrándose al pasamano, dando saltitos y sentándose de vez en cuando. Al cabo de diez minutos, volvió a entrar en el ático y se sentó de nuevo en el sofá, todavía caliente, con la navaja y un par de guantes de látex como los que le había dado a Robin.

Con sumo cuidado, extrajo la cinta de máquina de escribir y la ilustración de la cubierta arrugada de la bolsa de recogida de pruebas, y dejó el carrete, envuelto todavía en la hoja de papel, encima de la destartalada mesa con tablero de formica. Casi sin respirar, sacó el palillo de su navaja suiza y lo introdujo suavemente por detrás de los cinco centímetros de frágil cinta que quedaban expuestos. A fuerza de cuidadosa manipulación, consiguió extraer un poco más de cinta. Aparecieron unas palabras escritas del revés.

YOB EIDDE A RECONOC AÍERC OY Y

La súbita descarga de adrenalina sólo se reflejó en el comedido suspiro de satisfacción de Strike. Volvió a tensar hábilmente la cinta, introduciendo el destornillador de la navaja en el piñón de la parte superior del carrete, sin tocar nada con las manos, y entonces, todavía con los guantes puestos, volvió a guardar el carrete en la bolsa de recogida de pruebas. Consultó de nuevo su reloj. Ya no podía esperar más, así que cogió el móvil y llamó a Dave Polworth.

—¿Te llamo en mal momento? —preguntó cuando su amigo contestó a la llamada.

—No —contestó Polworth; su voz delataba curiosidad—. ¿Qué pasa, Diddy?

—Necesito que me hagas un favor, Chum. Un favor enorme.

El ingeniero, sentado en el salón de su casa de Bristol, a más de ciento setenta kilómetros, escuchó la petición de Strike sin interrumpirlo. Cuando éste terminó de hablar, se produjo un silencio.

—Ya sé que pido mucho —admitió Strike, ansioso, concentrado en el chisporroteo de la línea—. Ni siquiera sé si se puede hacer con este mal tiempo.

—Claro que sí —dijo Polworth—. Veré cuándo puedo hacerlo, Diddy. Dentro de poco tendré un par de días libres; no sé qué dirá Penny...

—Sí, ya imaginaba que eso podía ser un problema —dijo Strike—. Es arriesgado.

—No te pases conmigo, he hecho cosas peores —replicó Polworth—. Penny quería que las acompañara, a ella y a su madre, a hacer las compras navideñas. Pero, qué coño, Diddy, ¿no dices que esto es una cuestión de vida o muerte?

—Casi —confirmó Strike; cerró los ojos y sonrió—. De vida o libertad.

—Y me libro de las compras navideñas, lo que no está nada mal. Cuenta con ello. Ya te llamaré si tengo algo, ¿vale?

—Cuídate, tío.

—Hala, adiós.

Strike dejó el móvil a su lado, en el sofá, y se frotó la cara con las manos sin dejar de sonreír. Posiblemente, acababa de pedirle a Dave que hiciera algo aún más descabellado y más inútil que agarrar un tiburón al pasar, pero a su amigo le gustaba el peligro, y había llegado el momento de actuar a la desesperada.

Lo último que hizo Strike antes de apagar la luz fue releer las notas de su conversación con Fancourt y subrayar, tan fuerte que rasgó la hoja, la palabra «Censor».

45

¿No entendiste la broma del gusano de seda?

John Webster, *The White Devil*

La policía seguía registrando tanto la vivienda familiar como Talgarth Road en busca de pruebas forenses. Leonora permanecía en Holloway. Aquello parecía un juego para poner a prueba la paciencia.

Strike estaba acostumbrado a esperar durante horas soportando el frío, a vigilar ventanas oscuras y a seguir a desconocidos sin rostro; a llamar a números de teléfono que no contestaban y puertas que no se abrían; a caras inexpresivas y testigos que no sabían nada; a la frustración de la inactividad forzosa. Esta vez, sin embargo, había algo diferente que lo distraía: la leve nota de ansiedad que ponía un telón de fondo a todo lo que hacía.

Había que mantener cierta distancia, pero siempre había personas que te llegaban al alma, injusticias que te indignaban. Leonora en la cárcel, pálida y llorosa; su hija, desconcertada, vulnerable y despojada de padre y madre. Robin había colgado el dibujo de Orlando junto a su mesa, así que un alegre pajarillo con el pecho rojo observaba al detective y a su secretaria mientras ellos se ocupaban de otros casos, y les recordaba que en Ladbroke Grove había una chica de pelo rizado que seguía aguardando a que su madre volviera a casa.

Por lo menos, Robin tenía un trabajo importante que hacer, aunque no se libraba de la impresión de estar decepcionando a Strike. Llevaba dos días seguidos regresando a la oficina sin que sus esfuerzos hubieran dado fruto, con la bolsa de recogida de pruebas vacía. El detective le había aconsejado que pecara de cautelosa y se retirara ante el menor indicio de que se hubieran fijado en ella o de que más adelante pudieran reconocerla. Strike prefería no entrar en detalles sobre por qué la consideraba tan fácil de reconocer, aunque llevara el pelo cobrizo recogido bajo un gorrito. Era muy guapa.

—No sé si es necesario ser tan prudente —dijo ella tras seguir las instrucciones de su jefe al pie de la letra.

—Robin, no olvides a qué nos enfrentamos —le espetó él, y la ansiedad volvió a apretarle el nudo del estómago—. Quine no se destripó él solito.

Algunos de sus temores eran extrañamente amorfos. Le preocupaba, por supuesto, que quien había asesinado a Owen pudiera escapar y que hubiera enormes agujeros en la frágil telaraña que estaba construyendo a modo de teoría, sostenida en buena medida, de momento, por las reconstrucciones de su imaginación; necesitaba pruebas materiales para consolidarla, para que ni la policía ni la defensa pudieran desmontarla. Pero también tenía otras preocupaciones.

Pese a lo mucho que le disgustaba la etiqueta de «Bob *el Místico*» que le había colgado Anstis, Strike tenía la sensación de estar acercándose a un peligro, casi con la misma certeza con que supo, sin sombra de duda, que aquel Viking en el que viajaba estaba a punto de explotar. Lo llamaban «intuición», pero Strike sabía que en realidad consistía en la interpretación de sutiles señales, en unir los puntos de modo subconsciente. De la maraña de pruebas inconexas empezaba a surgir una imagen clara, una imagen descarnada y aterradora: la de una mente calculadora y brillante, pero tremendamente trastornada, dominada por la obsesión, la ira y la violencia.

Cuanto más tiempo esperara sin tirar la toalla; cuanto más estrechara el círculo; cuanto más concretas fueran sus preguntas, más posibilidades había de que la mente asesina cayera en la cuenta de que el detective constituía una amenaza. Strike confiaba en su propia capacidad para detectar y anular un ataque, pero no podía permanecer impasible ante las soluciones que podrían ocurrírsele a una mente enferma que había demostrado ser aficionada a la crueldad retorcida.

Los días libres de Polworth llegaron y pasaron sin que hubiera resultados tangibles.

—No te rindas ahora, Diddy —le dijo a Strike por teléfono. Era típico de Polworth: la infructuosidad de sus esfuerzos parecía haberlo estimulado en lugar de desanimarlo—. El lunes cogeré la baja por enfermedad. Volveré a intentarlo.

—No puedo pedirte que hagas eso —masculló Strike, frustrado—. Te llevará...

—No hace falta que me lo pidas, estoy ofreciéndome yo, pata de palo desagradecido.

—Penny te matará. ¿Y las compras navideñas?

—¿Y mi oportunidad para marcarle un gol a la Metropolitana? —replicó Polworth; nunca le habían gustado la capital ni sus habitantes.

—Te lo agradezco, Chum —dijo Strike.

Colgó, y entonces vio que Robin sonreía.

—¿Qué te hace gracia?

—Ese «Chum» —respondió ella.

Sonaba muy a amigotes de colegio privado, y era muy impropio de Strike.

—No es lo que parece —dijo él. Iba por la mitad de la historia de Dave Polworth y el tiburón cuando volvió a sonar su móvil: un número desconocido. Contestó.

—¿Es Cameron... Strike?

—Sí, soy yo.

—Soy Jude Graham. La vecina de Kath Kent. Ya ha vuelto —dijo la voz femenina alegremente.

—Qué buena noticia —dijo Strike, y le hizo una señal de aprobación a Robin con el pulgar.

—Pues sí, ha vuelto esta mañana. Ha venido con alguien. Le he preguntado dónde había estado, pero no ha querido decírmelo —explicó la vecina.

Strike se acordó de que Jude Graham lo había tomado por un periodista.

—Esa otra persona ¿es hombre o mujer?

—Mujer —contestó ella con pesar—. Alta y seca, morena; viene mucho por casa de Kath.

—Muchas gracias, señorita Graham. Luego me acercaré un momento y le pasaré algo por debajo de la puerta, por las molestias.

—Estupendo —se alegró la vecina—. Adiós.

Y colgó.

—Kath Kent ha vuelto a casa —le dijo Strike a Robin—. Creo que Pippa Midgley está con ella.

—Ah —dijo Robin, reprimiendo una sonrisa—. Bueno, supongo que ahora te arrepentirás de haberle hecho una llave de judo, ¿no?

Strike sonrió, contrito.

—No querrán hablar conmigo.

—No —convino Robin—. Mucho me temo que no.

—Deben de estar encantadas de que Leonora esté en la cárcel.

—Si les cuentas toda tu teoría, a lo mejor cooperan —sugirió ella.

Strike se acarició la barbilla, mirando a Robin pero sin verla.

—No puedo —concluyó—. Si se sabe que estoy siguiendo un rastro, bastante suerte tendré si no me apuñalan cualquier noche por la espalda.

—¿Lo dices en serio?

—Robin —repuso Strike con cierta exasperación—, a Quine lo ataron y lo destriparon.

Se sentó en el brazo del sofá, que rechinó, aunque menos que los cojines, y dijo:

—Tú le caíste bien a Pippa Midgley.

—¡Voy yo! —saltó Robin.

—Sola no, pero a lo mejor podrías ayudarme a entrar. ¿Te va bien esta noche?

—¡Claro que sí! —exclamó ella, eufórica.

¿No habían sentado Matthew y ella nuevas bases? Era la primera vez que ponía a prueba a su novio, pero cogió el teléfono con seguridad. La reacción de Matthew cuando Robin le dijo que no sabía a qué hora llegaría a casa esa noche no podía calificarse de entusiasta, pero aceptó la noticia sin poner objeciones.

Así pues, a las siete en punto, tras comentar largo y tendido la táctica que iban a emplear, Strike y Robin salieron por separado a la noche glacial, con diez minutos de diferencia y con la ayudante a la cabeza, camino de Stafford Cripps House.

Volvía a haber una pandilla de jóvenes en el patio de hormigón frente al edificio, y no dejaron que Robin pasara a su lado con el respeto precavido que dos semanas atrás habían dispensado a Strike. Uno de ellos fue bailando de espaldas hasta situarse ante Robin mientras ella iba hacia la escalera; la invitó a bailar con él, le dijo lo guapa que era y se burló de su silencio, mientras, en la oscuridad, sus amigos la abucheaban y hacían comentarios sobre su trasero. Cuando llegaron ante la escalera de hormigón, las pullas de su admirador resonaron de un modo siniestro. Robin calculó que, como mucho, tendría diecisiete años.

—Tengo que subir —dijo con firmeza cuando él se sentó, repantigado, en el primer escalón, para gran regocijo de sus compinches. Pese a su aparente sangre fría, Robin había empezado a sudar.

Sólo es un crío —se dijo—. *Y Strike viene detrás.* Pensarlo le dio valor.

—Apártate, por favor —pidió.

El chico vaciló, dedicó un comentario socarrón a la figura de Robin y se apartó. Ella temía que la agarrara al pasar a su lado, pero él volvió con sus amigotes, que se pusieron a insultarla mientras subía la escalera y salía, sin que la siguieran y con gran alivio, a la galería que conducía al piso de Kath Kent.

Las luces estaban encendidas. Robin se detuvo un instante, se preparó y pulsó el timbre.

Al cabo de pocos segundos se abrió la puerta, sólo unos centímetros, y Robin entrevió a una mujer madura con una larga y enmarañada melena pelirroja.

—¿Kathryn?

—¿Sí? —dijo la mujer con recelo.

—Tengo una información muy importante para usted —dijo Robin—. Le interesa escucharla.

(«No le digas "Necesito hablar con usted" —le había recomendado Strike—, ni "Me gustaría hacerle algunas preguntas". Tienes que plantearlo como si ella fuera a obtener algún beneficio. Llega tan lejos como puedas sin decirle quién eres; haz que parezca urgente, que a ella le preocupe perderse algo si permite que te marches. Debes conseguir entrar en el piso antes de que haya podido pensárselo bien. Llámala por su nombre. Establece un contacto personal. No pares de hablar.»)

—¿Qué información? —inquirió Kathryn Kent.

—¿Puedo pasar? Aquí fuera hace mucho frío.

—¿Quién es usted?

—Le conviene oír esto, Kathryn.

—Pero ¿quién...?

—¿Kath? —preguntó otra voz a sus espaldas.

—¿Es periodista?

—Considéreme una amiga —improvisó Robin, que ya tenía un pie en el umbral—. Sólo quiero ayudarla, Kathryn.

—¡Eh!

Una cara alargada de tez pálida, con grandes ojos castaños, que Robin ya conocía apareció por detrás de Kath.

—¡Es de la que te hablé! —gritó Pippa—. Trabaja con él.

—Pippa —dijo Robin, mirándola a los ojos—, sabes que estoy de tu parte. Tengo que contaros una cosa a las dos, es urgente...

Ya tenía casi todo el pie dentro de la vivienda. Robin intentó dotar su expresión de la máxima seriedad y persuasión, y miró a los ojos a Pippa, en cuyo rostro se reflejaba el pánico.

—Pippa, si no creyera que es muy importante, no estaría aquí.

—Déjala entrar —le dijo la joven a Kathryn.

El recibidor estaba abarrotado; había un montón de abrigos colgados. Kathryn condujo a Robin hasta un saloncito con paredes de color magnolia donde había una lámpara encendida. Cubrían las ventanas unas cortinas marrones, pero la tela era tan fina que transparentaban y dejaban pasar las luces de los edificios de enfrente y las de los coches. Una manta naranja, un poco sucia, revestía el viejo sofá, colocado sobre una alfombra con estampado de remolinos abstractos, y encima de la mesita de salón barata, de pino, vio restos de comida para llevar de un restaurante chino. En un rincón había una mesa de ordenador desvencijada con un portátil. Robin se fijó, con una punzada de algo parecido al remordimiento, en que las dos mujeres habían estado decorando juntas un árbol de Navidad artificial. Había una ristra de luces en el suelo y unos cuantos adornos encima de la única butaca. Uno era un disco de porcelana que rezaba: «¡Escritora famosa en ciernes!»

—¿Qué quiere? —preguntó Kathryn Kent, con los brazos cruzados.

Miraba desafiante a Robin con unos ojillos furibundos.

—¿Le importa que me siente? —preguntó ella, y se sentó sin esperar a que Kathryn le diera permiso. («En la medida de lo posible y sin llegar a parecer grosera, compórtate como si estuvieras en tu casa, haz que le cueste más echarte», había dicho Strike.)

—¿Qué quiere? —repitió Kathryn Kent.

Pippa estaba de pie delante de una ventana, observando a Robin, y ésta vio que toqueteaba un adorno navideño: un ratón vestido de Papá Noel.

—¿Sabe que han detenido a Leonora Quine por asesinato? —preguntó Robin.

—Pues claro que lo sé. —Kathryn se señaló el amplio pecho y añadió—: Fui yo quien encontró el recibo de la Visa que usó para comprar las cuerdas, el burka y el mono.

—Sí, ya lo sé —dijo Robin.

—¡Cuerdas y un burka! —exclamó Kathryn Kent—. Él no se esperaba algo así, ¿verdad? Tantos años pensando que ella sólo era una... sosa de miedo... una mosquita muerta... una... ¡imbécil! ¡Pues mira lo que le ha hecho!

—Sí —dijo Robin—, ya sé que eso es lo que parece.

—¿Cómo que «es lo que parece»?

—Kathryn, he venido a prevenirla: no creen que haya sido ella.

(«No le des detalles. Si puedes evitarlo, no menciones explícitamente a la policía. No te comprometas con una historia que se pueda comprobar, mantén un tono ambiguo.»)

—¿Qué quiere decir? —repitió Kathryn con brusquedad—. ¿La policía no...?

—Y usted tenía acceso a esa tarjeta de crédito, tuvo más oportunidades que nadie para copiarla.

Kathryn, desconcertada, miró alternativamente a Robin y a Pippa, que, pálida, seguía con el ratón disfrazado de Papá Noel en la mano.

—Pero Strike no cree que haya sido usted —añadió Robin.

—¿Quién? —Kathryn parecía demasiado aturdida, demasiado aterrada para pensar con claridad.

—Es su jefe —le susurró Pippa.

—¡Ése! —dijo Kathryn, volviéndose otra vez hacia Robin—. ¡Ése trabaja para Leonora!

—No cree que haya sido usted —insistió Robin—, ni siquiera después de saberse que usted tenía ese recibo de la tarjeta. Es decir, parece raro, pero él está convencido de que usted lo tenía por casualidad...

—¡Me lo dio ella! —exclamó la mujer, alzando los brazos y gesticulando con furia—. Su hija. Me lo dio ella, yo no le di la vuelta hasta semanas más tarde, ni se me ocurrió. Lo único que hice fue ser amable con la chica, coger aquel condenado dibujo y hacer como si fuera muy bueno. ¡Sólo pretendía ser amable!

—Lo entiendo —la tranquilizó Robin—. Nosotros la creemos, Kathryn, se lo prometo. Strike quiere encontrar al verdadero asesino, él no es como la policía. —(«Insinúa, no expongas.»)—. Él no quiere limitarse a atrapar a la siguiente mujer a la que Quine pudiera haber... bueno, usted ya sabe...

Las palabras «dejado que lo atara» quedaron en el aire.

La reacción de Pippa era más fácil de interpretar que la de su amiga. Crédula y asustadiza, miró a Kathryn, que parecía furiosa.

—¡A lo mejor no me importa quién lo haya matado! —gruñó Kathryn entre dientes.

—Pero supongo que no querrá que la detengan.

—¡Eso de que les intereso yo se lo ha inventado usted! ¡En las noticias no han dicho nada!

—Bueno, es lógico que no hayan dicho nada, ¿no le parece? —repuso Robin con delicadeza—. La policía no celebra ruedas de prensa para anunciar que cree haber detenido a la persona equivocada.

—¿Quién tenía la tarjeta de crédito? ¡Ella!

—Quine solía llevarla encima —repuso Robin—, y su mujer no es la única persona que tuvo acceso a ella.

—¿Cómo es que usted sabe qué está pensando la policía?

—Strike tiene buenos contactos en la Metropolitana —dijo Robin con calma—. Estuvo en Afganistán con el inspector que lleva el caso, Richard Anstis.

Oír el nombre de quien la había interrogado causó efecto en Kathryn. Volvió a mirar a Pippa.

—¿Por qué me cuenta todo esto? —inquirió la mujer.

—Porque no queremos ver cómo detienen a otra persona inocente —contestó Robin—, porque creemos que la policía pierde el tiempo investigando a quien no debe y —(«cuando ya hayas cebado el anzuelo, añade un poco de interés personal, eso hace que todo resulte más verosímil»)—, evidentemente —añadió, fingiendo sentir cierto bochorno—, porque a Cormoran le convendría mucho ser la persona que descubrió al verdadero asesino. Otra vez —apostilló.

—Sí —dijo Kathryn, afirmando con la cabeza—, es por eso, claro. Le interesa la publicidad.

Cualquier mujer que hubiera pasado dos años con Owen Quine debía de saber que la publicidad podía aportar grandes beneficios.

—Mire, nosotros sólo queríamos prevenirla de lo que están pensando —prosiguió Robin— y pedirle que nos ayude. Pero, por supuesto, si usted no quiere...

Robin hizo ademán de levantarse.

(«Cuando ya se lo hayas expuesto todo, dale a entender que aceptarás su decisión sin discutir. Estarás esperando cuando ella vaya a buscarte.»)

—Ya le he contado a la policía todo lo que sé —dijo Kathryn; parecía desconcertada ahora que Robin, más alta que ella, se había levantado—. No tengo nada más que decir.

—Bueno, nosotros no estamos seguros de que hayan hecho las preguntas adecuadas. —Volvió a sentarse en el sofá—. Usted es escritora —dijo de pronto, saliéndose del camino que su jefe le había preparado, con la mirada clavada en el ordenador del rincón—. Se fija en los detalles. Lo entendía a él y entendía su obra mejor que nadie.

Ese inesperado giro hacia el halago hizo que las palabras iracundas que Kathryn estaba a punto de arrojarle a Robin (tenía la boca abierta, lista para articularlas) murieran antes de salir de sus labios.

—¿Y qué quieren saber? —preguntó Kathryn. De pronto, su agresividad parecía un poco forzada.

—¿Permitiría que Strike viniera a oír su versión? Si no quiere, no vendrá —le aseguró Robin (era un ofrecimiento que su jefe no había autorizado)—. Él respeta su derecho a negarse. —Strike nunca había dicho eso—. Pero le gustaría oírselo contar a usted con sus propias palabras.

—Que yo sepa, no tengo nada interesante que contar —insistió Kathryn, y volvió a cruzarse de brazos, pero no pudo disimular un levísimo deje de vanidad y satisfacción.

—Ya sé que es mucho pedir —continuó Robin—, pero si nos ayuda a dar con el verdadero asesino, Kathryn, saldrá usted en los periódicos por la razón correcta.

Esa promesa se apoderó de la imaginación de la mujer: se vio entrevistada por reporteros entusiastas y, de pronto, respetuosos, tal vez haciéndole preguntas sobre su obra: «Hábleme de *El sacrificio de Melina*...».

Kathryn miró de reojo a Pippa, que exclamó:

—¡Ese desgraciado me secuestró!

—Intentaste atacarlo, Pip —dijo Kathryn. Se volvió, un poco nerviosa, hacia Robin—. Yo no le dije que lo hiciera. Pippa estaba... Cuando vimos lo que él decía en el libro, nos quedamos las dos... Y creímos que a él, a su jefe, lo habían contratado para hacernos parecer culpables.

—Lo entiendo —mintió Robin, a quien ese razonamiento le parecía tortuoso y paranoico; pero tal vez ésa fuera la consecuencia de relacionarte con Owen Quine.

—Se dejó llevar y no pensó lo que hacía —explicó Kathryn, y miró a su protegida con una mezcla de cariño y reproche—. Pip no sabe controlar su mal genio.

—Eso es comprensible —concedió Robin con hipocresía—. ¿Puedo llamar a Cormoran? Me refiero a Strike. ¿Puedo pedirle que venga?

Ya se había sacado el móvil del bolsillo y leyó la pantalla. Strike le había mandado un mensaje:

En la galería. Me congelo, joder.

Le contestó:

Espera 5 min.

En realidad sólo necesitaba tres minutos. Apaciguada por la sinceridad y la actitud comprensiva de Robin, y por el consejo de la alarmada Pippa de permitir entrar a Strike para oír el resto de la historia, cuando éste llamó por fin a la puerta, Kathryn fue a abrir casi con presteza.

La habitación parecía mucho más pequeña cuando entró él. Al lado de Kathryn, el detective parecía enorme y casi innecesariamente masculino; se sentó en la única butaca después de que la mujer apartara los adornos navideños. Pippa se retiró hasta el extremo del sofá y se sentó en el brazo, desde donde le lanzaba miradas cargadas de desafío y temor.

—¿Le apetece tomar algo? —le preguntó Kathryn a Strike, que seguía con el grueso abrigo puesto, con los pies del número 49 plantados firmemente en la alfombra de remolinos.

—Una taza de té. Muchas gracias —contestó.

Ella se dirigió a la diminuta cocina. Al encontrarse sola con Strike y Robin, a Pippa le entró pánico y salió corriendo detrás de su amiga.

—Si me ofrecen té —le dijo Strike a Robin en voz baja—, es que lo has hecho de puta madre.

—Está muy orgullosa de ser escritora —replicó ella con un hilo de voz—, lo que significa que comprendía a Quine mucho mejor que otras...

Pero Pippa había regresado con una caja de galletas baratas, y Strike y Robin callaron de inmediato. La chica volvió a sentarse en el extremo del sofá, desde donde dedicaba al detective asustadas miradas de soslayo que tenían, como aquel día en la oficina, cierto aire a deleite melodramático.

—Se lo agradezco mucho, Kathryn —dijo Strike cuando la mujer hubo dejado la bandeja con el té encima de la mesa.

Robin se fijó en que una de las tazas tenía la inscripción «Keep Clam y cuidado con las erratas».

—Ya veremos —replicó Kent, con los brazos cruzados y mirándolo con odio, sin sentarse.

—Siéntate, Kath —intentó convencerla Pippa, y Kathryn se sentó de mala gana en el sofá, entre su amiga y Robin.

La prioridad de Strike consistía en proteger la endeble confianza que Robin había conseguido ganarse; el ataque directo estaba descartado. Por tanto, emprendió un discurso que recordaba al de Robin, insinuando que las autoridades estaban revisando la detención de Leonora y las pruebas con que contaban, evitando mencionar directamente a la policía pero, al mismo tiempo, insinuando a las claras que la Metropolitana empezaba a dirigir su atención hacia Kathryn Kent. Mientras hablaba, se oyó a lo lejos una sirena. Asimismo, Strike expresó su convicción personal de que Kent estaba libre de toda sospecha y expuso que la consideraba un recurso que la policía no había entendido ni sabido aprovechar.

—Bueno, sí, en eso tiene razón, supongo —dijo ella.

Las palabras tranquilizadoras del detective no la habían convencido, pero al menos había aflojado un poco. Cogió su taza «Keep Clam» y, con profundo desdén, añadió—: Sólo les interesaba nuestra vida sexual.

Strike recordó que, según la versión de Anstis, Kathryn había aportado mucha información sobre el tema voluntariamente, sin necesidad de que la sometieran a una presión excesiva.

—A mí no me interesa su vida sexual —dijo Strike—. Es obvio, si me permite hablar claro, que en su casa no le daban lo que quería.

—Llevaba años sin acostarse con ella —dijo Kathryn. Robin se acordó de las fotografías del dormitorio de Leonora en las que aparecía Quine atado, y bajó la vista hacia el interior de su taza de té—. No tenían nada en común. Él no podía hablarle de su trabajo, porque a ella no le interesaba, le importaba un cuerno. Nos dijo que ni siquiera se leía sus libros como es debido, ¿verdad? —agregó mirando a Pippa, sentada en el brazo del sofá a su lado—. Necesitaba a alguien con quien relacionarse a ese nivel. Conmigo sí podía hablar de literatura.

—Y conmigo —terció Pippa, e inmediatamente se lanzó a hablar—. Le interesaba la identidad política y me hablaba durante horas de lo que significaba para mí haber nacido con un sexo que no...

—Sí, me decía que era un alivio hablar con alguien capaz de entender su obra —dijo Kathryn, subiendo la voz para apagar las palabras de Pippa.

—Ya me lo imagino —dijo Strike, y asintió con la cabeza—. Y seguro que la policía no se molestó en preguntarle nada sobre eso, ¿verdad?

—Bueno, me preguntaron dónde nos habíamos conocido, y les dije que en su curso de escritura creativa. Fue una cosa gradual... A él le interesaba lo que yo escribía...

—...lo que escribíamos —dijo Pippa en voz baja.

Kathryn habló largo y tendido, y Strike asentía de vez en cuando, mostrando mucho interés por la transformación gradual de la relación maestro-alumna en algo mucho más íntimo, con Pippa, por lo visto, siempre detrás y separándose de ellos sólo ante la puerta del dormitorio.

—Yo escribo fantasía con un giro erótico —dijo Kathryn.

A Strike le sorprendió (y lo encontró divertido) que hubiera empezado a hablar como Fancourt: con expresiones ensayadas, con citas breves. Se preguntó cuántos de los que pasaban horas solos escribiendo sus historias ensayaban hablar de su obra cuando hacían una pausa para tomarse un café, y se acordó de lo que le había contado Waldegrave sobre Quine: que éste había admitido que fingía que lo entrevistaban con un bolígrafo.

—En realidad es fantasía erótica *slash*, pero muy literaria. Y ése es el problema con la edición tradicional: nadie se arriesga a dar una oportunidad a algo que no ha visto nunca, y si lo que haces es mezclar varios géneros y crear algo completamente nuevo, no se atreven a publicarte. Sé que Liz Tassel —Kathryn pronunció ese nombre como si fuera el de una enfermedad grave— le dijo a Owen que mi obra se dirige a un público muy específico. Pero eso es lo bueno de la edición independiente: la libertad...

—Sí —intervino Pippa, era evidente que estaba ansiosa por aportar su opinión—, es verdad, creo que la publicación independiente puede ser el camino para la ficción de género.

—Sólo que en realidad no es un género —dijo Kathryn, arrugando un poco la frente—, eso es lo que quiero decir...

—...En cambio, Owen creía que mi autobiografía era mejor plantearla a la manera tradicional —dijo Pippa—. A él le interesaba mucho la identidad de género y lo fascinaba mi experiencia. Le presenté a un par de personas transgénero, y él me prometió hablarle de mí a su editor, porque creía que, con la promoción adecuada, y tratándose de una historia que hasta ahora nunca se había contado...

—A Owen le encantaba *El sacrificio de Melina*, estaba impaciente por seguir leyendo. Me arrancaba de las manos, literalmente, cada nuevo capítulo que yo terminaba —prosiguió Kathryn subiendo la voz—, y me dijo...

Se interrumpió con brusquedad, sin acabar la frase, y Pippa mudó la expresión, como si de pronto ya no le molestara que Kathryn no la dejara hablar. Robin comprendió que, de repente, ambas se habían acordado de que mientras Quine las colmaba de efusivas palabras de ánimo, elogios e interés, los obscenos personajes de Arpía y Epiceno iban perfilándose en una vieja máquina de escribir eléctrica que el escritor les ocultaba.

—Entonces, ¿Quine hablaba con usted de su obra? —preguntó Strike.

—Un poco —contestó Kathryn Kent con voz monótona.

—¿Y sabe cuánto tiempo llevaba trabajando en *Bombyx Mori*?

—Siempre, desde que yo lo conocí.

—¿Qué le contó de su libro?

Hubo una pausa. Kathryn y Pippa se miraron.

—Ya le expliqué —le dijo Pippa a Kathryn, con una mirada elocuente a Strike— que nos dijo que iba a ser diferente.

—Sí —añadió Kathryn, contundente, y se cruzó de brazos—. No nos dijo que iba a ser así.

«Así...» A Strike le vino a la mente la sustancia marrón y glutinosa que le salía a Arpía de los pezones; en su opinión, era de las imágenes más repugnantes del libro. Recordó que la hermana de Kathryn había muerto de cáncer de mama.

—¿Les explicó cómo iba a ser? —preguntó Strike.

—Nos mintió —respondió la mujer—. Nos contó que iba a ser el viaje del escritor, o algo así, pero nos engañó... Nos dijo que íbamos a ser...

—«Hermosas almas en pena» —aportó Pippa; por lo visto, la frase se le había quedado grabada.

—Sí —dijo Kathryn.

—¿Le leyó algún fragmento, Kathryn?

—No. Decía que quería que fuera una... una...

—Oh, Kath —dijo Pippa con aire trágico.

Kathryn se había tapado la cara con las manos.

—Tenga —le ofreció Robin, amable, sacando unos pañuelos de papel de su bolso.

—No —dijo Kathryn con aspereza; se levantó del sofá y se metió en la cocina. Volvió con un puñado de papel absorbente—. Decía —repitió— que quería que fuera una sorpresa. El muy hijo de puta. —Se sentó e insistió—: Hijo de puta.

Se enjugó las lágrimas y negó con la cabeza, haciendo oscilar su larga melena pelirroja, mientras Pippa le acariciaba la espalda.

—Dice Pippa que Quine le metió una copia del manuscrito por el buzón —dijo Strike.

—Sí —confirmó Kathryn.

Era evidente que Pippa ya había confesado dicha indiscreción.

—Jude, la vecina de al lado, lo vio hacerlo. Es una entrometida, se pasa la vida vigilándome.

Strike, que acababa de meterle otras veinte libras por el buzón a la vecina entrometida por mantenerlo informado de los movimientos de Kathryn, preguntó:

—¿Cuándo fue eso?

—El día seis, a primera hora.

El detective percibió la tensión y la emoción de Robin.

—¿Funcionaba ese día la luz de su puerta?

—¿La luz? Lleva meses fundida.

—¿Habló su vecina con Quine?

—No, sólo se asomó por la ventana. Debían de ser las dos de la madrugada, no iba a salir a la galería en camisón. Pero ya lo había visto entrar y salir muchas veces. Sabía muy bien qué aspecto tenía —dijo Kathryn entre sollozos—, con esa capa y ese sombrero tan ridículos.

—Pippa me dijo que también le dejó una nota.

—Sí. «Ha llegado la hora de la venganza para ambos», ponía.

—¿Todavía la tiene?

—No. La quemé.

—¿Iba dirigida a usted? ¿Ponía «Querida Kathryn»?

—No. Era sólo esa frase, y un beso. ¡Hijo de perra! —dijo, sollozando.

—¿Quiere que vaya a buscar algo más fuerte de beber? —se ofreció Robin, sorprendiendo a todos.

—En la cocina tengo algo —dijo Kathryn, y sus palabras sonaron apagadas, porque en ese momento se tapaba la boca y las mejillas con el papel absorbente—. Ve a buscarlo, Pip.

—¿Está segura de que la nota era de Quine? —preguntó Strike mientras Pippa iba, presurosa, por alcohol.

—Sí, era su letra. La reconocería en cualquier parte —confirmó Kathryn.

—¿Cómo la interpretó?

—No lo sé —contestó débilmente la mujer, enjugándose las lágrimas—. ¿Venganza para mí porque él dejaba mal a su mujer? ¿Y venganza para él porque arremetía contra todos, incluso contra mí? Qué cobarde, el muy cabrón —dijo, imitando, sin saberlo, a Michael Fancourt—. Podría haberme dicho que no quería... Si quería terminar... ¿Por qué me hizo eso? ¿Por qué? Y no sólo a mí... Pip... Fingía que la quería, hablaba con ella de sus problemas... Pip lo ha pasado muy mal... Bueno, su autobiografía no puede considerarse alta literatura, pero...

Pippa regresó con unos vasos y una botella de coñac, y Kathryn guardó silencio.

—Estábamos reservándolo para el pudin del día de Navidad —dijo su amiga mientras descorchaba hábilmente la botella—. Toma, Kath.

Kathryn cogió la copa y se bebió el coñac de un trago. Dio la impresión de que conseguía el efecto que buscaba. Sorbió por la nariz y enderezó la espalda.

Robin también aceptó un poco. Strike lo rechazó.

—¿Cuándo leyó el manuscrito? —le preguntó a Kathryn, que ya estaba sirviéndose más alcohol.

—El mismo día que lo encontré, el nueve, cuando vine a casa a buscar más ropa. Llevaba varios días durmiendo con Angela en la residencia. Él no me había contestado a las llamadas desde la noche de las hogueras, ni una sola, y yo ya le había explicado que mi hermana estaba muy mal, le había dejado varios mensajes. Entonces vine a casa y encontré el manuscrito esparcido por el suelo. Pensé: «¿Por eso no me contesta, porque quiere que primero lea el manuscrito?» Me lo llevé a la residencia y lo leí allí, mientras hacía compañía a Angela.

Robin no quiso ni imaginar lo que debía de haber sentido leyendo, mientras su hermana se moría en la cama, a su lado, la descripción que su amante había hecho de ella.

—Llamé a Pip, ¿verdad? —continuó Kathryn, y Pippa asintió—, y le conté lo que había hecho Owen. Lo llamé un montón de veces, pero él seguía sin ponerse al teléfono. Y cuando murió Angela, pensé: «¡Qué demonios! Iré yo a buscarte.» —El coñac le había coloreado las pálidas mejillas—. Fui a su casa, pero cuando la vi a ella, a su mujer, me di cuenta de que no me mentía. Él no estaba allí. Así que le pedí que le dijera que Angela había muerto. Él conocía a mi hermana —aclaró, y volvió a hacer una mueca de dolor. Pippa dejó su copa y abrazó los temblorosos hombros de Kathryn—. Pensé que al menos así se daría cuenta de lo que me había hecho mientras yo estaba perdiendo... cuando yo acababa de perder...

Durante más de un minuto, en la habitación sólo se oyeron los sollozos de Kathryn y los gritos lejanos de los jóvenes en el patio.

—Lo siento —dijo Strike con formalidad.

—Debió de ser horrible para usted —añadió Robin.

De pronto, una frágil sensación de camaradería los unía a los cuatro. Por lo menos, estaban de acuerdo en una cosa: Owen Quine se había comportado muy mal.

—Lo que me ha traído hasta aquí es su capacidad para analizar textos —le dijo Strike a Kathryn una vez que ella se hubo enjugado de nuevo las lágrimas. Tenía los ojos tan hinchados que parecían dos ranuras.

—¿Qué quiere decir? —preguntó ella, pero Robin detectó gratitud y orgullo tras la aparente aspereza.

—Hay cosas de *Bombyx Mori* que no entiendo.

—Pues no es muy difícil —dijo la mujer, y, sin saberlo, volvió a reproducir las palabras de Fancourt—: No le van a dar ningún premio a la sutileza, desde luego.

—No lo sé —replicó Strike—. Pero hay un personaje muy intrigante.

—¿Vanaglorioso? —dijo ella.

Strike pensó que era lógico que Kathryn sacara esa conclusión. Fancourt era famoso.

—Me refería al Censor.

—No quiero hablar de eso —soltó ella con una brusquedad que sorprendió a Robin.

Kathryn le lanzó una mirada a Pippa, y Robin reconoció el reflejo mutuo, mal disimulado, de dos personas que comparten un secreto.

—Él fingía ser más honrado —dijo Kathryn—. Fingía que había ciertas cosas que consideraba sagradas. Pero entonces fue y...

—No encuentro a nadie dispuesto a explicarme el personaje del Censor —insistió Strike.

—Porque hay personas que todavía conservamos un poco de decencia —repuso Kathryn.

El detective miró con disimulo a Robin, animándola a tomar el relevo.

—Jerry Waldegrave ya le ha contado a Cormoran que él es el Censor —dijo, tanteando el terreno.

—Me cae bien Jerry Waldegrave —dijo Kathryn, desafiante.

—¿Lo conoce personalmente? —le preguntó Robin.

—Owen me llevó a una fiesta hace dos años, en Navidad. Waldegrave estaba allí. Una persona muy cariñosa. Había bebido de más.

—¿En esa época ya bebía? —intervino Strike.

Fue un error; si había animado a Robin a tomar el relevo, había sido porque ella no parecía tan intimidatoria. Su interrupción hizo que Kathryn se cerrara en banda.

—¿Había alguna otra persona interesante en aquella fiesta? —preguntó Robin, y dio un sorbo de coñac.

—Estaba Michael Fancourt —dijo Kathryn sin vacilar—. La gente lo encuentra arrogante, pero a mí me pareció encantador.

—Ah, ¿habló con él?

—Owen no quería que me acercara a Fancourt —contestó Kathryn—, pero fui al baño y, a la vuelta, le dije que me había gustado mucho *La casa hueca*. A Owen eso no le hubiera hecho ninguna gracia —añadió con una satisfacción patética—. Siempre decía que Fancourt estaba sobrevalorado, pero yo creo que es maravilloso. En fin, hablamos un rato, y luego se acercó alguien y se lo llevó, pero sí —repitió, desafiante, como si la sombra de Owen Quine estuviera en la habitación y pudiera oírla elogiar a su rival—, a mí me pareció encantador. Me deseó suerte con mi trabajo —agregó, y dio un sorbo de coñac.

—¿Le mencionó que era amiga de Owen? —preguntó Robin.

—Sí. —Kathryn compuso una sonrisa sarcástica—. Y él se rió y me dijo: «No sabe cuánto la compadezco.» Le dio igual. Me di cuenta de que Owen ya no le importaba. Sí, creo que es una persona muy agradable y un escritor maravilloso. Cuando uno tiene éxito, la gente se vuelve muy envidiosa, ¿no cree?

Se sirvió más coñac. Aguantaba bien la bebida: sólo se le notaba en que se había sonrojado un poco.

—Y Jerry Waldegrave le cayó bien —comentó Robin, casi como si hablara sola.

—Jerry es encantador —afirmó Kathryn, que ya había tomado carrerilla y estaba dispuesta a elogiar a cualquiera a quien Owen hubiera criticado—. Francamente adorable. Pero iba borracho, muy borracho. Estaba en otra habitación, y la gente lo evitaba, no sé si me entiende. Esa zorra, Tassel, nos dijo que lo dejáramos en paz, que sólo decía tonterías.

—¿Por qué la llama «zorra»? —quiso saber Robin.

—Es una asquerosa —sentenció Kathryn—. Si hubiera visto cómo me hablaba, cómo le hablaba a todo el mundo... Pero yo sé qué le pasaba: le daba rabia que Michael Fancourt estuviera allí. Aprovechando que Owen había ido a ver si Jerry se encontraba bien, porque no pensaba dejarlo inconsciente en una butaca, dijera lo que dijera esa zorra, le comenté: «Acabo de hablar con Fancourt, es encantador.» A ella no le gustó nada —prosiguió Kathryn con satisfacción—. No le gustó pensar que Fancourt había sido encantador conmigo, cuando a ella la odia. Owen me había contado que Tassel se había enamorado de Fancourt y que él no le hacía ni caso.

Disfrutó contándoles aquel cotilleo, pese a ser muy antiguo. Esa noche, al menos, ella tenía información privilegiada.

—Tassel se marchó poco después de que yo le dijera eso —continuó Kathryn con satisfacción—. Es una asquerosa.

—Michael Fancourt me contó —intervino Strike, y al instante los ojos de Kathryn y los de Pippa se clavaron en él, ansiosos por oír qué había dicho el escritor famoso— que Owen Quine y Elizabeth Tassel habían tenido una aventura.

Hubo un momento de silencio y estupefacción, y entonces Kathryn Kent se echó a reír. Fue una risa auténtica, sin lugar a dudas: unas carcajadas estentóreas, casi de felicidad, invadieron la habitación.

—¿Owen y Elizabeth Tassel?

—Eso me dijo.

Pippa sonrió ante aquellas inesperadas muestras de júbilo por parte de Kathryn Kent, que se recostaba en el respaldo del sofá tratando de respirar; daba tales sacudidas que se echó el coñac por encima de los pantalones. A Pippa se le contagió la histeria y también se echó a reír.

—Jamás... —dijo Kathryn, resollando—, ni en un... millón... de años...

—Supongo que de eso hacía mucho tiempo —aclaró Strike, pero la melena pelirroja de la mujer volvió a agitarse, pues seguía riendo a carcajadas.

—Owen y Liz... nunca. Nunca jamás... Usted no lo entiende —dijo, enjugándose las lágrimas, esa vez de risa—. Él la encontraba espantosa. Me lo habría contado... Owen me hablaba de todas las personas con las que se había acostado, en eso no era ningún caballero, ¿verdad, Pip? Yo lo sabría, si alguna vez hubieran... No sé de dónde lo sacaría Michael Fancourt —dijo Kathryn con un júbilo nada forzado y con total convicción.

La risa la había hecho soltarse.

—Pero, en cambio, ¿no sabe qué significa el Censor? —preguntó Robin, y dejó la copa de coñac vacía en la mesita de pino con el gesto inconfundible del invitado que se dispone a marcharse.

—Yo no he dicho que no lo sepa —contestó Kathryn, que todavía no se había recuperado de la prolongada risa—. Claro que lo sé. Pero me parece horrible que le hiciera eso a Jerry. ¡Menudo hipócrita! Owen me pide que no se lo cuente a nadie, y va él y lo pone en *Bombyx Mori*.

No hizo falta que Strike mirara a Robin para indicarle que guardara silencio y dejara que el buen humor de Kathryn, alimentado por el coñac, la satisfacción que le producía ser el centro de atención y el estatus que le confería conocer secretos comprometedores sobre figuras del mundillo literario hicieran su trabajo.

—De acuerdo —dijo—. Está bien. Owen me lo contó cuando ya nos marchábamos. Jerry iba muy borracho esa noche, y, como ya saben, su matrimonio anda muy mal, está en la cuerda floja desde hace años, y la noche anterior habían tenido una discusión terrible. Fenella le había dicho a Jerry que cabía la posibilidad de que su hija fuera de otro hombre. Que fuera...

Strike sabía qué venía a continuación.

—...de Fancourt —dijo Kathryn tras una oportuna pausa dramática—. La enana de la cabeza grande, el bebé del que ella se planteaba deshacerse porque no sabía de quién era, ¿lo captan? El Censor con esos cuernos...

»Y Owen me pidió que no dijera nada. "No tiene ninguna gracia" me dijo. "Jerry adora a su hija, es lo único bueno que tiene en la vida." Pero me habló de eso durante todo el camino de vuelta a casa. No paraba de mencionar a Fancourt y lo mucho que le disgustaría enterarse de que tenía una hija, porque Fancourt nunca quiso tener hijos... ¡Mucho cuento con que quería proteger a Jerry! Era capaz de cualquier cosa con tal de herir a Michael Fancourt. De cualquier cosa.

46

Luchaba Leandro, mas las aguas se encresparon
y al fondo alfombrado de perlas lo arrastraron.

CHRISTOPHER MARLOWE, *Hero and Leander*

Media hora más tarde, agradecido por los efectos del coñac barato y por la peculiar combinación de lucidez y ternura de su ayudante, Strike se despidió de ella dándole efusivamente las gracias. Robin volvió a su casa, donde la esperaba Matthew, radiante de satisfacción y emocionada, y menos crítica que hasta ese momento con la teoría de Strike sobre el asesinato de Owen Quine. Eso se debía, en parte, a que nada de lo que había dicho Kathryn Kent contradecía esa teoría, pero sobre todo a que sentía un cariño especial por su jefe después de haber compartido con él aquel interrogatorio.

El detective regresó a su ático en un estado de ánimo menos elevado. Sólo había bebido té, y creía más que nunca en su teoría, pero la única prueba que podía presentar era un carrete de máquina de escribir que no iba a ser suficiente para invalidar las acusaciones de la policía contra Leonora.

La noche del sábado al domingo hubo fuertes heladas, pero durante el día unos débiles rayos de sol traspasaron el manto de nubes que tapaba el cielo. La lluvia convirtió parte de la nieve acumulada en los bordes de las aceras en charcos de nieve fangosa y resbaladiza. Strike iba y venía entre la oficina y el ático, sin dejar de reflexionar; ignoró una llamada de Nina Lascelles y rechazó una invitación para cenar en casa de Nick e Ilsa, alegando que tenía mucho papeleo atrasado, pero en realidad porque prefería la soledad sin presiones a hablar sobre el caso Quine.

Sabía que estaba comportándose como si todavía tuviera que cumplir con el estándar profesional que le imponía la División de Investigaciones Especiales. Aunque tenía libertad, legalmente, para cotillear con quien quisiera sobre sus sospechas, seguía tratándolas como si fueran material confidencial.

En parte, eso obedecía a una costumbre que venía de lejos, pero sobre todo (y por mucho que otros se burlaran de ello) a que se tomaba sumamente en serio la posibilidad de que el asesino pudiera enterarse de lo que pensaba y hacía. En opinión de Strike, la forma más infalible de asegurarse de que una información secreta no se filtrara consistía en no hablar de ella con nadie.

El lunes volvió a visitarlo el jefe y novio de la infiel señorita Brocklehurst, cuyo masoquismo se extendía ya al deseo de saber si ella tenía, como él sospechaba, un tercer amante escondido en algún sitio. Strike lo escuchaba sin prestar mucha atención, pensando en qué estaría haciendo Dave Polworth, a quien empezaba a considerar su última esperanza. Los esfuerzos de Robin seguían sin dar fruto, a pesar de la gran cantidad de horas que dedicaba a buscar la prueba que él le había pedido que encontrara.

Esa noche, a las seis y media, cuando estaba sentado en el ático viendo el pronóstico del tiempo, que preveía una nueva entrada de frío polar hacia finales de la semana, sonó su teléfono.

—¿Sabes qué, Diddy? —preguntó Polworth desde el otro extremo de una línea ruidosa.

—No me lo creo —dijo Strike, y de pronto notó una presión en el pecho, producto de la ansiedad.

—Ya lo tengo, tío.

—De puta madre —dijo él por lo bajo.

La teoría era suya, pero estaba tan atónito como si Polworth lo hubiera hecho todo él solo, sin recibir ayuda alguna.

—Lo tengo aquí, metido en una bolsa.

—Mañana por la mañana a primera hora te enviaré a alguien a recogerlo.

—Ahora me voy a casa a darme un buen baño de agua caliente —dijo su amigo.

—Chum, eres la leche, tío.

—Sí, ya lo sé. Ya hablaremos de lo que me debes más adelante. Estoy helándome, joder. Me voy a casa, Diddy.

Strike llamó a Robin para darle la noticia, y ella se alegró tanto como él.

—¡Perfecto, mañana! —exclamó, muy decidida—. Mañana iré a buscarlo, me aseguraré de que...

—Ten cuidado con las prisas —dijo Strike antes de que ella hubiera terminado de hablar—. Esto no es ninguna competición.

Esa noche, Strike apenas durmió.

Robin no se presentó en la oficina hasta la una de la tarde, pero en cuanto oyó la puerta de vidrio, y a ella llamándolo, el detective lo supo.

—¿No has...?

—Sí —dijo ella, jadeando.

Robin creyó que Strike iba a abrazarla, lo que habría significado cruzar una línea a la que hasta entonces él ni siquiera se había acercado; pero resultó que no se abalanzaba sobre ella, sino sobre el móvil, que estaba encima de la mesa.

—Voy a llamar a Anstis. Lo hemos conseguido, Robin.

—Cormoran, me parece que... —empezó a decir ella, pero él no la oyó. Había vuelto corriendo a su despacho y había cerrado la puerta.

Robin se sentó en su silla, ante el ordenador; estaba intranquila. La voz amortiguada de Strike ondulaba al otro lado de la puerta. Robin se levantó, nerviosa; se dirigió al baño, donde se lavó las manos y se miró en el espejo agrietado y con manchas, fijándose en el inoportuno brillo de su pelo cobrizo. Volvió a su mesa y se sentó, pero no conseguía concentrarse en nada; vio que no había encendido el arbolito de Navidad, lo hizo y esperó, abstraída, mordiéndose la uña de un pulgar, algo que llevaba años sin hacer.

Al cabo de veinte minutos, Strike salió de su despacho con las mandíbulas apretadas y cara de cabreo.

—¡Gilipollas! —fue lo primero que dijo.

—¡No! —exclamó Robin.

—No me cree —dijo Strike; demasiado alterado para sentarse, se puso a cojear arriba y abajo por la habitación—. Ha hecho analizar ese jodido trapo del trastero y han encontrado sangre de Quine en él. ¡Ya me dirás! Quine podría haberse cortado hace meses. Pero está tan condenadamente enamorado de su maldita teoría...

—¿Le has dicho que si consigue una orden de registro...?

—¡CAPULLO! —bramó Strike, y dio un puñetazo tan fuerte en el archivador que éste resonó y Robin dio un respingo.

—Pero no puede negar... Cuando se hayan hecho las pruebas forenses...

—¡Se trata precisamente de eso, Robin! —dijo Strike, volviéndose bruscamente hacia ella—. ¡Si no hace el registro antes de que realicen las pruebas forenses, quizá ya no haya nada que encontrar!

—Pero ¿le has hablado de la máquina de escribir?

—Si el simple hecho de que exista no es prueba suficiente para ese imbécil...

Robin decidió no hacer más comentarios. Lo observó pasearse arriba y abajo, con el ceño fruncido, demasiado intimidada para hablarle de lo que a ella le preocupaba.

—¡Al carajo! —gruñó Strike en el sexto camino de vuelta a la mesa de Robin—. Sorpresa y pavor, no hay otra alternativa. Al —masculló mientras volvía a sacar el móvil— y Nick.

—¿Quién es Nick? —preguntó Robin, que intentaba seguirlo a marchas forzadas.

—El marido de la abogada de Leonora —dijo Strike mientras marcaba un número en el teléfono—. Un viejo amigo mío. Es gastroenterólogo...

Volvió a meterse en su despacho y cerró la puerta. Como estaba nerviosa y no tenía nada más que hacer, Robin llenó de agua el hervidor y preparó té para los dos. Las tazas se enfriaron, intactas, mientras ella esperaba.

Strike salió al cabo de un cuarto de hora y parecía más calmado.

—Muy bien —dijo; cogió su taza y bebió un poco—. Tengo un plan y voy a necesitarte. ¿Puedo contar contigo?

—¡Claro que sí!

Strike le hizo un resumen conciso del plan. Era ambicioso e iba a requerir una buena dosis de suerte.

—¿Qué me dices? —preguntó Strike cuando hubo terminado.

—No hay ningún problema —contestó Robin.

—A lo mejor no te necesitamos.

—Ya.

—Pero también podrías acabar siendo una pieza clave.

—Sí.

—¿Estás segura de que quieres hacerlo? —insistió él, mirándola a los ojos.

—No hay ningún problema, de verdad —dijo ella—. Quiero hacerlo, en serio. Lo que pasa es que... —titubeó— me parece que él...

—¿Qué? —dijo Strike con brusquedad.

—Que necesito practicar.

—Ah. —Strike la observó atentamente—. Sí, claro. Creo que tienes tiempo hasta el jueves. Voy a comprobar la fecha.

Desapareció por tercera vez en su despacho. Robin volvió a sentarse ante su ordenador.

Deseaba participar en la resolución del caso de Owen Quine, pero lo que había estado a punto de decir antes de que la brusca respuesta de Strike la asustara y la disuadiera de hacerlo era: «Me parece que él me vio.»

47

¡Ja, ja, ja, os habéis enredado en vuestra propia
obra cual gusano de seda!

JOHN WEBSTER, *The White Devil*

Bajo la luz de la farola anticuada, los murales con figuras de
cómic que cubrían la fachada del Chelsea Arts Club adquirían
con aire misterioso. Habían pintado monstruos de feria en las
fachadas de colores de toda una hilera baja de casitas blancas
convertidas en una sola: una chica rubia con cuatro piernas, un
elefante que devoraba a su cuidador, un contorsionista lánguido
con traje de presidiario y la cabeza metida en su propio ano. El
club se ubicaba en una calle arbolada, tranquila y elegante, más
silenciosa aún entonces, que volvía a nevar con ganas. La nieve
caía en abundancia y se amontonaba en los tejados y en las aceras como si no hubiese existido aquella breve tregua en aquel
invierno glacial. A lo largo de todo el jueves la ventisca había ido
intensificándose, y en aquel momento, visto a través de una
cortina ondulante de copos helados, el viejo club, con la fachada
recién pintada con colores pastel, parecía curiosamente incon-
sistente, un decorado, un trampantojo.

Desde un callejón oscuro que desembocaba en Old Church
Street, Strike los vio llegar uno a uno a la pequeña fiesta. Vio a
Jerry Waldegrave, con expresión insondable, ayudando a bajar
del taxi al anciano Pinkelman, mientras Daniel Chard, con sombrero de piel y muletas, lo saludaba con una inclinación de cabeza y una sonrisa forzada. Elizabeth Tassel llegó sola en otro

taxi, temblando de frío y buscando el dinero a tientas en el bolso. Por último, en un coche con chófer, llegó Michael Fancourt. Se tomó su tiempo para apearse del vehículo, y se alisó el abrigo antes de subir los escalones de la entrada.

El detective, sobre cuyo pelo tupido y rizado caían unos gruesos copos de nieve, sacó el teléfono y llamó a su hermanastro.

—Hola —lo saludó con entusiasmo Al—. Están todos en el comedor.

—¿Cuántos son?

—Una docena, más o menos.

—Vale, entro.

Strike cruzó la calle cojeando, con ayuda del bastón. Lo dejaron pasar en cuanto dio su nombre y explicó que lo había invitado Duncan Gilfedder.

Al y Gilfedder, un fotógrafo de famosos a quien Strike todavía no conocía, estaban cerca de la entrada. Gilfedder no parecía entender muy bien quién era Strike, ni por qué su amigo Al le había pedido a él, miembro de aquel club excéntrico y exclusivo, que invitara a un desconocido.

—Te presento a mi hermano —dijo Al con orgullo.

—Ah —contestó Gilfedder sin comprender. Llevaba unas gafas parecidas a las de Christian Fisher, y el pelo, lacio, hasta los hombros—. Creía que tu hermano era más joven que tú.

—Ése es Eddie —aclaró Al—. Éste es Cormoran, ex soldado. Ahora trabaja de detective.

—Ah —repitió Gilfedder, más desconcertado aún.

—Gracias por todo —intervino Strike, dirigiéndose a ambos—. ¿Os traigo otra copa?

El club estaba tan abarrotado y había tanto bullicio que apenas se veía nada, salvo unos sofás mullidos y una chimenea donde chisporroteaba el fuego. En las paredes del bar, de techos bajos, había numerosas ilustraciones, cuadros y fotografías; recordaba a una casa de campo, acogedora y un poco destartalada. Strike, la persona de mayor estatura de las que se encontraban allí, veía por encima de las cabezas de la gente hasta las ventanas del fondo del club. Más allá había un gran jardín iluminado sólo en algunas zonas por las luces exteriores. Una gruesa y prístina capa de nieve, pura y lisa como el glaseado duro de un pastel, cubría los arbustos y las esculturas de piedra que acechaban entre la vegetación.

Strike llegó a la barra, donde pidió vino para sus acompañantes y aprovechó para echar un vistazo al comedor.

Los comensales ocupaban varias mesas de madera alargadas. Vio al grupo de Roper Chard; tenían un par de cristaleras detrás, y al otro lado del cristal se veía el jardín, blanco y fantasmal. Una docena de personas, entre ellas algunas a las que Strike no reconoció, se habían reunido para rendir homenaje al nonagenario Pinkelman, sentado a la cabecera de la mesa. Strike se fijó en que quienquiera que se hubiera ocupado de la distribución de los invitados había puesto a Elizabeth Tassel y a Michael Fancourt bien separados. Éste le hablaba en voz alta a Pinkelman, acercándose mucho a su oreja; Chard estaba sentado enfrente. Tassel estaba sentada al lado de Jerry Waldegrave, pero no se dirigían la palabra.

Strike llevó las copas de vino a Al y Gilfedder, y luego volvió a la barra a buscar un whisky para él y se colocó en un sitio que le permitía seguir observando al grupo de Roper Chard.

—¿Qué haces aquí? —preguntó una voz, fuerte y clara, pero que no sonaba a su misma altura.

Nina Lascelles, con el vestido negro de tirantes que se había puesto para ir a la cena de cumpleaños de Strike, pero sin rastro de su coqueta jovialidad, lo miraba con gesto de reproche.

— Hola —la saludó él, sorprendido—. No esperaba encontrarte aquí.

—Yo tampoco a ti.

Strike llevaba más de una semana sin devolver sus llamadas, desde la noche que había pasado con ella para no pensar en Charlotte ni en el día de su boda.

—Así que conoces a Pinkelman —dijo el detective, tratando de entablar una conversación trivial ante la evidente animosidad de Nina.

—Voy a ocuparme de algunos autores de Jerry, ahora que él se marcha. Pinks es uno de ellos.

—Felicidades —dijo Strike, pero ella seguía sin sonreír—. Aunque veo que Waldegrave ha venido a la fiesta, ¿no?

—Pinks le tiene un gran aprecio a Jerry. ¿Qué haces aquí? —insistió.

—Cumplir con mi contrato. Intento averiguar quién mató a Owen Quine.

Nina puso los ojos en blanco; era obvio que opinaba que Strike estaba pasándose de perseverante.

—¿Cómo has entrado? Sólo aceptan a miembros del club.

—Tengo un contacto —dijo Strike.

—No se te habrá ocurrido volver a utilizarme, ¿no? —preguntó ella.

A Strike no le gustó mucho el reflejo de sí mismo que vio en los grandes y redondos ojos de la chica. No podía negar que la había utilizado reiteradamente. Era una actitud rastrera y vergonzosa, y ella merecía algo mejor.

—He pensado que ya me habías hecho bastantes favores —respondió Strike.

—Ya —dijo Nina—. Has pensado bien.

Le dio la espalda, regresó a la mesa y se sentó en la última silla vacía, entre dos empleados a los que Strike no conocía.

El detective se hallaba dentro del campo de visión de Jerry Waldegrave. El editor se fijó en él, y Strike vio que abría más los ojos detrás de las gafas de montura de carey. Alertado por la mirada de perplejidad de Waldegrave, Chard se dio la vuelta en el asiento y también lo reconoció al momento.

—¿Cómo va? —preguntó Al, emocionado, situándose junto a su hermano.

—Muy bien. ¿Adónde ha ido Gilnosequé?

—Se ha terminado la copa y se ha marchado. No entiende qué demonios estamos haciendo —contestó Al.

Éste tampoco sabía qué estaban haciendo allí. Strike no le había contado nada, excepto que esa noche necesitaba entrar en el Chelsea Arts Club y quizá también que lo acompañara en coche. El Alfa Romeo Spider rojo brillante de Al estaba aparcado un poco más abajo, en la misma calle. Había sido un suplicio para la rodilla de Strike entrar y salir de aquel vehículo tan bajo.

Tal como Strike se había propuesto, la mitad de la mesa de Roper Chard ya había advertido su presencia en el club. El detective se había situado de modo que pudiera verlos a todos claramente reflejados en las cristaleras. Dos Elizabeth Tassels lo fulminaban con la mirada por encima del borde de la carta desplegada; dos Ninas lo ignoraban empecinadamente, y dos Chards con calva reluciente llamaron a sendos camareros y les susurraron algo al oído.

—¿Ése no es el calvo que vino a saludarnos en el River Café? —preguntó Al.

—Sí —confirmó Strike, sonriente, mientras el camarero de carne y hueso se separaba de su espectro y se dirigía hacia ellos—. Creo que están a punto de preguntarnos si tenemos derecho a estar aquí.

—Disculpe, señor —masculló el camarero al llegar junto a Strike—, pero debo preguntarle...

—Al Rokeby —se anticipó Al con amabilidad, antes de que Strike tuviera ocasión de responder—. Mi hermano y yo hemos venido por invitación de Duncan Gilfedder —dijo en un tono que evidenciaba su sorpresa ante el hecho de que les pidieran explicaciones.

Era un joven encantador y privilegiado al que recibían bien en todas partes, con unas referencias impecables y cuyo relajado interés por atraer a Strike al seno de la familia le confería aquella misma sensación de prerrogativa. Al miró al camarero con aquellos ojos tan parecidos a los de Jonny Rokeby. El camarero masculló una disculpa y se retiró presuroso.

—¿Qué te propones? ¿Sólo ponerlos nerviosos? —preguntó Al, mirando también hacia la mesa del presidente de la editorial.

—Tampoco iría mal —dijo Strike, sonriente.

El detective siguió dando sorbitos de whisky mientras veía cómo Daniel Chard pronunciaba lo que sin duda era un discurso acartonado en honor de Pinkelman. Sacaron de debajo de la mesa una tarjeta de felicitación y un regalo. Por cada mirada y cada sonrisa que le dedicaron al anciano escritor, hubo una mirada nerviosa hacia aquel individuo alto y moreno que los observaba desde la barra. Michael Fancourt era el único que no lo había mirado. O no se había percatado de su presencia, o no le preocupaba lo más mínimo.

En cuanto hubieron servido el primer plato a todos los comensales, Jerry Waldegrave se levantó de la mesa y se dirigió a la barra. Nina y Elizabeth lo siguieron con la mirada. Al pasar al lado de Strike camino del baño, Waldegrave se limitó a saludar al detective con la cabeza, pero a la vuelta se detuvo y le dijo:

—Me ha sorprendido verlo aquí.

—¿Ah, sí? —dijo Strike.

—Sí. Y está... está consiguiendo que la gente se sienta incómoda.

—Lástima, pero no puedo hacer nada para remediarlo —repuso Strike.

—Podría probar una cosa: no mirarnos de esa forma.

—Le presento a mi hermano Al —dijo Strike sin hacer el menor caso a su petición.

Al le sonrió y le tendió la mano; Waldegrave se la estrechó, perplejo.

—Está molestando a Daniel —continuó Waldegrave, mirando a los ojos a Strike.

—Qué pena —dijo éste.

El editor se pasó una mano por el pelo, alborotándoselo aún más, y dijo:

—Bueno, como quiera.

—Me sorprende que le importen los sentimientos de Daniel Chard.

—No me importan especialmente —replicó Waldegrave—, pero, cuando está de mal humor, puede hacerles la vida muy difícil a los demás. Me gustaría que Pinkelman guardara un buen recuerdo de esta noche. No entiendo qué hace usted aquí.

—Quería entregar una cosa —respondió Strike.

Se sacó un sobre en blanco del bolsillo interior del abrigo.

—¿Qué es eso?

—Es para usted —contestó Strike.

Waldegrave lo cogió; su perplejidad iba en aumento.

—Es algo en lo que debería pensar —añadió Strike, y se acercó un poco más al desconcertado editor—. Verá, antes de morir su esposa, Fancourt tuvo paperas.

—¿Cómo dice? —preguntó Waldegrave, aturdido.

—Nunca tuvo hijos. Es estéril, casi con toda seguridad. Pensé que le interesaría saberlo.

Waldegrave se quedó mirándolo, abrió la boca y no supo qué decir; entonces se apartó de Strike, con el sobre blanco en la mano.

—¿Qué era eso? —preguntó Al, muerto de curiosidad.

—Eso era el Plan A —contestó el detective—. Ahora veremos.

Waldegrave regresó a la mesa de Roper Chard y volvió a reflejarse en el cristal de la ventana que tenía detrás; abrió el sobre que le había entregado Strike y sacó un segundo sobre de su interior. En ése había un nombre escrito.

El editor miró a Strike, que arqueó las cejas; Waldegrave vaciló un momento, se volvió hacia Elizabeth Tassel y le pasó el sobre. Ella leyó la nota que había dentro y arrugó la frente. Entonces también miró a Strike. Éste le sonrió y alzó su vaso brindando con ella.

La agente pareció dudar sobre qué debía hacer a continuación; entonces le dio un empujoncito a la chica que estaba a su lado y le pasó el sobre.

El sobre dio la vuelta a toda la mesa y fue a parar a las manos de Michael Fancourt.

—Ya está —dijo Strike—. Al, salgo al jardín a fumarme un pitillo. Quédate aquí y no apagues el teléfono.

—Aquí dentro no se puede hablar por...

Cuando vio el semblante de Strike, Al se apresuró a rectificar:

—De acuerdo.

48

¿Os dedica el gusano de seda sus esfuerzos?
¿Se deshace por vos?

THOMAS MIDDLETON, *The Revenger's Tragedy*

En el jardín, vacío, hacía un frío glacial. Strike se hundió en la nieve hasta los tobillos, sin sentir el frío que le traspasaba la pernera derecha del pantalón. Los fumadores, que normalmente se hubieran congregado en las extensiones de césped, habían preferido salir a la calle. Fue abriendo un surco solitario por aquella blancura helada, rodeado de una belleza silenciosa, hasta detenerse junto a un pequeño estanque redondo que se había convertido en un disco de hielo grueso y gris. En el centro se erigía un rollizo Cupido de bronce sobre una concha de molusco desproporcionadamente grande; una peluca de nieve le cubría la cabeza, y la flecha de su arco apuntaba al oscuro cielo, donde no podría acertarle a ningún humano.

Strike encendió un cigarrillo y se volvió hacia las ventanas iluminadas del club. Los comensales y los camareros parecían figuras recortables moviéndose contra una pantalla iluminada.

Si Strike conocía bien a su hombre, éste no tardaría en salir. ¿Acaso no era aquélla una situación irresistible para un escritor, para alguien con una necesidad compulsiva de tramar historias a partir de la experiencia, un amante de lo macabro y lo raro?

Y tal como había previsto, pasados unos minutos el detective oyó que se abría una puerta, un fragmento de conversación y unos compases de música rápidamente sofocados, y a continuación el ruido amortiguado de unos pasos.

—¿Señor Strike?

En aquella oscuridad, la cabeza de Fancourt parecía aún más grande.

—¿No sería más fácil salir a la calle?

—Prefiero el jardín —dijo Strike.

—Entiendo.

Se diría que Fancourt encontraba todo aquello vagamente gracioso; como si estuviera dispuesto, al menos a corto plazo, a seguirle la corriente. Strike sospechó que haberlo hecho levantar de una mesa llena de gente angustiada para hablar con el hombre que estaba poniéndolos tan nerviosos a todos satisfacía el gusto por la teatralidad del escritor.

—¿Qué significa esto? —preguntó Fancourt.

—Valoro su opinión —repuso él—. Concretamente, su análisis crítico de *Bombyx Mori*.

—¿Otra vez?

Seguía nevando con intensidad, y el buen humor de Fancourt iba enfriándose a la par que lo hacían sus pies. Se ciñó más el abrigo y declaró:

—Ya he dicho cuanto tenía que decir sobre ese libro.

—Una de las primeras cosas que me dijeron de *Bombyx Mori* —replicó Strike— fue que recordaba a sus primeras obras. Si no me equivoco, las palabras exactas empleadas fueron «mucha sangre y mucho simbolismo misterioso».

—¿Y? —dijo Fancourt con las manos en los bolsillos.

—Pues que cuanto más hablo con gente que conoció a Quine, más convencido estoy de que el libro que ha leído todo el mundo sólo guarda un vago parecido con el que él afirmaba estar escribiendo.

Fancourt echó una nube de vaho por la boca que tapó lo poco que Strike alcanzaba a ver de sus marcadas facciones.

—Hasta he conocido a una chica que afirma haber oído una parte del libro que no aparece en el manuscrito definitivo.

—Los escritores cortamos mucho —dijo Fancourt, escarbando en la nieve con los pies y con los hombros alzados para protegerse las orejas—. Owen hubiera hecho bien en cortar aún más. Varias novelas enteras, en realidad.

—Además, se repiten muchos elementos de sus obras anteriores —añadió el detective—. Dos hermafroditas. Dos sacos manchados de sangre. Todas esas escenas gratuitas de sexo.

—Quine tenía una imaginación muy limitada, señor Strike.

—Dejó una nota escrita a mano con lo que parece un puñado de posibles nombres de personajes. Uno de esos nombres puede leerse en un carrete de cinta de máquina de escribir usado que salió de su estudio antes de que la policía lo precintara, pero en cambio no aparece en el manuscrito definitivo.

—O sea, que cambió de opinión —dijo Fancourt con fastidio.

—Es un nombre común y corriente, ni simbólico ni arquetípico como los nombres del texto definitivo.

Strike, cuyos ojos estaban adaptándose a la oscuridad, detectó una pizca de curiosidad en las duras facciones de Fancourt.

—Un restaurante lleno de gente fue el escenario de lo que creo que se revelará como la última comida de Quine y su última actuación en público —continuó Strike—. Un testigo fiable asegura que Quine gritó, para que lo oyera todo el restaurante, que una de las razones por las que Tassel era demasiado cobarde para representar su libro era «la polla fofa de Fancourt».

Strike dudaba que aquel grupo de personas intrigadas pudieran verlos con claridad ni al escritor ni a él desde la mesa del presidente de la editorial. Sus figuras debían de confundirse con los árboles y las estatuas; sin embargo, los más decididos o más desesperados quizá lograran determinar su posición guiándose por el puntito luminoso del extremo del cigarrillo de Strike: el punto de mira de un tirador.

—Lo curioso —continuó él— es que en *Bombyx Mori* no se menciona su polla ni una sola vez. Tampoco aparecen la amante de Quine y su joven amiga transgénero como «hermosas almas en pena», que es como él les dijo que iba a describirlas. Y a los gusanos de seda no se les vierte ácido, sino que se los hierve para obtener sus capullos.

—¿Y? —repitió Fancourt.

—Pues que he llegado a la conclusión de que el *Bombyx Mori* que ha leído todo el mundo no es el mismo *Bombyx Mori* que escribió Owen Quine.

Fancourt paró de escarbar en el suelo. Se quedó inmóvil un instante, como si tomara seriamente en consideración las palabras de Strike.

—Yo... No —dijo, casi como si hablara solo—, ese libro lo escribió Quine. Tiene su estilo.

—Pues tiene gracia que diga eso, porque todas las otras personas que conocían bien el peculiar estilo de Quine han detectado en el libro una voz extraña. Daniel Chard creyó que era Waldegrave. Waldegrave creyó que era Elizabeth Tassel. Y Christian Fisher creyó que era usted.

Fancourt se encogió de hombros con su arrogancia y su indiferencia habituales.

—Quine estaba intentando imitar a un escritor mejor que él.

—¿No le parece que la forma como trata a sus modelos vivos es muy desigual?

Fancourt aceptó el cigarrillo y el fuego que le ofrecía Strike, y escuchó en silencio y con interés.

—Dice que su mujer y su agente eran unas parásitas que se aprovechaban de él —expuso el detective—. Una grosería, pero es la clase de acusación que cualquiera podría hacer a las personas que dependieran de sus ingresos para vivir. Insinúa que a su amante no le gustan los animales, y deja caer algo que podría interpretarse como una referencia velada al hecho de que esa mujer escribe unos libros malísimos, o como una alusión bastante retorcida al cáncer de mama. Su amiga transgénero se libra con sólo una pulla sobre sus ejercicios de voz, y eso después de que, como ella asegura, le hubiera enseñado la autobiografía que estaba escribiendo y hubiera compartido con él todos sus secretos más íntimos. Quine acusa a Chard de la muerte de Joe North e insinúa burdamente lo que a Chard le hubiera gustado hacerle en realidad. Y luego está la acusación de que usted fue el responsable de la muerte de su primera mujer.

»Todo lo cual o bien es del dominio público, o son rumores o acusaciones fáciles.

—Lo que no significa que no fuera hiriente —añadió Fancourt en voz baja.

—De acuerdo. Dio motivos a muchas personas para que se cabrearan con él. Pero la única revelación auténtica del libro es la insinuación de que usted es el padre de Joanna Waldegrave.

—Ya le dije, o le di a entender, la última vez que nos vimos —dijo el escritor, más tenso— que esa acusación no es sólo falsa, sino imposible. Soy estéril, como Quine...

—...como Quine debería haber sabido —concedió Strike—, porque ustedes dos todavía mantenían una buena relación cuando usted tuvo paperas, y él ya había bromeado sobre eso en *Los hermanos Balzac*. Por eso la acusación contenida en el personaje del Censor resulta aún más extraña, ¿no es así? Como si la hubiera escrito alguien que no sabía que usted es estéril. ¿No se le ocurrió pensar en nada de todo esto cuando leyó el libro?

La nieve se acumulaba en el pelo de los dos hombres, y en sus hombros.

—No pensé que a Owen le importara si lo que decía en el libro era verdad o no —dijo Fancourt lentamente, exhalando humo—. No es fácil desmentir una acusación, una vez formulada. Lo que hizo Owen fue arremeter contra todos, a lo loco. Pensé que lo que buscaba era causar la mayor cantidad posible de problemas.

—¿Cree que por eso le mandó un borrador de su manuscrito? —Como Fancourt no contestaba, Strike prosiguió—: Eso es fácil de comprobar. Mensajeros, correo postal... Aparecerá en algún registro, así que...

Una pausa larga.

—De acuerdo —dijo Fancourt por fin.

—¿Cuándo lo recibió?

—El día seis por la mañana.

—¿Y qué hizo usted con él?

—Quemarlo —dijo Fancourt cortante, exactamente igual que Kathryn Kent—. Enseguida vi qué estaba haciendo: trataba de provocar una pelea pública, sacar el mayor rendimiento publicitario. Era el último recurso de un fracasado; yo no estaba dispuesto a seguirle la corriente.

La puerta por la que se accedía al jardín se abrió un momento y volvió a cerrarse, y de nuevo les llegó el ruido de la fiesta que estaba celebrándose dentro. Unos pasos inseguros serpentearon por la nieve, y entonces una gran sombra salió de la oscuridad.

—¿Qué está pasando aquí? —dijo con voz ronca Elizabeth Tassel, envuelta en un grueso abrigo con cuello de piel.

En cuanto oyó esa voz, Fancourt hizo ademán de volver dentro. Strike se preguntó cuándo habría sido la última vez que se habían visto cara a cara sin estar rodeados de una multitud.

—Espere un momento, ¿quiere? —pidió Strike al escritor.

Fancourt titubeó. Tassel se dirigió a Strike con su voz grave y cascada.

—Pinks está empezando a echar de menos a Michael.

—Usted ya sabe lo que es eso —dijo Strike.

La nieve descendía con un leve susurro sobre las hojas y el estanque helado desde donde Cupido apuntaba al cielo con su flecha.

—Usted opinaba que Elizabeth era una escritora «lamentablemente adocenada», ¿no es así? —le preguntó Strike a Fancourt—. Los dos habían estudiado las tragedias de venganza jacobinas, lo que explica sus coincidencias estilísticas. Pero tengo entendido que usted —añadió, dirigiéndose a Tassel— imita muy bien los estilos de otros.

Strike no se había equivocado al pensar que ella acabaría saliendo si se llevaba a Fancourt de la mesa; sabía que estaría asustada pensando en lo que pudiera contarle al escritor allí, a oscuras. La agente se quedó inmóvil mientras la nieve caía en el cuello de su abrigo y en su pelo entrecano. Strike apenas distinguía el contorno de su cara bajo la débil luz de las lejanas ventanas del club. La intensidad y la vacuidad de su mirada eran asombrosas. Tenía los ojos muertos e inexpresivos de un tiburón.

—Usted elevó el estilo de Elspeth Fancourt, por ejemplo, hasta la perfección.

El escritor abrió lentamente la boca. Durante unos segundos, el único sonido aparte del susurro de la nieve fue el silbido apenas audible que emitían los pulmones de Elizabeth Tassel.

—Desde el principio sospeché que Quine debía de haber ejercido cierto dominio sobre usted —dijo Strike—. Nunca me pareció la clase de mujer que deja que la conviertan en un banco privado y en una criada, y que decide quedarse con Quine y dejar marchar a Fancourt. Todas esas chorradas sobre la libertad de expresión... Usted escribió la parodia del libro de Elspeth Fancourt que provocó su suicidio. A lo largo de todos estos años, ha mantenido que Owen le enseñó lo que había escrito. Pero fue al revés.

Se produjo un silencio, roto de nuevo sólo por el susurro de la nieve cayendo sobre la nieve y aquel sonido débil e inquietante que salía del pecho de Elizabeth Tassel. Fancourt, boquiabierto, miraba alternativamente a la agente y al detective.

—La policía sospechó que Quine le hacía chantaje —dijo Strike—. Sin embargo, usted los despistó con esa historia conmovedora de que le había prestado dinero para Orlando, cuando, en realidad, lleva más de un cuarto de siglo untándole la mano a Owen, ¿me equivoco?

Intentaba aguijonearla para que hablara, pero ella no abría la boca y seguía mirándolo fijamente con aquellos ojos oscuros y vacíos como agujeros en su cara pálida y poco agraciada.

—¿Cómo se describió a sí misma el día que comimos juntos? —le recordó Strike—. ¿«La típica solterona intachable»? Pero encontró una válvula de escape para sus frustraciones, ¿verdad, Elizabeth?

De pronto, aquellos ojos de loca, fríos, se desviaron hacia Fancourt, que se había movido un poco.

—¿Le sentó bien violar y matar a todos sus conocidos, Elizabeth? Una gran explosión de maldad y obscenidad; por fin podía vengarse, retratarse a sí misma como el genio no reconocido, criticar a cualquiera con una vida amorosa más plena, una vida...

Se oyó una voz débil en la oscuridad, y por un instante Strike no supo de dónde salía. Era extraña, desconocida, aguda y empalagosa: la voz que una loca quizá imaginara que podía expresar inocencia y bondad.

—No, señor Strike —susurró la agente, como una madre pidiéndole a su adormilado hijo que no se incorpore, que no se resista—. Pobre idiota. Pobrecito.

Soltó una risa forzada, y cuando paró de reír, respiraba con agitación y sus pulmones emitían pitidos.

—Lo hirieron de gravedad en Afganistán —le dijo a Fancourt con aquella vocecilla acaramelada y estremecedora—. Supongo que sufre estrés postraumático. Tendrá alguna lesión cerebral, igual que la pequeña Orlando. Pobre señor Strike, necesita ayuda.

Respiraba cada vez más deprisa, y sus pulmones volvían a silbar.

—Debió haber comprado una mascarilla, ¿verdad, Elizabeth? —dijo Strike.

Le pareció ver que los ojos de la agente se oscurecían y agrandaban, que la adrenalina que circulaba por sus venas le dilataba las pupilas. Sus manos, grandes y masculinas, se habían enroscado y parecían garras.

—Creyó que lo tenía todo calculado, ¿cierto? Las cuerdas, el disfraz, el traje protector para mantenerse a salvo del ácido... Pero no previó que se dañaría los tejidos con sólo inhalar los vapores.

El aire frío estaba agravando su dificultad para respirar. El pánico daba a sus jadeos un remedo de excitación sexual.

—Me parece que esto —continuó Strike con crueldad calculada— la ha hecho enloquecer, Elizabeth, ¿no es verdad? En cualquier caso, será mejor que el jurado llegue a esa conclusión, ¿no le parece? Qué forma de desperdiciar una vida. Su negocio se ha ido al traste, no tiene marido, ni hijos... Dígame, ustedes dos ¿alguna vez se quedaron a medio polvo? —preguntó Strike sin irse por las ramas—. Eso de la «polla fofa»... Me suena como si pudiera ser una escena de ficción escrita por Quine en el *Bombyx Mori* verdadero.

Como estaban de espaldas a la luz, Strike no les veía la cara, pero su lenguaje no verbal le había dado la respuesta: al apartarse de inmediato el uno del otro para mirarlo a él habían revelado la sombra de un frente unido.

—¿Cuándo fue? —preguntó Strike, observando la oscura silueta de Elizabeth—. ¿Después de que Elspeth muriera? Pero luego usted se lió con Fenella Waldegrave, ¿no, Michael? Supongo que con ella no tendría esos problemas, ¿verdad?

Elizabeth ahogó un gritito. Fue como si Strike le hubiera pegado.

—Por el amor de Dios —gruñó Fancourt. Estaba furioso con el detective.

Éste pasó por alto aquel reproche implícito. Todavía estaba concentrado en Elizabeth, en provocarla, mientras sus pulmones silbantes luchaban por obtener el oxígeno que necesitaban bajo la nevada.

—Debió de cabrearse muchísimo cuando Quine se dejó llevar en el River Café y se puso a hablar a gritos del contenido del verdadero *Bombyx Mori*, ¿no, Elizabeth? Después de advertirle usted que no debía revelar ni una sola palabra sobre el libro.

—Loco. Está loco —susurró. Compuso una sonrisa forzada bajo los ojos de tiburón y mostró unos dientes grandes y amarillos—. La guerra no sólo lo dejó lisiado...

—Genial —dijo Strike, agradecido—. Por fin sale la bruja intimidante de la que todos me han hablado.

—Se pasea cojeando por Londres tratando de aparecer en los periódicos —prosiguió Elizabeth entre jadeos—. Es usted igual que Owen... Cómo le gustaba salir en los periódicos, ¿verdad, Michael? —Se volvió hacia Fancourt—. ¿Verdad que Owen adoraba la publicidad? Desaparecía igual que un crío que juega al escondite...

—Usted incitó a Quine a esconderse en Talgarth Road —dijo Strike—. Fue todo idea suya.

—No pienso seguir escuchándolo —susurró ella; sus pulmones volvieron a silbar cuando aspiró el aire invernal, y, subiendo la voz, concluyó—: No le escucho, señor Strike. No le escucho. Nadie le escucha, pobre hombre...

—Usted me dijo que Quine adoraba los halagos —dijo Strike, y alzó la voz para hacerse oír por encima de los gritos agudos con que ella intentaba aplastar sus palabras—. Creo que él le contó todo el esquema de la trama de *Bombyx Mori* hace ya meses, y que Michael aparecía en el libro de un modo u otro, no en un retrato tan grosero como el de Vanaglorioso, pero tal vez se burlara de su impotencia, por ejemplo. «La hora de la venganza para ambos», ¿no?

Tal como había previsto, al oír eso, Elizabeth soltó un grito ahogado e interrumpió su frenética cantinela.

—Le dijo a Quine que *Bombyx Mori* era espléndida, lo mejor que había escrito hasta el momento, que sería un éxito rotundo, pero que debía ser muy discreto respecto al contenido para que nadie emprendiera acciones legales y para causar un mayor impacto cuando saliera a la luz. Y durante todo ese tiempo, usted estuvo escribiendo su versión. Tuvo mucho tiempo para acabarla, ¿no, Elizabeth? Veintiséis años de noches vacías... ya podría haber escrito montones de libros, el primero en Oxford... Pero ¿sobre qué iba a escribir? Usted no ha tenido una vida muy plena que digamos, ¿verdad?

La ira se reflejó en el rostro de la agente. Dobló los dedos, pero se controló. Strike estaba deseando que se derrumbara, que cediera, pero los ojos de tiburón parecían esperar a que él mostrara alguna debilidad, alguna rendija.

—Construyó una novela a partir de un plan de asesinato. Extraer las tripas y rociar el cadáver con ácido no eran detalles simbólicos, sino pensados para fastidiar a los forenses, pero todo el mundo creyó que era literatura.

»Y consiguió que ese desgraciado, ese estúpido, ese egocéntrico actuara en connivencia con usted para planear su propia muerte. Le dijo que tenía una gran idea para maximizar su publicidad y sus beneficios: juntos representarían una discusión en público, usted diría que el libro era demasiado polémico para publicarlo y él desaparecería. Usted haría circular rumores sobre el contenido del texto, y por último, cuando Quine permitiera que lo encontraran, usted le conseguiría un contrato sustancioso.

Ella negaba con la cabeza; sus pulmones trabajaban con mucha dificultad, pero no apartaba los inexpresivos ojos de la cara de Strike.

—Quine entregó la novela. Usted lo retrasó unos días, hasta la noche de las hogueras, para asegurarse de que pasaría desapercibida gracias al bullicio de la celebración, y entonces envió las copias del falso *Bombyx* a Fisher, para que se hablara aún más del libro, a Waldegrave y a Michael. Fingió su pelea en público y luego siguió a Quine hasta Talgarth Road...

—No —dijo Fancourt, sin poder contenerse.

—Sí —replicó Strike, implacable—. Quine no tenía nada que temer de Elizabeth, de la persona que estaba conspirando con él para el retorno del siglo. Creo que para entonces había olvidado que llevaba años haciéndole algo que se llama chantaje, ¿no? —le dijo a Tassel—. Se había acostumbrado a pedirle dinero y a que usted se lo diera. Dudo que hubieran vuelto a hablar siguiera de esa parodia, de aquello que a usted le había destrozado la vida...

»¿Y sabe qué creo que sucedió cuando él la dejó entrar, Elizabeth?

Sin quererlo, Strike recordó la escena: la gran ventana en arco, el cadáver allí en medio, como posando para un bodegón siniestro.

—Creo que hizo que ese pobre imbécil ingenuo y narcisista posara para una fotografía promocional. ¿Estaba arrodillado? ¿Suplicaba el héroe del libro verdadero, o rezaba? ¿Acaso lo ató usted como a su Bombyx? A él le habría gustado, ¿verdad? Posar atado... Y a usted le habría resultado muy fácil ponerse detrás de él y aplastarle la cabeza con el tope metálico de la puerta, ¿no? Protegida por los fuegos artificiales del barrio, lo golpeó en la cabeza, lo ató, lo abrió en canal y...

Fancourt dio un grito estrangulado de horror, pero Tassel volvió a intervenir, consolándolo con una cantinela:

—Necesita ayuda, señor Strike. Pobre señor Strike.

Para sorpresa del detective, la agente le colocó una de sus grandes manos en el hombro cubierto de nieve. Él recordó lo que habían hecho esas manos y se apartó instintivamente. La mano de Tassel cayó junto a su costado y quedó allí colgando, con los dedos flexionados.

—Metió las tripas de Owen en una bolsa junto con el manuscrito auténtico —continuó Strike. Ella se le acercó tanto que él volvió a oler aquella mezcla de perfume y cigarrillos—.

Entonces se puso la capa de Quine y el sombrero, y se marchó. Metió una cuarta copia del falso *Bombyx Mori* por el buzón de Kathryn Kent, para ampliar el número de sospechosos e incriminar a otra mujer que estaba consiguiendo lo que usted nunca había conseguido: sexo. Compañía. Un amigo, como mínimo.

Elizabeth volvió a fingir que reía, pero esa vez le salió una risa desquiciada. Seguía flexionando los dedos.

—Owen y usted se habrían llevado muy bien —dijo en un susurro—. ¿Verdad, Michael? ¿No se habría llevado la mar de bien con Owen? Dos fantasiosos enfermizos... Todos se reirán de usted, señor Strike.

Jadeaba más que nunca, y aquellos ojos inexpresivos, muertos, lo miraban fijamente desde su cara pálida.

—Un pobre lisiado tratando de recrear la sensación de éxito, persiguiendo a su padre famo...

—¿Tiene alguna prueba de todo esto? —preguntó Fancourt bajo los remolinos de nieve, con una voz áspera que reflejaba el deseo de no creer nada de lo que estaba oyendo.

Aquello no era una tragedia de ficción, no era una escena sangrienta filmada con salsa de tomate. Allí, a su lado, tenía a una amiga de su época de estudiante, y por mucho que la vida los hubiera castigado después, la idea de que la chica corpulenta, desgarbada y perdidamente enamorada a la que había conocido en Oxford pudiera haberse convertido en una mujer capaz de cometer un asesinato tan macabro resultaba casi insoportable.

—Sí, tengo pruebas —aseguró Strike con serenidad—. Tengo una máquina de escribir eléctrica, del mismo modelo que la de Quine, envuelta en un burka negro y un mono manchado de ácido clorhídrico y lastrada con piedras. Un submarinista aficionado que conozco lo sacó del mar hace sólo unos días. Estaba en el fondo de unos famosos acantilados de Gwithian: Hell's Mouth, un lugar que aparece en la cubierta de un libro de Dorcus Pengelly. Supongo que ella se lo enseñó cuando fue a visitarla, ¿no, Elizabeth? ¿Volvió usted allí sola, con su móvil, con la excusa de que necesitaba encontrar un sitio con mejor cobertura?

La agente soltó un débil y horrendo gemido, un sonido parecido al de alguien que recibe un puñetazo en el estómago.

Durante un segundo nadie se movió, y entonces Tassel se volvió con torpeza, echó a correr y, tambaleándose, se alejó de ellos y entró en el club. Un rectángulo de luz amarilla destelló brevemente al abrirse y cerrarse la puerta.

—Pero... —dijo Fancourt; dio unos pasos y miró a Strike con gesto de desesperación—. No puede... ¡No puede dejarla marchar!

—No podría alcanzarla aunque quisiera —repuso Strike, y tiró la colilla del cigarrillo en la nieve—. Tengo una rodilla fastidiada.

—Pero... ¿y si...? ¡Podría hacer cualquier cosa!

—Suicidarse, seguramente —concedió Strike, y sacó su móvil.

El escritor se quedó mirándolo.

—¡Es usted un cabrón desalmado!

—No es la primera vez que me lo dicen —admitió Strike mientras marcaba un número en el móvil—. ¿Preparado? —dijo por el teléfono—. Vamos allá.

49

Los peligros, como las estrellas, brillan más en
la oscuridad.

THOMAS DEKKER, *The Noble Spanish Soldier*

A ciegas, resbalando un poco en la nieve, la mujer pasó al lado
de los fumadores que estaban frente a la puerta del club. Echó
a correr calle arriba; el abrigo con cuello de piel ondeaba tras
ella.

Un taxi, con el letrerito de «Libre» iluminado, salió de una
calle lateral, y la agente lo paró con aspavientos enloquecidos.
El vehículo se detuvo junto al bordillo, y sus faros formaron dos
conos de luz cuya trayectoria quedaba resaltada por la nieve que
caía copiosamente.

—A Fulham Palace Road —dijo la mujer con su voz grave
y áspera, entre fuertes sollozos.

Arrancaron despacio. Era un taxi viejo, y el separador de
vidrio estaba arañado y un poco manchado tras muchos años
soportando el humo de los cigarrillos de su dueño.

Pasaron por debajo de una farola, y Elizabeth Tassel se reflejó en el espejo retrovisor; sollozaba en silencio, tapándose la
cara con sus manos grandes, y temblaba de pies a cabeza.

La conductora no le preguntó qué le sucedía, sino que mantuvo la vista fija más allá de la pasajera, en el tramo de calle que
dejaban atrás, donde distinguió las figuras de dos hombres em-
pequeñeciéndose mientras corrían por la calzada nevada hacia
un coche deportivo rojo aparcado un poco más allá.

Cuando el taxi torció a la izquierda, al llegar al final de la calle, Elizabeth Tassel seguía llorando, con la cara tapada. La conductora llevaba un gorro de lana recio, y empezó a picarle, pese a que durante las largas horas de espera había agradecido tenerlo.

El vehículo enfiló King's Road, circulando a una velocidad considerable por la calzada cubierta de una gruesa capa de nieve recién caída que se resistía a los intentos de los neumáticos de aplastarla y derretirla; la ventisca, implacable, no cesaba, y las calles estaban cada vez más peligrosas.

—Va en la dirección opuesta.

—Es que han desviado el tráfico —mintió Robin—. Debido a la nieve.

Su mirada se cruzó fugazmente con la de Elizabeth en el espejo retrovisor. La agente volvió la cabeza y miró por la luna trasera, pero no vio el Alfa Romeo rojo, que estaba demasiado lejos. Contemplaba, confundida, los edificios que iban dejando atrás. Robin oía los espeluznantes pitidos de su pecho.

—Vamos en la dirección opuesta.

—Voy a torcer un poco más adelante —anunció Robin.

No vio cómo Elizabeth Tassel intentaba abrir la puerta, pero lo oyó. Estaban todas cerradas con seguro.

—Déjeme aquí —ordenó con ímpetu la agente—. ¡Le digo que pare!

—Con este tiempo no va a encontrar ningún otro taxi —dijo Robin.

Habían confiado en que Tassel estuviera demasiado alterada para fijarse por dónde iban, al menos durante un rato más. Aún no habían llegado a Sloane Square. Todavía faltaba más de un kilómetro para llegar a New Scotland Yard. Robin volvió a desviar la mirada hacia el espejo retrovisor. El Alfa Romeo sólo era un puntito rojo en la lejanía.

Elizabeth se había desabrochado el cinturón de seguridad.

—¡Pare el coche! —gritó—. ¡Pare y déjeme bajar!

—Aquí no puedo parar —dijo Robin, con mucha más serenidad de la que sentía, porque la agente se había desplazado en el asiento y con sus grandes manos intentaba abrir el separador—. Perdóneme, señora, pero tiene que sentarse.

El vidrio se deslizó hacia un lado. Con una mano, Elizabeth le agarró el gorro y un puñado de pelo a Robin; tenía la cabeza casi a la altura de la de la chica, y su expresión era aterradora.

—¡Suélteme!

—¿Quién eres? —le gritó Tassel, sacudiendo la cabeza de Robin, asiéndola con fuerza por el pelo—. Ralph me dijo que había visto a una chica rubia mirando en los cubos de basura... ¿Quién eres?

—¡Suélteme! —gritó Robin mientras, con la otra mano, Tassel la agarraba por el cuello.

Doscientos metros atrás, Strike le gritaba a Al:

—¡Pisa a fondo! ¡Algo va mal, mira cómo...!

El taxi que circulaba delante de ellos iba haciendo eses a toda velocidad.

—Nunca ha rendido en nieve —se lamentó Al, mientras el Alfa Romeo derrapaba un poco, y el taxi doblaba la esquina para entrar en Sloane Square a gran velocidad y perderse de vista.

Tassel, que estaba a punto de pasar a la parte delantera del vehículo, daba unos gritos desgarradores; Robin intentaba rechazarla con una sola mano mientras seguía controlando el volante. No veía muy bien por dónde iba, porque se lo impedían la nieve y su propio pelo, que le tapaba la cara, y porque Tassel ya le había agarrado el cuello con ambas manos y estaba estrangulándola. Robin buscó el pedal del freno, pero el taxi salió despedido hacia delante; entonces se dio cuenta de que había pisado el acelerador. No podía respirar; soltó el volante e intentó arrancarse del cuello los dedos de la mujer.

Gritos de peatones, una fuerte sacudida; el estrépito de cristales rotos, de metal contra hormigón, y el dolor abrasador del cinturón de seguridad clavándosele en el pecho al chocar; pero de pronto sintió que se hundía y lo vio todo negro...

—¡Que le den al coche, déjalo, tenemos que entrar ahí! —le gritó Strike a Al por encima del aullido de la alarma de una tienda y los gritos de los transeúntes diseminados por la calle.

Al detuvo bruscamente el Alfa Romeo, que derrapó en medio de la calle, a unos cien metros de donde el taxi se había empotrado en el escaparate de una tienda. Al salió a toda prisa del vehículo mientras Strike se levantaba con esfuerzo. Un grupo de peatones, entre ellos algunos vestidos con traje, que se habían apartado corriendo de la trayectoria del taxi cuando éste se había subido a la acera, observaban atónitos a Al correr por la nieve, resbalando y a punto de caerse, hacia el lugar del accidente.

Se abrió la puerta trasera del taxi, y por ella salió Elizabeth y echó a correr.

—¡Atrápala, Al! —gritó Strike, que avanzaba con gran dificultad por la calzada nevada—. ¡No la dejes escapar, Al!

El equipo de rugby de Le Rosey era excelente, y Al estaba acostumbrado a obedecer órdenes. Le bastó una carrera corta para derribarla en un placaje perfecto. Elizabeth cayó de bruces sobre la calzada nevada en medio de los gritos de protesta de varias mujeres que presenciaban la escena, y Al la inmovilizó, forcejeando y mascullando, al tiempo que ahuyentaba los caballerosos intentos de otros hombres de ayudar a su víctima.

Strike permaneció inmune a todo aquello: parecía que corriera a cámara lenta, tratando de no caerse, tambaleándose hacia el taxi, rodeado de un silencio inquietante. En la calle, todos estaban pendientes de Al y su cautiva, que no paraba de forcejear y renegar, y a nadie se le había ocurrido pensar en la taxista.

—Robin...

Estaba caída hacia un lado y todavía llevaba el cinturón de seguridad abrochado. Tenía sangre en la cara, pero cuando Strike pronunció su nombre, emitió un débil gruñido.

—Hostia, gracias a... Hostia... —dijo el detective.

Ya se oían las sirenas de la policía por toda la plaza, añadiéndose a las de la alarma de la tienda y a las protestas cada vez más airadas de los conmocionados londinenses. Strike, tras desabrocharle el cinturón de seguridad a Robin y empujarla suavemente contra el asiento cuando ella intentó salir del taxi, dijo:

—No te muevas.

—Se ha dado cuenta de que no íbamos hacia su casa —murmuró Robin—. Enseguida se ha dado cuenta de que íbamos en otra dirección.

—No importa —dijo Strike con voz entrecortada—. Has conseguido que viniera Scotland Yard.

Alrededor de la plaza, en las ramas desnudas de los árboles, destellaban unas lucecitas como diamantes. Nevaba intensamente sobre la gente congregada en la calle; el taxi sobresalía del escaparate destrozado, y el deportivo estaba parado de cualquier manera en medio de la calzada. Entonces llegaron los coches de la policía; sus luces intermitentes azules se reflejaron en el suelo cubierto de cristales y sus sirenas quedaron ahogadas por el sonido de la alarma de la tienda.

Mientras su hermanastro intentaba explicar a gritos qué hacía tumbado encima de una mujer de sesenta años, Strike, aliviado y exhausto, se tumbó al lado de su compañera en el taxi y, contra su voluntad y contra los dictados del buen gusto, sin poder remediarlo, se echó a reír.

50

CYNTHIA: ¿Decís, Endimión, que todo esto
fue por amor?
ENDIMIÓN: Eso digo, señora, y los dioses
me castigan con el odio de una mujer.

JOHN LYLY, *Endymion: or, the Man in the Moon*

Una semana más tarde

Era la primera vez que Strike iba al piso de Ealing donde Robin vivía con Matthew. Ella no había encajado nada bien que insistiera en que se tomara unos días libres para recuperarse de la leve conmoción cerebral y del intento de estrangulamiento.

—Robin —le había explicado pacientemente por teléfono—, de todas formas he tenido que cerrar la agencia. Denmark Street estaba llena de periodistas, no se podía ni andar. Me he instalado en casa de Nick e Ilsa.

Aun así, no podía marcharse a Cornualles sin haberla visto. Cuando Robin le abrió la puerta, él se alegró al comprobar que los cardenales del cuello y la frente empezaban a desaparecer: sólo quedaban unas débiles manchas amarillas y azules.

—¿Cómo te encuentras? —le preguntó mientras se limpiaba los zapatos en el felpudo.

—¡Muy bien!

Era un piso pequeño pero alegre, y olía al perfume de Robin, en el que Strike nunca se había fijado mucho hasta ese momento. Quizá, después de no olerlo durante una semana, se hubiera vuelto más sensible a él. Robin lo guió hasta el salón, pintado de color magnolia, como el de Kathryn Kent, y donde, nada más entrar, Strike se fijó en el ejemplar de *Interrogatorios: psicología y práctica*, abierto y puesto boca abajo en una silla. En un rincón había un arbolito de Navidad decorado con adornos blancos y plateados, como los de Sloane Square que aparecían en el fondo de las fotografías del taxi accidentado publicadas en los periódicos.

—¿Y Matthew? ¿Ya lo ha superado? —preguntó Strike, y se sentó en el sofá.

—Bueno, lo he visto más contento otras veces —contestó ella con una sonrisa—. ¿Te preparo un té?

Sabía cómo le gustaba: negro como el carbón.

—Te he traído un regalo de Navidad —anunció Strike cuando Robin volvió con la bandeja, y le entregó un sobre blanco sin nada escrito.

Ella lo abrió, intrigada, y extrajo unas hojas impresas y grapadas.

—Curso de vigilancia en enero —dijo el detective—. Para que la próxima vez que saques una bolsa con caca de perro de un contenedor nadie se fije en ti.

Ella rió, encantada.

—Gracias. ¡Muchas gracias!

—La mayoría de las mujeres prefieren un ramo de flores.

—Pero yo no soy como la mayoría de las mujeres.

—Sí, ya me he dado cuenta. —Strike cogió una galleta de chocolate.

—¿Ya la han analizado? —preguntó ella—. La caca de perro...

—Sí. Han encontrado un alto contenido en tripas humanas. Elizabeth las iba descongelando poco a poco. También han encontrado restos en el cuenco de comida del dóberman, y lo demás en el congelador de su casa.

—¡Madre mía! —exclamó Robin, y la sonrisa se borró de sus labios.

—Como criminal, es un genio —dijo Strike—. Se coló en el estudio de Quine y dejó allí dos carretes usados de su máquina de escribir, detrás de la mesa... Anstis ya ha accedido a que los examinen; no tienen ni rastro de ADN de Quine. Él nunca los tocó; por tanto, no escribió lo que está grabado en esas cintas.

—¿Anstis todavía te dirige la palabra?

—Lo justo. No lo tiene fácil para retirarme el saludo. Le salvé la vida.

—Sí, supongo que eso debe de complicar las cosas. Entonces, ¿ya han aceptado toda tu teoría?

—Todo encaja, ahora que ya saben qué buscan. Elizabeth compró la otra máquina de escribir hace casi dos años. Compró el burka y las cuerdas con la tarjeta de crédito de Quine e hizo que las enviaran a la casa mientras había operarios trabajando allí. A lo largo de los años tuvo numerosas ocasiones de utilizar esa Visa. Él dejaba su abrigo colgado en el despacho mientras iba a mear... Pudo sacársela de la cartera mientras él dormía, borracho, cuando lo acompañaba a su casa después de acudir a una fiesta.

»Lo conocía lo suficiente como para saber que, para algunos asuntos como revisar sus facturas, era un chapucero. Había tenido acceso a la llave de Talgarth Road, debió de ser muy fácil hacer una copia. Y había estado muchas veces allí, de modo que sabía que había ácido clorhídrico.

»Un plan muy inteligente, pero excesivamente elaborado —expuso Strike bebiéndose el té—. Por lo visto, la vigilan para que no se suicide. Pero todavía no sabes lo peor.

—¿Cómo? ¿Aún hay más? —preguntó ella con aprensión.

Pese a que tenía muchas ganas de ver a Strike, todavía se sentía un poco frágil después de los sucesos de la semana anterior. Enderezó la espalda, se preparó y miró a su jefe a la cara.

—Elizabeth conservó ese condenado libro.

Robin lo miró frunciendo el ceño.

—¿Qué quieres de...?

—Estaba en el congelador, con los intestinos. Manchado de sangre, porque lo había metido en la misma bolsa que las tripas. El manuscrito auténtico. El *Bombyx Mori* que había escrito Quine.

—Pero... ¿por qué...?

—Vete a saber. Fancourt dice que...

—¿Lo has visto?

—Sólo un momento. Ahora dice que sabía desde el principio que había sido ella. Me juego lo que quieras a que sé de qué tratará su próximo libro. En fin, dice que Elizabeth jamás habría destruido un manuscrito original.

—¡Dios! ¡Y eso que no tuvo reparos en cargarse al autor!

—Ya, pero eso era literatura, Robin —dijo Strike, sonriente—. Y a ver qué te parece esto: Roper Chard va a publicar el texto verdadero. Fancourt escribirá la introducción.

—¿Me tomas el pelo?

—No. Quine va a tener por fin su *bestseller*. No pongas esa cara —dijo Strike, risueño, mientras ella negaba con la cabeza sin dar crédito a lo que estaba oyendo—. Hay mucho que celebrar. Leonora y Orlando se van a forrar cuando se publique *Bombyx Mori*.

»Ah, y eso me recuerda que tengo otra cosa para ti.

Metió una mano en el bolsillo interior del abrigo, que había dejado a su lado en el sofá, y le dio a Robin un dibujo enrollado que tenía guardado allí. Ella lo desenrolló y sonrió; sus ojos se llenaron de lágrimas. Dos ángeles de pelo rizado bailaban juntos bajo una leyenda cuidadosamente dibujada: Para Robin, con cariño, de Dodo.

—¿Cómo están?

—Muy bien —dijo Strike.

Leonora lo había invitado a la casa de Southern Row. Orlando y ella le habían abierto la puerta cogidas de la mano; la chica llevaba a Cheeky Monkey colgado del cuello, como siempre.

—¿Dónde está Robin? —preguntó Orlando—. Yo quería que viniera Robin. Le he hecho un dibujo.

—Robin tuvo un accidente —le recordó Leonora a su hija, al tiempo que se apartaba para dejar pasar a Strike sin soltarle la mano a Orlando, como si temiera que alguien pudiera volver a separarlas—. Ya te lo he explicado, Dodo: Robin hizo una cosa que sólo podía hacer una mujer muy valiente y tuvo un accidente de coche.

—Tía Liz era mala —le dijo Orlando a Strike, caminando hacia atrás por el pasillo, sin soltarse de su madre, pero mirando fijamente al detective con aquellos ojos verde claro—. Por culpa suya se murió mi papá.

—Sí, ya lo sé —dijo Strike con la sensación de ineptitud que siempre le provocaba Orlando.

Edna, la vecina de al lado, estaba sentada a la mesa de la cocina.

—¡Qué listo es usted! —no paraba de repetirle la mujer—. Pero qué espantoso fue todo, ¿verdad? ¿Cómo está su pobre compañera? Fue terrible, ¿verdad?

—Qué buena gente son —dijo Robin después de que Strike le describiera la escena con cierto detalle. Extendió el dibujo de Orlando en la mesita del salón, entre ellos dos, junto a los impresos del curso de vigilancia, para poder admirar ambas cosas a la vez—. ¿Y Al? ¿Cómo está?

—Loco de emoción —respondió Strike con gesto melancólico—. Le hemos ofrecido una falsa impresión del desenfreno de la vida del proletariado.

—A mí me cayó muy bien —dijo Robin, sonriente.

—Bueno, estabas conmocionada —replicó Strike—. Y Polworth está eufórico por haber dado una lección a la Metropolitana.

—Tienes unos amigos muy interesantes —dijo Robin—. ¿Cuánto te va a costar reparar el taxi del padre de Nick?

—Todavía no tengo la factura. —Strike suspiró—. Supongo —añadió tras comerse unas cuantas galletas más, con la vista clavada en el regalo de Robin— que tendré que contratar a alguien de forma temporal mientras tú estés haciendo el curso de vigilancia.

—Sí, supongo que sí —concedió ella, y tras vacilar un momento, añadió—: Espero que no valga un pimiento.

Strike rió; se levantó y recogió su abrigo.

—No te preocupes. Estas cosas sólo pasan una vez.

—Oye, y tú que tienes tantos apodos... —preguntó Robin cuando iban hacia el recibidor— ¿nadie te llama «el Rayo»?

—¿Tú qué crees? —dijo él, señalándose la pierna—. Bueno, feliz Navidad, socia.

Robin dudó si debía darle un abrazo, pero al final le tendió la mano con aire de camaradería, y él se la estrechó.

—Que lo pases muy bien en Cornualles.

—Y tú en Masham.

Cuando el detective estaba a punto de soltarle la mano, se la giró rápidamente, y antes de que ella se diera cuenta, le había plantado un beso en el dorso. Entonces Strike se marchó, con una sonrisa y agitando una mano.

Agradecimientos

Escribir con el seudónimo de Robert Galbraith ha supuesto un enorme placer para mí, y las siguientes personas me han ayudado a hacerlo posible. Quiero dar las gracias de todo corazón a:

SOBE, Deeby y el Back Door Man, porque sin vosotros no habría llegado tan lejos. La próxima vez hemos de planear un atraco.

David Shelley, mi incomparable editor, seguidor incondicional y un INFJ,* como yo. Gracias por ser tan bueno en tu trabajo, por tomarte en serio todo lo que es importante y por encontrar todo lo demás tan divertido como yo.

Mi agente, Neil Blair, que se prestó de buen grado a ayudarme a ver cumplida mi ambición de convertirme en autora en ciernes. Eres francamente único.

Todo el personal de Little, Brown, que trabajó tanto y con tanto entusiasmo en la primera novela de Robert, sin tener ni idea de quién era. Gracias, en particular, al equipo del audiolibro, que consiguió poner a Robert en el primer puesto de las listas antes de que se revelara su identidad.

---

* INFJ, «Introversion, Intuition, Feeling, Judging» («introvertido, intuitivo, emocional, calificador»), siglas correspondientes a uno de los dieciséis tipos de personalidad definidos por el indicador Myers-Briggs. *(N. de la t.)*

Lorna y Steve Barnes, que me llevaron de copas a The Bay Horse y me permitieron examinar la tumba de sir Marmaduke Wyvill y descubrir que el pueblo natal de Robin se pronuncia «Mass-um» y no «Mash-em», lo que seguramente me ahorrará muchos bochornos.

Fiddy Henderson, Christine Collingwood, Fiona Shapcott, Angela Milne, Alison Kelly y Simon Brown, sin cuyo trabajo no habría tenido tiempo para escribir *El gusano de seda* ni ninguna otra cosa.

Mark Hutchinson, Nicky Stonehill y Rebecca Salt, a quienes debo la suerte de conservar algún tornillo.

Mi familia, y especialmente Neil, por mucho más de lo que puedo expresar en unas líneas, pero, en este caso, por ser tan fan de los asesinatos sangrientos.